啄木声声

第四届"啄木鸟杯"中国文艺评论年度优秀论文集

中国文艺评论家协会
中国文联文艺评论中心 编

人民出版社

出版说明

为切实贯彻落实党的十九大精神和习近平总书记关于文艺工作的重要论述，认真落实《中共中央关于繁荣发展社会主义文艺的意见》关于要高度重视和切实加强文艺评论工作的明确要求，按照中央《关于全国性文艺评奖制度改革的意见》中关于"做好文艺评论工作激励"的工作部署，为有效激励广大文艺评论工作者，发挥文艺评论引导创作、推出精品、提高审美、引领风尚的重要作用，中国文联、中国文艺评论家协会决定从2016年起在全国范围内每年组织开展一次"啄木鸟杯"中国文艺评论年度推优活动。

第四届"啄木鸟杯"中国文艺评论年度推优活动自征集通知发布以来，通过全国文艺家协会，中国文联各直属单位，中国文艺评论家协会各团体会员，军委政治工作部宣传局文化处，未成立文艺评论家协会的省级文联理论研究室，中国各文艺评论基地，"中国文艺评论传播联盟"各成员单位推荐及自荐，共报送2018年7月1日至2019年6月30日之间发表和出版的作品320份，其中著作60部，文章260篇。按照推优章程和实施细则规定，最终推选出年度优秀文艺评论著作7部，年度优秀文艺评论文章31篇。此书将本届推出优秀文艺评论文章结集出版。

"啄木鸟杯"中国文艺评论年度推优将继续秉承高标准、高质量、高格调的推选标准，为挖掘推介年度优秀文艺评论作品而不懈努力。

中国文艺评论家协会
中国文联文艺评论中心

目　录

（按作者姓氏笔画排序）

从五四运动的精神传统看新中国 70 年电影的发展

——纪念五四运动 100 周年

丁亚平　中国艺术研究院影视研究所所长、研究员

一

　　五四运动及其精神传统在新中国 70 年电影历史中的重要标志,是爱国主义、人的觉醒与意义的找寻。"美哉我少年中国,与天不老;壮哉我中国少年,与国无疆"! 除了新文化运动宣扬的"立人"思想和反对旧传统,爱我中华、救亡爱国无疑成为近 70 年来中国电影题材内容的主旋律。接续 20 世纪 30 年代初中期新兴电影、40 年代战后时期现实主义电影大潮,1949 年以后的不少影片富有爱国情怀、忧患感和独特的时代认知,充满发自内心的激情和民族崛起、奋进的呼喊。

　　国家与民族的危机和振兴跨越 20 世纪三四十年代战时、战后以及新中国成立后的五六十年代。从三四十年代"充满刚毅勇敢和血腥气味"的"国防电影",到 40 年代后期"东影"木偶片《皇帝梦》,1959 年北京电影制片厂拍摄的影片《青春之歌》,上海美术电影制片厂同年出品的《渔童》,再到戏曲片《杨门女将》(1960 年)等,以各具特色的"反映"现实的方法和手段,成为与爱国主义、国家主义相关的特定文化指符。作为中国第一部木偶片的《皇帝梦》,内容包含对国民党政府向帝国主义出卖中国主权的罪行的揭露。《青春之歌》改编自杨沫的同名小说,影片以学生运动为主线,林道静的成长,她的快乐和忧伤,以及作为孤独的个体的余永泽失败后的失落心理,均得到生动呈现。从"九一八"到"一二·九"这一历史时期,林道静与余永泽从相识、结合、分歧直至决裂的过程,与卢嘉川、江华的接触,层次清

楚,既是一种成长,也是自我教育。在人物表现之外,有些段落独具抒情意境。《渔童》根据近代流传于渔民间的一个反帝传说改编,影片造型具有中国民间木版画风格的剪纸特色。影片故事背景是:鸦片战争后,帝国主义侵占中国港口,颁发所谓新政,禁止渔民出海打鱼,却仍要渔民交渔税。作品最后写渔童跃出,挥舞钓竿将官府买办和洋教士打得狼狈逃窜。影片着力将政治诗意与民族美学进行了结合。《杨门女将》虽是戏曲片,却将"奔赴边关,杀敌卫国,终于获得胜利"的心灵做了生动刻画。这些不同阶段的影片的演变,不是一个简单的承前启后的过程,而是随着爱国主义思潮逐步高涨,电影由单一形态转变成时代主体和国家言说的过程。

1949年以后,电影创作进一步竖起爱国主义旗帜。20世纪六七十年代,在国家和国家之间的侵略和反侵略的关系上,电影观念中包含的整个社会、阶级立场或民族立场成为"合理要求"和评判考量的出发点。电影的题材和艺术处理能否以国家为重,是不是一个爱国主义者,这些前提寓示并构造着创作上的世界观。但是,"五四"作为多方主体广泛、持续参与的时代叙事和动态网络,需要深入创作者所身处的时代生活中去体验。这既是历史,也是现实。反封建、"思想革命"这些新文化运动的命题在20世纪80年代新时期并没有因为时间的流逝而失去价值。

改革开放以后,面对"文化大革命"创伤,"伤痕电影"、反思电影、寻根电影和改革题材电影接连出现,它们大胆探索,取得较为显著的收获与影响。而对于如何在电影创作中发扬社会主义民主,为加速实现社会主义四个现代化而努力发挥文艺应有的作用,通过重新审视科学与民主而获得了一种共同的历史意识。从《生活的颤音》《被爱情遗忘的角落》《老井》《野山》《芙蓉镇》到《黄土地》《红高粱》《菊豆》《霸王别姬》《一九四二》等影片,悲怆中见高昂,呈现出探索意味以及电影文化阐释的多元性。作为影响广泛的积极的电影实践,受到观众的欢迎。

余华、莫言等当代作家都曾坦言鲁迅是自己的"精神导师",受鲁迅影响甚深。莫言甚至说自己"始终不能也不愿从鲁迅的影响中跳出来"。"五四"背后,是一代人"运用脑髓,放出眼光"(鲁迅语),主动或被动地在新旧夹缝间做着自己的选择。在新价值之前,既需要以反帝爱国和革命作为基本诉求,又要去发现至真、至善、至美的事物,探索并表达人对于世界的想法。在第五代影人之外,第六代影人分别推出《过年回家》(余华、宁岱、朱文编剧,张元导演)、《洗澡》(张杨、刘奋斗、霍昕等编剧,张杨导演)、《非常夏日》(路学长、李继贤编剧,路学长导演)、《梦幻田园》(郭小橹、王斌编剧,王小帅导演)等影片,成为影坛热门话题。第六代影人的影片创作,虽如戴锦华所说"多少带有某些现代主义间或可以称之为'新启蒙'的文化特征",但在电影产业快速发展下,有的作品轰动一时,却也呈现出一种矛盾状态。

二

20 世纪 80 年代新时期的文化发展、90 年代市场转型,为当代中国电影发展提供了大众文化语汇和电影工业发展的文化背景。进入 21 世纪之后,在经济全球化的影响下,各方力量和愿望的投射,越来越被赋予清醒而有强烈社会意义的革故鼎新的创作倡导。取材于五四运动,并作为五四运动的影像记忆的作品的,是 1991 年上海电影制片厂推出的《开天辟地》、1999 年华谊兄弟出品的《我的 1919》和 2011 年中影集团出品的《建党伟业》,它们可谓是标志性的电影创作。李歇浦导演的《开天辟地》,故事着重表现的是从五四运动到 1921 年中共一大召开的一段历史,片中着意勾勒陈独秀的形象,人物表现并无太过平面化的倾向。黄健中执导的影片《我的 1919》,韩三平、黄建新执导的影片《建党伟业》都将人物故事放入五四运动对中国的决定性影响的设置中进行呈现,同时展现创作者的思考和发现。这几部影片不仅仅是在讲历史,更在描述性的视觉诗篇中,讨论了青年的意义。李大钊在谈到五四运动时指出:"这是中国全国学生膺惩中国卖国贼的纪念日,是中国全国学生对于帝国主义行总攻击的纪念日。"长期以来,人们回顾五四运动时会认为,这个运动以辛亥革命所不曾有的彻底的不妥协的姿态,反对了帝国主义和封建主义,这是一个新一代青年命运与国家民族紧密相连的年代,它表明中国反帝反封建的"资产阶级民主革命"有新的拓展。"五四"后来被定为青年节,在这个激情飞扬的时代和革命历程中,青年作为精神原型确乎具有巨大而深远的历史意义。

新时期以来的电影发展,充满激励力量,更具有程度相当高的叛逆和反对因袭的创造力,不断获得进击的方向感和知性的力量。扫除封建余存,充满永不掉队的进取和理性的成熟,同样会呈现出很强的创造力和使命感,一个人如此,一个民族、一个时代亦如此。1988 年开始,《摇滚青年》《本命年》《遭遇激情》《阳光灿烂的日子》《长大成人》等影片,贴近青年个体心灵的成长,创作主题具有多元性。这之中,贾樟柯导演的作品独具价值。在 20 世纪 90 年代下半期,贾樟柯的出现具有重要的意义。他的作品化繁就简,撼动了国产电影传统模式的稳定形态,反映了电影创作风格和创作观念多维度的发展。

年轻一代生生不已,是电影发展之根,根基牢,电影就花枝招展,青年让电影变得更充实,而运用理性,是我们对电影艺术本质问题认识与触摸的前提。随着大片时代来临,探索其创作的可发展性,成为大家关注的中心。2002 年以来,快速工业化和全球化加速,带来中国电影业态的改变和电影工业的超常经济增长。从《英雄》《十面埋伏》《无极》到《捉妖记》《唐人街探案 2》《红海行动》《战狼 2》《流浪地球》等片,创造了高票房,电影市场大爆发。尽管影片品质不均,各方的品位、掌声和支持不太一样,但人们越来越意识到,应该用"青年"的心态拥抱电影产业化建设这个大平台。电影产业风起云涌,产业化语境下电影创作者忙些什么,大的方向是否符合中国电影叙事及其历史发展,创作者该树立起怎样的信心? 这样的思考和思想指向是普适的、常新的。在今日的电影市场上,主要以"80 后"电影人为多数,不断实现着电影叙事增殖。但快速开启与发展的电影产业化并不意味着"五四"精神式微,以至大片和"成功"就会成为危险的他者角色。在一个过度商业和倡导电影消费的年代,基于"五四"的文化价值不仅不能丢掉,我们反而应该把它视为中国电影史的一项丰富遗产与精神传统得到有力的传承。

三

纪念五四运动,发挥新文化运动精神,融"五四文化"于电影创作中,其建构、发展展示着一种共有的"元类型"的文化价值、情感认同和想象的可能性。实践层面与文化层面的这两个关键因素互相牵动,在新时代的国产电影创作领域能否铺开并持续深入下去,与它所坚持的普遍性联系在一起。看清历史轮廓,珍视传统和自己的根,让中国电影以越来越开放的方式实现自己的潜力,塑造未来。中国电影的文化建构,有利于中国电影充分发挥潜力,巩固本土市场,并努力去拓展全球电影市场的巨大空间。捋出历史脉络,承续"五四"精神,回溯和追蹑它投到几代电影人心中的那束精神之光,关切社会,"五四"作为中国电影创作的"元类型",有其重要的价值,它给未来中国电影的发展以诸多启示:

一、致敬"五四",选择比努力更重要。电影创作的更大空间的掘进与获取,恰恰是由我们对创作可能性的感觉和那种精神所决定的。电影的发展,不能彼此南辕北辙,没有共识。让"五四"进一步走进我们的电影创作,把"五四"共同价值和思想基础凝聚成一个共同体的电影文化、文明素养与教育,可以为当下在更高水平上发展的电影创作增加定力。

二、现代中国传统在 70 年中国电影里形成了影像心灵的社会价值,影像青春的革命价值,影像中国的通感价值的价值结合体。电影创作回归电影本质,电影人

(包括不同代际的和跨地域的电影人)的艺术创作生涯与成就可以在这样一种文化价值和现代传统的基础上,认知并把握电影更应该是什么样子的,应该有怎样的批判意识,并相互连接成一个互助之网。

三、无电影,不青春;青年强,则电影强。青年电影各本其自信,在根本意义上展示着另一种艺术的职责,并成为我们电影发展的动力。年轻一代的电影创作充满活力,个性鲜明,其美学和兴趣因为生长环境不同而显现出与上一代的差异,标志着换代的青年电影源源不断地展现在我们眼前,与产业化语境下的当下电影发展的关系更为紧密,年轻一代成为人们所关注的核心之一。

四、弘扬"爱国、民主、进步、科学"的"五四"精神,不断建构开放的聚焦点与根本方向,可以成为理论研究与批评交流的前提。站在同一个平台上,直面时代,获得批评的共同的逻辑,给予以至提升着我们历史和思考的维度与层次。在百余年中国电影创作演变和转型过程中,电影跟国情跟时代跟民族心态紧密地联系在一起,涉及东西、新旧的融合、对话和建构,固化是没有出路的。通过梳理和比较五四新文化运动与中国电影创作中现代/传统镜鉴的例证,我们不难认识到"五四"既可进一步唤醒中国电影的想象和表现能力,又可逐渐进入电影人的更广大的认识和表现的范畴,具有比较复杂而普遍的张力和意义。在快速发展的产业化语境下,营造人文环境,激发共同发展的动力,在有些时候某些无法展开的话语仍可以成为艺术创造力量的重要来源。

(原载于《中国艺术报》2019 年 5 月 6 日)

网络剧创作传播中对现实的虚化与聚焦

王文静　石家庄市文艺评论家协会副主席兼秘书长

随着媒介融合的日趋成熟,互联网技术的迅猛发展,视频网站的技术更新和制作主体的原创推动,网络剧在泛娱乐化的传播环境下蓬勃发展。逐年递增的原创剧集与逐年攀升的播放量成为网络剧强劲势头的主要表征,超过半数的观众选择手机作为观剧终端,单剧播放量跨入"10亿时代"。这不仅满足了受众对于视频、剧集的跨屏收看需求,网络剧的创作传播也在电视台、互联网、视频网站、影视制作公司以及电视机生产商的联合推动下更加多元和成熟。与此同时,"社会生活的发展使某种艺术体裁的表现力相形见绌,一种更新的艺术体裁将这种体裁进行分解,同时综合它的优势因素,并逐步代替了它的中心地位"。[①] 于是,网络剧不再仅仅是一种文化现象,同时也成为一种大众认可、形式稳定的文艺创作样式。从起步发展到精作深耕,网络剧在资本、市场、观众以及自身内容和制作的试验和博弈中不断完善,其剧作内容、审美表达和制作水平也在不断探索、过滤和淘汰中日趋规范。从文化背景上,它的发展壮大是后现代主义和青年亚文化在参与社会文化的过程中对"意义"的出离;在传播视阈下,网络剧改变着传统电视剧创作传播格局,却无法逃避其对技术现实和市场回报的依赖。

一、网络剧的发展脉络与特征

尽管网络剧从草创、"山寨"而走向"井喷式"爆发的快车道,然而学界并没有

---

① 参见刘隆民:《电视美学:电视艺术的美及其审美活动》,文化艺术出版社1990年版。

对其内涵做出权威的界定。2000 年由五名在校大学生自编自导,专门为网络平台播放而制作的心理题材网络剧《原色》被普遍认为是"中国第一部网络剧"①。从此以后,互联网的平台优势和技术红利在强化其传播渠道的便捷性的基础上,探索着网络剧作为新的视听节目形态和观看方式②的形成。

1. 网络剧的内涵与发展节点

2000 年以来,网络剧这一新兴的艺术样态从娱乐化、商业化到专业化、规范化的进程,也是"网络剧"概念逐渐完善的过程。随着即时点播、实时互动、跨屏阅读等互联网优势日益凸显,网络剧的分类也逐渐清晰:一类是由视频网站或影视公司独立投资拍摄,专门针对网络平台制作,并主要在互联网播放的剧集和视频作品,即"自制剧";一类则是把网络作为电视信号的替代技术,利用网络平台在视频网站播出的传统电视剧集,即"网台同播剧"。

从互联网实验室提供的数据来看,自 2010 年起,国内排名前 10 的视频网站半数以上都开始制作出品自己的网络剧,网络剧坐标从边缘移向中心,网络剧创作从自发转向自觉,媒体把 2010 年命名为"网络剧元年"③。2014 年,受到市场"蛋糕"鼓励的各大视频网站开始制定网络自制剧的战略发展计划,并明显加大了对网络剧制作的资金投入,其中爱奇艺在当年宣布单集投资 500 万元制作的《盗墓笔记》引发了网剧市场付费浪潮,因此 2014 年也被称为"网络自制剧元年"④。2016 年,国家新闻出版广电总局在中广联合会电视制片委员会 2016 年度大会暨第十一届全国电视制片业十佳颁奖大会上对一百五十多部内容违规的网络影视作品进行了通报处理⑤,表明了官方加大对互联网视频节目的整治决心和力度,成为网络剧从野蛮生长向专业化规范化制作发展的重要拐点。

2. 网络剧迅速发展的主要原因

首先是互联网技术的高速发展。截至 2017 年 12 月,以手机为中心的智能设备成为"万物互联"的基础,移动终端规模加速提升、移动数据量持续扩大,技术发展催生受众人群激增,同年高达 7.72 亿的网民和 7.53 亿的手机网

---

① 新浪网:《国内首部在网上播放的网剧〈原色〉播出》,2000 年 3 月 20 日,见 http://tech.sina.com.cn/news/internet-china/2000-03-20/20477.shtml。

② 刘扬:《新媒体语境下的网络影视剧传播与本体美学特征》,《民族艺术研究》2010 年第 5 期。

③ 微口网:《国内网络剧的 SWOT 分析》,2015 年 6 月 13 日,见 http://www.vccoo.com/v/24ee42。

④ 苗春:《网络自制元年:自制综艺激荡互联网》,《人民日报》2014 年 6 月 18 日。

⑤ 国家新闻出版广电总局:《2016 年有 150 多部自制网剧、网络电影受处理》,2017 年 2 月 21 日,见 http://cnews.chinadaily.com.cn/2017-02/21/content_28290532.htm。

民规模①形成了巨大的消费缺口。其次是受众的接受需求。网络剧作为大众文化背景下艺术和技术的结合体,凭借它轻松、自由、即时、互动等强娱乐性和强交互性特点满足了受众娱乐消遣的接受动机,疏解了现实生活节奏快、压力大的困境,迎合了信息碎片化、思想多元化的精神需求。再次是文化产业政策的影响。2014年,国家新闻出版广电总局出台了"一剧两星"(即同一部电视剧每晚黄金时段联播的综合频道不得超过两家,同一部电视剧在卫视综合频道每晚黄金时段播出不得超过二集)的播出规定,增加了卫视对电视剧的购买成本,电视剧制作单位全新洗牌的空当,为视频网站推出网络剧营造了绝佳的契机。2017 年,国家又先后出台《推进互联网协议第六版(IPv6)规模部署行动计划》《关于深化"互联网+先进制造业"发展工业互联网的指导意见》等政策,为发挥网络文艺的产业潜能提供了支持。

3. 网络剧的主要特点

阿多诺认为,喜欢的人越多,作品的趣味就越低。反过来,为了获得更大的商业利益,艺术家就要降低作品的趣味,以满足大众的需要。② 可见,大众化特征在流行文化与商业资本的合力中往往最先显现。而网络剧作为文化与资本的产物当然也概莫能外,其体现主要集中在表现形式和心理驱动两个方面:表现形式上,网络剧的题材广泛多元,历史、罪案、玄幻、都市无所不包;形制短小精悍、内容紧凑(如《屌丝男士》每集仅三分钟);审美特征通俗爆笑,倾向于平民化的大众审美。资本主导、产业语境下的网络剧生产往往自觉迎合受众,导致行业内部出现"劣币驱逐良币"式的"自调节"和"低准入",使网络剧的"大众化"特征退化为低门槛、低标准和低品质。

交互性是网络剧区别于传统电视剧的重要特点。移动互联网作为新的技术媒介参与制定受众观看剧集的新尺度、新规则、新标准,从传播方式来看,手持各类移动终端的观众可以任意点播、下载、上传、转发,分享相关视频和剧集,成为接受者与传播者合一的主体;从反馈机制来看,网络平台通过用户留言、弹幕评论等通道为观众与作品、观众与平台、观众与观众之间开辟了信息交换通道,一些网络剧的制作甚至就在网友的互动参与中开展和完成,如《我为天使狂》从演员海选、剧本

---

① 中国互联网信息中心:《第 41 次中国互联网络发展状况统计报告》,见 www.cnnic.cn/hlwfzyj/hlwxzbg/hlwtjbg/201803/P020180305409870339136.pdf。

② 转引自彭锋:《艺术学通论》,北京大学出版社 2016 年版。

征集、拍摄记录和论坛互动等环节都体现了网络剧的高参与度①。

以后现代主义作为精神底色的网络剧总是力图打破中心化、主体化，以反本质主义、反"权威"意义为标志，把世俗、多元、偶然以及对宏大叙事和元话语的解构作为主题。而后现代主义对文化产品内容的影响又与资本对网络剧的主导相扭结，使网络剧呈现出了迎合大众趣味的消费性。特别是在网络剧发展初期视频网站无序竞争的状态下，网络自制剧基本上是以迎合观众需求、制造刺激猎奇的"三俗"产品居多，体现社会主流价值和良好风尚的网络剧却寥寥无几，主流价值观被后现代主义和青年亚文化所覆盖，巨大的受众群体既是消费主体，同时又被网络剧消费。

二、虚化："距离"的消失与意义的重写

如前文所言，网络剧创作和传播中的双重景观是在移动互联和全媒体融合时代后现代主义文化、青年亚文化和大众文化在影视剧创作上的艺术表征。它既承担着各种文化体系交织造成的话语表现，又受制于互联网和媒体的技术话语。杰姆逊指出，后现代的全部特征就是距离感的消失②，网络剧与网络文学相似，同样企图弥合空间距离感、时间距离感和大众与精英的距离感③，那么，综观当下的网络剧创作，空间感的消失主要体现为对现实主义的放逐，时间感的消失则是对历史意识的悬置，而大众与精英的距离消弭则是对社会价值的戏谑以及创作表达的俗化。或者说，要"现实"，不要"主义"成为网络剧在创作制作理念上的新的选择。于是，"将现在从与过去和未来的关系中解放出来，将这里从与那里的关系中解放出来，使我们每一次现在、这里的生命都充分呈现自身的意义"④——这种不再通过历史、未来、他者的互文关系来确定自我意义的"在场性"，伴随着"在场性"的原始、瞬时带来的真实、自由、网感十足等作品特征，成为网络剧在题材内容和价值审美上的新的表向，而网络剧也在对距离的消融中启动了移动互联时代关于意义的想象和重写。

1. 对现实主义的放逐

现实主义创作遵循"来源生活、高于生活"的创作方式，以典型的人物形象和

---

① 参见王红勇：《网络文艺论纲》，山东教育出版社 2014 年版。
② 参见[美] 弗·杰姆逊：《后现代主义与文化理论》，唐小兵译，北京大学出版社 1997 年版。
③ 欧阳友权：《网络文学概论》，北京大学出版社 2008 年版，第 124 页。
④ 彭锋：《重回在场：哲学、美学与艺术理论》，中国文联出版社 2016 年版，第 14 页。

深刻的社会历史意义向"经典文本"靠近。而后现代主义和青年亚文化背景下的网络剧,则态度鲜明地消解"宏大叙事"和"权威表达",它服务于网络剧传播"分众化"趋势和受众放松减压、消磨时间的客观需求,无意建立经典文本和典型人物,而是意图反映与它的"民间身份"和"草根特征"相匹配的"素人式"生活,更体现一种不附带主观意识形态、不承担某种重大意义的生活方式和大众审美,体现为对一切规则的摆脱,变成了"写什么都行"(题材)、"怎么想都行"(价值意义)和"怎么写都行"(艺术表达)的"放飞自我"。当然,这种超越和自由在网络剧发展的初期,在题材和内容的多样化、话题度和人气制造上起到了一定的助推作用,但潮来凶猛,矫枉过正,也留下了同质化严重、格调低下、制作粗糙的后遗症。

仙侠玄幻类网络剧是对现实主义进行放逐的典型表现。此类网络剧的叙述线通常锁定在游历成长、正邪较量、侠义情怀、与命运禁忌抗争等故事性较强的要素,并结合爱情、亲情、友情、师徒情等看点丰富的情节,凭借主人公离奇曲折的命运、坚毅完美的性格以及美轮美奂的后期制作征服观众。2015 年搜狐视频和唐人影视联合出品的网络剧《无心法师》以中国传统鬼神文化为背景,融合玄幻、爱情、惊悚等元素,塑造了与月牙真心相爱、与岳绮罗斗智斗勇的无心法师形象,用线性叙事保证了环环相扣的故事逻辑和悬念设置,呈现了高对比度的色彩画面、强辨识度的神秘场景、情节化音乐背景以及精良逼真的高品质特效,是网络剧从数量井喷到质量跃升的一个标志性作品。无独有偶,国内首部网络播放破 200 亿元的仙侠玄幻剧《花千骨》通过讲述花千骨和白子画师徒之间触犯禁忌、有损修为、惑乱众生的虐心恋情,也收获了不俗的市场回报:首轮发行后突破 1.68 亿元,单日网络播放量超过 3.5 亿次,手游上线后也快速占领市场①。然而与这部分优质类型剧成功征服受众和市场相对的是,大量的跟风制作也导致了题材类型同质化、故事逻辑经不起推敲、低劣的后期特效等创作硬伤,出现了《择天记》等大量被观众吐槽的"烂片",连受到《无心法师》播出效应鼓励之后创作的《无心法师 2》也同样没能逃过"续集魔咒",因故事冲突乏力、创新点不足等原因在品质和收视上都乏善可陈。

2. 对历史意识的悬置

当尼采在 19 世纪提出的"不存在事实,只存在解释"成为后现代主义者的共识之后,解构、摧毁和重新定位就变成体现后现代思潮历史观的关键词。历史过程中的事实真相与写史秉承的"宏大叙事"都被彻底否定,而代之以虚无主义、碎片

---

① 卢扬、陈丽君:《仙侠小说改编剧成吸金大剧》,《北京商报》2015 年 7 月 31 日。

化和荒诞不经的颠覆与戏谑。与 19 世纪不同的是,当时的经济社会和政治文化语境中,后现代主义指出人类生存没有意义、没有目标,历史没有可以理解的真相和本质价值;而在网络剧时代,对历史相关的概念范畴和真相叙述并没有被完全摧毁。作为历史题材的网络剧创作,历史观和历史感必须是在场的,既不容许虚无主义的无视和戏说,更不容许主观唯心的历史臆想。创作者更倾向于利用历史切口打开故事,而并不对剧作的价值意义从历史观的角度进行指认,也就是说,网络剧对历史意识既不拥抱也不回避,它既延续了传统电视剧对历史题材的热衷,把历史背景作为故事底色,同时又企图建立对历史的新的定位和呈现,而支撑创作的历史观究竟在哪里,以何种方式体现问题,在网络剧中被轻松悬置了。

2017 年在优酷视频首播的《大军师司马懿之军师联盟》(以下简称《军师联盟》)以司马懿入仕为曹魏政权呕心沥血的故事为主线,再现司马懿与曹氏父子密切而复杂的关系,以及东汉末年到三国鼎立的动荡年代中司马懿韬光养晦、风云激荡的前半生。然而,"网感"十足的片名透露了《军师联盟》不再把重复清晰的史实和架设厚重史观作为创作意图,它只想通过抽出历史中的人物,借由"强情节"的故事线索和人物关系,把"历史剧需要时代表达"作为互联网时代的新追求。快节奏的剧情和流畅的观感超出了观众对历史剧的心理预期,反映出《军师联盟》在历史观的确立和历史叙事的方式上找到了与时代的衔接点,这个"点"既在"大事不虚"的历史边界之内,跳出了既有影视作品对司马懿的"脸谱化"呈现,又果断地还人物于历史中,并选择了历史剧的现代讲法。在人物塑造上,《军师联盟》抛弃二元的人物设置,采用了"平视"的视角,既不是"洗白"和正名的英雄颂歌,也不是离奇虚构、历史戏说,而是企图还原英雄际会、权力更迭的壮阔时代里一个才子和臣子的心路历程。在《军师联盟》群英谱中,只有性格异同、命运浮沉、才能高下和理想信仰的差异,没有以往三国题材中以"忠奸"区分的价值体系,表现出了客观节制的历史感,这种更加宏阔理性的表达,尽管没有主观历史意识的参与,也被当下多元多变时代的理念所认同。

当然,在时代视角下对历史意识的悬置并不直接决定网络剧是否成为"爆款",创作者在历史与现实的时空交叠中提炼逻辑自洽的主题同时,是否遵循了历史逻辑的前提也是重要指标。以屈原为主人公的《思美人》既囊括了历史、宫斗、玄幻、仙侠、爱情等要素,又有马可等一众偶像演员的"颜值担当"和流量保证,却依然遭遇了收视的"断崖式"跌落。无论是对昏聩无能、重用佞臣的楚怀王的"正面"塑造,还是对"秦失其鹿天下共逐之"(出自《史记·淮阴侯列传》)等典故的

"张冠李戴",在游戏历史、消解经典的自说自话中,《思美人》把屈原拍成了一个缺乏礼数的冒失少年,一个将大部分精力放在谈恋爱的古装杰克苏,沦为一部打着历史剧幌子的俗气言情剧。

3. 对精英价值的戏谑

电视剧是大众文化的重要表现途径。尽管如此,从 20 世纪八九十年代电视剧创作和制作体现出的专业性而言,它仅仅在接受环节属于观众。而互联网时代的网络剧制作是从小型(手持)摄像机开始的,2000 年网络剧《原色》仅仅靠几千元的投资就向电视剧制作的专业和权威发起了"去精英化"的挑战。当互联网技术敞开了网民可以自由上传个人视频作品的大门,来自设备、技术和制作等方面的壁垒被逐个击破,在不讨论作品质量的前提下,电视剧制作的"精英化"被游戏了,电视剧不再是一个"一本正经"的严肃创作,而是变成了表现自我的影像方式。

不仅如此,网络剧对精英价值的戏谑还体现在作品内容上。法国思想家博德里亚认为,"消费社会以最大限度攫取财富为目的,不断为大众制造新的欲望需要。"①欲望的满足代替精神层面的攀升成为网络剧消弭大众和精英距离的内在动因,精英价值不仅难逃消费主义下帅哥靓女、鲜衣怒马、霸道总裁、光环女主的轮番轰炸,连以往剧中关于奋斗、正义、成功、英雄等主题表现也受到了大众文化的影响。于是网络剧成为观众乐于消费的商品,而不再甘心扮演补充精神营养、完善和重塑世界观的角色。根据孔二狗网络小说《东北往事之黑道风云二十年》改编的同名网络剧 2012 年在乐视播映,每集约 20 分钟。这部反映东北地区近 30 年的社会变迁,带有浓厚史诗味道的作品,选择了以黑道组织的生活经历为切口,通过这个"反精英"的叙述塑造了赵红兵等一群退伍军人的热血与追求,也再现了各阶层人物的生存奋斗和挣扎,在触目惊心的人情百态中反映社会经济政治变迁。从主角赵红兵的塑造来看,他既不是传统意义上扶危济困、见义勇为,凭借个人能力实现社会价值的光辉形象,也不是"古惑仔"般把"混社会"作为理想追求的"黑化"主人公,他们对于正义公平的坚守,对是非对错的追问,对弱势群体的扶持以及对迷失的个人理想的寻找和反思,都是对传统"英雄价值"的"去精英化"。

2016 年在爱奇艺首播的网络剧《余罪》以第一季高达 20.69 亿元(首轮播出数据,时间截至 2016 年 8 月 22 日)的点击量(首轮播出)成为网剧爆款②,而剧中的

---

① 转引自胡经之:《西方文艺理论名著教程》(第二版)(上),北京大学出版社 2003 年版。

② 卢兴、张希瑛:《草根主义视域下网络剧创新模式分析——以网络剧〈余罪〉为例》,《新媒体研究》2016 年第 21 期。

主人公余罪上警校时就是一名差生,阴差阳错通过一场特殊选拔成为警方安插在敌方的卧底。余罪的人物塑造没有走传统的"隐蔽战线英雄"的模式,而是在标新立异、勇于突破的行为模式下,紧贴生活、紧扣逻辑,在英雄与草根之间刻画了一个既不崇高庄严,也不是平庸冷漠的有血有肉的草根卧底,对英雄形象进行了新的再现和解读。

三、聚焦:民间视角与传播语境的合力

世界不是借由媒介来表现,世界就存在于媒介里。① 在我国迅速地步入媒介融合时代的当下,网络剧成为传播语境下的艺术形态。它不仅仅是以互联网技术为核心的视频网站等平台对于电视台播映传统电视剧的分流和补充,更是新传播语境下对于审美表达的更新。在文化资本的自身矛盾中,网络剧一方面遵从"文化追求无功利"的审美性表达,一方面又不得不服从于"资本追求盈利"的商业化模式,在这个悖论的博弈和较量中,传播作为媒介通过发酵和过滤,逐步生成着网络剧独特的艺术景观。

1. 平民化视角增强受众黏性

马尔库塞认为,发达工业社会成功地压制了人们心中的否定性、批判性、超越性的向度,使这个社会成为单向度的社会,而生活在其中的人就成了单向度的人,单向度的人意味着认同现实、失去反思和批判精神②。网络剧作为传播语境和消费文化的共同产物,以"解构意义""去中心""去本质"为精神底色,以市场反应和经济回报为目标,不再把厚重的历史文化底蕴和人文思想作为主要表达对象,也不再把主流话语和意识形态的嵌入作为创作中心,受众的喜好和共情成为其制作的重要参考指标,审美视角向平民转移。

马克思指出,任何精神产品生产的同时,都在生产它的消费对象。因此,与平民化视角相伴生的是,文化产业陷入趣味越低越受欢迎、观众越消费这些产品趣味越低的怪圈。③ 在这个怪圈的漩涡里,网络剧自身内容上的俗化、价值上的空心化

---

① 参见张耕云:《数字媒介与艺术论析:后媒介文化语境中的艺术理论问题》,四川大学出版社2009年版。

② 参见[美]赫伯特·马尔库塞:《单向度的人:发达工业社会意识形态研究》,刘继译,上海译文出版社2008年版。

③ 彭锋:《艺术学通论》,北京大学出版社2016年版,第147页。

就不能避免。台网播出后反应强烈、话题度较高的《欢乐颂2》《我的前半生》等都市情感类剧作，是妥协于传播角力中受众需求的作品代表。不管是《欢乐颂2》中背景不同、性格迥异的"欢乐五美"，还是《我的前半生》中挣脱婚姻困境追求个人实现的罗子君，她们本来应该以自身追求爱情婚姻和事业理想的故事萃取出主人公们积极进取、时尚乐观、自由洒脱的现代女性精神，为职场女性和中产阶层的精神代言，可事实上"欢乐五美"本身具备的女性视角、女性困境和女性成长这样极具价值和分量的主题，被老谭、包奕凡、贺涵的各种无所不能、各种从天而降、各种"总裁甜"和各种"琼瑶式"桥段解构掉了。"新女性精神"的迅速消解满足了平民视角对于都市女性和都市生活的主观臆想，"乌托邦式"的童话情节带着从"欢乐"滑向"娱乐"的消费特征，成为网台同播的"现象级"爆款，也是电视剧在网络时代争取更大平台和市场的创作策略。

尽管为了适应大众文化的趣味，赢得更多受众的关注，网络剧不得不选择"俗"作为其精神核心，但它作为市场行为为了在资本链条中处于主动，在商业竞争中谋取利益，通俗的"平民化"视角也必须找到个性化、艺术化的审美表达，"通俗也要标新立异"①。2017年优酷独播的悬疑罪案剧《白夜追凶》，在播映后高人气、高热度和豆瓣高评分的"三高"背后，是网络剧在剧情完整度、冲突密集度、情节逻辑性和制作的精美度等方面的集中突破。内容上，《白夜追凶》通过"白夜双生探案"的故事来拉动罪案题材的悬疑指数和劲爆尺度，冷峻低沉的"刑警队长"哥哥和散漫痞气的"灭门杀人嫌疑人"弟弟在昼夜之间交替穿行，真相大白之前的每一次身份交换都在刀锋上心惊肉跳地翻转。"1+7"的主体剧情框架的运用，使贯穿的主题与独立密集的案件有序展开，每个案件都节奏快速、逻辑缜密、悬念充足、刺激管够，让观众尽享烧脑的推理乐趣，也满足了他们对于文化的娱乐性和奇观性消费。不能否认，高品质原创和精良制作是推动网络剧在"平民视角"上延长艺术生命，成为大众文化和传播产品爆款的一个重要条件。

2. 高品质审美掌握市场"话语"

经过十几年的发展特别是2010年之后的网络剧，不仅上线剧目总量稳步攀升，其发展动力也非常充足。以2017年全网上线的295部剧集为例，虽然剧目数量较之2016年的349部略有下降，但833亿万次的总播放量较2016年有大幅增长，网络剧的类型也比过去两年更加丰富、多元，涵盖了喜剧、爱情、悬疑推理、青春

---

① 彭锋:《艺术学通论》，北京大学出版社2016年版，第147页。

校园、玄幻、言情、古代传奇、科幻等 23 种类型①。数据说明，网络剧发展已经逐渐由草创阶段的野蛮生长开始向商业化、专业化、精品化转轨，而转轨是否顺利则取决于作品能否提供精彩充实的内容、真实丰满的人设、合理自洽的逻辑、富有美感的视觉影像，以及精良的后期制作。在 2014 年以后，网络剧与电视剧"同一标准、同一尺度"的表述越来越频繁，2017 年全国电视剧工作座谈会正式提出的"两个统一"（电视剧和网络剧统一导向要求、统一行业标准），对网络剧的规范化和精品化提供了政策推力，一些导向错误、主题恶俗、价值观混乱、格调低下、制作粗糙的网络剧被新的网剧大环境淘汰。在网络受众日益增长的需求、移动互联平台运作日益成熟、网络剧创作蓬勃发展的基础上，高品质的审美表达成为网络剧立足于艺术与市场的最核心的要素。

根据海晏网络小说改编而成的电视剧《琅琊榜》虽然是历史架空题材，但剧集主题中的"家国情怀"与"血性风骨"仍然是主流价值观的凝聚。剧作通过"麒麟才子"梅长苏平反冤案、扶持明君的艰辛历程，借助跌宕起伏、出人意料的冲突设置，达到了"网感"与剧作主题的内部平衡，梅长苏、霓凰、靖王等主人公因宏大而巧妙的情节架构更加立体动人，体现了制作团队在网络剧内容研发、论证、创作和制作等环节的专业和诚意。在张弛有序的叙事节奏和个性鲜明的人物形象之外，《琅琊榜》在视觉审美和镜头语言上的精雕细琢也提升了全剧的品质，剧中大量的面部细微表情和肢体动作的长镜头，配合景深、变焦处理的"多重移动长拍镜头"等技巧，不仅丰富了剧作的叙事结构，传达了故事情景和人物的情绪变化，还为营造作品视觉美感提供了重要支撑。此外，《琅琊榜》在服装上的考证（如西汉服饰"地位越尊贵服饰颜色越深"的历史特点），对中华文明"礼"文化的运用（如朝廷典仪和日常行礼叩拜）也均有记载和出处，在经受专业观众推敲的同时，也凭借高质量的考究细节获取了观众的观剧信任，以受众的高话题度和市场的高回报率成为网剧爆款，成为"网感"照进现实的代表作品。

3. 超文本生成拓宽传播路径

互联网环境下的媒介融合使交互性、即时性成为网络剧在社会维度最重要的表现，也是区别于传统电视剧的重要特征。这种特征又反过来作用于网络剧，通过弹幕、页面评论、微博话题等对剧作或视频进行"二度加工"。网络剧因受众的参

---

① 骨朵数据：《2017 年网络剧报告：年度总播放量猛增，口碑剧频出，好故事成制胜关键》，2018 年 1 月 15 日，见 https://www.sohu.com/a/216877771_436725。

与打破了原有的"自我讲述",从封闭完整的"元文本"变成了非线性、碎片化的"超文本"。在从"文本"到"超文本"的增殖过程中,既体现了青年亚文化语境下年轻受众对于网络文艺作品的参与意愿,也通过阐释、恶搞、解构、评论等不同态度改写了传统媒体和剧作中传播者和传播内容的"中心"位置。而依托于移动互联技术和视频网站平台,受众从此无须受困于剧作本身规定好的"所指",而是借由技术途径在"能指"的海洋中遨游。因此,网络剧既是一个"意义生成的场所,也是意义颠覆的空间"①,技术支持下的"强交互性"给了受众更高的参与度、自由度和更强的主体性体验,并通过受众在"观剧——评论——交流"的循环中不断产生的新的"超文本"增强了网络剧的内容吸附力和传播驱动力。

作为"超文本"的主要生成途径,"弹幕"在网络剧的观看和传播中扮演着重要角色。"弹幕"起源于日本并先后在"BiliBili"等网站火爆之后,各视频网站也纷纷上线了弹幕功能,这种以"密集如子弹"般从屏幕右方迅速滑向左方的"评论流",在移动终端生成了呈现网络剧情之外的一道新的动态屏幕。这个动态屏幕在受众个体、视频网站和制作方之间搭建了一个共时的虚拟交流平台,在平台上产生的陈述和交流因即时性(紧随剧情)、瞬时性(显示迅速消失)满足了受众基于趣味的体验、基于个性的表达和基于互动的社交②等诸方面的心理和社会需求。以宫斗剧《延禧攻略》为例,网友在弹幕中既对剧作的服装道具的配色方案给出了"意大利莫兰迪"和"中国美学传统"等不同角度的讨论,也围绕剧情和人物性格展开了"共情""搞笑""颠覆""戏谑"等多种风格的表达。如对女主魏璎珞"电话式"发型的调侃,对皇后富察容音万念俱灰自行了断的不舍,对黑化后的尔晴、纯妃"啥时候领盒饭"的期待,对太后"上一届宫斗冠军"的打趣等等,都成为剧情之外凝聚人气的新的场域,《延禧攻略》也因为异常火爆的弹幕推动了该剧的点击量和传播速度。

而在互联网、移动终端、制作方和网页弹幕等技术的共同推动下,随意的观看方式、逐步专业的剧作水准和日益增殖的"超文本",促进了全媒体视角下电视剧格局的转变。其主要特征是从"先台后网"(卫视首播、网络跟播)逐渐转变为"台网同步""先网后台",甚至是"网站独播"。2015 年《蜀山战纪》在爱奇艺以付费模式首播后,2016 年安徽卫视、江西卫视上星播出了更名后的《剑侠传奇》首次打破

---

① Frank Lentricchia & Thomas Mclaughlin, *Critical Terms for Literary Study*, Chicago: The University of Chicago Press, 1995.

② 刘瑞红、杨博:《网络剧营销传播的四大策略》,《传媒》2016 年第 11 期。

了"网台同步、网络跟播"的惯例,《青云志》《老九门》等紧随其后效仿。到 2017 年,全网独播的网络剧已经占上线网络剧的 94%,独播剧逐步成为主流业态①,"先网后台"或仅在互联网播出的模式赋予了网络剧"超级剧集"的话语权力和资本环节的营销优势。网络剧不再是作为电视剧陪衬出现的小众、低俗、粗糙的短视频,而成为一种具有超强"反哺"能力的传播方式持续丰富着电视剧业态,从而改写了网络剧从以往依赖电视台平台效应,到当下"网生"超级剧集吸引电视台跟播的发展历史。

总之,互联网媒体大融合加快了网络剧全民共享时代的到来,超过 5 亿的网络视频用户②所产生的需求规模,正在推动网络剧在内容、制作、传播、营销等环节的发展,同时,政策规制、行业自律、互联网商业模式也以不同形式对网络剧进行着影响和校正。网络剧既在创作美学层面通过自身精品化的进程,在后现代主义语境中完成对现实的出离和解构,又在接受美学范畴借助全新的传播视角、传播竞争力和传播途径致力于对现实的重写和确认。而受到改变的不仅是电视剧的传播格局,同样被改变的还有文化背景下人们与现实进行对话的立场和方法。尽管目前的一些网络剧仍然存在过分依赖"大 IP"和流量明星,题材同质化、内涵空心化、制作不够精良等种种问题,但在新的传播生态逐步形成的趋势中,我们仍然有理由相信,网络剧也会在文化影响、艺术规律和商业法则的博弈中不断提升品质,从而成为适应新的现实——移动互联时代的文艺精品。

(原载于《中国文艺评论》2019 年第 3 期)

---

① 国家广电智库:《广电总局监管中心:2017 网络剧发展分析报告》,2017 年 12 月 8 日,见 https://www.sohu.com/a/209368218_728306。

② 中国互联网信息中心:《第 41 次中国互联网络发展状况统计报告》,见 www.cnnic.cn/hlwfzyj/hlwxzbg/hlwtjbg/201803/P020180305409870339136.pdf。

归来不知我是谁

——还乡影像的身份错位与记忆失焦

邓启耀　广州美术学院视觉文化研究中心主任、教授

　　近年来,艺术界连续有一些"还乡计划"在各地实施。有的是去做"乡村重建"的项目,通过历史建筑修复、空间叙述、影像展示等方式,实现古村落的本地保护和乡村记忆的重构;有的是久居都市感到迷失和身份错位时,试图通过某种程度的"出离",回归出生地乡土,追问"我"究竟是谁? 到底要什么? 有的回村寻找被遗忘的记忆,通过对事件亲历者的访谈,让充满真实细节的民间记忆,在历史书写的空白和失焦处,呈现另类的"泥巴史记"。当然,也有不少人,赶的是"留住乡愁"的时尚,到此一游之后,回城好在朋友圈抒发一下自己的乡土情怀。

　　限于篇幅,本文主要以原生于乡村,因读书、就业留在城市,而后以影像方式再度还乡的部分摄影家为例,讨论还乡影像的身份错位与记忆失焦的问题。

"走失"的乡土

　　2015年,一个网名叫拉黑(真名罗鑫)的80后,从他读书、生活和工作的上海,徒步1000公里回到自己出生的村庄——已经离开10年的江西省宁都县对坊乡寺背村。他沿途每隔1公里放置一张与故乡有关的摄影作品,同时拍照、录像和写日记,希望通过该展览连接自己生活的城市与出生的故乡。他参与的是中国人民大学任悦副教授的"还乡计划—故乡书"项目,完成个人手工书《走失》。他的手工书由"我的村庄""我的少年时代·记忆""我的家族""我的爷爷和他的土地""我""梦""日记"几个部分组成,媒介为摄影、文字、绘图和实物。

手工书《走失》从村庄转入家族和个人,借此梳理并面对自己离开家乡进入城市后所面临的身份危机,探讨在改革开放及城乡两极巨变的背景之下,年轻人离开故乡后的身份认定,进而追问在时间轮回之中,家族的变迁及个人的生死观念等问题。①

"走失",是对乡土和自我身份充满不确定性状态的描述。

拉黑的影像日记,记录了这次还乡的视觉印象。在有些散漫随意的手机拍摄中,我看到拉黑试图还原记忆中熟悉的人、物、事、景的努力。还乡,免不了见同学,会亲友,为了各种名目吃吃喝喝。不同的是,吃完,在打包的食物上,忽然想起贫穷时期父母舍不得吃省下来留给他们的分餐;看见别人过年依俗理发,马上感受到小时候理发师轻轻的手势和手动理发剪的声音;他重新审视农民父亲的画作,注意到梳子上母亲的白发;他和家人一起做糯米粿子,对沾满面粉呈现的手掌纹路充满惊喜;连看到草堆焚烧的余烬,都觉得美极了。家乡,被身体真切细腻地感受着,他打开视觉、听觉、触觉、味觉,打开每个毛孔接纳故乡的一切。

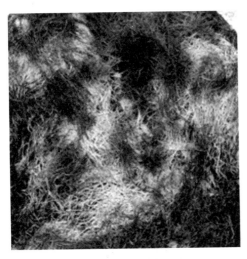 

早上起来没事,便去看邻居在田里烧稻秆,稻秆堆由外往里烧,外面烧成黑灰时,里面还是红红的火焰,真的美极了。2014 年 拉黑

二叔是家里最"不受欢迎"的人,因为凡事他都有自己的想法,他喜欢音乐,不管是二胡、笛子、口琴还是唢呐,他总是弄得有声有色,自有一套。2014 年拉黑

① 参见拉黑:《走失》,并综合媒介摄影手工书及自我介绍。

同学聚会时,最重要的游戏便是赌博,我没有兴趣,只好端茶送水打下手了。其实在某种程度上,我已经难以进入这些小学同学的世界了,像他们难以进入我的世界一样。2014 年拉黑

中午没事便到村里的河边走了走,河道已经被各种垃圾填满了,触目惊心,污染极为严重。去年十月时,村子里一个小孩拿着电瓶在河里电鱼,电了一下午,竟然没电到一条鱼,河水被污染的连鱼都没法活下去了。小时候,河里鱼虾真多,一个下午抓的就能吃好几顿呢。2014 年拉黑

　　但在这种对乡土的重新接纳中,我也看到乡土不知不觉地"走失":小时候戏水摸鱼虾的溪流走失了,漂满垃圾,变成让人疑惑的酱绿色;爸爸种的田和鱼塘已经干了,长起了青苔;查家谱追踪家族的来源,江西竟然不是原乡——原来故乡早已走失! 所以,对于企图还乡的人来说,故乡到底在哪里? 又成了一个问题。人在乡土也"走失"了:喝醉酒的小伙伴哭诉"随着年龄的增长,好像兄弟越来越少了";作者像小时候一样和弟弟去抓鱼,到现场却变成一个只会在岸上拍照的旁观者,光屁股玩泥巴的感觉走失了;凡事都有自己想法并喜欢音乐的二叔被说成神经病;聚会中和曾经的同学生活和精神状态的差异,让拉黑意识到"我已经难以进入这些小学同学的世界了,像他们难以进入我的世界一样";①去参加婚礼的路上却遇见出殡,在感叹"生与死本是一对儿"的时候,镜头失焦了,那些游动的白影反倒呈现一种怵人的真实。故乡,在还乡人的眼中,已然是陌生的乡土,是似曾相识的现实又是令人困惑的梦境。拉黑说:"我常常在想,我作为一个客家人,是不是在我一

────────────

① 拉黑:《走失》图片说明 60。

出生的时候,我血液里便流淌着流浪和漂泊的血。对于我们这样的人来说,离开家乡是一种宿命,是一种最终的归宿,而故乡只能存在于我们的脑海和记忆里。"①从江西农村到上海杭州大城市,在那里安家立业多年之后,他试图通过短暂的还乡,梳理自己的身份危机。拉黑的经历,代表了一批像他一样的"流动人口"。他真回得去吗? 事实上,不要说像他一样已经留在一线城市生活和工作的人了,就是那些候鸟一样频繁迁徙、徘徊在城市边缘的打工者,也回不去了。

这种貌似亲近实则疏离的感觉,在许多还乡影像中都有反映。张晓的作品通过即显胶片移膜技术拼贴的模糊影像,去寻找回忆与现实的平衡。他说:"离家这么多年,故乡在变,而我也一直在不停地移动,我与故乡之间可以说是支离破碎。就像那一张张破损的即显相纸,我将这些不完整的在水里蜷缩成一团的相纸重新拼贴到一起,就像我一直在尝试着去修补与故乡的这种关系,因为我明白不管走多远我还是属于这个出生长大的小村庄,其实我从没有走出过。"②作者借这些看起来支离破碎的影像,隐喻了他与故乡的关系。

郑忠民的《乡村空间》从乡村空间景物的角度切入,以阴霾天气中无人出镜的乡村建筑系列照,营造了一种华丽而冷寂的空间意象。他说:"现代化、城镇化、园林化、景点化、同质化、奇观化等诸多特征,从一个侧面反映出新农村建设的价值取向与文化形态,以及在全球城市化进程背景下,中国乡村受消费意识形态和权力双重影响而产生的诸多变化。"③空无一人的乡村空间,暗喻了浮华背后的冷漠。在吕格尔拍摄的羌族山村,姜帅州拍摄的贵州乡村里,我们也可以看到记忆与现实的某种疏离。

"走失乡土",是一个可以有多义理解的说辞,更是一个基本的社会现实。由于城镇化、人口外流、村庄兼并及空巢化等原因,中国农村的村庄正在以每天数十个的速度"走失",或者名存实亡。对于失去土地的农民来说,走失的乡土是实实在在的土地;对于瓦解的宗族和空巢化的乡村而言,走失的乡土是维系千年的社会结构和文化传统;而对于重返故乡寻根的人来说,走失的乡土是渐渐疏离的老家,也是他们自己的心灵依托。他们在陌生了的乡土中走失,不知道自己是谁? 将到哪里去?

---

① 参见拉黑:《记忆中的故乡》中关于《故乡书》的背景资料。
② 参见张晓:《移》影集扉页文字。
③ 参见郑忠民:《乡村空间》作者自述,浙江摄影出版社2018年版,第123页。

我是谁?

魏晋时期,一个来自贫穷山村的秀才陶渊明,受城里衙门有"公田之利,足以为酒"的诱惑,"求之"并"见用",进城到彭泽县当了公务员。但不久就感到有些适应不了,说:"饥冻虽切,违己交病。尝从人事,皆口腹自役。"虽然在农村饥寒交迫,但为了公款美酒之类口腹之利而役使自己,违背本性只会更加痛苦。所以做了80天官便辞职回乡了,觉得还是"引壶觞以自酌"比较自在。陶渊明从"违己"进城为官"自役""自以心为形役,奚惆怅而独悲",到还乡"自酌"自乐,"怀良辰以孤往",①涉及了一个自我认同的问题,即如何回归"自己"的本性初心。进而追问:我,究竟是谁,认同什么。

1600多年后,城里的诱惑更大了。除了传统的美酒,还有时尚的咖啡。能够喝到特供的美酒,品味进口的咖啡,已经成为某种身份的象征。"认同"的标准与时俱进,变了。"艰苦奋斗18年,终于能够和你们在一起喝咖啡了!"这个网络上的段子,其实正是多少离乡者追寻一生的目标。

离不了的现实是,我们走失了乡土,但未必被异域认同;哪怕学会了喝咖啡,获得了城里人的身份证,但乡恋还在,乡愁难消,乡思迷乱,不得不经常徘徊于城市和乡村的边界,在传统与现代之间游走,不断追问"我从哪里来?""我是谁?"寻找自己的身份认同。

刘磊在他的影集"讲述潘庄"里写道:"潘庄在我现有的人生轨迹内朴实地解答了'我从哪里来?',即便这是一个经不住哲思的答案,我却拥有了一个平实温暖的回望点。通过家谱溯史而上,直到读到记载明朝先祖从山西洪洞迁徙到潘庄。我从哪里来,乡思就在哪里,而且越离越亲,越远越近。我的祖辈生活在一个村子,我的父辈离开村子走进了县城,我来到省城上学,算是完成了家族使命。我们从家乡来,不断努力迎合着环境,随时改变着自己的身份和角色,'我们是谁?''我们要到哪里去?'就变得恍惚了。源于乡恋,徘徊于乡愁,充斥着混乱的乡思,不论我是谁,不论我将到哪里去,这个复杂的三面体朦胧而有序在我心中。"②

我想起另外一些历史和乡土的寻找者。他们出生跨度从50年代到90年代,

① (晋)陶渊明:《归去来兮辞·并序》,见逯钦立校注:《陶渊明集》,中华书局1979年版。
② 参见刘思顿:《讲述潘庄》影集自述文字。

大多家在农村。但在追溯自己从哪里来的时候,霍然发现才到爷爷奶奶、父母一辈,甚至自己也亲历过的一段历史,书写和事实就已脱节了。他们十几年来一直在做一个事,就是回到乡村,通过对历史当事人的访谈和影像记录,用亲历者的经历与纸上的历史对照,还原失焦的记忆,做现实中的历史与乡土的寻找者。这就是纪录片导演吴文光从 2005 年开始推动的"民间记忆"计划。在这个计划中,一些农民的孩子加入其中,开始记录那些被社会遗忘的故事。据"民间记忆计划"的网页介绍,这是一种雪球自然滚动方式,陆续有更多人参与和更多村子的老人进入采访记录。十余年下来,在访谈和照片汇集的档案墙和"民间记忆计划"的博客上,这些被访者的照片已经贴得密密麻麻,占了几堵墙。有读者在他们的博客上留言说:"'民间记忆'文本,虽然不能算正史,也不能说它是野史,但它是真史!"

这种"寻找",不仅在社会历史层面,也在自我层面。对于民间记忆计划的参与者来说,这样的寻访与拍摄,同时也是一种镜像式的自我反观和自我寻找。通过回村的调查拍摄,他们突然发现自己许多事都不知道,连亲人的事也曾毫不关心。当照镜子一样突然看到自己的冷漠时,他们几乎有点不敢面对自己。通过回村寻访和拍摄,他们重新去找自己,填补内心的空白。他们说:"几次的回村经历给我提出一个思考:为什么不尝试着回到自己的故乡、回到生命的原点去寻找自己呢?"①回到故乡和生命的原点去"寻找自己",不断追问"我是谁?"。他(她)们的镜头对着的是乡亲,访谈的是消逝的灵魂,但显影的镜像却是他们自己。

"归去来兮,田园将芜胡不归?"有感于乡土的"走失"和自我的迷茫,近年来,事业有成想"衣锦还乡",年纪大了思"叶落归根",或希望回馈社会,主动返乡做公益;或由于大规模到东部城镇打工的浪潮有所回落,无可奈何回归乡土……还乡的人渐渐多了,"乡村重建"也成为社会各界使用频率很高的一个热词。政府和企业主导的新农村建设、返乡创业、乡村旅游和康养基地等产业转型,是一种尝试;学界和民间人士推动的还乡、支教、投资、古村保护、艺术下乡、集体记忆的修复和走失历史的寻找等,也是一种尝试。

相对而言,以艺术形式介入乡土的尝试比较亲切,视觉感也强。

艺术介入的方式多样,经验不少,这里只谈与影像相关的部分。

曾以《权力空间》《信仰空间》《生命空间》《造神空间》摄影系列引起关注的艺术家渠岩,从 2007 年起,在山西太行山的一个古村落许村,开始"用艺术推动乡村

---

① 叶祖艺:《寨下村 2012 之 5——返回之路》。

复兴"的实践。他通过捡垃圾、保护和修复传统民居和建筑、创办国际艺术村及艺术家创作基地等方式,使一个即将"走失"的村庄,变成乡村"修复"的重要现场。渠岩以一种诗性的语言,谈及这种"走失"并做刨底的追问:"乡村的溃败,不仅摧毁了我们民族的物质形态,也使我们中华民族几千年的文明体系遭遇空前危机。乡村形态里的精神内核不复存在,几千年建立起来的伦理价值体系轰然解体,使我们民族的文化宗脉断绝,也切断了一切可以使灵魂不朽的路径。这包含着乡村精神与信仰、家族荣誉与尊严、家庭的伦理与秩序、村民的道德与行为。乡村不光是走失了村民,而且是走失了神性。村民也同城里人一样,被拆散为孤立的个体,使灵魂无依无靠四处游荡,无奈之中要独立去面对人生意义的追问。"①

艺术家嘴里的"神性",我觉得可以理解为"精神性"。这种"精神性",不是玄秘而不可捉摸的东西,而是与人文传统、社会记忆、习俗信仰等相关的现实。不了解这种寄寓于又超越于土地和肉身之上的"精神性",就不可能在走失了乡土、走失了村民、走失了自我甚至走失了历史文化的情况下,认识"我是谁?"的问题。

谁的影像? 个人记忆与公共记忆

让我们再回到影像本身。

说实在话,如果没有关于还乡的背景交代,没有拍摄者充满个人情感的文字表述,没有作者和评论者切入内核的解读,仅看那些影像"作品",很多东西是不好看的。这个"不好看",包含几个方面的问题。首先是照片本身,或感随意、琐碎、平庸,或是过于刻意和造作,或是受外来"文化"的熏陶或污染,让人不时会看到市面某些流行风格的"山寨"痕迹;再是作者自己,有的过于沉溺于私人性的回忆,很多照片,除了当事人自己,别人很难体会照片的形式韵味和内在意义;然后是包括我们在内的观众,由于看"作品"的认知习惯和思维定势,仅仅看图,难免会有些失望。如果再出现媒体的误导,类似把一种互动式的乡村重建,异化为"一个人的村庄",这些重要的社会实践和影像记录,就蜕变为自娱自乐的个人记忆行为艺术了。除非,我们需要结合还乡者的社区实践、调查日记、对图片所包含故事的阐释,以及乡村、家庭、家族等等社会背景的了解,把它们综合地当作影视人类学的一种田野考察,才能看出这些个人记忆后面的社会意义和学术价值。

---

① 参见 ePublicART 访谈,冯正龙编辑:《许村国际艺术公社创办人渠岩老师访谈》PPT。

当然,这些"问题",恰恰也反证了我们开头谈及的"走失"。还乡者之所以"走失",无法再融入乡土,除了生活状态的改变,他们的文化状态和精神状态也改变了。城市的教育,职业的培训,生活方式的"提升",审美情趣的雅驯,传播方式的粗暴,养成了远离乡俗的做派,拍出一些惊世骇俗的作品或不上不下的东西。

尽管还乡的摄影家不断在追问"我是谁"的过程中进行身份认同,但他们的影像,显然不应该从纯个人的角度解读。我们眼前这些还乡寻找走失乡土和历史的影像作品,是个人作品,是故乡的个人记忆,同时也是对家庭、家族或村落的集体记忆,对血缘关系和地缘关系的身份认同,还有很多创作实践及其作品涉及的,已经属于社会生活和公共记忆领域了。

山东的摄影师刘磊在多年的还乡摄影里,以一种近乎人类学的方法,梳理了乡村在当下土地租赁、金融信贷、种子买卖等经济形势驱动下,家庭、家族、姻亲、邻里、同事、师生、医患以及雇佣农工相互链接的关系,用影像记录了当下乡土社会的生活状况。

刘莉的《许村家庭合影》和陈雄鹰的《乡镇干部》,或可看作中国当代农村基层社会结构的一种对比性视觉呈现。

家庭是社会的基础单元。刘莉的《许村家庭合影》用大合影的方式展示了许村各姓家庭目前的情况。作者试图通过家庭合影,呈现内地乡村家庭甚至宗族的某些现状,或许读者可以从中探究到中原乡村宗族关系的某些特殊传统。遗憾的是,仅靠摆拍的合影和过于粗略的文字说明,我们不知道拍摄对象的实际家庭构成现状,是几世同堂大家庭的"同堂"生活,还是无数小家庭(核心家庭)的临时聚合?不知道拍摄的问题意识,既涉"家族",在宗族社会结构已经解体的情况下,它们目前以什么方式存在?和过去的乡村宗族社会结构有什么异同?为什么变迁?如果作者能够吸取一点人类学或影视人类学的视角和方法,拍出来的东西定会大不一样。当然,这样的作品,田野考察和访谈文字的分量会很大,表达的形式不仅仅是影像了。

新中国成立之后,宗族这一沿袭千年的乡村基础社会结构被瓦解了,取代宗法传统权力系统的,是共产党领导下的村(镇)委会这样的基层权力机构。这样一个权力系统,是维系新政权数十年的权力基石,能够进入摄影家法眼的却是不多。陈雄鹰的《乡镇干部》,出人意料地把镜头对向了这个很多艺术家不屑一顾的群体。相对于渠岩空荡无人而又无所不在的"权力空间",陈雄鹰表现的是乡镇干部在基层权力运作中的日常情况,描述了这些基层干部处理乡村行政事务的工作现场。

2017 年 2 月 3 日,王晓杰、王晓毅兄弟俩常年在外打工,回家过年才能跟家人团聚,在家门口的山水画前拍了这张全家福。刘莉

在作者有意无意的随行拍摄中,开会、走访、收税、救灾、处理纠纷、拆迁疏导、与时俱进的标语口号等等,许多似曾相识、具有中国特色的画面,造成一种既落地又漂浮,既无趣又奇妙,既写实又魔幻的视觉意象,反映了乡村权力运作的普遍情形。这是一个涉及中国社会内在乡村管理结构的"公共"话题。

总而言之,还乡影像,不仅仅是"还乡",也不仅仅是"影像"。还乡者是否自觉融入乡土?是否真正置身于生活的现场?是否看到影像后面那些仅靠视觉看不到的结构性和历史性的东西?是否能够揭示被表象遮蔽的事实?是还乡作品是否具有"意义"的关键。

(原载于《中国摄影》2019 年第 2 期)

空间与机制：论当代书法场域中"书法家"身份的建构[①]

冉令江　东南大学艺术学院博士研究生

"书法家"作为当代的一种社会身份，是对从事书法艺术创作或理论研究具有一定造诣，且得到"书法场域"认可的"社会人"的称谓。古代并无"书法家"这一称谓，多以能书、善书、书人、书家来称擅长书法者。"书法家"皆从属于其他的社会身份。从艺术社会学的角度讨论"书法家"身份的建构，必须要深入当代社会与书法相关的艺术活动空间中，要深入当代社会与书法相关行动者的艺术活动机制中，把相关的书法行动者置于一定的关系结构中，才能全面有效地把握"书法家"社会身份的塑造。法国著名的社会学者皮埃尔·布迪厄（Pierre Bourdieu）的"场域"理论，有助于我们运用其"关系主义"思维，从社会学的角度来分析和描述与书法家身份相关的行动者的实践，探讨社会结构性力量在塑造书法家身份和群体特征方面的路径和过程。

一、布迪厄的"场域"理论与当代书法场域

"场域"是一个具有社会空间和结构机制属性的概念，是布迪厄社会学理论的核心概念之一，也是从事社会学研究的基础和重要内容。它不仅为我们认识社会

---

①　本文为中央高校基本科研业务费专项资金资助和 2017 年江苏省研究生科研创新计划项目"魏晋士人心态与书法风格研究"（项目编号：KYCX17_0220）的阶段成果；2015 年度教育部人文社会科学研究青年基金项目"多元文化视阈下的元代绘画风格演变研究"（项目编号：15YJC760060）阶段性成果之一。

提供了一个新的视角,而且具有深厚的理论价值和普遍的方法论意义。书法家特殊的身份形态正是在书法场域特殊的逻辑中建构起来的,也只有在这一特定场域中才能实现他们身份的建构。正如布迪厄所说:"个人,就像电子一样,是场(域)的产物:在某种意义上来说,他是场域作用的产物。某个知识分子,某位艺术家,他们之所以以如此的方式存在,仅仅是因为有一个知识分子场域或艺术场域存在。……伴随着艺术场域的建构过程,诸如艺术家之类的事物,正是在这一过程中得以慢慢地形成。"①

皮埃尔·布迪厄认为:在高度分化的社会里,社会世界是由大量具有相对自主性的社会小世界构成的,这些社会小世界就是具有自身逻辑和必然性的客观关系的空间,而这些小世界自身特有的逻辑和必然性也不可公约成支配其他场域运作的那些逻辑和必然性。例如,艺术场域、宗教场域或经济场域都遵循着它们各自特有的逻辑:艺术场域正是通过拒绝或否定物质利益的法则而构成自身场域的。②所以,"场域"可以被定义为在各种位置之间存在的客观关系的一个网络(network),或一个构型(configuration)。③ 它是不同位置之间的关系网,每一个位置的变动、转换都将影响到整个场域结构,即牵一发而动全局。由此可见,场域是客观关系构成的社会空间,是相对独立的社会空间,是竞争的动态空间,具有边界的模糊性等特征。

艺术活动作为社会活动的一种,形成了诸多艺术参与者相互关联的社会网络空间和活动机制。所有的艺术参与者都处于艺术活动的不同位置(阶段),而这些位置(阶段)之间存在着客观的关系网络和活动机制。而且,艺术活动具有相对独立的活动空间,与其他社会活动存在不一样的生成逻辑和运行规则,自身有较为稳定的行动者,如艺术家、批评家、画商、策展人等。内部规则直接指导着各行为主体的活动,并为新来者设立了进入该场域的门槛。主体之间由于竞争、合作等互动行为而产生出一种客观的关系结构,这个关系结构反映了各个主体在这个社会空间中的位置,它影响着主体的行动策略,制约着每个个体,但同时它的生成也是在个体的互动中产生的。和其他所有场域一样,艺术场域也存在着利益的争斗,其中的

---

① [法]皮埃尔·布迪厄、[美]华康德:《实践与反思——反思社会学引论》,李猛、李康译,中央编译出版社 1998 年版,第 145—146 页。

② [法]皮埃尔·布迪厄、[美]华康德:《实践与反思——反思社会学引论》,李猛、李康译,中央编译出版社 1998 年版,第 134 页。

③ [法]皮埃尔·布迪厄、[美]华康德:《实践与反思——反思社会学引论》,李猛、李康译,中央编译出版社 1998 年版,第 133—134 页。

成员会自觉、不自觉地进行竞争,去争夺有限的文化资本、符号资本、经济资本和社会资本,为自己的艺术产品生产创造更有利的条件,带来最大化的利润。① 布迪厄在《艺术的法则》一书中也明确指出:作品的价值和艺术家的神话就是在场域中形成的,场域是一定历史条件的产物,纯美学也是一定历史条件下的产物⋯⋯艺术场域是一个不断变革的场域,艺术家们为了争夺话语权或文化资本,经常进行所谓的"艺术革命",试图形成有利于自己的规则和资本分配格局。②

进入现代社会以来,书法的实用性功能逐步退出了历史的舞台,其艺术性不断得以彰显且进入了"纯艺术"的领域。书法场域也由古代的"日常实用场域"进入当代的"艺术场域",成为一种纯粹的艺术活动。书法也成为诸多书法艺术参与者共同参与的艺术社会活动,并逐渐形成了与之相互关联的艺术网络空间和活动机制,促使了当代书法场域的形成。

二、当代书法场域的形成

集体信念和独特逻辑的形成,是场域生成的前提。这必然要求场域内行动者建立共同的价值体系和行动规则。所以,当代书法场域的生成不是简单的书法家群体(及其相关行动者)群聚的过程,而是涉及书法场域结构的形成、书法场域规则的制定以及每个与书法相关的行动者实践逻辑等一系列问题的过程。他需要书法家的活动有更加明确的意义和目标,并以一支独立的力量出现于社会。而当代书法创作群体的壮大、书法组织机构的成立、各种展赛活动的兴盛以及相应书法思潮的出现为当代书法场域的生成提供了条件。特别是,经过改革开放后近40年的蓬勃发展,形成了创作、传播、消费(市场)等书法运行机制,逐步建立、完善了书法关系结构网络,并形成了当代书法相对规范、统一的价值体系和活动法则,构建起了当代的书法场域。

(一)书法组织机制的建立

书法社团、书法家协会是书法组织构建的重要组成部分,也是构成当代书法场域的重要部分,在一定意义上决定着当代书法场域运行的关系结构。社团和书法家协会,同时也是书法专业化和团体化趋势的重要标志之一。因为书法社团和书

---

① 楚小庆:《基于艺术发展规律视域的民族艺术传承研究》,《青海社会科学》2012年第6期。

② 参见[法]皮埃尔·布迪厄:《艺术的法则——文学场的生成和结构》,刘晖译,中央编译出版社2001年版。

法家协会具有明确的集会宗旨、职能职责和艺术追求,是国家意识和书法家群体意识的体现。19世纪末期,在上海、北京、江苏、浙江、广州等省市就已经出现了大量具有现代特征的书画篆刻社团。比如,海上题襟馆金石书画会(清光绪中叶,上海)、西泠印社(1904,杭州)、上海书画会(1910,上海)、北京大学书法研究会(1916,北京)、标准草书研究社(1932,上海)等比较著名的书画社团。它们聚集了当时国内大多数书法、篆刻、绘画大师,如吴昌硕、李瑞清、李叔同、黄宾虹、于右任、沈尹默、来楚生、沙孟海等等。书画社团除开展书画、篆刻的创作交流、鉴赏、品评、雅集、研讨等活动外,有的还从事书画经营活动。

新中国成立后30年间,国内相继成立了北京中国书法研究会(1956,北京)、山西省书法篆刻研究会筹备小组(1959,太原)、江苏省书法印章研究会(1960,南京)、中国书法篆刻研究会(1961,上海)、东湖印社(1961,武汉)等书法社团。此时期的书法社团多是在文化名人、书画大家的推动和官方的支持下成立的。改革开放以后,各种书法社团如雨后春笋般迅猛增加,国家、地方各级书法家协会相继设立,协会体制逐渐建立。1981年中国书法家协会在北京成立,揭开了中国书法当代史的新篇章,无疑具有里程碑的意义。随后全国34个省市和香港、澳门,以及公安、石油、铁路、电力等系统相继设立书法家协会。目前中国书法家协会下设专业、行业、教育、新闻出版、国际交流等13个委员会,从中央到省市县、从协会内部都建立起了完善的书法协会组织结构网络体系和运行机制。此外,从中央到地方多数都成立有各类官方和民间的书法院、书法研究院、书法研究会、书法基金会、书法学会等业务机构和社团组织。这些书法组织机构的建立,构建了当代书法场域的独特关系网络和结构机制。

(二)书法创作群体的壮大

近代初期,随着科举制的取消、清王朝的覆亡和西方现代经济文化的冲击,传统阶层急速瓦解和分化,文人不仅失去了传统科举入仕的机会,而且士人地位急速下降,加之生活的窘迫,促使他们不得不以自己的"一技之长"——书画,鬻画鬻书为生。"弟候补一年昏忙为事,亏空大加,转不如卖画为活,不畏之甚"。① 晚清书画、篆刻家赵之谦此言,正反映了清末民初人们"做官不如卖画"的现实状况和观念。大批的传统文人和职业书画家开始聚集于经济较为发达的上海、广州等地,以

---

① 参见单国霖:《海派绘画的商业化特征》,转引自《海派绘画研究文集》,上海书画出版社2001年版。

笔墨为生,结社交流,形成了大量的书画创作群体。在中国书画史上独具影响和特色的"海上画派",就是那些寓居于上海的书画家所创造的。

新中国成立初期,受实用书写和"封建社会的产物"等观念影响书法曾一度遭遇冷落,书法活动几近停滞,书法创作仅靠民国遗留下来的齐白石、黄宾虹、沈尹默、潘伯鹰、高二适、白蕉、谢无量、胡小石、郑诵先、潘天寿、来楚生等大家维持。中国书法家协会成立以后,兴起了以一场声势浩大的"书法热",随着展览时代的到来,"书法热"持续升温,书法氛围空前高涨,各类展览铺天盖地,书法创作高速发展,书法家创作群体急速壮大①。中国书法家协会通过举办全国性书法篆刻展览、学术研讨会吸纳书法专业创作、学术人才的举措,促使一批又一批的书法家不断涌现出来。中国书法家协会作为全国各民族书法家组成的专业性人民团体,截至2014年已拥有全国会员达14000余名,②形成了庞大的书法家队伍。

(三)书法创作(生产)机制的形成

古代书家的创作多是因日常实用所需和茶余饭后的"遣兴""自娱"而创作的。宋元以后,随着收藏鉴赏之风的盛行和书画市场的形成,以应请索的书法创作作品已经出现。古有记载:倪后瞻谈论王铎作书,称其"一日临帖,一日应请索"。这说明代书法创作的动因已由实用和书斋自赏转向供人鉴赏和应酬。

近代以来,受西方"展厅文化"的影响,展览逐渐成为当代书法展示和传播的主要载体和运行模式,各种级别、各种形式的展览铺天盖地。特别是中国书法家协会成立以后,组织举办展览比赛是其开展工作和吸纳会员的重要方式之一。参加展赛获奖、入展,成为书家获得"会员"身份、得到社会认可的重要途径之一。在这种竞技展赛的引导下,逐渐形成了形式化、艺术化的当代书法创作模式。

(四)书法传播媒介的多样发展

传播作为书法场域运行网络中联系各行之间的中介,其发展水平直接影响了书法场域运行的效率。根据现有的书法传播形式,可分为纸质(传统)媒体和信息网络(新兴)媒体。

香港《书谱》杂志(1974)和上海《书法》杂志(1977)的创刊,拉开了当代书法传播的序幕。随后《书法研究》《书法丛刊》《中国书法》《书法报》《青少年书法》《书法赏评》《书法导报》《中国书法报》等主要期刊、报纸相继创刊。它们在报道

---

① 展览收稿是反映当代书法创作群体和水平的重要方式之一,据统计仅全国第十一届书法篆刻作品展览就收到投稿作品42572件。由此可见,当代书法创作群体的庞大。

② 参见 http://www.ccagov.com.cn/sxgk/jianjie/201502/t20150210_285183.html,2015.2.10。

当代书坛新闻动态、普及推广书法艺术、引领当代书法创作和学术研究方向、促进当代书法创作和学术研究发展等方面起到了积极的推动作用。90 年代以后,随着印刷技术的飞速发展,除大量历代碑帖得以高清印刷出版外,各类展览作品集、书家作品集、书学论著、书法字典等专业书籍的不断涌现,为当代书法提供了无比丰厚的学习资料。

主要公开发行的书法专业报刊一览表

报刊名称	创刊日期	主办(出版)单位	截至 2017 年底出版情况
《书法》杂志	1977.6	上海书画出版社	双月刊,2001 年改为月刊,已发行 339 期
《书法研究》杂志	1979.5	上海书画出版社	季刊,2008 年停刊,2016 年复刊,已发行 148 期
《书法丛刊》杂志	1981.2	文物出版社	季刊,已发行 160 期
《中国书法》杂志	1982.10	中国书法家协会	1993 年改为双月卡,2000 年改为月刊,2016 年改为半月刊,已发行 320 期
《岭南书艺》杂志	1984.1	广东省书法家协会	不定期
《书法报》	1984.1	湖北省书法家协会	周报,已发行 1701 期
《书法家》杂志(原《书论》)	1985	河南省书法家协会	共出 10 期,1988 年停刊
《青少年书法》杂志	1985	河南美术出版社	月刊,已发行 566 期
《青少年书法报》	1985.8	黑龙江省文联 佳木斯市文联	周报,已发行 1618 期
《书法赏评》杂志	1987	黑龙江书法家协会	双月刊,已发行 160 期
《中国书画报》	1986.12	天津美术学院	周报
《书法导报》	1989.12	河南省社会科学院	周报
《书法之友》杂志	1992	安徽美术出版社	双月刊,2003 年更名为《书法世界》,2005 年更名为《书画世界》,已发行 190 期
《现代书法》杂志	1992	广西美术出版社	1992 年创刊,2000 年改为季刊
《东方艺术——书法》杂志	1994	河南省艺术研究院	双月刊,已发行 388 期
《中国书画》杂志	2003	经济日报	月刊,已发行 180 期
《中国书法报》	2015.1	中国书法家协会	周报,已发行 150 期
《大众书法》杂志	2015.7	实践杂志社	双月刊,已发行 16 期
注:在吴振锋基础上进一步完善,参见吴振锋:《新中国六十年书法史记》,西安交通大学出版社 2010 年版,第 70 页。			

进入 21 世纪,随着网络信息媒体的发展,书法网络开始走进人们的生活,成为一种新兴的书法传播媒介,其凭借传播速度快、时效性强、受众面广、方便快捷、信息资源丰富的优势,逐渐发展成集书法资讯、展览、培训、交流、收藏鉴赏、文房书画销售等于一身的重要信息平台。比如受关注度比较大的中国书法网注册会员达 44 万之多。近五年来,随着高新技术的飞速发展,人们又进入了一个新的"人工智能"时代,智能手机和微信成为新的社会网络交流平台,并不断突显着其强有力的优势,特别是微信已经逐步取代书法网络成为新的书法展览、传播、交流和教育平台。

(五)书法市场机制的形成

中国书画市场的发展源远流长。由早期单一的书画家与收藏家之间的单一交易形式,到宋代固定的书画交易场所、专门的书画经济中介人——"牙侩"的出现,再到清末民国"笺扇店""书画社团"的经营模式①,书画市场已经初步形成。

改革开放以来,随着我国市场经济的飞速发展,国力不断壮大,人民的收入水平大幅度提升,艺术(特别是书法)消费水平和能力不断提高。大量的资本开始转移到书法的收藏和经销,各类艺术投资、拍卖公司、画廊数量飞速增长,而且出现了政府主导的以发展书画市场为特色的"书画艺术城"。目前具有典型性的中国书画艺术城,如山东青州书画艺术城,2013 年有大小画廊 500 余家,拥有从业人员 5000 余人,2013 年经营额超 50 亿元,②形成了中国艺术品市场的"青州模式";甘肃通渭全县有画廊 480 家、书画经纪人 2600 人,2014—2016 年,全县书画交易量达 60 万幅,交易额达 19 亿元以上。③

随着书法市场的不断发展,当代书法的现代运营模式已经基本建立,艺术博览会、画廊营销、拍卖公司营销及网络、微信等自媒体平台营销成为当代书法市场的主要营销方式和运营模式。而且国家还成立有专门的艺术市场研究监管部门:文化部艺术市场司,并设立有中国文化市场网。另外,中央美院也成立了艺术市场分析研究中心(CAFA/AMRC),从事艺术市场的研究。《艺术市场》《艺术财经》等杂志,是专门研究艺术市场的专业刊物。此外,还有《美术》《美术观察》《书画艺术》

① 参见陶小军:《民国前期中国书画市场研究(1912—1937)》,博士学位论文,南京师范大学 2014 年。
② 《青州成全国书画晴雨表》,2013 年 10 月 29 日,见 http://news.iqilu.com/shandong/yuan-chuang/2013/1029/1721699.shtml。
③ 甘肃省人民政府参事室:《关于通渭书画文化发展的调研报告》,《甘肃日报》2016 年 3 月 11 日。

《中国书画》《书画世界》《中国文化报》《美术报》《雅昌艺术市场行情》以及许多经济报刊也设有相应的专栏研究。① 所以,当代书法市场营运模式的建立、艺术研究监管部门的设立以及艺术市场研究媒体的出现,初步构建起了当代的书法市场机制。

三、"书法家"身份的建构

"书法家"这一身份,是伴随着现代社会文化的发展而出现。20世纪初,由于毛笔退出日常实用书写领域,书法完全从日常的实用书写中脱离出来,走向了纯粹的艺术创作,以书法艺术为职业、专业的书家得以出现,"书法家"开始成为一种新的社会身份。特别是改革开放以来,书法艺术得到了全面繁荣和发展,形成了一个以现代书法家为主体(包括书法组织机构、书法媒体、书法市场等相关的行动者)的当代书法场域。当代书法场域成为书家行动的社会空间,他们在此宣扬书法、争夺书法艺术话语权(文化资本),为自身争取"书法家"这一身份合法化、精英化的社会地位。

(一)"书法家"身份的合法化:书法的文化独特性与社会赋魅

"书法家"身份的合法性,体现在社会对这一身份的认可和接受。只有社会认可和接受书法是一种独立的艺术形式和门类,"书法家"身份的合法性才成为可能。书法的民族文化和艺术独特性,及其作为一门艺术和学科存在、发展的必要性,以及书法家所掌握的书法资本所具有的社会意义和价值。

1. 书法的民族文化和艺术独特性

书法作为一种独特的艺术形式,取决于它是以毛笔书写汉字。汉字的象形性,本身就赋予了书法具有塑造空间美的形象特征。而毛笔这一独特的书写工具,又塑造了书法具有表现汉字点画线条美的意象特征。书法通过用笔用墨、点画结构、行次章法,表现出了中国人的宇宙观念、哲学理念、生命精神、人文品格和个人的气质、品格和情操,是体现中华文化核心内容、民族精神和个人生命灵魂的艺术形式之一。

从艺术的本质上看,书法既是对自然的模仿和再现,更是对自然的表现。它是形象化、抽象化、节奏化了的自然,表达着对生命形象的构思,是抒写生命的艺术。

① 参见唐朝轶:《中国书画市场的营运及管理研究》,博士学位论文,中南大学2011年。

古人有大量关于书法与自然形象、书法与生命情境关系的描述,如"'一'如千里阵云,隐隐然其实有形,'、'如高峰坠石,磕磕然实如崩也";"观夫悬针垂露之异,奔雷坠石之奇,鸿飞兽骇之资,鸾舞蛇惊之态,绝岸颓峰之势,临危据槁之形;或重若崩云,或轻如蝉翼";"写《乐毅》则情多怫郁,书《画赞》则意涉瑰奇,《黄庭经》则怡怿虚无,《太史箴》又纵横争折,暨乎《兰亭》兴集,思逸神超,私门诫誓,情拘志惨"等等,①不胜枚举。并且,书法艺术的形式美蕴藏着丰富的意蕴美,不仅突显出书法家的情感状态、精神气质、美学追求和人文品格,而且体现了博大精深的民族传统文化精神、美学思想,传达着民族的情感和思想。

2. 社会对"书法家"的认可和赋魅

社会对书法家的认可和赋魅主要表现为:政府、艺术界、学术界、新闻出版界对书法家身份的认可和支持。1981 年,中国书法家协会作为中国文联的第 11 个行业协会在北京成立。中国书法家协会的成立,不仅标志着国家把书法视为一门独立的艺术形式和门类,支持和发扬书法艺术,而且也标志着国家对"书法家"这一身份的认可。2004 年文化部在中国艺术研究院下设中国书法院作为书法的创作与研究机构,并面向全国聘任书法家。这标志着,国家已经把书法纳入国家事业之中,支持"书法家"专职从事书法研究和创作。随后,广东、甘肃、江苏、湖北、山西、湖南、河南等十余个省相继由政府设立了事业性质的书法院。

进入新时代,随着中国文化复兴战略的不断深入,作为代表中国文化符号之一的书法得到了全国上下的普遍重视,书法已经写入复兴中国传统文化的纲领性文件中,并且书法也开始在我国的国际交往中扮演一定的角色。习近平主席夫人彭丽媛多次在重要的国际外交场合写书法、教国际友人写书法。此外,教育部也连续发文要求各层次的教育部门重视书法教育,特别是对中小学切实开展和落实书法教育做了明确的部署要求。进一步体现了国家和地方对书法事业的重视及对"书法家"身份的认可。

书法自古便是文人、学者的身份象征。新中国成立以后大量的学者从事书法创作和研究,成为当代著名的书法家。如郭沫若、马一浮、谢无量、王蘧常、陆维钊、沙孟海、高二适、林散之、赵朴初、启功等等学者都是当代著名的书法家。中国书法家协会成立后,擅长书法的一些学者也加入了中国书法家协会,并以书法家的身份

---

① 参见上海书画出版社、华东师范大学古籍整理研究室编:《历代书法论文选》,上海书画出版社 1979 年版。

参与社会、文化和学术活动,有的还担任了中国书法家协会的领导工作。进入 21 世纪以后,随着高等书法教育的兴盛和书法学术研究的深入,学者型书法家队伍日益壮大。"书法家"身份得到了学术界的普遍认可。

改革开放以来,书法事业迎来了新的发展机遇,不断呈现出繁荣景象,"书法热"持续升温。而新闻出版界的加入,并进行广泛的宣传报道,无疑在社会对书法艺术的重视和"书法家"身份的认可方面起到巨大的推动作用。我们时常可以在各种新闻出版媒体中看到,冠之以"书法家"来宣传各种书法艺术活动和书法家艺术创作、研究成果的报道。而新闻出版媒体对书法家身份的认可和支持,也反映了社会大众对书法家身份的认可和支持。

（二）"书法家"身份的精英化:书法形态的专业化、学术化

"书法家"的专业化和学术化,塑造了其社会身份的精英化。改革开放后,随着书法创作研究的繁荣发展,书法教育的专业化、学科化发展和书法艺术法则的形成,书法家也逐渐成为一个专业化、学术化的社会精英群体。

1. 高等书法教育的推动

1962 年,浙江美院(中国美术学院)在全国率先创办书法本科专业,拉开了中国高等书法教育专业化的序幕。时隔 16 年后(1979 年),中国美院又开始面向全国率先招收书法专业研究生。1993 年经国务院学位委员会批准,首都师范大学率先设立博士学位授权点,开始招收书法博士研究生。自此中国书法已经建立了从本科、硕士、博士完备的学科教育体系。2011 年书法也由原寄于美术学下设的书法方向,升格为独立的特设二级学科——书法学。进入 21 世纪以来,全国各大高校纷纷开设书法专业,招收书法本专科学生,书法教育走向了全面的专业化教育模式。据初步统计,截至 2017 年开设书法专业本科教育的院校有 100 余所,每年毕业的书法专业本科生达 2000 余人。近 20 年来,书法专业研究生教育发展迅猛,截至 2017 年开设书法专业研究生教育的院校有 70 余所,开设书法方向博士教育的院校近 20 所,每年毕业的书法硕士研究生达 200 余人,在读和已毕业的书法博士研究生达 100 余人。这无疑为社会培养了大批的专业书法创作和研究人员,直接促使了当代书法专业化、学术化形态的形成和发展。

2. 书法艺术法则的形成

书法家身份精英化的实现,必须具备一定的书法艺术资本。这种资本表现为那些知名书法家通过阐发自己的艺术思想,引发当代书法场域中权威艺术法则（即书法的审美和评判标准）的形成。书法艺术法则是书法场域内部纯艺术的评

判,由书法场域内部的书法家决定评判标准。所以,书法家们制定的那些区分"书法"与"写字"、"高雅"与"低劣"的概念和理论,就形成了一套合法的评判体系。要从一名普通书写者进入书法家的行列,首先要经过这套评判体系的评判,并达到公认的权威艺术标准。这正如书写者必须通过投稿参加中国书法家协会举办的书法展赛,接受展赛评审并取得两次以上的获奖、入展的资格才能加入中国书法家协会,拥有"中国书法家协会会员"这种特殊的文化资本,才能有资格参与部分书法场域内的活动(比如兰亭奖只允许中国书法家协会会员参加)。所以说,书法艺术法则,是书法家精英特征和身份的有利保证。

书法展览的评审法则,是当代书法场域中的艺术法则的主要内容。它是由当代书法场域中中国书法家协会的组织者及知名书法家共同制定的,他们在其中组织和参与着书法的评审,引领者当代书法审美风格的走向。

此外,知名的书法家也能够凭借自己的声望在书法场域中占领一定的书法艺术资本,建立新的艺术法则。20世纪八九十年代后,周俊杰提出的"书法新古典主义"创作口号①,陈振濂发起的以技法品味、形式美追求(形式基点)、创作意识(主题要求)的学院派书法创作思潮与学院派运动②,以及王镛发起的"植根传统,面向当代,张扬个性,引领时风"为宗旨的"流行书风"等等,都对当代书法创作审美起到了一定的导引,建立了新的艺术法则。近年来,中国书法家协会也通过展览不断探索建立相对完善的书法评审机制,重新构建当代书法的艺术法则。比如,全国第十一届书法篆刻展、第六届中国书法兰亭奖评审中,中国书法家协会就明确提出了"立足传统,潜心经典,磨砺求新,文质兼美、艺文并重","以植根传统、鼓励创新、艺文兼备、多样包容"的书法评审原则,积极引导当代的书法创作回归传统经典,注重书法创作的艺术性和文化内涵。

3. 书法家精英身份的凸显

当代书法场域中活跃着一批优秀的书法家,他们是公认的当代书坛主力,这些人不自觉地构成了一个个相对较为稳定的"圈子",即一个个半封闭的精英圈,这些"圈子"基本处于书法场域的中心,引领或影响着当代书法的走向。他们垄断了大部分的书法资本,而那些不具备一定能力和身份的书家,则因没有这种合法的文化资本而被排斥在精英圈之外。如中国书法家协会各专业委员会、各级书法院、某

---

① 周俊杰、李强:《论"书法新古典主义"》,《书法研究》1991年第3期。
② 陈振濂:《"学院派"书法创作宣言——当代书法史上的"学院派"思潮与"学院派"运动》,《新美术》1997年第4期。

某书法精英班、某些具有共同艺术理念的书法家组成的官方或民间的精英团体,不具备他们要求、资格以及不遵循他们艺术法则的书法家自然无法进入他们的精英团体,自然也就没有资格参加他们的书法活动。目前官方或民间举办的各种形式的、社会公认的书法名家邀请展,各种学术考察、研讨活动等等俱为现实的例子。

古往今来,书法都是中国文化的重要组成部分。书法家作为当代书法场域的主体,自然成为现代知识分子群体的成员,并赋予他们文化精英的身份。很多在社会享有盛名的书法家,被推选为不同地域的政协委员、文史馆馆员、文化智库专家,评选为学术技术带头人、享受政府特殊津贴专家,聘为高等院校教授等等,并以时代文化精英的身份参加各种政治文化活动。

四、结语

身份是一个社会属性的概念,是在一定社会场域中塑造的产物。特定身份的建构必须与特定场域的逻辑与运作联系起来,因为艺术家行为规则和特殊习惯的形成是在特定场域逻辑的作用下完成的,场域不仅为画家(艺术家)提供了行动的空间,更重要的是为他们的行动提供了具有约束力的关系结构和逻辑规则。个人在某种意义上来说是场域作用的产物,艺术家之所以能够形成其特殊的角色类型,之所以"以如此这般的方式存在",是因为有一个艺术场域的存在,艺术家角色正是伴随着艺术场域的建构过程而建构起来的。[①] 所以"书法家"这一特殊的社会身份,必然要在特定书法艺术场域的关系网络和逻辑法则作用下才能得以实现,是伴随着当代书法场域所构建的艺术活动空间和运行机制而形成的。

空间与机制是场域的基本属性。空间是场域中诸多社会参与者所构成的关系网络,场域中任何参与者都处于一定活动的不同位置(阶段),而这些位置(阶段)之间存在着客观的关系网络。机制是场域中组织诸社会参与者的行动逻辑和法则,直接指导着各行为主体的活动,确保场域内部各种社会活动的正常运行。当代书法场域不仅为书法家提供了艺术活动的空间,而且为他们的艺术活动提供了具有约束力的运行机制。正是这个场域的存在,才为书法艺术活动提供了社会空间和运行机制,才塑造了"书法家"这一一"合法"的身份,支撑着人们对书法家的"权力"信仰。

---

① 黄剑:《基于清末民初"艺术家"角色的历史建构》,《甘肃社会科学》2008 年第 4 期。

本文通过社会学的方法探讨"书法家"身份在当代书法场域中建构的过程和机制,不仅摆脱了传统的书法家和书法本体的研究视角,有助于拓展书法研究的方法和理路,而且也可为探索构建书法社会学道路上的一次具体实践。

(原载于《艺术百家》2018 年 9 月第 5 期)

舞蹈批评与当代舞蹈发展的历史书写①

仝妍　华南师范大学音乐学院教授

艺术史、艺术理论与艺术批评是艺术学学科体系建构的基本核心。以"民族性""当代性"为核心内容的中国艺术学的构建,既要呈现出从艺术本体及其呈现形态内部规律的揭示中凝练中华民族文化艺术特性,又要概括在社会发展的历史进程与语境中的艺术实践的时代特征②。舞蹈学的中国特色或者说是中国舞蹈学的"民族性"与"当代性"同样是在舞蹈艺术实践以及与历史书写有机结合的整体观照中逐步明晰起来的。在这个有机体的建构中,注重研究方法与理论阐释的舞蹈批评,既是舞蹈艺术创作实践的学理思辨,更是对舞蹈发展的批判性思考,最终实现中国舞蹈艺术理论话语体系的建构。

一、关于舞蹈批评的研究现状

关于舞蹈批评③的研究主要集中在 21 世纪以来,特别是在习近平总书记发表《在文艺工作座谈会上的讲话》之后。如于平发表在 2000 年第 1 期《艺境》(《山西艺术职业学院学报》)上的《舞蹈评论与舞史研究方法论二题》一文,可被视为新世纪伊始率先划分了"舞蹈评论"中"批评方法"类型之作;其后他发表在《浙江艺术

---

① 本文为广东省教育厅重点平台及科研项目——特色创新类项目(人文社科)——"艺术学视野下舞蹈史的学科建构——舞蹈批评与当代舞蹈发展的历史书写"(项目编号:2017WTSCX018)成果之一;华南师范大学海上丝路音乐舞蹈研究中心成果之一。
② 王文章:《中国艺术学的当代建构——〈中国艺术学大系〉总序》,《文艺研究》2011 年第 6 期。
③ 本文论及的舞蹈批评亦包含舞蹈评论。

职业学院学报》(2006)的《价值学视野中的舞蹈批评》一文在论证舞蹈批评价值的基础上提出了舞蹈价值学的构想。

目前关于舞蹈批评学的专著成果尚不多见,相关研究成果主要注重于学理、学科层面的思考与研究,以及批评实践的汇总与梳理。如陈建男、吴海清合著的《舞蹈批评方法论》(2011)以舞蹈批评方法研究为中心,侧重于艺术理论层面关于舞蹈批评方法论的研究;吕艺生主编的《舞蹈批评学研究》(2012)分为上下两册,共有四编:文艺批评的理论与方法、舞蹈批评的理论与方法研究、舞蹈批评与舞蹈创作研究、舞蹈评论与作品分析,主要侧重于舞蹈艺术实践个案研究的汇总;贾安林编著的《舞蹈批评导论及精品赏析》(2016)在介绍舞蹈鉴赏与批评的理论方法的同时,也汇总了21世纪以来对于一些舞蹈精品的舞评文章;另有青年学者慕羽的舞蹈评论文集《亦文亦舞舞在当下》(2015)以及在北京舞蹈学院工作近30年的李杰明的个人文选《舞蹈批评文选》(2016)等。

在学位论文方面,只有中国艺术研究院李晓媛的硕士论文《论舞蹈批评的类型划分与定位》(2015),其他关于舞蹈批评研究的论文则相对丰富,均为舞蹈批评的散论,涉及舞蹈批评的研究方法、学科构建、类型划分等。其中鸿昀的《对"舞蹈批评学"建构的思考》(2002)一文中对舞蹈批评进行了界定——"就是以人文意识形态中的文化学、哲学、美学、社会学、历史学、工艺形态学等单纯的或综合性的理性眼光,来审视舞蹈的现实事项与历史事项(理念、活动、音响文本与符号文本等)的一种理性建构活动。是将舞蹈基础理论研究的成果,有机地应用于舞蹈审美评价、历史评价实践的一门应用性学科"[1]。张娟的《浅谈舞蹈批评对舞蹈发展的作用》(2011)从论证舞蹈批评的作用出发,指出现状与问题,也指出了其未来发展应借助中国美学、文化、哲学、历史的理论背景和方法的跨学科思路;史玉琪的《舞蹈批评对舞蹈发展的作用及现状分析》(2012)则论证了舞蹈批评在舞蹈欣赏以及舞蹈大众化交往间性中的作用。

2014年10月,习近平总书记的《在文艺工作座谈会上的讲话》以及中国文联中国文艺评论家协会的成立,为包括舞蹈艺术在内的艺术批评事业的发展指明了原则与方向,提供了体制与机制保障,有力推进了艺术批评与文艺评论的健康发展。在舞蹈学术研究中,批评与评论研究成为热点与焦点,其中《北京舞蹈学院学报》2015年第1期曾设"舞蹈批评研究专栏",吕艺生的《中国舞蹈批评的文化自

---

[1] 鸿昀:《对"舞蹈批评学"建构的思考》,《北京舞蹈学院学报》2002年第3期。

觉》、于平的《形态分析的舞蹈评论——新时期舞蹈评论的职业化取向(中)》①、周志强的《舞蹈批评如何可能?》、吴海清的《身体在世性:被舞蹈批评遗忘的起点——现象学视野中的舞蹈批评之反思》四篇文章分别从不同的角度对当前中国舞蹈批评的发展与现状进行论述,以更好地厘清舞蹈批评的学理背景,构建舞蹈批评的学术规范,促使舞蹈批评朝着更为专业化的方向发展。

此外,邓佑玲的《关于舞蹈艺术评论问题的思考》(2016)从创作者、表演者、评论者与受众四者的闭环关系引入并展开,结合当下艺术现象,剖析了舞蹈艺术所面临的具体问题,指出当代舞蹈艺术理论和评论工作者应站在人类历史和艺术的长河中,在精神文化的引领下,怀抱对现实生活的真心,具备跨学科的理论知识框架,坚定"刺刀见红"的批评态度,才能成为真正的舞蹈艺术评论者。许锐的《舞蹈评论是通达生命隐喻的路径》(2016)一文指出如何用身体去思考,如何把身体的经验转化为语言表述,成为舞蹈和舞蹈评论面临的一个重大课题,舞评需要找到用语言表达和传递舞蹈身体经验的方式。慕羽的《舞蹈批评四问》(2016)通过对"舞评为谁""何为舞评""为何舞评""谁来舞评"四个问题的回答探讨了舞蹈评论的核心问题;其《中国传统舞蹈批评特征及模式刍议》(2017)总结出伦理道德批评、"泛宇宙生命化"批评、"本体论"批评、"人化"批评、社会批评五种模式;其《从孔子"起舞"看舞蹈批评应有的态度》(2017)以舞剧《孔子》入手剖析了舞评人应具有"艺术型鉴赏"态度——"诗人的视觉""舞蹈家的眼睛"和"哲学家的头脑"。曾婕的《寻找舞评的卡里斯玛——2016舞蹈批评观察》(2016)一文围绕传统纸媒与新媒体中的舞蹈批评业态进行了分析,并就2016年度舞蹈批评的发展现状提出对策:建构舞评的层级、呼唤舞评的学术自觉、怀揣舞评的平常心、明确评论的态度。最新出版的则是由于平、叶迪、邱宇编著的《舞蹈评论形态分析教程(上下)》(2018),该教程收入了中国舞蹈界欧建平、刘青弋等学者具有学术影响力的舞蹈评论文章,旨在通过"文选"的研读来掌握舞蹈评论之"形态分析"的艺术观念和技术原理。

综上所述,作为新兴的学科,舞蹈批评学在艺术实践中的作用与价值已经越来越为学者所关注,其学理的建构也开始在跨学科的基础上起步,但是对舞蹈批评的现实实践和历史成果的研究并不丰厚,从而使得舞蹈批评学的学科建设在实际中仍"未完成"。

---

① 该文上编与下编分载于《北京舞蹈学院学报》2014年第6期、2015年第2期。

由此,将舞蹈批评的理性的、个性的视角介入当代舞蹈发展实践的历史书写的学术意识和现实行为是存在的,但是更要将其系统化、整体化、宏观化,真正使两个学科相融合,并为中国当代舞蹈发展实践背书,成为学科建设与完善的重要内容。

二、关于当代舞蹈发展的历史书写现状

在中国当代舞蹈发展的历史书写中,传统史学学科视角的叙述模式较为全面、系统地呈现了当代舞蹈发展的历程与格局,如王克芬、隆荫培的《中国近现代当代舞蹈发展史》(1999)、冯双白的《中国现当代舞蹈史纲》(1999)、《新中国舞蹈史(1949—2000)》(2002)、《百年中国舞蹈史(1900—2000)》(2014)等。随着艺术实践发展的日益丰富、学术研究方法的日益多元,越来越多的学者从不同的视角对中国当代舞蹈发展进行了专题化、批判性的思考与研究。

一是基于艺术实践的舞种个案研究。艺术的实践性特质决定了其历史书写必然建立在具体的艺术实践基础上。如于平的专著《中国现当代舞剧发展史》(2004)对中国舞剧艺术发展历程进行了清晰、系统、科学、深刻的分析研究;许锐的博士论文《当代中国民族民间舞蹈创作之审美流变与现时发展》(2006)运用了舞蹈生态学理论,在对当代中国民族民间舞蹈创作作品进行深入到舞蹈本体的实证分析的基础上,将整个创作现象置于宏观的生态环境中进行多维考察;江东的博士论文《中国古典舞发展历程之研究》(2008)以古典舞的"古典化过程"为理论旨归,通过对中国古典舞历史积淀的梳理到对其当代建树的呈现及其分析,力图揭示中国古典舞发展规律的实质意义;邹之瑞的博士论文《新中国芭蕾舞史研究》(2008)追溯了芭蕾艺术在中国播种、发芽、生长的百余年漫漫岁月和起伏变迁。高椿生的《解放军舞蹈史》(1997)和刘敏的《中国人民解放军舞蹈史》(2011)展现了军事舞蹈以及军队舞蹈编导的"非军事舞蹈"创作对中国当代舞蹈发展的推动作用;毛雅琛的硕士论文《试论"十七年"中国军旅舞蹈的发展(1949年至1966年)》(2010)通过翔实的作品例证分析了"十七年"军旅舞蹈的政治内涵和艺术风格,并归纳了其历史地位与影响;毛毳的博士论文《20世纪美国现代舞四次转型中对东方文化借鉴研究》(2014)则以跨文化研究视角对美国现代舞在20世纪的发生、发展中不断借鉴东方哲学及身体智慧的现象进行分层阐释。

二是运用其他学科的研究方法对当代舞蹈艺术事象展开的研究。跨学科的研究视角使得舞蹈学研究从舞蹈艺术本体扩展到更深、更广的舞蹈文化研究层面,对

于舞蹈的价值分析与判断呈现出更多维度的"面相"。如刘青弋的《中国当代创作舞路类型分析》(2001)从类型学的视角对舞蹈创作在"质"与"风格"方面进行种属分类的学理性分析,对各舞种的文化形态及其当代呈现进行了剖析;慕羽的博士论文《改革开放后中国(内地)舞蹈创作与政治文化之关系,1979~2006》(2007)运用了跨学科研究方法,从政治文化学视角对新时期舞蹈创作活动转型的独特历史进行了研究,探讨了舞蹈创作的政治文化意义;笔者的专著《舞蹈艺术价值论——中国当代舞蹈价值分析》(2012)试图将传统舞蹈史学研究和新兴艺术价值研究相结合,史论结合对中国舞蹈艺术价值,特别是当代舞蹈的审美价值、社会价值和经济价值三个层面进行了分析论证。东北师范大学 2017 年的三篇硕士论文《中国现当代军旅题材舞蹈创作的类型学研究(1919—2016)》(武小云)、《中国现当代历史题材舞蹈创作的类型学研究(1919—2014)》(段海妮)以及《中国现当代文学改编类舞蹈创作的类型学研究》(王彦琪)以类型学的研究方法,对现当代舞蹈发展史中的军旅题材、历史题材、文学改编题材的舞蹈创作进行了梳理与分析。

三是基于文化地理空间的区域民族舞蹈发展与创作实践的梳理与分析。文化地理空间对于艺术发展的影响表现为艺术风格流派的空间变化性受到特定空间的自然、社会环境的影响与制约。我国传统的农耕文化与幅员辽阔的疆域分布形成了相对封闭的区域文化地理空间,身置其间的文化艺术在语言、信仰、宗教、习俗等文化要素的影响下相应地形成了区域民族舞蹈的特色,这也是当代中国舞蹈发展历史书写的重要内容。如对内蒙古地区舞蹈发展的研究,有陈琳琳的博士论文《中国蒙古族小型舞蹈作品创作流变及其审美范式研究》(2016)、韩帅的硕士论文《当代蒙古族舞蹈创作研究——以〈内蒙古精品舞蹈集成〉中的代表作品为例》(2016)、史晓萌的硕士论文《内蒙古自治区成立初期的蒙古族舞蹈作品研究——以 1946—1965 年间蒙古族舞蹈作品创作为例》(2017)以及赵林平的《从〈内蒙古精品舞蹈集成〉的编纂看蒙古族舞蹈的发展》(2016)等,这些成果对当代内蒙古地区蒙古族舞蹈艺术创作的发展与范式进行了梳理与提炼。再如岭南地区,刘波的《岭南舞蹈的历史发展与思考》(2009)、宋敏芝的硕士论文《梁伦与广东舞蹈:区域舞蹈史视域下的个案研究》(2015)、陈琛的《岭南舞蹈现代化进程发展研究》(2015)、曹蕙姿的《岭南舞蹈的当代发展与特色》(2015)等,从不同角度对广东地区岭南舞蹈在当代的传承与发展进行了分析与探讨。

综上可见,关于当代舞蹈发展的历史研究及其成果,尽管呈现出由于研究对象、研究视角、研究方法、研究目的不尽相同而导致的差异性,但是另一方面又呈现出"论从史出、史由论证"的艺术批评之逻辑的共性特质,即将历程梳理、实践分析与文化解读相结合的、具有批评性质的舞蹈历史书写。也由此可见,对于丰富多样的当代艺术发展的历史书写,不能够只是艺术事象的罗列,而是需要主体性内涵更加丰富的、方法论视角更加多元的书写方式。而如何让舞蹈批评真正成为时代与社会的一扇"窗户"、社会主体的一面"镜子"①,需要我们进一步在艺术学的视野下对舞蹈发展历史书写的内涵、价值、原则等予以把握。

三、艺术学视野下舞蹈发展的历史书写

艺术发展史的书写长期以来被误解为只是尽可能详尽地依时间顺序罗列事实和作品。这样的历史书写所建构的艺术发展史偏重平面的事象罗列而缺乏纵深的批判与扬弃,从而使艺术创新的价值内涵被淹没在对艺术本体的工具性解析中。艺术发展的历史书写,是为了忠实地记录艺术的事实与作品,但更为重要的是以辩证唯物主义的历史发展观将其与过往、当下与未来进行勾连,运用不同的方法论去进行比较、分析与研判,从而在历时性与共时性的立体维度中建构艺术发展的历史图景。因此,艺术学视野下舞蹈发展的历史书写,一方面是当代艺术发展历史书写的方法论自觉,另一方面则是明晰舞蹈学的"特殊"和艺术学的"一般"的关系,从而完善舞蹈学、艺术学的学科乃至"中国艺术学"的体系建构。

从舞蹈的艺术特殊性来说,舞蹈是典型的时间艺术,其转瞬即逝的特点使得文本难以固化;其不可言说的象外之意、象外之境也难以凭借语言文本物化,这就使得舞蹈发展的历史书写不能只是尽可能详尽地依时间顺序罗列事实和作品,必须通过综合的历史书写方式将其艺术创新、文化价值、美学精神等内涵解析、阐释出来,从而建构起真正有历史价值内涵的舞蹈史学学科——因为艺术史的逻辑不是由时间顺序,而是由不断进行"辩证的转换"问题所构成的。因此,以问题意识统领,不论是从研究对象(舞蹈以及整个艺术学科),还是研究方法(史论结合),"整体观"应是舞蹈批评之原则。

从舞蹈学的学科建设来看,我国舞蹈史的学科建设始自中华人民共和国成立之后。在著名戏剧家欧阳予倩先生的带领下,以王克芬、董锡玖、孙景琛、彭松等为

---

① "它(艺术批评——作者注)与艺术创作的历史一道,既是时代、社会的'窗户',也是作为社会主体的人们——知识分子、艺术家、广大受众的'镜子',更是历史、时代和现实本身。"参见陈旭光:《论20世纪中国艺术批评史的"整体观"与"现代性"进程》,《创作与评论》2014年第20期。

代表的第一代舞蹈史学家从文字、考古、图像等史料出发,从无到有地搭建起中国古代舞蹈史的基本框架;改革开放后,以冯双白、于平、袁禾等为代表的第二代舞蹈史学者,借鉴文学、形态学、美学等学科的理论方法论,对中国古代舞蹈史、中国现当代舞蹈史进行史论结合的历史书写。与此同时,经过改革开放后30年的发展,中国艺术学在广泛而丰富的门类艺术实践的基础上,其学术框架体系的建构逐渐完善起来,并在2011年从文学门类中独立出来,成为新的第13个学科门类,这既是形而下的个别的艺术实践上升到形而上的普遍的艺术规律的理性自觉,更为关照形而下的艺术实践提供了一个更高、更宽、更广泛的跨学科视野。艺术现象从来都不是孤立的,因此对于舞蹈发展的历史书写而言,不仅要看到舞台上呈现出来的舞蹈创作、舞蹈表演,还要看到舞蹈作品、舞蹈事象背后的文化内涵与时代精神。这不仅是舞蹈批评的对象,也是舞蹈史学科建设的重要内容。

一般认为,以艺术理论研究的历史路径为基础作扩展性的设计,兼及现行教育体制下的艺术学学科体系实际需要,艺术学的研究可以分为艺术原理、艺术史和艺术批评三个部分①。这三个部分的划分只是学理层面的,在实践中三者是相互交叉融合的,也就是说没有孤立的艺术史,也没有孤立的艺术批评。可以说,艺术理论是在纷繁复杂的艺术事象中找到的一般性规律,是一种经验的归纳,而艺术批评则是通过具有普遍性的艺术规律与语言方式,去判断和把握个别作品的表达方式与艺术价值,是一般到个别的演绎。因此,舞蹈史与艺术学各自的学科建设发展,为当代舞蹈的历史书写找到了更加符合时代需要的多样化的方法论,使得当代舞蹈艺术发展史的不断重写成为可能。改革开放后,进入新时期、新世纪,再到今天进入新时代,舞蹈的发展除了需要高水平的艺术创新,更需要有理性的归纳与演绎,从而承前启后地、辩证唯物地、有理有据地、有现象有内涵地书写当代舞蹈发展史,进而对中国舞蹈史的历时性建构作出合理的历史评价,同时也是对中国舞蹈史在当代艺术发展的共时性格局中所处的地位作出客观的比较评价。

四、结语

从艺术生产的系统性来说,作为艺术活动的重要一环,"艺术批评"的实质是一种艺术评论实践,其主要任务是对具体的艺术现象和作家作品进行解释、分析、

---

① 王文章:《中国艺术学的当代建构——〈中国艺术学大系〉总序》,《文艺研究》2011年第6期。

判断和评价。习近平总书记《在文艺工作座谈会上的讲话》中明确指出,要高度重视和切实加强文艺评论工作,运用历史的、人民的、艺术的、美学的观点评判和鉴赏作品,倡导说真话、讲道理,营造开展文艺批评的良好氛围。艺术实践的检验离不开艺术批评,艺术史的书写更不开艺术批评,因为批评并非仅仅是单个作品的评论文本,更为重要的是这些有高度、有深度、有逻辑的批评文本是书写当代艺术实践发展的重要内容。

(原载于《艺术评论》2019 年第 4 期)

娱乐功能视阈下网络文艺网感与美感的现实融合

庄会茹　石家庄日报社主任、编辑

经过 20 年的蓬勃发展,作为移动互联网时代新兴媒介的文化娱乐形态,网络文艺经历了从"青涩"到"成熟"的美丽蝶变,已经成长为世界范围内最具普遍性、覆盖范围最广的文化娱乐方式,在当代文艺与文化格局中开创了堪称宏大的场面,成为中国文化输出世界的重要内容。如何使网络文艺的创作与生产更接地气,更具中国特色和价值含量,实现娱乐功能视阈下网感与美感的现实融合,创作生产更多注重内容建设,符合政治与社会逻辑,体现民族和文化立场,具有鲜明个性特点,通俗不庸俗,具备可延展价值的优秀作品,讲好世界舞台上的中国故事,更好满足人民群众的文化生活需求,无论是从网络文艺自身长远发展看,还是时下繁荣网络文艺市场所需,都是必须要面对的问题。

一、在载体变化中坚持理性审美

网络文艺依托于数字技术传媒空间发育、成长、壮大,其产品在网络空间的生产、传播和被接受,自然表现出诸多与"网生代"心理契合的特征。与传统文艺创作相比,网络文艺创作最大的不同是用产品思维替代作品思维,目标市场的用户需求,成为其创作出发点。在口碑效应比权威的传播渠道更具影响力和渗透力的网络传播语境下,受众的喜怒哀乐,直接影响到网络文艺创作的走向。因而,在相当长的时间内,网络文艺作品成功与否的标准,要用眼球效应来衡量。大量鬼怪、惊悚、色情等内容的涌入,使网络文艺一度被贴上了偏离主流文化的"污文化"标签。

净化网络艺术空间,提高网络文艺作品审美旨趣,以网感与美感的和谐共生、现实融合,助力娱乐功能的发挥和内容价值提升,更易产生具有广泛传播力和持久影响力的作品,使受众通过网络文艺欣赏活动满足日常审美需要,获得精神享受和审美快感。网络文艺的网感是重要的存在要素,但网络存在要素不能取代文艺审美,归根结底,网络文艺的繁荣发展还要依靠作品质量,这是被实践反复证明的真理。如果重"网感"轻"美感",甚至以"网感"取代"美感",陷入以点击率论成败、以市场份额论英雄、以"点赞""吐槽"论优劣、以"打赏"论价值的误区,就偏离了正确的发展轨道。网络文艺火爆背后对理性回归的呼唤,是对唯市场占有率、网络点击率至上,歪曲审美尺度,变通俗为低俗甚至恶俗的倦怠与警醒。网络文艺创作在人民日益增长的美好生活需要中回归理性、走向规范,是历史的必然。"网络"裹挟"文艺"的狂飙突进,必将成为过眼云烟,"文艺"再塑"网络"的精耕细作,越来越前景广阔。

在娱乐功能视阈下,网络文艺网感与美感的和谐共生与现实融合,显得尤为重要。追求更高层次的精神享受,是经济发展到一定程度,人们物质生活需求得到满足之后的必然选择。精神产品及时跟进,并以精神生产的繁荣和产品的健康丰富,赋予人民群众自由选择的权利,使其得以情动于有意味的审美视听形式与内容的最佳结合,在文艺作品内容对社会现实的贴近与精神境界的昂扬、表现形式的恰切与冲击力中得到审美满足,收获精神愉悦,愉心悦目、畅神益智,则整个社会的文化氛围便奠定了积极向上的基调,实现为经济社会发展提供强劲动力的发展目标,也便现实可期。

互联网思维的颠覆性和诸多互联网社会中的始料未及,并不妨碍我们享受来源于生活又超然于生活之上的审美,只是现实生活中信息的传播媒介和表达方式发生了变化而已。互联网世界的复杂多变并不能改变我们的初心和坚守,不能颠覆人们心中美好的情感向度。毕竟,社会的发展,物质只是参考系数之一,建构在物质生产之上的精神世界的丰富,往往比单纯的物质满足更能给人带来愉悦感。融入时代大潮,应对各种变化,才能获取不变的发展。就文艺而言,无论何种表现方式,都是一定思想和价值观念的载体,"离开火热的社会实践,在恢宏的时代主旋律之外茕茕孑立、喃喃自语。"是找不到受众,听不到共鸣的。

文明建构应该实实在在地体现在精神产品的生产上,体现在每一部作品中。作为文化产业的重要组成部分之一,以网络游戏、网络动漫、网络视听为主的网络文艺用户基础广泛。最新数据显示,我国现有 7 亿多网民、400 多万家网站,拥有全球最大的 4G 网络,蔚为大观。如此广袤的土壤,对网络文艺的成长来说可谓

"广阔天地,大有作为",其成长效率和普及渗透效应潜力巨大。网络文艺在市场规模上成长为文化产业的支柱,并对当今社会主流文化格局产生不可轻忽的影响,势在必行。当前文化产品供给不平衡、不充分的现实状况和广大人民群众多样化、差异化的文化娱乐消费需求,给越来越多的网络文化企业提供了争取用户的机会,其优质生产内容给予用户难得的审美娱乐体验,释放无比丰富的感性魅力,大大丰富了消费者的文化生活。

网络文艺与资本的对接,和青年人张扬个性、表达自我的自娱自乐需要,使其诞生之初,便天然具有草根性和娱乐性特征,而当下粉丝文化与粉丝经济所具有的巨大商机,不可避免地导致网络文艺更多走向满足"受众"口味的方面。面对网民文艺消费需求的巨大,文艺创作者如果能够借力网络新媒体双向互动的传播特征和即时性技术传播优势,打破以往文艺作品以"文"载道的平面化、单维度信息传播模式,借助文字、画面、语音、影像等综合传播语言,采取 AR、VR 等多媒体展示手段,采用可视、可听、可感、可互动的立体化、交互式传播方式,创作出积极正向且符合受众需求的网络文艺作品,则能成为使用"互联网+"的多维文艺创作方式,拓展传统文艺表达范畴,丰富其表达方式,活跃社会整体文化氛围的有效助力。

人的生产无论是精神的还是物质的,都与美有着不可分割的联系。通过审美的方式陶冶人的情操、提振人的精神,是文艺作品的主要功能。单纯感官娱乐不等于精神快乐,文艺应远离低级趣味,传播正能量。那些在商业利益驱动下,用低俗手段展示和渲染人性与人情中的恶习、丑态,迎合某些人感官"享受"的所谓文艺作品,麻痹人的精神,贩卖廉价笑声,展示丑陋欲望,虽能满足一时的生理快感,却是对文艺的矮化和亵渎。文艺不能当市场的奴隶,网络文艺除了重"网感",还要捕捉并发掘"美感",用"网感"和"美感"的良性互动,打通"网感"和"美感"的沟通路径,并以人民群众喜闻乐见的形式,构筑美感在网络文艺语境下存在和发展的空间维度。

达此目的,在互联网思维的颠覆性改变中,实现美的对象化,首先要提升网络文艺创作生产者的美学素养,自觉提高其在产品中注入美的追求的意识和能力。发端于草根阶层的网络文艺,娱乐性和现代性元素极为明显,但一味的娱乐消遣,也会带来追求短平快、单纯逐利等问题,因此网络文艺的作品品质良莠不齐,不可避免地存在粗糙、粗俗等问题。网络文艺最基础的功能是"乐",因势利导,引导网络文艺寓教于乐,从中注入更多审美意蕴,经过时间的沉淀和筛选,慢慢积累为创作的习惯,在现实取材与合理想象中灌注美感,给消费者带来审美艺术体验。

歌德说:"艺术并非直接模仿人凭眼睛看到的东西,而是要追溯到自然所由组成的以及作为它的活动依据的那种理性的东西。"从此可见,说艺术要显出事物的特征,也就是说它应抓住事物的本质和必然规律,显出它们的理性。(引自朱光潜《西方美学史·下》P421)抓牢理性之基,张开感情与美的翅膀,体物入微,物我同一,与时俱进,充分融入网络环境,在此基础上不断继承和创新文艺创作的方法,树立正确"三观",培养市场意识,跟上时代步伐,促使网络文艺不断焕发新的活力,则可为人们忙碌的生活提供人性化的抚慰与愉悦。

二、在"价值落点"上坚持深入掘进

数字化时代的到来,大大改变了人们的日常生活节奏。网络文学、网络影视、网络音乐、网络动漫、网络游戏、网络直播等热门新鲜的网络文艺形式精彩纷呈,给人们带来更为丰富和活跃的娱乐生活场景。紧张繁忙的工作之余,足不出户,在手机等移动终端接收和发送信息,乐享文化娱乐生活,成为许多人不可或缺的生活内容。伴随着社交平台、直播平台、音乐平台、视频平台等泛娱乐营销平台的活跃,如何盯紧"核心创意",找准"价值落点",用更为快速而灵活的注入方式,增加网络文艺的文化含量、智力挑战和深度爽感,是"业界"不容回避的问题。

毋庸讳言,在网络文艺发展进程中,虽然"流量至上"风行,但内容一直处于风口位置。网络文艺内容创新多姿多彩,内容创业方兴未艾。为增加"流量",一些内容供应商对低俗需求的刻意迎合,使色情、暴力的擦边球频频得分,这对涉世未深的青少年而言无异于"温水煮青蛙",让他们不由自主地陷入"乱花渐欲迷人眼"的人生困局,害莫大焉;而各平台的流量争夺,更使这些内容的盛行如虎添翼。须知网络只是一种令传播更为迅捷的电子媒介,凝结在信息流之上的观念、思想、价值才更具社会价值属性。弘扬正能量,不负新时代,是网络文艺健步走向未来发展的"王道"。

全媒体时代,"万物皆媒",网络文艺生态的清朗健康,需要大家共同努力。下好创意创新的"先手棋",跳出小利益小格局小情愫的窠臼,妥善处理好大众文化与小众文化,题材选择与时尚表达的关系,更加注重多元价值的呈现和理解,用适应市场化环境、适应新技术应用、利于网络文艺发展的时尚因素,描绘时代的精神影像,生产出有温度、有态度、接地气的文化产品,提供给受众更具人性温暖的心灵滋养,让自有平台持续释放历久弥新的文化芬芳,是做大做强网络文艺平台的不二选择。

新时代意味着传统发展逻辑的终结,需要更多创新与探索,需要更多专业智慧。网络文艺既是文化的凝结,也是生活的沉淀。要达到艺术的高度,登高望远的价值利益和文化走向,与现实对接的创意和文化价值观,在其生产传播过程中不可或缺。网络文艺要达到优质内容和好的传播方式的统一,同样要立足广阔丰厚的现实生活图景,在生活的丰富表象中去粗取细、去伪存真、由此及彼、由表及里,有效透视其本质,才能提炼出分贝高、声音亮、有穿透力的精品力作,做不断满足人民日益增长的美好生活需要的生力军。

当今时代,网络原创文艺已经成为中国大众文化的重要策源地。网络传播的即时性、交互性、便携性、无门槛等媒介特性,给网络文艺作品的创作、制作、传播、互动等带来更多契合网络时代特点的新变化,文艺创作只有深入契合网络特性,才能最大程度上获得受众。面对不断变化的文艺创作对象,创作的思维方式也应顺应时代变化,不断创新,使文艺创作始终紧追时代,有的放矢,为"举精神之旗,立精神支柱,建精神家园"贡献力量。面对不断变化的文艺创作方式,正能量创作不但要"有网感""能进场",而且要"扛大旗""因时而兴,乘势而变,随时代而行,与时代同频共振",更多创作使人欣悦,在感情、美、想象的并行中,能带人飞翔的网络文艺精品。

在"价值落点"问题上,行业内的警醒和努力,是网络文艺不断增强"核心动力"的内在保障。就拿互联网视听平台来说,作为优质视听内容的重要策源地,视频网站呈现何种内容、持有何种内容价值观就显得愈发重要。在网络文艺如何形塑"价值观"问题上,腾讯公司副总裁、企鹅影视 CEO 孙忠怀提出了"高品质、正能量、创新性、年轻化"的思考方向,他指出:"网络视听内容正从追求量的发展转变为寻求质的提升。过去那些以大尺度、打擦边球来吸引眼球的低劣内容已渐渐淡出大众的审美视线,与之相对应的是,注重品质、格调积极、制作精良的内容,获得了市场、平台的一致肯定。"(据搜狐网报道)

据中国互联网络信息中心数据显示,截止到 2017 年 12 月,网络视频用户规模达 5.79 亿。不断壮大的用户规模,在为视频平台贡献高速上涨的播放量和用户时长之时,也对网络视频平台的内容、产品体验等提出了更高的要求。正是源于这样的高要求,坚持正确导向与社会责任的重要性,更应明晰。暨南大学郑焕钊先生在其雄文《网络文艺 2017:走向文化治理和全面规范》中的论断,或许可以作为网络文艺行业内部自我约束的注脚:2017 年,是网络文艺从"野蛮生长"向"文化治理"

转换的历史拐点。围绕《王者荣耀》网络文艺社会责任感的社会讨论,推动网络治理的观念深入人心;网络文艺治理话语推动网络文艺批评与研究范式转型;相关政策和行业规范相继出台,奠定了网络文艺治理体系的制度基础。可以说,治理时代的到来,从根本上倒逼行业自身的规范和提升,政策规范倒逼内容自身的质量提升,付费和独播等新的产业模式形成推动内容生产的精品化趋向,网络文艺类型的多样化促进网络文艺生态的发展。(出版源:《中国文艺评论》2018(2),本文引自搜狐网)

陈定家先生在《文艺报》发表"网络文学价值观与创造力漫议"指出:尽管网络文艺成绩突出、进步巨大,其辉煌成绩有目共睹,但我们也注意到了这样一个现象,那就是当下网络文艺创作,统计数量令人惊叹,但在思想性和艺术性方面,真正震撼人心的作品却并不太多。不仅如此,在一些监管缺失的网络文艺空间仍然存在着诸多乱象,诸如价值迷失、恶俗流行、情色泛滥、拜金主义、消费至上等,可谓乱象丛生,快餐文化、娱乐至死、抄袭模仿、克隆山寨等,可谓无所不有,这类纷繁复杂的不良现象,无疑给网络文艺健康发展形成了严峻的挑战。

挑战面前,趋于美的良性传播的潜力挖掘十分重要。陈定家说:"一个时期以来,文艺创作的精品意识淡薄,艺术生产的品牌战略失效,这也是艺术工作者颇感焦虑的话题。就网络文学创作而言,产量巨大、精品欠收的尖锐对比尤为引人注目。这种数量与质量的巨大反差,说明体量庞大的写手群体在价值观、创造力、使命感等方面还有很大的提升空间。必须承认,在当前大批被市场主导的网络写手中,确实存在着急功近利的浮躁倾向,网络写手的创造潜力还有待深入挖掘与大力拓展。"

网络文艺的"价值落点"与网络文艺从业者所秉持的价值观紧紧相连。由于人们的社会地位不同,对经济、政治、道德、金钱等所持有的看法也不尽相同,直接影响每个人处理问题的尺度。对网络文艺创作者而言,其内心的"价值落点"与其作品格局息息相关,各种网络文艺作品及其衍生品的打造,无疑也是一个在各环节以人品锻造作品的过程,而人品的核心内容,非价值观莫属。网络文艺"价值落点"的形成,基于个体差异的不同,有一个从实践到认识,再从认识到实践不断摸索的过程,殊非易事。虽然以社会主义核心价值观为风向标的文艺创作理念在传统文艺创作领域早已不成问题,但在众声喧哗的网络生态下,却不可能一蹴而就。

以强调"网感"、追求鲜明个性和年轻化的网络综艺为例,把握好娱乐炫酷与文化内涵挖掘、经济效益与社会效益同行并重的平衡与价值落点,仅靠迎合90后、

00后等新生代受众的某些心态和语态,显然力量过于单薄。缺乏深入生活把握大众话题的积累与准备,以各种无厘头碎片话题的浅层次堆砌,简单直观的视听刺激制造"娱乐"效果,博眼球、赚流量,即便颇费心思地通过沉浸式、互动式体验等强力打造一场场"网络娱乐狂欢秀",也终究不免沦为缺乏文化与价值含量的非理性狂欢,价值标准沦陷,在主流价值观塑造和大众审美品位提升上,少有建树。更多指向娱乐化和经济效益的所谓"网感",没有成为连接网络综艺所应承担的社会责任、实现的社会效益的"红线",反而与"用户思维""产品思维"等市场话语一起,构成对责任意识的挤压。其结果是节目数量快速增长,能够悦人耳目的清新之气少见,因创新不足引发的跟风模仿、同质化竞争严重,既缺少文化布局上的鲜明疏朗,又难以满足人民群众日益增长的美好生活需要。

讲品位、讲格调、讲责任,秉持小成本、大情怀、正能量的制播理念,网络综艺方能不断走向发展繁荣。那些热衷于靠标新立异的激烈言辞制造轰动效应,为追求点击率不择手段,无所不用其极的网站和个人,价值观错位、创造力缺位、使命感移位,以低级趣味的作品,损害网络文艺的声誉,触犯广大读者的道德底线。弘扬和践行社会主义核心价值观,传播正能量,高扬主旋律,既是现实社会,也是网络虚拟空间别无选择的文明诉求与价值追求。破解时下网络综艺乱象,从迎合受众到引领受众,回归主流价值、主流审美,传递积极正面的价值观,提供精神动力,是媒体和文艺创作者的职责与使命之所在。作为更加年轻化、与观众联系更加紧密的文艺形式,网络综艺更须坚守核心价值观,传递真善美,"网感"和"美感"并重,用有质量、有追求、有意思、有意义的节目影响、引导年轻观众走向积极向上、健康文明的生活轨道,生机勃勃地奋斗在各自的工作岗位,为社会创造价值。

习近平总书记在中国文联十大、中国作协九大开幕式上的讲话中强调:离开了一定思想和价值观念,再丰富多样的表现形式也是苍白无力的。文艺的性质决定了它必须以反映时代精神为神圣使命。广大文艺工作者要把培育和弘扬社会主义核心价值观作为根本任务,坚定不移用中国人独特的思想、情感、审美去创作属于这个时代又有鲜明中国风格的优秀作品。这与党的十九大报告指出的"社会主义核心价值观是当代中国精神的集中体现,是凝聚中国力量的思想道德基础"一脉相承,指出了文艺发展的正确方向,在众生喧哗的网络生态中,振聋发聩。

互联网与文艺的融合,降低了文艺爱好者成为创作者的门槛,客观上拉近了艺术与普通民众生活间的距离,推动着网络文艺不断向群体化、纵深方向发展。随着新的艺术样态不断出现,网络文艺的复杂性也大大增强。然而无论创作群体、创作媒介和创作方式如何改变,文艺创作的核心要素却一脉相承:尊重艺术创作的基本规律,深入思考触及人类精神世界的社会问题,忠实纪录时代变迁,深刻反映、艺术呈现时代发展;努力提升创作能力,挖掘文化富矿,坚定不移走精品化创作道路。这就要求我们的网络文艺旗帜鲜明地弘扬社会主义核心价值观,激浊扬清,加强正面引导力度,勇敢地承担起更多社会责任,在纷繁复杂的社会发展变化中,展现出自身的视野与担当。

在不断实践和探索中,网络文化产业的商业模式和产业生态正在趋于成熟和良性发展,市场价值和社会效益日益凸显。但网络文艺对本应更好传承的中华民族优秀传统文化的深厚文化底蕴,还存在利用和开发不足的短缺,来自相关政府部门的必要监管和政策扶持,尚不完善,与网络文艺相关的评论和研究,与传统文艺相比,还较为滞后;在对外推广传播上,相当数量的网络文艺作品"中国味"不足,导致国内热门的网络文艺形态,海外传播亮点不足。有些网络文艺作品即便在海外取得了商业意义上的成功,因为未能充分挖掘中华传统文化资源的内在价值,而是较为片面地侧重于文化经济价值的开发,产品的文化含量成色不足,难以有效转化为具有鲜明民族特色的中国文化软实力。总的来说,原创能力的相对薄弱,与优质文化产品供给的不足,使网络文艺在某种程度上还停留在满足某些低层次文化需求的水平上。

"一切文化最终都沉淀为人格"。传承和创新都需要站稳脚跟的定力。让我们从一篇网文、一部电影、一部网剧开始,从每一个人、每一天开始,与时代同向同行,用定力守护文化生命,增强网络文艺作品的内容赋值与原创保护,在时代风口上把好网络文艺影响力这一关,做有意义的"爆款",在收获尖叫和围观之外,用丰富多样、积极健康的产品,不断满足人民日益增长的美好生活需要。

三、在评判标准上坚持"网感"与"美感"并重

什么样的网络文艺作品才算是好作品?按一般的评判标准,有"网感",能吸引眼球,是首先要考虑的问题。能吸引注意力,赢得更高点击率,网站才会红火热闹,吸引更多流量,赚取更多收益。至于以什么样的内容,用何种表达方式达到目的,似乎都不重要。感官化和碎片化的内容,不存在理解上的难度,是争夺"90后"与"00后"注意力的有力武器。除此之外,就是对网络热点的敏感,有能充分激起参与欲望的话题,在热烈互动中完成意义的生产和再生产。这种偏重"网感"的评判

标准,从经济效益考虑尚可,就社会效益而言,还要不负时代不负人民,坚持"网感"与"美感"并重。

如果一切的努力,都是为了吸引有限的注意力资源,分得市场上的一杯羹,其实已经陷入了流量至上的误区。现实生活的无限美好和人类想象的奇伟瑰丽,都被眼前利益所遮蔽,仅剩下关于金钱的一个个套路,就像一个人虽置身百花园中,却体味不到繁花似锦与生机盎然,心中只盘算园中花价值几许,无关审美且大煞风景。对客观对象和主观意兴讲求"气韵"与"兴味",追求"气韵生动"的中国绘画,对网络文艺作品如何更好聚能量,或许能有些启发。网络文艺作品虽可在意境上不拘"礼法",上天入地,不按牌理出牌,终需"形散神不散",无论是对客观世界的描摹还是对主观世界的映像,还要靠主题的健康明朗、格调的悠远宏阔胜人一筹。谁能最先打动人心,最深介入用户的精神世界,谁就能拥有更广阔的未来。

关于网络文学在发展壮大过程中与审美的矛盾与冲突,中南大学欧阳有权教授在其《网络文艺学探析》(p369)中写道:网络文学产业化崛起所形成的"市场与审美"的矛盾,隐含了驱动机制上的增长方向偏向。作为数字传媒时代的一种文学形态,网络文学依然需要运用符号媒介去表现人与现实的审美关系,用艺术的方式塑造文学形象,表达特定的生活状貌与生命体验,抒发个性化的内心情愫与理想愿望,用真善美的普世价值为人类的"诗意栖居"提供一种想象性和蕴藉性的审美镜像。但越来越成熟的商业化、市场化、产业化却形成了对艺术审美的漠视和遮蔽,加剧了网络文学的非艺术化和非审美化。经济的力量,赢利的目标,致富的动机,远比文学审美的艺术追求显得重要和实惠。

网络文艺产业化过程中与审美的龃龉,几乎是必然的,有时因"有心栽花花不成,无心插柳柳成荫"的阴差阳错,造成美的旁逸斜出,不在自觉为之的范畴。且不说"萝卜快了不洗泥"的俗语表达,那些以盈利为目的,集团化产业化运作的背后,如果不是有强烈的品牌意识支撑,大多是难以照顾到用户内心感受的,总有细节上的疏漏,粗粝而折损美感,甚至邪恶而排斥美感。有些文艺作品为了取悦用户,生硬地增加"网感",结果却难偿所愿。如热播剧《人民的名义》里主角"侯亮平"以英俊小生的扮相出场,以为会博得满堂喝彩,没想到能在网上疯狂"圈粉"的,却是颜值不高但演技过硬的"达康书记",这看似违于"网感",实际却是网络文艺语境下美学新动向的"最表达"。带给我们的启示便是,无论是网络文艺还是传统文艺,包含文化含量,能够体现独特个性的"核心赋值"才是最受欢迎的。

每个人都有表达自己、显示存在的愿望,在网络空间里,这种意愿的表达,往往发挥得更淋漓尽致。对于感兴趣的事物,网络用户的参与度向来很高,舍得不计回报地付出时间与精力。比如不眠不休地观剧,并通过搜索、转发、点赞、评价、推荐、自制短视频、表情包等,在贴吧、微博、微信朋友圈等社交平台上传播信息,围绕某些可供公众交流的话题,分享见解,提升观剧快感。快感提升为美感,需要生命感官到心灵状态的跃进。不同的文明,催生出不同的美。人与人之间美感的差异,受文化修养、个性特征的影响,因时代、阶级、民族、地域的不同而不同。具体到网络文艺作品欣赏中的审美,除了欣赏主体的差别,还受客观审美对象的限制,而客观审美对象中包含的主观创造,影响着用户审美立意的高下。

网络参与话题的制造有手段是否高明、格调是否高雅之分,网络用语也有水平高下之分,这里面,存在"网感"与"美感"的现实融合问题。美感可以是浅层次、表面化的"养眼",也可以是深层次、可与灵魂产生共鸣的感动与震撼,网感则是适应网络传播表达需要的种种形式上的"打怪升级"。从市场角度看,观众的审美眼光、判断力和对多元文化产品的包容力是无须担心的。只要能打动人心,总能收获赞誉。而从制作方的角度来说,爱奇艺、优酷、腾讯等视频网站一方面为自制内容大量投入,另一方面计划扶持和培养各种人才,为内容升级积蓄力量,预示着不远的将来,在"网感"与"美感"的融合方面足斤足两的网络文艺精神大餐,有望成为百姓多彩精神生活的"正餐"。

当今时代,注意力已经成为当之无愧的稀缺资源,"眼球经济"蔚然成风,创新成为一种价值导向、一种生活方式、一种时代气息。网络文学、微电影、网剧、网络动漫、脱口秀等,其生存发展与互联网须臾不可分,准确把握互联网文化的特质,是网络文艺走向繁荣的先决条件。在探寻自身情感表达及各种集体性情绪的发泄途径与形式时,无论是戏弄假大空,还是戏仿高大上,厌弃与反讽虚伪过时的道德标准、社会规范,都呈现出贴合网络表达途径的新的样貌。常常保有对外界的感知、对美的审视,才能不迷失在消费时代的语境中,力避原创作品变成类型化的重复他人或者自我重复。

内容创新与形式重构,可以说是互联网时代网络文艺发展的两大任务。如何以产品思维经营内容,融互联网时代特有的解构、叛逆气息和狂欢精神于美的语境中,使生产内容更易让用户接受,更好把握用户的信息需求与情感向度,把有价值的信息变成收益,并利用 IP 资源规划、设计、包装、推广"内容产品",是网络文艺内容产品化之路上需要着重思考和解决的问题,也是网络文艺进一步发展壮大过程中必须要面对的问题。

以年轻人欣赏网络剧的"时尚",来进一步解读网络文艺的审美,或可管中窥豹。"时尚"的事物,大概最能满足年轻人求新求异的好奇心,可以把不同地域、性别、职业、教育水平的网络用户连结在一起。因此,无论网剧中的故事发生在现实中的繁华都市,还是想象中的奇幻世界,无论是青葱校园,还是寂寞皇宫,只要有足够的"时尚感",都能得到他们的青睐。可以说,虽然传播载体不同,但叙事艺术的基本要素依然是网剧重要的美感来源。精心的构图、出色的表演、让人欲罢不能的情节,都让观众看得酣畅淋漓。而富有时代气息的互联网无限空间和可以自由支配的上天入地般的时空交错,给观看者提供了更大的审美想象余地。

李泽厚先生在《美的历程》一书中,专门谈到了宋元山水意境中的审美兴味和美的理想。其中的"要求自身与自然合成一体,希望从自然中吮吸灵感或了悟,来摆脱人事的羁縻,获取心灵的解放。千秋永在的自然山水高于转瞬即逝的人世豪华,顺应自然胜过人工造作,丘园泉石长久于院落笙歌"饱喻禅宗,与网络世界的"真相"遥相呼应。在快车道上一路狂奔的网络文艺,在持续发展的浪潮中,对网络文艺作品的评判,也应"网感""美感"两手抓,既能敏锐捕捉兴起于网络的审美新风尚,又能充分开发网络文艺这座文化富矿的"含金量",从而为网络文艺的健康发展开辟更广阔的天地。

四、在创作理念上坚持"原创赋值"

2017年的全国两会上,"原创力"缺失导致文化产业"贫血"问题,引发代表委员关注。文化产业市场规模不断扩大,文化产品和服务日益丰富,可以更加多样化地满足人民群众的文化生活,但某些文化产品制作传播过程中暴露出来的虚拟成分多,现实题材少,大同小异,对国外创意盲目模仿等弊端,显露文化产业"体格"强壮的同时,面临原创力缺失导致的"贫血"之忧。这种担忧对网络文艺发展来说,可谓切中肯綮。网络文艺作品只有坚持"原创赋值"的创作理念,把永恒的价值追求镌刻进自己的作品,把美的元素渗透到每个角落,让受众动心动情,在灵魂的洗礼中感受真善美,接受向上向善的价值观,增强道德判断力和道德荣誉感,更加向往和追求讲道德、尊道德、守道德的生活,方能获得长远发展的强劲动力。

文化产品制作上的一哄而上,必然导致盲目跟风后的高度雷同,以及由此带来的市场疲软。作为传播思想、符号和生活方式的消费品,文化产品提供信息和娱乐,进而形成群体认同并影响文化行为。基于个人和集体创作成果的文化产品在产业化和销售过程中,被不断复制并附加新的价值,应更多融入时代元素,弘扬时代精神,着力打造经得起时间检验的精品力作,以高质量的优秀作品为文化产业的繁荣和发展助力,努力实现以社会效益带动经济效益的双赢格局。"绳短不能汲深井,浅水难以负大舟。"网络文艺要想从野蛮生长向经典化转型,创作者尤需注重自我提升,进行灵魂创作。习近平总书记在中国文联十大、中国作协九大开幕式上的讲话指出:"对文艺来讲,思想和价值观念是灵魂,一切表现形式都是表达一定思想和价值观念的载体。离开了一定思想和价值观念,再丰富多样的表现形式也是苍白无力的。"作品的核心思想价值,才是最重要的。

富含独特创意的文化精品创作的过程,也是文化自觉意识融入具体文化产品的过程。文化自觉不是粗泛的文化知识的再现,更不能沉溺于玄幻、穿越、架空、修真等"打怪升级"的套路中,而是要以文化的自知之明进行创作,把社会主义核心价值观作为心中的"定盘星",自由驾驭具有艺术张力的文字,体现中华文化精神和中国人的审美追求。网络文艺创作者若能自觉以弘扬本民族优秀传统文化为己任,通过创作优秀作品,将民族文化发扬光大,推动省际、国际文化交流,促进不同文化背景下人们的心灵沟通,并从中感受到生活的美好,必然会跃上新的发展台阶。置身新时代,网络文艺创作者更应细致体验生活、深刻观察生活、艺术反映生活,超越"套路"和"模式"进行创作,用丰富的想象、血肉丰满的人物、亲切动人的场景,构建网络文艺的理想世界。人间烟火,凡尘远阔。网络文艺创作者要有定力,在商业化写作的狂欢中沉下心来,融进生活中去,身入心入,了悟人生、参悟艺术,创作精品。

毋庸讳言,网络文艺作品的生产应当具有强烈的创新性。每一项文化产品,无论它是"阳春白雪"般的高雅还是"下里巴人"般的通俗,都应独具匠心,力避雷同。虽然可以吸收和利用前人的劳动成果,但绝不能重复前人的劳动,必须充分投入创作激情,用创新的手法创造前人和他人不曾表现过的新的意蕴,让受众在文化产品的欣赏性消费中获得更多的审美感受。对面向大众的文化产品而言,人民是永远的评委。好的网络文艺作品应该奔流于创意的高地,"像蓝天上的阳光、春季里的清风"一样,散发光热、传递温度,春风化雨、温润心灵,让每一个生命都绽放在和暖的光亮里。"世路之蓁芜当剔,人心之茅塞须开。"无穷的创作激情和动力,来源于对国家和时代的尊崇,来源于对生活的发现和表达。一方水土,赋予作品独特的内涵与灵性。各地独特的地理位置,悠久而丰富的历史文化,为网络文艺作品的"本土化生产"提供了肥沃的土壤。我们有足够深厚的土壤去挖掘,更好展现生命之歌,劳动之美,与人性的魅力,记录时代,安抚心灵,提升网络文艺作品的审美向度。

文化自觉超越个体的生命自觉,以对民族(或团体)生活方式和核心价值的整体自觉和秉持坚守实现更大的文化价值。在文化自觉的航线上起航高飞,既需要凭借深厚的知识和思想传统,也需要对社会生活的深入体验。在鲜明的文化自觉意识下创作的文化产品,把认知、教育、审美、娱乐等功能,更好地落实到民族化和大众化的层面,满足人们的精神需求,成就一种更高层次的消费需求。当今的网络文艺,无论是对国家的意识形态和当代文化建设,网络话语权和新媒体阵地的发展,还是大众文化消费、公民阅读和青少年成长,直至社会主流价值观的建构、文化软实力的打造和国家形象的传播,都起着不可忽视的作用。如果网络文艺产品尽可能多地让优秀的民族传统文化融入作品中,发挥文化的凝聚力和教育功能,达成文化传播中的"各美其美,美人之美,美美与共,天下大同"的理想效果,作品的影响力和整体行业形象将大大提升。

感情的深浅、用情的程度,决定着人的行为的发展方向和结果。不论在怎样的时代,也不论是怎样的传播形式,若要让作品具有长久的生命力和持久的影响力,吸引"眼球"不是第一位的,能让受众"走心"才是最重要的。那些能够触及人的内心,带着温度去激发人的真情实感和高尚情怀,让文化消费建立在对真善美的追求之上的文艺作品,闪耀着历经岁月淘洗的光泽,摒弃时光深处的嘈杂,把人们曾经的悲伤、疼痛和苦难化作豁达向上的展颜微笑,让人们越过坑坑洼洼的历史牵绊,在普通人的现实生活中,收获更深层次的审美品位和精神追求。网络文艺产品的创作、生产和传播,若以贯穿始终的"原创赋值"理念为之,则能做新做活,收获更多惊喜。

"多屏时代",依然内容为王。脚踩坚实的大地,放飞想象的翅膀,真实地表现人民的生活和实践,又能够与人民产生共鸣,才能成为经得起人民的鉴赏和评判,经得起历史检验的好作品。"面对生活之树,我们既要像小鸟一样在每个枝丫上跳跃鸣叫,也要像雄鹰一样从高空翱翔俯视。"气象万千的生活景象里,充满着感人肺腑的故事,洋溢着激昂跳动的乐章,展现出色彩斑斓的画面。那里面,有国家的蓬勃发展,家庭的酸甜苦辣,百姓的欢乐忧伤。有筋骨、有道德、有温度的作品,在幽微处发现美善,在阴影中看到光明,弘扬正能量,温暖人、鼓舞人、启迪人,引导人提升思想认识、文化修养、审美水准、道德水平,激励人永葆积极向上的乐观心态和进取精神,在黑暗面前不气馁、在困难面前不低头,用理性、正义、善良之光照亮生活。文化产品的最高境界,是让人心动,让人们的灵魂经受洗礼,让人们发现自然的美、生活的美、心灵的美。把人民的实践之美、生活之美、心灵之美真正表现出来,交给人民去鉴赏、去评判的作品,注定是社会效益和经济效益双赢的作品,而那些内容空洞、感情苍白的作品,则注定在时光与人心的淘洗中苍白退场。

不懈拥抱时代,观察现实、体验生活,以博大的胸怀、深邃的目光、真诚的感情、艺术的灵感去捕捉、提炼生活蕴含的真善美,给人以审美的享受、思想的启迪、心灵的震撼,做到胸中有大义、心里有人民、肩头有责任、笔下有乾坤,方能用专注的态度、敬业的精神、踏实的努力创作出有骨气、有个性、有神采的高质量、高品位网络文学作品,让人们增添生活的底气、灌注活泼的生气,看到美好、看到希望、看到梦想就在前方,从而叫得响、传得开、留得住。弘扬主旋律、传递正能量的网络文艺作品,并非不受欢迎。河北石家庄网络作家"梦入洪荒",主要从事官场小说的创作,已创作《官途》《权力巅峰》和《至高使命》三部作品,其中《权力巅峰》在蜻蜓 FM 的点击量达到 23.2 亿。他的所有作品都有一个共同的特点——弘扬主旋律、传递正能量。用网络小说的创作手法来进行现实主义题材创作,将国家的各种方针政策融入网络小说中,用酣畅淋漓、跌宕起伏的故事情节吸引读者,将正确的价值观潜移默化地传递给读者,收到了良好的社会效果。

"只有扑下身子,才能挖出金子"。火热的生活永远是取之不尽的艺术宝库。如果把优秀的网络文艺作品比喻成黄金,那么它先是从人间烟火里淘出的,不是坐在书斋里想象出来的。人民群众对自己的生活和实践体验最深刻、最准确,感受最真实、最强烈,文艺表现是否准确、深刻,是否在思想性、艺术性和观赏性方面实现了有机统一,人民群众看得最真切,最有发言权。因而,不忘责任,坚守底线,基于深厚生活积累的"情动于中",才易获得人民群众的共鸣。多元社会,激活多样人生。对很多人而言,现代社会生活更像一场紧张、疲惫又绚丽多彩的舞台剧,充满了不确定性。正确价值导向下对家园的诗意回望,对传统文化的阳光展现,往往能触动人们心底最柔软的所在,寻回心头最温暖的那盏灯光,让浮躁的人心安静下来。将千百年来中华民族的优良品德和价值追求融入网络文艺作品中,做"有意思"而"有意义"的传播,不但能够发挥良好的教化功能,而且能够增强全社会的价值认同度和践行力,汇聚新时代同心共筑"中国梦"的强大力量。

中国精神是社会主义文艺的灵魂,网络文艺的"原创赋值",离不开中国精神的贯注,精品意识的提升。欧阳有权教授接受橙瓜网专访时指出,我们的 IP 产业和美国、英国这些发达国家的差距,主要表现在制作水平、市场运作上。我们的网文 IP 品质并不差,差在改编作品的质量和商业运作水平上。缺乏精品意识和长远眼光,变现意识过于强烈,追求眼前利益,无疑影响到网络文艺作品向更高层次发展。欧阳有权教授认为:唐家三少、猫腻、天蚕土豆、辰东、血红等人的优秀作品,以及天下霸唱的《鬼吹灯》、南派三叔的《盗墓笔记》等,与罗琳的《哈利·波特》系列小说相比,并不会低到哪里去,都具有成为"指环王""漫威"、《007》《星球大战》那样作品的潜质,但我们却没有他们那样的创作团队,没有那样的品牌意识,没有那么高的制作水平,少了些精益求精的创作态度,更缺少了他们那样的市场推广、商业运作、品牌延伸能力。在这方面,我们需要细分市场、精准定位,用高品质、强内容以及正确价值观导向的作品,给用户带来更好的欣赏体验。(援引橙瓜专访"欧阳友权——网络文学研究是朝阳文学",访谈人:妍妍)

肩负社会责任的网络文艺作品同样要"强信心、聚民心、暖人心、筑同心"。从传播学的角度看,"媒介是人的延伸"。解决过剩的信息生产力和过载的信息生产关系之间的矛盾,在追求价值的同时更要追求魅力。所谓魅力就是产品对人的吸引力,是可以因感动而开启的情感张力。情怀关乎生死,富有人文关怀,才能行稳致远,在人和人、人和环境、人和虚拟现实之间,展开生命的多重价值。权威人士认为,互联网既是改变社会的一种力量,又是一种传播格局和传播手段,更是一种新的社会组织与结构方式,是整个社会的"操作系统"。在更注重人文精神和人性洞察的网络文艺创作领域,还有更多未知的尝试和发展,等待我们去努力。

"凡益之道,与时偕行。"文化说到底是一种服务,文化传播最重要的使命,是把最好的精神食粮奉献给人民,满足广大人民群众的精神需求。中华文化是有生命温度的记忆,每个时代都有属于自己的特定文化记忆和传承。努力从中华民族世世代代形成和积累的优秀传统文化中汲取营养和智慧,延续文化基因,萃取思想精华,展现精神魅力,才能创作出更多更好有文化含量的网络文艺作品,寓教于乐,影响和改变更多的人,让大家把对个人生活的美好梦想,与国家民族的命运融合在一起,让眼前的路越走越开阔。

"中华文化既是历史的也是当代的,既是民族的也是世界的。只有扎根脚下这块生于斯、长于斯的土地,文艺才能接住地气、增加底气、灌注生气,在世界文化激荡中站稳脚跟。正所谓'落其实者思其树,饮其流者怀其源'。我们要坚持不忘本来、吸收外来、面向未来,在继承中转化,在学习中超越,创作更多体现中华文化精髓、反映中国人审美追求、传播当代中国价值观念又符合世界进步潮流的优秀作品,让我国文艺以鲜明的中国特色、中国风格、中国气派屹立于世。"习近平总书记在中国文联十大、中国作协九大开幕式上的讲话,为网络文艺的发展指明了方向。立足广袤的现实土壤,坚持娱乐功能视阈下网络文艺"网感"与"美感"的现实融合,弘扬主旋律,传播正能量,以不断推出的鼓舞人心的精品力作,回馈祖国和人民,应是网络文艺从业者秉持的自觉追求。

(原载于《网络文艺批评理论与实践》)

中国当代雕塑创作四十年管窥

刘礼宾　中央美术学院副研究员

在百余年的发展过程中，"雕塑"是个相对特殊的艺术领域。从"传统雕塑"到"现代雕塑"的转化过程中，"雕塑家"的构成群体、"雕塑"的服务对象皆被釜底抽薪——"雕塑家"成了主要继承西方雕塑传统、学院毕业的从业人群；"雕塑"从主要服务宗教墓葬，转向主要面对现实生活，或者艺术家的内心世界。

改革开放之前，50余年的"中国现代雕塑"基本是继承西方写实雕塑而来，当然这个西方写实雕塑体系主要以欧美、苏联雕塑体系为主，也融入了几代中国雕塑家的诸多努力和智慧。改革开放之后的40年，雕塑领域发生了巨大变化。写实雕塑体系被继承，也遭质疑；被变形，但未瓦解。

回观40年的中国雕塑发展之路，有几个现象毋庸回避：（一）雕塑领域的发展一度与当代诉求存在着滞后、错位、断层的关系，这个问题在新世纪之后有明显改观。（二）在装置艺术逐渐习以为常的艺术领域，雕塑本身的定位逐渐模糊，但有其固有价值，并有重要的生发可能性。（三）雕塑家的工作室创作和公共艺术创作存在脱节现象，近期这一现象正在得到某种程度上的弥补。（四）雕塑专业毕业的艺术家正在成为中国当代艺术越来越重要的创作群体，当然，其创作呈现多姿多样的相貌，但与实验艺术专业毕业生有明显不同。（五）相对于绘画作品市场来讲，雕塑作品市场一直是一个短板。这产生了诸多后续问题，并严重影响着整个雕塑界生态和艺术创作。

尽管存在诸多问题，在几代雕塑家、雕塑教育家的努力下，改革开放之后的中国雕塑发展依然取得了不俗的成绩。把时间段作为历史叙述的起因，对于改革开放后这段雕塑艺术发展历程来讲是成立的，但这些成绩很难用一篇论文进行详尽描述。挂一漏万,在所难免。

鉴于此,本论文的书写主要偏重雕塑艺术创作的分析与研究,兼论雕塑教育问题和公共艺术创作问题。三个领域的书写主要沿着两个脉络进行:一是雕塑语言的推进,二是雕塑界重大事件的出现以及历史意义。

一、1978—1998 年

改革开放之后,文化艺术界首先发声,"伤痕文学""伤痕美术"出现。在此过程中,雕塑界贡献的作品并不多,并没有出现类似"伤痕绘画"的创作潮流,但值得注意的是:1978 年上海画院雕塑观摩会出现了裸体雕塑《伤痕》,1979 年,唐大禧创作了以著名人物张志新为原型的雕塑《猛士——献给为真理而斗争的人们》。同年,"星星画展"在北京举办。其中王克平的雕塑作品因其强烈的反思性和批判性,比如《偶像》《万万岁》等,引起观众的关注,使其成为"星星画展"中的最具有代表性的艺术家之一。如果将上述事件作为标志,可见雕塑家同样将自己的创作与时代进行了链接。

进入 20 世纪 80 年代以后,雕塑界创作新潮基本沿着两个方向展开:形式主义和表现主义。

"形式主义"的兴起一方面源自对以往主题性创作的反叛,另一方面,来自雕塑家对西方现代主义艺术以及中国民间艺术的借鉴。吴冠中对于"形式美"价值的提出,其影响不仅限于绘画界,因为由此联想到的"形式主义问题",乃至引起哲学界的反应。此外,德加、亨利·摩尔、布德尔等现代主义雕塑家被重新介绍到国内,赫伯特·里德的强调现代主义形式语言的著作《现代绘画简史》和《现代雕塑简史》分别在 1979 年和 1988 年出版。国内系统介绍西方现代主义的著作,比如邵大箴编著的《现代派美术浅议》在 1982 年出版,成为很多年轻艺术家吸收知识的经典著作,这些知识资源都可能成为改革开放后雕塑家创作的知识来源和视觉记忆,有创新意识的雕塑家不可能不受到影响,从而使其艺术创作发生转向。比如这一时期艺术家包泡的系列作品、杨冬白的《饮水的熊》明显受到超现实主义雕塑家亨利·摩尔的影响,董祖诒为金鸡奖设计的奖杯、朱成的《千钧一箭》、钱绍武的《李大钊像》等作品明显具有形式主义特征。

与"形式主义"类似,"表现主义"在 20 世纪 80 年代并不缺知识资源,与之不同的是,其为个体感受的抒发提供了一个真实的出口,"理想主义"氛围也为"表现主义"提供了内驱力。哲学界关于"人的异化"的讨论,尼采哲学对"酒神精神"的重新提出,弗洛伊德精神分析对"潜意识"的释放……都成了艺术家探究自身精神和身体感受的催化剂。我们熟知在90年代创作的雕塑家此时正在经历他们的"表现主义"时期,比如张永见的《新文物——猩红匣子》、展望1988年的本科毕业创作《街道》、隋建国的《无题》均在80年代后半期问世。这些看似偶然的巧合,其实是他们创作的一个重要时期。但是他们这段时期的创作往往被历史叙述所忽视了。

80年代一个非常重要的艺术事件便是罗伯特·劳生柏1985年年底在中国美术馆的个展"劳生柏作品国际巡回展",此后还巡回到西藏展览馆展出。对于雕塑界来讲,此次展览的重要意义在于"装置"这类艺术形式的出现,强烈现场感和"现成品"震撼力在很多艺术家的回忆录中都被提及,此次展览对中国很多艺术家的此后创作产生了重要影响。"雕塑"与"装置"的关系问题在此时已经被正式构建了起来,随后对雕塑界创作持续产生作用,一直到当下。

1989年在中国美术馆举办的"中国现代艺术展"之后,整个艺术界陷入沉寂期。1991年以中央美术学院、浙江美术学院毕业的青年艺术家为参展主体的"新生代艺术展"在当时的中国历史博物馆展出。这个展览作为历史节点,掀开了90年代中国艺术界的序幕,其明显的"近距离""平视现实""关注日常""消解理想主义"倾向与80年代当代艺术创作形成了鲜明的对比。在此次展览中,雕塑家展望的《坐着的女孩》(1991)作为唯一一件雕塑作品参展,这件雕塑和其他艺术家的作品一起呈现了"新生代"艺术家群体的创作特征。

1992年,"当代青年雕塑家邀请展"在浙江美术学院美术馆举行,65位青年雕塑家参展,100多人参与的研讨会举办了两天,批评家孙振华、殷双喜、顾丞峰、王林,雕塑家傅中望、隋建国在回忆中对此次展览进行了充分肯定。具体到当时参展成员之间存在着较大差异。张永见的《正午》(1992)、曾成钢的《鉴湖三杰》(1989)等作品在这个展览上受到较多关注。通观此次展览的参展艺术家,其创作并没有表现出明确的总体指向,此次展览对于青年雕塑家来讲,"思想解放"意义大于展览本身的意义,青年雕塑家集体亮相意义大于作品综合的价值。在这次展览之后,参展艺术家明显选择了不同雕塑发展方向,并一定程度上奠定了随后20年中年雕塑家创作的格局。尽管如此,作为当时由青年教师发起,青年雕塑家、理论家参与的重要展览,这个展览在90年代初的中国雕塑界发挥了极其重要的作用。

1994 年 4 月,中央美术学院画廊举办了名为"雕塑 1994"的展览。傅中望、隋建国、张永见、展望、姜杰五位雕塑家参展。在此后的叙述中,此次展览一直被定位为中国雕塑界第一次融入当代艺术界的一次展览。这五位雕塑家尽管也多出现在雕塑界的重要展览中,但其定位明显偏向于当代艺术。2012 年"雕塑 2012"展览在湖北美术馆开幕,这五位艺术家 18 年后再聚首,经过时间的浸润,这五位艺术家的作品成熟度今非昔比。比如傅中望在早期的"榫卯系列"作品基础上,进行了雕塑体量、空间展示方式的多方位拓展。在这五位艺术家中,由于张永见比较少见于当代艺术展览,而是多在雕塑界展览中出现,通观其作品发展历程,其实是被当代艺术界严重忽略的一位艺术家,这和雕塑界与当代艺术界的相对隔离不无关系。

此后,在 90 年代国内各地相继举办了雕塑展。比如 1998—2000 年,深圳举办"当代雕塑年度展",在孙振华、鲁虹、黄专等批评家的选择下,展览将当代雕塑的优秀作品进行了户外展示,某种程度上弥合了雕塑家"工作室雕塑"和"公共雕塑"两层皮的问题。此外,90 年代各地还举办了数量众多的雕塑展,比如 1998 年,全国就有 20 多个雕塑展览举办,这些展览很大程度上活跃了中国雕塑界。限于篇幅,对这一时期举办的雕塑展览不再一一列举。

在 90 年代的中国当代艺术界,雕塑专业出身的艺术家逐渐展开了大量实验探索,此处主要以中央美术学院年轻教师为例予以列举。

1995 年,中央美术学院年轻教师隋建国、展望、于凡成立了"三人联合工作室",确立了工作规则:抓住相关社会事件,但须与我有关,由此获得艺术介入的理由。该工作室先后举办了《开发计划》与《女人现场》两个展览,展览活动明显的具有"现场行为艺术"的含义。同时,三位雕塑家的个人创作也进入了爆发期。比如:

90 年代隋建国早期代表作《地罣》(1992)、"结构"系列作品、《封闭的记忆》《记忆空间》《殛》(1996)等作品陆续问世。秉持"理想主义"的隋建国在现实中所遭遇的愤懑感通过这些作品得到了抒发。1997 年开始,其《衣钵》(又名《中山装》)、"衣纹"系列作品、"恐龙"系列作品(又名《中国制造》)相继问世,评论界将其纳入"政治波普艺术家"的范畴予以定位,其实如果参照其后来的发展路线,隋建国此时已经进入了自觉破除写实束缚、寻求"语言零度(冷冻语言)"时期。1999 年 10 月,隋建国的作品《衣钵》在巴黎香榭丽舍大街展出,其作品开始更多地参与国际艺术展览。

1994 年,在中国大规模城市化的进程中,展望痛心于既往生存记忆的消失。

在王府井进行了《废墟清理计划》的行为艺术创作。1994 年创作作品《空灵空——诱惑系列》（俗称《中山装》）。在这件作品中，展望运用传统的雕塑技法，继续延续了"超级写实主义"的风格。1995 年展望创作出标志性代表作不锈钢《假山石》。此时的展望也抛弃了本科毕业时期对"语言"的沉迷，并进行反讽，比如在他的作品《新艺术速成车间》行为现场，人人都可以借助在石膏像上附泥，迅速成为"艺术家"。

相对于以上两位雕塑家的探索，于凡更加低调潜行，慢慢由外在介入转向内心挖掘。在这个阶段，他以海军士兵、马、儿童等为原型的作品陆续问世。雕塑着色细腻敏感，于凡是国内最早进行"着色雕塑"创作的艺术家之一。

值得注意的是，90 年代后期，中央美术学院雕塑系的教学改革逐渐展开。1997 年，41 岁的隋建国担任雕塑系主任，孙伟、吕品昌、段海康担任副主任，完成了雕塑系领导班子的年轻化。在国外高校调研、对雕塑多年教学模式反思的基础上，确立了新的教学指导方针。以陶瓷、金属工作室作为突破口，现代主义雕塑、观念雕塑、后现代主义雕塑理念逐渐引入教学之中，并突出了"创作课"的价值。与之相对应的是，1993 年，留学英国归来的艺术家李秀勤回到母校中国美术学院，将金属焊接引入雕塑系教学之中，引起了创作观念的很大变化。1996 年，中央美术学院雕塑系建立"通道画廊"，为雕塑系师生的创作、交流提供了平台。雕塑系形成了活跃的学术研究、创作交流的氛围。经过几年的教学改革试验，1998 年，中央美术美院 80 年校庆，为把雕塑系教学改革的成果向全国推广提供了契机。

1998 年 12 月 19 日，"雕塑·现实——纪念中央美院建校 80 周年雕塑系教师作品展"在中央美术学院展览馆开幕。第二天，"走向新世纪——全国雕塑创作与教学研讨会"在中央美院召开。应邀前来出席会议的有：八大美院的雕塑系主任以及上海大学美术学院雕塑系主任杨剑平，孙振华、易英、郎绍君、殷双喜、张鹏、马钦忠、杭间、冯博一等批评家和学者也出席了会议，会议由时任中央美术学院院长助理的范迪安主持。主题围绕当代中国雕塑艺术创作和教学的问题进行了热烈的讨论。对改革开放后的中国雕塑创作以及教学情况进行了梳理，并对雕塑教育以及创作表述了意见和建议。此次会议是在 20 年雕塑创作和教学工作基础上一次集中讨论，其意义非同凡响。此后，中央美术学院雕塑系的教学改革全面展开。

20 世纪 90 年代，伴随着城市建设的推进，公共雕塑创作也得到了很大程度的发展。1982 年，国务院批准了中国美协《关于在全国重点城市进行雕塑建设的建议》，后成立了全国城市雕塑艺术委员会，对公共雕塑创作进行推进。此后，全国性的城市雕塑会议,城市雕塑展和优秀作品评选活动也顺序开展。公共雕塑数量逐渐增多,出现了一批优秀作品:如《孺子牛》(潘鹤,1983)、《宋庆龄纪念像》(张得蒂等,1983)、《李大钊像》(钱绍武,1989)、《五卅惨案纪念碑》(王克庆,1997)、《红军长征纪念碑》(叶毓山等,1990)、《九一八事变残历碑》(贺中令,1991)等。

1995年,中央美术学院雕塑系承接了《中国人民抗日战争纪念碑群雕》的创作任务,作品由中央美术学院雕塑系教师集体创作。这次集体创作共有38尊大型雕塑问世,每个柱形雕塑直径2米,高4.3米。雕塑群区2.25万平方米,按抗日战争历史过程,分为"日寇侵凌""奋起救亡""抗日烽火""正义必胜"四个部分。该雕塑创作历时5年,2000年完成铸铜安装。

二、1999—2018年

1999年,蔡国强在威尼斯双年展上把四川美术学院1965年的集体创作作品《收租院》进行重新塑造,将塑造过程作为作品予以呈现,并获得第48届威尼斯双年展金狮奖。他的获奖立即在国内引起了巨大争议,争议的焦点之一是版权问题。但更深的问题在于,蔡国强的作品包含着对"作品"定义的不同于传统的理解。在21世纪之初,这次争议对于雕塑界来讲似乎是一个预兆,就是传统惯有的"雕塑"概念和印象将在此后的20年中持续受到冲击——"解构"成了这20年雕塑家创作的一个重要理路。此后艺术家李占洋借用《收租院》对中国当代艺术界人物的重新诠释正是在这个思路上展开。

同年,由邱志杰和吴美纯策划的"异形与妄想"展览在北京开幕,"后感性"作为一个重要的艺术事件出现于中国当代艺术界,并持续了10年。此次展览中一些作品材质的刺激性在理论界引发了关于"行为艺术"底线的激烈争论。之所以在这篇论文中提到这个展览,是因为这次展览一方面展现了新世纪初中国当代艺术界的一个氛围。另外因为展览参展艺术家之一,琴嘎就毕业于中央美术学院雕塑系。这个展览不是一个孤案,次年举办的《对伤害的迷恋》便在中央美术学院雕创所举办。

这几个展览的举办使与雕塑密切相关的"身体"问题逐渐被纳入了学术讨论的范畴,与其有顺承关系的"物质性"问题在此后成为中国艺术家创作的核心问题之一。这些问题并非简单的抽象语言、扩展材质范围所能涵盖的。而诸多中国雕塑家却陷入后两个问题之中不能自拔。

21世纪以来,中国雕塑界所面临的环境已经发生了重要变化。这主要表现为消费时代的来临,图像世界的风起云涌,艺术市场的兴起(尽管绝大多数雕塑家并没有进入中国艺术市场)、信息社会的突飞猛进。在这样的语境中,中国雕塑家的创作不可能不发生巨大变化。

90年代"后学"的流行使雕塑界熟知"解构""并置""挪用"等一些关键词,并演变为一些雕塑家的创作方法。比如,2004—2006年,艺术家展望创作《佛药》。这件作品把佛和药放在一起,变成既是佛又是药,既是药又是佛,把药房与佛堂融合在一起,既是药房又是佛堂。2006年展望又创作了《电子神殿》。我们知道,传统的人类居住地,哪怕一村一镇,都要有宗教场所,这是人类建立文明的生活方式不可缺少的内容。但新的社区生活往往不能满足这种需要,即使有一两座教堂寺院也无法满足国际化的社区有不同宗教信仰的人混杂居住这个事实。而"电子神殿"以独有的方式解决了这种问题。

"物质性"问题是这20年雕塑创作的一个核心问题之一。2008年,笔者在对"中国式抽象"产生了一定的质疑,转向探讨"物质性"和"艺术语言"问题。

如果回顾可以发现,2014年展望在长征空间举办"应形"展览、姜杰在上海浦江华侨城举办"大于一吨半"展览;2015年隋建国在佩斯北京举办"触手可及"展览,而在2012年,他的《盲人肖像》系列作品已经问世。这三个展览举办时,我一直在想,同为20世纪90年代赋予雕塑创作以"当代"特征的三位艺术家,为何几乎同时出现了重要转向?并且在"转向"之中,三人的创作都隐含了对"材料和身体关系"的更新认识。将这一现象进行拓展,就会发现这一时期青年艺术家梁硕的《女娲创业园》(2014)、耿雪的《米开朗基罗的情诗》(2015)也有着对这一问题的探索。梁硕更是在2007—2008年创作《什么东西》系列作品时就隐含了类似诉求。作为中央美术学院雕塑系的教师,这五位艺术家在多年学习、教学、创作过程中,和雕塑泥建立了十几年或者几十年的触摸关系。将这种手和泥的"触感"明确化,并进行彰显,我们并不陌生,罗丹的雕塑最早鲜明地出现了类似特征。其作品中所出现的雕塑泥材质的独立性,抑或称为语言的独立性,早期让罗丹受到了很大质疑,不得不将评委请到工作室,进行现场示范。重读《罗丹艺术论》,明显可以发现罗丹感知体系中"物我相融"成分的存在。乃至于他对雕塑形体的理解也多有"气韵生动"的成分,对人体的理解也多含有类似"丹田"调动"经络"的意味。只是我们在阐释的过程中,不敢作这样的分析罢了。相对于罗丹来讲,隋建国、展望、梁硕、耿雪等艺术家已经走得更远,这是艺术史发展到今天提供了更宽松的创作环境使然,也是在经历了"极简主义""后极简主义"之后,对材质的独立性更加尊重使然。针对"艺术语言"和"物质性"问题,笔者近年来策划了一系列展览,一些雕塑家也是参展艺术家之一。从成都 A4 空间"雕塑——隋建国与他的几个学生"到圣之空间策划的"四个人展出四张画的理由",AmyLi 画廊策划的"水墨的味道",北京时代美术策划的"第三种批判——艺术语言的批判性",北京中央美术馆策划的"隐秘的力量",乃至到 2018 在北京松美术馆策划的"感同身受"展览的"体悟"单元,基本是在这个方向上不停地探索。

图像时代风起云涌以来,雕塑的着色成为一种现象,或成为提示并凸显现实的手法;或成为漫画现实,与历史、虚拟或梦幻未来链接的手段;同时也成为反讽和调侃流俗的利器。色醒之醒——色自身觉醒;惊醒现实。色醒,也是非色,指出色相世界的相待性,也就是其虚幻本质。温克尔曼用"静穆的崇高和单纯的伟大"来归纳古希腊艺术的特征,洁白的大理石雕塑激起了温克尔曼的理想主义情怀,促使他得出这一结论。事实上,古希腊雕塑色彩斑斓,五颜六色。与此类似,我们所见的古代石窟佛像的静穆安详与它们多年遭受风化侵蚀有关,其早年绚丽色彩早已不存。历史学意义上的误读影响着学院古典主义雕塑教学传统,给人体雕塑"着色",向来被视为亵渎和冒犯。20 世纪 90 年代初,艺术家从 80 年代理想主义的氛围中走出后,失意挫败之余,不得不"平视"现实世界的时候,"着色雕塑"作为一种现象出现在当代艺术界。着色可以描画时代痕迹,激活人们对特定时代的色彩记忆;可以是一种瞪视现实的态度,将"人"的细节暴露无遗;可以是一种消除形体重量感的方法,使雕塑作品向上漂浮;还可以是一种解构的态度,由此展现看似真实、其实充满荒谬与误解的现实。在一般人看来,表面就是表面,其实在笔者看来,表面是一个空间。艺术家在这个空间之中,利用极其有限的上下幅度,可以进行的阐释很多。在雕塑上着色与在画布上画画不同:一是受到雕塑形体的影响,是服从或者凸显,还是消解或者遮蔽这个已经存在的形体,是雕塑家要直接面对的问题;二是雕塑作品是个立体物,在其上着色,类似于在一个 360 度的平面上绘画,其所要处理的问题明显多于绘画。

"着色雕塑"问题是 21 世纪以来雕塑界创作的一个重要现象。艺术家于凡、向京、曹晖、陈文令、李占洋、焦兴涛、梁硕、牟柏岩等一大批艺术家均在这个领域有所贡献。与之相对应的是,近 10 年,大量"木雕着色雕塑"出现,比如年轻艺术家李展、屈峰、夏理佳、谢扬帆等,形成了蔚为壮观的艺术家创作群体,每年的毕业生作品展依然在大量涌现此类作品。当然,这个领域也出现了"玩偶类小型雕塑"一类的创作现象,从某种程度上说,这类雕塑多为迎合艺术市场、适应室内小型摆件的需要,作品良莠不齐,在此不做过多分析。

在百余年的雕塑发展过程中,雕塑的民族化问题一直是一个重要的理论和创作问题,几代雕塑家在这个问题上都进行了艰苦卓绝的探索。比如滑田友、刘开渠、曾竹韶、王临乙、司徒杰、钱绍武、孙家钵、田世信等。改革开放之后的一批中青年艺术家也在这个问题上进行了辛勤的探索,比如吕品昌、王少军、曾成钢、吴为山、陈云岗、李秀勤、殷晓峰、焦兴涛、刘永刚、张伟、蔡志松等。近几年,更年轻的一代艺术家也持续在这个问题上发力,比如郅敏、杨淞、刘戎路、董琳、仇越等。中央美术学院更是成立了传统雕塑研究工作室,鼓励这个领域的创作研究和教学。

具象写实雕塑在这 20 年中持续发展,并取得不俗的成绩。一个有意思的现象是,由于具象雕塑的可识别性,其进入公共空间后,一些艺术家的工作室作品和观众的接受度往往形成巨大的反差。2006 年孙振华、戴耘创作的《超女纪念碑》、2007 年郑敏创作的裸体《王小波》、2008 年第三届北京双展李象群以慈禧为原型创作的裸体雕塑《堆云堆雪》以及田世信创作的《老子》均曾引起广泛争议。当然,引起争议并非这些艺术家的初衷。但这里涉及雕塑的公共性和艺术性问题。作为百余年雕塑艺术硕果的"具象写实雕塑",其生发可能性是什么?它所面临的处境如何?这都是雕塑家以及研究者所必须要面对的问题。1990 年展望、张德峰作品《人行道》、1999 年《深圳人的一天》公共雕塑项目、梁硕在 2001 年创作的《时尚八兄弟》等作品,给这个问题提供了更加正面的思路。

2010 年以来,由于各大美术院校雕塑教学中引入了动力装置、视频拍摄、VR等技术手段。近些年来,多媒体雕塑样式的作品,呈现越来越多的趋势,也涌现了不少出色作品。一些中青年艺术家也主动利用这些科学技术手段进行艺术创作。比如隋建国利用 3D 打印技术所做的《肉身成道》系列新作。展望借用数据库成像技术最新创作的《隐形》等系列作品,是这类创作的突出代表。

2010 年 3 月,徐冰的巨型装置(雕塑)作品《凤凰》在今日美术馆户外广场展出。尽管文化艺术界将其视为一次当代艺术事件,或者更多视为一件装置作品。但在笔者看来,这件作品其实具有"雕塑"作品的所有特征,更符合"雕塑"的内涵。这件作品所携带的理论问题,诸如公共性、艺术生产模式、批判性抑或主流意识形态等,均给艺术界带来了难得的讨论时机。同时。也给当代雕塑家追求的"社会介入性"提供了一次难得的反思机会。书写 40 年中国雕塑发展,这件作品是一件无法绕过的作品。

在这 20 年的雕塑发展过程中，各大美术院校雕塑系均启动了雕塑教学改革。乐观的是，经过 20 年的发展，雕塑专业毕业生已然成为中国当代艺术界一股非常重要的艺术力量。笔者历年参加"曾竹韶雕塑艺术奖学金"评选活动得知，现今各大美院雕塑专业教学和创作有了非常大的自由度，学生的作品质量逐年上升，作品风格多样，创作能力让人耳目一新。中央美术学院主办的"曾竹韶雕塑艺术奖学金"评选活动、四川美术学院主办的"明天雕塑奖"评选活动，为刚毕业的雕塑学子提供了展示和获得资助的机会。

在这段时期，一些大型雕塑展也得以举办。比如 2012 年中央美术学院主办"雕塑中国——中央美术学院雕塑创作回顾展"、大同市政府主办的"大同国际雕塑双年展"等重大展览为雕塑作品的展示、学术讨论提供了难得的平台。雕塑界与当代艺术界的相对隔膜现象一定程度上得以呈现，并得到反思。

三、结语

对中国当代雕塑创作的 40 年进行梳理，显然不是一篇论文所能实现的。本论文以笔者有限的视野，所观察到的"问题"为出发点，对中国当代雕塑创作的转折点、语言探索、存在问题做一简略的梳理。中国雕塑界研究学者的缺失是一个重要现象。期待本文能抛砖引玉，更大程度上激起学者们对中国雕塑学术研究的热情，从而投入这块学术领域的研究之中。管中窥豹，挂一漏万，期待进一步的优秀研究成果更多出现。

（原载于《美术研究》2018 年第 6 期）

从赵壹到郑振铎——关于书法取消主义的梳理与批判

许伟东　湖北美术学院副教授

一、由来已久的书法取消主义和次要主义

　　在政治领域、哲学领域、经济领域和其他多个领域,都存在形形色色的取消主义,它们虽然含义不同、意蕴纷杂,但是存在相近的特点,就是对事物和对象采取一种消极抵制或冷漠忽略的态度,主张彻底消解事物的存在和取消事物的独立性。书法艺术领域里也存在着类似的情形。本文将那些对书法艺术采取排斥、反感态度,认为书法艺术毫无意义并主张及时加以取缔的思想倾向称为书法取消主义。至于书法次要主义,则是本文的一个生造概念。它用来指称与书法取消主义态度相近但是程度不同的倾向。书法次要主义同样蔑视书法,同样对书法艺术怀有偏见,但是它没有达到绝对的程度。它承认书法小有意义,但是意义有限。它愿意在其面对的世界结构中为书法保留一个位置,但是这个位置必须在它看来是适当的,也就是次要的,书法不能僭越,不能喧宾夺主,书法必须服从和服务,甘当配角。也就是说,书法次要主义与书法取消主义是同路人,但是它不像书法取消主义那么极端和绝对,它愿意保持一定程度的宽容和妥协。

　　书法取消主义和书法次要主义都保持对书法事业和书法人士的轻视和戒备。它们的偏见由来已久,可以上溯到西汉时代的扬雄。扬雄在《法言·吾子》中记录:"或问:'吾子少而好赋?'曰:'然。童子雕虫篆刻。'俄而曰;'壮夫不为也。'"这里的"虫"指虫书,"刻"指刻符,都是秦汉时代相沿习用的字体和书体。扬雄在这里明确表达了他对文字契刻和文字书写的不屑。在西汉时代的文坛,文学、文字和文字书写是界限模糊、浑融综合的,扬雄的"雕虫篆刻"可以泛指一切文艺,所以

他的高标自许、大言不惭地宣称必然造成对众多文艺人士的打击,文人们由此自动对号入座,纷纷用"雕虫小技"作为对自身所从事的事业的自嘲,为后代文人创造了一个挥之难去的消极意象。春风得意之时,文人们以"雕虫小技"的说辞故作轻松、装作潇洒;命运多舛之日,文人们以"雕虫小技"来感慨命运的不公、玩味生活的畸零。

东汉文坛领袖蔡邕在书法和音乐方面造诣全面、才华出众,但他却对书法表达了明确无误的贬斥态度。在帮助皇帝谋划治国理政大计时,蔡邕毫不留情地指出:

> 夫书画辞赋,才之小者,匡国理政,未有其能。陛下即位之初,先涉经术,听政余日,观省篇章,聊以游意,当代博弈,非以教化取士之本。而诸生竞利,作者鼎沸。晚其高者颇引经训风喻之言;下则连偶俗语,有类俳优;或窃成文,虚冒名氏。臣每受诏于盛化门,差次录第,其未及者,亦复随辈皆见拜擢。既加之恩,难复收改,但守俸禄,于义已弘,不可复使理人及仕州郡。昔孝宣会诸儒于石渠,章帝集学士于白虎,通经释义,其事优大,文武之道,所宜从之。若乃小能小善,虽有可观,孔子以为"致远则泥",君子故当志其大者。①

在蔡邕的文化观念中,各种才学是需要定等别异的,绝对不可等量齐观:儒家、法家的"经术"对应于"匡国理政"的政治才能,属于优先项目,需要圣上在"即位之初"先行考虑;"会诸儒于石渠""集学士于白虎"以"通经释义"的学术建设同样是在治理国家中需要和军事建设并列的选项,需要放在次优的位置;诸子的思想"篇章"则只能位列再次,可在政务闲暇时作为代替弈棋和赌博的精神休闲;至于"书画辞赋,才之小者",并不属于治理国家的才能,无疑将列为末等。蔡邕还不忘记提醒皇帝:不要因为那些小才小艺的迷惑而忽略远大的志向。其劝讽帝王的忧心可鉴,其蔑视艺文书法的态度无掩。

在扬雄之后和蔡邕的同时,书法史上出现了赵壹。与位列大员的蔡邕相比,赵壹只是东汉末年的小吏,但他不乏文章和书法的双重才华。在书法史上,他以《非草书》拉开书法论辩的序幕。如果说扬雄和蔡邕的言论只是对文艺的泛泛之论,那么赵壹的论述则是对书法的专门辩难;如果说扬雄和蔡邕的思想主要在上层精英中激起反响,其后的影响主要限于文学;那么赵壹的书论则在当时的普通士人中

---

① 《后汉书》第七册,中华书局1965年版,第1996、1997页。

产生效果,并对后代的书法界产生了持久的压力。在赵壹同时代略早之时,崔瑗已撰写《草书势》,描述草书千姿百态的形象与魅力。但是,在唐代张彦远编纂的《法书要录》中(该书是今人可见的最早的古代书论文献汇编),《非草书》作为单篇文章被列在头条位置,而崔瑗的《草书势》则被挪移到后代的《四体书势》一文中作为其局部存在,因此《非草书》长期以来被书法界视为古代书论的开山之作。《非草书》如题所示,以雄辩滔滔、攻坚克难的论难姿态,从各种角度对草书展开围剿。作为书论的开端,竟是一篇讨伐草书的檄文,这不能不令书法界内外人士愕然。

二、赵壹《非草书》的主要内容

赵壹首先指出人们竞相仰慕草书和草书名家的危害性。他蔑视地称呼受到当时书法爱好者们普遍景仰并被后世书坛视为草圣的张芝为"张生"。赵壹揭露这位"张生"的人品是不足称道的,理由是:张芝通过与友人的通信把自己粉饰为"信道抱真,知命乐天"的高人雅士,但是却撰文对当时的书法家随意褒贬,流露出自满自矜、打击别人抬高自己的缺陷。根据赵壹的观察,当时士人对"张生"的崇拜已经超越了对儒家圣贤孔子和颜渊的尊崇,这是难以容忍的。在作为儒生的赵壹看来,这种"背经而趋俗"的潮流是充满危险的,它的危害表现在好几个层次:第一,它必然形成一种背离中心、迎合流俗的异端倾向,无法支持"弘道兴世"的儒家理想。第二,它必然导致正统文字体系的瓦解,造成文化传承系统的紊乱。"龀齿以上,苟任涉学,皆废仓颉、史籀,竟以杜、崔为楷",假如放任不管、听任青少年学习草书,将会造成自上古文字之祖仓颉、史籀以来文字传承的既有秩序的混乱和既有文字符号系统的崩溃。第三,它必然造成士人群体的分化倾向。草书即使作为一种个人才艺,也只能被限制在业余爱好的程度,而不应该成为令士人们废寝忘食的专业追求。赵壹认为,那些智慧过人的草书名家都是在余暇书写草书的,但是后来的士人们竟然罔顾各种正经事业,对草书忘我投入,几乎达到疯狂、着迷的境地。"专用为务,钻坚仰高,忘其疲劳,夕惕不息,仄不暇食。十日一笔,月数丸墨。领袖如皂,唇齿常黑。虽处众座,不遑谈戏,展指画地,以草刿壁,臂穿皮刮,指爪摧折,见鳃出血,犹不休辍。"这种追求会导致士人群体从儒家的阵营中出走,兴趣的转移会带来队伍的涣散。第四,它必然造成士人个体的因小失大。对草书的追求会导致个人心智的分散,迷失对人生远大目标的追求,"夫务内者必阙外,志小者必忽大。俯而扪虱,不暇见天。天地至大而不见者,方锐精于蚖虱,乃不暇焉"。

如此严重又如此众多的迷恋草书的现象都是荒谬的、严峻的,无论是背离主流价值、破坏文化传承,还是分化社会智慧、淆乱个人心智,都会构成程度不同的危害。这样看来,对士人群体竞相学习草书的风气进行拨乱反正就显得刻不容缓了。

其次,赵壹还以不容置疑的口气数落草书完全不符合社会需要,在社会的各个层面都无甚意义,它只是一种小小的技艺。"草书之人,盖伎艺之细者耳。乡邑不以此较能,朝廷不以此科吏,博士不以此讲试,四科不以此求备,征聘不问此意,考绩不课此字。善既不达于政,而拙无损于治,推斯言之。"赵壹诚挚地告诫那些迷恋草书的士人,如果不具备与生俱来的绝世之才,即使倾心投入,也不可能取得学习草书的成功,因为"凡人各殊气血,异筋骨。心有疏密,手有巧拙。书之好丑,在心与手,可强为哉? 若人颜有美恶,岂可学以相若耶?"如果执迷不悟不听劝告,那么必然落得东施效颦、邯郸学步那样的下场,遭到世人的嘲笑。

最后,赵壹相信那些一时被草书所诱惑的儒生们一定会重新回到儒家的正途。他为那些迷途知返的士人开好了良方,期望他们"稽历协律,推步期程,探赜钩深,幽赞神明。览天地之心,推圣人之情。析疑论之中,理俗儒之诤。依正道于邪说,侪雅乐于郑声,兴至德之和睦,宏大伦之玄清"。最后,他给出承诺,只要按照他的劝勉执行,至少可以保证"穷可以守身遗名,达可以尊主致平",对于古代知识分子,这是一个无限美好的世俗愿景。

三、赵壹《非草书》的思想回声

赵壹的思路在艺术史上影响广泛,在后世的艺术论述中余响流波不断。

被称为"宋初三先生"之一的北宋哲学家石介(1005—1045)和欧阳修的一场讨论,就是一个例子。北宋文坛领袖欧阳修和石介在科举考试中属于同年,一次,在看到石介所写的书信时,欧阳修注意到石介的书法草率不堪,难以寓目。出于同年之谊,欧阳修特意写信提出规劝,认为世间君子追求学问,是为了追求"是"(正确),不是为了追求"异"(奇异),但是石介的字迹潦草奇特、难以辨认,很可能是因为求"异"而导致的弊病。石介对此毫不以为然。在回复欧阳修的信中,他滔滔不绝地为自己辩解:

> 天下之所尊莫如德,天下之所贵莫如行。今不学乎周公、孔子、孟轲、扬
> 雄、皋陶、伊尹,不修乎德与行,特屑屑致意于数寸枯竹、半握秃毫间,将以取高

乎？又何其浅也！且夫书乃六艺之一耳，善如钟、王，妙如虞、柳，在人君左右供奉图写而已，近乎执伎以事上者。与夫皋陶前而伯禹后，周公左而召公右，谟明弼谐，坐而论道者，不亦远哉！古之圣人大儒，有周公，有孔子，有孟轲，有荀卿，有扬雄，有文中子，有吏部；古之忠弼良臣，有皋、夔，有伊尹，有萧、张，有房、魏，皆不闻善于书。数千百年间，独钟、王、虞、柳辈以书垂名。今视钟、王、虞、柳，其道、其德孰与荀、孟诸儒、皋夔众臣胜哉！夫治世者道，书以传圣人之道者已。能传圣人之道足矣，奚必古有法乎，今有师乎？①

对于石介的不屑于书法，不认同批评，欧阳修再次写信与石介论难。欧阳修表示，他本人对于历史上那些杰出书法家的书法，也并不认为他们有什么了不起；他强调的是写字要讲究法度，遵循规则，把字写得端正清楚。如此说来，欧阳修与石介关于书法的观点，实际上大同小异，并没有太多的区别。两人都认为道德、事功的重要性远在书法之上；两人的分歧仅仅在于：石介非常轻视书法，欧阳修不十分轻视书法；石介觉得书写的水准完全无所谓，欧阳修认为不必对书法提出过于苛刻的要求，但是总应该将书写训练到端正有序的地步。

黄道周（1585—1646）对书法的论述则更为人们熟知。他的《书品论》明明是为启迪后生学习书法艺术的专门著作，却在开篇就明确宣布：

作书是学问中第七八乘事，切勿以此关心。王逸少（王羲之）品格在茂宏（王导）、安石（谢安）之间，为雅好临池，声实俱掩。余素不喜此业，只谓钓弋余能，少贱所该，投壶骑射，反非所宜。若使心手余闲，不妨旁及。"

又说：

"人读书先要问他所学何学，次要定他所志何志，然后渊澜经史，波及百氏。如写字画绢，乃鸿都小生，孟浪所为。岂宜以此溷于长者？②

黄道周是明代东林党的重要成员，他不仅贵为朝廷命官，而且是渊博的大

---

① （宋）石介：《答欧阳永叔书》，转引自《徂徕石先生文集》，中华书局1984年版，第176页。
② （明）黄道周：《书品论》，转引自刘正成主编：《中国书法全集·黄道周卷》，荣宝斋出版社1994年版，第328—329页。

儒。除了拥有博学和高位,他还受到众多同道和门生的景仰和簇拥,同时,他还是书法史上取得杰出成就的书法家。他的书法不仅功力深厚,而且才华过人、个性鲜明。因此,他对书法的蔑视容易被人们解读为高人胜士的高视阔步、矫拔俗流。

一些完全依靠书法才能谋取衣食的低层的平民艺术家,同样持有书法次要主义倾向,在自我压抑中默默接受来自主流意识形态和上层精英的规训。清代中期的邓石如无疑是取得重要成就的书法家。作为乾嘉时代崛起的碑学书法的代表性人物,邓石如大量临摹秦汉时代的篆隶经典,通过过人勤奋和长期努力深入书法篆刻之三昧,被众多有识之士所激赏,去世不久,就被时人誉为"国朝第一"。但是,在他生前,他的能力与科举制度凿枘难合,难以猎取世俗功名,也难以在当时的社会结构中谋取一个合适的身份和理想的位置。作为一介布衣,他不得不以"完白山人"的名号游走江湖维持生计。晚年邓石如在对家族后人回顾生平时,流露出无尽的辛酸遗憾之情。他告诫侄子,凭借书法篆刻才能在世间游走并非上上之选,博取科举功名以避免"枯老穷庐"的命运才是立身根本。这一思路,正与黄道周等人不谋而合。

对艺术的轻视、对艺术爱好保持警惕的戒备态度作为一种久远的传统,弥漫在从底层到高层的广阔空间。长期以来,有书法绘画之类的爱好只能被称为"好事",涉猎者们只能被称为"好事者"。这种称呼在贬抑中捎带不屑,长期以来没有得到改变。帝王阶层中不乏热衷书法艺术的"好事者",但是这种"好事"行为只是他们人生与事业中万端之一缕,他们并不因为"好事"而获得尊荣;相反,如果对文艺事业过于沉浸、过度"好事",他们会在生前身后遭到"玩物丧志"的舆论指责。在有些情况下,他们甚至会痛心地自责——如亡国之君梁元帝。他们在日常的"好事"之时随时会有问心有愧的窘迫感,需要藏藏掖掖,找到搪塞的借口。据《历代名画记》记载,当唐宪宗要求当时的臣下将家庭收藏进献内宫时,使用的是冠冕堂皇而又装模作样的说辞:"朕以视朝之余,得以寓目,因知丹青之妙,有合造化之功,欲观象以省躬,岂好奇而玩物?"①清朝在位时间甚长、号称"十全老人"的乾隆皇帝更见老谋深算。他一面自得其乐、毫无顾忌地在历代流传的名家字画上题字赋诗,一面却严防子孙染指这类爱好。当偶尔见到皇子们在扇面上以诗题画,他立即在次日发表长篇上谕,训诫皇子们"讲求大义""善辞章工书法不过儒生一技之

---

① (唐)张彦远:《历代名画记》,浙江人民美术出版社 2011 年版,第 9 页。

长,朕初不以为喜"。① 他还不厌其烦地要求天下士子"究心经学,以为明道济世之本"。生活在这样的时代,书法篆刻技艺能够找到怎样的位置呢? 这自然让书法家们感到失望与无奈。

四、绘画领域的相似倾向

与书法领域遥相呼应的是,绘画领域同样存在类似倾向。在先秦时代,"画、缋、钟、筐、荒"五种"设色之工"当时被视为"百工",它们正是后世画家的雏形。唐代时,画家的地位仍然没有获得根本改变,唐代张彦远《历代名画记》卷九所记当时著名宫廷御用画家阎立本的轶事,透露出当时画家地位的尴尬与无奈,以及随时会被唤醒的屈辱感:

> 太宗与侍臣泛游春苑,池中有奇鸟随波容与,上爱玩不已,召侍从之臣歌咏之,急召立本写貌,阁内传呼"画师阎立本",立本时已为主爵郎中,奔走流汗,俯伏池侧,手挥丹素,目瞻坐宾,不胜愧赧。退戒其子曰:"吾少好读书属词,今独以丹青见知,躬厮役之务,辱莫大焉! 尔宜深戒,勿习此艺。"②

在该条同一行文处,张彦远还记述了另一件逸事:"(阎立本)及为右相,与左相姜恪对掌枢务,恪曾立边功,时人谓千字文语曰:'左相宣威沙漠,右相驰誉丹青'。言并非宰相器。"③

记录者张彦远在记录此事后的态度同样值得玩味。对前一件事,他断然予以否定,他认为唐太宗重视以恩德御下,所以不可能对阎立本这样的宫廷画师不称官职而直呼其为"画师";对后一件事,他认为时人将阎、姜比较而贬低阎是一种"厚诬"。张彦远的辩驳其实并不具备说服力,反而透露出一个确切无误的信息:在当时的社会观念中,"画师"与官职相比,无论如何属于不体面的身份。张彦远意识到了他的辩驳无力,他干脆在随后的行文中直抒愤慨地哀叹感慨:"浅薄之俗,轻艺嫉能,一至于此! 良可于悒也。"④

---

① 陈祖武、朱彤窗:《乾嘉学派研究》,河北人民出版社 2005 年版,第 293 页注释。
② (唐)张彦远:《历代名画记》,浙江人民美术出版社 2011 年版,第 139 页。
③ (唐)张彦远:《历代名画记》,浙江人民美术出版社 2011 年版,第 139 页。
④ (唐)张彦远:《历代名画记》,浙江人民美术出版社 2011 年版,第 140、141 页。

这种情况延续了很久。南宋时期,画家、收藏家赵希鹄十分明确地将画坛凋敝归结为士大夫的观念:

> 近世画手绝无,南渡尚有赵千里、萧照、李唐、李迪、李安忠、粟起、吴泽数手,今名画工绝无,写形状略无精神。士夫以此为贱者之事,皆不屑为。①

五、西方思想中的相似倾向

西方的类似思想也同样存在。最著名的要数柏拉图。柏拉图把艺术家看作模仿的模仿者,他们与事物的本质隔了两层。艺术家模仿自然客体,但是自然客体本身就是"理念"(或者"理式")的一种模糊不清、影影绰绰的"摹本"。在柏拉图的观念中,认知过程和知识世界是具有等级序列的,一切认知都以绝对的"理念"为基础,最低的认知方式仅限于感知事物的外部现象,最高的认知方式才可以把握事物表象之下深层的"理念"本身。道德和自然世界的基本原则是"善的基本理念"。艺术只能排在这个序列的最低层次。在柏拉图设计的政治修明、井然有序的"理想国"中,诗人和画家将被逐出,理由在于:

> 从荷马以来所有的诗人都只是美德或自己制造的其他东西的影像的模仿者,他们完全不知道真实?
>
> 我们已经可以把诗人捉住,把他和画家放在并排了。这是很公正的。因为像画家一样,诗人的创作是真实性很低的;因为像画家一样,他的创作是和心灵的低贱部分打交道的。因此我们完全有理由拒绝让诗人进入治理良好的城邦。因为他的作用在于激励、培育和加强心灵的低贱部分毁坏理性部分,就像在一个城邦里把政治权力交给坏人,让他们去危害好人一样,我们同样要说,模仿的诗人还在每个人的心灵里建立起一个恶的政治制度,通过制造一个远离真实的影像,通过讨好那个不能辨别大和小,把同一事物一会儿说大一会儿又说小的无理性部分。②

---

① (宋)赵希鹄:《洞天清录(外二种)》,浙江人民美术出版社 2016 年版。
② [古希腊]柏拉图:《理想国》,商务印书馆 1986 年版,第 396、404 页。

六、书法取消主义在 20 世纪的余波

进入 20 世纪之后，书法曾因为属于本土的、传统的艺术而一度被一些人视为落后的艺术品种。有人甚至干脆拒绝承认其艺术属性，著名者如郑振铎。郑振铎在文艺领域涉猎甚广，著述宏富，对书法艺术深具体验并具有一定水准①，但是，早在 1930 年代他就固执地宣称书法不是艺术。② 另据有关资料披露，新中国成立之初，书法是否属于艺术的问题再次浮出水面，成为艺术主管部门人们热议的话题，两种意见相持不下。当时担任文化部副部长并主管艺术工作的郑振铎的看法变得十分重要。郑振铎的看法可以归纳为两点：第一，书法不是艺术。他的理由是外国人的文字书写也有美感，但是外国的艺术分类中没有书法，所以他反对书法是艺术的观点。郑振铎的理由显然是站不住脚的。他将中国书法博大精深的抒情写意之美与西方文字书写中花体字的装饰美感相提并论，说明他对中国书法的体验与理解仍然是失之肤浅的，而他依据外国艺术分类中没有书法一门而确认书法非艺术，则不仅简单而教条地遵循了艺术惯例论，而且流露出明显的崇洋倾向。外国并非真理的化身，外国艺术并非艺术的唯一模式。郑振铎在书法艺术问题上的表现反映了长期以来缺乏民族自信、盲目崇拜外国文化的风气对国人的影响是深入骨髓的。郑振铎的第二个看法是：如果书法成为一种专业，对于书法是一个大破坏。这

---

① 徐调孚著：《闲话作家书法》中记述："郑振铎的钢笔字原稿，固然乌里乌糟，人家见了喊头痛，但他的毛笔字，说句上海话，写得真崭呢！不由得不叫人见了暗地里喝一声彩。他的字，颜鲁公体是底子，再加上写经体，铁画银钩，左细右粗，虽不及疑古玄同的精美，但功力也不小。你如果在三马路一带旧书铺子里买一本《西谛所藏善本戏曲目录》，就可看到他的笔迹了，听说这本书从头到尾是他自己亲笔缮写了付木刻的。再有世界书局出版的一本《小说戏曲新考》，里面也是他题的字，并且还署一个名字，你看了就可证明我的话决不假。"参见《万象》1944 年第七期。

② 郑振铎自己记述了 1930 年代那次文人雅集中的争论："将近二十年了，我们同在北平。有一天，在燕京大学南大地一位友人处晚餐。我们热烈地辩论着'中国字'是不是艺术的问题。向来总是'书画'同称。我却反对这个传统的观念。大家提出了许多意见。有的说，艺术是有个性的；中国字有个性，所以是艺术。又有的说，中国字有组织有变化，极富于美术的标准。我却极力反对着他们的主张。我说，中国字有个性，难道别国的字就表现不出个性了吗？要说写得美，那么，梵文和蒙古文写得也是十分匀美的。这样的辩论，当然是不会有结果的。临走的时候，有一位朋友还说，他要编一部《中国艺术史》，一定要把中国书法这一部分放进去。我说，如果把'书'也和'画'同样并列在艺术史里，那末，这部艺术史一定不成其为艺术史的。"郑振铎：《哭佩弦》，参见《文讯》第 9 卷第 3 期，1948 年 9 月 15 日。另有沈从文在 1937 年所写的《谈写字》一文中说："到近来因此有人否认字在艺术上的价值，以为它虽有社会地位，却无艺术价值。郑振铎先生是否认它最力的一个人。"见沈从文：《花花朵朵坛坛罐罐》，外文出版社 1994 年版，第 224 页。

样的看法如果深入挖掘,可以成为一个颇具深意、值得讨论的学术话题。但是,当时郑振铎对书法艺术命运表达的所谓担心,其实只是出于对书法艺术抱持排斥和不屑的简单动因。郑振铎的固执态度理所当然地引起书法界有识之士的反弹和抗争。章士钊、陈叔通等民主党派人士甚至将书法问题的争论对簿公堂到最高领袖毛泽东处。毛泽东的态度是:"我们多一门艺术,又有什么不好呢?"郑振铎固然学贯中西,但是他独持偏见的荒谬观点是无法令人信服的。由于新中国成立后郑振铎在国家文化部主管艺术,他的立场在实际工作中影响了书法事业的组织建制和工作开展,书法的教育、创作、研究都受到消极影响。但是艺术的内在逻辑强大无比,由于书法艺术本身的深厚土壤和旺盛活力,郑振铎的认识偏颇无法从根本上阻碍书法艺术复兴局面的到来,无法阻碍书法艺术在20世纪里更多功能的实现与拓展,最多只能算是书法艺术发展道路上的一个插曲。

七、关于书法取消主义的反思与批判

书法取消主义和书法次要主义是结伴而行的,这类认识形形色色,其间虽然存在着程度上的不同,但是它们对艺术、对书法的总体倾向是一致的。它们奔跑在同一方向的车道上,随时可能并辔而行、相互助力。就其极端部分而言,随时可能演变为一种独断专行的艺术专制主义。事实上,在新中国成立后的中国艺术建构中,书法艺术之所以在长达30年的时间里都没有像其他兄弟艺术一样建立相应的全国性协会组织,就与这一认识和立场有关。作为主管艺术的文化部官员,郑振铎否认书法是艺术的态度就构成了一种实实在在的工作障碍。

对包括书法在内的艺术的质疑、排斥、嘲讽、仇视的立场和态度都与对艺术功能的认识有关。对书法功能的充分确认和阐释,本身即是对书法取消主义的狙击和书法次要主义的驳斥。

对书法艺术功能的历史变迁和现实表现作出初步的观察,就可以得出非常乐观的发现。书法在传统社会中的功能不是单一的,而是丰富的;不是同质的,而是多元的;不是凝固不变的,而是随时变迁的。书法有时被视为教化的工具,儒家希望通过它实现特殊的育人理想,将习练书法之人导向君子的轨辙;在道家那里,书法有时被视为自然的迹化,人们通过书法展现个体的本性、本色和本真状态;在儒家和道家共同的思想视野中,书法还被视为天人合一的最佳实现渠道,通过书法,人与自然、人与社会实现最大限度的融合与共生;在法家和兵家的传统中,书法中蕴含的势能和导引势能的训练与领悟,常常被运用于政治运筹和军事谋略,书法成为现实博弈到纸面博弈的中介和虚拟;书法还具有养生的功能,人们在书法的程式化演练中收获周而复始、一唱三叹的生命快乐。在传统社会中,书法几乎在大多数知识分子的精神生活中都占据一定的分量。

进入20世纪之后,时代经历了沧桑变化,民主与科学,救亡图存与民主民族革命,改革开放与现代化建设成为整个国家和时代的主题,与声势浩大、风云激荡的政治、经济、军事宏大命题相比,书法艺术在纷纭复杂的社会文化光谱系列中,绝无可能以举足轻重的主角身份跻身中心位置,尽管如此,书法由于具有久远而强大的传统,其旧有的传统功能依然得到传承延续。随着时代的演变,书法的功能实现了崭新的变化与拓展。例如,在书法对社会政治生活的介入方面,呈现出前所未有的崭新变化。例如,在革命战争岁月中,书法中的壁书被红军部队用于标语宣传,书法在被革命领袖用于重要场合和重要事件的题词,这里的书法成为革命者手中的另一种投枪和匕首,或者是革命群众的一种广场斗争和政治抒情的技艺;民国时代的国民党元老于右任是取得重要成就的杰出书法家,他中年之后致力于创立和推广标准草书,希望将标准草书用于文字改革,在他的思路中,书法成为强国的工具;又如,在新中国成立后的知识分子思想改造运动中,书法派上了新的用场,按照《毛泽东同志在延安文艺座谈会上的讲话》精神的指引,沈尹默努力在书法中追求通俗化大众化,书法成为知识分子践行思想改造的实践见证;另外,在新中国成立特别是改革开放之后,书法又被频频用于统战事业和外交工作,成为文化沟通带动政治沟通的触媒;还有,在新的产业升级和国际竞争格局中,文化产业和创意经济异军突起,随着中国综合国力的崛起和汉语热的兴起,书法作为一种特殊的民族文化奇葩,产生了巨大的盈利空间和增值可能,书法成为炙手可热的盈利符号。

事实上,即使在传统社会中,也并非所有人——甚至可以自信地断言——并非多数人,都欣赏和赞同在艺术和书法上的取消主义态度。历史上也有另外一种声音发出对艺术和书法的强劲辩解。唐代时,当有人诘难诗人刘禹锡道:"书写只要能够记姓名就可以了,为什么要在工与拙方面那么讲究呢?"刘禹锡的回答是:

> 亦犹言居室曰避燥湿而已,言衣裳曰适寒燠而已,言饮食曰充腹而已,言车马曰代劳而已,言禄位曰代耕而已。今夫考居室必以闳门丰屋为美,第衣裳必以文章遒泽为甲,评饮食必以精良海陆为贵,第车马必以华鞯绝足为高,干

禄位必以重侯累封为意。是数者皆不行举下之说,奚独于书也行之耶?①

是啊,既然人类生活的衣、食、住、行各个方面都力求精美,有什么理由唯独要求书写活动继续保持在最低级、最下等的状态呢?

从人的全面发展角度来看,人的身体和心灵需要同步生长,因而需要不断予以适当的满足。两者缺一,均为不可。马克思对人性结构和人性满足等问题所作出的精彩论述已经赋予艺术以正当性、合法性,书法艺术同样符合其论述意旨。马克思认为感性活动着的"现实的个人"是社会的人和历史的人,人通过实践创造对象世界来证明自己是有意识的类存在物,也就是这样一种存在物,它把类看作自己的本质,或者说把自身看作类存在物:

> 动物只是按照它所属的那个种的尺度和需要来建造,而人却懂得按照任何一个种的尺度来进行生产,并且懂得怎样处处都把内在的尺度运用到对象上去:因此,人也按照美的规律来建造。②

人类解放的本质就是人类个体的全面、自由的发展。马克思认为,人的全面发展表现为人改造自然界、改造社会、改造人自身的活动(如教育、艺术、宗教和审美活动等)的全面丰富,人们不再屈从于分工和职业的制约,而是按照自我的天赋、特长、爱好,自由地选择活动,既从事体力劳动,又从事脑力劳动,既参加物质生产,又参加经济、政治、社会生活管理,进行科学艺术的创造,而不是社会活动的贫乏化、片面化、固定化。马克思设想的共产主义就是实现这种理想的一个阶段性社会形态。如果我们认为马克思对人的理解和他的理想社会的设计都是值得肯定的,那么艺术的存在和书法的存在就都是天经地义的,人可以在艺术中、在书法中实现自身,实现自我力量的对象化;在艺术和书法中享受人生,度过闲暇,都是人性的自然流露和理想境界。如果与此相反地按照书法取消主义的逻辑推演,书法应该取消,因为它毫无意义;依次类推,各种艺术应该取消、人类文化生活应该取消,各种不能直接创造物质财富的人类活动和有关部门应该一律停止、统统关门……如果按照这样的逻辑发展下去,人类将被迫回到过去,回到蛮荒时代。这是怎样一种荒

---

① (唐)刘禹锡:《论书》,《刘禹锡集》,中华书局1990年版,第249页。
② [德]马克思:《1844年经济学哲学手稿》,人民出版社2000年版,第58页。

诞的黑暗逻辑？如果真的走到这一步，那无疑是人类社会的悲剧！

在文学研究领域一直秉持多元立场的南帆曾对社会中各种群体的存在状态与复杂联系做过精彩的描述：

> 每一个社会成员都有权利介入历史。他们以各种形式表白自己的意愿。形形色色的意愿进入社会关系网络，相互碰撞、冲突、妥协、联合，最终凝固为特定的社会现状。除了强大的经济冲动，上述意愿同时包含了多种错综交织的内容。一个宽泛的意义上，博弈几乎无所不在：计算机和甲骨文之间，考古学与通俗歌曲之间，企业总经理与志愿者之间，坦克车与鲜花之间，股票市场与劳动守则之间，竞选纲领与黑幕交易之间……某些社会成员组成的群落势力庞大，他们的观点赢得了更多的共识，撼动历史的幅度相对明显；另一些社会成员单枪匹马，他们的要求应者寥寥，然而，历史仍然记录了哪怕极其微弱的烙印。①

在政治力量、商业群体、科技巨头占据社会主流，不断控制和改变人类社会的当今时代，"书法热"再怎么"热"，书法、书法家和书法爱好者也只能是相对的冷门专业、少数部落或者弱势群体。然而，作为一种代表性的具备民族记忆和辉煌历史、曾经凝聚了无数聪明睿智之士毕生心血的视觉艺术，书法与其他领域一道，融入了整个社会的文明光谱系列之中，共同建构着和谐美好的艺术生态和社会生态。对于一个理想的大同盛世来说，这不仅是一种美，更是一种闪烁着人性之光的善。

（原载于《中国书法·书序》2018 年第 10 期）

---

① 南帆：《无名的能量》，人民文学出版社 2012 年版。第 24 页。

诗性现代戏的中国表达

——张曼君现代戏创作探要①

苏勇　江西师范大学文学院副教授

在全球化与现代化交织互动的当下,张曼君导演的出场以及张曼君现象的出现,某种程度上,似乎有理由被看作是文化杂交(cultural hybridity)理论的一个当代样本。也有人将张曼君的创作理解为后现代主义/后殖民主义语境下不同文化元素的简单罗列或拼贴。显而易见,就张曼君的现代戏创作而言,这些概括都有失公允。因为张曼君的现代戏有着鲜明的主体性、原创性和民族性,或者说,在张曼君为数甚众、质量上乘的现代戏创作中,处处充盈着内在而深刻的中国主体、中国文化、中国价值。在此意义上,我们之所以研究张曼君,不仅仅因为她是一个获奖无数的优秀导演,更是因为她以某种妥贴的方式参与或介入到现代戏的当代建构之中,并成功地构造出一种我们称之为诗性现代戏的舞台范式。

诗性现代戏或诗化现代戏,指的是以独创性的戏曲语言来表现现代人生存状态的舞台样式。诗性现代戏既包含着对现代形态戏曲语言、戏曲结构的自觉探索,也包含着对理想人性、诗性生活的想象与建构;而在后一个层面上,它意在构造一种现代的身体、现代的情感、现代的逻辑,以及历史的勾连、未来的可能,等等。换句话说,诗性现代戏不仅仅指向文本结构、舞台呈现等我们通常称之为形式化的层面,更为积极的地方在于,它欲求我们重新站在"人学"的立场上,站在民族戏曲的

① 本文是江西省高校人文社科研究项目"马克思主义人学批评理论形态建构研究"(项目编号:ZGW161002)、江西省社会科学规划项目"马克思主义人学批评形态建构研究"(项目编号:18WX003)阶段性成果。

艺术本体上,思考"真善美"可能呈现的样态,以及那些丰满而可感的审美理想所能照亮的路径。

事实上,诗性现代戏这个概念的提出,并不仅仅是为了在理论上对张曼君的艺术实践作出某种如其所是的描述与回应;还有着更为深远、更为积极、更为直接的理论诉求和理论价值。在此前提下,诗性现代戏是对此前那种创作主体性缺失、感性经验匮乏、想象力枯竭、戏曲语言失范的概念现代戏的修正与超越。概念现代戏最大的问题还不在于创作目的、创作方向等层面,而在于在其干瘪枯燥的说教模式与居高临下的呈现姿态,在于诗意再现生活、诗意理解人生、诗意把握时代等本身内在于戏剧结构的东西的整体性缺席,而这样做的结果必然使得现代戏的创作陷入概念化、机械化、套路化的泥沼中,从而丧失了贴近现实、贴近人民、贴近时代的力度、深度和强度。

张曼君的诗性现代戏,以一种兼具传统与现代的审美表现方式轻巧而自信地拉开了那已然是被同质性话语反复表述的历史的帷幕,并且将那些通常置于后景中的个人推向了前台。而其中尤为突出或者分外多彩的是那些生动而厚重的女性感性经验的直观呈现。而在另一个层面上,张曼君的现代戏创作也同时生产出我们对于这个世界的感知方式和观照方式,重新构筑出我们对于社会、历史的另一种进入方式或认知模式,重新激发或呼唤出我们的情感认同以及我们的理解方式。因而这种诗性现代戏的展开方式以及思想内涵就值得我们不断深入地研究下去。大致上,我们可以将张曼君诗性现代戏的基本特色、基本内涵进行如下概括。

一、诗性精神的张扬

张曼君诗性现代戏的基本特色、基本内涵首先体现在创作者对于诗性精神的追求。这种诗性精神集中体现为创作者对于历史、现实的深刻反思,体现为创作者对于美好生活、美好人性的孜孜以求。在此意义上,张曼君的现代戏首先是现实主义戏曲。

需要指出的是,表现现实或者现实题材的戏曲未必就是现实主义戏曲。现实主义戏曲不仅仅指的是戏曲的创作方法或表现形态,而且还包含着一种更为清醒、更为深刻、更为真切、更为直接的价值诉求、价值立场和价值旨归。众所周知,现实主义的美学原则是,如实地反映现实生活,或如高尔基所说的那样:"对人类和人类社会的各种情况,作真实的赤裸裸的描写的。"①那么,"如实地反映"也好,"赤裸裸的描写的"也好,并不是说戏剧仅仅机械地、僵化地、简单地、平面地复制或模仿现实。现实主义对现实的反映或模仿应该是主动的、积极的,是要帮助人们认识和理解客观世界,把握普遍规律,揭示问题之所在,并能够给我们理解世界提供某种不同的参照。因此,现实主义就应该具有发现现实、分析现实、反思现实的基本品格或基本面貌。张曼君的现代戏无论在题材选择,还是在内涵挖掘上,都深刻地体现出创作者对于诗性精神的自觉追求。

我们说现实主义的创作原则为:在典型环境中塑造典型人物。但现实主义戏剧的表现手法也并非只有一种,现实主义是一个不断发展的、极具开放性和包容性的思想系统。格兰特在《现实主义》一书中,列出了二十多种涵盖了不同意蕴、不同立场、不同角度的现实主义,如批判现实主义、怪诞现实主义、反讽现实主义、民族现实主义、造型现实主义、日常现实主义、传奇现实主义、讽刺现实主义、幻觉现实主义等等。② 尽管这些命名看似庞杂,但它们都有叩问现实的情怀。而且更为深刻地是,它们都对既定的表述、既定的逻辑提出了某种反思或者追问。别林斯基在谈到莎士比亚的创作时指出:"莎士比亚的朱丽叶拥有一切浪漫主义的因素","同时,它这个人不是腾云驾雾,烟雾弥漫的,却彻头彻尾是地上的——是的,地上的,然而是整个儿渗透这天上的气味的。"③因此,无论何种形式的现实主义,都具有鲜明的"地上的"特征,都具有厚重而深刻的现实意义。

张曼君所创造的众多鲜活的人物形象无一不是在具体而典型的历史语境和社会环境中诞生的,但张曼君的现实主义现代戏又与中国古典戏曲的传统有着极为绵密的、内在的联系,因而也就具有了写意而浪漫的特点。在《永远的歌谣》《八子参军》《母亲》《花儿声声》《青衣》等作品中,中国传统戏曲中那种写意而又富有抒情色彩的表达比比皆是。这些戏大多是悲剧,但我们发现,这些戏创作者都以一种想象的、浪漫的、象征性的圆满来结束故事,这种圆满又不能简单地等同于传统戏曲的"大团圆",而是具有了更高层次上的升华。例如,在《母亲》这个作品中,鬼子投降后,在这位孑然一身的母亲深情的思念与呼唤中,这些已然是为鬼雄的亲人们,手里拿着象征着和平与幸福的窝头,笑意盈盈地闪现于舞台之上。创作者让这些英灵们与母亲邓玉芬以至于与在场的每一位观众,共同分享这胜利的时刻,共同

① [苏]高尔基:《我怎样学习写作》,戈宝权译,生活·读书·新知三联书店1951年版,第11页。
② 参见[美]达米安·格兰特:《现实主义》,周发祥译,昆仑出版社1989年版,第2页。
③ [俄]别林斯基:《别林斯基选集》(第1卷),满涛译,上海译文出版社1979年版,第158页。

分享作为一种民族共同体的深切体认与那不可忘却的历史记忆。再比如,在《妹娃要过河》这个作品中,阿龙和阿朵爱而不得双双殉情,两人先后跳河后,象征着希望的明黄色的顶光洒向这片吞噬了无数爱情的河面,阿龙和阿朵在无数双有力的大手的托举中、在观众的期待中复现于舞台。这类似于《梁祝》式的结尾,让观众远未平复的内心得到了极大的满足,因为这是爱情本来应该有的模样。而这样的呈现远远超越了现实的局限,超越了庸俗的日常,而具有了诗意的、崇高的精神向度。

也有学者指出,张曼君的现代性具有某种浪漫主义的倾向。但正如高尔基所言:"在讲到像巴尔扎克,屠格涅夫,托尔斯泰,果戈理……这些古典作家时,我们就很难完全正确地说出,他们到底是浪漫主义者,还是现实主义者。在伟大的艺术家们身上,现实主义和浪漫主义时常好像是结合在一起的。"①可见,那些卓越的艺术家从未将自己局限于条条框框之中,他们总是能够以自己所要表达的主题为中心,创造性地利用一切可以利用的手段,实现了创作上的完满。在此意义上,我们不妨将张曼君的现实主义创作称之为诗性现实主义。

张曼君的诗性现代戏还体现在另一个维度,那就是"人学"维度。我们说戏剧是写人的、人写的、写给人看的。戏剧不能脱离人,好的戏剧不仅仅是"呈现",而且还是"照亮"。诚如德国著名的理论家卡西尔所言:"戏剧艺术从一种新的广度和深度上揭示生活:它传达了对人类的事业和人类的命运、人类的伟大和人类的痛苦的一种认识,与之相比我们日常的存在显得极为无聊和琐碎。我们所有的人都模糊而朦胧地感到生活具有的无限的潜在的可能,它们默默地等待着被从蛰伏状态中唤起而进入意识的明亮而强烈的光照之中。不是感染力的程度而是强化和照亮的程度才是艺术之优劣的尺度。"②如果说我们的人性无可避免地要徘徊于神性和兽性之间,那么好的戏剧能够使我们的人性朝着神性的方向生长,能够敏锐而深切地捕捉到时代的脉搏,能够与现实世界的人民大众同呼吸共命运,能够合乎历史理性、历史目的、历史规律地描写生活、表现生活,能够将表达的视域落在人的自由全面发展上,能够将我们在通往自由王国道路上的美景与路障充分揭示。总而言之,它能够让人的生命变得高贵而飞扬。③

毫无疑问,张曼君的现代戏体现着一种极为自觉的"照亮"意识。这种意识具

---

① [苏]高尔基:《我怎样学习写作》,戈宝权译,生活·读书·新知三联书店1951年版,第11页。
② [德]恩斯特·卡西尔:《人论》,甘阳译,上海译文出版社2013年版,第252页。
③ 参见苏勇:《问诊文学批评的现状与格局》,《光明日报》2016年6月20日。

体表现在她对人物命运的深情体察上,表现在她对崇高人性的审美寄托上,表现在她对民族情感的高度认同上,等等。我们说,表现献身精神的现代戏多不胜数,但是真正令人信服的、真正留在观众心中的好作品却又是少之又少。那么,同样是舍小我成大我,张曼君的现代戏为什么就能够直击人心呢? 原因可以是多方面的,但最根本的是,她表现的是如你如我的血肉之躯,表现的是人的而非神的情感,表现的是深陷不幸却依然怀抱理想的人性之光。

在张曼君的作品中,女性一直是她首要表现的对象。贞秀、杏花、阿朵、豆花、李贞、水上灯、筱燕秋、邓玉芬等,这些各具特色的女性极大地丰富了我们的戏曲舞台。她们不是下凡的仙女,她们有人的身体、人的情感、人的欲望。同大多数女性题材的现代戏有所不同的是,在张曼君的创作中,女性不再是被动的丧失了行动能力的等待救赎或等待解放的孱弱客体,不再是需要接受启蒙和改造的落后分子,甚至不再是隐藏起女性身份的花木兰式的女英雄,而是具有充分自我意识的主体,是以女性身份积极投身社会变革、社会建设的参与者、促进者以及主人翁。而她们崇高的情操同样是构筑中国社会、中国精神的基石。

二、诗性结构的生成

诗性精神并非抽象的概念化的说教,总是寓居于具体的文本之中,诗性精神的显影与那些独具特色的文本结构密不可分。我们把那些承载着诗性精神的具有独特性、陌生化的文本结构称之为诗性结构。张曼君现代戏的诗性结构集中体现在她的文本所呈现出的张力结构、寓言结构以及嵌入式结构之中。

(一)张力结构

张曼君的现代戏创作往往将人物镶嵌在特定的历史背景下。尽管这些历史背景大多较为宏阔,但都清晰地呈现为一种新旧交替的格局。具体地说,大致上有两种呈现方式,一是在叙事展开时,人物往往被包裹在或腐朽的、或落后的、或不自由的,甚至是非人的社会环境、社会结构之中,主要人物在这样的环境中被压制、被剥夺、被束缚;而新的具有解放色彩的时代曙光即将或已然洒向这些不自由的人。例如《八子参军》《山歌情》《母亲》《永远的歌谣》《大红灯笼》《妹娃要过河》《水上灯》《红高粱》,等等。二是具有一定主体性的、代表善的力量的主人公被放置在新的环境或即将重组的结构中,去遭遇那些异己的他者,并最终达成了双方的和解,例如《乡村母亲》《李贞回乡》《青衣》《十二月等郎》,等等。那么在呈现这种压迫/反抗的二元结构时,张曼君的剧作往往能够彰显出一种极富诗意的张力结构。这种张力结构一方面体现在人物/环境、善/恶、自由/不自由等相互冲突的关系对抗中;另一方面也体现在复杂的剧作形式上,尤其是剧作的套层结构。所谓套层结构,指的是文本中两种相互交织的叙事本身彼此叠加、彼此冲击,等等。张曼君的现代戏一方面是一个大的结构,即关于历史的宏大叙事,在此意义上,历史并不外在于剧作,并不仅仅是一个背景性的存在,它同时成为推动叙事发展的原动力,并且结构了文本的面貌和走向。而文本的另一种表达则是关于爱情、关于亲情、关于记忆、关于等待、关于寻找等的女性叙事。这两种结构又极为有趣地铆合成一个关于解放、自由、民族寓言、文化认同等的叙事。张曼君的创作由此呈现出一种极其耐人寻味的诗意品格,呈现出一种极为丰厚而素朴的审美情感,呈现出一种极为独特的中国表述。

拿《山歌情》来说,这部作品其实是两种表述的诗意交织,集中体现为两种选择的交织,即女性的选择和历史的选择两者间的统一。也就是说,女性的选择是历史中的女性在历史或历史的变奏中的选择,历史的选择则体现为人民的选择,而《山歌情》中女性的选择本身承载着或代表着人民的选择,她是无数个中国人在特定历史条件下的缩影,是汇聚成中国精神史、思想史、民族史的一个极为内在的、有机的因子。具体而言,在《山歌情》中,历史是在场的,历史生成并结构了叙事的走向。《山歌情》如果没有第二次国内革命战争的背景,没有革命话语的介入,那么这个戏所能展示的,也无非是封建传统桎梏下的"山歌大王"贞秀,悲剧性地陷入"翠翠式"(《边城》)的二难选择中苦苦挣扎的故事。

(二)寓言结构

美国著名批评家 M.H.艾伯拉姆斯指出:"寓言是一种叙事,它的行为者和行为,有时包括背景经过作家刻意的创作,其目的不但使它们本身有意义,而且更重要的是揭示出一种相关的第二层面的人物、事物、概念或事件。"[①]也就是说寓言结构,所散发出的能量远远超出文本的能指层面,它促使我们以文本为镜,去观照另一个"同构"的世界。美国学者詹姆逊进一步补充说:"第三世界的本文,甚至那些看起来好像是关于个人和利比多趋力的本文,总是以民族寓言的形式来投射一种政治:关于个人命运的故事包含着第三世界的大众文化和社会受到冲击的寓言。"[②]也就是

---

① [美]艾布拉姆斯《欧美文学术语词典》,朱金鹏、朱荔译,北京大学出版社1990年版,第8—9页。
② [美]弗雷德里克·詹姆逊:《处于跨国资本主义时代中的第三世界文学》,转引自《新历史主义与文学批评》,北京大学出版社1993年版,第235页。

说,任何第三世界的文本都包含着一种政治,一种民族寓言。

我们注意到,张曼君的现代戏大多是以家庭为单位展开的,而家庭作为社会最基本的细胞,同时也是最重要、最核心的社会组织、经济组织、精神家园。一个家庭的悲欢同时是一个社会、一个时代、一个民族的悲欢寓言。诚如印度裔学者帕萨·查特杰所指出的那样:"在民族主义的主流议程中,家庭绝对不是这种议程的一种补充,而是生发这种议程的源头。"①也正是在这个意义上,我们说张曼君的现代性往往是以小见大,并借此形塑着我们的民族情感、民族记忆和民族精神。

张曼君几乎所有的现代戏都是以家庭为单位来结构文本的,其寓言意义都是显而易见的。在《八子参军》《母亲》等革命历史题材的剧作中,张曼君以小见大,以一个家庭的奉献来折射出千千万万个中国家庭为抗击强暴而前仆后继、视死如归的家国情怀。在《晚雪》《山村母亲》《花儿声声》等当代题材的现代戏里,则同样是以一个家庭的困境来反映我们在改革和建设的伟大征途中存在着的需要正视的社会问题。那么在《妹娃要过河》《月亮粑粑》这些剧作中,关于爱情、教育的探讨也具有极为有效的当下性。

如果说以上这些文本,其寓言特征如此清晰而又直白,那么,我们会发现在张曼君所有的现代戏创作中,有一个文本极为怪诞而独特,它就是晋剧《大红灯笼》。这里的女性与其他文本中的女性不同,这部戏的女主人公颂莲是张曼君所有现代戏里唯一一个高墙里的女性,也是唯一一个在接受了新思想之后也依然没有获得自我救赎的女性。但这个文本的寓言性质同样值得我们深思。它的寓言性质还不在于缩影式地刻画了一个女性的悲剧,而在于对"吃人"历史的隐喻。在《大红灯笼》里,历史似乎是静止的、凝固的、无声的,但随着叙事的展开,历史逐渐令人窒息般地展现出它的狰狞与凌厉。颂莲与那些传统女性的不同之处在于,她是接受了新思想的女性,她是一个有着强烈主体意识的女性;尽管如此,她依然无奈而绝望地被秩序和权力的齿轮碾碎。颂莲只能以癫狂的形象象征性地颠覆那万难摧毁的"铁屋子"般的秩序。而这种癫狂本身就是一种抵抗、一种拒绝,因而这部戏仍然是关于女性在压制人的秩序与结构中,由顺从到沦落继而为反抗的寓言。

(三)嵌入式结构

嵌入式结构是一种结构文本的方法。通常是一个具有充分主体性的人物在进

① [美]普尔尼玛·曼克卡尔:《观文化,看政治:印度后殖民时代的电视、女性和国家》,晋群译,商务印书馆 2015 年版,第 161 页。

入到别样的秩序后,在与他者的秩序进行激烈的抗争后,形成了一种或挑战成功、或一败涂地、或和解的局面。这个异己的主体往往被不同的价值观、不同的身份、不同的族群所裹挟,他们面对着一个迥异于之前生存状态的境地,由此展开了他们改造对象、改造自我的活动。之所以说张曼君文本中的这种嵌入式结构是一种诗性结构,是因为张曼君对这些敢于挑战不合理秩序和结构的主体给予了深切的认同,而且也正是在这样的文本结构中,人的追求、人的抗争、人的牺牲才构成了我们所说的诗性精神。

张曼君几乎所有的作品都十分鲜明甚至是风格化地展现出这种嵌入式的结构。大致上,张曼君作品中的女性在文本结构中总是呈现出两种样貌:

一种是作为一个异己的他者闯入一种别样的秩序之中,因而那个曾经是相对稳定的并且是自我映照、自我复现的秩序因这个他者的闯入而被打破或显露出某种裂隙,例如《水上灯》《大红灯笼》《李贞回乡》,等等。拿《山村母亲》来说,来自山村的母亲以保姆的身份来到城市里,因其自身具有的勤劳、善良、热情、开朗等美好品格,最终改写了城里人对村里人的刻板印象,并最终象征性地实现了城乡二元结构在人性层面上的和解。

另一种是主体被迫卷入到另一种迥异于往昔的社会情势、人际关系等环境之中,而这些异质性的社会情势、人际关系等往往给这些具有强大生命力的主人公带来焦虑和危机。主人公最终以其坚忍的意志和伟大的献身精神同这些压制人的社会环境进行抗争。《八子参军》《母亲》《红高粱》等均属此类,即女主人公被迫被裹挟到一个异质性的社会环境之中。面对非人的压制,她们让内心深处最为光彩夺目的人性闪现出足以照亮前路的光芒。而在所有这一类结构的现代戏中,《青衣》算是一个极具突破性的文本。尽管这个戏也依然表现的是女主人公筱燕秋面对新人挑战时内心所展示出的傲慢、焦虑、挣扎与释然,但是这个文本还有着更为丰富的内涵。张曼君将作品打造成一个极为瑰丽的"镜城",几位女性于此间互相映照。于筱燕秋而言,她自身则完全被她自己建构的嫦娥的完美形象所迷惑,并将认同牢牢地固着于镜中的嫦娥。所谓人戏不分某种意义上指的是自我不愿意或无法走出拉康所说的镜像阶段。"作为镜像,我所得到的我的自画像,虽然是决定作为主体的我的命运的东西,但那只是被伪装了的自我形象,结果,被镜像迷住以后,我被这个虚构的自画像欺骗终生。"①但是与小说或电视剧有所不同的是,张曼君

---

① [日]福原泰平:《拉康:镜像阶段》,王小峰、李濯凡译,河北教育出版社2002年版,第38—39页。

导演最终打破了筱燕秋的镜像,让筱燕秋同春来达成和解,并将嫦娥的形象托付于春来,从而将一个封闭的自我打开,实现了自我的超越性发展。

三、诗性语言的开掘

传统戏曲在表现人物时,有诸多可以借助的手段,并形成了一套独特的审美表现方式以及程式化的动作。尤其是京剧,形成了一套完整而规范的程式化、虚拟化的戏曲语言。传统戏曲的舞台用具也不过是依剧情自由组合的"一桌二椅"。现代戏无论是在表演范式还是舞台设置方面较之于传统戏都更为写实,那么在此前提下,现代戏如何在缺乏成熟的戏曲表现体系下,创造性地发展出符合当下审美要求的表现范式,就给现代戏的创作者们提出了极具挑战性的难题。所幸的是,张曼君总是能够根据特定的人物、情境等,开掘出既接续着传统戏曲的写意表达又融汇了现代舞台的调度手段的现代戏表现语言,而这种戏曲语言又与我们前面所说的诗性精神、诗性结构达到高度而有机的统一,因而我们不妨将这种新鲜的耐人寻味的独创性语言称之为诗性语言。具体而言,张曼君对于现代戏诗性语言的开掘至少表现在以下几个方面:

(一)对民族艺术语言的吸收

与诸多现代戏的导演有所不同的是,张曼君的现代戏里,演员不再是活道具,他们是舞台的中心,一切调度都是以突出演员的表演为目的的。张曼君对民族艺术表现手法的吸收,首先表现在她对传统戏曲的尊重,表现在她对传统戏曲表现方式的化用。有研究者指出,张曼君所追求的"新歌舞演故事"中的"新",就在于"非程式化"。她有意识地、持续地、渐进地在中国戏曲的演出框架中,寻找以非程式化的"新歌舞"来演绎故事、抒情写意的可能性,包括非程式化的人物形象塑造、情感抒发和非程式化的舞台气氛意境的营造。[①] 的确,张曼君在创作上突破了程式化的表现模式,实现了更高层次上的民间元素的融汇与贯通。但戏曲表演出身的张曼君从未拒绝或回避过对所谓的程式化灵活运用,她的创作也从不狭隘地从一个极端导向另一个极端,而是化一切有效手段为我所用。实际上,我们能够在她的每一部现代戏中,清晰地看到这种对于程式化、虚拟化动作的借用以及改造。例如在《山村母亲》中,豆花擦玻璃的动作显然是对传统戏《挂画》里小旦演员相关动作

---

① 王晓鹰:《张曼君的"新歌舞演故事"》,《艺术评论》2013 年第 6 期。

的化用。而在《母亲》里红绸的使用,某种程度上又何尝不是改良了的水袖呢。可以说,"新歌舞演故事"这一说法中的"新"(new)尽管强调了张曼君之于现代戏的新思路、新探索,但是新的对立面显然就是旧;强调"新",似乎意味着抛弃"旧"。显然张曼君并没有抛弃传统,而是在理解传统、继承传统的基础上,拓展了戏曲表达的空间。因此我们不妨将这一说法替换为"后歌舞演戏",后歌舞中的"后"(post)指的不是某种断裂,而更强调的是某种探索、发展与超越。

其次是对传统戏曲观念的继承,尤其是渗透在传统戏曲血液中的基本原则或美学特征:无声不动,无歌不舞。无论是唱腔设计还是舞蹈设计,张曼君总是能够结合剧种特色,将这种富有地方特色的歌谣、小调、舞蹈、民俗、口语等极为自觉地纳入戏曲创作之中。例如在唱腔设计上,花鼓戏《十二月等郎》借用了当地民歌《等郎调》,黄梅戏《妹娃要过河》中反复出现的《龙船调》则一步步将文本的表达推向了高潮。这种借用一定程度上创造了某种新的可资借鉴的戏曲语言创新的路径,并开启了我们重新激活、利用民间资源的模式。

张曼君现代戏的舞蹈设计更是让人耳目一新,这些舞蹈无论是独舞还是群舞无一不是在特定的舞台情境中创设的。例如《花儿声声》的求雨舞,《大红灯笼》的灯笼舞,《妹娃要过河》的茅古斯舞、出嫁舞,《八子参军》的刺杀舞、板凳舞、纳鞋底舞、孕妇舞,等等。在谈到评剧《红高粱》的颠轿舞时,郦国义评论道:"评剧这段'颠轿'用一块大红绸布将真正花轿取而代之,保持和发挥传统戏曲表演艺术的写意和虚拟化手段,又加以现代的舞蹈技巧,使九儿和轿手们展示了独特的舞蹈魅力。"①这些舞蹈有的是叙事性的、有的是抒情性的,有的是仪式性的。但这些舞蹈无一例外的是中国式的、写意的,这些舞蹈的主体是中国的身体。这些饱含着中国情感的富有崇高审美理想的舞蹈构筑起张曼君诗性现代戏的极富表现力的物质基础。美国学者阿诺德·贝特林曾指出:"舞蹈运动创造了一个表现的王国,在这里,身体在运动中实现了自身,一个将舞蹈者与旁观者、身体与意识、思想与知觉融合于一个高度集中的存在之中的王国。"②但是张曼君现代戏里的舞蹈,还增加了贝特林未曾言明的其他维度:民族与传统。并且在这些舞蹈中,都强烈地体现出创作者鲜明的情感认同和民族立场,因而在此意义上,这些舞蹈就不仅仅是叙事、不仅仅是抒情、不仅仅是仪式、不仅仅是象征,同时也是评论。

---

① 郦国义:《美哉! 评剧〈红高粱〉》,《中国戏剧》2015 年第 5 期。
② [美]阿诺德·贝特林:《艺术与介入》,李媛媛译,商务印书馆 2013 年版,第 213 页。

（二）回归戏曲本体的艺术表达

戏曲的本体是什么？

戏曲的本体是以角儿为中心的舞台艺术。演员作为戏曲语言的载体，是中国戏曲的核心，也是中国戏曲展现诗意的依托。当我们提到西方有多么多么了不起的话剧的时候，往往提的是话剧的编剧、导演。但我们说中国的戏曲多么多么了不起的时候，我们说的是演员，我们说的是梅兰芳、马连良、严凤英、袁雪芬，等等。我们说世界戏剧三大表演体系的时候，其中斯坦尼斯拉夫斯基和布莱希特的主要身份是导演、评论家，只有梅兰芳是不折不扣的演员。因而，戏曲一定是以角儿的表演为中心的。

张曼君是一个有着强烈主体意识的导演，但演员出身的张曼君深谙戏曲舞台之道，所以她的每一部戏尽管都有着强烈的个人色彩，但同时又是以演员的表演为中心的。这也就不奇怪为什么主演了张曼君作品的演员们大多都能拿到梅花大奖，如，史佳花（主演晋剧《大红灯笼》）、龙红（主演采茶戏《山歌情》）、曾昭娟（主演评剧《凤阳情》《红高粱》）、王平（主演评剧《母亲》）、景雪变（主演蒲剧《山村母亲》）、柳萍（主演秦腔《花儿声声》），等等。在谈到《红高粱》的创作时，仲呈祥指出："评剧《红高粱》严格遵循了评剧独具的审美优势和主演曾昭娟的艺术优势，遵循了评剧独特的审美规律，在相当意义上，是为主演量身打造的。戏曲要靠核心唱段塑造人物，戏曲是角儿的艺术，所有这些，在舞台上都得到了出色的表现。"[①]而有趣的是，作品并没有因为演员的出色表演而把张曼君自身的导演特色淹没，反而是更加突出了张曼君的导演风格。演员的表演和张曼君的导演风格是那么的水乳交融、相得益彰，这也就不奇怪为什么这些作品在获得表演奖的同时也能够多次获得中宣部"五个一"工程奖、文化部文华大奖、文华导演奖等殊荣。而同时，这些作品既可以说是张曼君的代表作，同时也可以说是景雪变、柳萍等人的代表作。

需要指出的是，张曼君不是一般意义上为演员提供表演的依据和空间，而是在新的演出形态、新的调度手段中对演员提出了新的挑战。我们都清楚，这些演员基本上都是传统戏锻造出来的，她们的身体、节奏、表演习惯早已适应了传统的舞台形态。因而现代戏的成功，一定意义上，可以说同张曼君导演对演员的启发和开掘是密不可分的。罗怀臻在谈到曾昭娟的表演时指出："《赵锦棠》的成功范例在先，按说曾昭娟只需依照这个风格再复制下去就是，然而她却摇身一变，做了一部大剧

---

① 仲呈祥：《戏曲改编的典范之作：观评剧〈红高粱〉有感》，《中国戏剧》2016 年第 7 期。

院风格的评剧《红高粱》,这就是演员的实力、自信和责任。《赵锦棠》也好,《红高粱》也罢,曾昭娟的创作都不是常见形式下的故事翻新,而是在演剧形态、演出风格、观演环境和评剧艺术在当下传播方式的探索。因此,这样的探索本身带有普遍的启示性,它超出了一个戏本身的意义。"①可以说,正是张曼君创造性地为演员们提供了这样一种创作模式、创作情境、创作形态,才实现了演员在表演上的新飞跃。

(三)舞台语言的虚与实

张曼君的现代戏在叙事语言上有着极为大胆的创新或突破,她将电影艺术的蒙太奇语言、淡出、叠化等创造性地运用到她的戏曲舞台上,拓展了戏曲的时空表现方式,并将人物的心理活动直观化、现实化。

在《水上灯》《母亲》《花儿声声》等作品中,叙事都是在女主人公的讲述或回忆中展开的,这也就意味着舞台呈现要从一种时空转换到另一种时空。有趣的是,舞台的灯光、布景、服装、道具、调度等会随着讲述的推进而变魔术般地使舞台变成了另一番景象,刚才还是一位满脸沧桑的老妇人,刹那间就变成一位生气勃勃的美娇娘。这种有着诗歌般跳跃节奏的新鲜的戏曲语言给观众带来了极大的视觉冲击和审美感受。在《山村母亲》《八子参军》等作品中,我们会看到两组不同的时空中的人物并存同一个舞台上,这显然不是现实意义上的真实,但在心理体验或情感上又是真实的、具体的、可感的。阿诺德·贝林特指出:"知觉空间伴随着审美事件而发生,并主宰着审美事件,它包含了身体的空间意识。当不仅用身体,而且也用丰富的思想、记忆、感觉和想象的意识来感知时,这才是空间。"②也就是说舞台的空间或者说审美的空间之所以不同于日常空间,是因为审美空间投注着我们的情感、记忆、价值取向等心理因素,因而导演的这种处理方式就更能够引起观众情感上的共鸣。

舞台上的这种穿越时空的呈现亦真亦幻、亦实亦虚,不仅使观众可以直接触摸到人物此刻内心真实的想法。同时就戏曲语言来说,也是对中国传统审美方式——虚实相生——的呼应。而张曼君现代戏的实与虚还体现在另一个方面,即在场的缺席与缺席的在场,这构成了张曼君诗性现代戏的玄学维度。

在《八子参军》《母亲》《山歌情》《红高粱》等作品中,我们看不到恶的真实在场,舞台上没有反动派、没有日寇;但同时这些恶又是无处不在的,他们破坏了这些

---

① 罗怀臻:《曾昭娟和她的评剧〈红高粱〉》,《中国戏剧》2015年第9期。
② [美]阿诺德·贝特林:《艺术与介入》,李媛媛译,商务印书馆2013年版,第219页。

敢爱敢恨、有血有肉的中国老百姓们的美好生活,将他们的人生推向深渊。这种以一种外在的、居高临下的、画外音的方式来表现恶,实际上有着深刻的美学价值。因为这种方式表现出来的恶,不仅仅是对戏中人施暴,也在某种程度上随着环绕立体声以及灯光的闪射敲击着现场的观众,使观众和戏中人结成了一个整体——情感共同体,因此也就更能够高度认同主人公的所思所为。

那么在《妹娃要过河》《母亲》《花儿声声》等作品中,已经逝去的人物总是能够在观众的期待中重新回到人们的视野之中,这些代表着真善美的人物的复归,某种程度上也体现出了导演的价值取向。非常有趣的是,在《母亲》里,作为鬼魂的小仔不仅在场,而且还时时与母亲互动,既可爱又生动,而当小仔这个在场的缺席者在母亲的不忍与无奈中最终走向幻灭或者说走向本源性的缺席时,观众的认同便无以复加了。显然导演的这些匠心独具的安排使文本呈现出诗意般的光泽,并引发人们思考现实、思考人生。

四、结语

民族戏曲艺术如何在强势的西方话语进攻下突围,现代戏如何创造出或生成新的表现范式,等等。这些极为棘手而又亟待解决的命题,是我们这个时代的戏曲人正在遭遇着的,并一直尝试解决但始终是悬而未决的难题。所幸的是,张曼君的创作以及她的成功让我们看到了现代戏的某种可能。之所以用诗性现代戏来描述或命名张曼君的现代戏创作,是因为在张曼君极富创造力的作品中,充盈着极富生气的、浩瀚的、瑰丽的想象,潜藏着极富张力的、虚实相生的、变幻莫测的舞台调度和诗性结构,满载着民族情感与民间艺术特色的诗性语言,同时也包含着诉诸人的自由与解放的诗性精神。在当下的语境中,当宏大叙事日益成为一种过时的话语,张曼君的别样表达就更加难能可贵,张曼君的现代戏表现的主题恰恰是有关家国的、两性的、时代变迁的、代际的、城乡的内容。但张曼君的书写所呈现出的面貌却是真实的、鲜活的、令人感动的,因为她的创作立场是民间,是活生生的人,张曼君的创作从不避忌欲望,也不回避历史,尽管她的创作是最典型的现实主义创作——典型环境中的典型人物,但似乎我们又很难用现实主义来涵盖她的创作,她的作品包含着浪漫主义的才情、象征主义的意象、表现主义的激情。但她的讲述依然是中国话语,并且在多个维度上,实现了现代戏与传统戏、当下与过去、女性与男性之间的真诚而富有建设性的对话,讨论张曼君的创作,实际上是讨论在全球化与现代化交织互动的当下,我们该以怎样的姿态对待我们的传统、我们的历史以及那些在今天仍然有着强大生命力的民间逻辑和原乡智慧。毫无疑问,张曼君的诗性现代戏为我们提供了现代戏创作的范本甚至是较为成熟的范式。有理由相信,随着优秀戏曲人的不断开拓、创新,戏曲界一定会建构出一套富有中国情感、中国想象、中国味道的戏曲话语!

（原载于《戏曲研究》2019 年 4 月第 109 辑）

"现代性"的两面图景

——影片《冈仁波齐》与《塔洛》中的"西藏"意象与文化书写

李彬　北京电影学院电影系副教授

　　《塔洛》和《冈仁波齐》是近年来两部影响颇大的西藏题材电影,不同的是,一部是藏族导演拍摄,一部由汉族导演创作。对于两位导演而言,西藏是万玛才旦的故乡,也是张杨的精神故乡——亦即实质上的"他乡"。有意思的是,将两部同样聚焦藏地景观与人文风貌的影片放在一起来审视,这种不同文化背景,迥异文化视角下的西藏书写,呈现出了同一个西藏的两面图景,也彰显了截然不同的文化心理,因为"地域特征并不能直接反映社会和时代的变化,真正反映这种变化的是作品对地域文化和视觉元素的选择与表现方式,这才是艺术作品最深层的意义所在"①。

　　作为一部描写"上路"的电影,尽管导演本人并不将之定位为"公路电影"②,但是影片的主题是关于"朝圣"之行的,张杨也多次强调,影片的拍摄本身就是一次"朝圣"行为,因而,围绕《冈仁波齐》的研究依然需要在"公路电影"的范畴内进行。而《塔洛》虽然没有强调"上路"的元素,但是在精神关照层面与"公路电影"如出一辙。笔者曾多次指出,"公路电影"的实质是现代性问题,《冈仁波齐》与《塔洛》正是呈现了关于西藏的"现代性"的两面,一个关于现实书写,一个关乎文化想象。

---

① 沈磊:《〈冈仁波齐〉与西藏视觉艺术的图像嬗变》,《电影文学》2018 年 5 月。

② 《拿下 6000 万票房! 都是谁在看〈冈仁波齐〉?》,2017 年 7 月 4 日,见 http://news.dayoo.com/ent/201707/04/152036_51448915.htm。

一、《冈仁波齐》：他乡与前现代朝圣

观看《冈仁波齐》给人最突出的印象是影像的静默之感与纯净质感。影片创作非常冷静、克制，用一种"去猎奇性、去符号化、去民俗化的表达"①，采用"纪录片式的整体拍摄风格，整部影片叙事节奏缓慢而有序、几乎零特效、极少使用移动机位、镜头切换直接硬朗，这样的拍摄方式客观上导致影片具有强烈的静态画面感"②。

影片选取的都是当地人日常的生活场景，画面不事雕琢，有一种素朴的生活气息，而且不厌其烦地强调各种生活细节，"不添加任何主观审美标识物和视觉美化元素，选用与当下完全同步的日常场景"，运用"画面的去修饰化""场景的日常化"，以及对藏民的实际生产、生活用品进行"道具的细节化"处理，来努力营造一种真实的生活质感。③

对于生活在现代社会红尘俗世中的观众而言，这种极简主义的画面风格与生活状态唤起了一种久远的"从前慢"的记忆。张杨自言：在藏区，"如果真的进入到一个乡村里去，你看到的生活方式和生活的整个感觉和50年前并没有太大变化，甚至可能跟100年前没有太大变化。除了现在多了手机、电视、太阳能的锅以外，他们的生产、生活方式都没有太大变化"。④

这无疑是一幅幅安静内敛的"前现代"生活场景图。影片开头，清晨，曙光乍现，静静的山坳间分布着十几户人家。屋子里炉火正旺，女主人往方铁炉里又添了两根粗树枝。炉子上烧着水，炕上的女娃刚刚起床，大儿子从外面挑水回来，提起水桶倒在大水缸里。男主人尼玛扎堆划着火柴，点上了酥油灯，倒出了奶子，一家人围在饭桌边做糌粑，准备早餐，然后女主人到牛棚给牦牛戴上干农活的家伙什儿……整个段落长达2分半钟，却没有一句对白，画面静谧从容，完全是前现代农业社会的家庭图画：一个不疾不徐却有条不紊的清晨，一天的农忙即将拉开序幕。

在张杨的镜头下，淳朴的藏民放牛，砍柴，犁地，磕长头……他们宁静安详，"一辈子跟在牛屁股后面，没去过别的地方"，平日里日出而作，日落而息。拉萨是

---

① 王霞：《〈冈仁波齐〉：可否借他者的虔诚寻我迷失的灵魂？》，《中国电影报》2017年7月19日。
② 沈磊：《〈冈仁波齐〉与西藏视觉艺术的图像嬗变》，《电影文学》2018年5月。
③ 沈磊：《〈冈仁波齐〉与西藏视觉艺术的图像嬗变》，《电影文学》2018年5月。
④ 张杨、李彬：《创作与生命的朝圣之旅——张杨访谈》，《电影艺术》2016年1月。

他们心中的圣地,冈仁波齐是心中的圣山。他们虔诚地一路叩拜,风雪无阻,夜晚的诵经声沉稳坚定,悠扬回荡。张杨"并不刻意于个体情感状态或情绪氛围的表达,却着意于冷静而克制地呈现藏人的生活景观,静默地呈现人的外部动作,于流动的公路景观中,将戏剧性的'刻意'消弱到最低限度。所以,电影的叙事画面几乎是不存在的,叙事意义在此被消解,呈现出的是一帧帧静态的画格,生活的原生态。"①观众的视线随着影片的节奏缓缓而行,眼前的景象与当下此刻的21世纪10年代仿佛隔了一个世代的距离,构成近在眼前的"远方"。

影片中藏民们的生活是封闭的,虽然也出现了拖拉机,手机,汽车,太阳能板……但是,这些代表现代科技的工具仅仅是生活中的物质工具,几乎看不到对他们精神世界的影响,因为它们"还没有进入藏民们的精神生活。他们的善恶伦理被置于前现代阶段"②,成为观众所处的现代社会的镜像——一种现代性的对立面,以唤起某种古朴的情感,而"人物群像以磕长头的身体此起彼伏地俯仰在318国道上,和着空谷木板的撞击声和忽远忽近的诵经,竟复沓出艺术电影中出没的诗意和象征"③。

所谓"诗意与象征",正是由影像的意象性书写体现出来。作为一个著名的文化意象,西藏的神圣化书写由来已久。这种书写最早来源于西方,1933年,詹姆逊·希尔顿在小说《消失的地平线》中,就将西藏描述为"一个远离尘世和现代生活喧嚣的世外桃源"④,成为予人无限憧憬遐想的香格里拉。彼特·毕夏普(Peter Bishop)曾在1989年出版的《香格里拉的神话:西藏、游记和圣地的西方创造》中,从文学批评和文化人类学的角度揭示过西藏被西方文化界塑造成为圣地(香格里拉神话)的过程。他指出,18世纪中期,对西方世界而言,西藏"只是一个谣言",对其知之甚少。然而随后的工业化进程中,西藏渐渐地演变成为一个维多利亚浪漫主义想象中的世外桃源,甚至成为世界上硕果仅存的最后一个圣地,并且集中了以往所有人类曾经历过的传统的圣地所拥有的神秘、力量和暧昧。⑤

在中国,20世纪80年代文学界的"寻根潮"推动了地域文化创作热潮,很多汉族作家也涉猎了西藏题材,借由西藏行,"去倾吐内心的生命感悟并追问人生的真

---

① 付松:《〈冈仁波齐〉:朝圣纪实下的生命观照》,《电影评介》2017年第13期。
② 王霞:《〈冈仁波齐〉:可否借他者的虔诚寻我迷失的灵魂?》,《中国电影报》2017年7月19日。
③ 王霞:《〈冈仁波齐〉:可否借他者的虔诚寻我迷失的灵魂?》,《中国电影报》2017年7月19日。
④ 马丽华:《苦难旅程》,中国社会科学出版社2002年版,第95页,转引自李翠芳:《汉族作家视野中的西藏文化想象》,《青海民族大学学报(社会科学版)》2010年第2期。
⑤ 沈卫荣:《"想象西藏"之反思》,《读书》2015年第11期。

谛,而在这样一种言说中,西藏就成了神秘、纯洁、博大、蕴含着生命终极意义的圣地,是与喧嚣杂乱和物欲横流相对的宁静纯洁之地,对迷失在现代生活中的灵魂而言,西藏就成了彼岸性的诗意栖居地。"①对于藏族文化,"这些汉族作家具有一种先在的审美距离和对照的关照视野,所以他们对西藏的表达就更加具有了一种文化想象的意味……西藏作为文学形象与其说是一种发现,不如说是一种诗性的建构,是一种想象性的创造"。②

从本质上说,《冈仁波齐》的电影创作与汉族作家的西藏写作异曲同工,是用影像文本,建构着对西藏的"地域想象"。影片中藏民朝圣是朝向拉萨和冈仁波齐,在各种关于影片的交流活动或者访谈对话中,张杨也一直强调,拍摄《冈仁波齐》的过程是"一次朝圣之旅",是自我发现之旅,是"寻找和救赎"。③

《冈仁波齐》中,朝圣者对于信仰的虔诚其实并不仅仅局限于宗教本身,它可以象征所有人的精神归宿。对于观众所处的纷纭复杂的现代社会,西藏"已普遍成为一个人们热切向往的地方,它是一个净治众生心灵之烦恼、疗养有情精神之创伤的圣地。在这人间最后一块净土,人们可以寄托自己越来越脆弱的心灵和所有的愿望。"④《冈仁波齐》的上映在国内引起了观影热潮,并且最终达到1亿元票房,这可谓是艺术电影在商业院线所能达到的一个奇迹。通过在打分平台豆瓣、猫眼、格瓦拉以及院线现场的抽样调查,我们可以看到,《冈仁波齐》的受众基本分为以下几类:

> 《回到拉萨》已经是二十多年前的金曲了,当年唱着这歌骑着摩托进藏寻找灵魂净化的中国式老嬉皮们已经早就回到了各自的生活,要么捻着贵重的文玩成为各行业领头人,要么自我放逐到边陲开着小旅馆过着自在的生活,当年流行的一切——流苏、老皮具、牛仔帽、素色长袍和编织毯,都成了昨日回忆。中国没有真正的嬉皮,然而在90年代到21世纪初一路高歌"回到拉萨"的那部分70、80后,带起了名噪一时的文化风潮,也是中国一代年轻人对商业社会的叛逆……这些仍然怀念着这种文化并被这种文化影响着的观众,后来

---

① 李翠芳:《汉族作家视野中的西藏文化想象》,《青海民族大学学报(社会科学版)》2010年第2期。
② 李翠芳:《汉族作家视野中的西藏文化想象》,《青海民族大学学报(社会科学版)》2010年第2期。
③ 张杨、李彬:《创作与生命的朝圣之旅——张杨访谈》,《电影艺术》2016年第1期。
④ 沈卫荣:《"想象西藏"之反思》,《读书》2015年第11期。

成了《冈仁波齐》的主要观众群体,一提到西藏和朝圣,有如对嬉皮士提起Beatles 和伍德斯托克,他们仍然会怀着丰沛的情感走进影院,并成为最初为《冈仁波齐》叫好的群体之一。

对另一种观众来说,他们痴迷西藏文化,对藏传佛教文化也怀有极大的兴趣,自诩为"精神上的康巴人",也是对了题材就一定去看的观众,虽然数量不多,仍然是一股不可小觑的消费力量。这个群体无论职业还是性别、年龄,都难以总结规律,不过他们并不醉心于物质生活,更重视精神层面的成长,追求比"眼前苟且"更远处风景,也是能被以身体丈量山路的藏人感动的一群人。从在打分平台中发布的评论内容分析,这两种人群是《冈仁波齐》的主要消费者。①

西藏的"前现代"特性使得它较少受到现代文明的开发与破坏,自然景观的雄壮、宗教文化的神秘,使之成为佛教信徒和大量艺术创作者和世俗游客心目中的圣地。西藏的朝圣之行也往往同生命仪式连接在一起。而对于《冈仁波齐》的观众而言,电影放映本身的"仪式感"也是将藏民的前现代化生活和虔诚的朝圣行为"神圣化"的过程。观众们虽未能亲身经历朝圣行程,但是,在导演的带领下,观众实质上也是在向着这种西藏的文化景观、生活状态进行"朝圣",共同感受着朝圣者般"神圣"的情感体验,素朴的影像产生出一种直击心灵的力量,有评论者甚至直接发问:我们可否借他者的虔诚寻回我们不久前迷失的灵魂呢?②

《冈仁波齐》朴素干净的风格,近乎静态的画面呈现方式,以及对普通人平凡生活细节的复现,都令人想起 20 世纪 80 年代陈丹青的《西藏组画》。然而,《西藏组画》中灵动乍现的人性张力,却在《冈仁波齐》中淹没在模糊的群像之下,成为"西藏"这个巨大的文化地理学符号中的一个。除了离开拉萨的前一夜,朝圣队伍里的小伙子对理发馆姑娘欲说还休的告别,我们看不到这群人中平凡生活表象之下的情感波动。抑或强烈一点,戏剧一些的情感表达正是导演所刻意排斥的。对比陈丹青的《西藏组画之牧羊人》,一对普通的情侣,康巴汉子的炽烈直接与被亲吻的女子那喜悦羞涩的神情,都带来一种鲜活的生命气息,而《冈仁波齐》则过于强调质朴与木讷,用朴实平和的"素净"、封闭与现代社会的绚烂、开放形成强烈

---

① 《拿下 6000 万票房! 都是谁在看〈冈仁波齐〉?》,2017 年 7 月 4 日,见 http://news.dayoo.com/ent/201707/04/152036_51448915.htm。

② 王霞:《〈冈仁波齐〉:可否借他者的虔诚寻我迷失的灵魂?》,《中国电影报》2017 年 7 月 19 日。

对照。

可是,真实的西藏真的是毫无罅隙,依然停留在前现代状态吗? 现代生活真的没有在他们虔诚的内心世界掀起一丝丝波澜吗? 还是说,是作为"他者"的我们,固执地希望他们依然停留在前现代,来洗礼我们沦落的灵魂呢?

二、《塔洛》:故乡与现代性焦虑

同样是在 20 世纪 80 年代,寻根热潮中的藏族作家异军突起,借助《西藏文学》于 80 年代中期对"魔幻现实主义"的隆重推举而浮出文学水面。他们的创作显现出一种少数民族文化身份的自觉,显示出浓重的文化意识,①他们提出:"我们民族文化之精华,更多地保留在中原规范之外。"②

对他们来说,西藏是他们的故乡,是他们自己,他们所有的情感都天然与这块土地,这个民族连接在一起,呼吸与共。在他们的创作中,西藏是一种内在性的生活和生命。央珍指出:"我……力求阐明西藏的形象既不是有些人单一视为'净土'、'香巴拉'和'梦',也不是单一的'野蛮'之地,它的想象的确是独特的,这种独特就在于文明与野蛮,信仰与亵渎,皈依与反叛,生灵与自然的交织相容:它的美与丑准确地说不在那块土地,而是在生存于那块土地上的人们的心灵里。"③

藏族导演的代表万玛才旦也曾自言:"一直以来,我的故乡蒙着一层揭之不去的神秘面纱,给世人一种与世隔绝或荒蛮之地的感觉。曾经有过一些人用文字或影像描述我的故乡,这些人信誓旦旦地标榜自己所展示的是真实的,但这种'真实'反而使人们更加看不清我的故乡的面貌,看不清生活在那片土地上的我的父母兄弟姐妹。我不喜欢这样的'真实',我渴望以自己的方式来讲述发生在故乡的真实的故事,展示故乡的真实的面貌,再现故乡的人们真实的生存状况……"④他

---

① 李翠芳:《汉族作家视野中的西藏文化想象》,《青海民族大学学报(社会科学版)》2010 年第 2 期。

② 李杭育:《理一理我们文学的"根"》,《作家》1985 年第 9 期,转引自李翠芳:《汉族作家视野中的西藏文化想象》,《青海民族大学学报(社会科学版)》2010 年第 2 期。

③ 央珍:《无性别的神》,中国青年出版社 1994 年版,第 351 页,转引自李翠芳:《汉族作家视野中的西藏文化想象》,《青海民族大学学报(社会科学版)》2010 年第 2 期。

④ 万玛才旦:《真实地讲述故乡的故事》,《中国民族报》2005 年 11 月 11 日,转引自张竹林:《在那遥远的地方——关于西藏电影的空间叙事》,硕士学位论文,浙江大学 2014 年。

们力图"从内部而不是从外部去看,不是一个遥远的他乡,不是生活在别处,而就是此岸,一个剥除了乌托邦外衣的真实的西藏,和中国的其他地方并没有本质的差别。"①他们所要表现的西藏,是"普通人"的西藏,是一种藏民族的"精神生活"。"不仅对西藏民族、宗教、文化有了较深层次的体现,而且也对西藏如今的变化予以特别的关注,因此影像中的西藏有了两种截然不同的面貌。"②

2018年,又一部藏族题材影片《阿拉姜色》引起瞩目,获得上海国际电影节评委会大奖、最佳编剧奖,还获得最佳影片的提名。影片也是关于朝圣的,是一个家庭的朝圣。与《冈仁波齐》不同的是,一路前行,一家三口的情感故事随之铺展开来。最初,妻子俄玛突然执意要踏上朝圣的旅途,因为担心妻子病重的身体,丈夫罗尔基赶来伴随妻子行进。妻子与前夫所生的儿子诺尔乌也执意随着母亲上路。因为罗尔基不允许诺尔乌与他们夫妇生活在一起,所以诺尔乌跟继父一直有隔阂,总是用一双愤怒的眼睛,无言地诉说着内心的倔强。

漫长艰难的朝圣道路上,俄玛病逝,临终前告诉丈夫她此行的目的,是为了替前夫还愿。深爱妻子的罗尔基在痛苦中带着诺尔乌继续朝圣之旅,在日益相处中,父子俩的心也从冷漠隔阂,渐渐靠在一起。

影片关于朝圣,却不为书写朝圣,在追寻宗教皈依的路途上,描画的是俗世的情感。妻子对儿子的无奈,对前夫的眷恋,丈夫对妻子的温厚,对妻子前夫的妒忌,都不声不响,自然而然地渗透在一个个动作细节中,于无声处,令人动容。影片的精彩之处正在于没有去宣扬大概念,却着眼于真实的人性情感。罗尔基在妻子死后到寺庙中找喇嘛超度,喇嘛让他将逝者的照片贴在墙上。罗尔基拿出妻子保存的她与前夫的合影,趁着没人注意,悄悄把照片撕成两半,分开贴上墙。在他私心里,"他希望她的心里只有自己,他希望他的爱能换回一整个世界……他不得不带着别人的骨肉继续走下去,为了完成她和另外一个人要一起抵达拉萨的承诺。"③同样是公路电影,同样是朝圣,这种百转千回,丰富细腻,更洞见人心,也更生动鲜活。结尾处,男人终于带着继子来到拉萨,完成了朝圣旅行,同时也达成了人物内心润物无声般的情感升华。

---

① 吕新雨:《记录中国:当代中国新纪录运动》,生活·读书·新知三联书店2003年版,第13页,转引自张竹林:《在那遥远的地方——关于西藏电影的空间叙事》,硕士学位论文,浙江大学2014年。
② 张竹林:《在那遥远的地方——关于西藏电影的空间叙事》,硕士学位论文,浙江大学2014年。
③ 本来老六:《朋友来了有美酒》,2018年7月3日,见 https://movie.douban.com/review/9483383/。

《阿拉姜色》的导演松太加特别关注的是家庭内部的情感故事,尤其是父子关系,他说他"不想刻意去表现朝圣的过程",他"关心的是人的故事",影片的动人之处正在于那份普通人的真情实感,因为他的理念就是"突出人,用人支撑电影"。①这恰恰呼应了藏族知名作家阿来的观点:"藏族并不是另类人生。欢乐与悲伤,幸福与痛苦,获得与失落,所有这些需要,从他们让感情承载的重荷来看,生活在此处与别处,生活在此时与彼时并无太大区别……因为故事里面的角色与我们大家有同样的名字:人。"②

不过,同前作《河》等影片一样,松太加虽然展现出极强的用影像驾驭故事,书写情感的能力,但是,他对于普通人、普通家庭喜怒哀乐的关注,依然是在一个相对封闭的内部空间里来展开。松太加曾长期与万玛才旦合作,担任《静静的玛尼石》《寻找智美更登》《老狗》等影片的美术或摄影。他认为,现代文明太多的话,会影响到故事本身的气质。③ 而在万玛的影片中,思考的却正是"现代化进程中藏文化的变迁和它面对的复杂处境"④,因而他的视野要更开阔,更深化。

在万玛才旦的影片中,西藏不再是一个封闭的地域,它在现代化进程中开始有了属于自己的变化。万玛敏锐地捕捉到了这种变化对于藏族文化、藏民心灵的冲击,影片往往弥漫着一种迷惘的情绪,表达了一种艺术家的焦虑。

从第一部长片《静静的玛尼石》开始,万玛才旦的影片就"已经为藏语电影开辟了'文化冲突'的主题","指向面临现代化生活冲击的当代藏族文化的某种空心化"。⑤ 在他的公路电影《寻找智美更登》中,整个影片笼罩在一种淡淡的惆怅的氛围里。智美更登是藏族文化里的一个代表性人物,以前是王子,后来成为活佛,是一个很有大爱的人,会把自己的财产,甚至眼睛施舍给需要的人,在藏族传统文化中,经常有对他的歌颂。影片讲述了一个导演要拍摄关于智美更登的影片,于是在一个老板的带领下到各地寻找扮演智美更登的演员。一路上,老板一直讲述自己年轻时候的爱情故事。有一个剧团的男演员据说很合适,但是到达剧团的时候,

---

① 松太加、崔辰:《再好的指挥也需要方法——〈阿拉姜色〉导演松太加访谈》,《当代电影》2018年第9期。

② 阿来:《落不定的尘埃》,《小说选刊·长篇小说增刊》1997年第2期,转引自李翠芳:《汉族作家视野中的西藏文化想象》,《青海民族大学学报(社会科学版)》2010年第2期。

③ 松太加、崔辰:《再好的指挥也需要方法——〈阿拉姜色〉导演松太加访谈》,《当代电影》2018年第9期。

④ 万玛才旦、徐枫:《万玛才旦:藏文化与现代化并非二元对立》,《当代电影》2017年第1期。

⑤ 胡谱忠:《中国少数民族题材电影研究》,中国国际广播出版社2013年版,第157页。

男演员已经离开去拉萨了,他们又启程到拉萨去找他,同剧团曾经与男演员一起创作,扮演智美更登妻子的女演员也执意要一起去。故事的结尾是失落的——老板曾经特别喜欢的女孩后来背弃了约定嫁给了别人,导演找到了男演员,女演员也见到了自己的前男友,一切却都已无法挽回,导演也最终没有找到合适的演员。影片借助一路的寻找,见证了传统文化的渐渐丧失,借助情感的失落,表达了往昔不可寻的伤感。

到了《塔洛》,这种表达更为直接有力。影片开篇,塔洛办身份证要去拍照片,来到照相馆,一对新婚的中年夫妇正在拍照。拍摄纽约背景的照片时,民族服装与国际背景显然不搭,摄影师遂让二人换上了西装,但是穿不惯西装的他们,举手投足局促不安,非常不协调。最后,塔洛随身背着的小羊羔成了他们的道具,抱着羊羔,一边喂奶一边拍照让二人瞬间变得自然和谐,因为这才是他们熟悉并且舒服的方式,他们找到了自在的自己……这是一个绝妙的表达"文化冲突"的小段落,巧妙而精准,让人发笑,更让人苦涩。

梳着小辫子的塔洛代表的是传统的力量,曾经内心坚定的塔洛,背诵《为人民服务》的篇章可以一气呵成,他专注于自己的工作,对自己放的羊了如指掌,甚至每一只都能认出模样。那时候的他,简单快乐。理发店的姑娘杨措代表的是现代的气息,她背离传统,剪了短发,抽起香烟;她情感故事太多,代表了对未来的茫然和不安定,"呈现出了现代生活的维度对藏族人民生活文化的冲击和改变"①。影片最后,杨措愿意为了塔洛留起长发,但是条件是他要剪掉自己的小辫子。塔洛同意了,可是剪掉小辫子的塔洛再也无法将烂熟于心的文字一气呵成,他的心彻底乱了……

影片结尾,远远的长镜头,壮阔雄伟的雪山沉默不语。重回大山的塔洛停下了脚步,举起的爆竹即将点燃,戛然而止的画面留给人沉重的遐想,弥漫出一片悲凉。万玛才旦直言:"一种文字或文化的消失其实是很快的。虽然信仰的力量是强大的,但面对多元文化的夹击和挑战,信仰也很脆弱。"②

三、两面西藏:现实书写与文化想象

公路电影的叙事模式是开放性的、横向穿插式的,不是封闭式的,所以很容易

---

① 万玛才旦、徐枫:《万玛才旦:藏文化与现代化并非二元对立》,《当代电影》2017年第1期。
② 万玛才旦、徐枫:《万玛才旦:藏文化与现代化并非二元对立》,《当代电影》2017年第1期。

展现人生百态。很多中国创作者会不自觉地运用公路电影的方式展现当下现实境况，比如说贾樟柯的《三峡好人》，杨超的《旅程》，还有蔡尚君的《红色康拜因》，等等。《塔洛》虽非公路电影，但是它所聚焦的问题与公路电影一脉相承。与踏上路途的《冈仁波齐》做对照，虽然二者都是在呈现当代中国的现实困境和精神困境，但是，二者困境的源头南辕北辙。

在《冈仁波齐》的海报上，主体是道路和朝拜的人，突显的是风雪无阻的朝圣脚步，专注而坚定，但是主人公面孔模糊，看不清样貌。再看《塔洛》的海报，主体是人物，透过镜子反射出塔洛和他暗恋的姑娘，两个人视线相悖，各怀心事，内心都充满疑虑与不确定性。

电影《冈仁波齐》的海报

在《冈仁波齐》中出现了一个与《塔洛》非常相像的场景。朝圣的队伍在拉萨待了两个月，要正式启程去冈仁波齐神山。出发的前夜，17岁的小伙子达瓦扎西，去跟理发店的姑娘告别。理发店中，情窦初开的男顾客，漂亮的女理发师，指尖轻揉发丝，身体若有若无的触碰，是个很容易产生暧昧的空间。张杨与万玛才旦不约而同地选择了同样的空间来展示男主人公的情感萌动。只不过，《冈仁波齐》是点到为止，而《塔洛》的故事则是由此展开。我们是不是可以往前一步设想，《冈仁波齐》里的小伙子有可能会变成塔洛？原本坚定朝圣的他，会不会也最终走向迷失？

显然,《冈仁波齐》没有给人物这样的可能性,因为导演将现代空间几乎完全摒除在画面之外。上路之前,当他们需要购买生活用品的时候,镇上的集市仅仅露出了一角,全然没有现代空间的描绘。当他们路过城市,买好了新的鞋子继续前行,黄昏的马路上,他们依然迈着坚定的步伐,沉醉于磕长头的每一步。这是影片中唯一一次出现现代城市景观的画面,但是,对于这支朝圣的队伍来说,路旁身后的灯火辉煌跟他们完

电影《塔洛》海报

全没有关系,仿佛红尘俗世的烟火从未进入他们眼帘。即便是到了已经过于繁华喧闹的拉萨,影片的空间仍然规避掉一切现代元素,局限在他们活动的狭小空间。导演也一直在强调着藏民族的文化传统:磕长头的步数不能多也不能少,头上不能戴红头巾,心里要想着众生的平安……"面对呼啸而过的现代交通工具,朝圣者既无歆羡,也无厌恶,二者处于一种客观疏离的状态","在这部电影中,我们很难看到个体或群体在现代与传统交锋中的身份焦虑、文化焦虑、价值焦虑,更看不到由此而来的人物间离与精神延宕。现代性以一种被隔离的姿态存在于朝圣者的现实世界之旁,话语言说之外……而变成一种尴尬存在的客体。但与此同时,藏人的精神却得以彰显,生命观照也在此并置中获得了更接近灵魂本质的价值。"①他们不断在上路,却并没有不断往外走,外面的世界对他们并无意义,内心的世界是他们,也是导演追索的目标。所以,他们的上路是向内的。

但是在《塔洛》中,塔洛虽然并没有走出山坳,但是,"外面的世界"一直在召唤着他,也困扰着他。在上文中提到的照相馆段落,狭小的空间里,摄影师的镜头对准夫妇俩,身着节日盛装的二人,身后的布景一直在换,拉萨,北京,纽约……对他们来说,对于外面世界的想象是通过布景的转换来实现的,这些布景给塔洛打开了通向外面世界的大门,他的世界于是再也不是一个闭环。

塔洛在卡拉OK厅喝醉,被杨措背回了家,第二天醒来,已然很亲密的二人有

---

① 付松:《〈冈仁波齐〉:朝圣纪实下的生命观照》,《电影评介》2017年第13期。

一段对话：

> 杨措：你带我去什么地方吧 我不想待在这里了。
>
> 塔洛：我从没去过别的地方。
>
> 杨措：没事儿，我带你去，咱们去哪儿都行。去拉萨，然后去北京，再去上海、广州、香港，哪儿都可以去。
>
> 塔洛：我从没想过离开这里。
>
> 杨措：如果让你选，你想去哪里？
>
> 塔洛：当然是去拉萨了，然后去北京天安门，然后是美国纽约城。
>
> 杨措：你知道的地方还真不少，美国纽约城咱俩肯定去不了，去那里要很多钱，咱俩能去的还是拉萨吧！
>
> 塔洛：听说去拉萨也要很多钱。
>
> 杨措：把你的羊都卖了，咱俩不就有钱了吗！

塔洛对杨措动了心，也对杨措的承诺认了真。因为这个姑娘，从没去过别的地方的塔洛开始憧憬外面的世界，于是他开始心猿意马，无法专心放羊。在山上段落中，没有一句对白，如同《冈仁波齐》一样，呈现的也是塔洛平凡细琐的日常生活：放羊，打水，喂狗，听收音机……不同的是，静谧的黑夜里，形单影只的主人公听着收音机里传出的拉伊情歌，仿佛在诉说着自己思念情人的落寞，以至于白天也会情不自禁地哼唱。情歌正是塔洛内心的写照，歌声将单调朴素的画面变得生动又哀怨，为画面增加了情感维度，此处无声胜有声，人物形象的丰满立体呼之欲出。

最终，因为他的心不在焉，他放牧的羊群屡屡被狼侵袭，他干脆依了杨措的心愿，卖了羊，换回16万元巨资，准备跟她远走高飞，"今生相伴"。谁知迈出的第一步就遭遇挫折。在酒吧的音乐会现场，剃光了头发，企图融入现代音乐氛围的塔洛，却发现自己与周围欢呼雀跃的人群格格不入，他接受不了现代情感的直接与易变，觉得还是拉伊情歌里的款款深情更好。对外面的世界开始产生怀疑的塔洛无比苦闷，低头猛抽着土烟，浓烟却引起杨措的不满——无处不在的细节，刻画出塔洛的左右矛盾，突显着传统与现代的文化冲撞。

在影片开头，塔洛曾跟派出所的多杰所长聊起"轻于鸿毛"和"重于泰山"，他问起自己专心放羊，为人民服务，未来离开人世，是不是也应该"重于泰山"？多杰所长给了肯定的回答。可是，最终的塔洛背离了为人民服务的理想，丧失了自己的职责,却发现他以放弃信念为代价所追寻的情感也背离了他,或者,根本就不曾属于过他。一切都已破灭,忠厚的塔洛无法说服自己继续安心生活下去,他的灵魂已经找不到方向,最终选择了一个极端的结局。在这个悲剧性的结尾,塔洛一定在自问,他这样离开,是"重于泰山"? 还是"轻于鸿毛"?

《寻找智美更登》的英文片名是"寻找灵魂"(Soul Searching),《冈仁波齐》是"灵魂之路"(Paths of the Soul),《塔洛》则是灵魂的迷失。

英国宗教人类学家布莱恩·威尔逊教授研究认为,人的宗教情感的最初来源是人在不安定状态、未知状态以及相伴随而来的难以应对之感的压力下所产生的对死亡、自然力量的恐惧、敬畏、崇敬、憧憬等心理状态。① 在西藏,自然环境壮美,但是生活条件艰苦严峻,秉信"万物有灵"的藏民用感天动地的举动来表达对山神的崇敬之情。"藏民认为神灵大多聚集于人迹罕至的高山,登上高山,离天最近,环顾四周、俯瞰群山,就可以与灵界沟通。世界屋脊最负有盛名的神山大山脉冈底斯山的主峰冈仁波齐,'水晶砌成,玉镶冰雕'。从南面望去,由峰顶垂直而下的巨大冰槽与一横向岩层构成佛教万字格,在佛教中是精神力量的标志,意为佛法永存,代表着吉祥与护佑。"②藏民们顶礼膜拜,虔心供奉,愿意倾家荡产而选择朝圣,对死都无所畏惧。

如此更接近原始思维的信仰传统和朝圣行为对于生活在高科技时代的现代人来说,无疑是一道震撼的心灵景观。冯小刚导演曾评价《冈仁波齐》脱离了低级趣味,撼动人心,是中国电影的巨大进步,让他这个没有信仰的人看到了信仰的力量。③ 纷繁喧嚣的现代社会,物质发达,精神贫弱的现代人倍感归属感的失落和人情世故的隔膜,经历了孤独飘零的创伤体验之后,由衷希望西藏就是《冈仁波齐》的西藏,是人们的精神家园。因而,迥异于《塔洛》对藏地文化的现实表达,《冈仁波齐》构建了灵魂的想象性回归。

(原载于《电影新作》2018 年 8 月)

---

① 陈国典、刘诚芳:《信徒、圣地及其关系——藏传佛教信徒朝圣的特征》,《西南民族大学学报(人文社会科学版)》2013 年第 4 期,转引自闫红霞:《藏区宗教神山朝圣现象的生态人类学解读》,《贵州民族研究》2014 年第 8 期。

② 闫红霞:《藏区宗教神山朝圣现象的生态人类学解读》,《贵州民族研究》2014 年第 8 期。

③ 《〈冈仁波齐〉获导演协会特别表彰奖,冯小刚赞誉"看到了信仰的力量!"》,2014 年 4 月 13日,见 https://www.toutiao.com/i6273076538527187458/。

走出人文主义的执念

——谈中国当代科幻文学

李松睿　《文艺研究》杂志社文学编辑室主任、副研究员

　　刘慈欣的《三体》、郝景芳的《北京折叠》接连获得雨果奖 2015 年"最佳科幻长篇小说奖"和 2016 年"最佳中短篇小说奖",使得美国的世界科幻大会和雨果奖这两个原本只有科幻迷关注的小众事物,突然间成为媒体、学界关注的热点话题。而两位中国科幻小说家得到国外评奖委员会的认可,也和莫言获得 2012 年诺贝尔文学奖联系在一起,成了当代中国文化在世界范围内获得广泛影响的又一案例。在这一波媒体"狂欢"的影响下,原本只在特定的小众群体中被阅读的中国当代科幻文学,转瞬间获得了巨大的文化影响力。不仅《三体》在文学评论界被深入讨论,篇幅较短的《北京折叠》更是在各类移动终端上广泛流传,并被改编为各类不同版本以回应不同人群关切的社会问题。部分科幻小说家的作品还在一些省市成为中考、高考试卷的考题,并进而被语文老师指定为中学生们的必读书。所有这一切,都使得中国当代科幻文学从此前几十年里被认为是从属于儿童文学的边缘文类,一夜之间成了人们再也不能忽视的重要存在,甚至在一定程度上改写了中国当代文学的版图。

　　显然,科幻文学在今天所获得的影响力,与现代科技正全方位地改变着我们的生活直接相关。以数字媒介、人工智能和生物技术为代表的现代科技,在最近几十年中的飞速发展,对人类社会的方方面面构成了巨大的冲击。从最早的克隆羊技术在伦理学、宗教学领域激起的广泛争论,到转基因技术在人类粮食安全领域所引起的一系列诉讼与争吵,到人工智能 AlphaGo 接连战胜李世石、柯洁等围棋高手所引发的对人类是否会被机器取代的焦虑,再到最近南方科技大学贺建奎教授使用

基因编辑技术"制造"了两个天生免疫艾滋病病毒的婴儿在全球所引起的巨大争议,都一再表明现代科技已经发展到这样一种程度,它的每一次进步都在挑战着人类已有的知识体系、时空感觉、伦理视域乃至身体结构。在这个意义上,人类文明已经到了一个临界点,再继续发展下去,人类的文明形态和生命状态都有可能发生翻天覆地的改变。因此,重新思考何为人、何为人的本质、何为人与物的边界等问题已经迫在眉睫。显然,这样的视野与问题意识,是习惯于书写乡土世界和都市男女情爱的中国当代文学不擅长的,于是,原本小众的科幻文学也就开始进入人们的视野,获得普遍的关注。毕竟,从法国作家凡尔纳等人的早期科幻作品开始,人们就产生了某种执念或期许,即科幻文学可以预言现代科技的发展,能够为人类解决未来社会可能遇到的问题提前做些准备。正是在这一观念的影响下,科幻文学在"二战"以来被人们被寄予厚望,甚至美国国家航空航天局在外太空探索等重大科技项目中,会聘请科幻小说家作为顾问,参与科研评估工作①。

在理论上,科幻文学的写作的确可以最大限度地脱离现实情境的束缚,自由自在地畅想未来,描绘现代科技带给人类社会的巨大变化,特别是新的社会形态、伦理道德、生命样态的可能性,为今天的科技进步和社会改革提供参考和借鉴。不过,在实际的科幻创作中,文学写作者往往并不能摆脱历史与现实对他们潜移默化的影响。最典型的案例,当属美国科幻小说家阿西莫夫在 20 世纪 50 年代到 90 年代创作的《基地》系列小说。这七部长篇作品以堪称恢宏的宇宙想象,描写不同星球之间的战争与杀伐,深刻地影响了后世的文学、影视作品对星际战争、宇宙旅行、外星生物的表现方式。不过细细想来,阿西莫夫对不同星球之间的政治体制、战争模式的描绘,其实不断让读者想到的是作家当时所身处的冷战年代,而他对奇特、怪异的外星文明的书写,也处处让我们回忆起东方学式对伊斯兰文明的偏见。显然,科幻小说家那想象的翅膀其实并不能充分伸展,致使科幻作品往往携带着浓重的现实阴影,无法自由地触碰未来。

中国当代的科幻作家对恢宏宇宙的描绘、对现代科技的狂想早已毫不逊色于国外的经典科幻小说家,但他们的写作同样存在着受制于传统与现实因素的弊病。以著名科幻作家韩松为例,这位小说家的写作以想象奇诡、语言晦涩著称,在读者群中褒贬不一,喜欢其风格的人将韩松的小说奉为"神作",而不喜欢的人则纷纷

---

① 这个例子为笔者在聆听北京大学新闻与传播学院王洪喆老师于 2016 年 5 月 8 日在北京师范大学所作的讲座"从《三体》设定看作为 20 世纪'战略应用文学'的科幻小说"时得知。

表示无法卒读。在他的短篇名作《冷战与信使》中,故事的背景设定在处于冷战状态下的星际社会。为了防止泄密,每个星球都发展出自己的信使组织,重要信息全部依靠信使以光速进行传递。由于宇宙中各个星球距离遥远,使得每位信使都不得不以光速飞行数年乃至数十年来递送消息。韩松借用很多人对狭义相对论的理解,启用当人以光速旅行时,时间对这个人来说是静止的这一设定。因此,当信使在旅行几十年后回到家乡后,他的恋人、朋友都已老去,而他本人还是当年的模样。

在这里,韩松通过对科技的想象引入全新的视角,重新反观日常的生活与时空,并促使读者思考何为人、何为友谊、何为爱情、时间与人的关系、人与人相互交往的基础等问题。作家显然认为,爱情与友谊都需要靠时间来浇灌,朝夕相处的陪伴和共同经历的考验才能让人与人之间产生信任并共同生活在一起。这是人类社会在漫长的历史发展过程中积淀下来的行为准则和心理范式。因此,当小说中的女孩看着自己心爱的信使踏上光速之旅后,她不得不考虑这样的情境:她独守空房等待信使,承受着岁月的蹉跎与生命的苍老;然而信使在多年后归来时,时间却没有在其脸上刻下一丝印痕,甚至可能是一位几百岁的少年。在这种情况下,女孩执着的坚守是否还有意义? 他们的爱情又能否维持? 这也是小说家提出的问题:"没有时空做基础的爱情和婚姻还有什么意义?"①笔者在此处并不是指责《冷战与信使》写得不好(相反这是一篇非常优秀的小说),而是要指出,这篇小说能够成立的前提是,光速旅行是一种极为特殊的新事物,人类社会传统的交往方式才是亘古不变的。也就是说,韩松虽然是一位畅想未来的科幻小说家,但其思想的底色却是坚信人类固有的时空观念是永恒的。于是,他也就放弃这样一种可能,当人类社会已经进步到驾驭光速旅行的时候,人类对于时空的感受、对于友谊与爱情的理解,乃至人对感情的表达方式,都必然发生根本性的变革。"执子之手,与子偕老"的情感或许只是特定历史条件下的产物。

与此类似的还有李宏伟的中篇小说《现实顾问》(《十月》2018 年第 3 期)。这部作品的基本设定是超级现实公司发明了一种超级现实眼镜,只要将其植入人体,就可以利用虚拟现实技术,使同样植入超级现实眼镜的人只能看到自己希望呈现的样子。这一设定的灵感显然来自当下的都市中产阶级热衷于在朋友圈里炫耀各式各样的美食、旅游图片,以便在朋友面前塑造自己过着美好、幸福生活的形象/幻象。因此,《现实顾问》是一篇具有极强现实针对性的科幻小说,不过这部作品的

---

① 韩松:《冷战与信使》,《宇宙墓碑》,上海人民出版社 2014 年版,第 103 页。

有趣之处在于李宏伟对主要矛盾的设置。主人公唐山因幼年时的无知、疏忽，在家中引发大火，造成父亲去世，母亲被严重烧伤。这份关于往事的记忆，成了唐山内心中不容触碰的部分。由于这份记忆意味着巨大的伤害和痛苦，使得唐山从不愿意主动去触碰它，甚至不愿意与母亲见面。为了让儿子不再内疚，母亲在去世前选择植入超级现实眼镜，以便让自己的形象在儿子眼中变得完美无缺。然而，当唐山在母亲的遗体前，看到那张光洁、漂亮的脸时，他不认可母亲向自己展示的形象，觉得那虽然完美，但并不真实。他无法接受母亲身上的伤痕被完美的形象抹去。这一矛盾构成了这篇小说最重要的叙事动力，和最后情节转折的来源。唐山之所以放弃自己在超级现实公司的职位，就是因为他要摘去超级现实眼镜，执着地守护那个残缺的母亲形象。

从唐山对母亲真实身体的"迷恋"可以看出李宏伟的思想底色。从思想史来看，从柏拉图时代开始，人们就一直相信所谓身体与灵魂的二分法，身体不过是一具可以毁弃的皮囊，而最重要的其实是内在的灵魂。不过文艺复兴以后，伴随着人文主义的兴起，对身体的执念就一发不可收拾，我们从绘画作品对身体细致的描摹就可以看出这一趋势。唐山这个人物形象的有趣之处在于，他无法直接记住过去那段惨痛的往事，他必须借助母亲的身体才能确证往事的存在。就好像唱片上的纹路记录了音乐会的声音，母亲身体的伤痕、岁月的痕迹也记录了当年的伤心往事。只有再次见到这些伤痕，唐山才能重新"读取"或"解码"出过去的记忆。最终，在李宏伟的笔下，不管科技如何发达，生活中的形象如何被改写，身体都成了确证记忆、往事真实的物证和最后防线。在这里，李宏伟其实坚守着文艺复兴以来的人文主义对身体的迷恋与重视。

此外，刘慈欣著名的《三体》三部曲同样有着浓重的人文主义的思想底色。虽然在刘慈欣的笔下，浩瀚、宏阔的宇宙毫无诗意，是一片弱肉强食的黑暗森林，而且作家对人类文明的命运也极为悲观，小说中人类面对宇宙中未知文明的攻击时，准备的三个防卫计划（掩体计划、黑域计划以及光速飞船计划）中的前两个计划全部失效，只有借助光速飞船才能让人类目睹地球与银河系在降维打击下走向毁灭，勉强保存下人类的最后火种。然而，正像有的研究者指出的："几乎彻底拒绝'人类文明'的刘慈欣却常常表达出对一些朴素的人文主义价值的认同。"①例如，小说中守护人类文明抵御三体文明的第二代"执剑人"程心，因为自己的善良与脆弱，对

---

① 赵柔柔：《逃离历史的史诗：刘慈欣〈三体〉中的时代症候》，《艺术评论》2015 年第 10 期。

生命与自然的留恋,使得她在面对三体人的攻击时,未能及时启动黑暗森林威慑系统,导致人类文明最终沦陷。显然,刘慈欣在尽情书写黑暗、冷酷的宇宙秩序的同时,仍然为对生命、自然与美的追求与珍视留下了足够的空间,即使会因此引发地球的毁灭也在所不惜。

从上面的分析可以看出,韩松的《冷战与信使》、李宏伟的《现实顾问》以及刘慈欣的《三体》,要么执着于传统的爱情观和时空感知方式、要么固守着对身体的迷恋,抑或是坚持对生命与自然的珍视,都是在不断重申着以人为中心的传统人文主义式的理念。在这个意义上,这些中国当代科幻小说的价值观堪称古典,表达的其实是一种对人文主义的执念。正像上文所指出的,"二战"以来的科技进步,包括机器人、计算机、人工智能、虚拟现实、社交软件、克隆技术、转基因、基因编辑等,不断突破或改变着人类社会固有的生命形态和社会规范。在很多时候,比如在面对人工智能和基因编辑技术时,是人文主义以及人类社会长期以来形成的伦理规范在勉强限制着科学技术的发展。贺建奎在编辑人类基因后在全球范围内遭遇的非议、阻力和"封杀",以一种极为触目的方式向我们证明了这一点。因此,在当代科幻文本中反复出现确认的人的身体、生命以及爱情的价值的主题,其实是人类文明将被重新改写之前,艺术家对过去时代的守护和怀旧。类似的现象我们其实在农业文明被工业文明取代时的浪漫主义作家那里已经看到过了。因此,这类科幻文学的写作虽然在表面上是面向未来的,但其实是对过去的频频反顾,是不断划下最后的防线,以确认人类的主体性和独特性。

不过,如果换一个角度,那么我们也可以提出另一个问题,即中国当代科幻文学的创作是否可以更加大胆一些,科幻写作并不是一定要为逝去的时代唱一首挽歌。正如弗雷德里克·詹姆逊在《政治无意识》的开篇提出的著名口号"永远历史化"①,任何事物都是在历史发展的过程中逐渐形成的,并必将伴随着历史语境的转换而发生相应的改变。人类对死亡、友谊、爱情、生命的理解方式其实都可以发生改变,我们今天奉为真理的社会规则、伦理规范、道德准则等,只是碰巧被确定下来,并不具有永恒性。作为一种面向未来的文学类型,中国当代科幻文学应该充分发挥虚构的力量,放弃对古典的人文主义观念的迷思,去重新构想一个未来的、全新的社会样态,这个社会甚至可以不必以人、人的主体性、人的独特性为其前提。

---

① [美]弗雷德里克·詹姆逊:《政治无意识——作为社会象征行为的叙事》,王逢振、陈永国译,中国社会科学出版社 1999 年版,第 3 页。

正像我们在日本科幻作家山本弘的长篇小说《艾比斯之梦》中看到的那样，未来的文明形态不一定非要以人为中心，甚至生命形态也早已与人毫无瓜葛。只有当想象向着时间的极限处延伸时，中国科幻文学才能真正成为探索未来的时候，促使我们反思自己身处的时代与社会。或许，科幻文学真正的价值只有在这样的写作方式中才能浮出地表。

（原载于《当代作家评论》2019 年第 1 期）

风景与叹逝:诗电影的古典兴象与抒情现代性

李啸洋　北京电影学院讲师

一、风景空间与叹逝美学

1934 年,费穆在《时代电影》上发表了《略谈"空气"》①一文。费穆在文章中提出拍摄诗电影的方法,成为理解其电影理念的美学纲要。"电影要抓住观众,必须使观众与剧中人的环境同化。为达这种目的,我以为创造剧中的'空气'是必要的。"费穆没有用意境理论来解释诗电影,也没有引入叙事一词来分析电影,而是用了"空气"一词来阐明技术手段下电影展现的新可能性。费穆没有阐释何为电影的"空气",但是在接下来的论述中,他将空气视为创作者用电影手段创造的电影氛围,"空气"涵盖了摄影、对白、音响等技术手段。费穆提出了四种创造"空气"的方法:"其一,由于摄影机本身的性能而获得;其二,由于摄影的目的物本身而获得;其三,由于旁敲侧击的方式而获得;四,由于音响而获得。"

费穆对于"空气"的第一条论述指向了摄影和视觉。在费穆的论述中,摄影机与物相遇的时刻,便是电影创造美的时刻。"外景方面,从大自然中找寻美丽的对象……内景方面,以人工的构图……创造'空气'的要素。"电影《小城之春》(1948)、《城南旧事》(1983)、《那山那人那狗》(1998)、《路边野餐》(2015)、《长江图》(2016)、《冬》(2016)等电影中,自然风景和人工景观构成了电影的重要组成部分。刑健的电影《冬》,将背景设定于大风雪之中,老人、鸟、鱼缸构成了电影风景,电影的影像运动,是雪天背景下,老人的动作是垂钓、走路、静默、走神。电影突

---

① 费穆:《略谈"空气"》,《时代电影》1934 年第 6 期。

出了风雪之声,也突出了荒景之感,全片有柳宗元《江雪》"独钓寒江雪"的空禅之意。《那山那人那狗》里,山里油画般的风景,成为咏叹邮递员父子奉献精神的叙事环境。《路边野餐》和《家在水草丰茂的地方》中,风景成为少数民族(苗族或裕固族)主体身份认同的重要隐喻:寻找风景,也是寻找身份的过程。不管是自然风景还是人工布景,风景都是诗电影和意境理论的重要构成元素,也是从古典到现代性的视觉转换要素。诗词书画中,风景是静止的,电影并不只是视觉与文字的,电影是运动的、听觉的、表演的。当新的元素在新的媒体介质中重新匹配时,意境理论中风景的适用范畴也会发生变化。诗电影中风景的功能是什么? 风景从诗到电影美学的转换是什么?

王国维在《人间词话》里阐释了"境界",境界的基本特征是"一切景语皆情语"。境界论的理论核心强调物我统一、情景交融。放在电影中,意境美学观构成了诗电影的基本辞格。"风景首先是文化,其次才是自然;它是投射于木、水、石之上的想象建构。"①古典电影时期,风景的功能是内指的。情与景的交融,风景与意义的融合是古典时期诗电影的表达路径。例如,《小城之春》中出现了废墟化的风景,废墟指向过去性的时间,作为"废墟"的风景是精神荒废的生产者。《小城之春》拍摄于 1948 年,费穆将故事发生地设定在断壁残垣上。废墟、男主角礼言的疾病以及一段欲言又止的三角恋情,加诸国民党统治时期破碎的国家背景之上,共同指向电影的悲凉意绪。电影中,徘徊的人物关系既"因事而感",也"因时而感",最后停滞于儒学的道德困境之中。断壁残垣的风景是内指的,风景与人物心理构成协同关系。现代电影时期,风景也从内在指向转向玄览性空间,风景的内在指向性逐渐削弱,而风景的玄览性空间不断被放大。本雅明对艺术品灵韵(aura)消失的阐释缘由是:复制技术的发达和观众对观赏的需求,艺术品的"展览价值开始全面排斥膜拜价值"②,为"表现活生生的形象,必须放弃灵韵"。③ 受启于本雅明的研究,电影中的风景表现也是如此。胡金铨的武侠电影吸收了戏曲的表现手法,《空山灵雨》《侠女》《龙门客栈》中,借力于戏曲的虚实关系,景随境迁的风景,成为渲染电影气氛与情绪的重要手段。《那山那人那狗》中,电影感兴经由静止和框定的

① [英]西蒙·沙玛:《风景与记忆》,胡淑陈、冯樨译,译林出版社 2013 年版,第 67 页。
② [德]瓦尔特·本雅明:《技术复制时代的艺术作品》,胡不适译,浙江文艺出版社 2005 年版,第 108 页。
③ [德]瓦尔特·本雅明:《技术复制时代的艺术作品》,胡不适译,浙江文艺出版社 2005 年版,第 120 页。

固定镜头来实现。固定镜头的使用,使得电影中风景带有韵味,"感物"的美学观看和生发的情感脉冲是情境性的,情感与景物构成了一体。情与境的分离,使得展览性风景成为电影的主要表达空间,这在《路边野餐》和《长江图》中尤为明显。《路边野餐》的风景横跨荡麦和贵州凯里,风景也不止于表现贵州山区和苗族地理,而是尽量展现风景的梦幻气质。电影中,香蕉储存室、野生的芭蕉树、斑驳的舞厅、斑驳的墙壁、环形公路、擦墙而过的火车等风景溢出了意境理论的表述框架,而成为展览性风景。《路边野餐》多次使用钟表意象,以此凸显风景的时间性。电影中的风景空间,是原始、现代和后现代意识的混合体,风景在多重维度下重构记忆性事件。

"感物伤怀"是古典审美传统中教化美学的观念再现。电影对景物与时间的双重触发,让感兴化为一种情绪叹逝。诗电影借风景来叹逝往昔,叹逝情感之殇,叹逝时间流逝,叹逝构成了生命体验的悲情。中国古典诗词中,叹逝主题分为"悲秋、闺怨、功业与身世之叹及怀古伤今"等类型。① "叹逝"缘发于儒学理念中的"兴"与"怨"关系:"兴"是情绪的触发点,"怨"是温和节制的悲剧性情感,而非强烈生命力与意志力的奔涌。② 《小城之春》里周玉纹伤怀过往的情感;《城南旧事》里小英子说"爸爸的花儿落了,我也不再是小孩子";《路边野餐》中,主人公陈升儿时被寄养在别人家,长大后误入黑道,出狱后母亲去世,侄儿卫卫的处境和当年陈升的处境一样。电影将对过往的游历化为悲叹情绪,风景成为寻找过去的空间容器,风景伴随情感叹逝的过程。古典电影时期,诗电影用情境等同于故事。《小城之春》里象征性的废墟,《城南旧事》里奶妈被丈夫"黄板牙"用一头驴驮回去的背影,《长江图》中灰暗朦胧的长江风景,《路边野餐》中反复出现的钟表意象……风景的抒情与叹逝,在电影的时间轴列上呈现,记忆叙事混合了哀婉情绪与田园情调。伴随现代性转变,风景由"抒情传统"化为"写叙传统"③,表现在影像风格上,即由"境界"转为"视境"。《小城之春》式的静默人物关系和封闭空间被打破了,伴随着电影的情绪律动,风景也由抒情美典转为现代性视域下的美感经验,碎片化、跨地域、景观式和瞬间性的风景,也在电影中增多,风景成为盛装现代电影意识的容器。

---

① 左其福:《中国古典诗词中的叹逝主题》,《衡阳师范学院学报》2004 年第 5 期。
② 张淑香:《抒情传统的省思与探索》,台北大安出版社 1992 年版,第 3—39 页。
③ 陈国球、王德威编:《抒情之现代性》,生活·读书·新知三联书店出版社 2014 年版,第 97 页。

二、流兴、记忆与抒情的现代性

风景勾连出记忆、神话与后现代式的新想象。"流兴"是中国古典诗学中"兴"的衍生，"兴"是见物起兴、抒情之意。情景关联、萦绕，构成了流兴。王一川在《兴辞诗学片语》中，认为流兴是古典感性的流动，兴流动不息，但在"现代性语境中感兴流变为碎片，但也重新流溢开来，生成了新的审美"。① 不论是情境之中的固定的风景，还是流兴想象中的风景碎片，风景中的起兴在参与情境与意境的构造中发挥着重要作用。古人之谓"澄怀味象"，包含了人对物的静观。流兴的前提是感物，"'感物'不仅指情感上的自然风物，且还包括感时、感事，与儒家教化紧密相连"。② "儒学淡化了感物的自然和自由的本质，却赋予了感物应该承担的社会责任。"③

派思·奈特认为，"真正崇高的风景总是披着回忆与联想的外衣……其情感效果的力量有赖于其观看者，透视一层回忆起来的现象面纱做出反应，它们包括：故事、传奇、历史、自然景色、图像景色、诗歌和音乐"。④ 电影《小城之春》《城南旧事》《那山那人那狗》《路边野餐》《长江图》里，主人公对过往的追忆与片段式流兴，成为电影的叙述起点。"记忆叙事"带出了从意境到新古典主义的美学流变。电影通过对感兴时间再造，以记忆情态唤出意境与现代意识。古典美学时期，电影中情感是静观的。现代诗电影中，古典的、完整的抒情消失了，取而代之的是情感碎片。《小城之春》景物融合了感情本体，《早春二月》试图对时代背景雅正，《城南旧事》将抒情童谣化。《城南旧事》的故事核心是"每个人都离我而去"的感觉，电影将英子选为主角，透过童年来表现作者意图。她虽然不是悲剧片段的悲剧人物，但她是"离我而去，这一点上成为影片的核心人物的"。⑤ 抓住"离我而去"的内容与情绪，就把看上去较为分散的情节链条牢牢地锁住了。《城南旧事》展示了感伤体验。电影情感展开方式可以用"远"来形容，英子生命中有过交集的人最终都离开了，成了英子回忆的对象。电影中，"疯子"秀贞带着妞儿在寻父过程中惨死在

① 王一川：《兴辞诗学片语》，山东友谊出版社 2005 年版，第 216 页。
② 李健：《魏晋南北朝的感物美学》，中国社会科学出版社 2007 年版，第 261 页。
③ 李健：《中国古典文艺学与美学的当代价值》，黄山书社 2012 年版，第 156 页。
④ ［英］西蒙·沙玛：《风景与记忆》，胡淑陈、冯樨译，译林出版社 2013 年版，第 551 页。
⑤ 吴贻弓：《我们怎样拍〈城南旧事〉》，《电影新作》1983 年第 3 期。

火车轮下。汽笛、雨夜还有一对失去性命的母女,足以让人引起对远方的警惕。电影中对火车意象的暧昧态度,应和了电影从童年到成人世界转变时展现的焦虑。《早春二月》和《那山那人那狗》将感兴熔铸在演员的身体情态中,但未能在精神上进一步升华。电影像明清时的小品文与美文,重视闲情雅致,渐离抒情传统。抒情难以引发新境界,而是引发迥异于现代性经验的感性片段,这种情调带着古典式的感伤。

"记忆"完成时间客体的再造。记忆是一种情状,其功能在于召唤过去或身份认同。亨利·伯格森阐释了"情状"(affection)一词:"一个物体在承受另一个物体作用之时的状态……是一个效果,一个物体在另一个物体上所产生的作用。所有物体间的混合都将被称作情状。'情状'揭示的是被转变的物体、本性,也即被施加情状或情动的物体的本性。"①文化记忆反映出对特定时代的认同,诗电影将其转向一种私人记忆。私人记忆是这样一种情状,它试图通过时间形式,对精神保持一种完整性。早期的诗电影通过含蓄的对话、留白等形式在银幕上构造虚实关系,费穆在《杂写》中写道:"电影虽可以打破'三一律'的桎梏",但"也不是说电影可任意、直接地表现一切。在相当的限度内,它也应该用含蓄的迂回曲折的方法……电影之逊于舞台剧一筹的,是因为它在表演时缺乏一贯的情绪。"②古典电影时期,因为叙事是封闭的,所以电影对于"一贯的情绪"的保存是完整的。现代电影时期,情绪的连贯性被打破。一方面,情绪在非连续性空间中运作,情绪表征出多元的面向,另一方面,身体自身成为保存情感情状的重要对象。《路边野餐》吸收了公路片的叙述手法,抒情的即兴和碎片化展现,让身体成为抒情动作的承载场域:陈升绕环山公路的迷雾之行,成为叙述往昔、展现记忆情态的场景。塔可夫斯基认为电影"时间复印于它的真实形式和宣言中",一般人看电影是为了获得时间,为了"已经流逝、消耗或者尚未拥有的时间",时间重构了生命,而导演的工作正是需要"雕刻时光"③。《路边野餐》将寻找的过程,化为时间的感知。电影中用芦笙、流行音乐、火车鸣响等声音交织出立体声音层次,成为打开记忆的钥匙。

伯格森在《物质与记忆》中,分析了记忆与知觉的纠缠关系。伯格森认为,"回忆与知觉联系在一起,众多的连续记忆事件就会立刻与知觉紧紧相连,这个无限的

---

① 汪民安、郭晓彦主编:《德勒兹与情动》,江苏人民出版社 2016 年版,第 9 页。
② 费穆:《杂写》(1935 年 3 月),《联华画报》第 5 卷第 6 期。
③ [苏]塔可夫斯基:《雕刻时光》,陈丽贵、李泳泉译,人民文学出版社 2003 年版,第 63—65 页。

多,当我们选择停止时才会变成有限的。"①《小城之春》《城南旧事》和《那山那人那狗》中的"情感—记忆"模式,在《路边野餐》《长江图》等电影中进行审美的嬗变与分化,衍生出"知觉—记忆"的审美框架。从"情感叹逝"化为"知觉叹逝",本身是一种抒情的现代性断裂。抒情也一再嬗变,电影经由人物和表演的带动,将角色的感伤转为游历。"我"与"境"之关系,逐渐由内向外生发。张淑香将"叹逝"视为时间轴,并在此轴线上重新布局"物色论"与"缘情说",经由时间流逝而化为唯情意识。② 情景交融的有情与事功,在电影中消散。《小城之春》和《城南旧事》两部电影都展现了道德之下的情感,情感表达都曾试图跳脱出儒学规范,但《小城之春》中人物的情感"发乎情,止于礼",《城南旧事》也将对小偷的同情化为叹息。《城南旧事》里,随着故事终结,所有人物都离小英子而去。从林海音的小说转成导演吴贻弓的电影,电影保持了统一的视角:电影透过童年反观成人世界,以及情感失去的一切。唯情意识在《路边野餐》和《长江图》中也有展现,这两部电影将情感与"漂泊"联系在一起,游历与记忆穿插进行。电影中,诗歌文本与叹逝之美相互关联。新诗的自由节拍,成为漂泊的引子。

三、声音、旁白与诗歌阅读

意大利导演帕索里尼认同诗人瓦雷里的一句话,他认为诗歌是"某种持续地徘徊于声音与意义之间若即若离的感觉"。③ 中国古代诗词非常注重声音,宋词有各种各样词牌名"浣溪沙""虞美人""清平乐""贺新郎""临江仙""菩萨蛮"等,每个词牌名都代表一个曲子曲调,使词可以用声音传唱。宋朝有"凡有井水处,皆能歌柳词"的说法,凡有井水的地方都能传唱柳永的诗词,可见声音在诗词传播中的重要性。

现代诗中,声音的功能几乎是丧失的。除了朗诵,声音几乎难以承担诗歌传播的职责。瓦尔特·本雅明理论中,绘画等艺术的"光晕"很容易在机械复制的过程中而递减、丧失。诗歌以声音的形式放在电影中,是否面临"原真"性的丧失问题?

---

① [法]亨利·伯格森:《物质与回忆》,姚晶晶译,安徽人民出版社2013年版,第185页。

② 张淑香:《抒情传统的本体意识——从理论的"演出"解读〈兰亭集序〉》,转引自陈国球、王德威编:《抒情之现代性》,生活·读书·新知三联书店出版社2014年版,第557—558页。

③ [意]皮耶尔·保罗·帕索里尼:《异端的影像:帕索里尼访谈录》,艾敏等译,新星出版社2018年版,第32页。

语言和诗歌形式植入到电影中,电影美学会发生什么变化? 凯瑟琳·勒普顿将散文电影的画外音称为"多语"(heteroglossic),散文形式"通过增加提供评论的人和角色,通过推迟他们要说的话,或甚至代之以某种报告式的话语——比如信件、引语、回忆的对话——通过给活生生的人(尤其是包括导演在内)添加一些虚构的,或至少在本体论上暧昧的状态,或者在他们中间制造不确定性、张力和分歧。"①诗电影中,画外音(旁白、意识流与诗歌形式)扮演了重要角色,声音在散文电影中构成一种"临界距离"(critical distance)②,作者、文本、观众和影像的生产与评价都在整个临界框架体系里运作。画外音层面,诗电影在本体论上的暧昧与多语,使得诗电影开掘了多元表达的多种可能性,画外音重新整合了不同影像介质的边界。

《小城之春》《城南旧事》《那山那人那狗》中,旁白均采取了第一人称。第一人称旁白,直接进入私人经验,指陈内心世界。《小城之春》借周玉纹的第一人称旁白开场。"我们走上了城墙。我走在后头,他,他们站定了等我。""过去的事早已忘掉,我这辈子早已不想什么。""像是喝醉,像是做梦。这时候,月亮升得高高的,微微有点风。"周玉纹的第一人称陈述,为电影增加了浓厚的主观色彩。独白置于私人陈述的框架内,模糊了虚与实的心理界限。《那山那人那狗》讲述的是父子在大山里送信的故事。其中有一段戏是儿子背着父亲过河,电影里出现了一段儿子的内心独白:"村里的老人说,背得动爹儿子就长成了,小时候觉得我爸特高大,还担心自己什么时候能背得动他,结果小学没毕业,个子就比爸高了。"第一人称旁白,提供了一种主观视角,旁白调度了电影的心理场域。配合电影旁白的,是演员的肢体与身体动作。诗电影中,身体姿态是缓慢的。躺、坐、眠等是诗电影中重要的身体情态。诗电影中身体,并非是速度化的身体,而更多的是以迟缓、静穆的形象出现的。在现代意识的介入下,缓慢的身体也发生了变化:儒学理念中礼化的身体,裂变为现代电影中疲惫、松散的身体情态。这一点,可以在电影《路边野餐》《长江图》以及毕赣的新电影《地球最后的夜晚》的样片中找到例证。

电影画面有固定的画框(frame),而声音没有框。画框组织、规定了视觉形式的审美界限。诗歌以声音形式流溢出画框,声音的专注是一种可感知的材料。诗歌语言介入电影中,重构了影像秩序、空间与时间,也重构了电影的深度。诗歌形

---

① [意]劳拉·拉斯卡罗利:《私人摄像机:主观电影和散文影片》,洪家春等译,金城出版社2014年版,第63页。

② [意]劳拉·拉斯卡罗利:《私人摄像机:主观电影和散文影片》,洪家春等译,金城出版社2014年版,第98页。

式对语境进行重建,邀请观众来对视觉画面进行审视,诗歌和画面之间保持了审视的距离,诗歌以文字形式和声音形式,为影像提供了可倾听的思想和精神参照。文字打开了更广阔的视野视域,为理解电影形象提供了崭新的渠道。《城南旧事》《那山那人那狗》《路边野餐》里掺杂了回忆/记忆/往事的情节,诗歌形式的植入令电影时间别有韵味,它创造、延续了电影的氛围推进。法国叙事学家弗朗索瓦·若斯特认为,电影的叙事时间轴是由"时序、时长、时频"①三个层次组成。诗电影中的时间是环形的,回忆性事件造就的时间频,比如创伤性记忆、失忆、再回忆(比如《长江图》中的失忆)等,都成为推进电影叙事、加强时间密度的重要参照。不过,利用记忆来重造时间的进程中,声音起到了重要的作用。

诗电影中,诗歌借助于电影媒介实现了声音的复活。诗歌制造了电影言说的多语环境。影像以图像为中心的表达时代,对声音语言介质本身凸显和强调本身就构成了独特的美学。约翰·伯格在《观看之道》开篇,分析了视听两种认知模式。"观看先于言语……先辨认,再说话。言语与观看行为之间存在鸿沟……"②电影的画面层和声音层是两个不同层级,在蒙太奇剪辑过程中,有时电影的声画层会发生断裂。电影音乐和旁白的进入,填补了断裂的鸿沟。电影叙事中,声音的叙事维度的扩张压缩了聆听维度。叙事声音常常是因果关系的,而诗歌聆听则让声音获得一种感性的维度。在电影语言中,诗歌的口语性使其在声音层面具备了音乐的潜质。诗意结构的建立,也对应地建立在影像层面,诗歌是一个文字、声音、意义的转换层。电影自然"保持了音与义的双重结合。语音的抑扬顿挫、表达方式和节奏,电影中语言的诸多特征都具备诗歌所要求的元素。"③诗歌制式对于语言本身强调,为电影建立了"内叙事声",它"直接指陈故事叙事人的内心想法与声音。也建立了观众认同的不同层次。在内叙境的时刻,人物的主体性变成了我们自己。"④《城南旧事》用李叔同的《送别》来渲染情绪:"长亭外,古道边,芳草碧连天。晚风拂柳笛声残,夕阳山外山。天之涯,海之角,知交半零落。一壶浊酒尽余欢,今宵别梦寒。"宋词式的缓慢、简约、淡泊,立刻就为电影固定了"淡淡的哀愁,沉沉的相思"的散文基调。如果《城南旧事》变成无声电影,电影没有诗词添置,缺

---

① [加]安德烈·戈德罗、[法]弗朗索瓦·若斯特:《什么是电影叙事学》,刘云舟译,商务印书馆 2005 年版,第 140 页。

② [英]约翰·伯格:《观看之道》,戴行钺译,广西师范大学出版社 2015 年版,第 5 页。

③ [法]雅克·奥蒙:《电影导演论电影》,车琳译,上海人民出版社 2008 年版,第 119 页。

④ [英]苏珊·海沃德:《电影研究关键词》,邹赞等译,北京大学出版社 2013 年版,第 133 页。

乏声音层的笼罩与萦绕,韵味的生发是无法想象的。

诗歌语言为电影提供了礼节体系与阅读场景,诗歌制式对于语言聆听本身强调,不仅让声音获得感性维度,召唤出意界、义界、情界。诗歌在散文电影和诗电影中的存在,声音物象升华了视象。诗歌阅读超越了画框,声音萦绕突出了听觉自身。米歇尔·希翁用"适音性"(phonogenie)一词,来总结那些听起来悦耳的音乐。① 诗歌的声音为电影创造了独特的声域,它既超越了台词范畴,又超越了电影的音乐范畴,诗歌文本和声音是理解电影的第三通道。诗歌唤起和引导电影,它既是言语又是语言,调整电影的时间节奏,是电影形而上的等价物。毕赣电影中,诗歌制式占据重要的席位。诗歌电影叙事预设了装饰效果,这种装饰是一种台词的修饰手段。诗歌在电影中发挥了双重功能:一方面它形成"叙事—韵味"次序,另一方面它也重构了电影节奏。叙事与韵味之间是电影形式与内容的延展,二者之间的次序并不是等级次序,而是本体化的次序,取决于节奏的重要性。② 毕赣的电影《金刚经》中,诗歌文本发酵出斑斓的色彩:"死亡,黑暗犹如掉落的速度/阅读周围斑斓的石头/娴熟的盛满毒酒/消失,凭着比鸟儿更轻巧的骨骼/追赶一条痉挛的公路。"诗歌触摸到了德勒兹的绵延问题,它以虚构的自我身份出场,具有"一种游移在作者与观众之间的奇怪品质:它能在自我指涉的同时在听众中产生移情作用"。③ 通过诗歌,主体和影像中的影像进行分离,诗歌语汇的分离正是通过诗歌来实现。

"所有的表述,无论是词或是句子,都是命名的。"④台湾纪录片《他们在岛屿写作》是纪录文学大师的系列纪录片,内容以每个台湾本地的文学家为对象。其中,诗人的纪录片有《无岸之河》(洛夫)、《逍遥游》(余光中)、《如歌的行板》(痖弦)、《化城再来人》(周梦蝶)、《朝向一首诗的完成》(杨牧)等。这些纪录片中,都不同程度地穿插、朗诵诗歌。诗歌声音的介入,形成了一种双向的经验游动。诗歌重新回到了抒情,诗歌的发出源不再代表诗人本身,它象征着私人与公众的记忆。诗歌让影像运动与图像绵延开来,形成一个独特的美学构型。诗歌和时间让影像

---

① [美]罗伯特·斯塔姆:《电影理论解读》,陈儒修、郭幼龙译,北京大学出版社 2017 年版,第262 页。

② [荷]柯雷:《精神与金钱时代的中国诗歌》,张晓红译,北京大学出版社 2017 年版,第255 页。

③ [美]朱迪思·瑞安:《里尔克:现代主义与诗歌传统》,谢江南、何加红译,上海人民出版社 2011 年版,第160 页。

④ [法]茱莉亚·克里斯蒂娃:《诗性语言的革命》,张颖、王小姣译,四川大学出版社 2016 年版,第27 页。

变成流域,它们共同为记忆造境,让现实、梦境与未来平行穿梭。纵观电影《路边野餐》,凡有路的场景就有诗歌陈述。诗歌不仅是台词,诗歌也是叙事和韵味的酿造厂。"荡麦的公路被熄火延长,风经过汽车后备厢,人们在木楼里行歌坐月",诗歌生成了抒情主体,也生成了美学主体。与《城南旧事》的惆怅与深情不同,毕赣电影中的现代诗既没有描述苦难,也没有指向异化的现代性境遇,而是从私人的内在经验出发,对世界进行的传记性书写,以此来描述"失去象征的世界"。①

诗歌声音知觉暂时悬置了图像知觉,因为诗歌是高度凝练的语言形式,电影中使用诗歌语言来抵达思想的路径。诗歌是画面的文字透视,它不同于台词单纯的解释和匹配功能,诗歌以至高的语言形态笼罩了电影,它是电影画面的形而上修辞,表征性功能更为突出。毕赣和杨超的电影里,都曾向诗歌借力。诗歌语言在电影中出现意味着什么?诗歌语言用"声音—词语"对应了视觉层面的"图像—物体",这是抽象—具体的对应关系。诗歌的力量在于:赋比兴的能量在分行形式中的瞬间爆发,对影像完成意义的总结。诗歌的出现,不仅为电影配制出新的节奏,也为电影提供了崭新的语言礼节体系,诗歌语言笼罩、萦绕着电影,并在形而上学的层面完成了意义修辞。

美国电影理论学者大卫·波德威尔将电影诗学视为一种美学效果。波德维尔认为,诗学是一种风格,"风格是组织电影技巧的形式系统"。② 这一理论的提出背景,基于好莱坞类工业化的基础和类型片的标准化实践。电影工业的组织规划和叙事模式是电影美学的重要生成机制。波德维尔笔下的风格,正是电影工业技术性效果,这种效果源发于摄影、构图、声音等专业技术契合。电影的技术和叙事系统决定了"风格",灾难片、科幻片、西部片等类型片种,细化了观众对电影的审美期待。沿此路径,可否从电影效果出发界定诗电影?是否电影中偶尔出现的诗意元素,是否将具备诗性、突出艺术性的电影都可以泛化为诗电影,这些都是学术界有待于进一步深入探讨的理论问题。

(原载于《北大艺术评论》(第三辑)2019 年 6 月)

---

① 耿占春:《失去象征的世界》,北京大学出版社 2008 年版,第 145 页。
② [美]大卫·波德维尔、克里斯汀·汤普森:《电影艺术——形式与风格》,彭吉象等译,北京大学出版社 2003 年版,第 348 页。

当代跨学科书法理论研究的尝试及其尴尬与反思

杨庆　暨南大学博士研究生

　　美国人类学家罗伯特·芮德菲尔德(Robert Redfield)在 1956 年出版的《农民社会与文化》中提出"大传统"与"小传统"的二元分析框架,用来说明在复杂社会中存在两个不同的文化层次传统。从语词角度以精英文化和大众文化来解读"大传统"与"小传统"理论并不完整,以主流与非主流来理解则更为合理。① 在学术研究上,以传统的单一学科研究为主流,而交叉学科研究则相对非主流,但根据芮德菲尔德学说,这种非主流的"小传统"往往比主流的"大传统"更具有研究空间。文学领域的跨学科研究方法论早就被关注,乐黛云在《跨文化之桥》一书中有重要阐述。乐黛云以为:"由于现代科学的深入发展,人们不断发现过去不曾注意到的不同领域所具有的共同属性,而且现代科学提供了手段,使得对这些共同属性和相互关系的研究成为可能。"②在书法理学研究上,传统的研究方法多以实证研究法、文献研究法为主,受文学等领域的跨学科研究方法论影响,近年来,也出现了部分跨学科书法理论研究尝试:

一、跨学科视野下的书法理论研究新方法举隅

　　1. 图像学与文献图像化

　　"通过细节的分析对图像做出解释,这种做法被称作'图像学'。"③西方图

---

　　①　吾淳:《重新审视芮德菲尔德的"大传统"与"小传统"理论》,《上海师范大学学报(哲学社会科学版)》2017 年第 1 期。

　　②　乐黛云:《跨文化之桥》,北京大学出版社 2002 年版,第 126 页。

　　③　[美]彼得·伯克:《图像证史》,北京大学出版社 2008 年版,第 36 页。

像学理论在全球人文研究领域中得到重视,在艺术史学研究上,西方图像学也得以被运用。芝加哥大学巫鸿成功地将图像学理论运用与中国艺术史研究中,先后撰写《说"拓片":一种图像再现方式的物质性和历史性》《武梁祠:中国古代画像艺术的思想性》等文。巫鸿详细论证了中国自宋代以来金石学研究重"文字著录"轻"视觉表现"的学术传统。① 故宫博物院杨频将宋代以来金石学家把所有碑刻实物的图像信息,一一变成文字记载,并以文字著录的方式保存或出版交流的研究模式总结为"图像文献化",即碑刻的可视图像信息都转换成或详或略的文字描述,这些文字承担了文献的功能,成为研究的主要对象或资源。杨频认为:"'图像文献化'助长了金石学、书法学研究对于文献的迷信。今天,由于图像技术的发达,我们必须开始反思这一问题,即注意到图像与文字描述之间的距离甚至误差。为了研究的准确与深入,接下来或许应该努力的一个方向,是重回图像,深入图像的物质性、历史性,将图像产生时代的文化生态作一种综合性的知识考古学式的还原。在这样的层面上,我们对书法文化或现象的认识或许会有精深推进的可能。"② 此外,杨频把利用考古学与文化史等领域提供参照与帮助,以将文献记载中的图像因素发掘并阐释出来,结合特定时代的文化规定性,探索一些矛盾或未知问题的答案的过程概括为"文献图像化"。③

杨频尝试以西方图像学家所倚重的细节辨析和比较手法,以及对图像之间、图像与时代之间内在关系的还原,借助图像学对细节与关系的还原,层层深入文献遗留空间,来研究中国古代碑刻的相关问题,颇见成效。其《图像学视角与书法史学研究中的"文献图像化"问题——以袁安碑袁敞碑系列问题新考为例》一文利用图像的"物质性",成功解决了袁安碑系年、袁敞碑形制复原、二碑风格及书手等传统文献考证无法解决的问题。由此,西方图像学方法为当代书法理论研究者所关注。

2. 概念史学与书法观念问题

传统的书法史论研究方法是人为收集历史上相关材料作为研究对象来进行研究,而忽略了对这些材料的鉴别与分析,这种研究是古典中国知识分子对待古籍资

---

① [美]巫鸿:《武梁祠:中国古代画像艺术的思想性》,生活·读书·新知三联书店 2006 年版,第 50—55 页。

② 杨频:《图像学视角与书法史学研究中的"文献图像化"问题——以袁安碑袁敞碑系列问题新考为例》,转引自《全国第九届书学讨论会论文集》,中国文联出版社 2012 年版,第 182 页。

③ 杨频:《图像学视角与书法史学研究中的"文献图像化"问题——以袁安碑袁敞碑系列问题新考为例》,转引自《全国第九届书学讨论会论文集》,中国文联出版社 2012 年版,第 182 页。

料的最基本方式。① 这种研究方式的研究结论囿于所见材料的丰富程度,难免会有一些疏漏。"观念"的传统学术生成模式是文献的人为爬梳与总结,在此过程中的主观臆断成分较大,较容易受某个历史时间段的文化背景、时事政治等影响形成想当然的"观念"总结。

从语言和文字入手研究思想史是德国概念史研究的基本方法。② 1930 年代英国历史哲学家科林伍德(R.G.Collingwood, 1889—1943)认为"一切历史都是思想史",随着西方哲学 20 世纪"语言学转向"("the Linguistic Turn"),在诸多学术方法论上多倾向于语言的研究。德国概念史大家科塞雷克(Reinhart Koselleck, 1923—2006)始用词汇的意义转变来研究观念史。③ 在国内,这种概念史研究方法首先为金观涛所运用,他认为:"关键词的语义变化如同 DNA 和 RNA 分析揭示生物遗传历程那样使我们抓住思想变化的痕迹,而计算机数据库为这一切提供了有效的工具。"④1997 年始,金观涛对科塞雷克的概念史研究办法进行改进,以关键词考证为重点,在中国近现代概念史、思想史研究上取得重大成功。⑤ 南朝宗炳《画山水序》是中国山水画起源的理论基石,其中"画山水"的哲学观念对中国美术史有着深远的影响。继金观涛之后,其学生赵超的博士论文《"画山水"观念的起源——宗炳〈画山水序〉研究》成功地从概念史角度把关键词法引入中国美术史的研究之中,得出"画山水"的哲学观念是玄学与佛学的二元结构,这推翻了 20 世纪 60 年代以来所定性的庄学。由此可以窥见概念史视角对于"观念"问题研究的意义。

概念史视角下的关键词法不同于简单的数理统计,从语言和文字入手研究思想史是其基本方法,由关键词语在不同时期的使用频率及含义转变来洞察思想观念是其核心理念。它的合理使用能够有效、直观地反映出人为爬梳文献所不易发觉的某种潜在趋势。笔者曾经以清代题跋书法批评文献为研究对象,就其中的涉"隶"语词进行梳理,发现清代隶书存在一种以隶书为中心书体杂糅它体的"笔意杂沓"观念,⑥这一观念通过传统文献的考证根本无法发现,若非通过概念史学视

---

① 赵超:《"画山水"观念的起源——宗炳〈画山水序〉研究》,博士学位论文,中国美术学院 2013 年。

② 赵超:《"画山水"观念的起源——宗炳〈画山水序〉研究》,博士学位论文,中国美术学院 2013 年。

③ 金观涛、刘青峰:《隐藏在关键词中的历史世界》,《东亚观念史》2011 年 11 月。

④ 金观涛、刘青峰:《观念史研究》,法律出版社 2009 年版,第 2 页。

⑤ 其研究成果详见金观涛、刘青峰:《中国现代重要政治术语的形成》,法律出版社 2009 年版。

⑥ 详见拙文《概念史视角与书法史中的"观念"问题——以清代隶书"笔意杂沓"观念考论为例》,天津人民美术出版社 2015 年版,第 199—210 页。

角下的关键词检索很难被发现。当然,仅凭关键词的提取和归纳便对某一时期"观念"问题给以定论是不对的,对文献的体认能力仍然非常重要,关键词检索只是为"观念"的提取提供一个参考,更重要的是对已提取"观念"的验证。当然,以关键词法直接取代原有的文献研究方法并不可取,但是对于"观念"问题的研究,概念史学视角下的关键词法确有成效。

3.心理学与书家心性研究

较早地将心理学与书法学相交叉研究的是香港大学高尚仁,其 1986 年由台湾东大图书公司出版的《书法心理学》一书从生理心理的角度,讨论了书写动作与心电反应、呼吸反映、血压反应、脑电反应之间的关系。其研究过程中涉及大量实验,诸如书法书体与呼吸反应、书龄及书写方式对呼吸的影响、书龄与大脑皮层脑电活动、书法运作与脑电活动、中英文书写及描图与大脑两半球脑电活动等。[①] 高尚仁的研究还不同程度地涉及发展心理学、知觉心理学、学习心理学等相关领域的具体研究方法,达到了较为理想的研究效果。

高尚仁将不同心理学分支对于书法的相关探究进行概括,概括出了许多与心理有关的书法问题,对书法心理学的研究可谓功不可没。内地张天弓也对书法心理学有所涉猎,其《书法学习心理学》分析了书法学习中的辨识风格、体验情感、观察和构建意象的心理特点及心理过程,探讨了书作的风格与情感的关系,创作过程中点线造型时的心理变化等问题。[②] 西南大学曹建在书法心理学上也多有关注。心理学为西南大学的国家重点学科之一,在全国处于领先水平,为书法心理学研究提供了方法指导和实验可能。曹建更致力于从心理学角度关注书家心性问题,其《何绍基姿动性用笔及其心理的受挫与调适》一文以心理学动机理论中的挫折理论(frustration theory)去分析何绍基政治受挫后的心理变化,并以社会心理学中的退化(regression)、补偿(compensation)、压抑(repression)理论去讨论何绍基受挫后的行为反应,在涉及用笔等技法问题方面,文章还引入心理学中的巧控性(manipulative)动作、移动性(transport)动作、姿动性(postural)动作等专业术语进行具体分析,较好地从心理学角度揭示了何绍基用笔方法变革的原因。[③] 此外,其《晚清书家与书论研究》中"康有为个性与其书法相关性研究"一章对康有为的人格进行了

---

① 高尚仁:《书法心理学》,台湾东大图书股份有限公司 1986 年版,第 2 页。
② 张天弓:《书法学习心理学》,中国文联出版公司 1998 年版,第 3 页。
③ 曹建:《何绍基姿动性用笔及其心理的受挫与调适》,转引自曹建:《书法的观念与实务》,人民出版社 2015 年版,第 187—192 页。

心理学分析,考察了康有为的心性与书法的相关性,①也是书法心理学之于书家心性研究的较好案例。

4. 其他

除上文所述几种研究方法外,书法理论界还出现了其他一些采用跨学科研究方法开展的课题,比如大数据与书法关注度问题、田野调查法与书法教育、四库学与清代官方书法观、中国书法合成与视频汉字识别关键技术研究等,因此类课题所涉研究对象相对固定,研究范围相对狭窄,不具有普遍性,本文在此不作过多介绍。

二、流行书论风:跨学科新方法带来的书法理论研究乱象

近年来,跨学科研究在书法理论研究上取得了一些突破性的进展,新的研究方法得以进入书法理论研究者的视野。随着书学研讨会的频繁举办,一些投稿作者为了论文能够获奖或入选,便不知其理地盲目借鉴和简单套用既有跨学科新方法。在近年来的一些研讨会中,经常出现一些疑似图像学的简易图片比对,效仿心理学实验的造假实验,类似概念史学的低级关键词法,模仿大数据技术的基础数理统计,套用田野调查法的失真问卷调查等,与这些貌似高端的研究方法相伴而生的是大量的统计图表及文末附录。毫不夸张地讲,在当下书法学术研讨会中,图表及附录已经成为论文获奖或入选的标准配置。其厉害程度,堪比书法展览中的流行书风。然而,在这些应征书学研讨会的论文图表及附录中的数据,尤其是实验数据、统计数据、问卷数据的准确程度,都有待考察。例如,2017 年 12 月,全国十一届书学讨论会在上海召开,会议现场一篇研究高校境外生书法教育的入选论文中的问卷调查数据当场被指造假,场面十分尴尬。该文在讨论境外生学习书法的原因时,指出据统计有 0.05% 的境外生认为书法对自己的专业完全没有帮助。当现场提问者质问统计群体境外生人数总共只有 43 人,万分之五的数据如何得出时,论文作者百口难辩。

与展览的急功近利类似,当代书法理论研究在一定程度上也存在大研讨会博名,小研讨会博利的情况。而较为新颖的跨学科研究方法往往能让评委们眼前一亮,由于缺乏交叉学科相关知识储备,有相关论文的图表、数据等证据言之凿凿,评委们只能在不明觉厉的情况下,将所谓跨学科研究论文评为入选论文。与评委们

---

① 曹建:《晚清书论与书家研究》,人民出版社 2016 年版,第 366—379 页。

相同,读者们也只能"外行看笑话",任由一些山寨跨学科新方法研究论文充斥书学研讨会。

当然,必要的图片和数据分析在学术论文中的使用是无可厚非的。但是,将另一学科的研究方法生搬硬套至书法理论研究,并故弄玄虚,以虚假的实验、报告、数据、图表来迎合和欺骗书学研讨会评委和读者的现象则应该杜绝。

三、当代跨学科书法理论研究的深入空间及相应对策

客观来说,当代书法理论研究本应有着较为坚实的跨学科研究基础,这从书法博士培养方向便可窥见。目前,招收书法博士研究生的高校中,除首都师范大学、中国美术学院、南京艺术学院、中国艺术研究院、四川大学、福建师范大学、中国传媒大学是在美术学一级学科下招生,北京师范大学、中央美术学院、东南大学在艺术学理论一级学科下招生外,其他院校都在其他学科之下招生,如浙江大学、山东大学、西南大学、暨南大学在中国语言文学一级学科下招生,复旦大学在考古学一级学科下招生,中国人民大学、西安交通大学在哲学一级学科下招生,苏州大学在设计学一级学科下招生,吉林大学在中国史一级学科下招生。不难发现,当前高校书法博士培养多依附于其他学科,而这种跨学科的人才培养模式则为书法理论跨学科研究提供了知识结构保障。此外,历年国家社会科学、教育部人文社科基金立项项目中书法相关课题除在艺术学下申报以外,至少有一半以上在哲学、中国史、中国语言文学等学科下得以立项。这在一定程度上,也说明了书法具备与其他多种学科交叉研究的可能性。但是,事实上,目前高校书法博士论文以及书法相关科研课题的完成,大多并未使用原博士点招生学科及课题申报学科的研究方法,而是多延用原有书法理论研究传统方法。这种挂羊头卖狗肉的现象反映了当下书法学科依附其他学科发展的尴尬处境,但也正因此,当代跨学科书法理论研究才有更大的深入发展空间。

真正能为书法理论研究带来方法突破的学科往往不是哲学、中国史、中国语言文学等相近学科,诸如上文所提及的图像学、概念史学、心理学等与书法之间的多学科建设与交融则更有难度。然而,书法理论研究的突破又有赖于方法的革新,跨学科书法理论研究是我们无法回避的重要课题。

跨学科书法理论研究的可持续性发展,可从以下几个方面作出努力:

当前,部分高校并未获得美术学、艺术学理论等艺术学类博士招生授权点,而

书法博导为获得招生资格,屈身于其他学科门类进行招生,而博导本身并不具备博士点招生学科的学历背景,他们又满足于招收博士的现状,并未做相关交叉学科研究方法的深入思考。博士生在博士入学前已具备一定书法史论传统研究基础,入学后对所属学科课程兴趣不足,很难养成所属学科学术研究习惯。这导致原有的建立在书法博士招生基础上的书法跨学科研究优势未被有效发挥。着眼于此,在相近学科招生的博导们应该完善自己所在招生学科的知识储备,鼓励博士生熟练掌握相关交叉学科知识,并合理选择研究方法。

相比艺术类院校而言,综合性院校学科门类齐全,科研院所众多,可以为跨学科书法理论研究提供有利条件。这要求综合性院校的书法研究院所能与其他学科科研院所之间建立有效的合作机制。这种合作机制可以建立在共同或相近课题的申报与完成基础之上,比如书法心理学,可以由书法研究院所承担书法史论研究工作,而心理学科研院所承担心理学实验任务。当然,科研院所之间的合作应该长期进行,形成成熟的人才培养模式,因为交叉学科知识繁杂,容易致使研究生的学习精力分散。如何提高交叉人才培养的效率当是科研院所间相互合作时应着重考虑的。学科交叉在一定程度上改变着私塾式的书法教学模式,高等书法教学中的许多问题都可以依赖拓展思维、打破自我封闭体系而获得新生。①

跨学科书法理论研究团队的建立与成长也是十分必要的。一直以来,书法理论研究大多是靠个人独立完成的,在跨学科视野下,我们也应该借鉴其他学科尤其是理工科的团队攻关研究模式。跨学科书法理论研究所涉及的一些实验等新的研究方法靠一人之力是难以完成的,这需要书法研究者们有一定的团队意识,且有一些稳定的、长期的合作伙伴,高校书法研究院所便具备这种团队研究的客观条件。此外,部分跨学科研究方法也有赖于研究团队的建立和成长来进行传承和发展,许多重要课题需要几代研究者共同努力才能完成。

中国书法家协会在书学研讨会方面应正确引导跨学科书法理论研究。跨学科书法理论研究文章以其独特的研究方法和研究视角,在近年来全国书法学研讨会上频频获奖、入选。这让我们看到了中国书法家协会对跨学科书法理论研究的鼓励。但是,这种肯定为部分急功近利的论文作者所利用,他们开始盲目模仿和简单

① 曹建:《书家学者化和学者书家化——高等学校书法教育的问题及对策》,转引自曹建:《书法的观念与实务》,人民出版社 2015 年版,第 435—436 页。

套用部分成功的跨学科书法理论研究方法,导致书学研讨会中出现了大量以图表、附录博人眼球的乱象。中国书法家协会在全国书学研讨会中应该针对部分跨学科研究论文邀请相应交叉学科的专家参与评审,弥补评委交叉学科知识储备不足的问题,避免在鼓励跨学科书法理论研究的同时泥沙俱下,造成学术垃圾的堆积。

（原载于《书法导报》2019 年 1 月 30 日）

"职贡图"的现代回响

——论 20 世纪 40 年代庞薰琹的"贵州山民图"创作①

杨肖　中国艺术研究院美术研究所助理研究员

　　1940 年初,庞薰琹(1906—1985)从担任了近两年图案研究专员的中央博物院(以下简称"中博院")筹备处辞职,应李有行之邀来到四川省立艺术专科学校教授应用美术课程。同年,他开始了"贵州山民图"的系列创作。1942 年至 1946 年间,庞薰琹还兼任位于重庆的中央大学艺术系图案课教师。这批作品正是他在辗转于战时成都和重庆这段时期陆续创作的。

　　本文从作品图像特征切入,将"贵州山民图"创作置于两个语境中进行考察:一是战时西南大后方学术与政治的互动,一是 20 世纪上半叶欧洲及东亚的艺术发展,由此揭示庞薰琹"贵州山民图"创作与"职贡图"传统的联系与差别。通过讨论这两者之间的异同,本文意在呈现抗战时期社会政治和思想学术风气与艺术家流寓西南大后方时期创作观念与方法的关系。"贵州山民图"系列自 20 世纪 40 年代面世以来,受到了许多观众的注意,也引发了多种解读,不同观众的不同观感,与他们不同的社会身份和文化立场有关,而多元的观感也从侧面反映出"贵州山民图"创作观念的复杂性和图像意涵的开放性。结合不同的观众解读,对其所借鉴和运用的多种资源进行分析可知,"贵州山民图"是庞薰琹重构中国本土文化传统的现代艺术实验,其创作方式具有跨学科、跨文化、跨媒介的特征。通过这项个案研究,可以拓宽和加深我们今天对抗战时期中国现代艺术之复杂性和多元性的理解。

---

　　①　本文为国家社科基金艺术学青年项目《跨文化视野下的"中国文艺复兴"——20 世纪上半叶留学艺术家绘画研究》(批准号:18CF187)阶段性成果。

一

　　庞薰琹在 20 世纪 80 年代初完成的自传中回忆,他在 1940 年以毛笔水彩画于
绢上或纸上创作了 20 幅以"贵州山民"为题材的"工笔人物"画,描绘西南"少数民
族"。这些画作是"贵州山民图"系列创作的开端。庞薰琹说,这批作品"描写了他
们(贵州山民)的生活、恋爱、婚姻、上街、背柴、病死",且"每一幅都有简单说
明"①。但遗憾的是,配图的文字说明已不存在,我们无法确知其内容。即便如此,
当我们结合这则信息来看这些作品时,依然可归纳出如下特征:"贵州山民图"
格外关注服饰、发型细节、仪式舞乐等西南民族文化元素,以及西南自然风光、渔猎
耕作等生活劳作场景,以工笔技法画在纸或绢上,且最初是文图搭配的形制。而从
画面的内容、媒材、技法和形制等方面看,"贵州山民图"系列的许多作品,如《笙
舞》《母与子》《畅饮》等,分别与 18 世纪中期谢遂绘制的《职贡图》、文渊阁写本
《皇清职贡图》、清代"苗疆"盛行的《苗蛮图册》②的图像语法,存在许多相似之处。
　　"职贡",语出《周礼·夏官·大司马》"施贡分职,以任邦国"③,其后用于指藩
属或邦国向强大政权、中央王朝朝贡时进献的赋税或贡物。"职贡图"则是历代由
朝廷敕命绘制的朝贡使臣形貌的画卷④。在"职贡图"传统中,宫廷画家运用图文
结合的形制,以一种民族志的范式来满足帝国对边疆人群划分的需求。绘有贵州
边民的"职贡图",以台北"故宫博物院"藏乾隆时期宫廷画家谢遂奉敕编绘的四卷
本《职贡图》为代表。此图卷经由朝廷敕令封疆大吏调查所隶民族,继由宫廷画家
谢遂根据送回的"图"与"说"绘制而成,内容包括清朝鼎盛期的邦交国家、藩属国
民族以及国内藩部、土司和边地少数民族人物形貌、服饰、生活习俗等⑤。作为一
个图像整体,谢遂《职贡图》中含有多套图文搭配的图像单元,每一单元上方均附

---

　　① 庞薰琹:《就是这样走过来的》,生活·读书·新知三联书店 2005 年版,第 198 页。
　　② 本文讨论的《苗蛮图册》是 1973 年台北"中央研究院"历史语言研究所影印本,这是当代最早
整理出版的"苗蛮图",由芮逸夫作序。据李汉林考证,此图册的底本并非善本,图、文均有误,但这种
情况并不影响本文的立论。而且,作为"中研院"史语所在 20 世纪 30 年代从西南地区收购并由芮逸夫
作序的"苗蛮图",与本文的研究对象"贵州山民图"联系极为密切。
　　③ 郑玄注,贾公彦疏:《周礼注疏》,上海古籍出版社 2010 年版,第 1099 页。
　　④ 据张彦远《历代名画记》、史绳祖《学斋占毕》记载,南朝梁元帝萧绎绘有《职贡图》三十余幅,
今不存。唐代阎立本绘有唐太宗在长安接见国内民族及外藩使臣的画卷,今藏于南京博物院。
　　⑤ 畏冬(金卫东)、刘若芳:《苗瑶黎壮等族衣冠图及职贡图第六册考》,载《故宫学术集刊》第 27
卷第二册(2009 年冬季刊)。

有满汉文图说,简介该族历史、风俗和服饰特征;图中男女兼绘,或手持当地土产,或展现特别技艺①。

谢遂《职贡图》第四卷绘有云南、贵州等西南诸省边民的 78 个图像单元。其中,表现"贵州省贵阳大定等处花苗"的图像单元绘有一个身穿蓝底阔袖上衣的苗女,衣上有 12 个小方块组成方形图案,衣袖亦有类似装饰。虽然小方块图案模糊不清,但根据"说"(图上所配文字)可知,其蜡染而成的"花纹似锦"。同时,尽管所配文字内容("说")没有提到衣上的方形图案,"图"上却描画了此种装饰特色②。在谢遂绘制的宣纸设色本《职贡图》之后,出现了乾隆年间依据谢遂《职贡图》画卷抄缮成书、收录于文渊阁《钦定四库全书》史部地理类的写本《皇清职贡图》,以及清内府奉敕编成、嘉庆十年间(1805)正式刊印的《皇清职贡图》③。谢遂《职贡图》所绘的花苗女性形象,显然与文渊阁写本《皇清职贡图》收录的花苗女性形象出自同一底本。由于"职贡图"中"图"与"说"的来源复杂,不宜纯粹将其作为对清代"苗疆"之"生活场景"的纪实,其高度微缩化、模式化的图像采用了程式化表现,存在着想象性成分。

明清时期,宫廷之外的文人也对西南内疆多种族群的人物长相、语言、习俗、信仰和生活方式等多方面的奇风异俗感兴趣,如清代江苏阳湖(今常州)人、《廿二史劄记》作者赵翼在其《檐曝杂记》中就详细记录了多种苗俗④。由于清代"苗疆"的特殊地位,"苗"成为西南少数民族乃至整个南方少数民族的泛称,但"苗蛮图"的名称发端于贵州,又叫"黔苗图"或"百苗图"⑤。清代贵州职业画家绘制了大量"黔苗图说""苗蛮图册"等图册,大致沿用着宫廷绘画"职贡图"的民族志范式。

由上述分析可见,"贵州山民图"和"职贡图"都具有民族志特征,展现了地域民族文化元素。实际上,"职贡图"和"苗蛮图"很可能是庞薰琹创作"贵州山民图"时借鉴的视觉资源之一。基于在"中博院"筹备处时期的工作经历,庞薰琹必定对当时协助筹备"中博院"的中央研究院历史语言研究所(以下简称"中研院史

① 宋兆霖主编:《银灿黔彩:贵州少数民族服饰》,台北"故宫博物院"2015 年版,第 270 页。

② 宋兆霖主编:《银灿黔彩:贵州少数民族服饰》,台北"故宫博物院"2015 年版,第 265 页。

③ 庄吉发校注:《谢遂〈职贡图〉满文图说校注》,台北"故宫博物院"1989 年版,第 1 页。

④ Chang-tai Hung, *Going to the People:Chinese Intellectuals and Folk Literature*,1918–1937(Cambridge:Harvard University Press,1985),171.

⑤ 此类图册出现晚于清代描绘云南民族的"外苗"或"百蛮"图册、台湾"番社图"、海南"琼黎图"。参见祁庆富、史晖等:《清代少数民族图册研究》,中央民族大学出版社 2012 年版,第 1 页。

语所")学者①于西南地区收购的多册《苗蛮图册》《黔苗图说》印象深刻②。据台北"中央研究院"傅斯年档案中一份中研院总办事处1943年6月1日的公函可知，30年代期间"中研院史语所"学者曾在西南地区收购了大量诸如"黔苗图说"之类的苗图，由于有太多当地人向他们兜售同类图册，故而向兜售者发布了"不拟添购"此类图册的公函③。此外，庞薰琹出身的庞氏家族是晚清时常熟有名的官宦之家，其祖辈中有人（较可靠的说法是其嗣祖父庞鸿书，光绪六年进士）曾任贵州巡抚④，因此，他大概在受聘"中博院"筹备处之前就已对清代宫廷"职贡图"和"苗疆"盛行的"苗蛮图"不陌生。

二

　　综上可知，庞薰琹的"贵州山民图"是"职贡图""苗蛮图"传统的现代回响，但其变异之处亦更为显著。

　　第一个变异体现在视野和视角的不同。"职贡图"是帝国视野，在盛世之时编绘，具有"寰宇一统"的"天下"视角，视苗民为"蛮"。而"贵州山民图"则是民族国家视野，在国难之时创作，具有"礼失求诸野"的"寻根"视角。

　　清康熙、雍正、乾隆三朝，清帝国逐步建立起空前大一统的"朝贡"体系。乾隆十五年（1750）八月十一日，四川总督策楞接获大学士傅恒寄信上谕，命其将所知"西番、罗罗男妇形状，并衣饰服习，分别绘图注释"⑤。次年六月初一日，颁降寄信上谕

---

　　①　1928年春，"中研院"在广州设立历史语言研究所筹备处。同年7月，史语所筹备完成。自1928年起，由担任所长的傅斯年主事，组织了多次民族学和民俗学考察，收集了大量相关资料和文物。据1936年11月12日"中博院"理事会通过所谓的《中央博物院与中央研究院合作暂行办法》可知，自此起"'中央研究院'不另设陈列机关；一切可供陈列之物品，概归'中央博物院'保管陈列"，"中研院"所属机构在1930年前后所搜集的民族民俗文物资料，多数移交给"中博院"保存。

　　②　"中研院史语所"在40年代初出资收购了"苗画""黔苗图说"等多册，这些图册现藏于台北"中央研究院"。1939年末至1940年初，作为"中博院"筹备处档案研究专员的庞薰琹在贵州苗区进行田野考察，他当时的工作伙伴是"中研院史语所"的民族学家芮逸夫。抗战时期史语所迁至昆明，当时主要研究西南民族语言等问题的芮逸夫对这些苗图已十分熟悉，40年代末"中研院"迁台后，他是对这批藏于"中研院"的苗图进行整理、复制、出版的主要编辑者。

　　③　"历字第六〇一四号"公函，台北"中央研究院"傅斯年档案馆档案。

　　④　冯晋：《寻源常熟》，古吴轩出版社2014年版，第245页。庞薰琹的常熟旧家院落中有一面贵州铜鼓。抗战时期，庞薰琹客居成都时期，曾在《华西晚报》开设专栏发表一批文章，其中，除了以真名发表的有关工艺美术的文章外，还有一部分是以笔名"鼓轩"发表的文章，内容主要有两类，一类是时政评论性文章，另一类是有关艺术、国家与大众关系的讨论。

　　⑤　《宫中档乾隆朝奏折》第一辑，台北"故宫博物院"1982年版，第910页。

一道云："大学士忠勇公臣傅恒奉上谕,我朝统一区宇,内外苗夷,输诚内化,其衣冠状貌,各有不同,著沿边各督抚于所属苗猺黎獞,以及外夷番众,仿其服饰,绘图送军机处,汇齐呈览,以昭王会之盛,各该督抚于接壤处,俟公务往来,乘便图写,不必特派专员,可于奏事之便,传谕知之,钦此。"①所谓"内外苗夷",指中国沿边各少数族群,以及东西洋各国官民。雍正、乾隆年间在西南地区推行了流官制的"改土归流"方略,并对未纳入"王化"的"生苗"实行"剿抚"和"立营设官"等政策②。因此,在乾隆二十六年(1761)至二十八年(1763)期间③,宫廷画家奉旨在"职贡图"中绘制了西南诸省边民形象,以表现鼎盛时期的清帝国对"苗疆"的强大管辖和治理能力。

与此不同,庞薰琹"贵州山民图"的创作则是在近代中国遇到西方挑战、调整了在世界中的定位之后。20 世纪初,"苗"所泛指的西南民族开始被国人视为"中华民族"内部的"少数民族"。在这个"华夏边缘再造"过程中,"旧帝国的边藩、属部、部落与土司之民,以及由于汉化及土著化造成的广大汉与非汉区分模糊的人群,在经由一番学术调查研究、分类与政治安排后,被识别而成为一个个少数民族。如此,传统华夏边缘之'蛮夷'成为了'少数民族',与今为'汉族'的华夏共同构成中华民族"④。因此,不同于那些视西南民族为"蛮"的清代宫廷画家,庞薰琹将作品命名为"贵州山民图"。在传统士人文化语境中,"山民""山人"这样的词通常是政治动荡、朝代更替之际选择成为"遗民"或"逸民"者的自号,以此为名是一种拒绝为新政权新朝廷服务的姿态。比如,当宋朝为蒙元所破,一位宋朝的真姓文人将诗集命名为《真山民诗钞》⑤;清初著名的遗民画家朱耷号"八大山人"。与此迥异,庞薰琹画题中的"山民"意指定居在民国西南内疆的边民。在汉语系统中,"民"的单、复数形式相同,因此,从"贵州山民图"这个名称中观众并不能确知这一系列绘画的主题在族群的意义上是一种"民"(people)还是多种"民"(peoples)。

1943 年,庞薰琹在成都举办个展,展出了"贵州山民图"系列中的部分作品。一方面,他在展览自序中称画中人物为"贵州同胞"⑥;另一方面,"贵州山民图"中

---

①　《钦定四库全书》"史部",《皇清职贡图》,台北"故宫博物院",卷一,谕旨,第 1 页。

②　明永乐十一年(1413)中央政府就在贵阳府设置了贵州承宣布政使司,由此贵州正式建省,成为十三行省之一,开始推行"改土归流"政策。但《皇清职贡图》中有关贵州内容的绘制,主要与清代雍正、乾隆时期对这一地区加强管辖和治理相关。

③　参见庄吉发有关日期的考证。庄吉发校注:《谢遂〈职贡图〉满文图说校注》,台北"故宫博物院"1989 年版,第 15 页。

④　王明珂:《华夏边缘——历史记忆与族群记忆》,浙江人民出版社 2013 年版,第 244 页。

⑤　李成晴:《和刻本〈真山民诗集〉考》,《文献》2005 年第 6 期。

⑥　庞薰琹:《自剖》,《中央日报》1943 年 9 月 12 日。

对西南地区风土民情的表现又具有显著的民族志特征,因此堪称为"职贡图"之现代回响。这种看似矛盾之处,正是理解当时艺术家心态及其创作方式的关键。尽管庞薰琹很可能借鉴了《职贡图》《苗蛮图》等图册的绘制方法来进行"贵州山民图"创作,但这些古代图册并不是他唯一的视觉资源。如果说"贵州山民图"体现了庞薰琹当时观察和描绘西南民族这一特定对象的独特方式,那么这种方式主要来源于他在 30 年代末接触到的"中研院"史语所民族学研究视野和方法。

1941 年,"中研院史语所"民族学者胡庆钧在写给傅斯年的信中,以"礼失求诸野"来概括"中研院"在 30 年代以来进行的西南民族研究的意义①。30 年代末至 40 年代初期间,中博院筹备处和"中研院史语所"的学者们赋予了"礼失求诸野"这句古语富于现代性的"寻根"意涵。他们采集西南民族物质文化,认为这是中华民族早期文明的活化石。"中国远古之文化确有一部分来自西南,为欲了解全国文化之渊源起见,西南考古自应积极进行。"②1938 年至 1940 年初,庞薰琹受聘在战时迁至昆明的中博院筹备处担任图案研究专员,当时他的工作伙伴,主要就是来自"中研院史语所"和中博院筹备处的民族学和考古学学者。庞薰琹从这种跨学科合作中获得的民族学视野,直接影响了他观察和表现"贵州山民"的方式。要理解这种"礼失求诸野"的视角及其"寻根"思路的内在逻辑,需要对当时"中研院史语所"的民族史研究情况稍加追溯。

1928 年"中研院史语所"成立后不久,留德时期即对民族学颇为关注的蔡元培在中研院社会科学研究所设立了民族学组,这一机构建制标志着民族学作为一门现代学科在中国官方最高学术机构的确立③。早在 1926 年,蔡元培就在《一般》上

① 胡庆钧:《致傅斯年函》(1941 年 1 月 11 日),台北"中央研究院"傅斯年档案馆档案。
② 《国立中央博物院筹备处 1933 年 4 月—1941 年 1 月筹备经过报告》,中国第二历史档案馆。
③ 1928 年,民族学组设在中研院社科所内,由中研院院长蔡元培兼任主任,而人类学组则设在中研院史语所内。这一时期,社科所民族学组专注于民族志和民族学研究,史语所人类学组专注于体质人类学研究。1930 年凌纯声入职社科所民族组任研究员。1933 年,凌纯声转入史语所民族学组任研究员,同年与芮逸夫、勇士衡赴湘西调查苗族,出版了《湘西苗族调查报告》。1934 年至 1941 年间,凌、芮二人又与其他学者一道进行了一系列有关畬、彝、佧佤(佤)等多种民族的西南田野考察,收集了大量有关西南民族的研究资料。自 1944 年起,凌纯声兼任该组主任。根据 1936 年 11 月 12 日中博院理事会通过的《中央博物院与中央研究院合作暂行办法》,确定"中央研究院不另设陈列机关;一切可供陈列之物品,概归中央博物院保管陈列"之条款,中央研究院所属机构在 1930 年代前后所搜集的民族民俗文物资料,多数移交给中博院保存。其间,史语所民族学组曾改组为史语所人类学组,研究内容中既包括民族志和民族学研究,也包含体质人类学研究。后经再次机构改组,"中研院"成立了体质人类学研究所,史语所人类学组则更名为史语所民族学组,专攻文化人类学研究。直到"中研院"迁台后的 1955 年,"中研院"成立了民族学研究所,由凌纯声担任筹备处主任,而与凌氏长期合作的同事芮逸夫则留在史语所工作继续从事民族学研究。参见李亦园:《凌纯声先生的民族学》,《新学术之路——中央研究院历史语言研究所七十周年纪念文集》下册,台北"中央研究院历史语言研究所"1999 年版,第 737—745 页。

发表《说民族学》,明确界定"民族学是考察各民族的文化而从事记录或者比较的学问",区别于人类学学科当时对于体质人类学的侧重,民族学研究在对象和范围上近似文化人类学领域。蔡元培强调了民族学对研究国族历史的重要性,认为一些无法通过文献资料证明的国史信息,可以通过民族学证据得到间接的证明①。这种学科构想与中国近代新史学开创者梁启超在《中国历史研究法》中对"民族史"研究的提倡一脉相承,显示出"历史"在国族建构中的核心价值②。1933 年经机构改组,"中研院史语所"人类学组成为该所考古组的组成部分,社科所民族学组被并入该所,成为中研院史语所民族学组(即史语所第四组)。所内的考古学、人类学、民族学学者紧密合作,试图寻找"新材料"、运用"新方法"来建构描述国族历史所需的语言、历史、考古与民族文化知识,以"科学方法"实践国族认同。他们所生产的这些知识在国族建构中不只是塑造、凝聚国族,还被用来探索国族内部的各民族区别和历史联系③。

1933 年 4 月,经蔡元培提案,国民政府教育部在首都南京设立了中博院筹备处,傅斯年为主任,计划设立"一完善之博物馆,汇集数千年先民遗留之文物及灌输现代智识应备之资料,为系统之陈览,永久之保存,藉以提供科学研究,辅助公众教育";初拟设自然馆、人文馆、工艺馆④;次年 7 月,傅斯年因"中央研究院事务忙迫,兼顾为难"⑤,遂提出辞职,由教育部改聘李济继任。中博院筹备之初,该院人文馆所涉及的调查、采集、保管、陈列和研究内容即包括了台北"故宫博物院"副院长李霖灿后来所总结的两大系统:"一个是上下古今的历史系统,举凡史前、商、周以迄近代的史料,都包含在这项系统中,所以在博物院的建筑蓝图中,有殷商周秦汉唐宋元明清各断代陈列室的设计。另一个系统是四陲边疆民族资料之采集研究

---

① 蔡元培:《说民族学》(1926 年 12 月),转引自《蔡元培文集》第五卷,中华书局 1988 年版,第110—111 页。

② 有关梁启超提倡的"新史学"研究与晚清中国知识分子的国家、国民等政治概念间的关系,参见王汎森:《晚清的政治概念与"新史学"》,转引自《学术史与方法论的省思》,台北"中央研究院"历史语言研究所 2000 年版,第 125—146 页。

③ 王明珂:《华夏边缘——历史记忆与族群记忆》,浙江人民出版社 2013 年版,第 248—249 页。1929 年,受业于法国人类学家保罗·李维特(Paul Rivet)和马塞尔·茅斯(Marcel Mauss)的凌纯声获巴黎大学人类学博士学位回台,受蔡元培邀请到"中研院"社科所民族组任研究员。1930 他进行了一次松花江下游的赫哲族调查,开启中国学者借鉴欧陆文化人类学派民族志和民族学方法进行田野调查之先河,也开创了"中研院"民族学实地调查研究的传统。

④ 《国立中央博物院筹备处 1933 年 4 月—1941 年 1 月筹备经过报告》,中国第二历史档案馆。

⑤ 《国立中央博物院筹备处 1933 年 4 月—1941 年 1 月筹备经过报告》,中国第二历史档案馆。

和陈列。"①旨在建构和传播一种有关"大中华文化"的国族文化—历史观,"上下古今之久,边陲四至之遥,都能交互融会于一心之中,由此而对整个的大中华文化,悠然产生一项崇高的了解"②。这种机构设置似参照了 19 世纪中后期欧洲相关体制。在欧洲博物馆环境中,考古学和人类学是共同发展的两个学科,它们的物质文化研究范式直接影响着博物馆的馆藏来源和博物馆叙事③。

在李济的倡导下,中博院从筹备阶段就重视与中研院及其他学术机构之合作④。在傅斯年和李济的合作领导下,中研院赠给中博院筹备处适于陈列之自然科学、人文科学及工艺品,中研院史语所学者协助中博院筹备处承担了大部分研究工作⑤。正如王明珂指出的,自 20 世纪 20 年代末史语所创建,史语所学者的使命就"不只是建立中国自身的新学术传统,以凝聚国族及刻画国族边缘,更面对着西方与日本学者在中国从事之'学术调查研究'中所包藏的政治与资源野心"⑥。这种学术思想及其价值取向在民族危亡的时局下表现得尤为明显,并体现出独特的实践路径。察觉到欧、日许多调查者在中国边疆族群进行族源研究行为背后的政治兴趣,20 年代末 30 年代初,以"中研院史语所"学者为代表的一批中国学人已在国族边疆地区展开了一系列民族学调查工作。抗战全面爆发后,为增强边疆民族国家认同,以"西南民族"为对象的民族考古学和人类学研究更进一步成为显学。

抗战时期中博院筹备处迁至西南大后方,由渝迁昆、由昆迁叙。而在由渝迁昆之前,该处就有设"西南民族特殊习俗之一室"的计划⑦。在研究方法上,这些学者受到日本人类学家鸟居龙藏西南民族研究的启发。鸟居龙藏在 1902—1903 年间于贵州进行了 40 天田野调查,1907 年由东京帝国大学出版其《苗族调查报告》。1936 年中译本在上海发行。该书第六至第八章分别专章讨论苗族之花纹、笙与铜

---

① 李霖灿:《国立中央博物院的民族学研究》,转引自南京博物院编:《南京博物院集刊》,文物出版社 2013 年版,第 12 页。李氏 1938 年在国立杭州艺术专科学校毕业后,由昆明北上到丽江进行边疆民族艺术调查。1941 年 7 月受聘中博院,此后一直在此工作,1984 年自台北"故宫博物院"副院长职务上退休,在台湾大学等校任职中国美术史及古画品鉴研究等课程。40 年代初张大千在重庆举办敦煌艺术临摹画展,李霖灿、庞薰琹曾在参观时将壁画里有关车的图像都临摹下来,带回李庄给王振铎做参考资料。

② 李霖灿:《国立中央博物院的民族学研究》,转引自南京博物院编:《南京博物院集刊》,文物出版社 2013 年版,第 12 页。

③ 徐坚:《名山:作为思想史的早期中国博物馆史》,科学出版社 2017 年版,第 20 页。

④ 《国立中央博物院筹备处 1933 年 4 月—1941 年 1 月筹备经过报告》,中国第二历史档案馆。

⑤ 《国立中央博物院筹备处 1933 年 4 月—1941 年 1 月筹备经过报告》,中国第二历史档案馆。

⑥ 王明珂:《华夏边缘——历史记忆与族群记忆》,浙江人民出版社 2013 年版,第 249 页。

⑦ 《国立中央博物院筹备处 1933 年 4 月—1941 年 1 月筹备经过报告》,中国第二历史档案馆。

鼓,将其与汉人之鼓形制花纹比较,探究苗人民族心理及其与汉人间的族源关系;除了文字,还配有数十幅民族志照片和线描图,其中包括以盛装苗人的正、背面照片展现民族服饰特色等①。

　　作为一名在 20 年代中后期游学巴黎(1924—1929)、在 30 年代初的上海通过组建"决澜社"(1932—1936)和参与出版界将欧洲现代主义文艺潮流引介给国人的中国艺术家,庞薰琹在 30 年代末至 40 年代初受到上述"中研院"民族学者的影响,开始扭转从事现代中国艺术的价值思路和实践路径。概言之,他试图通过对"古典"的现代重构来寻求中华民族文艺复兴的动力。何为"古典"? 如何"重构"? 20 年代末至40 年代初,"中研院"史语所学者进行的西北汉唐考古和西南民族考察,获得了大量有关唐及其以前时期的实物和影像资料。庞薰琹从这些研究材料中获取了大量创作灵感。从民国时期西南民族田野影像档案可知,中博院考古学家董作宾 1933 年所拓两张南阳汉代画像石"鼓舞"图像与"中研院"民族学家芮逸夫 1933 年所摄一组苗族"鼓舞"图像并置,作为档案,这些图片的编号是连续性的,从 No.00000640 到No.00000649 排开。这样的陈列方式提示出当时"中研院"学者进行有关中华民族族源和各民族文化比较研究的思路和方法。庞薰琹参考这些图像设计了"鼓舞"图案,收录在他 1941 年完成的四卷本《中国图案集》第三册中②。

　　1939 年末,当时已迁至昆明的中博院筹备处"又有地域人事上之方便"③,委任庞薰琹考察、收集和研究"中国西南地区少数民族传统艺术",协助他完成此项任务的即"中研院史语所"的民族学家芮逸夫(1897—1991)④。两人在三个月的考察过程中收购到西南民族服装、装饰品、编织物等共计四百余件,作为将来供中博院展陈和研究之用的西南民族物质文化样本⑤。他们有意识地将这些苗族服饰和纹样与鸟居龙藏的收藏进行了比较。令庞薰琹感到骄傲的是,"30 年前,日本鸟居龙藏在书中讲到有些图案他当时没有收集到,而我们竟出乎意料地收集到了"⑥。鸟居龙藏的民族学视角和研究方法,经由中国民族学界而对庞薰琹产生的影响由此亦可见一斑。

---

① 参见鸟居龙藏:《苗族调查报告》,国立编译馆译(出版),商务印书馆 1936 年印行。
② 参见《庞薰琹》,江苏教育出版社 2006 年版。
③ 《国立中央博物院筹备处 1933 年 4 月—1941 年 1 月筹备经过报告》,中国第二历史档案馆。
④ 庞薰琹:《就是这样走过来的》,生活·读书·新知三联书店 2005 年版,第 181 页。
⑤ Michael Sullivan, *Art and Artists of Twentieth-century China*, Berkley:University of California Press,1966,p.95.
⑥ 庞薰琹:《就是这样走过来的》,生活·读书·新知三联书店 2005 年版,第 186 页。

在中博院 1939 年 4 月至 1941 年 1 月间的筹备经过报告中,这次考察被称为"贵州民间艺术之考察"。这是一项由民国政府教育部立项资助的考察,组织这次考察的理由主要有两点:第一,"贵州自昔以交通梗塞之故,往来行旅颇少,荒山僻邑中尚有较原始民族聚居,较原始习俗保存,而服装、修饰、编织物等之点缀尤饶异趣,于研究古代文化上堪资比较处甚多"①;第二,"即在今日文化渐启,而为融洽民族间感情计,亦应先自调查入手,冀渐得相互间之了解"②。这段报告中的"民间艺术"和"原始民族艺术"均为 20 世纪出现在中国的新概念。作为一个新艺术范畴的构成部分,"民间艺术"和"原始民族艺术"概念的构建表征着民国时期建构的新型文化分类系统。"民间艺术"在 20 世纪 20 年代成为在中国知识阶层具有认知度的艺术范畴。20 年代末起,一批为数不多但相当重要的中国知识分子——包括批评家、学者和社会改革者——开始收集、书写和展览被他们称为"民间艺术"的材料。这些中国知识分子开始运用这个概念时,借鉴了 19 世纪欧洲民俗学和民族志的理论。受到社会达尔文主义影响,这些理论将民间文化视为现代文明与原始社会之间的过渡阶段文化形态。相应的,"民间"指涉的是所谓较"公民"野蛮又较"野蛮人"文明的人群。民国时期的民族主义知识分子试图迅速将舶来的民族学研究的权威性掌握在自己手中,以对抗西方生产的贬低中国形象的民族志图像③。

在这个新系统中,和广大农民一起,少数族群作为处于中国社会边缘的国民成为富于民俗学和民族学研究价值的考察对象。这个新建立的艺术价值系统也同时意味着:"民间艺术"作为一种"民族艺术"传统,涵盖了非汉少数族群"民间艺术"。然而,在这个新的"民族艺术"系统之中,非汉少数族群的"民间艺术"被视作是较汉族"民间艺术"更加"原始"的"中华民族艺术"传统。对照同样由国民政府教育部支持、由"中研院"学者进行的中国西北地区汉唐"文物"发掘,中国西南内陆地区多民族文化的采集和研究被视为有利于研究"古代文化"的"原始民族"文化研究。正如王明珂指出的,"中研院史语所"学者对于"新方法"和"新材料"的找寻和使用方式具有高度选择性和策略性。一方面,在这些学者的研究中,"历史学与考古学主要被用在中原地区,以找寻国族与国族内各民族之'起源',民族学

① 《国立中央博物院筹备处 1933 年 4 月—1941 年 1 月筹备经过报告》,中国第二历史档案馆。

② 《国立中央博物院筹备处 1933 年 4 月—1941 年 1 月筹备经过报告》,中国第二历史档案馆。

③ Felicity Anne Lufkin, *Folk Art in Modern China*, 1930–1945, Doctoral Dissertation, University of California, Berkeley, 2001, pp.30–31.

和语言学则多被用在南方,来寻找国族与各民族之'边缘'"①;另一方面,有关国族"核心"和"边缘"的观念也将中原考古学和南方民族学考察各自发掘和采集的"新材料"联系起来,应用于对"中华民族"和"中国少数民族"的构建与区分。这种方法和材料的使用方式反映出"中研院史语所"学者有关华夏"中心"和"边缘"的观念,仍在一定程度上体现了自汉代以来即存在的传统华夷观念。

基于这种层级划分,民国文化精英所谓的"民族艺术",其具体所指是随着使用语境和目的的变化而变化的:当其被放置在"世界艺术"这一随着欧洲现代民族国家的崛起过程而被建构的文化概念的参照系中时,即被用来指代"中华民族的艺术";当其被置于"中华民族艺术"内部时,则被用来指代"(非汉)少数民族艺术"。在汉文化中心主义和社会达尔文主义影响下的民族学视野中,第二种意义上的"民族艺术"又意味着"原始民族"的艺术。

在1941年1月完成的上述中博院筹备报告中,"原始民族"特指非汉少数民族,强调这次有关"贵州民间艺术"的田野考察项目所采集和研究的对象并非指一切产自贵州省的艺术品,而是专指西南非汉族群的手工制品——特别是民族服装、修饰、编织物②。由此可知,在1939年至1940年"中研院"和中博院在国民政府教育部资助下合作进行的这次田野考察中,西南非汉民族的"民间艺术"实际上被视为较汉族更为"原始"的、"中华民族"之"民间"文化的表征。尽管当时中国的少数民族研究者大多将中国北方和西部的满、蒙、藏族视作一个个历史悠久的民族,但有关中国西南与南方边疆的非汉民族分类和识别,学者间存在许多争议。因此,中国西南和南方边疆是中华民族建构中最模糊和亟待解决的一个"边缘",也是中国早期民族学者进行田野调查的集中区域③。进行"贵州民间艺术"考察的一个目的,在于研究西南民族文化与汉文化之间的历史关系,探讨前者究竟纯粹是汉文化的"他者"还是汉文化的"异我(alter-ego)"。

受到"礼失求诸野"的"中研院史语所"民族学视角启发,庞薰琹很可能在创作"贵州山民图"时参考了欧洲现代绘画中富于原始主义色彩的象征主义绘画。1933年,芮逸夫和凌纯声合作进行湘西苗族考察时,运用历史学和民族学方法进行了有关汉苗关系的族源历史研究,认为"苗为古代的髳",并推断其祖先来自中

---

① 王明珂:《华夏边缘——历史记忆与族群记忆》,浙江人民出版社2013版,第248页。
② 《国立中央博物院筹备处1933年4月—1941年1月筹备经过报告》,中国第二历史档案馆。
③ 参见王明珂:《华夏边缘——历史记忆与族群记忆》,浙江人民出版社2013年版,第251页。

原,并曾为周人的盟友①,亦即"苗族"("华夏边缘")是"汉族"("华夏")的"异我"。根据这种"寻根"思路,从观念到图式,庞薰琹在创作《贵定花苗跳花》时,很可能直接借鉴了高更的《布道后的灵见》。后者的主题是法国北部布列塔尼的农妇在进行宗教礼拜仪式。此地在 19 世纪末被法国公众视为一个依旧保存着许多中世纪宗教仪式和生活习俗的"原生态"古村落。高更对布列塔尼农妇的头饰具有特殊兴趣,从各个角度对其特征进行描绘,这源于他对理想中未经现代性污染的欧洲中世纪文化的着迷②。

尽管庞薰琹自称"画的是中国老百姓的生活"③,但不可否认的是,"贵州山民图"中的一部分作品,如《贵定花苗跳花》《笙舞》等,其视觉重心并非人物内在精神的表现,而是人物身上纹饰繁复的西南民族服装。尤其是在《盛装》中,画家在画完面对观众的盛装苗女后,为展示苗女的发型和头饰,又在她身后画了一个背对观众的苗女。这两个形象彼此存在明显的镜像关系,如同民族学照片般记录下苗女盛装的正反面。与其说这类画作的主旨是表现人物,不如说是对西南民族服饰的记录。据他当时在成都的房东女儿郑体容回忆,"庞薰琹画了很多苗族服饰卖给飞虎队"④,由此可见,这些作品留给她深刻记忆的是民族服饰而非人物形象。

不过,庞薰琹关注西南民族服饰的原因与绘制"职贡图"的宫廷画家显然不同。庞薰琹将西南民族服饰作为"贵州民间艺术"传统的载体,之所以将其画下来,是希望将西南民族特定的"民间艺术"介绍给更广泛的观众群体。他在画作中描绘的往往是节庆而非日常衣着,且对女性形象的关注远超过男性。这与当时中国西南民族学界的相关学术观点有关,即相对于西南民族男性,女性衣着更富有地域特色,而这种地域特色有些许保存着华夏早期服饰的传统。比如,民族学者岑家梧⑤参考鸟居龙藏的观点,在其 30 年代末 40 年代初写成的西南民族研究著作中

① 凌纯声、芮逸夫:《湘西苗族调查报告》,商务印书馆 1947 年版,第 8—9 页。

② Fred Orton and Griselda Pollock,"Les données bretonnantes:La prairie de représentation",*Art History*,1980,3(3),pp.314-344.

③ 庞薰琹:《就是这样走过来的》,生活·读书·新知三联书店 2005 年版,第 202 页。

④ 戴峻:《成都私人地图之八——郑家花园私藏繁华旧事》,《华西读书报》副刊 2006 年 12 月 18 日。

⑤ 岑家梧(1912—1966),民族学、民俗学、社会学、史前艺术史学者。1931 年考入广州中山大学社会学系求学,1934 年赴日本留学,先在东京立教大学攻读史前考古学,后在东京帝国大学研究体质人类学。1937 年 7 月抗战全面爆发之际,他与同学结伴回国。1941—1942 年曾任国立艺术专科学校图书馆主任。抗战期间在云南少数民族地区进行社会调查,继而在云南昆明西南联大南开大学经济研究所从事西南社会文化研究,又到南迁贵阳的大厦大学等校从事社会学教学与研究工作。1936—1946 年间,他先后发表了多篇文章,对鸟居龙藏著《苗族调查报告》和《从人类学上看中国西南》两书的学术观点多有借鉴和商榷。

指出,"苗族妇女的衣服,在西南民族中,是最有艺术意味的,尤以花苗为甚",并认为西南民族女装上衣的形制稍稍保存了唐代女装的体制①。可以说,庞薰琹"贵州山民图"中的这类创作,即是在跨文化视野下进行的"寻根"绘画创作。

三

第二个变异在于功能定位不同。"职贡图"是帝国时期的官修绘画,属国家行为,乾隆是《皇清职贡图》真正总纂。其制作要服务于彰显国威的需要,"以昭王会之盛"②,使乾隆帝的"十全武功"彪炳史册,画面中容许宫廷画家进行个人表达的内容极其有限。在没有照相机的时代,"职贡图"承担着记录场景、保存史料等功能,还具有展示万国来朝景象以彰显国威的政治象征功能。与此不同,在1939年末至1940年初的这次"贵州民间艺术之考察"过程中,同行的芮逸夫的主要任务之一是拍摄西南民族志照片。也就是说,古代绘画的"纪实"功能在民国时期的西南民族考察中已经被摄影取代,而"贵州山民图"则是庞薰琹离开中博院筹备处之后开始进行的个人艺术创作。

1943年,庞薰琹在成都举办个展,首次展出了"贵州山民图"与"唐装舞俑图"两个系列作品。他为该展在《中央日报》(成都)上发表了一篇"自序",文中一段话透露出他在创作"贵州山民图"时的复杂心态:

我所描写的贵州的同胞,毋庸置疑,与实际的他们离得很远。不能拿民族学的尺寸来衡量它。因为笔下总不免流露出自己。可是服饰方面,会尽量保存它原来面目,因为如此,给我不少束缚,也因此,有时不免失去画面的活泼。眼看前人给我们留下许多错误,我不敢欺骗自己,也不愿欺骗后人。于是,像绣花一般把许多花纹照原样地画上了画面。苦闷而又无能!③

尽管庞薰琹图绘记录西南民族传统服饰、纹样的行为,不免令人联想起绘制《皇清职贡图》以记录"朝贡"史料的宫廷画家,他却又极力提醒观展者,"自己"笔下的"贵州同胞"图像"不能拿民族学的尺寸来量它",因为这些艺术形象传达了他丰富而微妙的主观感受。

"贵州山民图"是庞薰琹试图重构本土文化传统的艺术实验,其创作方式体现

① 岑家梧:《岑家梧民族研究文集》,民族出版社1992年版,第38—41页。
② 《钦定四库全书》"史部",《皇清职贡图》卷一,谕旨,台北"故宫博物院",第1页。
③ 庞薰琹:《自剖》。

出自觉的跨文化、跨媒介意识。1942 年,在作为官方美术体制的中华民国教育部全国美术展览会所设定的作品分类系统中,《贵州山民图》被判定为既非“国画”、也非“西画”、也非“装饰”,最终被勉强挂在“西画”展厅展出①。这批作品是先以铅笔在图画纸上打稿,再用毛笔蘸墨以细线勾勒轮廓,最后以水粉颜料填色画成。和民国时期许多具有留洋背景的洋画家一样,庞薰琹的作画方式体现出了模糊中西画种疆界的实验性意图,具有明确的跨文化、跨媒介意识。早在 30 年代初,“决澜社”的另一发起人、留日洋画家倪贻德以文字表达过类似的现代绘画创作意识。1934 年他在接受《中华日报》记者采访时说:“我主张各个民族艺术各有它的特殊性,所谓西洋画即是中国画,不当在工具上来区别。”②庞薰琹抗战时期的看法显然与倪贻德战前即提出的看法是一致的。1944 年 8 月 7 日,庞薰琹在当时主笔的《华西晚报》专栏上以提问的方式评论:“艺术学校中的绘画系分中画组和西画组。中画组是学古,西画组是学西。中国的艺术究竟仿古呢? 还是仿西呢? 或者还另外有路呢?”③同年,他在重庆发表《决澜时代的回忆——中国美术运动史上一页》,申明自己抗战时期致力于具有“民族性”的现代绘画探索,通过唤起中国艺坛对战前现代艺术运动的“回忆”,他希望能够“回复到二十多年前的时代”④。可见,战时中国现代主义艺术探索愈发强调民族意识和文化自觉,尽管其理论话语倾向于适应强势的民族主义话语,但其实践形态则是融通东西的现代绘画实验。

以往有关“贵州山民图”的研究,大多认为其创作基于庞薰琹在贵州考察时期所作的风景和人物“写生”。在观念和技法层面上,“贵州山民图”被视作 20 世纪初留学生艺术家在“外来文化冲击”下、为“探索中国传统民族艺术和现代艺术的结合”、“通过写生实现艺术民族化的早期努力”的例证,与“最近十年来(2003 年以后)的当代艺术发展中‘挪用’或‘借助’现成图像进行创作”、“通过摄影获取素材和灵感”的艺术家工作方式相区别⑤。然而,庞薰琹在自传中特别提到,“为了使工作进行比较顺利”,中博院从中研院史语所借调了芮逸夫,“他是研究少数民族语言的,对调查研究工作富有经验,而且他会摄影,调他来帮助我,我就更安心

① 庞薰琹:《就是这样走过来的》,生活·读书·新知三联书店 2005 年版,第 201 页。
② 南鸟:《倪贻德访问记》(1934),转引自蔡涛:《贴报薄·一九三四年倪贻德个展剪报——新发现的决澜社史料》,《美术向导》2014 年第 3 期。
③ 庞薰琹:《庞薰琹文选——论艺术、设计、美育》,江苏教育出版社 2007 年版,第 69 页。
④ 庞薰琹:《决澜时代的回忆——中国美术运动史上一页》,《华声》1944 年第一卷第 4 期。
⑤ 杭间、王晓松、马晓飞:《“写生”百年》,《美术》2013 年第 9 期。

了"①。他还回忆说,进入苗寨时,"开始他们(苗民)连照相也不同意,后来他们同意照相,却拒绝为他们画像,所以我在这段时期中,一张画也没有画"②。这种情况对三四十年代在贵州苗寨旅行写生过的画家来说相当普遍,叶浅予的一幅画于1942年的墨笔小品就表现了当时的画家需要偷偷摸摸地为苗女画速写的情景。通过图像对比可见,事实上,庞薰琹在"贵州山民图"中对芮逸夫在贵州拍摄的民族志摄影图像进行了挪用、重组和再创造③。

在《黄果树瀑布》中,庞薰琹将农妇以扁担挑土的形象从原摆拍照片里的日常生活院落中抽离出来,与另一张照片中拍摄到的黄果树瀑布自然风光的图像进行了重组,并且以留白和晕染等传统绘画手法来营造诗意的氛围。为增加画面中的浪漫唯美色彩,他还在画中对照片里扁担两端篮子面向观众的角度进行了夸张处理,以展现篮中之物,并将篮中之物改为红透的水果和绿叶,似在寓意着丰收的喜悦。由此,两幅被作为"科学记录"的民族志摄影图像被再创造为一幅富于浪漫抒情色彩的画面,将贫苦的西南边疆现实生活幻化为与战争现实相距遥远的先民桃花源景象,仿佛另一时空中的乌托邦。

在上述例子中,庞薰琹从不同照片中抽取现成的图像元素加以重组,试图在画中创造出一个全新而又和谐统一的视觉空间。与此不同的另一种情况是,他会在画面中对芮逸夫所拍摄照片中场景的视觉空间关系加以调整,以营造出全新的意境。比如在《畅饮》中,他描绘了一群聚集在桌子周围的苗女,这张桌子摆放在一条土路边,中景是由近及远的一排茅草屋,屋后是一片云雾留白和远山晕染。而在芮逸夫拍摄的照片中,有一幅记录白苗女子围在桌前站立饮酒的图像,与《畅饮》在主题和构图方面都有许多相似之处。显然,画面前景中对桌子周围人群的特定排布方式和中景对茅草屋的描绘都借鉴了照片。在这个例子里,庞薰琹的画面对原照片中拍摄场景的空间关系进行了重构。他在画面中添加了中景和远景以呈现空间的纵深感,再将照片中各个角落的男性人物移出画面,在中景部分添加了一

---

① 庞薰琹:《就是这样走过来的》,生活·读书·新知三联书店2005年版,第182页。

② 庞薰琹:《就是这样走过来的》,生活·读书·新知三联书店2005年版,第186页。

③ 人类学家王鹏惠在2009年于美国西北大学艺术史系召开的学术会议上指出庞薰琹对芮逸夫所摄民族志摄影的大量挪用,参见 Wang Peng-hui, "Ethnic Encounters in Tribal Marketplace: Ruey Yi-fu's Ethnographic Photography in Southwest China", presented at the workshop on "The Pole of Photography in Shaping China's Image, 1860-1945", *Department of Art History*, Northwestern University, April 24-25, 2009。笔者在研究过程中,曾得到王鹏惠老师的指教和鼓励,不仅惠赠其论文,还建议笔者从艺术史角度对此个案进行深入研究。

个朝远处走去的女子背影,而这一苗女的姿势又借鉴了芮逸夫拍摄的一张照片中的男性背影轮廓①。

如果说庞薰琹 30 年代初在上海创作《如此巴黎》《如此上海》时是将取自不同时空的物像"拼贴"在同一平面画幅中,那么他在 40 年代创作《贵州山民图》时挪用摄影图像的方式,则更接近郎静山制作"集锦"摄影的方式②。"集锦照相法"是以多张底片之局部,冲放于同张相纸之上的暗房技术,郎静山也将其名为"composite photography"或"composite picture"。尽管这项技巧并非郎氏首创③,而是 1850 年已出现在西方的"画意摄影"(pictorial journalism)所惯用的暗房技术,在西方摄影史上一般被称为"combination printing"④,但"集锦照相法"这一中文名称应是他的发明。作为艺术表现手法,"集锦"并不等同于"拼贴"(collage);较之"拼贴","集锦"所追求的图像美学特征并不一定是激进的,相反,艺术家可以通过"集锦"技巧去营造某种传统的审美效果。郎静山是庞薰琹"决澜社"时期的好友,他借鉴中国传统绘画的"六法"理论,擅长以"集锦照相法"追求中国传统水墨山水的美学精神⑤。如果说"拼贴"意在将来自不同时空的图像元素并置在同一平面中强调它们之间的异质性、时序性或断裂感,那么"集锦"则可能意在弥合这种异质性,使来自不同时空的图像元素被重组为一个和谐、浑然的画面空间。庞薰琹在"贵州山民图"中所运用的图像语法很可能受到了"集锦照相法"启发,不同之处在于,他不是运用暗房技术,而是运用水彩、墨水、毛笔和图画纸等绘画媒材,来实现从摄

---

① 庞薰琹对芮逸夫所拍照片中人物、景物和地理环境的想象性重构可以被视为一种"民族志意象"塑造在绘画领域中的早期案例。"民族志意象"(ethnographic imaginary)作为一个新词,最初出现在当代电影理论中,用以批评早期"大众旅行电影"(popular travel film)如何对偏远地区人群加以幻想性的表现,这种幻想性表现又是如何将早期人类学考察中生产的有关这些地区人民的片面甚至错误信息和观念加以合理化。当代有关民族志意象的理论,其目的是要揭示"一种广阔的历史和文化建构,以便审视民族志现实和民族志奇观的建构"(Amy Staples, "The Last of the Great(Foot-Slogging)Explorers:Lowis Cotlow and the Ethnographic Imaginary in Popular Travel Film," *Visual Anthropology* 15 no.1, 2002,p.39)。尽管"民族志意象"这个概念目前仅被运用于电影理论和批评,但当它作为分析工具被用来观察更广阔的有关民族志对象的艺术表现时,有助于我们理解电影之外的其他民族志意象的生产机制,包括"贵州山民图"中的部分绘画作品。

② 陶咏白指出,"贵州山民图"具有"拼贴的痕迹"。此处的"拼贴"似有"画面各部分构成元素不够和谐统一、略显生硬"之意。参见陶咏白:《对庞薰琹的历史思考》,转引自庞薰琹美术馆、常熟庞薰琹研究会编:《艺术赤子的求索——庞薰琹研究文集》,上海社会科学出版社 2003 年版,第 18 页。

③ 郎静山约在 1966 年"国立艺术专科学校"(今"国立台湾艺术大学")的《教职员详历表》"著作或发明栏"中,曾注明自己于 1939 年"发明集锦照相法"。

④ 参见周修平:《郎静山(1892—1995)中国画意摄影研究》,"国立中央大学"硕士学位论文,2005 年。

⑤ 陈葆真:《文人画的延伸——郎静山的摄影艺术》,《故宫文物月刊》第 20 卷第 10 期。

影到绘画的跨媒介图像转换。

"贵州山民图"系列创作凝结了庞薰琹在战时西南地区的工作和生活经历,画面中体现出他对西南族群生活状态颇具复杂性的认知。经过在贵州的考察,庞薰琹察觉到了当地"民族矛盾"之下的社会矛盾。贵州的生活条件极其艰苦贫穷,用庞薰琹一行听到的当地说法是"地无三尺平,天无三日晴,人无三分银"①。在走访贵州苗寨前,他从汉人那里听到许多有关汉苗之间"民族仇根"的传言②,可当他来到苗寨,贵阳当地"少数民族训练班"的苗族学员却告诉他:"不要轻信别人所说的,没有那么严重,(你们)不需要什么保护,我们的民族不会来伤害你们的。想收集一些资料也不是完全不可能,苗家姑娘一生就绣那一身衣服,他们想白要硬要,当然搞不到手。"③庞薰琹发现,当地人"最怕官方去拉夫当兵,拉去当兵的人,十有九不回",但有些当地人听说他们并非收税、征兵的政府官员,而是收购"花边"的研究人员,便挑来了几大箩筐的花边、绣花片、蜡染来向他们出售,还会把他们从自己的寨子护送到临近寨子,并向临近寨子的人宣传他们是自己的朋友,这"完全不像民政厅厅长所说的那样"④。基于这些经历,一方面,他希望通过"贵州山民图"系列的创作和展览,引起社会各界对西南民族物质文化的关注,以彰显本土民间艺术的创造性和成就;另一方面,他反复采用蓝灰色作为画面的统一色调,试图营造忧郁而素朴的情绪氛围,而且,有些画面中的细节刻画透露出画家将观众注意力引向战时内地贫苦劳动者生活现实的努力,如《摘玉米》中女子打满补丁的上衣和裤子。因此,他笔下的"贵州山民"形象明显不同于"职贡图"中衣着光鲜亮丽、表情和姿态高度格套化的西南民族形象。

"贵州山民图"系列中的大部分作品,具有描绘南方山水的远景,且大多施以蓝灰色作为画面的统一色调。1943 年,庞薰琹在成都个展自序中写道:"我生在虞山。在生于西南、西北的人的眼中,虞山只像一座山丘。所以也许正因此,我笔下没有雄大的气势。可见,虞山步步美雅,可惜我笔下未得它的灵秀。虞山傍临湖水,终年沉睡于一个蓝灰色的天下。我虽痛恨我家乡的闲散,然而我热爱我家乡的湖山。为什么我爱用蓝灰色的色调,最好你去问我家乡的湖山吧。"⑤身处西南的

① 庞薰琹:《就是这样走过来的》,生活·读书·新知三联书店 2005 年版,第 182 页。
② 庞薰琹:《就是这样走过来的》,生活·读书·新知三联书店 2005 年版,第 183 页。
③ 庞薰琹:《就是这样走过来的》,生活·读书·新知三联书店 2005 年版,第 182 页。
④ 庞薰琹:《就是这样走过来的》,生活·读书·新知三联书店 2005 年版,第 192 页。
⑤ 庞薰琹:《庞薰琹文选——论艺术、设计、美育》,江苏教育出版社 2007 年版,第 45 页。

画家却在作画时想到家乡虞山的湖山,可见,他在画中处理自然风景的方式并非完全来自实景写生,而是具有高度风格化的倾向。

就其经历而言,庞薰琹是在对中、法文化中特定审美观念及其图式加以选择和借鉴后,方才形成其风格化的视觉图式和表现手法的。一方面,在"贵州山民图"系列中,有多件作品的画面远景中绘有溪岸远山,如《黄果树瀑布》《撒网》《丰收》等,若与著录于《石渠宝笈》的《千里江山图》《梧竹池馆图》等进行局部比较,可知其对山体的晕染法与表现江南湖山的宋代院体画法相似;所不同的是,宋画多用矿物与植物颜料,"贵州山民图"则用水彩颜料。另一方面,来自江南传统精英文化的审美熏陶,也在一定程度上影响到庞薰琹对 20 世纪初法国艺术资源的感知与利用。20 年代求学巴黎时,庞薰琹就对先贤祠圆庭中夏凡纳的一幅以蓝灰色为统一色调、以平面化和装饰化语汇表现巴黎城邦女神的壁画情有独钟。在他看来,"夏凡纳作品的特点是色彩幽静,画面简朴,格调比较高"①。在民国时期留学的油画家中存在一种共识性的理解,即夏凡纳擅长使用蓝灰色调来营造画面氛围。比如 1928 年至 1929 年间留学日本、1930 年进入巴黎国立高等美术学院学习的唐蕴玉(1906—1992),在 1929 年参观过民国政府教育部在上海主办的第一届全国美展后发表文章称:一幅画是否成功取决于其选题、色调和构图。对于能够表达个人风格的色调,我尤其感兴趣。譬如夏凡纳喜用沉静而优雅的色调表现忧伤的情感②。唐蕴玉是王济远的好友,而王济远则是"决澜社"在 30 年代初的主要赞助人之一。基于这种对夏凡纳用色特点的理解,庞薰琹选择了以类似夏凡纳式的"幽静"蓝灰色调营造忧郁、素朴乃至肃穆的情绪氛围。

"贵州山民图"融合了来源复杂的观念和图式,具有明显的诗性化抒情特征。在来自不同文化背景的观众看来,这些作品具有东方绘画"轻灵"之神韵,又不失西画"写实"之精妙。1960 年代中期,较早研究中国 20 世纪艺术的西方艺术史家苏利文就曾指出,这些作品"表面上是民族学的记录,事实上远不止这些。因为这些作品将准确性与人情味、略带浪漫的格调,以及在巴黎所学得的对形式感的关注结合在一起"③。1946 年,傅雷在上海为庞薰琹策划个展,并在 11 月 7 日《文汇报》第四版发表序言,其中评价"贵州山民图"系列时说:"虞山庞薰琹先生……抗

---

① 庞薰琹:《就是这样走过来的》,生活·读书·新知三联书店 2005 年版,第 54—55 页。

② 唐韵玉:《寸感》,《妇女杂志》第 25 卷第 7 号(全国美术展览会专号)。

③ Michael Sullivan, *Art and Artists of Twentieth-Century China*, Berkley: University of California Press, 1966, p.95.

战期间流寓湘黔川滇诸省,深入苗夷区域,采集画材尤夥,其表现侧重于原始民族淳朴浑厚之精神,初不以风俗服饰线条色彩之模写为足,写实而能轻灵,经营惨淡而神韵独,盖已臻于超然象外之境。"在傅雷看来,"其融合东西艺术之成功,决非杂糅中西画技之皮毛,以近代透视法欺人耳目者可比",故而他才策划此展览,希望"博雅君子当可于是会一睹吾国现代艺术之成就焉"①。黄永玉则回忆道:"更亲切的,他(庞薰琹)画了许多苗族人的生活,也即是点燃了我故乡久别的亲情。他不像许多俗子所表现的穿花衣、扭苗舞、带银饰的浅薄庸俗猎奇角度弄出的作品;当时我已经有能力认识理解庞先生的作品跟他们完全不同。"②

结　语

　　鉴于民族主义的救亡话语在战时西南大后方的强势存在,以往关于抗战时期中国现代艺术的研究,往往较少关注艺术家实践中存在的跨文化意识。在处理战时西南大后方艺术与政治之间的关系时,如果采用上述稍嫌简单化的逻辑,在面对某些特定艺术家个案时,则难以提出可以深入腠理的论述框架,也难以揭示特定时期中国现代艺术的复杂性和多元性。战时西南大后方存在着各种政治意识形态话语的博弈,各种文化思想潮流并存,远非定于一尊。故而,以个案方式发掘艺术家个人或群体所受特定社会政治和思想学术风气影响,会有助于理解一些尚未被足够关注的话题。比如:为何某个艺术家会在战时西南大后方选择关注"抗战救亡"之外的其他主题,为何又会选择在文化民族主义话语包裹下运用跨文化的创作方式,以及这些选择在当时与当下又具有何种意义。

　　作为在抗战时期重构本土文化传统的实验,庞薰琹"贵州山民图"体现出他融通多种文化传统、超越媒介疆界的现代艺术观念和方法。作为"职贡图"的现代回响与变异,"贵州山民图"系列作品中交织着多重观念——既有从文化民族主义视角对贵州民间艺术传统的欣赏,又从社会现实主义视角对贵州普通民众生活现状的同情。这看似相互矛盾的多重观念,体现出庞薰琹在"新""旧""中""西"不

---

　　①　傅雷:《庞薰琹绘画展览会序》(1946),转引自《傅雷文集》,当代世界出版社 2006 年版,第567 页。

　　②　黄永玉:《庞家那棵大树》,2008 年 11 月 16 日,见 http://www.ohistory.org/newsdetail.aspx?id=82。他在 1947 年与庞薰琹在上海相识,时常参加由庞薰琹和另外几位策划人组织的"上海美术作家协会"(按黄永玉的说法是"共产党领导下的进步活动")。

同文化之间的腾挪取舍。出生于晚清官宦世家、江南书香门第,转而在"五四"时代风气下游学于 1920 年代中后期的巴黎等地学习欧洲现代主义艺术,抗战时期又流寓西南大后方在中央博物院筹备处工作等诸多经历,使庞薰琹既清楚地意识到"贵州山民图"中存在的多重观念,又并未试图弥合它们之间充满张力的矛盾。故而,这些作品自 1940 年代问世以来,受到了基于不同社会身份和文化立场的解读。在此意义上,图像成为一个场域和诸多话语的交叉点:古今、中西、大一统、民族国家、族群、阶级、性别等不同层面的权力结构在其中交集,体现了艺术、学术、思想、政治的互动。

(原载于《文艺研究》2019 年 1 月第一期)

及物批评亟待重返现场

汪涌豪　复旦大学中文系教授、《复旦学报》主编

一、日趋泛化与固化的批评

随着 20 世纪 90 年代以来中国社会的急剧转型和市场经济条件下消费文化的勃兴,文艺批评正日渐呈现出泛化和固化的倾向。前者受新媒介技术霸权带来的传播方式的影响而不断走向虚拟化,后者基于网络与媒体的挤压而不断走向圈子化。虽然两者从论说旨趣到终极追求都不尽相同,但与文艺创作的第一现场脱节,流于空洞不及物却是一致的。

诚然,数字技术很大程度上改变了文艺生产与消费的大环境,由此带来人们阅读—欣赏方式的改变,促使了包括网络批评在内的各种新媒体批评的兴起。这种批评权力的下沉,对丰富普通人的文化生活,增进其文化获得感,无疑具有正面的意义。但不能不看到,一些类型小说创作中戏说与幻说成风;一些影视、戏曲一味靠数字特效合成影像,无视起码的感觉真实,诸如此类都在提升艺术表现自由度的同时,抽空了作品的思想意义与现实指向。而与之相关的文艺批评,因受到对象所固有的世俗化主题与商业化趣味的影响,常不免在凸显言说开放性和交互性特征的同时,多多少少陷入"营销批评"的困境,从而弱化了批评本该有的指陈利病、引领价值的力度,此为我们所说的泛化或虚拟化。这是一方面。

另一方面,在融媒体平台与舆情批评挤压下,类似学院批评等专业的文艺批评既想通过与国家话语、政策话语的区隔来凸显自身的独立性,又想通过与市场话语、大众话语的区隔来凸显自身的学术性,为此不惜采取一种精英化的言说策略,甚至自甘边缘,抱团取暖,既不针对个案发言,也不回应冲突,一味沉迷于结构的探

讨,而鲜少关心价值。如此放弃了应承担的社会责任,放任批评向个人化、私语化的方向发展,又不免陷入"玄学批评"甚至"黑化批评"。已有学者指出当代文学批评存在着过度理论化的倾向,"许多的文学批评仅把批评对象作为思想和话语的由头,批评悬浮于对象之上"[①]。这种将文学创作与批评脱开,专意追求批评的文体价值与自身本位,固然"为中国当代文学批评带来全新的理念和深邃的思辨",但同时"也使文学批评走向了冷漠和抽象"[②]。不幸的是,更广范围内的文艺批评也是如此。此为我们所说的固化或圈子化。

在这两种倾向的交合作用下,文艺批评呈现出过剩与不足兼杂的奇特病象。"过剩"是就上述泛化和固化的批评充斥文坛,稀释了文艺批评应有的影响力而言的,"不足"正指具有针对性、有效性的真批评的稀缺。这在很大程度上造成了文艺批评再不像20世纪八九十年代那样受到人们普遍的关注,"文艺批评所能激发的公共性的思想和情感的能力在减弱,激发大众的共同激情和兴趣的力量在弱化,提供大众探索真理的路径和精神能量日渐匮乏,对于历史主体的创造性想象和未来信念在丧失"[③]。而作为言说主体的批评家迷失在虚幻的语言狂欢和智力游戏中,因一种为人诟病的偏狭保守的职业作风和自闭心态,连带着造成了其所作的各种批评说服力的明显不足,影响力和感召力自然也就无从谈起。

二、介入当下与回归大地

如何从当下的现实出发,做有态度、有担当的文艺批评;如何找回批评的现场感,探索批评的针对性、有效性和建设性,使之与生活声息相通,与时代同频共振,这是摆在批评家面前一道无计回避的考题。为此,我们呼吁文艺批评要及物。要求文艺批评及物原不是新话题,此前吴义勤的文章[④]就已揭出这一点。但遗憾的是,反响大多停留在学理的层面,其所指斥的现象在现实中不仅未得到纠正,反而愈演愈烈。鉴于一般意义上的呼吁效果有限,我们才希望结合十多年来评论界出现的种种新问题,在新的语境下对其再作申述和强调,以便使它有更明确的意义边界,能对批评发挥更大的干预和影响作用。

---

① 吴义勤:《文学批评何为?——当前文学批评的两种症候》,《文艺研究》2005年第9期。
② 胡亚敏:《文学批评中的情感与现实》,《文艺报》2014年12月8日。
③ 张永禄、王杰:《文艺批评是公共话语的引领者》,《中国文学批评》2015年第1期。
④ 吴义勤:《文学批评何为?——当前文学批评的两种症候》,《文艺研究》2005年第9期。

顾名思义，"及物"当然包含"及"和"物"两个方面。但在当代语境下，"及"希望被关注的显然是其所含指的那种充满激情与势能的动作性诉求，它突出的是主体刻意的动作行为和由这种动作行为所必然产生的抵达、关联和跟进的效果，由于它自身通常有感而发，能感而发，所以很不能接受一切的蹈虚走空，更进而要求自己必须能切近，够深入，可带动；而"物"显然专门指向人所必须带动和所属意要完成的那个动作的对象，由于这个人的动机通常清晰，目标又很明确，有时还立意高远，志向远大，所以他常常截然拒绝一切的游谈无根，并厌弃每一种言不及义，由此必定追求言之有物，甚至谈言微中。落实到具体的文艺批评，它要求的是批评者必须永远保持洞察的本能和介入的意识，以一种时刻准备出发或已经在途中的姿态，积极投身到变动不居文艺创作的大潮中，既能对创作者所身处的客观环境和情感世界有感同身受的了解，又能时时回光内鉴，永远对作为言说者自身的日常经验和价值认同保持高度的警惕，使之有能力面对复杂的精神创造，仍能够全方位地裸出生活的展开过程和人性的普遍状态，并进而将一种深刻的洞见赋予对象，来显出其所蕴含的普遍性的社会情绪和时代症候。

由于文学艺术是人"内在经验"的产物，是人所具有的想象力、情感力较隐在的见证，通常不易为客观的知识所掌握，因此文艺批评要触及对象的本质与内里，就必须有足够的知识准备和心智投入，有时候甚至还要冲冒风寒，接受当世的辱骂与后人的曲解。当然，这也决定了一旦触及关键，切中肯綮，它的意义将是非常巨大的。以往的事实证明，真正有价值的批评总是及物的，并因能及物而与时代与社会紧紧联系在一起；真正有眼光有思想的批评家的意见也总能关注真实展开的人生，并因这种关注而成为他所身处的时代最深刻最精到的意见。譬如19世纪初，北欧盛行一种遵奉天主教精神而与现实相脱节的浮伪的浪漫主义，其时就有勃兰兑斯怀着巨大的启蒙热忱，发起"精神革命"，针对那个时代的种种弊端，力陈"抽象的理想主义"的虚伪与不情，呼吁作家基于"自由意志"与"独立思考"，揭露社会的矛盾和资产阶级的卑琐，由此引来雅各布逊、赫曼·班和易卜生等作家的纷纷响应，以"现代开路人"为名结成文学流派，最终使北欧文学得以与欧洲现实主义文学思潮连为一体，实现了重要的突破。这让人想起保罗《文学批评与危机》中所说的话，"所有真正的批评都是以一种危机的方式出现的"，因为它有及物的强烈冲动和意识，促使它既自觉地切入生活，又能时时检视与质疑现实，辛辣地批判甚至否弃现实人生的种种真假与伪善，所以终得以维护了人们对这个社会的道义和价值的信仰。

改革开放以来，中国社会所经历的巨大变革，放诸世界都称得上史无前例。日新月异的变化和层出不穷的问题既是各类文艺创作丰厚的土壤,也给文艺批评提供了广阔的空间。所谓"物有本末,事有终始,知所先后,则近道矣",如何坚持历史批评与美学批评相结合的原则,既不忘表彰其正面的价值,来显其向上的力量,又能还原其背后所隐含的诸多晦暗不明的世相和丑恶堕落的人性;既能对艺术家忠实呈现自己的困惑有"了解之同情",又能拒绝曲为回护的徇私与装聋作哑的乡愿,真正做到有好说好,有错说错,直言无隐,直道相砥,匡正其可能有的误判和不自知的错估,可谓今天文艺批评的当务之急。须知,文艺作为人的精神性生产,能形塑一个时代的社会意识,对人们的精神生活发挥深刻的影响,从这个意义上说,介入,或更积极地介入,本来就是文艺的天性和生命。也因此,文艺批评注定与它所关注的对象一样,天然地就具备对一切社会变革和转型的反思冲动,有参与其价值重建和理想塑造的强烈的自我期许。质言之,文艺批评与文艺创作所面临的挑战从根本上说是相同的,它们有的来自艺术,更多来自生活;就是来自艺术,也常与生活有关。因为不断变化的物质—文化环境,早已使今天的文艺创作越来越呈现为一种综合性的存在。据此,一切脱开现实的不及物的批评,不管是取商业化的模式,还是顶着高头讲章的光环,都不可能有效地解释艺术,也不可能因违逆时代的创造性变革和人们对生活、艺术和美的真实诉求,而获得人们的信赖与尊重。

当然,追求批评的及物性须注意拿捏好主体与对象乃至与时代的关系。对一个优秀的批评家来说,真正的及物应该能与对象乃至时代既契合又疏离,两者之间充满着一种道义和知识的博弈,尽显饱满而郁勃的情理角逐和生命的张力。如果与对象、与时代一味地疏离,批评必定不能真实,缺乏活力;但如果与对象、与时代拥抱得太紧,乃至能入不能出,写出的东西必定没有高度,缺乏生气。从这个意义上说,有时候刻意地凸显,一如刻意地回避,都不是处理与批评对象乃至与其背后的时代应有的态度,它们不仅不能使批评及物,甚至还会使它走向反及物甚至反生活的一面,由此,批评很容易不是沦为对象的附庸,就是沦为时代的弃子,根本没可能重建当今中国人的"日常真实"和中国文艺的"当代经验"。在这个方面,阿甘本所提出的"同时代性"命题很值得我们重视。所谓"同时代性",说的是人与时代的一种奇特关系,即人"既依附于时代,同时又与它保持距离"。阿甘本认为一个"在所有方面与时代完全联系在一起,并非同时代人",因为这种与时代过分契合,会使"他们无法审视它"①,这实际触及了批评家如何做到既入乎其内又出乎其外的

---

① [意]吉奥乔·阿甘本:《裸体》,黄晓武译,北京大学出版社2017年版,第20页。

问题。他又断言,一个真正的思想家必然会将自己置入与当下时代的"断裂和脱节之中",有时甚至站在时代之外或之上,只有通过与时代的"断裂"与"脱节",才能观察到较之一般的泛泛而论更真切的世界的本质,从而在批评中抵达一般人无法抵达的真理。显然,这也是及物的批评所应抵达的高上的境界。因为它不仅能揭示艺术中的世界,让人通过它走进并认识真实的世界,更能批判它、监管它,为它将要到来的健康合理提供自己的意见。

因此我们千万不要将文艺批评做虚了,把它的格局弄小了。基于对文学批评与文学创作一样要服务于促进社会自觉这样的目的的认识,别林斯基曾提出不能做那种仅局限于分析作品本身的美或不足的狭隘的批评,而必须从更广阔的时代与社会历史的角度出发,从政治、哲学与道德多个向度考察艺术家及其创作与时代社会和民族历史文化的关系,并对这种结合时代历史背景解明作品意义的批评抱有强烈的期待。为此,他不仅呼吁不能将批评仅仅理解为"或是诽谤所见到的现象,或是把现象中喜好和不喜好的东西区分开来",还称这种认识为"关于批评的最鄙陋的见解",为其仅基于个人的喜好和直觉,并不足以真的肯定或否定任何对象。在他看来,批评家最需要的恰恰是假理性而非个人的意志作出判断。如果说批评最终都是要靠每个个体来完成的,那么这个个体也应该特指能"代表人类的理性"的个体①,这样的判断依然能给当下的文艺批评以启示。

为此我们呼吁文艺批评要与创作一起,永远保持健动的势能,越过市场或融媒体的喧嚣,俯身谛听隐蓄在人群中的大时代的声音,并能调动它朝向更光明合理的方向。如果说好的创作如玛莎·努斯鲍姆《诗性正义:文学想象与公共生活》一书标题所揭示的那样,能提供给人一种更具人性关怀的"诗性正义",那么好的批评就更应该提供这种正义。也正是基于这一点,我们说一个有态度、敢担当的批评家,必会统一艺术理想、社会理想与人的自由全面发展理想三者,来构建自己健康正大的审美理想,必会体认到文艺批评不仅具有描述和阐释文艺现象的认知功能,还足以振奋人的精神,有导正其倾圮的价值观的引领作用。而正是这种功能与作用,能促使人将自己对艺术的喜好与更高的精神追求联系在一起,并最终使文艺真的分担了转型期中国社会寻找共同信仰与价值的任务,乃至成为推动它实现伟大变革与发展的力量。

此外,要凸显批评的及物性,还必须注意思想的可视性问题。有鉴于一切可见

---

① [苏]别林斯基:《别林斯基论文学》,梁真译,上海新文艺出版社 1958 年版,第 257—258 页。

的事物都"具有一个严格意义上不可见的层面"①,尤其是当这个事物或现象联通着人的感觉和思想,更必然会带上相当的深度,让一种哲学意义上的"不可见性",成为人认知的障碍,此所谓"即使精神的眼睛也有其盲点"。但正如梅洛·庞蒂《知觉现象学》一书中所论证的,这些盲点最终还是可以被看见的。事实也是如此,借助于知识表征的可视化呈现,人类已经看见或正在看见越来越多此前未曾看见的东西。文艺批评是对讲究"目观为美"的文艺创造所作的批评,批评对象本身所洋溢的形式感,决定了文艺批评是可以并应该有助于让人更多地看见或发现的,因此文艺批评最不应该故弄玄虚,过分抽象晦涩。故弄玄虚和过分的抽象晦涩,从某种意义上也是批评不能及物的一种表现,至少会影响批评及物性的实现。也正因为如此,在文学批评领域,早有人提出须注意批评对创作的侵害问题,他们甚至认为,对这种侵害的抵御足以成就文学的"当代品质"②。基于一段时间以来文艺批评存在着对创作的种种疏离和曲解,使创作可以甚至必须抵御批评这样极端的命题居然得以成立,这实在值得我们深长思之。因此,我们呼吁文艺批评必须明确反对过分理论化,包括一切过度的引申和强制的阐释,尤其反对刻意"创造出某种体系,使原本毫无联系的东西产生出合理的联系"③,或"凭空架高把一个不相干的同类硬扯上去"④,这实在是批评及物的题中应有之义。

在这方面,古今中外,已有许多批评家为我们做出了榜样。即就现当代中国而言,让自己的观察紧贴作者和作品,不钻概念的牛角,不拉体系的虎皮,也曾见诸李健吾等人的批评。在与文艺史、文艺理论三位一体的大格局中,这些批评家凭个人的生命体验和过人的悟性,兼采中西文学批评之优长,将传统的意象赏会与西方的印象批评相结合,既能知人论世,解开创作者的心路历程与作品呈现的复杂关联,又专注于一己的情感体验,将及物批评必然具有的可视性特性发挥得淋漓尽致,而且形式活泼,杂感、谈片与札记都有;语言生动,理性的审视与感性的流溢交织,是真的在增加了批评的解释能力的同时,兼具有开放性、对话性,从而拉近了文艺与普罗大众的距离,在成全作者的启蒙热情或拯救欲望的同时,将仅止于欣赏甚至围观,或尚未进入自觉状态的自发的读者与观者,改造为真正具有审美理解力的"文

---

① [法]安德烈·罗宾耐:《模糊暧昧的哲学——梅洛·庞蒂传记》,宋刚译,北京大学出版社2006年版,第43页。

② 叶砺华:《文学的当代品质:抵御批评》,《文艺理论家》1990年第3期。

③ [意]艾柯等:《诠释与过度诠释》,王宇根译,生活·读书·新知三联书店1997年版,第74—75页。

④ 李健吾:《李健吾文学评论选》,宁夏人民出版社1983年版,第55页。

化大众",从而印证了亚里士多德所说的批评本就是"有文化的公民的日常活动"。

只是有点遗憾,今天不尽合理的学术制度,一定程度阻碍了文艺批评多元化呈现的实现,文艺批评本该有的及物性,以及由此带来的自由开放的创造精神渐渐地被冷落、遭扼杀,表现为不是过于浮泛、随意的群居终日、言不及义,就是过分的机械化、程式化,直至沦为人见人厌的新经院和新八股。尤其在文学史和艺术史的权力被无限抬高的学院中,文艺批评因其关注即时反应和个人感受,常常不被视为高上的学问,进而又因为自身陷于恶性循环而屡遭轻慢,这实在是非常遗憾的事情。为了一种彻底的改变能尽快到来,一切有出息的批评家应该有责任心和岗位意识,既态度平恳接地气,又思想深刻能超拔,努力多做"对话式批评"和"为读者的批评",只有这样,才能使自己成为一个真正的在场者,一方面能阐明作者的思想,另一方面还能超越上升到文化批评的层面,完成为公众服务,指导公众意识的使命。

三、及物的品位、格调与责任

为了这种及物的批评能早日建成,维护批评的品位与格调非常重要。如前所说,当前文艺批评存在着泛化与固化的倾向,由此造成种种不作为而失语、乱作为而失范、关顾人情而失贞、不重价值而失真、不及文学之物而失美等问题,包括多整体抽象的否定,少个案具体的纠弹等奇怪的生态,已使许多人对文艺批评失去了信心。有的批评看似能聚焦问题,鼓励交锋,乃或不时刊登正反双方的评论文章,但很遗憾,所刊出的文章有许多是由编辑预先约好谁扮演正方谁充当反方的,并且就是如此,仍未见多少思想的交锋,甚至意义上的交集。这种现象正照见了批评家的萎弱与苟且。

所以今天对文艺批评不能及物的反思,必须从重建批评家的精神人格做起。尤其要通过认真深刻的反思,重建批评家自身唯真理是从的顽健的风骨,虽千万人吾往矣的勇毅的品性,以及独上高楼望尽天涯路的贞定的操守。如此言必求实,言必求是,不计毁誉,甘于寂寞,才谈得到受艺术家诚心的推戴与尊重,才有可能引导艺术创作揭示生活的浮伪,裸出时代的真相,进而看到繁华背后的惨淡,有以坚信将要到来的美好。要之,在从事具体的批评时要俯身向下,不作假,不扮酷,尤能尊重艺术家的付出,深体其创作的艰难,并因为如此,特别能诚恳地指出他们的不足,使其意识到在许多时候艺术绝不仅仅是艺术本身(如果说艺术本身能构成目的,那也是因为它背后承载着生活,不过那些变动不居的生活常被纷繁流转的现象所遮蔽,以致使人看不到它所含示的真实意义),才是称职的批评家。马克思说,"哲学家们只是用不同的方式解释世界,而问题在于改变世界"。批评的本位决定了它所展开的不仅是认识性的过程,它须坚决地主张自己原本就是有强烈的实践性品格,并始终有立足于土地而形成的问题意识。这就是我们所说的批评的品位与格调,也是批评家必须有的品位与格调。

而要在追求及物的同时做到有品位、有格调,有守有为很是重要。"守"是有立场,守住批评家的职业本分,不贴热点,不赶热场,更注重知识的更新和修养的提升,并始终以成为真正的内行、专家为唯一的努力方向。"为"是能创造,能积极贡献有深刻的哲思、厚重的历史感和既渊雅又灵动的文化意味的精彩的批评,特别是在一片哄抬声中,在一边倒的宣传营销中仍能如此,或尤能如此。如果说,艺术家需要不断提高学养、涵养和修养,需要把做人、做事与创作结合起来,能下苦功、练真功,从而使作品提升到一定高度的话,那么批评家更应该坚持弘扬真理,睿发真知,不阿好,不徇私,拒绝一切丧失了价值皈依的低俗批评,既揭出伪浪漫的不情与虚假,避免将即兴式的点赞和吐槽当作批评的平庸与讹滥,又能从过于个人化或西方化的叙事中解放出来,以防止因过分沉溺于个人的好恶而使艺术失去更广大的关怀,进而失去更广大的人群。至于"红包批评""坐台批评",就更与他绝缘了。

为此,批评家必须诚身有道,积德无细,认真加强主体修炼,努力完善自己的人格。在这方面,中国传统文化有许多很好的资源可以汲取,有许多很好的提点可供警钟长鸣,尤其是传统儒学从来重视成人、达人,十分强调人须尽此反己之殊能,既能"身在",又能"出离",以求得自我认识的准确,然后孜孜不倦,创进不息。与此相联系,传统文化还主张修身需从自重言行开始,所谓"君子必贵其言,贵其言则尊其身,尊其身则重其道,重其道所以立其教"。不然,"言费则身贱,身贱则道轻,道轻则教废"(徐幹《中论·贵言》)。总之对个人而言,问学是为了求道;对社会而言,得道是为了垂教。而为求道行教化,它又从来重视"明明德",即在澄明生命自身或内心本自具有的光明德性的同时,能发扬光大此真德真道。当然,要做到这一点很不容易,也需要不断地修炼。当然主要是在生活中修炼,也就是在及物过程中修炼。所以,后来心学论及此义,特别强调安处在人世中的"存心""养心"和"尽心"行为,认为唯此在心上切己用功,能否开显出光明之德所特有的专、精、纯、朴、高、远、深尚不可知,又岂能出让原则,降格取媚。2019年3月4日下午,习近平总书记看望参加全国政协十三届二次会议的文化艺术界、社会科学界委员,并参加联组会,要求文艺和社科工作者能深刻反映时代的历史巨变,描绘时代的精神图谱,为时代画像、立传、明德的同时,又特别强调要有品位与格调①,正是接续着这样的传统。

品位与格调源于责任。从狭义的角度说,文艺批评不仅仅是对文艺作品或现象的解读,它是史的构建的基础,应当传达一个时代特有的审美气质,从而为文艺进入历史并得以适切的安顿提供可信的记录;从广义的角度说,更是一个时代审美意识和文化认知的积淀,包括体现着如韦恩·布斯所说的足以反映一定"道德教诲"的"伦理的尺度"。他甚至认为,所有叙事作品都"含有一定的伦理价值观",都有这种"伦理的尺度"。作为人类良知与精神的值更者,古今中外,有许多作家、艺术家在某些特殊的时刻,都充任过这种尺度乃或价值的守护,甚至为此担负过先知才会有的痛苦。其中一些伟大的作家、批评家更能以如椽之笔,四两拨千斤,剔肉见骨,若不经意就撕开了黑暗的创口,揭示出人性中的真相。

今天的文艺生产固然须适应消费的需求,但这不等于说艺术家、批评家可以取一种追随乃至迎合的姿态,而忘了由及物而审视与批判的责命。因为与上述文艺生产方式和评价方式的变化相伴随,人们的文艺生活乃至精神生活越来越需要内行专精的指导也已成趋势。因此,批评家必须有明确的岗位意识和责任心,不管是基于娱乐化或泛化的趣味,抑或有意采取一种专业化或固化的策略,都不应该忘了许多时候,媒介只是感官的延伸,而批评才能达成思想的传递。当然,更不该忘记批评从来具有的公共属性。理查德·波斯纳在《公共知识分子:衰落之研究》一书中,曾单辟"作为公共知识分子的文学评论家"一章,讨论如何通过与现代价值、政治思想和公共话语建立起深刻关联,来避免文学批评沦为美学意义上的抽象,我们的批评家更当在这方面做出扎扎实实的业绩。

同样,今天的文艺批评不能及物,不能通作者之意,开览者之心,不同程度地存在着泛化和固化的弊端,并不意味着我们须默认它是合理的,更不意味着我们对一种从来向往好的批评的遗忘。福柯曾说自己"忍不住梦想一种批评,这种批评不会努力去批判,而是给一部作品、一本书、一个句子、一种思想带来生命;它把火点燃,观察青草的生长,聆听风的声音,在微风中接住海面的泡沫,再把它揉碎。它增加存在的符号,而不是去评判;它召唤这些存在的符号,把它们从沉睡中唤醒。也许有时候把它们创造出来——那样会更好。下判决的那种批评令我昏昏欲睡,我

---

① 习近平:《一个国家、一个民族不能没有灵魂》,《求是》2019 年第 8 期。

喜欢批评能迸发出想象的火花。它不应该是穿着红袍的君主,它应该挟着风暴和闪电"①,艾略特也称自己"最为感激的批评家是······能让我去看我过去从未看到过的东西,或者只是用被偏见蒙蔽着的眼睛去看的东西,他们让我直接面对某种东西,然后让我独自一人去进一步处理它。在这之后,我必须依靠我自己的感受力、智力以及发现智慧的能力"②,所指涉的有许多正是批评的及物特性。这种及物的批评真正做到了蒂博代所称道的博学又勤恳地把我们这一代的科学、社会、美学与创作灵感带回大众的视野,从而使"批评在他手中真正成为一种创造"③,它们当然也是我们这个时代所需要的批评。

总之,当我们重提文艺批评必须及物,必须回归文艺创作的现场,原是把积极介入当下,回应时代,坚持社会效益优先,用健康向上的精神产品抵制一切低俗、庸俗和媚俗,从而最大限度地把发挥艺术在陶冶情操、启迪心智、引领风尚方面的作用视为题中应有之义。这也就是"为时代明德"。中国人从来好说明德所则,政教所行。因为如前所述,文艺生产能为新的社会意识的形成和符合当代中国时代精神提供坚实的基础,所以任何从事这项事业的人都不应仅仅将其视为纸上功夫,而必须让笔带着灵魂身体力行,"与时代同步伐,以人民为中心,以精品奉献人民,用明德引领风尚",从而完成"以文化人""以文育人"和"以文培元"④的神圣使命。

---

① [法]福柯:《权力的眼睛——福柯访谈录》,严锋译,上海人民出版社 1997 年版,第 104 页。
② [英]艾略特:《批评的界限》,《艾略特诗学文集》,王恩衷编译,国际文化出版公司 1989 年版,第 299—300 页。
③ 李国华:《文学批评名篇选读》,河北大学出版社 2004 年版,第 59 页。
④ 习近平:《一个国家、一个民族不能没有灵魂》,《求是》2019 年第 8 期。

礼俗传统与中国艺术研究

——中国艺术人类学前沿话题三人谈之十四①

张士闪　山东大学教授

王加华　山东大学教授

李海云　山东大学讲师

　　曾几何时,中国艺术学研究总是将艺术从大众生活的具体时空中抽离出来,"坐而论道"随意剪裁,甚至甘做政治工具,而轻忽艺术的地方性、艺术与操持艺术的人之间的关系。至于那些弥散于日常生活,与地方民俗难以分割,却又不能包括于传统"艺术"概念的大量艺术活动,就更是难入法眼。可喜的是,20世纪80年代以来的一批学者,决然告别书斋内的对空玄谈,以实现人类学的文化"深描"相期许,在民俗学"千里不同风,百里不同俗"的广阔视野里寻找灵感,扎根艺术田野现场而辨理论学,由此促成了中国艺术学研究的"田野转向"并卓有影响。2018年初,王永健博士希望我组织一场"三人对话",结合山东大学民俗学团队的研究实践,对30多年来中国艺术学的发展脉络、知识积累与学术趋向予以梳理,庶有助于促进学术自觉。屡蒙邀约,屡辞不获,有幸征得王加华、李海云两位年轻同事的同意,我们多次邮件交流,并于7月12日约聚长谈,后由李海云博士整理成稿。需要说明的是,最终定稿经过了我们三人的审改,文责自负,欢迎学界同行批评指正。

---

　　①　本文是国家社科基金项目"中国古代耕织图研究"(18BZS175),山东大学人文社会科学重大研究项目"中国文化的民间传承机制研究"(18RWZD06)阶段性成果。

一、当代中国艺术学研究的本土化与国际化趋势

张士闪:20 世纪 80 年代以来,中国艺术学研究日益蓬勃苗壮,大致是以"田野转向"为特征,以国际化为导向,以多种交叉学科的兴起为标志。去年王永健博士出版专著,将本土化与国际化视作艺术人类学研究的"现在进行时"[1],是很有道理的,这其实也代表了当代中国艺术学发展的基本路径。比如说,告别玄思传统而走向本土化的艺术学研究,就不能不聚焦艺术个体,特别是个体主动性的文化创造,而这又必然会使得大家"眼光向下"共同关注基层社会,以田野调查的方式贴近久被忽视的地方民众的艺术传统。循此路径,艺术、艺术与人的关系开始被分置于各自的社会语境中,期望获得因地因时的理解,虽然学者研究的深浅程度不一,但毕竟已成遍地开花之势。另一方面,在人类社会的全球化发展与人类艺术的地方性复兴相互交织的今天,所谓的"国际化",绝不仅仅意味着更多研究材料的获取或是更便捷的文化并置与比较,还意味着国际学术思想的同台共舞,如果不能以深度的本土田野研究筑基,就有可能成为随处飘荡的无根浮萍。至少就艺术学研究而言,所谓的本土化与国际化一定是互为支撑、不能割裂的。方李莉教授最近主编出版的《写艺术——艺术民族志的研究与书写》[2],收录文章时在这两个方面有所兼顾,听说很快还要在国外翻译出版,大概是有让中国艺术学田野研究成果尽快"走出去"的考虑吧。我觉得,中国当代艺术学研究正是在本土化与国际化的学术激荡中,努力与时代社会发展形成某种良性的互动关系,试图借此发挥积极的社会功能。至于能否由此衍生或衍生出怎样的学术意义,那还需要从更长远的未来时段来观察和评价。

王加华:说到 20 世纪 80 年代以来中国艺术学的学术成就,就不能不提及中国艺术人类学学会。从 2006 年开始,注重对中国本土艺术的田野考察和理论建设,强化国内外学者的学术交流与合作,是以方李莉教授为代表的中国艺术人类学学会的一大贡献。正如她本人所说,中国的艺术人类学不仅是在田野中成长起来的,而且是在田野中取得理论成果的一个学术领域。[3] 中国艺术人类学学会每年都举办年会,数百名会员从大江南北赶来"以文会友",是很被大家看重的学术盛会。

---

① 王永健:《新时期以来中国艺术人类学的知识谱系研究》,中国文联出版社 2017 年版。
② 方李莉主编:《写艺术——艺术民族志的研究与书写》,文化艺术出版社 2018 年版。
③ 方李莉:《中国艺术人类学发展之路》,《思想战线》2018 年第 1 期,第 8—20 页。

我注意到,几乎每一次年会都是经过精心设计的:大会发言由关注学术前沿话题的几位一流学者承担;按照不同的艺术门类分组研讨,常常有唇枪舌剑的务实交流;会下则像是自由的乡村大集,大家以学术为纽带交流心得,寻找合作,缔结师徒关系等等,不一而足。可以说,20世纪80年代以来中国艺术学发展的热点与亮点,都与注重本土化田野研究、强调国际化交流合作有关,并与中国艺术人类学学会的活动多有关联,是不争的事实。国内一批实力派学者的出色研究成果,罗伯特·莱顿、威尔弗里德·范丹姆等诸多国外知名学者的密切加盟,以及与会学者在年会上提交的大量艺术个案研究文章,不仅拓展和推进了当代中国艺术人类学的研究,而且也在很大程度上增强了中国艺术学研究的跨学科影响。相信这一学术潮流还将持续相当长的一段时间。

李海云:作为年轻一代,我有幸多次参加中国艺术人类学年会,并在艺术学"田野转向"这一学术思潮中受益良多。近些年来,我跟随张士闪老师所做的艺术民俗学研究,特别是从民俗与艺术的互动关系出发的一些思考,与这一学术共同体的滋养是分不开的。艺术,首先是特定地方的和具体人的艺术,但这一常识却在以前常被人们忽略,可能是由于"花团锦簇"的艺术形式太容易吸引人们注意力了,因而遮掩了艺术背后的经济、政治、文化等社会因素。20世纪80年代以来,这一情形逐渐发生改变。当代中国艺术学研究的"田野转向",讲究以个案解析来"以小见大",可谓应运而生。在可操控的研究单元中,才容易形成深度的田野研究,也才有望结合国家与地方社会历史进程的时移势易,对田野中的"艺术"获得深度的理解与阐释。中国艺术人类学学会年会是真正的学术盛会,学者不限东西南北,话题不论古今中外,学科跨越人类学、民俗学、民族学、历史学和艺术学等,蔚成一大学术景观。我们年轻人身临其境,"临渊羡鱼"既久,"退而结网"亦切,何其幸运!可以预期,建立在日益丰实的田野个案基础之上,中国艺术学研究有望发生由量的积累向质的突破的跨越。

二、地理、生计与艺术类型

张士闪:再回看30年以前的中国现当代艺术学研究,尽管也有一定的学术积累,但或有意识地将之简单纳入国家政治意识形态之中,或偏爱在"阳春白雪"的条分缕析中坐而论道,是其痼疾。这一倾向甚至在当代艺术学研究仍时有所见,足见其流弊深远。我认为,传统艺术学研究的最大问题,是忽视艺术活动中鲜活的生命个体,当然也就难得关心活生生的生活世界与生命智慧。

比如,传统艺术学常说"艺术离不开生活",这话本身其实并不错,只是应该视之为不言而喻的前提,而不是简单统摄艺术活动全过程的准则甚或结论。倘若拘泥于此,那就除了说些"艺术来自生活,高于生活"之类正确的废话套话之外,难有新得。20世纪80年代以来中国艺术学的"田野转向",是学者自觉地返归艺术田野现场,近距离观察艺术实践活动,再讨论艺术之究竟。我们知道,艺术总是基于具体人的具体生活而发生,总是与一方水土所代表的地理空间、生存生计、人文生态密不可分。因此,因地制宜、因时制宜、因人制宜乃是艺术发展的常态,因循传统的传承再造则是艺术发展的自律性特征。比如说,劳动号子、农闲唱曲、山歌小调、酬神请戏、民间拉呱等作为不同的艺术类型,其产生一定是与特定地理环境中某一群体的文化创造相联系的,其传承则与人们对这一文化传统的选择、再造有关。当我们进入田野,观察具体的艺术活动,就不能不关注:这一艺术活动是否已进入当地的岁时节日、人生礼仪等社会文化体系之中? 是否已经形成了相对稳定的组织传统? 它与当地信仰生活、经济活动、政治权力等社会系统有何关系? 等等。所有这些,都关乎民众"过日子"的生活逻辑,是理解这一艺术活动的关键所在。当然,传承已久的艺术活动,往往会在地方社会中生成某种超验性价值,形成文化认同甚或进入集体无意识之中,这其实正是艺术作为人类精神活动现象的重要特征。我们在田野中发现,不仅仅是酷爱艺术活动的人"听见锣鼓点,撂下筷子放下碗",就是一般民众,在听家乡话、看家乡戏、唱家乡小调时也常常涌起一种难以言表的激切之情,就是这个道理。

王加华:确实,艺术发生与地理环境的关系,比我们想象得还要密切。比如在山东的东部和西部,地方戏的内容与形式风格就有很大差别。鲁中、鲁东一带的戏曲,在内容上多反映家长里短之类琐碎日常生活,风格细腻柔婉,典型的曲种有五音戏、茂腔等;鲁西地区则以表现军国大事、军事征战等武戏见长,风格粗犷豪迈,最流行的是梆子腔。这种差异,首先要从地理环境方面找原因,因为地理环境决定了传统的生计模式、交通状况,并进一步影响到社会风气等人文因素。当然,鲁西大运河的开通、运营又创造出另一种"人工自然",对人们生活的影响同样巨大。传统的艺术学研究,好像对地理环境的因素习焉不察,觉得本来就应该这样。

李海云:在艺术活动发生的各个环节,其实都离不开地理环境的长期塑造。正如张士闪老师刚才所说,不同的生计方式会影响人们对艺术类型的选择,我觉得还可以说,不同的地理景观会在人们心中激起不同的神圣感,从而设定人们想象幸福、想象永恒的方式,这就牵涉艺术的意境了。在不同的地理环境中,人们会获得不同的空间经验,是生活在平原、山区、湖畔、河沿还是海岸、岛屿等,对于人们精神倾向的影响是明显的。可以想见,在人类社会早期,地理环境对人类生活影响甚巨,这不仅体现在人们为求生存而对自然环境的适应、对生计方式的选择和在劳动组织方面的设计,社会规约的约定俗成也以此为基础。随着人类生产力水平的提高,自然环境对人类生活的影响力有所降低,但却永远是不可忽视的维度。我们常说"一方水土养一方人",却容易忽略这句俗语背后的深刻意涵:"一方水土"所代指的地理空间,不仅为人们提供经济活动的舞台,也恒久性地为地方社会赋以文化底色,塑造出不同地方的文化品格和心性。

王加华:在青岛、烟台等沿海口岸近代开埠之前,山东西部较之东部,最大的优势在于大运河的贯穿。另外,卫河也是一条重要的交通廊道,把山东与以西的中原地区紧密联系起来。明清时期的鲁西地区,社会开放性强,经济发展水平高,文化艺术非常发达,这与基于地理环境而形成的国家资源汇聚、交通便利性、人口流动性等大有关系,鲁西地区戏曲艺术的发达也就是顺理成章的事了。一方面,运河既是国家的经济动脉,又是国家重要的文化廊道,便利于我国南北戏曲剧种的传播与交流;另一方面,济宁与临清是传统运河通运的两大商贸中心,带动了相邻沿运河地区的经济繁荣发展,从而为戏曲艺术落地生根创造了社会条件,如徽戏、山陕梆子等外地声腔剧种都是沿着运河传入的,并在鲁西一带成为传统。

李海云:张士闪老师举例所说的劳动号子、山歌小调,和王加华老师刚才所说的流传于鲁西的徽戏、山陕梆子等等,恰好代表了乡民艺术的"原发"与"衍发"两大类型。当然,时过境迁,要辨别某种艺术是"原发"还是"衍发"已是很不容易,但细辨脉络还是可以有所区别,再观察其异中之同,有助于我们寻找艺术的"通则"。无论是"原发"艺术,还是"衍发"艺术,其共同点都是要在长期的实践过程中"接地气",与当地民俗传统紧密结合在一起,甚至因之而成新俗,实现"在地化",这应该是各地艺术活动的一大"通则"。鲁西地区多武戏,多表现军国大事,可能是因为这一地区在历史上曾借助大运河而沟通南北,人们有见识,偏爱宏大叙事的结果。特别是明清时期国家政治中心移至北京以后,运河山东段的作用就更加凸显,从而缔造了鲁西地区艺术活动最辉煌的历史时期。

王加华:对。中国历史在唐以前的较早期主要是东、西问题,政治中心一直在相对偏西的关中和今河南洛阳等地区。宋代以后,随着我国经济重心的南移,传统的东、西问题就转变为南、北问题。但不管是在较早期的东、西时代,还是后来的南、北时代,鲁西地区都具有极为重要的地位。尤其是在元代山东段运河开通后,长期占据着由江南通往首都北京的交通枢纽地位,无论是在经济方面还是军事方面,战略位置都极为重要。一有战乱发生,这一带首当其冲,因此长期以来经常会遭受战乱的影响。鲁西又处于四省交界处,盗匪难除,治安不靖,民众有习武结社自保身家的传统,民风强悍粗犷,当地人看武戏,容易感同身受,产生共鸣。相形之下,山东东部地区在近代开埠之前,与外界联系相对较少,民众思想相对封闭内敛,因而更关注乡情村事。这应该是鲁西、鲁东戏曲艺术传统有所不同的深层原因吧。

当然,我们说地理环境与艺术活动的发生有着千丝万缕联系的时候,并不是在强调"地理环境决定论"。艺术活动的发生与传承,从来是多种因素综合作用的结果。除了地理环境因素之外,社会制度、政治态势、经济条件、历史积淀、民众心态甚或艺术传统本身等,都发生着或重或轻、或显或隐的作用。我们经常看到,在大致相似的地理环境条件下,却会有不同艺术活动的发生,就说明了这一点。另外,人类历史上随着科技的发展与进步,特别是当今数字化时代的到来与普及,地理环境因素在人类活动中的影响力呈日益减弱之势,这是艺术学研究所不能不考虑的现象。不过话又说回来,不论社会如何发展,"地理"作为人类生存的基本空间形态,永远会对人类艺术活动产生或直接或间接的影响,这是肯定的。这或许就是博厄斯等人所倡导的"环境可能论"一直没有过时的原因吧。

张士闪:我相信我们都不会同意关于文化的"地理环境决定论",所以要强调地理环境,意在提醒大家不能遗忘在传统艺术学研究中久被忽视的地理因素。虽然有很多例证证明地理环境对于艺术活动的巨大影响作用,但我们同样不应忘记的是,人是有能力超越自身环境限制而有所作为的。如"时势造英雄""英雄造时势"之类说法,是称许某些杰出人物在某些历史时刻具有影响历史进程的能力的,其实也可以把这句俗语转到对人与地理环境关系的喻示——地理环境固然在形塑人们的生活与文化,但只要条件具备,人们意愿足够强烈,就有能力对限制其生活的地理环境做出极大改造! 这个话题牵扯到人与大自然之间长期的人地互动过程,和特别复杂的人际互动机制。我在跟美国波士顿大学魏乐博教授的交流中,曾表达过这样的意思:当我们说"山高皇帝远"的时候,既可能是在说皇权不容易到达高山地带,多有"化外之民",容易形成"啸聚山林"或"占山为王"的现象,但也可以是国家权力"无远弗届"的意思,即使是在边陲地带,人们也有对国家中心的归属意识存在,只是有不同理解而已。因此在中国很多地方的方言中,山地的"山"是可以作形容词用的,代表一种不开化的、没有见识的文化状态,甚至比"土"

或"土气"还要不开化,以此调侃居住在深山老林里的人对国家政治理解的不正确或不准确。仔细咂味,"土"和"山"其实还有更微妙的差别:很"土"的人固然不开化,但大致说来是温顺的,因为知道国家社会的一般规则;很"山"的人则不仅不开化,还容易在与"山外人"打交道时发生误会而反应失当,有时会表现出莫名其妙的激烈,因为"山里人"自有一套行事规矩,与"山外人"难以通约。① 这是我 30 多年来在鲁中山区做田野调查时的普遍发现,当时让我特别惊讶。不过,"礼失求诸野"的经典说法又在提醒我们:正统的国家礼仪及文化精神,有时就存在于不起眼的穷乡僻壤之中。上述种种现象,为我们理解中国社会与文化的完整谱系打开了一扇窗。

李海云:是的。我在鲁北渤海莱州湾南岸一带调查时也发现,要想准确阐释这一带普遍盛行的"圣物"扎制工艺传统及烧祭仪式表演活动,仅仅从当地湖洼盐碱地的生态环境着眼是不够的,还要注意村落之间的经济与艺术方面的分工协作关系,当然也包括一村之内不同家族之间的竞争与合作关系。我选作博士论文田野点的东永安村,传统上是个沿湖村落,长期延续着生态农业与小手工业的兼业生计传统,蒲、苇、菱、草、柳等湖泊资源为编织业、扎制业提供了产业支撑。但我们不能仅仅注意到烧祭仪式表演活动发生的表层因素,如湖泊资源为扎制牛、马、船、轿等"圣物"提供了就地取材的材料,传统的编织业、扎制业使久居此地的村民心灵手巧,扎制技艺精致,提供了足够的技术支撑等等,我们还必须从村落和跨村落的地方社会脉络中,理解村民为什么需要这样一种"圣物"扎制传统,辛辛苦苦扎制一月,举行仪式隆重的烧祭仪式表演,最后居然用一把冲天大火把那么精美的"工艺品"烧个干净! 这就牵涉当地人对于区域自然资源分配的权力诉求,对相邻自然环境的神圣想象以及文化表达等问题,以及如何在历史长河中共同汇成一种绵延已久、常在常新的乡土传统。当下我们走进村落,聆听村民关于传统湖区生活的记忆,关于平整高埠、改良抬田的集体化时代的表述,长时段的自然环境沧桑巨变固然让我们惊诧不已,而这一带在人地之间在相互塑造中所体现出来的权力格局和文化边界,国家政治对于地方生活与民众心智格局的持续而深刻的嵌入,又何尝不触目惊心! 由此我们感受到,乡民艺术活动的文化记忆功能与社会调适作用是何其巨大,是绝不能仅仅从艺术学的角度来理解的。换一个角度来看,乡民艺术是学

---

① 魏乐博、张士闪:《当代中国民间宗教研究要"接地气"——波士顿大学魏乐博教授访谈录》,李生柱译,《民俗研究》2017 年第 5 期。

握在民众手中的文化工具,是不同地方的人基于和谐共存而设计出的一套文化规范及艺术表达。无论是文化规范本身还是艺术表达形式,都是极具创造力的。

王加华:我在滨州市惠民县的胡集书会上,也注意到类似情形。这是一项国家级非物质文化遗产,在每年正月元宵节前后举办。很久以前,就有南北艺人在这里汇聚,形成了一个规模盛大的区域性曲艺交易市场。我觉得,这一艺术盛会兼文化市场的形成,既与鲁北地区浓厚的曲艺氛围、忙闲分明的时间制度有关,也得益于胡集村自身所具有的区位优势。胡集地近黄河,历史上曾是武定府通往济南、北京官道的必经之地,人口集聚,人流往来,促进了这一带商贸活动的发达。清末民初鼎盛时期,在一条800米长的主街上竟有四五十家票号、商号,就是明证。作为农闲时期发生的一种艺术活动,演员只需一两人,曲艺道具简单,走街串巷灵活便捷,契合了民众年节时节的精神需求。胡集之为曲艺之乡,既是因应一方民众的年节娱乐需求,使得地方生活富有活力,又为艺人间的情感交流、技艺磋磨搭建起一方平台,可谓一举两得。

可以说,胡集书会的发生、发展及当下态势,是与当地的地理环境、交通优势、生产方式、时间制度、娱乐传统、村落关系、艺术生态、江湖规矩,以及国家与地方社会变迁等因素紧密相关的。不了解这些,就不可能对胡集书会有一个准确的理解与阐释。而且,还要从胡集书会对于艺人和当地民众生活的意义出发,对上述因素予以综合分析,透过一滴水来看世界。一滴水的意义是不能低估的,透过某一个案,我们能够看到所映现出的大千世界。

李海云:确实,像胡集书会这类乡村艺术活动,其产生首先是与农事节律、乡村时间制度的安排密切相关。[1] 在华北地区,农业耕作多为一年两熟制,忙闲节奏分明,年节是最长的农闲时段。明确这一点,也就明白为什么年后至元宵节期间是华北庙会活动的频繁时段,是乡民艺术的集中展演时期。在传统的山东乡村,一进腊月,一些爱玩爱热闹的村民就会聚在一起敲锣打鼓,村里就"有了年味";小年过后,被称为"热孙"的村民开始挨户募捐,张罗着搭台唱戏,村里的青壮年被组织起来,或排戏或演武或帮闲,一直持续到大年三十的"年夜饭";春节期间一番拜年祭祖、走亲访友过后,各种艺术活动在各村落次第上演,按照村民的说法就是有了一出又一出的"耍景",人们乐在其中流连忘返,不知不觉就到了吃"二月二那碗粘

---

[1] 王加华:《被结构的时间:农事节律与传统中国乡村民众年度时间生活——以江南地区为中心的研究》,上海古籍出版社2015年版,第14页。

糕"的时候。开春时节,当然又是一番新景象,伴随着"人勤地不懒"等古老训诫,发生在年节期间的艺术盛会就暂告消歇了。

这类乡民艺术传统,是基于村民内心中亲近自然、热爱生活的本性,而在乡村时间制度安排中获得合法性的,并在村落生活中承担一定的社会功能,因而仅仅从艺术本体的角度来理解就远远不够。在这里,大自然的神奇与神圣,艺术活动本身所特具的审美感染力,都透过村民的身心感受与交流实践,实现了与当下世俗生活的贯通。乡民艺术的特有韵味,应该在上述多种因素的交织中予以理解。

张士闪:我注意到,一些学者的探索对于艺术学研究很具启发性。刘宗迪关于上古文献的研究,以天文观地时,以天解地,透过"层累"的上古文献,分析大自然的变动、人类对大自然的认知状况对于人类生活的影响,如东夷部族参照天象物候而制定的"以鸟命官"政治制度,就是借助大自然的恒定性质,赋予其制度设置以天经地义般的权威等,都言之有据,令人耳目一新①。赵世瑜在研究山西治水传统的时候,将区域地理状况与国家行政、地方制度等要素结合起来,比如开挖河渠时的地势、水势及主事者心中的考量等,将向来被当作先天性因素的地理"天时",引入人与自然、国家与地方、神圣与世俗等多重逻辑的阐释框架中②。施爱东以北京永定河西岸长辛店大街的地名来历传说为例,关注四种"传说"在历史上的相互竞争态势,认为这与明清时期此地长期作为驿站、官道、商旅通衢,还是人们进京、出京"歇脚之地"的特殊地理位置有关③。上述研究,体现出一致的研究取向,那就是特别注重区域地理与社会人文之间的长期互动关系。

我以为,基于自然地理的个体生计,长期磨合而成的群体风俗,与无处无时不在的生活政治,是我们解读乡民艺术活动时不可缺少的维度。刚才我们主要讨论了地理和风俗的问题,至于生活政治,是更为复杂的话题,牵涉国家政治进程、地方社会发展与民间日常生活之间多重的互动关系。中国历史悠久,领土广袤,也是不能不考虑的因素。因为在不同的地方社会中,"国家化"进程情形不一,于是国家大一统进程中所显示出来的规范性力量,与地方社会发展中叠加、嵌套而成的"地方化"传统,以及一方民众祖祖辈辈繁衍生息中所呈现出来的散在而柔韧的"日常

---

① 刘宗迪:《古典的草根》,生活·读书·新知三联书店 2010 年版,第 207、208 页。
② 赵世瑜:《在空间中理解时间——从区域社会史到历史人类学》,北京大学出版社 2017 年版,第 218—242 页。
③ 施爱东:《五十步笑百步:历史与传说的关系——以长辛店地名传说为例》,《民俗研究》2018年第 1 期。

生活力量",合力演出了一幕幕社会戏剧,或惊天动地,或堙没不彰。不过,也有惊天动地一时而终归沉寂者,也有堙没不彰良久而回声渐起者,不一而足。我们的田野研究,就是要将视线从艺术本体移向历史纵深处,移向社会的复杂面向,以田野的眼光看历史,以历史的眼光看田野,从各种人群时移势易的多元活用中观察和理解乡民艺术活动,虽然很难,但是必要。

三、在礼俗互动中理解艺术

张士闪:我相信大家在田野调查中,经常会有这样的困惑:历史上的某些事件,会被历代村民频繁提及,还可能会有添枝加叶的诸多"创造",而另外一些历史事件则被选择性遗忘;很多远离"真相"的说法,反倒得到后人的认同,而"真相"本身倒不见得有多重要。我们就此追问——为什么是历史上的此事而非彼事,频繁地被此地而非彼地所不断关注,最终形成了此种而非彼种的传统?

要想真正解惑答疑,就必须在具体的区域社会中,关注上述现象的历史建构过程与内在多元指向,并特别注意分析主体的表述话语。比如,在表面看来似乎仅仅是一种"年节扮玩"的乡民艺术活动,可能就蕴含着地方社会发展的历史脉络与内在逻辑,需要细心分辨与理清。田野研究,首先是要在种种艺术表象之中,挖掘各种关键性文化符号以及民众的相关表述,然后通过对地方文献的爬梳,在田野与文献之间寻找关联,在此基础上还原"社会事实",建构逻辑关系。鉴于乡民艺术传统大都历史悠久,经历了世易时移的多次变迁,而我们对此却难以知情,因此必须保持足够的想象力,在关注艺术传统的线性历史传承脉络的同时,要对艺术精英的文化创造与叙事策略予以精细分析。我想强调的意思是——艺术个体的能动性,当然要受制于国家历史进程与地方社会发展格局,但与此同时,国家历史进程与地方社会发展并不是作为艺术个体活动的背景而静态存在的,而是通过包括艺术个体在内的无数个体的能动性活动才得以实现的。相形之下,后者常常被忽视。

秉持这样的眼光,我们在田野考察中所获民众口述材料的所谓"随意性",不但不是拒绝采信的理由,反倒应视为民间叙事乃至地方生活的应有特征,为我们理解乡民艺术提供了有效路径。如果相关活动在地方志书或庙碑、家谱等民间文献中有载,那就更是一种幸运。虽然官方、知识精英与民众话语驳杂不一,但这正是历史所留给我们的不同声音,弥足珍贵!我们的研究可由此而变得深厚。

王加华：张士闪老师所谈，其实已经牵涉他这些年一直在做的礼俗互动研究①。对于艺术与中国礼俗传统的关系问题，我在近两年的耕织图研究中深有体会。耕织图，顾名思义就是有关"耕"与"织"的图像资料，乍听起来似乎是一种绘画艺术。从宋至清，我国至少问世了几十套耕织图像，各成系统，也各具艺术特色。不过，要是仅仅从绘画的角度看这些耕织图，或者仅仅从传播先进农业生产技术的角度来看待，是远远不够的。我的看法是，历代耕织图的创作与推广，主要是中国传统社会中的"道德化行政"的体现，其动机在于宣扬、创造并维持一种各安其业、各担其责的社会秩序，其效果在于营造或谋求一种国泰民安的文化象征与在社会治理方面深谋远虑的政治氛围②。耕织图的创作者，如南宋楼璹、元代杨叔谦、明代邝璠、清代焦秉贞等，或是地方官员，或是宫廷画师，在图像流传与推广的过程中都受到了最高统治者——皇帝的重视，并多以皇帝或中央政令的形式推向民间。

李海云：也就是说，历代王朝的耕织图，其本质上是在借助艺术形式昭示国家传统的重农之"礼"，教化天下的意义远大于农业技术推广的意义，形式象征的意义远大于本体"实在"的意义。如王加华老师所言，耕织图的创作者基本上都是地方官员或宫廷画师，我觉得其观赏者也就主要是皇帝及其身边的人，而不是真正从事耕织的老百姓。虽然很多耕织图以皇帝或中央政令的形式被推向民间了，但有没有人看、多少人看、是不是当作耕织技术普及图示来看，都很成问题。这就形成了一种很有趣的现象：在历代王朝君臣和知识精英的想象中，天下百姓是乐于看图的，一旦领受耕织图，一定会在叩谢皇恩以后欢天喜地地捧读，并从中学到了高明的耕织技术，丰年有望，为"太平盛世"奠定深厚根基。唯其如此，围绕耕织图的臣献君颁仪式才那么郑重其事，神圣无比。其实，耕织图的臣献君颁仪式是君臣合演的一出"社会戏剧"，是要通过对"农为天下之大本"的重农主义的宣扬，营造出明君贤臣共治天下的理想社会景观。可以说，耕织图这一"绘画艺术"的确在历代王朝社会治理中扮演了重要角色，但与我们通常所说的艺术品、艺术创作、艺术魅力等等却没有多大关系。

王加华：确实如此。耕织图的创作与推广，就是古代"重农"之礼的一种体现，也可视作一种重要的国家层面的仪式活动，虽然并没有被列为正式的、常规性的国家之"礼"。不过，这样一种国家之"礼"，不仅在内容上取材于最普通的"俗"

---

① 张士闪：《礼俗互动与中国社会研究》，《民俗研究》2016年第6期。
② 王加华：《教化与象征：中国古代耕织图意义探释》，《文史哲》2018年第3期。

平淡无奇的农桑活动,而且在表达形式方面,重政治效果而不是艺术影响。看似应该属于艺术范畴的耕织图,其实是"功夫在诗外"——借民众之"俗",行国家之"礼"。

李海云:清朝盛行的《圣喻广训》图像本,与耕织图的情形类似,但又有所不同。《圣喻广训》图像本,与朝廷的圣喻宣讲制度有关。在康熙皇帝"圣谕十六条"的基础上,雍正皇帝又加以推衍解释,编成万余字的《圣喻广训》,并在全国各地强力推行宣讲制度,谓之"圣喻宣讲"。地方官绅在执行过程中,往往会结合一些道德伦理故事,每月朔望以口语化形式进行宣讲活动,并由此衍生出两种"艺术"形式:一是《圣喻广训》图像本,结合绘画图本形式进行白话通俗解说,宣讲者多携带一本避免忘词,识字者日常闲看也觉得有趣;二是宣讲者借用地方曲艺说唱等艺术形式,活泼讲解《圣喻广训》,以避免宣教内容枯燥乏味,有利于民众理解接受。于是,作为国家政治制度的圣喻宣讲活动,下行到民间社会后,就被赋予了浓厚的艺术娱乐色彩。甚至在某些地方,当圣喻宣讲制度退出历史舞台以后,其中某些成分如朔望之期、图文抄本、吟唱形式等,却与当地民间祭祖祭神仪式、秘密组织活动相结合,进入仪式程序和民间文献之中。就这样,原本是国家政治层面"以礼化俗"的顶层设计,却在贯彻下行的实践过程中"礼化为俗",其中艺术因素在这一转换过程中起到了中介作用。这应该也算是张士闪老师近年来倡导的礼俗互动研究的一种表现吧。在田野调查中发现的这方面案例,还真是不少。

张士闪:我所以提倡一种礼俗互动的研究,是因为"礼""俗"在传统中国社会建构中扮演着重要角色。中国社会语境中的"礼"与"俗",既是社会事实,又是话语形式。作为社会事实,"礼""俗"的影响似乎无所不在;作为话语形式,"礼""俗"的含义又极不明确,可意会而难言传。就说"礼"吧,有上层社会既成的制度之"礼",有知识精英期望的待成之"礼",有民众日常生活中的活用之"礼",此外还有儒家之礼、僧家之礼、道家之礼及江湖之礼等等。我以为,这类"礼""俗"话语及运用实践的复杂之处,正是传统中国社会建构的精微所在,代表着中国文化政治的传统智慧,只是至今尚未得到充分阐发而已。中国社会语境中的艺术活动,当然也是无法超越"礼俗互动"所代表的整体社会框架的。深入讨论"礼生于俗""据俗成礼""以礼化俗""礼化为俗""以礼抗俗""礼俗冲突"之类话语形式及相关政治实践,不仅有助于理解中华文明的传统政治智慧与社会运作机制,对于我们今天的艺术学研究也大有助益。

李海云:我们今天还能见到的很多乡民艺术活动,都是在国家与地方之间长期的礼俗互动实践中凝结而成的。我国地方社会大都有着悠久历史,在国家与地方的长期互动中呈现出不同的历史过程,再加上民众对当地地理景观的附会,都可能会在乡民艺术活动中留下印记。另外,在传统乡土社会中,既有硬性的权力组织,如国家政府垂直下行延伸到村落中的保社乡约等,也有民间自发形成的家族、行业、会社等相对软性的组织。经过 20 世纪的"革命化"改造,民间组织受到沉重打击,但并未全部退出历史舞台,而是作为隐性权力系统,以习俗的名义继续在乡村社会运行至今。尤其是自 20 世纪 80 年代以降,国家开始推行村落自治,诸多民间传统出现复苏、再造的趋势。上述传统的民间组织形式,原本就是渗透乡村政治、经济、艺术、信仰等系统而发生作用的,如今在经过功能改造和形式转换后,开始发生作用。我们今天研究乡民艺术,就不应该忽视这些民间组织传统,有必要从历史与现实的双重维度加以考察。

　　张士闪:当然,艺术从来就是乡民建构地方秩序、组织社区生活的重要手段。虽然当代乡土村落正在经历巨变,但中国社会毕竟是在长期礼俗教化中养成的社会,乡村是中国传统文化的重要源发地和传承地,乡民艺术是最活泼灵动的文化载体,是中华文明绵延的重要社会基础。挖掘、梳理乡民艺术丰富多样的艺术形式、组织系统与传承机制,有助于推进中国文化传承完整谱系的研究,其意义是不言而喻的。

四、走进田野,秉持艺术研究的整体视角

　　张士闪:20 世纪 80 年代以来中国艺术学的"田野转向",与在转型中充满激荡的当代中国社会进程是分不开的。新的时代发展,需要艺术学转向中国本土发生现场,彰显艺术智慧。尽管学者们的学科背景不同,田野调查方法各有侧重,但在致力于艺术个案研究、追求具有普遍意义的学术关怀等方面则是一致的,并有重要学术积累。如项阳的山西乐户群体研究,傅谨的台州戏班研究,方李莉的景德镇民窑研究,王杰文的陕北晋西伞头秧歌研究,岳永逸的北京天桥艺人研究等,都是这方面的重要学术成果。他们的总体倾向是,努力以贴近生活现场的方式理解乡民艺术活动,聚焦民众在人际互动中的生活化阐释,深描个案,期望找到一种在中国社会语境中重新理解艺术或"在艺术中发现中国"的研究路径,并各有所成。我以为,这种放宽视野,关注在民众生活中不断生成和变动的"艺术田野",在未来一段时间内依然会是当代中国学术中一个很具活力的方向。

王加华：的确，近20年来学界劲吹"田野风"，艺术学也加入了这场"田野大合唱"。就我们三人而言，尽管学术背景很不一样，却在田野研究方面殊途同归：我是历史学出身，所受到的学科训练是在历史资料中理解过去；李海云博士是艺术学出身，应该是偏向审美和情感现象的分析；张士闪老师的情况要复杂一下，出身中文系，一毕业就进入艺术圈，还长期关注传统武术，十多年前跑到北京师范大学学习民俗学，近年来又言必称历史……这些年来，我们却不约而同地都注重村落田野调查，而且越做越带劲。这是我进入山东大学民俗学研究所工作十多年来，感触最深、受益最大的方面。相比于文献研究，田野调查可以让我回归历史现场，接触活生生的个人生活，体会民众生活与社会运作的逻辑，从而对地方社会有较前深入、直观的理解。我觉得田野调查对于什么学科都是有用的。

不过，要是从乡民艺术研究的角度来看的话，我的田野调查是有许多不足之处的。一方面，我对艺术本体层面关注不足，而更关注生计、信仰等民众的其他生活面向。另一方面，可能是与历史学的思维惯性有关吧，我总是倾向于从"相沿成俗"的比较稳定的角度来理解乡民艺术活动，而较少看到那些正在变动的方面。不过，我看到的一些从舞蹈学、音乐学、戏剧戏曲学、美术学等艺术本体出发的学者，其研究好像又有深陷艺术本体、简单理解社会语境的倾向，影响了对于艺术的"社会性"面向的深入讨论。

李海云：从艺术学学科出发的田野研究，最容易犯的毛病是：对艺术本体的描述精雕细刻不厌其烦，对乡村社会语境的描述则按格填空失之粗疏，使用田野资料时又不加分析，"放到篮子里都是菜"，缺乏问题意识，难有田野发现，当然也就容易导致学术含量不足的现象。比如说，以乡民艺术为研究对象的一些博硕士论文，往往搜集大量的关于艺术本体的田野资料，如舞谱、乐谱、鼓谱、唱本、绘本等形式，却对乡村传统中使用更为普遍的通俗文本关注不足，如族谱、碑刻、地契、婚贴、丧贴、日用历书、对联、家堂、捐款簿、账本、乡规民约等等。即便在田野调查中见到了这类东西，也往往视为乡民艺术的边角材料，不予深究，这是很让人遗憾的。其实，这些文字或文本资料，有助于我们深入理解乡村错综复杂的社会关系、日常生活的组织与运作机制，进入民众的内在精神世界。真正的乡民艺术研究，怎能离得开对这些资料的关注呢！

据我观察，传统村落中的文字使用状况，一方面包括村民在日常生活中的直接应用，另一方面也应该包括村民对于文字的敬畏之情，如在村民想象中文字力量的发挥。虽然在过去，乡村没有发达的文字使用传统，民众不能像文人精英那样熟练运用文字,而只是在生活中偶有所用而已,但家有族谱、地契,村有古庙、古碑,往往就意味着有"白纸黑字"为证的文化底气。此外,这些乡间文本还常常与文人精英、国家制度有一定关联。村里识文撰字者,一般都是乡民艺术活动的操持者或热心参与者。我觉得,对于广泛意义上的乡村文字传统考察,应该成为乡民艺术研究的基本视角。

张士闪:当然。若要深入理解村民的文字使用传统,还必须关注地方社会历史上的文教状况。即使是在一村之内,其文教传统也与国家大一统礼仪进程密切相关,特别是与地方社会发展有莫大关系。国家对于乡村社会的渗透,不仅仅在于科举制度,也不仅仅是乡村家族出了多少秀才、举人或进士,以及多少人曾出任官职,还应该包括村内文字的普及历史和使用方式。比如年节春联中对于"诗书继世长"的广泛标示,乡贤鼓励读书识字的善举,以及由此带来的乡村社会风气的变化等,这些都会对村落生活发生潜移默化的影响。

王加华:中国是一个有着悠久历史的文明古国。与其他文明古国相比,其最大特色就是从未间断的文明发展与源远流长的文字记录传统。这一文字传统,不论是对于文明的形成与传承,还是对于现代民族国家的建构,作用甚巨,如何强调都不为过。虽然费孝通先生在《文字下乡》一文中谈到,中国乡土社会是个面对面的社会,有话可以当面说明白,不必求助于文字,因此文字也就是多余的。[①] 但这主要是从单纯交流层面来说的,若从国家大一统的进程、礼俗互动的社会机制、个体与群体之间的文化沟通等层面来说,文字对于村落社会生活的影响其实是绝不可忽视的。文字所代表的文化力量,乃是传统乡土社会之所以稳定发展、士绅阶层能够持续存在的重要支撑之一。

张士闪:我们常说"一草一木总关情",这是个比喻的说法。除了自然万物以外,文字、图像等文化符号也是民众建构生活世界的"材料"与"媒介"。平民百姓,不像知识精英那样以玄思人生、浅斟低唱而风雅自矜,却并不缺乏对人性的终极关怀。只要走进田野,观察一下乡民艺术活动,很快就会注意到这一点。我在华北田野调查中的一个深刻感受,就是乡村艺术活动总是与信仰活动难分彼此,相互渗透,相互支撑。这其实是必然的,民间信仰为艺术活动提供了表演空间与神圣氛围,民间艺术又为信仰提供情感支撑,吸引和培养信众,二者合力为民众开辟出一条超越世俗生活之路,既贴近现实又通往梦想,既积聚世俗力量又导向神圣超

---

① 费孝通:《乡土中国》,中华书局 2013 年版,第 5—9 页。

越……我就不在这里展开这一话题了。

李海云博士刚才所说的田野研究的这些弊端,不仅发生在艺术学领域,在我所熟悉的民俗学界也大量存在。田野访谈,仅仅被简单当作一种搜集资料的方式而采用,随意性强,至少是不够严谨。比如对于访谈对象的选择,经常是碰上谁就是谁,谁愿意谈或是健谈就访谈谁;田野资料七拼八凑,将多人的口述资料拼贴出所谓的"村落民俗志"就算大功告成。这样的田野研究,没有特定地理环境的时空分析,没有国家大一统进程中地方社会发展的脉络梳理,没有关于民众个人生活史的整体关照与主体叙事分析,对访谈行为本身又缺少反思和检讨,在方法论层面缺乏思考,所获得的就只能是琐碎口述资料的芜集。

李海云:刘铁梁老师最近也强调说,不能只对搜集来的民俗资料做纸面上的分析,忽略民俗文化现象在当地具体生活事件中所发生的意义,而要与当地老百姓建立起自由交谈和平等对话的关系,观察他们怎样通过日常交流的行为而结成情感相通、文化相守的社会关系。他还曾强调说,书写民俗志的目的"就是要了解当地人是怎样认识和创造他们的生活的,什么才是他们认为最重要的东西。这需要我们与当地人深入的相互沟通。不仅限于访谈或谈话,还要观察他们的实际生活"[①]。显然,他是将田野访谈视作一种特定的人际交往方式,将口述行为视作特定交流语境中的一种文化表达,我觉得这对我们今天讨论艺术学的田野研究是很有启发意义的。

张士闪:对。在20世纪80年代以来中国学术的发展历程中,刘铁梁老师多次提出富有张力的学术概念,如"标志性文化统领式"民俗志"村落劳作模式""集体叙事与个体叙事""日常交流实践方式""感受生活的民俗学"等,每每产生广泛影响。对于今天我们所谈的艺术学田野研究来说,这些概念的提出其实都意味着推进与深化的契机。根据是——我是赞成一种"大艺术观"的——我认为艺术研究的对象应该包括人类所有的艺术活动及泛化现象,其任务是从艺术研究出发,推进对人类生活与文化的普遍性规律的认知。

总的来说,在20世纪80年代以来的中国当代学术发展中,科学范式占主导地位,艺术学研究深受其害。长期以来,身体与精神、感觉与理性就被简单理解为是分立、并置的关系,于是就有了科学立场与艺术立场的截然对立的划分。直到近

---

① 刘铁梁:《"标志性文化统领式"民俗志的理论与实践》,《北京师范大学学报》(社会科学版)2005年第6期。

20多年来,一批学者才试图将人的身体、感觉等因素真正纳入历史学、民俗学、人类学等学术研究中,予以统合探索,这在以往是很难想象的事。其实,以研究审美、情感活动为己任的艺术学,本来应该是在这一"科际整合"趋势中独具优势并大有可为的。我们知道,一个学科是否发达,是以它对其他众多学科的贡献为基本标志的,就此而言,当代艺术学研究依然任重道远。

李海云:我知道张士闪老师对于当代艺术学发展不尽人意的批评,是因为有着更高的期许。我们进入乡村调查,经常会遇到这样的困境:父老乡亲不大使用"艺术"这个词,也不将被我们视作"艺术"的活动当作"艺术",而是另有"扮玩""要景""逗乐"之类的俗称。更复杂的情况是,他们可能因为我们称作"艺术",也就开始这么称呼了,甚至有意识地加以改造,以迎合我们的说法。如果没有我们调查的介入,当地的艺术活动可能会遵循自身的传统惯性,为满足地方民众日常生活之需而发展、变迁。但我们要研究就不能不调查,既调查就不能不对他们的艺术活动产生影响。有经营意识的村民还会设计一番,如何借助外来力量,去申请各级非物质文化遗产、获得政府支持、形成文化产业链等等。该如何看待这一问题呢?

张士闪:的确如此。在学者进村访谈时,经常会有一些有见识的村民,揣摩学者意思而对村落内部知识加以改装,很多时候是往学者这边贴靠。这既与现实生活中学者的强势话语地位有关,也表现出村民对外来人(包括学者)的利用心态。一旦察觉到学者话语有助于本村文化的"增值",村民往往就会欣然抛却先见,赞同学者的说法,甚至热心地帮助寻找证据。我认为,这其实也是村落知识增长的一种方式,只是目前还处于不稳定状态,需要将之与村落中比较稳定的知识范畴相比对,否则,我们对村落的理解就不免浮光掠影。其实,我们在田野调查中遇到的民俗资料提供者,大多都属于村里"会看事""会来事""会说话"的人,经常代表村落向外人表述"村落文化",其表述话语当然会经过其自身的选择、加工而具有个人色彩。明白这一点,我们就需要进一步观察,大多数村民会认同他作为村落文化代言人的角色吗? 不善于对外人表述的大多数村民,如何评价他的话语? 学者的到访,是促成了村民对他话语的接受还是相反? 这些都需要格外留心。归根结底,当代学者的一项重要使命,就是关注村落,将村落中的人、习俗、文化传统与生活现实等视为一个整体,探索村落社会运行的内在逻辑,阐释村民的生活世界及其文化意义之所在,并在此基础上对其社会形态、运行机制以及变迁脉络予以分析推导,这对于理解中国乡村文化传承乃至整个中国社会是大有裨益的。

但想要完成这一任务,不仅需要相当的敬业精神,还需要掌握一定的田野研究技术。在这方面,我愿意就我的几点体会与大家交流,可以简称为田野研究中"三个互动"的视角:以人地互动的视角,关注大自然与人类生活之间长时段的相互塑造;以礼俗互动的视角,关注国家政治、地方社会与民众生活之间复杂而深厚的共生关系,体察其中"国家化""地方化"与"生活化"等不同面向及其统合;以人际互动的视角,将包括田野访谈在内的人类生活交流实践,视作基于生存、立足传统的文化创造活动,在日常生活中理解文化,进而理解与阐释中国文化传承的完整谱系。

王加华:不可否认的是,随着中国城镇化建设的持续推进,虽然某些传统民俗活动依然有着顽强的生存活力,但更多的民俗事象却难以适应当代生活的剧烈变化,已经消失或者正在失去生命活力。例如,发生在年节期间的许多乡民艺术传统活动,在全国各地多有消失。此外,一些传统的农业劳作知识和生产习俗逐渐退出民众日常生活,市场经济的发展正在彻底改变村落原有的时间制度,村民累世而居的以血缘和地缘为纽带的乡土社会空间和社会关系网络也在渐渐淡化甚或不复存在。这可能是当代艺术学研究必须面对的重大挑战。

张士闪:的确,作为一种古老文明形态的村落,目前正处于巨变之中,特别是随着以全球化、都市化为特征的现代生活的迅速普及,乡土文化的连续性、系统性、整体性已严重受损。但我深信,村落所代表的人文传统,在可预见的未来仍具相当价值,尤其是当它在涵化现代文化成分后获得新的活力,也许就是破茧重生的开始。我相信,乡民艺术在这一过程中将代表一种特殊的推进力量,具有独特价值。当代艺术学者走进村落,就应该承担认知历史、立足当下、面向未来的神圣使命。广阔的农村天地首先需要被准确认知,然后才可能"大有作为"。我认为,以这一姿态加入当代学界"田野大合唱"的,才是好的艺术学者,也才可能有好的艺术研究。

(原载于《民族艺术》2018 年第 6 期)

我眼中的改革开放 40 年

——中国戏曲批评篇

张之薇　中国艺术研究院戏曲所副研究员

1978 年末党的十一届三中全会,对于中国的意义或许不亚于 1949 年 10 月天安门上的开国大典,因为这两个时刻对于每一个经受过苦难的中国人来说都有着共同的意义——"新生"与"希望"。于是 40 年前,在各种场合"新时期"一词被反复提及。在这里,"新"更多代表着人们一种强烈的期许,期许梦魇般"文化大革命"十年的终结,期许用告别来迎接"新生"与"希望"。

一、1978—1979:究竟是"新时期"的起点,还是"转折年代"?

40 年过去了,今天,我们有必要追溯和重新审视一下"新时期"的由来。

据文学理论家洪子诚说:"1977 年 8 月在北京召开的中共第十一次代表大会,宣布历时十年的'文化大革命'以粉碎'四人帮'为标志而结束,这次会议把'文革'结束后的中国社会,称为社会主义革命和建设的'新时期'"。① 接着,"与社会政治关联密切的文学界,随后也把'文革'后的文学称为'新时期文学'。"②而党史研究专家徐庆全也认为:"似乎'新时期'这个概念首先是在文学界使用的。1978年 5 月底到 6 月初,中国文学艺术家联合会召开粉碎'四人帮'以来第一次全委扩大会议。6 月 5 日通过的《中国文联第三届三次全委扩大会议决议》中,用了'新时

---

① 洪子诚:《中国当代文学史》,北京大学出版社 2010 年版,第 233 页。

② 洪子诚:《中国当代文学史》,北京大学出版社 2010 年版,第 233 页。

期文艺'的概念。"可以这样断定,"新时期"这一概念的提出初始是以十年"文化大革命"这一时间段为参照系的,并且最初是应用在社会主义革命与建设层面上的。而文学界有了"新时期文学"的提法,更多是出于文学对政治的紧跟。所以,虽然今天我们在各个艺术领域提到"新时期"的概念,似乎早已去政治化,但是我们难以否认"新时期"一词最初的政治意味。

以十年"文化大革命"为"旧"参照树立起来的"新时期","拨乱反正"成为这一时期迈出的第一步。而"文化大革命"中将戏曲界"十七年"创作的大量优秀剧目彻底否定,于是人们对"新时期"的想象就从"重回十七年"开始。

"十七年",指的是新中国成立后到"文化大革命"运动前的 1949—1966 年。在中国的文化艺术领域,"十七年"恐怕早已不是一个简单的时间概念,而是一个绕不开的文艺理论概念。曾经作为个体化、民间化的文学、戏曲等艺术在这一阶段中被赋予了特殊的国家主流意识形态,被要求承担了特殊的政治任务。可以说,"十七年"开启了政治意识凌驾于艺术意识之上的风气,而且多以描写新社会下的新精神、新思想为内容,同时对娱乐性的矮化,对功能性、教育性的提升等等皆成了这一阶段从内容到观念上的创作倾向。然而"十七年"又与"文化大革命"中创作观念的单一、"左"倾思想的极端化有着明显的区别。所以,即使今天让我们来评判"十七年"都是个令人爱恨交织的事情。正如傅谨先生所言:"客观的说,从 1949—1966 年的十七年里,中国戏剧发展取得了不菲的成绩。……由于戏剧在一般民众文化生活中的重要性,即使是在极'左'思潮占据着绝对统治地位的时代,民间仍然有地下的传统戏剧演出;同样,由于戏剧的悠久传统以及他所蕴含的美学内涵强烈地作用于这个文化氛围里成长的所有个体,……这就给了戏剧按其历史规定性生存发展的一定空间;而传统的魅力更弥补了创作的空虚。"①因此,在 1949—1966 的"十七年"中,也曾诞生了京剧《白蛇传》、河北梆子《蝴蝶杯》、昆曲《十五贯》、京剧《穆桂英挂帅》《谢瑶环》《杨门女将》、评剧《花为媒》《杨三姐告状》、昆曲《李慧娘》等至今都可以称为经典的作品。"新时期",也正是以对"十七年"戏剧作品的恢复上演为起点来实现戏曲"涅槃"的。

随着《逼上梁山》《十五贯》《杨门女将》《三打白骨精》《春草闯堂》《朝阳沟》等优秀剧目陆续上演,大量在"文化大革命"时期被彻底否定的剧目被重新评价,

① 傅谨:《20世纪中国戏剧史》(下册),中国社会科学出版社 2017 年版,第 442—443 页。

如曹禺的《从此旧剧开了新生面——赞京剧〈逼上梁山〉》①、冯其庸的《喜看〈逼上梁山〉》②、郭亮的《重看〈杨门女将〉有感》③、董健的《传统戏曲推陈出新的成功典型——祝昆剧〈十五贯〉重新上台》④、郭汉城的《十年重话〈朝阳沟〉》⑤、周扬的《重看豫剧〈朝阳沟〉》⑥、俞为民的《重新评价〈海瑞罢官〉》⑦等。尽管此时的文章政治意味依旧十分明显,但是对"文化大革命"十年戏剧创作倾向的批判和对"十七年"的美好回忆却溢于言表,与之同当时对传统剧和新编历史剧的重新评价也渐渐热闹起来。

而对"文化大革命"的导火索——《海瑞罢官》的重新评价显然是此阶段"拨乱反正"的一件大事。随着1979年春节期间,北京市京剧团《海瑞罢官》重现首都戏剧舞台,为《海瑞罢官》彻底平反的声音在当年的《人民戏剧》上集中发力。《人民戏剧》连续两期以《是"文化大革命的序幕"还是篡党夺权的序幕?》为主题,刊发了会议纪要和各界学者的文章,对姚文元的《评新编历史剧〈海瑞罢官〉》一文进行了批判,对京剧《海瑞罢官》做出了拨乱反正。指出姚文元一文"混淆了学术问题与政治问题的界限,混淆了两类不同性质的矛盾"。同时随着对《海瑞罢官》的重新评价,更提出应该对当时的一些戏剧理论重要问题进行深入探讨的愿望。人们一致提道:"这些年来,对凡带'人'字的都讳莫如深,如人性、人道、人情、人学、人民性、人类灵魂工程师等等。……还有,影射与古为今用如何区别?以及关于清官戏问题。鬼戏问题,道德继承问题,美的阶级性问题等",⑧对这些问题的厘清,虽然在当时的情形下实际上牵涉的还是一个政治是非问题,但是,其实对这些问题的厘清也是让艺术创作重新遵循艺术规律,让艺术批评重新回归艺术标准的一个转折点。

1978年至1979年,因为"拨乱反正"和"重新评价"这两个关键词而被视为"新时期"的起点,但实际上因为没有结点而使得"新时期"概念并非严谨。"新时期"原本就是一个脱胎于政治表述的词汇,今天我们从文艺理论层面评价,或许

---

① 见《人民日报》1977年10月12日。
② 见《北京日报》1977年10月16日。
③ 见《人民戏剧》1977年第12期。
④ 见《新华日报》1978年1月4日。
⑤ 见《人民戏剧》1978年第6期。
⑥ 见《人民日报》1978年5月13日。
⑦ 见《文汇报》1979年2月2日。
⑧ 《是"文化大革命"的序幕还是篡党夺权的序幕?——本刊编辑部举行座谈会批判姚文元的〈评新编历史剧《海瑞罢官》〉》,《人民戏剧》1979年第1期。

"转折年代"这个表述比"新时期"更为恰当,因为正是这两年的过渡使文学界、艺术界的创作观念转向。这两年衔接着"文化大革命"前和 20 世纪 80 年代之后的阶段,这两年不仅仅是相对于十年"文化大革命"的转折,其实更是相对于 20 世纪 50 年代末以来所形成的文艺创作思想观念的一次转折和突围①。于是,"号召文艺界解放思想,破除迷信,敢想敢说敢做,坚决捍卫党的'双百'方针,发扬艺术民主"②,这样的声音在当时批评界开始此起彼伏。

二、80 年代:复兴和启蒙年代

20 世纪 80 年代在今天的文化人心中是有些玫瑰色的。所以,在文学界"重返80 年代"的话题在近些年此消彼长。为什么要"重返"? 80 年代似乎代表着对文化专制的告别,重新让文学回到自身;80 年代似乎也代表着对思想禁锢的抛弃,对自由精神的拥抱;80 年代重新建立起与"五四"启蒙精神的关联,让"人"的解放成为重要命题。所以,在进入 21 世纪后,"80 年代"成为文学界人士时常探讨的话题。北大教授李杨先生在 2006 年的一篇对话中曾说:"80 年代建立起的观念仍然是我们理解这个世界的基本框架。"③

文学界实际上常常是戏剧界的先声,它超前于,乃至引领着戏剧领域的思想和观念。由文学界蔓延至戏剧界,所建立起的人学、启蒙、反思、主体性、让艺术回到自身等观念的确依旧是今天人们评判戏剧(戏曲)文学的最高标准。更进一步,将范围缩小到戏曲批评领域,我们可以发现 80 年代戏曲界曾经热闹探讨争论的理论问题仍然是今天我们谈论戏曲时常常面对的问题,并没有太多的逾越。比如:关于戏曲推陈出新的讨论;关于戏曲现代化和戏曲化的讨论;关于戏曲危机和戏曲如何适应新时代的讨论;关于戏曲现代戏的讨论;关于戏曲创造与革新的讨论;关于戏曲的传统与当代意识关系的讨论;关于历史剧的讨论等等。从这个意义上说,80年代的确是个不寻常的年代,戏曲批评的框架在那时就基本奠定,那是一个真正复兴和启蒙的年代。

---

① 《破除迷信 解放思想》,《人民戏剧》1979 年第 2 期。文中提道:"到了 50 年代后期,在那些貌似革命其实是形而上学的思想影响下,不按艺术创作规律办事、破坏艺术民主的现象时有发生,严重地妨碍了社会主义文艺的发展。"

② 《破除迷信 解放思想》,《人民戏剧》1979 年第 2 期。

③ 李杨:《重返 80 年代:为何重返以及如何重返——就"80 年代文学"研究与人大研究生对话》,《当代作家评论》2007 年第 1 期。

之所以首先说它是个复兴的年代,是因为与前 10 年的死寂相比,一切事物都在萌芽,仿佛万物都在生长。

传统戏和地方戏曲的恢复上演,达到井喷,但之后却遭遇到迅速冷遇,反射到戏曲批评领域则是一场关于戏曲如何推陈出新的探讨,进而诱发了如何看待传统戏价值的大讨论。《文艺研究》1980 年第 1 期发表了多篇关于"推陈出新"的文章,如:刘厚生先生的《推陈出新十题》、王朝闻先生的《出新与推陈》、吴雪先生的《由"推陈出新"想到的》。其他报纸也纷纷对此话题展开讨论。乃至于《戏剧报》1983 年连续几期推出了《如何继承、改革和发展京剧艺术流派》①的专题讨论,从京剧艺术流派切入来谈"推陈出新"的问题。"推陈出新"是毛泽东同志在 20 世纪 40—50 年代不同场合提到的词汇,直至 1951 年 4 月为中国戏曲研究院题词"百花齐放、推陈出新",1952 年这句话又作为第一届全国戏曲演出观摩大会的办会宗旨出现,实际上它成为中国戏曲 50 年代具有政策意义的指导方针。而进入 80 年代,"推陈出新"被重新讨论的大背景是"死而复生"的传统戏被恢复之后自身所面临的困境,而在当时出现的两种立场则是:一是由于之前对传统戏和戏曲演员的致命伤害,所以将对传统戏的抢救、挖掘与整理应该放在首位;二是传统戏有局限性,要适应新社会传统戏必须推陈出新后才能上演。1980 年 7 月 12 日全国戏曲剧目工作座谈会在北京召开。会议总结了新中国成立 30 年来的戏曲政策和经验,重申了"百花齐放、推陈出新"的根本方针和"两条腿走路""三并举"的剧目政策。最终"推陈出新"成为这一时期传统剧目重新上演的重要标准。

然而,究竟什么是"陈",什么是"新"?"陈"与"新"相对于戏曲本身又相对于不同时代的取舍尺度究竟是什么,在戏曲的困境之下,不同的人有不同的声音,具体体现在对戏曲传统的不同认识上。有的人将戏曲的衰落彻底归咎于"旧"的传统,不仅在于戏曲的旧内容与旧思想,同时也在于戏曲的某些旧程式,乃至于旧的舞美、旧的乐队等方面,都划归为"推陈"之列。② 然而,在这个问题上,有些理论大家的观念今天读来却也是令人信服的。王朝闻在《出新与推陈》一文中谈到了现代戏的创作问题,首要就是向传统戏借鉴。"这些看起来已经比较完美、不宜轻易改动的剧作,它能够保留下来的重要原因,是它在不断的演出过程中,经过了反复的修改。这些既为当时的群众所喜欢,又能为今天的观众所喜欢的优秀传统剧目,

---

① 刘厚生等:《如何继承、改革和发展京剧艺术流派》,《戏剧报》1983 年第 1—3 期。
② 许谨忠:《只要推陈出新才能保留传统剧目》,《人民戏剧》1979 年第 5 期。

不仅在艺术上能给人以审美享受,而且在思想上还有一定的现实意义。它并不是一开始就很完美的,而是经过千锤百炼、精益求精的劳动所形成的。"他进一步指出"新与旧这两者的关系,不是互相拆台,而是互相支持的一种辩证的关系"①。对戏曲传统价值的质疑,从 1949 年以来我们经历了太多,直至 80 年代,这种质疑依旧存在于很多人的心中。1983 年在《戏剧报》开展了一场关于传统剧目的辩论,陈仁鉴、戈明、薛若琳、杨晓雄、赵晓东、沈尧、晓赓、傅骏、刚韧等都加入了讨论,各自从不同立场阐发了如何正确看待戏曲的精华与局限性的看法。

然而,当我们今天站在对待传统的崭新视角下,那些对传统有足够定力的理论家们不得不令人心生崇敬。文化是一条河流,割断传统或来去的路去谈"出新",就是对自我的最大戕害。正如张庚先生所说的:"我们说改革,决不是把传统抛在一边,另起炉灶,而是坚持在传统的基础上出新。要尊重戏曲的基本形式、基本特点和基本规律。要保存和发扬戏曲传统中的精华,同时又要不断创造出表现新生活内容的新技巧、新程式"②,这样的理论观点无疑对戏曲创作是具有永恒价值的。

80 年代还是个启蒙的年代。

谁也不能否认,80 年代与"五四"的关联,而继"五四"以来对"现代化"的重新阐释、构建和想象在这个 10 年几乎浸透到各个文化领域。戏曲,作为最传统的、最古典的堡垒其"现代化"当然也是重点。戏曲的"现代化",很多人是从"冲破戏曲化束缚"开刀的。1984 年在上海召开的戏曲现代戏年会上,一些专家认为戏曲现代戏之所以不能长足进展,乃是由于一些人提倡"戏曲化",束缚了创作者的手脚,认为"话剧加唱"不失为合适的类型。会议期间,《文汇报》刊登与会代表看法:"要大胆冲破'戏曲化'的束缚,掌握时代信息,重视'横向借鉴',在戏曲表现形式上进行第二次革命。"此文还提出"'戏曲化'已成为传统化、程式化、繁琐化、老化、僵化的代名词,它似紧箍咒束缚了从事现代戏创作同志的手脚,成为现代戏发展的障碍"③。对"戏曲化"的质疑以及对质疑的再质疑一时成为戏曲批评界的焦点。颜长珂的《"冲破戏曲化束缚"质疑》④、尚章的《冲破"戏曲化"束缚——与颜长珂同

---

① 王朝闻:《出新与推陈》,《文艺研究》1980 年第 1 期。
② 张庚:《戏曲剧目工作座谈会开幕词》,转引自《张庚文录》(第四卷),湖南文艺出版社 2003 年版,第 254 页。
③ 《冲破"戏曲化"束缚　重视横向借鉴》,《文汇报》1984 年 12 月 10 日。
④ 颜长珂:《"冲破戏曲化束缚"质疑》,《戏剧报》1985 年第 2 期。

志商榷》①、于一的《也谈"戏曲化"》②等文章,相继见诸报刊。20世纪80年代,人们之所以会将"戏曲化"认定为束缚,无非是和改革开放后涌入的西方思潮分不开的,更多人认为古老而传统的戏曲已经与这个时代不合拍了,戏曲必须通过学习西方艺术的途径来"现代化",无论是内容还是形式。

此间,不可忽视的一股力量是话剧界进行的一场关于"戏剧观"的大讨论,这场讨论对戏剧功能的重新认识,对戏剧中人性的探索,以及对戏剧表现形式的横向借鉴等观点,影响着整个戏剧创作领域,当然也包括戏曲领域。话剧界的"探索戏剧"自1982年《绝对信号》始,开启了一段对西方现代派演剧理论大规模模仿、"拿来"的亢奋期。与此同时,对人内心丰富性和复杂性的探究也成为"戏剧观"大讨论下戏剧创作的直接成果。而戏曲的创作应该说也深受影响,在形式创新之余也焕发出对"人"前所未有的关注。

戏曲创作是一个很复杂的过程,单用"现代化"还是"戏曲化"的二元对立来框定作品容易有削足纳履之嫌,因此理论只期盼对创作有一定的指导意义就很好了。在20世纪80年代"戏曲危机"的论调下,在"戏剧观"的讨论之下,戏曲界一大批极具创新意识、极具探索意识的作品,掀起了一次又一次的新话题,其形式不拘一格,以及对人性的大胆探讨,对于今天我们的创作者来说其实是很珍贵的。从京剧《徐九经升官记》到川剧《四姑娘》,再到汉剧《弹吉他的姑娘》、荒诞川剧《潘金莲》、莆仙戏《新亭泪》、湘剧《山鬼》、川剧《红楼惊梦》、梨园戏《节妇吟》、昆曲《南唐遗事》、京剧《曹操与杨修》等等,创新和探索不仅仅局限于京、昆这样的大剧种,也拓展到莆仙戏、梨园戏这样的小剧种,而且可以看得出剧作家在这波戏曲创新大潮中占据着主导地位。无论哪一个时代,戏剧的腾飞都是需要文学助力的,戏剧的转型更需要剧作家的自觉。80年代的戏曲界,剧作家用他们的自觉为戏曲撕开了一道裂缝,强光照进舞台,新的样式让人眼花缭乱,对人性的深入碰触让人叹服,虽然有些作品也存在求"新"求"怪"、用力过猛的倾向,但这个时代的作品都渗透着编剧与导演的创造力,这其实就是戏曲最蓬勃的生机。

三、90年代:分化与重塑的年代

与80年代的纯粹不同,90年代的文学和艺术界则是复杂而多元的。

---

① 尚章:《冲破"戏曲化"束缚——与颜长珂同志商榷》,《戏剧报》1985年第4期。
② 于一:《也谈"戏曲化"》,《戏剧报》1985年第8期。

社会的"转型"、市场经济的渗入改写了文化发展的单一方向,取而代之的是文化与政治、艺术与市场的关系变得相互依存、暧昧不清。正如洪子诚在《中国当代文学史》中所说的:"提倡'主旋律'既是国家一项反复强调的文化战略措施,但也允许、甚至推动一个消闲、流行文化空间的形成。因此,80 年代和政治紧张的 90 年代初期,那种用以描述权力空间的'官方'/'民间'、'体制内'/'体制外'的对立、分割性概念和相应的描述方式,在使用上已不再那么简便和清晰有效。在这一复杂的社会语境中,在 20 世纪 80 年代享有'公用空间'的文学界,其分化不可避免,作家创作的定位,价值取向的选择,'灵感'的来源,对'产品'预期的市场效应等,有了更多选择的可能性,也面临更多的制约。"①

同样,描述 90 年代的戏曲创作也并非一件简单的事,因为在不同方面分化正以各种样貌作用于戏曲界。其两个极端表现是:一方面"主旋律"题材的"政府戏"成为当时的热潮,川剧《被告山杠爷》、豫剧《红果,红了》、京剧《华子良》这些优秀的作品均在那时产生,但更多是被评奖意识所支配,被功利心态、投机心态所左右的庸常之作;另一方面追逐市场回报、主打明星效应的戏曲制作也不断出现,在过分追求市场化的理念下,一些作品颇具争议。如:上海越剧院《红楼梦》,以豪华逼真炫目的舞美引发了当时人们对戏曲舞美大制作的讨论;再如,浙江小百花越剧团的《西厢记》则引发了人们对经典名著如何改编的思考和热烈探讨。

有分化,但也有惯性。进入 20 世纪 90 年代,上一个十年戏曲理论界关于危机的言论和创作界对现代戏曲的思考仍然在继续,甚至是齐头并进。

90 年代初,一篇《死与美——对古典戏曲命运的理性认识》的文章如重磅炸弹一般投在了戏曲界。这篇文章是作为《面向 21 世纪——对当代中国戏剧的新思考》的专栏文章之一出现的,20 世纪的最后一个十年,文艺评论家李洁非对古典戏曲下了"死与美"的判语。他认为,"不管我们怎样痛心疾首,古典戏曲作为一种现实的艺术品种而面临的衰退结局肯定是无可挽回的了。……古典戏曲的最高典范——昆曲——其实在本世纪初便丧失了活力;只是由于京剧作为继昆曲而后产生的古典戏曲的最后硕果,在 30 年代以它的卓越的表演艺术成就制造了古典戏曲的一幕美不胜收的黄昏佳景,才使得这样的危机感隐而不发。"②但同时他并不认为古典戏曲的"死"是自身的原因,恰恰相反,正是因为至"美"才导致了它的衰落,

---

① 洪子诚:《中国当代文学史》,北京大学出版社 2010 年版,第 411—412 页。
② 李洁非:《死与美——对古典戏曲命运的理性思考》,《上海戏剧》1993 年第 1 期。

是现代社会快餐式的、速朽的、不注重深度的、功利化的特质使得古典戏曲的至美被排斥、被毁灭。再读此文,笔者发现毋宁说李洁非是在对古典戏曲持极度悲观的态度,不如说他是在对那个"快餐文化"的社会持悲观态度。90 年代,市场经济的大潮突起,流行文化、大众文化、消费文化迅速占据主流,这种风潮对所有要求深度、需要细细欣赏的纯艺术所造成的困境是致命的,李洁非不仅对此深深忧虑,而且对古典戏曲是否能够纯正地活着也表示怀疑。与此同时,他也批判了戏曲理论建设中存在着用进化论的观念去看待艺术的倾向,反诘"艺术为什么一定要跟上时代的发展呢?"他的观点自然迅速引来了各方人士参与讨论,尤其是戏曲理论界人士的反驳。安葵的《理论的价值何在? ——读〈死与美〉及其续篇》①、蓝凡的《中国戏曲向何处去——为〈死与美〉的戏曲观念号脉》②、沈尧的《弥纶天地之道

范围天地之化——评〈死与美〉及其它》③、骆正的《谈戏曲的理论建设——兼评李洁非同志两篇论戏曲的文章》④、周传家的《且慢致最后的注目礼! ——与李洁非同志商榷》⑤,这些文章的观点大多以质疑为主。

今天我们回看 20 世纪 90 年代初期的这次争鸣,可以大约得出这样的结论,李洁非对戏曲显然是保守派一方,他对颠覆式的、为了迎合现代观众而进行的戏曲改造、革新是持反对意见的。在越来越纷繁的现代社会下,对戏曲抛出"死与美"的观点或许听起来有些刺耳,但是关于戏曲衰退论其实无须辩驳,因为戏曲的"黄金时代"的确早已远去。正如戏剧理论家马也先生所言:"在大众文化的包围和挤压之下,戏曲只好走下文化'主流'的殿堂,偏安一隅,苟延残喘。……中国戏曲文化正在迅速走向萎缩。"⑥这段马也先生 2004 年文章中的话,其实无论是放在 21 世纪的头十年还是放在 20 世纪八九十年代都是恰当的,当真正步入经济飞速发展的现代社会,作为形成于农耕时代的戏曲,危机自然难以避免,且不会是一时的问题,而是必然结果。

其实在今天这个时代,戏曲应该甘于"非主流"。那么,"非主流"的戏曲走向究竟应该如何呢? 笔者以为,面对不同的戏曲类型,最大化遵循自身的规律去发挥创作者的艺术创造力,其实就是每一个戏曲人的本分。如果我们细分戏曲这一对

---

① 见《中国戏剧》1993 年第 9 期。
② 见《上海戏剧》1993 年第 3 期。
③ 见《中国戏剧》1993 年第 10 期。
④ 见《中国戏剧》1993 年第 11 期。
⑤ 见《上海戏剧》1993 年第 3 期。
⑥ 马也:《大众文化包围中的"艺术"——兼谈中国戏曲的命运》,《文艺研究》2004 年第 2 期。

象,传统戏、新编古装戏、现代戏无疑共同组成了戏曲这一艺术形式,而对这三个类型是不是可以采取不同的方法对待呢?传统戏让它保持纯正的原貌,做到最传统;新编古装戏可否在人文内涵上注入新的现代意识,而在形式上力求与古典戏曲的形态相一致,做到尽量和谐;而现代戏则可以给予创作者最大的革新空间,允许在内容和形式上做出风格化的探索,甚至可以吸纳、借鉴其他艺术观念,让戏曲表现现代生活的道路变得有新意、有惊奇、有艺术想象力。

在 20 世纪八九十年代,谁也不会否认,在戏曲创作上最突出的成就即是历史剧。而在戏曲批评领域,对历史剧的讨论从 20 世纪 60 年代、80 年代直至进入 90 年代,似乎从来就没有停歇过。有意思的是,对历史剧讨论之前多停留在历史学家、文学家之中,而 80 年代后期以及 90 年代,作为历史剧的直接参与者终于在场发声,直陈自己的历史剧观。剧作家郭启宏先生在《新编历史剧的思考》一文中对历史剧创作必须写"人"加以肯定,他说:"写'人'历史剧的时代精神的获得,不取决于历史人物是否具有现代意识,而取决于作家是否用现代意识去认识历史人物。"①现代意识,即作家所拥有的现代观念,才是决定历史剧高度的核心。郭启宏先生更明确提出"传神史剧"观的概念,他强调作者的主体意识,历史的现代意识,人物的人性意识,传"历史之神""人物之神""作者之神"。② 如此观念是郭启宏先生经历了一系列的历史剧创作之后的思考和总结,他将自己对历史剧的把握归结到一个"神"字,其实是让冰冷的历史更有生命,让历史中的人与当代人靠得更近,让曾经过分求实的历史剧更具艺术审美性。

更加着眼于"人","历史"已不再是重大事件,对历史的书写往往是忽略具体时间和现实空间的,直接目的是让个人和个人的命运成为叙述的主体。这种对"历史"书写的转向在文学界表现为大量新历史小说的兴起,之于戏曲界则表现为"一种全新风貌的历史剧风格样式在中国戏剧领域中的出现"。——"从追求历史的'表象真实'到追求历史的'本质真实',或曰'情感真实';从客观被动地试图'再现历史'到主动积极地'表现历史';从追求现实功利的道德和政治评价到追求现代人价值趋向和审美理想的人文或人性的评价,以及由于文本变革所催动的历史剧舞台演剧风格的变化"③,具体代表为 90 年代初期罗怀臻编剧、郭晓男导演的《金龙与蜉蝣》横空出世。这部剧作被当时的罗怀臻定义为"都市新淮剧"。而这

---

① 郭启宏:《新编历史剧的思考》,《戏剧报》1986 年第 12 期。
② 郭启宏:《传神史剧论》,《剧本》1988 年第 1 期。
③ 罗怀臻:《漫议"新史剧"》,《剧本》1997 年第 7 期。

部介于历史剧和寓言剧之间的《金龙与蜉蝣》和他之后的《西楚霸王》《西施归越》等历史剧作皆可看作他的戏剧观,以及历史剧观的体现。不论是否都"虚化历史、虚化朝代,虚化族群,甚至虚化人的名字",但他所真正在意的一定是剧作是否表达出"历史本质的真实"。①

从一定程度上说,在90年代对主体意识和现代意识的渴求不仅仅局限在剧作家身上,也在诸多导演身上越发凸显,剧作家和导演的双向发力决定了90年代的戏曲作品种类极其多样,而舞台样式的裂变和导演们对风格化的追求极具自觉性。曹其敬、陈薪伊编剧、导演的黄梅戏《徽州女人》,王仁杰编剧、苏彦硕导演的梨园戏《董生与李氏》(2004年卢昂导演重排),徐棻编剧、谢平安导演的《死水微澜》,冯洁编剧、郭晓男导演的《寒情》,陈健秋编剧、李六乙导演的昆曲《偶人记》,钟文农编剧、石玉昆导演的京剧《骆驼祥子》等等,他们重塑了戏曲多元化的新格局,似乎也预示了步入新世纪"导演时代"的来临!

四、新世纪:作为"非遗"的戏曲和作为"主流"的戏曲

迈入新世纪,几乎所有的戏曲人都是带着找出路,求定位、如何现代化、如何市场化的忧思而来的,却不料一个事件彻底改变了戏曲的生存环境。2001年5月18日,联合国教科文组织宣布昆曲入选第一批"人类口头与非物质遗产代表作"名录。这个消息几乎改变了戏曲人的生存状态,也改变了戏曲的生态环境,让戏曲在进入21世纪后步入另一个转折之路。保护和抢救濒危文化遗产是联合国教科文组织"申遗"的主要标准,昆曲之所以首批入选,值得欣喜的是,昆曲的文化价值得到了国际的关注;而令人悲观的是,昆曲的生存处境已然相当凋零。所以,首先从昆曲切入,国家层面开始重视对昆曲的传承、保护、振兴。以此为起点,逐步建立起国家、省、市、县级的非物质文化遗产保护制度,"非遗"在21世纪的第一个十年迅速成为"显学",每一个戏曲剧种都开始在这个语境下寻求位置,谋求发展。同时,在戏曲批评界一种微弱已久的声音正在发酵、产生影响力,即:我们需要敬畏传统。

这种声音最具代表性的无疑是傅谨先生。传统究竟是我们的负累,还是我们的宝藏?21世纪之前的半个世纪里,更多的人几乎会迅速得出答案是前者。而傅谨先生在《戏剧命运与传统面面观》一文中说:"在我们身处的语境里,传统文化遭

---

① 罗怀臻:《罗怀臻演讲集》(教学卷),上海人民出版社2018年版,第53页。

遇的危机其严重性确乎前所未有,而且超越于一般的后发达国家,传统在我们生活中的存在越显稀薄,得以承传的希望也就更显微弱。然而正因为如此,传统的重要性也就越是凸显在我们面前。"①并得出结论:戏剧未来的命运与我们对传统有多大善待和尊重直接挂钩。于是傅谨先生大声宣称自己为保守主义者或文化守成者。他还撰写了大量的文章,提醒政府应正视长久以来被漠视的戏曲传统,应注意到我们在继承传统方面的缺失,并大力呼吁对濒危戏曲稀有剧种的保护、抢救。他的声音使得越来越多的人开始思考传统的重要性,传统对于我们意味着什么? 我们应该在什么样的境遇下谈创新?

在 21 世纪"非遗"的大语境下,重新认识"传统"的声音不绝如缕,突然董健先生一篇《20 世纪中国戏剧:脸谱的消解与重构》②的文章,仿佛一道不和谐音在戏曲理论圈投下一枚石子,这篇文章发表于 20 世纪与 21 世纪之交的时刻,也为一场戏剧理论界"前海学派"与"南大派"旷日持久的论争拉开序幕。在此文之前,董健先生的另一篇文章《中国戏剧现代化的艰难历程——20 世纪中国戏剧回顾》③,以及在此文之后的《再谈五四传统与戏剧的现代化问题——兼答批评者》④,核心议题均谈的是中国戏剧百年来现代化的道路问题,其间涉及了古典戏曲如何进入现代的问题。而为什么这样一个极其有价值的论题却引起了"前海学派"戏曲理论家们对他的多次商榷呢? 笔者以为,这实际上涉及学术的立场和对戏曲认知的冲撞。

以董健先生为旗帜的"南大派"是启蒙主义的坚定信仰者,同时他们也是文化进化论的坚定持有者,可以说他们的学术传统是"五四"精神的余脉,所以拥有"现代性"是他们心中戏剧应有的样貌,也是唯一的诉求。在这样的衡量标准下,不仅几乎所有的传统戏失去了本应存在的价值,就是新中国成立以来创作的大多数新创戏曲作品也没有了意义,在他们看来,20 世纪以来在戏剧之"现代性"的追求上,戏曲远远不能和话剧相比。这可以从董健先生对一些剧目的评价清晰可见。比如他认为,"《徽州女人》似乎充满了'爱与美',但它在华丽外表下所表现出来的一个女人的生存环境与命运,给人的感觉是五四以来中国人走过的精神解放之路可以从历史上一笔抹去,在封建伦理下做一个漂亮的、'贤德'的'好女人'就足够了。"⑤被董健先生

---

① 傅谨:《戏剧命运与传统面面观》,《福建艺术》2004 年第 2 期。
② 见《戏剧艺术》1999 年第 6 期。
③ 见《文学评论》1998 年第 1 期。
④ 见《南京大学学报》(哲学·人文科学·社会科学)2001 年第 5 期。
⑤ 董健:《再谈五四传统与戏剧的现代化问题——兼答批评者》,《南京大学学报》(哲学·人文科学·社会科学)2001 年第 5 期。

认为是"反现代、反启蒙的",具有陈腐观念的《徽州女人》实际上恰恰将"五四"文化大背景下,中国社会转型期的时代洪流下,女人无法掌控自己的命运,唯有无尽等待的悲剧性、无意义表现得很具艺术性,进而让观众思索这究竟是女性的悲剧,还是时代的悲剧?更不说《徽州女人》对戏曲结构上的突破,形式上的创新在今天看来都具有深远的意义。"启蒙"与"现代性"可以作为判定一部作品内涵是否深刻的重要标准,毕竟董健先生在文章中所概括的"中国戏剧现代化的基本价值取向"笔者也深深认同,即:"第一,确认人的尊严,尊重人的个性和自由,并将其与人的社会责任感联系起来。第二,冲破传统观念的束缚,解放思想,以清醒(理性)的头脑、明亮的眼睛对社会现实进行透视与批判,揭掉人间一切瞒与骗的假面。第三,强调现代人对戏剧艺术的最高要求:人在审美中进行精神领域里的对话。第四,戏剧形态的散文化与戏剧文学性的加强。"[1]但是,把"启蒙"与"现代性"作为唯一标尺用在衡量戏曲作品的优劣上就显得有一点儿粗暴了。

启蒙是近现代舶来的西方概念,与同为舶来品的话剧先天具有渊源性,但是作为本土艺术的中国戏曲与话剧实际分属两个文化体系,因此,评价戏曲的时候从本体规律出发是非常必要的。而董健先生往往并非如此,比如在《20世纪中国戏剧:脸谱的消解与重构》中,他从戏曲中的"脸谱"切入,进而推演到戏剧发展中的"脸谱化模式",并把作为艺术审美的脸谱与政治相连的"脸谱化"混淆来谈,导致了对戏曲这门中国古典的、传统的艺术本质诸多的误判。他用进化论的观念武断地认为戏曲是"做假"的艺术,而只有话剧这种艺术形态才代表了中国戏剧的现代性。董健先生从形式上就首先给中国戏曲进入现代层次判了死刑。恰如龚和德先生所言董健先生对戏曲是有"形式歧视"的,对戏曲也是有"理论压迫"的。之所以如此,是因为他"在继承'五四'的启蒙精神的同时,也继承了流行的'进化论',而且是在向西方学习的大历史背景下,把19世纪末形成的西方写实派话剧,当成了世界最先进的戏剧形式。这就是用戏剧发展的阶段论否定了各民族的戏剧形式的多元论,用19世纪末形成的非'乐'本位的西方写实派话剧来否定'乐'本位的中国戏曲"[2]。显然,在21世纪更为开放、更为国际化、注重民族多元文化的环境下,这种对戏曲的"歧视"是一种极大的短见。

中国戏曲究竟能不能具有现代性,也或者说我们应该如何进行戏曲的现代建

---

① 董健:《再谈五四传统与戏剧的现代化问题——兼答批评者》,《南京大学学报》(哲学·人文科学·社会科学)2001年第5期。

② 龚和德:《谈董健先生对戏曲的形式歧视》,《福建艺术》2010年第3期。

设,这个问题在进入新世纪后越发成为戏曲理论界和评论界经常探讨的问题,随之"前海学派"的不同理论者也提出了自己对"现代戏曲"这一概念理解,如:孟繁树、王安葵、龚和德等都有相关论述。20世纪80年代末,孟繁树先生就以"现代戏曲的崛起"为题思考过"现代戏曲"的问题,他不仅将现代意识指向了"人学",也指向了戏曲形式系统的破与力。① 而王安葵先生更是对"现代戏曲理论"进行了体系架构,并在多篇文章中论述过中国戏曲的现代性和民族性的问题。如他在一篇文中指出:"我们要建设先进文化(包括戏剧艺术)一定要重视民族性和民族化,这样我们的文化和戏剧才能有丰富的内容和独特的形式。离开民族特点去追求所谓的'共同和共通的价值',必然失之于空洞和空泛。"②他还用历史学家罗荣渠的一段话来为传统和现代的关系进行注脚。"传统与'现代性'是现代化过程中生生不息的'连续体',背弃了传统的现代化是殖民地或半殖民地,而背向现代化的传统则是自取灭亡的传统。适应现代世界的发展趋势而不断革新,是现代化的本质,但成功的现代化运动不但在善于克服传统因素对革新的阻力,而尤其在善于利用传统因素作为革新的助力。"③龚和德先生也曾对现代戏曲进行过论述。他以京剧为例,认为"京剧的现代转换在内容上至少包含两个命题:一是有利于今天的道德建设而不是相反;二是还要从伦理型中超脱出来,不再拘囿于道德评判。这种转换,需要通过新文学作品(剧本)的输入才能逐渐实现"④。其次,在形式上,他又说:"京剧的现代化不是要消解京剧形式,而是要使它合乎规律地发展下去,使它更有质量,更有生命力。"⑤从内容到形式对戏曲进行全方位的思考始终是"前海学派"学人们的治学原则。"理论联系实践",尊重戏曲的艺术规律,重视艺术实践与创作,重视戏曲传统与剧种特色,一直以来均是"前海学派"学者们所坚守的。

进入21世纪,关于戏曲的现代建设在理论界始终喧嚣,而在实践界,众多导演对戏曲现代建设都在自觉尝试和不断探索,但一位女性导演却迅速崛起,她就是张曼君。采茶戏演员出身,梅花奖得主,对戏曲的形式了然于心,同时接受了

---

① 孟繁树:《现代戏曲的崛起》,《艺术研究》1987年第3期。
② 安葵:《中国戏剧的民族性和现代性》,《艺术百家》2008年第5期。
③ 罗荣渠:《中国近百年来现代化思潮演变的反思》,罗荣渠主编:《从"西化"到现代化》,黄山书社2008年版,第39页。
④ 龚和德:《文化定位于角色选择——兼谈京剧的现代化》,转引自《关注戏曲的现代建设》(前海戏曲研究丛书),文化艺术出版社2014年版,第38页。
⑤ 龚和德:《文化定位于角色选择——兼谈京剧的现代化》,转引自《关注戏曲的现代建设》(前海戏曲研究丛书),文化艺术出版社2014年版,第43页。

西方戏剧观念的熏染,东西观念的碰撞让她在形式上,尤其是现代戏的样式开拓上颇为大胆,甚至有些时候还可以说是"离经叛道",民间艺术、西方交响、西方歌剧等各种艺术都可以拿来为"我"所用,她的作品更被一些专家总结为"三民主义"和"新歌舞叙事"。更值得注意的是,张曼君的代表作品大多为现代戏。这个长久以来笼罩在"样板戏"阴影中的戏曲类型,怎么寻求突破始终是被探讨的课题。而张曼君导演敢于打破戏曲舞台传统样式,大量运用"轻程式化"的歌舞,并善于将民俗、民歌、民间舞蹈等非戏曲的艺术形式运用到她的作品中,形成一种独具特色的风格。

对现代戏舞台样式的开拓是张曼君作为戏曲导演对戏曲的最大贡献,同时也让更多的创作者和理论者重新思考现代戏创作的空间究竟有多大?在现代戏中戏曲的边界是不是可以打破?不过,我们也在张曼君导演的作品中发现无论她怎样打破戏曲的诸多既定框架,"择情叙事"和"舞台自由的时空观"这两个核心点却是紧紧抓牢的,这使得她的作品与王国维对戏曲的定义——"以歌舞演故事"极度吻合。只是经历过 21 世纪第一个十年——作为"非遗"的戏曲之后,我们的戏曲人对戏曲的民族性和现代性、对戏曲的传统与现代化都有了更为深入的思考,对传统的螺旋式回归成为一个显著趋势,而那些在外在形式上尊重传统,在内涵精神上注入现代性的作品也让更多人追捧,王仁杰的诸多梨园戏作品以及渐渐兴起的"梨园戏现象"就可以为证。所以,21 世纪的第一个十年,当我们对戏曲的传统有了更多正面的认识之后,任何削弱戏曲艺术本质的、淡化剧种艺术特色的手段都应该谨慎,或者说怎么样在对戏曲传统舞台样式的开拓下,又最大限度地不伤害戏曲本身的审美魅力?这个问题还需要创作者们继续探索。

改革开放 40 年,戏曲的变化与时代的变迁如影相随。当进入 21 世纪第二个十年之时,戏曲的身份似乎又在发生着细微的变化,尤其是 2015 年之后,关于戏曲方方面面政策的出台,透露出一个重大的信号:戏曲或许正在从边缘走向"主流"。国家对戏曲的发展乃至对评论人才的培养越来越重视:国家艺术基金机制建立,基层戏曲院团会演,各种扶持政策、项目工程一个接一个;而在理论建设上,"千人计划"戏曲人才班、国家艺术基金戏曲评论班在北京乃至全国方兴未艾,几成风潮。戏曲人几乎从来没有在短时期内拥有过这么多利好消息,但是蜂拥而至的弊端也在显现,繁荣之余我们依旧需要冷静客观的思考。

当戏曲成为"主流"时,当我们所有戏曲人在国家的重视下享受资金和政策的好环境时,也许恰恰需要每一个人更多的反躬自省:艺术的真理是什么?艺术的规律是什么？艺术最重要的功能是什么？这些都是戏剧创作者和戏剧批评者终身不可懈怠的问题。正如马也先生所言："艺术创作、艺术批评都是有真理性、规律性、稳定性、恒久性、超越性的，甚至是不朽性的。"①

（原载于《广东艺术》2018 年第 6 期）

---

① 马也：《艺术家应该学会戴着镣铐跳舞——对目前现代戏的几点思考》，《东方艺术》2018 年第 16 期。

泛化与集中：舞蹈学概念与属性的学理辨析

张素琴　南京艺术学院舞蹈学院舞蹈学系主任、教授

1982 年吴晓邦先生在成都讲学

我国舞蹈学概念的产生与历史演进

在我国，相较于其他门类艺术之"学"，"舞蹈学"一词的提出和学科建立都比较滞后。"美术学"概念以专文的形式进行讨论始见于 1920 年蔡元培的论文《美术的起源》；自 20 世纪初，我国以"音乐学"为名的音乐史论研究已经获得国际话语和认可；专门讨论艺术学的概念始于 1943 年陈中凡《艺术科学的起源、发展和影响》。

　　舞蹈学在中国设立并以学科和专业名义开始高等教育的时间不长,若按本科专业方向设置的时间进行计算,始于 1985 年北京舞蹈学院设立舞蹈历史与理论系(下简称舞蹈史论系),至今只有 30 余年。但有意识进行舞蹈学学科的思考,则始于 20 世纪 30 年代,发轫者是吴晓邦(按晓邦先生自述,舞蹈学是随着 20 世纪 30 年代新舞蹈艺术的建立而产生)。1953 年,吴晓邦当选为中国舞蹈艺术研究会主席,提出舞蹈学的学科建立问题,而他真正以学科意识开始系统构建舞蹈学理论则始于 1979 年,于 1984 年形成学科结构图表,经过中国艺术研究院舞蹈研究生授课与厦门舞蹈评论班的授课逐渐形成初稿并补充完善。1988 年 1 月,吴晓邦在《舞蹈论丛》第 1 期刊登的文章是舞蹈界第一次对舞蹈学概念进行学科意义上的论述。1990 年 2 月在北京召开的全国性舞蹈学科研究会,是学界第一次就舞蹈学科举行的学术会议,围绕"舞蹈学科"与"舞蹈学"进行研讨,学术成果集结为《舞蹈学研究》出版。客观来说,这次会议主要围绕吴晓邦的舞蹈学思想展开,尚未形成百家争鸣、观点碰撞的学术交流。

　　随着 1981 年中国艺术研究院舞蹈史论专业"舞蹈历史与理论"方向硕士研究生的招生,几乎在吴晓邦舞蹈学科理论概念结构图表形成的同时,北京舞蹈学院于 1984 年成立北京舞蹈学院科研所,1985 年开始第一届舞蹈历史与理论专业(简称舞蹈史论)招生,舞蹈学作为学科建设由概念到教学实践,有了本科—硕士培养的"实体"。北京舞蹈学院先后于 1985 年、1992 年、1995 年分别招收培养了三届本科生,1989 年起招收舞蹈史论函授班。之后,1996 年北京舞蹈学院新一届领导班子为了加强人文社会科学研究力量,将舞蹈研究所和舞蹈史论专业、学报编辑部合并成立舞蹈学系,目的是实行教学、科研、学术的"三位一体",并使舞蹈史论专业以舞蹈学之名独立。1997 年,北京舞蹈学院以舞蹈学系的名义开始招生,下设舞蹈历史与理论方向,至此,舞蹈史论一词不再被作为学科名称使用,舞蹈学几乎成为舞蹈史论的代名词,这一称呼一直沿用至今。

　　但是,在实际的高等教育体系尤其是本科教学体系中,舞蹈学一词的概念、内涵和学科层级有三次变化,一是 1993 年 7 月国家颁布《中华人民共和国国家标准学科分类与代码表》,舞蹈属于一级学科艺术学下的分支二级学科,所属门类学科为文学,舞蹈史、舞蹈理论、舞蹈编导、舞蹈表演和舞蹈其他学科分别为三级学科。在这份文件中,将史与论分开命名的还有戏剧、电影、美术、工艺美术、书法、摄影,如戏剧史,戏剧理论等,音乐则以音乐学(包括音乐史、音乐美学两个专业方向)命名。需要注意的是,此时在专业目录中尚未出现"舞蹈学"之概念。

第二次变化是 1998 年教育部颁布的《普通高等学校本科专业目录》,在这份目录中,原三级学科被压缩近一半,同时在文学门类下艺术(代码 0504)不再以"学科"命名,而是采用"二级类"的"艺术类"命名,强调了不同艺术门类的"大系统",分支学科更具有涵盖性。这一背景下,舞蹈史、舞蹈理论合并为"舞蹈学"(代码 050409),实际学科层级相当于三级,处于同一层级的还有舞蹈编导(代码 050410),表演(代码 050412,舞蹈表演归于表演),舞蹈教育属于教育门类学科下位一级学科艺术教育下的二级学科。相近学科音乐学分为音乐学、作曲与作曲技术理论、音乐表演。自此,"舞蹈学"的理论属性以官方名义被明确规定。与此同时,北京舞蹈学院 1997 年将舞蹈史论更名为舞蹈学系招生,强化了舞蹈学等同于舞蹈史论的概念。

第三次是 2011 年,随着艺术学(代码 130101)升格为门类学科,音乐与舞蹈学(代码 1302)被列为一级学科,舞蹈学(代码 130202)列为二级学科,和舞蹈表演、舞蹈编导"术科类学科"相对,学科内涵应为舞蹈史论,同时在舞蹈学二级学科下又设舞蹈学三级学科,隶属关系变为并列关系,这就带来上位学科和下位学科的混淆以及"同概念重复"。

统观以上三次变化,尽管总体而言舞蹈学是学科的概念,但是从学科设置的情况分析,其内涵所指实际倾向于当下正在实施的专业事实——舞蹈史论,这一专业内涵在 1998 年的专业目录设置中尤为明确。本文所要探讨的是舞蹈学在学科层级概念使用中因"词语困窘"带来的学科认知混淆问题,由此引起专业设置随意和冲突、真正的舞蹈学(舞蹈史论)专业发展受限等问题。但是不管怎样,经过 30 余年的发展,舞蹈学由自发思考走向自觉的学科建构,并取得诸多成绩。对舞蹈学这一概念以及学科属性或专业方向的审视,便于我们对学科原点、学术框架、学理逻辑、学术价值和未来的发展进行更为理性的思考,使其在已有经验和成果的基础上取得更科学、更全面的发展。

舞蹈学概念泛化与学理冲突。笔者通过梳理发现,舞蹈学这一概念在命名和学科层级上有较大混淆。尤其是 2011 年艺术成为门类学科以来,舞蹈学(和音乐共同构成)既是艺术学门类学科下的一级学科,又和艺术学理论、音乐学、戏剧戏曲学、电影学、美术学等并列为二级学科,同时还是二级学科"舞蹈学"分支的三级学科,还被列为三级学科"舞蹈学"下设的"舞蹈学"专业方向。对于这一问题,刘青弋 2008 年在《中国舞蹈高等教育学科建设的审视》一文中已经提出,舞蹈高等教育教学的问题在于"学科概念使用上的逻辑混乱"。这四重学科层级之间的冲突不仅是"舞蹈学科"存在的问题,在艺术学、美术学和书法学等学科中,这种定名不清、层级混乱的现象也存在。有学者指出,这是将庞大的学科群称之为"学"的"泛化的尴尬",从而带来作为二级学科的同名中"居中的尴尬",造成"时代的尴尬"。这种层级划分之间的重复与学理冲突不仅是学科发展中逐步完善的必经之路,更重要的是学科大类划分与艺术学"升门"时学术背景之"以学为上"的"概念泛化"①。

2011年艺术学升级为门类学科,原隶属于文学的二级学科艺术学上升为一级学科,如果按照"学科+学"的称谓即学科史论或者学科理论专业的话,艺术学门类学科下的艺术学理论应为艺术学,但这就出现了门类和一级学科重名的现象。学科层级的划分应为隶属、平行与交叉关系,作为一级学科的艺术学命名将隶属关系变为平行关系,在学理上有明显漏洞。事实上,也是为了避免与排名第13的艺术学门类学科重复,才将隶属的一级学科更名为艺术学理论。由于对理论学科称之为"学"已经成为大家默认的概念,艺术学理论的命名也受到质疑。这种看法也有一定的道理,以"学"来命名某个学科或者专业,是因为这一对象已经有科学、系统、全面的理论系统。从这一点而言,艺术诸多以理论命名的学科和"术科"性质的学科相比,更适用于这一称呼,而这些恰恰是混淆的开始。

在艺术学独立为门类学科时,关于定名就有不同的争议。如张道一的"十分法"将艺术学按照技法理论层面、创作理论层面和原理性理论层面,分为艺术原理、艺术史、艺术美学、艺术评论、艺术分类学、比较艺术学、艺术经济学、艺术教育学、民间艺术学(民艺学)、艺术文献学。还有一种是以艺术命名门类学科,下设一级学科艺术学,等同于现在的艺术学理论,并列设置"学科+学"的形式命名其他门类学科史或学科理论,如美术学、音乐学、舞蹈学等,而实践类型则直接以美术、音乐、舞蹈等称其本名,不需要加"学"来区分。这样命名的优点是显而易见的,将史论和"术科"实践进行区分,便于明晰厘清学科性质和学科论域。这也带来另外一种混淆,即各门类学科的史论二级学科不能在学科层级上和实践类型统合,史论与实践泾渭分明的划分也不符合学科系统发展、协同发展的要求。因艺术学理论已经被一些学者们视为不能和门类艺术重合的理论研究,应立足于"大艺术"层面,研究艺术的本源和艺术的共性问题,有的学者称其为"元艺术学"。这一认知将"艺术学理论"和门类艺术的"某某学"区别开来,但是也带来关系的上下错位,艺

① 张法:《艺术学在中国的体系性困惑》,《学术月刊》2006年第10期。

术学理论是一级学科,而其他门类的理论专业则间接地和艺术学理论构成了隶属关系,即艺术学和音乐学、舞蹈学等并列。这样一来,学科隶属关系混淆,"门类+学"的史论学科归属于艺术学理论之下,会再次带来学科设置的重复。

艺术学在学科层级方面的命名和分类现状引起广泛而又持久的争论,王一川称之为"词语困窘",尤其是艺术学与艺术学理论的命名与分类更是饱受质疑,甚至有观点认为与门类艺术理论如音乐理论、美术理论和舞蹈理论等相比,没有真正的艺术学理论。当然,这样的认识也有一定的误区,任何一个门类都有自己独有的学理基础、历史脉络、专业知识结构与理论体系。这种争议和困惑也影响到了舞蹈学科,前述舞蹈学的问题即发生于此。

在学理关系上,学科不仅是具有共同属性的学科群的集合,也有明确的界定:"具有在性质上属于该学科特有的某些中心概念;具有蕴含逻辑结构的有关概念关系网;具有一些隶属于该学科的独特的表达方式;具有用来探讨经验和考验其独特的表达方式的特殊技术和技巧。"①作为广义的舞蹈"学"的学科,指的是涵盖所有舞蹈现象的学科分支的集合体。作为狭义的舞蹈学学科,是指以舞蹈历史与理论为中心概念,以研究为独特表达方式的学科群。这一概念已经广为人们接受,形成学科事实。因此,学科划分和命名应该以现实为起点,按照学科的分类逻辑进行。首先,属种概念不能并置,舞蹈学之概念和命名更不能一级、二级、三级学科共用为一名,不能将研究对象和学科属性混为一谈,可以说舞蹈史论是舞蹈学的一个分支,但不能说舞蹈学是舞蹈学的一个分支。不能用同名将三级概念进行包含。同样,作为一级学科的音乐与舞蹈学在学科层级的建构上要遵循"整体—部分""概括—具体"的原则,才能构成完整的结构。按照结构模式要求:"1. 它展示了系统的特征:由许多要素构成,其中任何一个要素的变化都不可能和其他的要素没有关系;2. 对任一给定的模式,我们都有可能在一组相似的模式中确定它所处的序列位置;3. 由于上述的特性,当一个或几个要素发生了特定的变化时,我们完全可以预期模式会发生怎样的应变;4. 模式能够使各组成因素变得更为易识。"②当前舞蹈学三层关系的模式结构并不能展示要素之间的变化和关系,要素之间序列位置模糊、模式并不能使学科要素易于辨识。

因此,舞蹈学应该是以舞蹈历史与舞蹈理论、舞蹈跨学科研究等为核心的"专

---

① [美]华勒斯坦:《学科知识·权力》,刘健芝等编译,生活·读书·新知三联书店1999年版。
② 张光直:《考古学:关于其若干基本概念和理论的再思考》,生活·读书·新知三联书店2013年版。

业方向"构成的学科群。作为一级学科的音乐与舞蹈学,应该回归到前述音乐与舞蹈的命名,二级学科分列为音乐、舞蹈,三级学科设舞蹈学,使总体分类不再陷入"以学为上"的困境,从而保证狭义的舞蹈学之"研究舞蹈所有的问题的学问",尤其是属于"研究舞蹈历史与理论的学科""跨学科研究"的学科属性。在此基础上,舞蹈史学、舞蹈美学、舞蹈批评、舞蹈生态学、舞蹈形态学、舞蹈身体语言学、舞蹈符号学、舞蹈科学、舞蹈跨文化研究等既可以构成舞蹈学的分支,即下位概念或者隶属关系,也可以构成并列与交叉关系,便于对舞蹈学这一学科内涵进行更大的空间拓展。

1982 年吴晓邦于成都讲授舞蹈学

另外一个问题是,当前的一级学科音乐与舞蹈学将音乐学与舞蹈学并列在一起,会产生新的认识和不同指向。这一名词可以是并列关系,也可以视为组合关系,从词语构成上来讲,既是偏正结构又是同位结构。音乐与舞蹈学意义上的一级学科一方面意味着可以将其分开视为音乐学和舞蹈学,另一方面,可以视为同时纳入以上两门艺术的新一级学科。尽管中国上古有诗乐舞一体的艺术形式,但是音乐和舞蹈各自分开治学并独立为学科已经是学术事实。将两者并列为一级学科固然有学科共性的因素,也有无法回避的尴尬。在该一级学科设置的 7 年中,相关的交叉学科成果并不多见,全国性的会议仅见东北师大于 2017 年 10 月召开的"音乐与舞蹈学构架下的交叉学科理论研讨会"。这也说明一级学科构建的不严密,学科"共同属性"的不足,不能构成"拥有一个有机的知识主体,各种独特的研究方法,一个对本研究领域的基本思想有着共识的学科群体"①的学科概念,也难以进行学科经验的探讨和"学术关系网"的构建。

舞蹈学概念之惑与现实困境

按照张法的分析,艺术学早在1997年的学科专业目录中已经出现二级学科设置和学科之间的"混乱",而且"在一个有层级的目录中,上层与下层同名是目录学的大忌,造成运用上的不便"②,原因在于对"以学为上"的思想缺乏反思,"知识体系和学科体系的不一致",导致学科目录上的逻辑和注解不清,还有对二级学科中重"论"的苏联模式与重"史"的西方模式的影响不能客观辨析,使当下的艺术学学科建构中存在"体系性困惑"与"结构性缺失"。他认为"学是什么呢? 学只是研究,艺术创造的一面没了。"尤其是1997年合并为"学"之后,带来的问题是高校以"学"的学术性标准如论文、课题、著作来设立评价机制,与艺术以创作和表演的实践特征脱节,这种规范化的学术"运动"标准改变覆盖了艺术院校,产生了严重的导向错位。如艺术类院校博士学位难以设立,北京舞蹈学院至今没有博士点就是这种错位的结果,知识性体系和学科性体系之间的误判导致两种体系之间的混乱,

1986年吴晓邦先生于内蒙古呼和浩特参加少数民族舞蹈学第一届年会

---

① [美]阿瑟·艾夫兰:《西方艺术教育史》,邢莉、常宁生译,四川人民出版社2000年版。
② 张法:《艺术学在中国的体系性困惑》,《学术月刊》2006年第10期。

以学科体系来定义艺术学不利于学科的建设。在实际的舞蹈高等教育本科人才培养与研究中,这种"以学为上"而导致名实脱位的现象呈现在以下几个方面:

首先在理论研究方面,概念不明的情况在文献搜集中较为突出。以"舞蹈学"这一核心关键词进行检索,大量文章以"舞蹈学专业"为标题,主要针对"舞蹈学专业"教学情况分析,包括课程设置、就业、创编以及交流,也有少部分体育舞蹈的文章。但讨论的是舞蹈编导、舞蹈教育和舞蹈表演,论述对象是二级学科之下的实践类或师范类专业。真正进行舞蹈史论意义上的舞蹈学探讨,相关文章仅有十余篇,主要是舞蹈史论专业研究的前辈、舞蹈学专业的建立者与中青年学者,如吴晓邦、朱清渊、朱立人、刘青弋、于平、杨鸥、许锐等人。吴晓邦是最早提出舞蹈学概念的先驱者,于平历任北京舞蹈学院的副院长与常务副院长,朱清渊、朱立人、刘青弋、杨鸥和许锐等人先后担任北京舞蹈学院舞蹈学系(舞蹈史论系)的系主任并兼舞蹈研究所的负责人,这种学科探讨的自觉意识与他们作为舞蹈学系亲历者和管理者的身份有很大关系。除了这些研究,总体而言,其他的论述关注的范围仍是作为二三级学科的舞蹈学下的专业方向,对舞蹈学这一概念的属性、内涵和学科构建的探索较少(作为史论专业的舞蹈基础理论研究和舞蹈应用理论研究成果较为丰厚,在此我们主要讨论对"舞蹈学"这一关键词的研究)。这就造成了学科交流中的模糊和混淆,当我们谈论舞蹈史论方向的"舞蹈学"时必须加以说明,而同样作为三级学科或者专业方向的舞蹈表演、舞蹈编导、舞蹈教育则无此口舌之累。这说明我们在对"舞蹈学"学科构建以及现状研究时,并没有将"学科自觉"和学科内涵与定位作为主要的考虑目标。

其次在专业设置方面。艺术学成为门类学科之后,音乐舞蹈学成为一级学科,按照学者张法的解释,一级学科设立的标准是"社会对现实的操作性需要"以及"艺术门类学科间实质性的连接",舞蹈作为学科地位较低的门类艺术,和书法一样是不应该被纳入一级学科的,但是因为有专门的舞蹈学院如北京舞蹈学院的存在和发展,所以将其纳入。这一说法有一定的事实依据或者现实依据,但也有很大的局限。对于舞蹈来说,作为一级学科被纳入不仅是单科院校的建立、学科特性和学科价值,舞蹈虽然是小众的艺术,但也应该看到它和戏剧、影视的学科联系以及社会的大量需求,因此它在艺术体系中的地位不可被其他学科包含并不可缺失。

在以"学"为依托的二级目录下,目前全国有多个舞蹈学专业方向。一是舞蹈史论专业性质的"舞蹈学",开设最早的为北京舞蹈学院,其后有南京艺术学院、天津艺术学院、山东艺术学院、星海音乐学院,目前还有北京体育大学、上海戏剧学院等院校正在筹建或有筹建意向。二是作为二级学科的"舞蹈学"。据 2018 年的《普通高等学校招生专业目录》显示,目前开设舞蹈学本科教育的高校共分为五类,约两百余所。一是单科型艺术院校或体育院校;二是综合类艺术院校;三是师范类院校;四是综合类院校;五是理工类院校。虽然均在舞蹈学二级学科下招生,但是实际的专业设置有不少区别,单科型或综合类艺术院校中,舞蹈表演、舞蹈编导等实践类专业方向归属于舞蹈表演与舞蹈编导三级学科,舞蹈学则体现为理论属性,有的学院将舞蹈教育设置在舞蹈学三级学科之下;在体育院校中,舞蹈学下设舞蹈教育、健美操、啦啦操和体育舞蹈(偏重于竞技),也有的体育学院在舞蹈编导方向下招生,注重舞蹈和体育的交叉人才培养。在其他院校中,舞蹈学作为二级学科进行本科招生,其下往往设舞蹈表演、舞蹈编导、舞蹈艺术管理,或者根据实际学院情况与社会需求开设相关的特色专业方向,如华侨大学开设了海外教育专业。

遗憾的是,作为师范类院校的舞蹈学专业方向设置中,舞蹈教育并不是主要方向,舞蹈学、舞蹈编导、舞蹈表演成为方向构成的主力军。舞蹈教育专业面临归属困境,在教育和艺术之门类学科下游移,甚至一度不允许作为舞蹈学隶属专业方向,必须归于教育门类下艺术教育二级学科。以往在舞蹈学下并列舞蹈理论、舞蹈教育专业方向,造成了考生误报误考。舞蹈教育究竟属于教育还是艺术门类,这是另一需要讨论的话题。在上海师范大学 2016 年舞蹈学专业招生对照表中,安徽省的舞蹈表演和舞蹈学专业考试成绩均可作为录取依据,这种实践与理论、二级学科与专业方向混淆的现象其他省份也时有存在。专业设置与舞蹈学二级学科之间关系的模糊甚至非系统性的学科关联,使课程设置缺乏整体规划,课程的基础性、系统性、针对性、拓展性都有待提高。同样,在以"某某学"命名的艺术类别的三级学科或专业方向中,均有这样的关系混淆现象。如某戏剧学院在 2018 年招生的计划中,系别一栏为戏剧文学系,招考专业(方向)为:戏剧影视文学(戏剧创作、电视剧创作)和戏剧学(戏剧史论与批评、戏剧策划与应用)。很明显,这样的划分方法混淆了创作和研究的学科属性。高等师范院校类的舞蹈学专业培养目标与学校之间的优势与本位脱节,尤其是职业定位与课程设置之间的关联不够明确,是当前亟须解决的问题。单科艺术院校中舞蹈史论性质的舞蹈学专业设置单一,几乎全部以史论专业为培养目标。目前在舞蹈学三级学科下开设两个专业的仅有北京舞蹈学院的舞蹈学系,该系自 2017 年开设了舞蹈史论与舞蹈科学两个方向,分别招收 16 人和 8 人。总体而言,舞蹈学还有很大的开拓和发展空间。

最后是在人才培养和课程设置方面。当下的大部分舞蹈学专业人才培养目标不明,课程设置较为雷同。各高校均以舞蹈学之名进行人才培养,但是没有特色与差异。舞蹈学建设30年,应进入专业群多样化设置、特色化并存的时代,遗憾的是目前尚未实现,大部分院校不以下设专业方向为具体出发点,几乎完全参考北京舞蹈学院舞蹈学、舞蹈表演和舞蹈编导的培养目标,课程设置几乎平移。张瑞智《高等师范院校舞蹈学专业课程研究》是目前不多的以舞蹈学专业课程为研究对象的博士论文,也存在对舞蹈学学科和专业方向认定的模糊。该文研究的对象是高等师范舞蹈学专业,但文中关于舞蹈学的培养目标参照了教育部专业目录舞蹈学一栏:"培养具备能从事中外舞蹈史、舞蹈理论的研究、舞蹈教学及编辑等工作的高等专门人才……同时也培养在学校、各单位从事舞蹈教学、创作、辅导的复合型专门人才。"这种培养目标显然混淆了舞蹈学(史论)专业和高等师范在舞蹈学专业方向下开设舞蹈教育、编导专业的实际情况,作为舞蹈教育方向的主干和核心课程设置并没有凸显。国内几所具有代表性的师范类综合院校中,北京师范大学的培养目标为"通才",要求"通舞艺、懂舞论、能教会编的舞蹈专门人才",在"专门"之"专"与"通才"之"通"间尚缺乏有针对性的思考。如北师大的舞蹈学专业有芭蕾舞、现代舞、中国古典舞、中国民族民间舞、舞蹈编导及舞蹈史论六个方向,而具体的培养目标却前后脱节,自定为"舞蹈教育人才的培养基地",在培养目标中却要"培养专业技能扎实、文化基础深厚并具有创编能力作为目标,使学生具备从事舞蹈艺术实践、舞蹈演出市场管理、舞蹈教育和理论研究的知识与能力,可以在各级文化单位、大专院校以及艺术机构,从事舞蹈教学、创作、研究、策划、管理等工作"的能力以及表演、教学、编导、管理"四位一体"式的"高级舞蹈创意人才"[1]。这显然是将舞蹈编导人才作为培养目标,没有按照师范院校教育人才培养基地的优势进行,在六个专业方向中也未见具体的培养方案与课程计划侧重。再如陕西师范大学舞蹈学专业下设舞蹈表演和舞蹈编导专业,但目标却是培养舞蹈教师。高等师范院校类的舞蹈学专业课程设置中缺少系统的教育学和舞蹈教育学的相关理论与实践课程,专业方向和培养目标中的错位和矛盾是当前广泛的现象。另外,大部分学校过于重视"术科"的培养,忽略了专业方向与学校的人文学术依托。师资队伍结构也多为舞蹈实践出身,缺少针对舞蹈教育专业培养所需要的专门的师资队伍。这一方面折射出舞蹈教育专业多年来师资培养的积累问题,另一方面似乎也无可厚非,毕竟作为舞蹈专业,我们很难脱离舞蹈实践能力来讨论舞蹈教学,但是这种过于重视术科的课程设置导致职业能力培养的缺失,也是当

---

① 参见北师大官网。

下难以平衡的问题。

舞蹈学概念再审视与学科拓展

前述学科设置与现实困境的问题在于舞蹈学概念过于泛化,导致学科定位不明,属性不清。因此,必须回到"舞蹈历史与舞蹈理论"的范畴去重新审视,只有"集中"认识,才能廓清舞蹈学概念的边界,避免学科重叠带来的尴尬。这不仅是关于舞蹈学概念的客观审视,也有助于从更广阔的层面上思考舞蹈学科的诸多问题。重审舞蹈学概念的"史论"属性,一是还舞蹈一级学科的地位与影响;二是厘清学科之间的关系;三是还舞蹈学真正的学科定位与内涵,凸显舞蹈史论研究的价值和意义。舞蹈学概念在一级、二级和三级以及专业方向混用的情况下,容易产生误解,将命名直接放置于学科的属性上来,更符合舞蹈学认识的逻辑。尽管在艺术领域中,人们往往有轻视理论或者畏惧史论的倾向,甚至将"某某学"和实践对立,认为做"某某学"研究一定是实践无能或低能。因此,也有认为"某某学"要比"某某史论"更易于被人接受的思想倾向。不过,随着舞蹈学科的发展,越来越多的人意识到舞蹈史论研究的重要性。

这一概念的重审有明确的历史依据和理论前提。吴晓邦的舞蹈学理论建构包括中国舞蹈史研究、基本理论、应用理论、舞蹈基础数据研究,但总体而言,其理论仍有很强的"舞蹈史论"倾向性,尤其是应用理论之下的分类虽为舞蹈创作、理论、评论和舞蹈的教学理论,但细致的专业划分仍显得琐碎,也缺乏对应于应用理论的明确专业方向设置。吴晓邦在"天马工作室"关闭之后就减少乃至停止舞蹈创作与演出,主要工作为行政、理论研究和教学工作,这三者都将吴晓邦由舞台拉向案头,尤其是"文化大革命"之后,身兼三职的他能够站在更宏观的角度思考问题,迅速进入学术研究高产期,舞蹈学概念和框架的思考就始于此时,第一批舞蹈史论专业研究生的培养也促进了吴晓邦舞蹈学探讨的成果。同期在他的倡导下,创建了《舞蹈论丛》,各地纷纷响应出版地方舞蹈研究刊物。在今天看来,这不仅是史论研究的起点,也是舞蹈史论研究的第一个黄金时期。北京舞蹈学院于 1978 年开始高等教育,提出加强人文学科和舞蹈史论研究的要求,这对北京舞蹈学院舞蹈史论专业的设置也有直接影响。

对舞蹈学学科群构想进行研究的除了吴晓邦,还有沈蓓、于平、刘青弋、平心等人。沈蓓在学习吴晓邦的舞蹈学观点后,提出舞蹈学建设的五论两个附属(五论

1990 年北京召开"吴晓邦舞蹈学研究"讨论会

即本质论、创作论、表演论、鉴赏论、发展论，两个附属为舞蹈资料的挖掘整理与舞谱研究）。平心提出可以借鉴国际艺术学（二级学科）的分法，对应地将舞蹈学分为"舞蹈心理学、舞蹈教育学、舞蹈文化学、舞蹈社会学、舞蹈传播学、舞蹈营销学、舞蹈管理学、舞蹈符号学等。"无疑，吴晓邦的舞蹈学学科理论对整个舞蹈学科产生了重要影响，尤其是对舞蹈学概念的史论倾向奠定了认知基础。于平提出艺术学乃至舞蹈学建构的依托为"史、论、术"，在三分天下中史论占两分，术科的学科差异被统一到"术"中，其实是充分考虑了舞蹈学的"史论研究"本位。探讨最为充分的是刘青弋，她肯定了舞蹈学之"学"的命名将舞蹈从术科提升到了学科的意义，分别于 2002 年和 2008 年两次论述舞蹈学学科体系建构，并立足于史论立场绘制了详细的学科图表。在 2002 年的构想中，她提出以课程为中心的舞蹈历史、基础理论和应用理论研究，以身体教育为中心的"生命科学"研究以及以舞蹈编导等为中心的新技术开发研究。在 2008 年的构想中，她以《中华人民共和国国家标准学科分类与代码表》中的 20 门一级学科为依托，对应建立了 20 门三级学科（舞蹈研究方向），基本分类标准为舞蹈基础（原）理论研究，包括本体论、发生学、类型学、形态学，舞蹈学研究对象与舞蹈实践领域共 9 类；舞蹈应用理论包括舞蹈创作、表演、教学理论与评论。这一构建已经超越基于现状或"知识点"意义上的学科建构,在舞蹈学的学科属性上强调了人文科学属性与学科特性,有着明确的他学与舞学共融"学"科意义上的审视和学科集群构想,这一体系建构也深入至舞蹈领域的"元问题"和"本体论"的哲学认知范畴,要解决的不仅是基础理论的问题,更有时代性、未来发展的宏观展望与微观实践。

以此来审视舞蹈学的学科建设,尚有许多学科拓展的空间,尤其在历史、社会科学、方法论、跨学科研究、美学研究、前沿研究方面还较为薄弱。对其他学科的影响不够,本学科的中心议题和学科核心研究以及研究群体尚未建立,评价体系尚未独立,无法和其他学科形成共建与对话。在应用理论方面,大部分仍然停留在整理教材或"体验性教学"阶段,专业和有针对性的精深应用理论缺乏。

要改变这一现状,一是打破以单一史论为核心的舞蹈学专业方向设置。尽管舞蹈学有史论倾向和核心课程群的构建,但并不等于狭义的舞蹈历史和舞蹈理论的拼贴。当前以狭义的舞蹈史论专业方向为主要人才培养方式的学科构建有很大局限:一方面是没有立足舞蹈大学科进行专业方向设置,如长期以来较为欠缺的舞蹈应用理论研究,目前只有北舞开设舞蹈科学专业方向,社会需求远远不能满足。而舞蹈史论的就业和学生群体专业持续上升的比例偏低,就业和专业脱节并有一定劣势,近年来已经培养出数百名舞蹈学毕业生,真正从事舞蹈史论研究者不多。就当前社会状况而言,舞蹈史论相对而言不需要庞大的群体,尤其是目前整个史学学科就业低迷,舞蹈史论甚至是其他相关学科的史论专业也面临这一问题。在中国大学生就业报告的调查中,音乐学(音乐理论方向)就业曾经登上失业比例最高的榜单,美术学的一些研究者则将专业与"焦虑"一词放在一起。学科群开设的限制也不利于大量舞蹈专业学生的分流。在基础课程共享和教师梯队共享的前提下,相关专业方向的开设非常有必要。实际上早在吴晓邦提出舞蹈学学科建构同时,石裕祖就提出建立少数民族舞蹈学的观点;于平提出建立舞蹈艺术美学科、舞蹈人类学;杨鸥和温柔先后提出并论证过开设"舞蹈自然科学"专业与舞蹈科学学科;欧建平提出建立舞蹈翻译与舞蹈推广专业。

另一方面,要加深对舞蹈史专业方向的建设。在所有以"学"命名的学科中,历史研究作为一切研究的基础,是重中之重,在音乐学的界定中,甚至将音乐学等同于音乐史,"所谓音乐学,一般认为主要就是音乐史。"① 舞蹈史研究的重要性也

---

① [德]达尔豪斯:《音乐史学原理》,杨燕迪译,上海音乐学院出版社 2006 年版。

不言而喻,尤其是当代舞蹈的历史研究,应有多个领域与面向。特别是诸多学科已经到了梳理学科史或专业史的时候,对其发展路径的思考,不仅有助于我们全面了解舞蹈总学科与分学科的历史脉络,完整了解"舞蹈学"的演变,对于学科性质、定位、价值与作用的思考也非常重要,更有利于我们把握规律、发现问题,为未来的发展厘清道路。因此,学科史的起点是学科设立和历史演进的坐标。当前,舞蹈学对于狭义的舞蹈史论专业建设不够深入,史论不分,不能形成学科优势。按照最初舞蹈史论专业的培养目标:培养德、智、体全面发展的能从事舞蹈理论、评论、编辑的本专业教学与研究工作的高级人才。"高级人才"的培养需要在某一专业达到较为精深的程度,以舞蹈史学学科发展为例,时空边界都需要扩展。在舞蹈学(舞蹈史论)初设时期,正是学科"舞蹈史学"的空白和拓荒阶段,作为起步较晚的舞蹈学史论专业,当务之急是面向整个舞蹈专业群体教育的文化需求以及本学科的史学建构和基础理论建构等基本问题,而应用理论则因为人才的两头衔接困难起步迟缓。在学科构建上,舞蹈史可作为三级学科,下设古代舞蹈史、现当代舞蹈史、外国舞蹈史、舞蹈思想史、舞蹈学科史、考古与舞蹈等专业方向,便于我们有针对性地进行人才培养,有意识拓展学科的深度。尽管我们在史学研究方面从无到有,取得很多成就,但近年来的舞蹈历史研究总体而言是停滞的,如西方舞蹈史研究不足及目前仍没有一部真正的中国舞蹈通史问世等。舞蹈史学方向的设立不仅可以储备史学人才,也可逐渐改变当下舞蹈学史学研究成果不足的问题。尽管有小众学科的特征和局限,但是面对几百种"文学史"的成果,或数个版本的音乐史研究,我们的步伐显然落后不少。都一窝蜂去出版"舞蹈鉴赏"之类的书籍,固然有受众需求,其中也不乏职称评定的"应景"之作。但也反映出舞蹈学专业学科深度不够,学生录取文化课分数过低,也会带来舞蹈史论专业在"高精尖"专才和通才的培养局限。

在舞蹈基础理论的研究中,缺口较多。以"舞蹈概论"为例,目前通用教材只有一本《舞蹈艺术概论》(隆荫培、徐尔充著)。在对舞蹈学基本问题的探讨中,权威、全面、系统、多参照的专业论著不足,这都影响了舞蹈学专业的深入发展和整个舞蹈一级学科的完善。20 世纪 80 年代的舞蹈学专业在文学门类之下,这一时期的《舞蹈艺术概论》也有着浓重的文学概论和艺术概论的特征,这种情形在其他学科一样存在,甚至其他学科的学者直接指出,1983 年文化部教材编写组编写的《艺术概论》一书源头是 1979 年蔡仪主编出版的《文学概论》,而《艺术概论》在写作体例、全书结构、论证方式和《文学概论》极为相似,《舞蹈艺术概论》的理论结构思路和这两本书的理论结构思路有高度的一致性。这种紧密联系和谋篇布局的重合与相似固然与文学、艺术的一致性密不可分,但也不能否认作为文学学科门类下的舞蹈艺术在本体思考中受到的影响。因此,艺术学从文学门下的独立不仅是对门类艺术差异性的尊重,更是学科自觉意识建构独立发展的重要一步,这对于学科理论的探讨非常重要。

另外,在舞蹈美学学科建设方面,许锐在 2000 年提出建立舞蹈美学学科的构想。他认为舞蹈美学研究的不足以及和其他学科相比的滞后,不是因为缺乏对舞蹈审美风格和审美意识的关注,主要原因在于"缺乏系统的舞蹈美学学科的理论建设。"这导致舞蹈界对美学的思考不够集中并缺乏深度。他认为,舞蹈美学应该是哲学的一个分支,要坚持哲学—美学—舞蹈美学自上而下的学科层级关系,对方法论的吸收既要有美学理论的符号学和结构主义的方法,也要立足于大文化背景和艺术进行美学分析,更要保持学科的开放性。对于这一理论思考,于平在 1993 年的《舞蹈艺术美论纲》中提出建立"舞蹈艺术美学科"的构想,在 2000 年将舞蹈美学视为学科进一步思考,认为《舞蹈形态学》是舞蹈美学,借鉴托马斯·门罗《走向科学的美学》构想,他认为美学可以应对该书中审美形态学、审美心理学和审美价值学,"舞蹈美学可否也由舞蹈形态学、舞蹈心理学和舞蹈价值学来构成"①,这一学科的上级为"哲学美学",同级为"门类艺术美学"(音乐美学、绘画美学、戏剧美学等),下级为舞蹈艺术实践,包括舞蹈文化历史和理论逻辑。这些探索都反映学科自我完善与开放的要求,以及拓展研究方法和深度的自觉意识。

从吴晓邦的"个人引领"到今天的舞蹈学学者群体形成,已经跨过了 30 多年。"三十而立",厘清舞蹈学的学科属性,以审慎的态度对学科进行回溯式的思考与脉络梳理,明确学科论域与学科群的体系建构,对舞蹈学的概念进行辨析,在微观审视中进行前瞻式的展望和学科拓展,对于学科自觉发展有着重要意义。尤其是艺术学成为门类学科的发展境遇中,舞蹈学面临新的历史机遇,在门类学科对话中也存在更大的挑战与危机。我们更不应该故步自封,而应该抓住机遇,扩大学科内涵,发展人才培养的多元化。如同艺术学理论要"打通"而非拼盘,在舞蹈学领域的研究中,"打通"也是需要攻克的难关。尤其是本科生阶段,做到基础理论、应用理论和术科的融合不仅是高等院校"厚基础"的基本要求,也是"高层次"人才培养的学术起点。因此,改变当下舞蹈史论几乎独当一

---

① 于平:《关于舞蹈美学学科建设的断想》,《北京舞蹈学院学报》2000 年第 3 期。

面的现状,扩展舞蹈学的研究半径和研究范围,以更好适应当代舞蹈人才的多元化要求是值得深思的问题。舞界前辈与学者的拓荒之功与殚精竭虑的思考,使舞蹈学由"自发之学"成长为"自觉之学",为我们开继阐扬奠定了良好的基础。在理性反思中进行学科反思,对关系不明、逻辑不清、称谓含混的概念在准确度和属性关系上予以检视,有着强烈的现实意义,唯此方能"四十不惑",担起舞蹈学科在史论研究方面的文化引领之责。

(原载于《舞蹈》2018 年第 6 期)

乡土中国的镜像呈现:改革开放40年来农村题材电视剧创作流变

张新英　山东师范大学新闻与传媒学院戏剧影视文学副教授

1978年5月,由许欢子、蔡晓晴执导的电视单本剧《三家亲》在央视播出。这部表现苏南农村的乡村喜剧,成为新时期中国电视剧复苏的起点。这一年年末,安徽凤阳小岗村18位农民联名签订包产到户的契约,拉开了中国农村改革的大幕。从此,农村题材电视剧的创作便与中国农村和农民的历史与现实紧密相连。《雪野》(1986年)、《篱笆·女人和狗》(1989年)、《辘轳·女人和井》(1991年)、《古船·女人和网》(1993年)、《趟过男人河的女人》(1995年)、《庄稼院里的年轻人》(2000年)、《刘老根》(2002年)、《希望的田野》(2003年)、《当家的女人》《马大帅》(2004年)、《乡村爱情》《插树岭》(2006年)、《老农民》《马向阳下乡记》(2014你那)、《父老乡亲》《黄土高天》(2018年)……这些观众耳熟能详并引发巨大社会反响的农村题材电视剧,在中国电视剧发展史上写下了浓墨重彩的一笔,也为广大农村和农民留下了一份珍贵的时代记忆。

据不完全统计,改革开放40年来,我国生产发行的农村题材电视剧约千部。在题材类型纷繁、年产量庞大的中国电视剧家族中,农村题材电视剧的生产和播出量在多数时间里并不占优。但因"三农"问题在中国的历史和现实中具有特殊而重要的地位,农村题材电视剧也因之具有了市场和产业之外的重要价值。在40年的发展嬗变中,农村题材电视剧有过备受瞩目的辉煌,也经历过乏人问津的落寞,但创作者在艺术表达和文化探索上从未放弃过努力。农村题材电视剧在观照视角、主题旨向、人物形象、美学风格等方面,逐渐由单调趋于丰富,从单一走向多元,并不断拓展新的表现领域,努力生成新的表达技巧。其40年的创作流变,不仅表征着中国农民的命运悲欢,亦折射出乡土中国的历史变迁。

一、1978—1985:悲喜交集的乡土恋歌

在 1980 年中央电视台的"国庆全国电视台节目大联播"中,《瓜儿甜蜜蜜》《结婚现场会》《牛庄风波》《信任》《浪花》等多部农村题材电视剧集中亮相,成为国产剧创作的一大亮点。"尽管这几部电视剧写的场面不算大,而且艺术上还显粗糙,但总可以看出农村落实经济政策、落实干部政策后出现的欣欣向荣的新气象。"①《瓜儿甜蜜蜜》讲述的是胡阳县天龙公社下湾生产队长刘霸蛮带领社员实行定额包产政策,在沙丘地上成功种植并售出西瓜的故事。其后出现的农村题材电视剧,其主题设定也多是一方面控诉和批判极"左"思潮给农民带来的灾难与痛苦,另一方面流露出对十一届三中全会以后农村新政策和新形势的肯定与期待。在喜看今朝、展望未来的欢悦情绪中,乡村被描绘成一个在废墟中重建的田园世界,生活在这片乡土之上的农民,将告别过去的苦难,迎来美好的未来。许多作品着意展现乡村的醇厚民风和乡民的淳朴人性,表现乡村风尚的变迁,让悠远纯净的乡土文明散发出诱人的魅力。1981 年的《金凤凰》《一千八》《水乡一家人》《翻身》《藏金记》,1982 年的《吉庆有余》《山道弯弯》《能媳妇》《春回桃花寨》《山里妹子》,1983 年的《亲家卖粮》《霞村二柳》《牛主任回家》《在故乡的山路上》《她从画中走出来》,1984 年的《春的信息》等作品,都在旧时代与新时期的对比中,流露出创作者对土地和农民深切爱恋的情怀。

这一时期的农村题材电视剧,对乡村故事过于直观的讲述和偏于感性的情绪表达,缘于创作者在观照农村和农民时采取的相对单一的政治社会学视角:许多作品对新旧政治路线进行了直观的对比,把农民过去的悲剧,简单地归因于"四人帮"的祸国殃民,缺乏对形成悲剧的深层社会文化成因的深入挖掘和反思。而一些憧憬着美好未来的农村题材电视剧,则普遍流露出一种盲目乐观的情绪,以戏剧矛盾的轻松解决回避农村现实的复杂性和改革的艰巨性。创作者在文化思考的深度和力度方面明显不足,人物形象的塑造上亦带有概念化和符号化的倾向,对农民的文化人格和心理展现也停留在浅表面。那些因久远的历史沉滞而积淀下来的沉重的乡土传统与盘根错节的乡村现实,被有意无意地遮蔽了。

---

① 阮若琳:《在电视剧丰收的日子里》,《广播电视杂志》1980 年第 3 期。

二、1986—1995:绝望与希望中的挣扎徘徊

当改革开放的大潮席卷中国时,城乡变革发展中必然出现的矛盾和阵痛以及长期以来乡村传统对农民的束缚,让乡村世界不再是风光旖旎的田园。当传统和现代狭路相逢、凝滞和变革激烈交锋时,因撕扯和裂变导致的剧痛,便取代了充溢在80年代初期众多农村题材电视剧中的喜悦和欢乐情绪。1986年问世的《太阳从这里升起》和《雪野》,前者以强烈的造型意识和象征手段,在城与乡、新与旧、传统与现代的对比中呈现出古老乡村的封闭落后与迟滞不前,后者则以农村妇女吴秋香反抗买卖婚姻、追求爱情自由的故事,让观众看到了乡村在历史和现实面前沉重压抑的一面。其后出现的《葛掌柜》《山月儿》(1987年)、《白色山岗》《篱笆·女人和狗》(1989年)、《辘轳·女人和井》(1991年)、《女人不是月亮》《庄稼汉》《一村之长》(1992年)、《古船·女人和网》《凤凰琴》《神禾塬》(1993年)、《秦川牛》(1994年)、《趟过男人河的女人》(1995年)等作品,无一例外都在讲述农民在新旧交锋中身心所经历的痛苦和挣扎。这一时期的农村剧实现了对乡村历史与现实的深度挖掘,记录下社会大变革中农民文化人格与文化心理的急剧嬗变。

贫瘠落后的乡村现实,使发家致富成为此一时期农村题材电视剧流行的主题。《葛掌柜》《神禾塬》《庄稼汉》《农民的儿子》《华西村的故事》等作品,表现了农民摆脱贫困、渴望发家致富的梦想,肯定了他们为改变现状而付出的种种努力,也揭示出乡村改革的艰难和改革过程中无法回避的矛盾。难能可贵的是,这些作品没有满足于仅仅表现农民发家致富的外在过程,而是透过过程来揭示农村错综复杂的现实矛盾及其背后隐藏的深层历史文化成因,审视农民在获取财富之后暴露出来的保守落后的小农意识及其根深蒂固的文化劣根性,揭露农民性格中固执守旧、贪婪自私的人格缺陷,从普遍意义上的国民劣根性的高度加以审视。如果说对乡村现实矛盾的大胆呈现体现了创作者强烈的社会责任感的话,那么对深层民族文化心理的揭露和批判,则凸显了创作者的理性思考和现代文化批判意识。

这一时期,悲情的乡村女性形象集中出现,成为农村题材电视剧审视传统乡村文化桎梏、思考现实命运的最佳载体。年香(《太阳从这里升起》)、吴秋香(《雪野》)、山月儿(《山月儿》)、李青草(《白色山岗》)、枣花("农村三部曲")、雪梅(《庄稼汉》)、胡山杏(《趟过男人河的女人》)……这些被困在闭塞乡村中的美好女性,有着与生俱来的美丽善良,却无一不是饱受命运摧残、沦为传统乡村伦理的

牺牲品:吴秋香奋力追求真爱而不得,李青草死于深陷情欲与伦理纠结的情人之手,枣花在父母包办的无望婚姻中苦苦挣扎,胡山杏日日忍受疯丈夫的折磨……面对令人窒息的传统伦理和礼俗法则,她们或逆来顺受,或奋起抗争,却都无法摆脱既定的悲情命运。从某种程度上说,这些女性象征着饱经沧桑磨难的乡土大地和居于其上的父老乡亲,她们身上承载的,是千百年来乡村世界的苦难和梦魇。她们的沉默或呐喊,隐喻着乡土社会曾经经历和正在经历的屈辱与不甘。正是借助对这些乡村女性婚恋情感和命运归宿的展现,农村题材电视剧完成了对乡村传统和现实境况的深层文化探索。

在艺术表达方面,这一时期的农村题材电视剧表现出高度自觉的艺术探索和创新精神。与 80 年代初期农村题材电视剧中并不明显的地域特性相比,这一时期的许多作品,皆拥有明确的地域文化审美意识,自觉彰显鲜明的地域文化特色,并初步形成了东北、西北两大地域流派:《雪野》《篱笆·女人和狗》及其续集,呈现出浓郁的东北风情;《秦川牛》《神禾塬》《庄稼汉》等作品则充溢着醇厚的西北风味。东北地区的白山黑水、西北地区的黄土高原,既是人物赖以生存的外在环境,又是其长期浸润的文化环境,影响着人物的性格生成、命运走向和心理变迁。说到底,地域空间亦是文化空间。如《太阳从这里升起》中的老军营村,便代表着古老陈旧的传统历史与文化,爷爷的固执守旧、二货的愚鲁粗蠢,都与老军营这块独特的地域文化空间息息相关。地域空间与文化空间的融合,进一步丰富了农村题材电视剧的文化内涵。

三、1996—2002:乡村精英成为表现主体

20 世纪 90 年代中期以来,城乡二元经济体制的制约,导致农村经济增速放缓,农民收入增长缓慢,城乡差距进一步扩大,"三农问题"日渐成为一个严峻的社会问题。

与此形成鲜明对比的,是这一时期农村题材电视剧创作的衰微。与数量庞大的都市、言情、历史、武侠等电视剧题材相比,农村题材电视剧在数量上处于绝对劣势,其社会影响力更是一落千丈。而梳理这一时期具有代表性的作品,不难发现一个值得玩味的现象,即以乡村/乡镇干部和致富能人为代表的各类乡村政治精英和经济精英成为农村题材电视剧的表现主体。《党员二愣妈》《乡村女法官》《乡党委书记》《支书下台唱大戏》(1996 年)、《一乡之长》《退休村支书》《大人物李德林》

（1997年）、《狗不吃回村记》《村主任李四平》（1999年）、《苦楝树开花的季节》《一个人的背影》《庄稼院里的年轻人》（2000年）、《大树小树》《好人李司法》《走向远山》（2001年）、《干部》《刘老根》（2002年）等大量作品，均以塑造乡村精英形象为旨归。这些作品往往将一些政治精英或经济精英置于一个偏远闭塞、贫穷落后的村镇环境中，讲述他们如何在政策指引下大力发展乡村经济、帮助农民脱贫致富的故事。这些乡村精英来路不同、性情各异，但大都具备出色的政治才能和出众的道德感召力，能够解决乡村世界中的各种现实问题，带领一方父老走向脱贫致富的康庄大道。这一现象的集中出现，既反映出农村贫困落后的现实和农民急于脱贫致富的心理，又表现出作品将农村兴利除弊、改革致富的希望寄托于这些乡村精英身上，并将他们推崇为几近完美的道德典范：郝运来（《一乡之长》）、李润娃（《支书下台唱大戏》）、刘运库（《一个人的背影》）、李德林（《大人物李德林》）等人，无一不是为了村镇事务鞠躬尽瘁死而后已，其耀眼的光芒，不仅遮蔽了普通农民的形象，使普通农民多沦为乡村精英的陪衬，更被描绘成缺乏主体能动性，需要被启蒙、同情和帮助的落后群体或个人。因此，这一时期的农村题材电视剧中"郝运来"们、"李德林"们、"任贵春"们等政治精英云集，当然，也不乏陆二凤（《庄稼院里的年轻人》）、刘老根（《刘老根》）等经济能人的大展拳脚；而像吴秋香、枣花、山杏等能够代表普通农民命运和心灵嬗变的典型农民形象则处于失语状态。

事实上，"乡村精英引领农民脱贫致富"的故事，并非90年代中后期中国农村的全部现实。创作者回避乡村中更为激烈的现实矛盾而选择更为讨巧的乡村致富故事，与其迎合主流市场、追求经济效益的动机不无关系——在一个流行时尚日趋"走向消费娱乐"①时代，那些表现沉重的乡村现实、探讨严肃农民问题的作品已不符合主流观众的口味，在市场上少人问津。而《党员二愣妈》《山城棒棒军》《一乡之长》《村主任李四平》《刘老根》等农村喜剧作品的出现，也是创作者努力适应市场、迎合主流观众的选择和结果。

四、2003—2010："难容于城"与"安居于乡"的双重变奏

2003年，中央电视台共播出八部农村题材电视剧，即《希望的田野》《刘老根

---

① 和磊：《论近几年国产电视剧的自然主义症候》，《山东师范大学学报（人文社会科学版）》2017年第2期。

2)《远山远水》《走进八里堡》《好爹好娘》《郭秀明》《三连襟》《烧锅屯的钟声》,引发了社会各界对农村现实和农村题材电视剧创作的关注与讨论,也刺激了后续优秀农村题材电视剧的不断出现:《马大帅》《当家的女人》《城市的星空》《种啥得啥》《脚下天堂》《我是农民》《沃土》(2004 年)、《圣水湖畔》《马大帅 2》《民工》《生存之民工》(后更名为《春天里》)(2005 年)、《阿霞》《马大帅 3》《老娘泪》《乡村爱情》《插树岭》《都市外乡人》《美丽的田野》《城里城外》《天高地厚》《村官》《母亲是条河》《农民代表》《渴望城市》(2006 年)、《欢乐农家》《喜庆农家》《福星临门》、《喜耕田的故事》《文化站长》(2007 年)、《乡村爱情 2》《清凌凌的水蓝莹莹的天》(2008 年)、《清凌凌的水蓝莹莹的天 2》《女人的村庄》《金色农家》《八百里洞庭我的家》《乡村名流》《户口》(2009 年)、《永远的田野》《乡村爱情故事 3》《古村女人》《玫瑰园里的老少爷们儿》(2010 年)……这些风格迥异、主旨丰富的农村题材电视剧在不断引发社会反响的同时,也取得了良好的市场效益。据悉,在 2006 年中央电视台一套黄金时间播出的电视剧收视率统计中,名列前三位的都是农村题材作品;2007 年《喜耕田的故事》在央视一套黄金时间播出时的平均收视率为6.73%,单集最高收视率达到了 9.59%。与农村题材电视剧的良好口碑和市场收益相呼应,《刘老根》《马大帅》《乡村爱情》《喜耕田的故事》《清凌凌的水蓝莹莹的天》等作品都陆续推出续集,开启了农村题材电视剧打造品牌影响力的进程。

这一波农村题材电视剧的创作高潮,与 21 世纪以来国家对“三农问题”的关注和对农政策的调整不无关系:党的十六大报告中提出“统筹城乡经济社会发展,建设现代农业,发展农村经济,增加农民收入,是全面建设小康社会的重大任务”;十六届三中全会再次强调要“统筹城乡协调发展”;十六届六中全会进一步提出要扎实推进社会主义新农村建设,促进城乡协调发展;2004 年年初,中共中央、国务院发布“一号文件”,重点解决农民增收问题,给农民平等的权利,给农村优先的地位,给农业更多的反哺,充分体现了科学发展观指导下的新“重农”思想。一系列对农新政策的实施,给广大农村和农民带来了希望和变化,也为农村题材电视剧创作提供了新的叙事资源和动力。中宣部、国家广电总局、中央电视台等有关部门也高度重视农村题材电视剧的创作,加大扶持力度。“三农问题”的持续升温和发酵,引发了全民关注,为农村题材电视剧的创作提供了良好的舆论环境和观众基础。

这一时期的农村题材电视剧,以前所未有的批判力度,揭示了农村经济凋敝、耕地减少、环境污染、教育落后、基层组织瘫痪、干部腐败、人心涣散、道德沦丧等令人触目惊心的现实。但与前一时期相似的是,各类乡村精英再次承担起拯救乡村的重任:徐大地(《希望的田野》)、田茂林(《好爹好娘》)、郭秀明(《郭秀明》)、杨叶青(《插树岭》)、阿霞(《阿霞》)、罗汉生(《沃土》)、李相平(《种啥得啥》)等人,依靠自己的才干和道德力量,成为乡村经济发展和政治清明的希望。此时,他们遭遇的阻力和困境要远远超过从前,这也印证了长期积累的"三农问题"的严重性。而大学生村官、支教大学生、农业技术员等也逐渐成为改变乡村落后面貌的生力军,显示了这一时期农村题材电视剧的与时俱进。而迥异于前的乡村女性形象也集体亮相:张菊香(《当家的女人》)、杨叶青(《插树岭》)、马莲(《圣水湖畔》)、张西凤(《女人的村庄》)等农村女性,一反之前传统模式中那些柔弱悲苦的形象定位,以其自立自强、泼辣能干、吃苦耐劳赢得了男性的尊重,并成长为引领当地农村发展的灵魂人物。"男强女不弱"的新型男女关系,彰显了新时期背景下乡村女性独立意识的觉醒和社会地位的提升。

在乡村弊病丛生、城乡差距加大的历史背景下,许多农民选择了进城谋生。但在陌生的城市里,几乎一无所有的农民却遭遇了前所未有的生存困境。因而表现进城农民生存处境和城乡对立的剧作在这一时期大量出现,引人关注。《城市的星空》中的远子、共生、包子、乔小央,《民工》中的鞠广大和鞠双元父子,《生存之民工》中的谢老大、杨至刚、陆长有、薛五薛六兄弟,《马大帅》里的马大帅等人,都是进城农民的典型。他们在城市中遭遇的悲剧,正是城乡矛盾中乡村劣势的集中体现。农民的向城求生,大多以悲剧结局黯然收场。

与"农民进城"叙事相反,还有一些农村题材电视剧则表现了农民对土地的坚守和热爱。《圣水湖畔》《喜耕田的故事》《八百里洞庭我的家》《永远的田野》《清凌凌的水蓝莹莹的天》讲述的都是农民扎根土地、保护乡村自然环境的故事。与单纯追求"经济致富"相比,这些作品明确地传达出爱护耕地、保护自然的环保理念,拓宽了农村题材电视剧的表现主旨和内涵。

这一时期农村题材电视剧创作的另一重要收获,是出现了像《天高地厚》《城里城外》《农民代表》《母亲是条河》这样史诗性、全景式展现农村和农民在漫长历史中命运变迁的作品。它们以一种多元化的历史观和文化视角,对中华人民共和国成立前后的乡村进程进行回顾与展望,呈现出农民在历史上不同时期的生存真相和心灵震荡,其史诗性的气势和深邃的思想力量,大大提升了农村题材电视剧的审美品格。

五、2011—2018:传统/现代乡村的道德图景

从 2011 年起,农村题材电视剧的生产和发行数量明显回落,其社会影响力也日渐衰微。整体而言,这一时期的农村题材电视剧创作活力不足,在内容拓展、内涵表达和艺术探索等方面也归于保守,但依然涌现出《小麦进城》《我的土地我的家》(2012 年)、《苍天厚土》(2013 年)、《老农民》《马向阳下乡记》(2014 年)、《大村官》(2015 年)《索玛花开》《青恋》(2017 年)、《岁岁年年柿柿红》《黄土高天》(2018 年)等优秀之作。

全面追溯和描绘中国农村改革开放发展历程的史诗性作品,成为荧屏亮点。《我的土地我的家》《苍天厚土》《老农民》《黄土高天》等作品均以宏大视角,全景式地呈现出改革开放背景下中国农村和农民由贫穷走向富裕、由保守走向开放的艰难历程,深刻反映出改革开放以来中国农村前所未有的发展变迁和农民的日常生活图景,肯定农民奋斗、进取和创新的精神,并深入思考中国的"三农问题"及其解决办法。这些全面回顾和呈现农村历史与现实的作品,赋予了农村题材电视剧厚重深沉的史诗品格和丰富独特的文化内涵。

与此同时,品德高尚的乡村精英带领农民致富的故事仍被一再讲述,各类乡村干部的道德楷模形象再次占据荧屏:沈浩(《永远的忠诚》)、杨桂花(《女人当官》)、孙望田(《村支书》、龙名河(《满堂儿女》)、马向阳(《马向阳下乡记》)、孙浩然(《大村官》)、孙向阳(《收获的季节》、赵葵花(《鲜花盛开的村庄》)、万喜(《苦乐村官》)、王敏(《索玛花开》)、王天生(《父老乡亲》)……这一长串名单,彰显了乡村精英作为农村"领头羊"的重要性。无论环境如何复杂、任务如何艰巨,这些乡村精英都会利用自己的学识、气魄、能力和道德感召力改变乡村面貌、带领农民走上致富之路。"典范人物是社会主义核心价值观的具体体现,是社会主义社会的道德榜样。"①有品德、有学历、有知识、有眼界的年轻干部,如第一书记、大学生村官、支教大学生等成为农村题材电视剧中耀眼的新星,他们带领农民致富的手段也与时俱进(如网络、科技、生态等)。在讲述乡村精英带领农民致富的故事中,还嵌入了精准扶贫、土地流转、生态环保、文化建设、关爱留守老人和儿童等农村热点

---

① 马永庆:《新时代道德建设的逻辑理路》,《山东师范大学学报(人文社会科学版)》2017 年第 6 期。

话题,反映出农村题材电视剧对当下农村热点问题的持续关注。

这一时期还出现了一些乡村苦情故事。那些命运坎坷却道德高尚的乡村男女,以常人无法企及的道德高度,既以坚忍的性格承受个体命运的磨难,又演绎出超越个人利益之上的大情大爱:满秋(《满秋》2011 年)、娟子(《绿野》2011 年)、樱桃(《樱桃》2012 年)、赵老乐(《樱桃红》2013 年)、满仓(《满仓进城》2014 年)、郎德贵(《养父的花样年华》2014 年)、田小草(《俺娘田小草》2015 年)、萧九九(《九九》2016 年)、田春妮(《我是你的眼》2016 年)、于木兰(《木兰妈妈》2016 年)、任喜爱(《初婚》2018 年)、杨柿红(《岁岁年年柿柿红》2018 年)……这些乡村道德故事有着类似的情节,即主人公身世凄苦,婚姻和家庭不幸却义无反顾地照顾他人(重病或残疾的公婆丈夫、无依无靠的弃儿或孤儿、没有血缘的养子或养女),倾其所有。这些作品通过观众熟悉的苦难叙事,赞美和弘扬了农民高尚的道德情操和人格魅力。但过于扭曲、夸张的剧情、过度的苦情和刻意的煽情,又让许多作品走向了虚假造作的极端。农村题材电视剧如何处理好苦与乐、悲与喜之间的对立统一关系,呈现真实自然的乡土人情和人性,依然是亟须创作者解决的问题。

六、结语

从 1978 年到 2018 年,农村题材电视剧用 40 年的丰富影像,记录了漫长岁月中中国乡村的历史变迁和中国农民的心灵嬗变。剧中那些或大或小、或喜或悲的乡村故事,正是 40 年来农村改革进程和时代故事的缩影。农村题材电视剧在内容、视角、主题、人物、风格等方面的选择、取舍和衍变本身,就已经折射出中国乡村发展进程的艰难曲折。时至今日,观众依然能够从镜像中观照乡土中国的转型和发展。因此,农村题材电视剧不能、也不会缺席这个新时代,广大农村和农民的故事将会被继续生动地讲述下去。

附表:2007—2017 年全国获准发行农村题材电视剧统计表

年代	部数	百分比	集数	百分比
2007	38	7.19%	801	5.46%
2008	44	8.77%	975	6.72%
2009	30	7.46%	667	5.17%
2010	33	7.57%	846	5.76%

续表

年代	部数	百分比	集数	百分比
2011	23	4.90%	541	3.62%
2012	17	3.36%	442	2.49%
2013	19	4.31%	588	3.73%
2014	27	6.29%	862	5.39%
2015	15	3.81%	490	2.96%
2016	16	4.78%	593	3.97%
2017	17	5.42%	428	4.07%

数据来源:国家新闻出版广电总局

（原载于《中国电视》2019 年 1 月）

创意发展：少数民族音乐传承发展之道

陈鹏　郑州师范学院副教授

我国的少数民族音乐是中华优秀的非物质文化遗产重要组成部分。从现实来看，一方面少数民族音乐文化得到一定程度上的传承，但是另一方面，成为"非物质文化遗产"的少数民族音乐仍然处在亟须保护的"弱势地位"。少数民族音乐只有在发展中才能更好地得到传承。本文试从创意发展角度，探究少数民族音乐更好的发展路径。

一

几十年来，我们已经有了少数民族音乐保护和发展的一些成功经验，例如建立档案馆、博物馆等，为少数民族音乐建档。提高政府补贴力度，对少数民族音乐传承人给予物质奖励和政策支持。发展民俗旅游，把少数民族音乐和旅游业结合起来，使经济效益和文化传承得到互利共赢。流行音乐加入少数民族音乐唱腔、曲调等元素，使得少数民族音乐走出少数民族地区，走向大众。当然，少数民族音乐传承与进一步发展也存在着很多问题，如政策支持力度不够大，少数民族音乐传承人断档；受外部音乐的影响和流行音乐的冲击，少数民族音乐缺乏"原生态"的生存和发展坏境；缺乏经济刺激，少数民族音乐发展不成规模等。少数民族音乐创意发展，同样存在着以下几方面突出的问题：

1. 缺乏科学的创意发展意识

一方面，传统的少数民族音乐传承人缺乏创意发展意识，认为"坚守传统才是对传统最大的尊重和爱护"，只是一味尊古、复古，逐渐和现代社会、现代审美脱节;另一方面,社会上一些人敏感地抓住现代社会中人们的猎奇心理和标新立异、特立独行的心态,将少数民族传统音乐的部分因素"融合"在流行音乐中博人眼球,事实上是在"挂羊头卖狗肉",甚至是更具欺骗性的"全盘西化"。他们"借鉴"的少数民族音乐因素只是噱头,其实是变形的或者是改造过的"少数民族音乐元素",和真正的少数民族音乐相去甚远。在面对传统与现代时,没有分清继承传统的最核心的要义是继承其中所蕴含的丰富多彩的人文精神,而不是固守传统的形式。同样,面对现代化,既不是要全部抛弃传统,更不是全盘西化,而是学习和借鉴西方现代的、先进的音乐手法和音乐模式,进而使少数民族音乐尤其是深蕴其中的文化和精神财富能够在当代更好地传播。现在,突出的问题是人们缺乏对于少数民族音乐传统与变革的意识,更缺乏创意发展的意识,思维没有跟上新媒体等现代技术的发展速度,对于少数民族音乐市场化的选择不够准确。少数民族音乐固然也属于精神文化范畴,但只有创意地将其推向市场,才能让更多的观众了解它、喜欢它,才能使少数民族音乐传承人和少数民族地区切实得到其民族音乐带来的经济效益,从而使少数民族传统音乐更健康、快速地发展。

2.创意发展形式有待多样化

目前,最为常见的少数民族音乐创意发展方式有以下几种:一是登上电视舞台。如央视的青歌赛、湖南台的超级女声节目等,其中的原生态歌手(少数民族歌手)或者是借鉴的少数民族音乐唱腔等都给人眼前一亮的感觉。二是在电视剧或者电影配乐或者主题曲中使用少数民族音乐元素。较为成功的例子是广西的《刘三姐》。刘三姐是广西壮族等少数民族传说中的"歌仙""歌祖"。"如今广西成歌海,皆是三姐当日传"。刘三姐传说、刘三姐形象可谓是深入人心,不仅被排练成了具有浓郁广西特色的彩调剧《刘三姐》,而且拍成了电影,使得壮族少数民族音乐——壮族民歌广为流传。三是把少数民族音乐与民俗旅游结合起来。少数民族地区积极发展当地旅游业,并根据当地特色,为游客提供少数民族歌舞表演,一方面促进了民族地区的旅游业发展,另一方面也促进了少数民族音乐的传播和发展。从一定程度上看,少数民族音乐随着人们保护意识的提高,已经从传统的口头传播到纸质媒体和电视电影媒体传播,从少数民族地区到更广泛的外部世界,从少数民族群众到更多的观众。但纵观其发展方式、发展规模及发展成果,创意发展方式仍较为单一,尤其是随着互联网的普及应用和新媒体、数字化技术等的发展,少数民族音乐应在新兴媒体上以更具创意的方式呈现和传播,而不是满足于当前的发展现状。

3. 缺乏成熟市场

成熟的市场是少数民族音乐创意产业良性发展的前提和基础。创意产业"是各种依靠个人创意、天才和技能,挖掘和开发智力财产,并提供就业和各种就业机会的产业活动"①。音乐文化产业可以看作是文化产业中的艺术产业模式中的重要组成部分②。当前,少数民族音乐创意发展缺乏成熟的市场支持:一是缺乏观众。也就是缺乏足够的消费者,缺少市场回报率。这与少数民族音乐宣传力度不够大、群众尤其是青少年对少数民族音乐不了解有关。二是缺乏创意音乐设备。长期以来,民族地区属于经济欠发达地区,对于电子音乐、数字音乐等不够了解,更别说是先进的录音、设计、表演等设备和场地了。"巧妇难为无米之炊",在缺乏基础设施的情况下,很难吸引音乐人才和音乐资本流入民族地区。三是缺乏少数民族音乐品牌。尽管各个少数民族地区几乎都关注起少数民族音乐的传承和发展,然而总体的情况是"一盘散沙",零星发展,缺少拿得出手的品牌。四是少数民族音乐创意文化经营主体数量少、规模小。在市场中,"供应商"是很重要的一环,少数民族音乐创意发展更需要音乐创意产品的"输出单位",即音乐创意文化经营主体。五是缺乏少数民族音乐创意产业链。从少数民族音乐创意产业供应商到中间的流通环节再到消费者,包括贯穿其中的服务机构、融资渠道等,任何一环都不能是"短板"。只有构筑起完善的产业链,才能使得少数民族音乐创意产业在市场中得到良性发展。

4. 缺乏创意专业人才

少数民族音乐创意产业发展需要多方面的人才综合分工、通力合作。目前这方面的主要问题表现在,一是缺乏少数民族音乐创意产业管理人才。少数民族创意产业作为新兴产业,在我国政府相关职能部门的管理中存在职责不清、相互扯皮的情况,导致政府管理缺位或者"乱作为"现象。同时,在少数民族音乐创意产业经营主体中,也缺乏相应的高级职业经理人。二是缺乏少数民族音乐创意产业营销专门人才。市场营销专业和市场营销人才并不稀少,但是懂得少数民族音乐同时又懂得企业管理、风险管理和营销管理的综合性人才比较缺乏。且少数民族音乐创意产业有区别于其他产业,更需要能将少数民族音乐与商业、管理、媒介、营销等综合运用的人才。三是缺乏少数民族音乐创意产业创作人才。音乐创意产业本

---

① 陈倩倩、王缉慈:《创意产业及其集群的发展环境:以音乐产业为例》,《地域研究与开发》2005年第4期。

② 冯子标、焦斌龙:《分工、比较优势与文化产业发展》,商务印书馆2005年版。

身就是一个创新性很强的文化产业,亟须大量具有少数民族音乐理论知识同时又有创新意识和创新能力的音乐人才,这就需要学校加强少数民族音乐的教育,同时少数民族音乐专业的学生也应加强社会实践、多到少数民族地区进行采风。

(5)缺乏法规政策规范

近年来,无论是中央政府还是民族地区地方政府都出台了保护少数民族音乐的相关政策,鼓励和发展少数民族音乐文化,包括对少数民族音乐资源建立档案实施保护,如维吾尔族地区对于具有民族经典的民族音乐套曲《十二木卡姆》进行资料的搜集和整理工作,广西民族地区对于特色的嘹歌进行保护等。有些地方是对少数民族音乐传承人进行物质补贴,使他们无后顾之忧,专心传承少数民族音乐。但是,从整体上看,文化产业管理改革仍滞后于音乐创意产业发展,相关职能部门没有发挥良好的市场导向作用,也缺乏向国外发展相对成熟的音乐创意产业发展模式借鉴经验,使得我国现有的少数民族音乐创意产业"摸着石头过河",缺乏成熟市场,缺乏创新活力。针对上述问题,政府及立法部门应尽快出台法律法规,规范少数民族音乐创意产业发展,保护少数民族音乐的传承。

二

在新媒体环境下,我们欣喜地看到少数民族音乐突破了以往传统单一的传播和发展模式,少数民族音乐创意产业产生并逐渐发展。面对少数民族音乐创意产业发展初级阶段存在的创意发展意识不强、创意产业形式不够多样、缺乏成熟市场、缺乏专门创意人才、缺乏相关政策法律规范等问题,笔者试从以下五方面提出对策:

1.提高创新意识,加强理论研究

首先,要打破封闭思维。我们现在许多引以为豪的民族音乐,其实都是在长期的历史过程中与少数民族音乐相互吸收、相互融合而成的,一些民族音乐中使用的主要乐器,如琵琶、羌笛、胡琴等,也是从西域等地传入中原的。正因为我们的祖先以开放的心态积极学习四方之音乐,才有了后来的中华民族音乐。因此,无论是少数民族地区,还是少数民族音乐传承人,也都要打破封闭思维,积极学习借鉴其他民族文化中的精华,学习他们音乐中的先进手法,促进本民族音乐在新时代的进一步发展。

其次,要增强创新意识。当前,我们的许多少数民族音乐如木卡姆、南音、嘹歌等已经被称为"活化石",被列入非物质文化遗产保护起来,这一方面是对蕴含其中的文化价值的肯定,另一方面也是对其发展式微的一种警示。在传统与现代、开放与守旧、融合和冲突、民族性和世界性等争论中,"变"与"不变"是核心命题。少数民族音乐一定要"变",这里的"变"更多的是指形态、技巧等的改变。"问渠那得清如许,为有源头活水来",只有改变,才能更好地发展。

再次,要树立少数民族音乐主体观。少数民族音乐创意发展,"墨守旧法"和"全盘西化"都是行不通的,不变不行,但是毫无章法的乱变同样要不得。正确的态度是:学习借鉴、吸收运用西方音乐和流行音乐的方法和技巧来更好地研究、整理和发展少数民族音乐。其中可变的是形式,不变的是蕴含在少数民族音乐中的文化特质和民族精神。所以,在变的过程中,要以少数民族音乐为主体,学习借鉴的对象只是"他者",不能"喧宾夺主"。同时,好好保护和挖掘少数民族音乐生存的土壤——少数民族地区的文化、风俗、信仰、历史、审美等,不能割裂两者之间的血脉联系,少数民族音乐的传承和少数民族文化的传承是一脉相承、相辅相成的。

此外,要加强对少数民族音乐理论的研究。历史上无论是中华传统音乐还是少数民族音乐,都是"口传心授"的,甚至连简单的音乐谱、工尺谱都很少见,更很少有理论性的音乐研究专著。而发展少数民族音乐创意产业,不但要有创新意识,更要有成熟的创新理论作为指导。为此,要鼓励音乐理论工作者结合我国国情,多出些有利于推动我国少数民族音乐创意发展的理论专著。

2. 开拓创新思维,丰富创意形式

中国音乐文化的发展已经进入现代社会,当代的音乐文化必然带有当代特征,音乐文化随着时代和这个时代的人需要而变化发展,这本身就是一种创造,一种不脱离民族传统并以现代生活为根本的创造。[①] 开拓创新思维,要树立少数民族音乐发展观,把音乐文化和先进文化结合起来,创造出新的又不失少数民族特色的音乐产品。近年走红的周杰伦、龚琳娜等,都是运用传统文化精神、传统文化元素与现代意识和表现形式相结合,在音乐的民族性与世界性融合上做出了探索。只有打开思路,大胆创新,开拓多种创意方式,让少数民族音乐"活态传承",重新焕发生机。

随着社会经济的不断发展,手机日益成为现代社会传播信息的重要媒体之一,无论是公园里,还是在地铁、公交上,都会看到"低头族"们用手机听歌、刷网页、看

---

① 范晓峰:《当代音乐文化审美的社会心理背景》,《中国音乐学》2001 年第 1 期。

新闻或者看视频,这种情况对少数民族音乐创意发展也是一种机遇。比如,我们可以通过开发制作针对性强、特色鲜明、主题突出的少数民族音乐或者教学小视频/微视频来突出少数民族音乐创意主题,提升音乐品位,打造创新品牌,发展少数民族音乐创意产业。

近年来,各种网上直播平台如雨后春笋般流行开来,但"网红女主播"等盲目复制、低俗趣味的直播节目使得人们对于网上直播有一些误解,事实上,网上直播是一种传播迅速、影响广泛、进入门槛低的良好文化传播媒介。少数民族音乐不妨利用网上直播,直播一些少数民族歌舞表演、民间老艺人原生态音乐、少数民族唱腔教学等具有少数民族特色又具有营养价值的内容,一方面可以更好地传播少数民族音乐,使直播人得到经济报酬,提高他们学习、继承、发展少数民族音乐的热情;另一方面丰富直播内容、净化网络空间。

加强少数民族音乐和其他艺术形式有机结合。比如电影、电视节目中少数民族音乐元素的使用,少数民族音乐主题的动漫作品制作,少数民族音乐背景的游戏开发等。要大力发展少数民族音乐创意周边产品,小到印有少数民族音乐元素的自动笔、文化衫,大到 LED 广告、少数民族音乐主题展览等。重点是利用一切资源,大力创作、运用、传播少数民族音乐主题元素创意产品。

3. 培育观众群体,发展成熟市场

任何一种艺术形式,要想更好地得到传承、发展,都必须培育广泛的观众群体。中国歌剧舞剧院民族管弦乐团副团长栾冬表示,青少年喜欢流行音乐,很大原因是因为它通俗易懂①。而当前少数民族音乐之所以缺少青少年观众,就是由于年轻一代不了解少数民族文化,加之流行音乐的冲击,自然没兴趣欣赏少数民族音乐。为此要加大少数民族音乐宣传力度,使得更多人尤其是年轻人对少数民族音乐感兴趣,从而主动去了解、欣赏、传播少数民族音乐。

民族地区属于经济、技术相对欠发达的地区,但是却有着丰富的具有民族特色的文化资源。少数民族应积极利用特色民族音乐资源,引进电子音乐、数字音乐手段,积极改善民族地区的录音、舞美、设计、表演等硬件设备,打造少数民族音乐文化创意产业设施基地,从而吸引大批音乐人才和音乐文化传播公司集聚。同时通过发展民族地区的音乐旅游项目,吸引更多的游客前来旅游参观,带动当地经济、社会发展。

---

① 胡克非:《集众聚智,共谋民族音乐发展》,《中国文化报》2015 年 10 月 19 日。

音乐创意文化产业集聚可以作为城市再生的一种文化手段,并能成为商业价值的发展核心,引领城市创意文化产业发展。少数民族音乐创意产业刚刚起步,特色还不够明显,没有形成支柱产业,因此首先要加强对少数民族音乐创意元素的挖掘,如广西桂林对刘三姐传说基本创意音乐元素"对歌"的挖掘就是一个成功的范例。其次,应加强对于少数民族音乐创意元素的供给侧价值开发,形成一种音乐元素+文化特色+价值附加+诱导消费的良好创意产业发展模式。再次,少数民族音乐创意产业要和"互联网+"紧紧结合在一起,利用互联网的催化剂作用,实现跨界融合发展和创新驱动发展,形成"互联网+少数民族音乐"模式,提高音乐产品附加值。最后,形成完整的少数民族音乐创意产业链,打造成熟的创意文化创作、营销、消费市场。

4. 重视学校教育,培育专门人才

针对少数民族音乐创意产业缺乏专业人才的问题,最高效的方式是让少数民族音乐进入学校、进入课堂,通过学校教育,培养发展少数民族音乐所需的专门人才。

第一,培养音乐专业能力。首先要明确专业培养目标,使学生不仅要学习传统的少数民族音乐,也要学习西方音乐技巧,并能使两者融会贯通,更好地传承少数民族音乐。其次是编写合适的音乐教材,当前学校使用的音乐教材中少数民族音乐比重过低,应重新编写更适合少数民族音乐专业学生使用的本土教材。再次,应培养学生的创新精神,培养会学习、懂创作、热心为少数民族音乐创意发展的人才。

第二,培养经营管理能力。为了满足少数民族音乐创意产业对人才的需要,学校不但要培养专门的音乐人才,也要培养具有经营管理能力的综合性人才。其中管理人才既要有管理科学知识,又要有"管理就是服务"的理念,投资人才应具有较强的应对风险、投资融资的能力,营销人才能做到了解市场,了解目标消费人群,制定有效市场营销方案。

第三,完善音乐创意专业体系结构。明确学校三级专业体系结构:在专业能力层次上,不仅要学习少数民族音乐,还要了解世界音乐、流行音乐,做到融会贯通。在管理能力层次上,要具备基础的管理科学知识,同时能够结合少数民族音乐特点,这样才能更好地为少数民族音乐创业产业服务。在市场实训层次上,不仅要有扎实的理论功底,还要有实训环节,学以致用,在实践中提高专业能力。

5. 完善政策法规,促进产业发展

第一,要加大政策扶持力度。在对传统的少数民族音乐保护的同时,对于新兴的少数民族音乐创意产业也要出台相应的保护政策。一方面是资金的支持，设立少数民族音乐创意产业创业资金，在投资、融资和贷款等环节多"开绿灯"，促进其更好地发展；另一方面是在企业审批手续、管理机制上加大政策扶持力度。

第二，要出台相关法律法规。少数民族音乐创意产业作为新兴的不成熟的产业，市场不够成熟，无论在投融资渠道方面，还是在市场竞争方面，均应出台完善的法律法规，用法律的强制手段，规范市场行为，保护产业良性发展。

第三，规范版权保护。虽然已有一些关于产权保护的法律法规，但是针对少数民族音乐创意产业面临的网络侵权、违规操作、跟风复制盗版等行为，应完善相关知识版权保护法律法规，予以法律层面的保护和支持。

（原载于《郑州大学学报》（哲学社会科学版）2018 年第 4 期）

呼唤文学批评的创造性

——关于当下文学批评的一些思考

林东涵 《福建文学》杂志社编辑

张柠就当下的文学批评现状提出了一个观点：文学批评的微信化。换个更准确的说法是，文学批评的朋友圈化。这是一个新鲜又有趣的说法。微信的朋友圈有三大功能：点赞、夸耀、转发。当下的文学批评如同微信里的朋友圈一样，对批评家而言，他往往看重的是阅读者对他文章的点赞、夸耀和转发。点赞数和转发数的量上去了，批评家就觉得这个评论应该是火了，就觉得自己写了一个好评论。问题是，点赞和转发很多时候并不是基于内容的高质量，而是一种人情社交关系。

更深层次的问题在于——"圈化"的问题。朋友圈是一个社交圈，是一个相对熟人化的圈子，而当下的文学批评，也正在渐渐地朝"圈化"的社交泥潭里沦陷。碍于人情，碍于面子，碍于对方的名气，碍于自己的位置等等，这些"碍"，恰恰成为了对文学批评最大的"害"。在作家和读者眼里，批评家的褒扬，很多时候变成了"你好我好大家好"的人情文或者吹捧文；而批评家的苛责，很多时候又被当成博人眼球、借机上位的"营销手段"。批评家的脸庞就像冬天里被冻红的苹果，远远看上去挺好看，走近了发现难以下咽。

为什么文学批评在当下失去了它应有的效力，为什么批评家的位置变得这般的尴尬而不自在？是的，文学的现场向来不缺乏批评家的身影和他们的声音：作品研讨会、新书发布会、专家讲座、奖项评选、年度排行榜评选等，但这些更像是一个社交化、功能化、流水线化的文学舞台，并不是批评家真正的舞台。他们真正的舞台，是他们的批评文章。批评家的声音、批评家的权威、批评家的魅力、批评家的地位，是通过他们的文章舞台打造出来的。毛姆说，为作家树碑立传的，只能是他的作品,而对于批评家来说,为他们树碑立传的也只能是他们的批评,而不是各种头衔和荣誉。有才华的青年批评家,更不应该把才华当成进入这个圈子的敲门砖,刚出道时写出令人惊艳的评论,但一旦进入这个圈子后,就开始把自己放在聚光灯下,放在评奖席上,而忘了当时为何从事批评的"初心"。同样,文学批评一旦把自己圈子化,自己给自己设定圈子的权限,设定进入圈子的边界,就很容易狭窄化和封闭化,甚至自娱自乐化,最终换来的可能是不断的萎缩和消亡。这点,不能不令我们警惕。

在《巴黎评论》一书里,约翰·欧文这么评价批评家的作用:"我有个朋友说,评论家就像文学犀牛的啄木鸟——不过他说得很宽宏大量。啄木鸟给犀牛带来什么益处,犀牛几乎注意不到啄木鸟的存在。评论家们并未给作家带来什么益处,受到的关注却太多了。"欧文的观点显然对批评家十分不友好,非常尖锐,然而这把尖锐的刀正在一步步地变成现实里的刀,戳破了当下文学批评看似繁荣却又虚假的表象。

在当下越来越多的批评文章里,如果读者有心留意观察,你会惊讶地发现一个现象:你看到最多的、最高大的、最显眼的标志,不是作家的作品,更不是批评家,而是用一堆堆研究史料和一套套理论术语搭建起来的阁楼。这座阁楼,远远望去炫目头晕,望而生畏,走近了发现是由各种素材拼贴而成,到处漏风漏雨,难以留住过路的读者。对于批评家尤其是青年批评家而言,深厚的理论素养、宽阔的学术视野自然是必不可少的,它是批评家们挥向文学作品的强有力的刀背,问题在于,我们常常把这个刀背当成了刀刃,以之来解剖、分析、鉴赏我们的文学作品。而批评家们自身的批评精神、艺术感觉和个人创造却难觅踪迹。用杰夫·戴尔的话说就是:"他们不是在研究里尔克,而是在谋杀里尔克,'你将他送入坟墓然后去参加学术会议,那儿聚集着几十个别的学术掘墓人想要杀死里尔克并将他再次送入坟墓。'"因此文学批评容易陷入僵硬死气的理论圈,陷入左搬右借的知识圈,陷入钩心斗角的名利圈,缺乏真正通过文本阅读来实现批评,通过对生活感知来达成批评目的,通过对艺术独创来建立批评空间的批评家。

有作家说:"优秀的批评家,应该是那些能做灯塔的人,总能给作家指明写作的道路。"这句话是从作家的角度来讲,希望批评家所能达到的高度。遗憾的是,有些批评家把这话当成了自己的基座,从而把自己的架势摆到了跟灯塔一样的高度,再来谈论作家的作品。我总觉得当下批评家的定位给我这么一种错觉:他们是高高在上的审判家,对作家作品的好坏、价值以及意义,钉下一锤子,下定好坏的判决书;他们是德高望重的医生,对作家作品的病症、隐患进行望闻问切,从而判定作品在时间长河里的寿命几何;他们是眼光独到的鉴赏家,对作家作品的结构、材质进行打眼琢磨,给作品鉴定品级或者颁发收藏证书。这些定位有问题吗? 好像也没问题。但为什么批评家的声音喊得那么大,侧耳倾听的作家和读者却越来越少,倘若有的话也是表面上的功夫,因为批评家大多时候掌握着各种评奖和排行榜的话语权。

我对这些定位是表示怀疑的,我以为,理想的文学批评家,首先应该是一个优秀的、真诚的文本解读者。这点是基础,是前提,可恰恰也是最容易被忽略的。我们的批评家,尤其是年轻的批评家们,经过长期的学术训练和理论指导后,他们的学术视野和理论基础都具备了。做得更好点的,对于文学史、文学作品都有了大范围的涉猎和阅读,从而建立了对作品评判的维度、标杆和参照。而事实上,所有这些学术、理论和标杆都不过是评判作品时的潜在武器而已,并不是直接呈现出来的收获。文学作品本身是土地,需要批评家们一寸一厘地读懂。有必要指出的是,这个读懂不是简单地复述和解读故事,不是跟着故事的鼻子一路嗅着前进,然后对故事的脉络进行层层梳理,最后加几句感触的评价作为结束语。这样的评论看似很认真地研究了作品,而事实上你会发现,批评家好像说了很多,但好像什么也没说透,原因就在于,批评家在这一刻充当的是化妆品或增高垫的角色,于作者、于读者并无实质性益处。

真正意义上的读懂,需要批评家对作品像品茶一样地咂摸、品读和思考,同时还要读懂作家创作的内在轨迹和精神世界,是作品的心灵风暴激荡起了批评家的心灵风暴,从而产生了批评的欲望和诉求。这就要求批评家不仅需要态度上的真诚,还需要能力上的真诚,更需要一种心灵上的真诚。外界对批评家一直有这么个误区:只要是肯定的、表扬的,可能多数都是虚伪的;只要是否定的、批判的,多数要比表扬来得真诚。但其实对于一个批评家来说,重要的不是他肯定或否定的结论,而是他在对待作家作品时所持有的姿态——这种姿态应该是尊重的、谨慎的、谦逊的、平等的,也就是我所说的心灵上的真诚。只有心灵上的真诚,才能发现作品内层细微而隐晦的褶皱,才能倾听到作者美或痛苦的灵魂之叹。真诚的姿态,才能造就真诚的批评,才能真正地打动人心。倘若批评家高高在上,往往才看到作品的发际线在后退,就高声疾呼:这作家在吃老本,在倒退,在不思进取;却没有看到作品内在的肌理和线条一天天在圆润、丰满,而这个是需要批评家们弯下腰来,真诚对话才能得来的。

作家是通过叙述故事、塑造人物等来表达他对现实世界的看法,而批评家在借助作家的作品这个望远镜,结合自己的学术、才华、经验和感受来分析作品的同时,同样可以来表达自己对现实世界的看法。这点上,批评家与作家是相互缠绕却又分开并行的。我们的批评,常常把自己狭窄化和阉割化了。有种奇怪的现象,我们一直要求,在评价一个作家作品时,不能单个地、孤立地、割裂地来讨论这个作家的作品,而是要从作家整体的创作谱系、更高维度的成长轨迹来探讨它,甚至是放在历史和时代的整体性上来进行观照;但对于批评家,我们是否考虑过,当我们把某个批评家的文章罗列在一块时,我们是否能够看出这个批评家独有的个人批评理念、思想体系、艺术追求以及精神维度? 当批评家把作家的作品当作一个整体进行考量时,是否建立起这么一个观念:批评家现在发出以及未来将发出的声音,也应该构成一个独立于作家存在的创作整体?

从这一点出发,我认为,理想的文学批评家,更应该是一位优秀的文学创作者,具备独有的创造性。"评论只有在自身也成为文学的一部分后,才能流传于世。"这是詹姆斯·伍德评价埃德蒙·威尔逊时说的话,同时詹姆斯·伍德也是这么践行自己的批评理念的。我想,这也是詹姆斯·伍德能够被誉为这个时代最好的批评家之一的理由。我以为,这句话几乎可以作为所有批评家的注脚。把文学批评当成一种独立的、创造性的文体,并完成自主性叙述的批评,在这方面,詹姆斯·伍德是值得我们借鉴的。在他的著作《不负责任的自我》《小说机杼》《最接近生活的事物》《破格》等作品里,他没有玩弄各种主义,没有照搬各种理论,也没有假惺惺的吹捧或随意的践踏,他凭的是深入文本肌理内部的阅读能力,凭的是自己富有吸引力的叙述语言,凭的是自己深邃而独特的思考,凭的是自己对生活和当下的发言。他有时也观点褊狭得像条金枪鱼,有时也喜欢像孔雀般卖弄自己的博杂,有时也难免像蚯蚓般专注得过于细致,可当我们把他的著作摆在一起,我们就能发现,他创作出了一套自己的批评理念和批评话语,独立于作品之外而存在,自成体系;我们发现,其实,优秀的批评家跟作家是共通的,他完全能够提供跟文学作品一样独特的审美价值和艺术理念。当我们合上书时,批评家的形象清晰地跃然而出——他把胳膊搭在作家的肩膀上,像兄弟,像朋友,像谏客,像冤家,相互抽着烟,笑谈着或者对骂着。这不就是批评的魅力吗?

文学批评,本身就是一种独立的、创造性的文学创作。文学批评,应该大声地跟那些不痛不痒的故事分析说再见,跟那些端着架子板着学术脸的背影说分手,跟那些没有自己声音没有自己容貌的木偶说晚安。我们所热爱、所追求的文学批评,应该是一种艺术的对话而不是粗暴的诊断,是一种思想的交锋而不是暧昧的拥抱,是一种生活的感知而不是理论的堆砌,是一种再度创作而不是跟风的评价。哪怕读者没有读过作品,依然能透过批评感受到作家学识的光芒、思想的敏锐;哪怕作品已被时间湮没,依然能透过批评感受到作家精神的严肃和艺术的魅力;更有魅力的批评在于,它还打开了读者想通往阅读作品本身这一欲望的通道,批评家用自身批评的魅力,拉着读者的手说:来,我带你一起去看作品里最美的风景。而读者欢欣鼓舞,迫不及待。

"批评之所以成为一种独立的艺术,不在自己具有术语水准一类的零碎,而在具有一个富丽的人性的存在。"李健吾的这个观点,到今天我依然觉得振聋发聩。文学批评跟作家,从来就不是单纯的依附关系、附庸关系,它有其独立的创作意识,有其特有的作品价值。文学批评是在作品山崖上生长起来的树木,它能够吸收作品的土壤和养分,从而转化成自己批评之树里的营养成分;它能够把握住作品的灵魂和精髓,从而转化成自己批评思想里的智慧结晶。文学批评不仅要呈现出对作家作品的对话、理解和评析,提供一种文学风尚和审美的未来路引,更要呈现出批评家的"富丽的人性",呈现出他的创造性和独特性。批评是一种创作艺术的再生,同时也是对批评家精神世界的建构,我想,这是文学批评独特的价值和意义所在。

(原载于《文艺报》2019 年 3 月 29 日)

周立波："伟大的艺术家是时代的触须"

孟繁华　沈阳师范大学文学研究所所长、教授

周立波是一位跨时代的作家,也是百年中国新文学史上有重要影响的作家。他 1979 年逝世之后,周扬在 1983 年 2 月 7 日的《人民日报》上发表了《怀念立波》一文。周扬说:"在各个历史阶段中,都可以看出他的创作步伐始终是和中国革命同一步调的。他的作品在一定程度上表现了中国革命发展道路的巨大规模及其具有的宏伟气势。如果说他的作品还有某些粗犷之处,精雕细刻不够,但整个作品的气势和热情就足以补偿这一切。他的作品中仍然不缺少生动精致、引人入胜的描绘。作者和革命本身在情感和精神上好像就是合为一体的。"正是在这个意义上,"立波首先是一个忠诚的无产阶级革命战士,然后才是一个作家。立波从来没有把这个地位摆颠倒过。"周扬的这一评价,虽然不是"盖棺论定",但至今仍然可以被看作是我们评价周立波革命生涯和文学创作的重要依据。

一

周立波初登文坛时,主要从事的是文学翻译和文学评论的工作,他在 20 世纪 30 年代左联时期起就写了大量的文艺理论文章,积极地宣扬和阐发"新的现实主义"创作方法,强调文学的"思想性"和"理想特征"。在《文艺的特性》一文中周立波说:"情感的纯粹的存在是没有的,感情总和一定的思想的内容相连接……一切文学都浸透了政治见解和哲学思想……就是浪漫主义也都深深浸透着政治和哲学的思想。"在《文学中的典型人物》一文中他强调:"最重要的,是伟大的艺术家,不但是描写现实中已经存在的典型,而且常常描绘出正在萌芽的新的社会的典

型……伟大的艺术家是时代的触须,常常,他们把那一代正在生长的典型和行将破灭的典型预报给大众,在这里起了积极地教育大众、领导大众的作用,而文艺的最大的社会价值,也就在此。"另一方面,周立波同样重视浪漫主义对于文学创作的作用,他认为"幻想"的介入对于现实主义具有的独特价值,他在《艺术的幻想》一文中谈道:"在现实主义的范围中,常常地,因为有了幻想,我们可以更坚固地把握现实,更有力地影响现实……一切进步的现实主义者的血管里,常常有浪漫主义的成分,因此,也离不了幻想……进步的现实主义者不但要表现现实,把握现实,最要紧的是要提高现实。"从这些理论表述中我们可以明确感受到,周立波虽然一直对文学的现实主义理论情有独钟,但是,他并不排斥浪漫主义,他甚至认为浪漫主义是"提高现实"的有效手段。在这样的文学思想里我们可以看到,周立波的现实主义不是封闭的现实主义,而是一个开放的、可以吸纳其他艺术手法的创作方法和文学观念。

周立波这样的理论视野的形成,与他的文学修养有着直接的关系。我们知道,在周立波的文学生涯中,从 1940 年到 1942 年两年间,他曾在延安鲁迅艺术学院讲授《名著选读》课程。延安时期的鲁艺,文学资料的匮乏和教学条件的简陋是不难想象的,但是,周立波在鲁艺不仅讲授了鲁迅的《阿Q正传》和曹雪芹的《红楼梦》,更重要的是,他还先后讲授了高尔基、法捷耶夫、普希金、莱蒙托夫、果戈理、托尔斯泰、屠格涅夫、陀思妥耶夫斯基、契诃夫以及歌德、巴尔扎克、司汤达、莫泊桑、梅里美、纪德等俄苏和欧洲 19 世纪的重要作家。有了周立波的课程,延安鲁艺的文学授课就有了世界文学的视野。而这些无论是欧洲 19 世纪的文学大师,还是俄苏的文学大师,对周立波的文学观念显然都有潜移默化的影响。周立波在鲁艺讲授《名著选读》课,是在毛泽东《在延安文艺座谈会上的讲话》和延安整风之前,但是,在这些名著的讲授和分析中,几乎随处都可以看到他在左联时期就已经具有的革命文艺的思想和观点。他在分析托尔斯泰晚年宿命论的思想时说:"为了他的永久的宗教的真理,他要创造永久的人性。然而永久的人性是没有的,延安的女孩们,少妇们,没有安娜的悲剧。"他在分析莫泊桑的《羊脂球》时谈道,大艺术,一定要积极地引导读者,一定不是人生抄录,而是有选择、剪裁,因为"实际的不是真实的";"而我们更不同于莫泊桑,不但要表现按照生活本来的样子,而且要表现按照生活将要成为的样子和按照生活应该成为的样子,因为我们改造人的灵魂的境界"。这些,林蓝先生在校注《周立波鲁艺讲稿》的附记中有详细的归纳和总结。

当然,对周立波影响最大的,还是毛泽东《在延安文艺座谈会上的讲话》,毛泽东的文艺思想一直是周立波文学创作的指导思想。周立波 1942 年参加了延安整风运动,1946 年参加了东北的土地改革运动,1948 年完成了长篇小说《暴风骤雨》,1951 年 2 月,他曾到北京石景山钢铁厂深入生活,试图描绘社会主义工业建设的宏伟蓝图,创作了反映钢铁工人生活的长篇小说《铁水奔流》。1955 年冬,周立波回到故乡湖南益阳县农村安家落户,与农民生活在一起,并经历了农业合作化运动的全过程,他的创作又一次转向了农村题材。其间先后发表了富于乡土情调和个人艺术风格的短篇小说《禾场上》《腊妹子》《张满贞》《山那面人家》《北京来客》《下放的一夜》等,1960 年结集为《禾场上》出版。

二

　　周立波反映故乡农村生活的短篇小说,在 20 世纪 50 年代的环境中应该说是很有特色的。他的创作实践,无意中在“乡土小说”和“农村题材”之间建构起了自己的艺术空间。也就是说,在某种程度上,周立波接续了乡土小说的脉流,试图在作品中反映并没有断裂、仍在流淌的乡村文化,同时,在其中我们也可以看到,在新的历史环境中,农村巨大的历史变化和新的文化因素已经悄然地融进了中国农民的生活。

　　《禾场上》的场景是南方农村夜晚最常见的场景,劳作一天之后的乡亲,饭后集聚在禾场上聊天。“禾场”既是娱乐休闲的“俱乐部”,也是交流情感、信息的“公共论坛”;既是一种乡风乡俗,也是乡村一道经年的风景。作家将目光聚焦于“禾场上”,显示了他对家乡生活风俗的熟悉和亲切。禾场的“公共性”决定了聊天的内容,在天气和农事的闲谈中,人们对丰收的喜悦溢于言表,但也有对成立高级社的某些顾虑。工作组长邓部长以聊天的形式解除了农民的隐忧,表现出他的工作艺术和朴实、细致的工作作风。小说几乎没有故事情节,但“禾场”营造了一种田园气息和静谧气氛。小说在情调上与乡土小说确有血脉关系。小说以简洁的笔触生动地勾勒出脚猪老倌王老二、赖皮詹七、王五堂客等人物形象,显示了作家驾驭语言的杰出能力。

　　《山那面人家》是周立波的名篇,曾被选入不同的选本和课本。小说选取了一个普通人家婚礼的场景和过程,并在充满了乡村生活气息的描述中,展示了新生活为农村带来的新的精神面貌。婚礼的场景决定了小说轻松、欢乐的气氛,但作家对场景的转换和处理,不经意间使小说具有了内在的节奏和张弛有序的效果。新娘、新郎、兽医的形象在简单的白描中跃然纸上。唐弢评论周立波的这些短篇时认为，它具有"生活的真实"和"感情的真实"。"就《禾场上》和《山那面人家》《北京来客》三篇而论，我们可以清楚地看出，作者是有意识地在尝试一种新的风格：淳朴、简练、平实、隽永。从选材上从表现方法上，从语言的朴素、色彩的淡远、调子的悠徐上，都给人一种归真返朴、恰似古人说的'从绚烂到平淡'的感觉。"周立波的短篇小说，在他的时代建立起了自己的风格，这就是：散文化、地域特征和不那么阳刚的语言风格。

1956年至1959年，周立波先后写出了反映农业合作化的长篇小说《山乡巨变》及其续编。作品叙述的是湖南一个偏远山区——清溪乡建立和发展农业合作社的故事。正篇从1955年初冬青年团县委副书记邓秀梅入乡开始，到清溪乡成立五个生产合作社结束。续篇是写小说中人物思想和行动的继续与发展，但已经转移到成立高级社的生活和斗争当中。在当时的历史语境中，周立波也难以超越阶级斗争、路线斗争的写作模式，这当然不是周立波个人的意愿，在时代的政策观念、文学观念的支配下，无论对农村生活有多么切实的了解，都会以这种方式去理解生活。这是时代为作家设定的难以超越、不容挑战的规约和局限。

即便如此，《山乡巨变》还是取得了重要的艺术成就。这不仅表现为小说塑造了几个生动、鲜活的农民形象，同时对山乡风俗风情淡远、清幽的描绘，也显示了周立波所接受的文学传统、审美趣味和属于个人的独特的文学修养。小说中的人物最见光彩的是盛佑亭，这个被称为"亭面糊"的出身贫苦的农民，因怕被人瞧不起，经常性地吹嘘自己。他心地善良，同时又有别人不具备的面糊劲儿，他絮絮叨叨，爱占小便宜，经常贪杯误事，爱出风头，既滑稽幽默又不免荒唐可笑。他曾向工作组的邓秀梅吹嘘自己"也曾起过几次水"，差一点成了"富农"，但面对入社，他又不免心理矛盾地编造"夫妻夜话"；他去侦查反革命分子龚子元的阴谋活动，却被人家灌得酩酊大醉；因为贪杯，亏空了八角公款去大喝而被社里会计的儿子给"卡住"……这些细节都生动地刻画了一个典型的乡村小生产者的形象，这一形象是当时中国农村普遍的、具典型意义的形象。当时的评论说："作者用在亭面糊身上的笔墨，几乎处处都是'传神'之笔，把这个人物化为有血有肉的人物，声态并作，跃然纸上，真显出艺术上锤炼刻画的功夫。亭面糊的性格有积极的一面，但也有很多缺点，这正是这一类带点老油条的味儿而又拥护社会主义制度的老农民的特征。作者对他的缺点是有所批判的，可是在批判中又不无爱抚之情，满腔热情地来鼓励他每一点微小的进步，保护他每一点微小的积极性，只有对农民充满着真挚和亲切的感情的作者，才能这样着笔。"

其他人物，像思想保守、实在没有办法才入社的陈先晋；假装闹病、发动全家与"农业社"和平竞赛，极端精明、工于心计的菊咬金；不愿入社又被反革命分子利用的张桂秋；好逸恶劳、反对丈夫热心合作化而离婚，又追悔莫及的张桂贞等，都塑造得很有光彩。但比较起来，农村干部如李月辉、邓秀梅以及青年农民如陈大春、盛淑君等，就有概念化、符号化的问题。当时的评论虽然称赞了刘雨生这个人物，但同时批评了作品"时代气息"不够的问题，认为："作为一部概括时代的长篇小说，《山乡巨变》对于农业社会主义改造这一历史阶段中复杂、剧烈而又艰巨的斗争，似乎还反映得不够充分，不够深刻，因而作品中的时代气息、时代精神也还不够鲜明突出。"不够鲜明突出的主要问题是："没有充分写出农村中基本群众（贫农和下中农）对农业合作化如饥似渴的要求，也没有充分写出基本群众在党的坚强领导下，在斗争中逐步得到锻炼和提高，进一步自己解放自己，全心全意为集体事业奋斗到底的革命精神。"这一批评从一个方面表达了那个时代的文学观念，同时从中也可以看到作家在实践中的勉为其难。作品中"先进人物"或"正面人物"难以塑造和处理的问题，其实已经不是周立波一个人遇到的问题。

三

周立波自己在谈到作品人物和与时代关系时说："这些人物大概都有模特儿，不过常常不止一个人。……塑造人物时，我的体会是作者必须在他所要描写的人物的同一环境中生活一个较长的时期，并且留心观察他们的言行、习惯和心理，以及其他的一切，摸着他们的生活规律，有了这种日积月累的包括生活细节和心理动态的素材，才能进入创造加工的过程，才能在现实的坚实的基础上驰骋自己的幻想，补充和发展没有看到，或是没有可能看到的部分。"但他同时又说，"创作《山乡巨变》时我着重地考虑了人物的创造，也想把农业合作化的整个过程编织在书里。……我以为文学的技巧必须服从于现实事实的逻辑发展。"在这一表述里，我们也可以发现作家自己难以超越的期待：他既要"服从于现实事实的逻辑发展"，又要"把农业合作化的整个过程编织在书里"。这是一个难以周全的顾及：按照服从于现实事实的逻辑发展，周立波塑造了生动的亭面糊等人物形象，这是他的成功；但要把合作化的整个过程编织在书里，尽管他已经努力去实践，但由于流行的路线政策的要求，他难免会受到时代气息和时代精神不够的批评。

这是一个难以两全的矛盾。但是如果还原到具体的历史语境,可以说,周立波的创作,由于个人文学修养的内在制约和他对文学创作规律认识的自觉,在那个时代,他是在努力地寻找一条属于自己的道路:他既不是走赵树理及"山药蛋"派作家的纯粹"本土化",在内容和形式上完全认同于"老百姓"口味的道路,也区别于柳青及"陕西派"作家以理想主义的方式,努力塑造和描写新人新事的道路。他是在赵树理和柳青之间寻找到"第三条道路",即在努力反映农村新时代生活和精神面貌发生重大转变的同时,也注重对地域风俗风情、山光水色的描绘,注重对日常生活画卷的着意状写,注重对现实生活人物的真实刻画。也正因为如此,周立波成为现代"乡土文学"和当代"农村题材"之间的一个作家。

2018 年是周立波先生 110 周年诞辰,谨以此文向他卓越的文学成就表达诚挚的敬意和缅怀。

(原载于《光明日报》2018 年 11 月 30 日)

西方实验性舞蹈影像的艺术行为与审美探究[①]

袁艺　浙江传媒学院舞蹈系副教授

"舞蹈影像作为一种多元混生的当代艺术实践,包含了运动身体的动态影像、编舞艺术和电影艺术。"[②]它并非单一的记录行为,而是跨越视觉艺术、表演艺术、媒体科学等领域,将身体与影像视听语言有机融合,以"为摄影机而舞"或"与摄影机共舞"的姿态,在蒙太奇的结构剪辑中,实现身体、影像、时空的互动对话与创意跨界。舞蹈影像的混杂性(hybridity)与跨学科(interdisciplinarity)本质致使其艺术行为有别于传统剧场舞蹈创作,造成其在媒介属性、空间场域、语言表达上的独立品格。因此,考察西方实验性舞蹈影像艺术行为的关键应在于把握舞蹈与影像两种艺术形态融合下所产生的全新关系与属性,将实验性舞蹈影像视为一种独立的艺术形态,关注拍摄、剪辑等影像技术手段对作品创作流程、内容形式的影响,探究舞蹈影像自身的创作、语言、审美规律。

一、西方实验性舞蹈影像的创作行为

西方实验性舞蹈影像作为舞蹈与影像交叉跨界的边缘艺术形态,其创作实践必然要遵循影视艺术与舞蹈艺术的双重规律。电影、录像、数字新媒体技术的深度介入,更是推动了舞蹈影像创作模式与行为变革,在影视工作者、编舞家、作曲家、

① 本文是 2016 年度教育部人文社会科学研究青年基金项目"西方实验性舞蹈影像的艺术行为与媒体传播研究"(项目编号:16YJC760068)的阶段成果。

② Boulegue F. Hayes M C, *Art in Motion*:*Current Research in Screendance*, Newcastle:Cambridge Scholars Publishing,2015.

软件工程师的联合生产中,构建起创作者身份跨界化、"演出空间屏幕化、表演方式碎片化、语言结构蒙太奇化"①的创意实践特色。笔者认为:正是基于剧场身体到影像身体的媒介载体变更与媒介形式杂交,西方实验性舞蹈影像呈示出"为镜头而舞"、身体影像化后的时空重构、形式主义倾向与选材边缘化等区别于剧场舞蹈的创作行为特质。

(一)"为镜头而舞"

在舞蹈影像中,新型创作方法"为镜头而编舞",新型表演艺术"为镜头而舞"以及新型的舞蹈/表演艺术空间"屏幕"等共同构成了影像舞蹈艺术的基本要素。舞蹈影像的创作表演逐步脱离传统剧场,转向电视摄影棚、景观建筑乃至开放的自然、日常、公共区域,标志着编舞与呈现方式"从舞台向银幕/屏幕转型。"②舞蹈编导需要打破传统思维观念与剧场表演艺术的时空限制,深入考量三维舞台空间转换至二维镜头语言后对舞蹈动作的压缩,将影像作为视觉传达的媒介,结合镜头语言的特性,解析舞蹈与镜头的动作关系,为镜头而编舞。同时,为镜头而舞,也意味着表演者要具备镜头意识,为镜头而跳舞,甚至是与镜头共舞,以适应舞台身体到屏幕身体的转变,"实现对一般剧场舞蹈表演语汇和影视艺术表演语汇的双重超越"。③

"为镜头而舞"的创作方式还预示着电影导演、摄影师等影视工作者要充分考虑分镜头脚本、编舞动作、场景调度、镜头运动与视觉构图,借助推拉、摇移、升降等运动拍摄与广角、长焦、变焦、推轨镜头,在多重景别与拍摄向度中,强化身体细节、动作质感与空间画面,透过"摄影机之眼"(The Eye of Camera)与"摄影机之舞"(Dance with Camera)的参与,在镜头的选择、重构下,完成摄影机操控下的影像创作。

詹尼尔·波特(Jenelle Porter)曾指出美国新先锋派现代舞大师默斯·堪宁汉(Merce Cunningham)较早意识到"影像空间与舞台空间的差异及关系",在与录像艺术家查尔斯·阿特拉斯(Charles Atlas)合作的《漫步时光》(Walkaround Time,1973)、《蓝屏摄影棚》(Blue Studio,1975)、《场景》(Locale,1979)、《摄像机视图》(Views on Camera,2005)等舞蹈影像作品中,堪宁汉"更加注重纯粹舞蹈中的空间及其与不同艺术形式间的关系。对于他而言,似乎舞台和场景的切换并不是重点;

---

① 张朝霞:《新媒体舞蹈创意实践的类型学分析》,《北京舞蹈学院学报》2012 年第 2 期。
② 张朝霞:《新媒体舞蹈概论》,知识产权出版社 2012 年版。
③ 张朝霞:《新媒体舞蹈概论》,知识产权出版社 2012 年版。

影片中摄影机运动过程对编舞产生的散点效果,以及运动中的舞蹈与运动中的摄影机之间生成的随机关系令人印象深刻。"①堪宁汉本人更是直言"当摄影机的运动与编舞动作相一致的时候会产生一种协同性,创造出舞台不可能完成的动作体验。"②加拿大啦啦啦人类脚步舞团(La La La Human Step)灵魂编导爱德华·劳克(Edouard Lock)执导创作的16mm胶片实验舞蹈影像《阿米丽亚》(Amelia,2002)也极为强调摄影机之舞,运用"轨道移动摄影,升降摇臂,逐帧的静态拍摄"③与"长镜头移动调度"④,甚至启用"固定在轮椅上的摄像机拍摄"⑤,在"景别的大跳转、特写、远景、俯拍"⑥等多维运镜中探索舞者与镜头的极速共舞,拓展肢体与建筑空间交织互动的影像表达路径。

无独有偶,在欧洲英、法、德、瑞典、比利时等国家,其实验舞蹈影像代表人物亦通过与大量影视导演的精诚合作,借助特写、环绕、广角、交切、长镜头平移等创造性拍摄实现对舞者身体细节与物理属性的感官强调,传递剧场舞蹈难以企及的视觉效果。例如比利时后现代编舞家安妮·特丽莎·德·吉尔斯麦克(Anne Teresa De Keersmaeker)与导演蒂埃里·德·梅(Thierry De Mey)联袂创作的《罗莎舞罗莎》(Rosas Danst Rosas,1997)中,摄影师菲利普·吉伯特(Philippe Guilbert)、豪尔赫·莱昂(Jorge Leon)通过对舞者运动轨迹的跟进环绕,手、脚、躯干、面孔等肢体局部的深度聚焦,以还原镜头之下的微观细节编舞,捕捉舞者与环境的接触互动。透过走廊、椅子、玻璃建筑等空间场景转换,我们深刻体察到摄影机运动与舞蹈表演的即时共舞,以及摄影机拍摄角度、镜头运用等技术手段对舞蹈影像创作的介入。"摄像机镜头所见的情形,随后在银幕上会显现为一种跨形的他者,它处在电影专属现实和对应参照物所构成的张力场中。"⑦借由摄影机、表演者、蒙太奇三者的运动融合,促成舞蹈影像的创作生成。

(二)身体影像化后的时空重构

舞蹈影像作为"在屏幕上舞蹈"的跨学科艺术形态,其艺术家跨界合作的艺术

① Porter J,*Dance with Camera*,Philadelphia:Johannan Burton published,2010.

② Boulegue F. Hayes M C, *Art in Motion: Current Research in Screendance*, Newcastle: Cambridge Scholars Publishing,2015.

③ 刘春:《舞蹈新视觉》,中国文联出版社2010年版。

④ 刘春:《舞蹈新视觉》,中国文联出版社2010年版。

⑤ 刘春:《舞蹈新视觉》,中国文联出版社2010年版。

⑥ 刘春:《舞蹈新视觉》,中国文联出版社2010年版。

⑦ [德]默勒:《就地起舞:日常空间中的舞与影》,蔡昀庭译,明当代美术馆内部资料,2017年。

实践不仅包括"为镜头而舞"的前期创作与拍摄,还涵盖了一系列复杂的后期剪辑行为与策略。

"剪辑过程中不仅应认识到运动的节奏,还要认识运动中的身体诗学,以及它的表现力和在屏幕上的物理潜能。"①可以说作为编舞与剪辑环境的"录像空间既是一个反映舞蹈之主观性、客观性和隐喻性的延展性空间,又是一个关于时间、空间和动作之创意观念的集散地。"②这使得西方实验性舞蹈影像的创作行为还凸显为身体影像化后的时空重构,即以蒙太奇技法与非线性剪辑,造成对物理环境与线性结构的切割,实现动作现实与虚拟时空的重组。

[美]A.L.李斯(A.L.Rees)在《实验电影史与录像史》中指出:"非连续性原则和蒙太奇手法是先锋电影中采用的最关键艺术手法,它反对叙事性剪辑,阻断镜头和场景之间的流畅性和'连续性'。"③"与现实主义的特征不同,蒙太奇的剪辑方式唤起了空间和时间上的快速转换"。④ 西方实验性舞蹈影像艺术家擅长"以主观视角控制摄影技术和剪辑逻辑"⑤,通过镜头重置、画面拼贴、时空倒错、光影变换,"对图像大小、色彩的去真实化处理,营造某种超现实的视觉氛围,以传达某种非线性的时空感觉。"⑥借助蒙太奇技法对动作秩序的构建,完善身体影像化后的时空重构、视觉行为表达与内涵创造。

早在1943年,美国先锋电影人玛雅·黛伦(Maya Deren)的《午后迷惘》(Meshes of the Afternoon,1943)便以"介于梦境和现实之间的场景,富有隐喻性的意识流式镜头,以及非叙述性剪辑"⑦对后续实验舞蹈影像创作产生深远影响。1968年,加拿大电影艺术家诺曼·麦克拉伦(Norman Mclaren)的《双人舞》(Pas de deux,1968)亦通过光学屏幕印刷、镜头并置、画面叠加等剪辑手段缔造出剪影般形如分解的视觉幻象,开启舞蹈影像时空表现与运动轨迹透视的新方式。值得关注的还有比利时作曲家兼电影导演蒂埃里·德·梅(Thierry De Mey)。他曾数度与安妮·特丽莎、温·凡德吉帕斯(Wim Vandekeybus)、威廉·福赛斯(William For-

---

① Guy P,Where is the Choreography? Who is the Choreographer:Alternate Approaches to Choreography Through Editing,*The Oxford Handbook of Screendance Studies*,2010,1.

② 张朝霞:《新媒体舞蹈概论》,知识产权出版社2012年版。

③ [美]A.L.李斯:《实验电影史与录像史》,岳扬译,吉林出版集团2011年版。

④ [美]A.L.李斯:《实验电影史与录像史》,岳扬译,吉林出版集团2011年版。

⑤ 张朝霞:《新媒体舞蹈艺术源流与特质探析》,《北京舞蹈学院学报》2009年第4期。

⑥ 张朝霞:《新媒体舞蹈艺术源流与特质探析》,《北京舞蹈学院学报》2009年第4期。

⑦ Porter J,*Dance with Camera*,Philadelphia:Johannan Burton published,2010.

sythe)等当代知名编舞家合作,"实验各种运镜,色彩调性氛围、音声及剪辑节奏,并置同时性的不同视角及多重空间,以二或三屏幕,探拓单一视频无法展现的广阔辽夐。"①如在蒂埃里·德·梅与安妮·特丽莎携手创作的《海前奏》(Prelude a la mer,1997)中以海洋、沙滩、荒原的景观交替重置人与环境的影像空间,重塑身体的运动诗学与空间品质;《鹅妈妈组曲》(Ma Mère l'Oye,2004)中充满波普意味的画面拼贴与光影变幻,是对森林舞者时空倒错身体呓语的呼应;还有与温·凡德吉帕斯联袂的《骚红》(Blush,2005)中跳跃剪辑所带来的心理投射与身体时空重构的超现实化;与美国威廉·福赛斯合作《重建一个平面》(One Flat Thing Reproduced,2006)中对舞者动作加速与桌平面的空间重建。蒂埃里·德·梅无不以凝神屏息的剪辑制作改变影像原本的叙事结构,在干净利落的镜头切换中展现舞者运动、环境、装置交叠融合的戏剧可能,生成超越现实的"想象力"与"意识流",对人们的心理及行为模式产生影响。

此外,瑞典编舞家蓬托斯·里德贝格(Pontus Lidberg)的舞蹈电影《雨》(The Rain,2007)亦演绎出人生轨道中相遇抑或分离的恋人絮语,在超现实主义的磅礴大雨与爱情的韶光流转中重建身体影像的时空语言与细节感知,一举席卷洛杉矶舞蹈电影节、伦敦国际舞蹈节等多部影展;2013年入围法国戛纳电影节青年导演奖的舞蹈影像《瞬步》(Shunpo),导演史蒂芬·布兰德(Steven Briand)使用"动作中剪"的原理,即以动作携带固定指向性信息,通过前后两镜头中主体动势起落点作为剪辑点,以无缝剪辑实现舞者从办公室到巴黎房顶、土耳其盐湖等场景的时空穿越与思想游离;2017年上海国际舞蹈影像展中迈克尔·兰甘(Michael Langan)的《歌舞队》(Choros)更是使用新型技术:"将一个动作析分为三十二连续瞬间,并根据时间拉伸开来。"②以肢体分解的重复性视域探索人体运动的无限可能,营造神似埃德沃德·迈布里奇连续性摄影的景观幻象。实验表明"艺术家在录像舞蹈作品中操纵非线性时间的重要手段,是对其速度与节奏进行调整。"③通过对线性时间与现实空间的瓦解、颠覆,借助"快动作、慢动作、倒转动作、定格、停格动画、跳跃剪辑等具体手法"④,叠加、交叉、变形、并置、动作延迟、图形匹配等手段,实现身体时空力的解构与重构,完成仅存在于影像场域与屏幕之上的视觉奇观。而

---

① 蔡昀庭:《舞蹈影像翻转生活》,明当代美术馆内部资料,2017年。
② [德]默勒:《就地起舞:日常空间中的舞与影》,蔡昀庭译,明当代美术馆内部资料,2017年。
③ 张曦丹:《录像舞蹈的历史源流及创作分析》,中国艺术研究院,2015年。
④ 张曦丹:《录像舞蹈的历史源流及创作分析》,中国艺术研究院,2015年。

"编辑时间和空间运动产生的戏剧性",①实验身体与环境时空再造下所赋予的崭新形式、意义衍生与情感关联,才是值得用舞蹈影像探索的价值所在。

（三）形式主义与表演破碎化

西方实验性舞蹈影像在创作上还因观念呈现的个性化,拍摄、剪辑等技术介入,图像、录像、装置等媒介的拼贴杂糅,带来舞蹈影像的形式主义倾向与表演破碎化,在艺术表达上凸显对景观环境、观念行为、语言技巧等视觉形式本身的纯粹强调,以及叙事的消解。

在1945年《一项为摄像机而舞的研究》(A Study in Choreography for Camera)中,玛雅·黛伦便指出:"我越来越多地开始考虑采用形式主义、风格化的舞蹈动作,让舞者走出剧场,以整个世界作为舞台。这就意味着不仅剧院固定的前景和墙壁不复存在,舞蹈发生的现场也会较剧场产生更多变化;更意味着舞者和空间之间可以发展出一系列全新关系。"②"大多数录像舞蹈作品都会采用碎片化的身体语言,进而彰显影像的创造性并区别于舞台记录影像。例如玛雅·德伦,时常用镜头语言将身体破损化拼贴出穿越时空的意味;卡特丽娜·麦克弗森,善于将身体语言打碎重铸进而探索影像动作的拍摄法则;露丝玛丽·李和彼德·安德森长于碎片化的身体实现镜头的蒙太奇拼贴;DV8则喜好以动作的拼贴推进影像的戏剧因素。"③特别是皮娜·包希的舞蹈影像更以凌乱倒错的环境装置,荒诞不经的即兴表演、意象芜杂的视觉景观粉碎传统叙事言说,在碎片式的画面拼贴与形式主义动作表象下揭露生活的琐碎与庸常。

"'镜头'的选择性功能使舞者表演元素呈现'碎片化'特征。为适应'镜头前'的表演,舞蹈演员要更加注意表情和局部动作细节的表现力。"④身体的整体性意象被打破,借助拼贴、杂糅、复制、挪用、错位等新视觉艺术技巧,在身体、感官的局部放大与延伸中,在舞者身体的解构与重构中,以有意味的形式与"去中心主义"的破碎化表演,探索实验影像编舞与镜头语言的纯粹表达,身体与周遭环境、物质的非逻辑关联。

（四）题材选择边缘化

此外,诸多西方实验性舞蹈影像更关注主流价值观以外的边缘文化,在创作选

① Guy P, Where is the Choreography? Who is the Choreographer: Alternate Approaches to Choreography Through Editing, *The Oxford Handbook of Screendance Studies*, 2016, 1.

② ［德］默勒:《就地起舞:日常空间中的舞与影》,蔡昀庭译,明当代美术馆内部资料,2017年。

③ 张曦丹:《录像舞蹈的历史源流及创作分析》,中国艺术研究院,2015年。

④ 张朝霞:《新媒体舞蹈创意实践的类型学分析》,《北京舞蹈学院学报》2012年第2期。

材上除围绕日常环境、生存、爱欲展开追问,更涉及性、性别、种族、暴力等敏感议题,突破人类情感禁忌与道德观念,呈现出比传统剧场舞蹈更广泛、深邃、尖锐的社会探讨。

英国 DV8 肢体剧场的作品以"关切复杂的社会文化议题闻名,坚持追问舞蹈形式和审美的边界,挑战人们对舞蹈为何的固有成见。"①编导洛伊·纽森(Lloyd Newson)的影像作品《我的性,我们的舞》(My Sex,Our Dance,1986)、《清一色男人的垂死梦》(Dead Dreams of Monochrome Men,1988)、《怪鱼》(Strange Fish,1992)、《生存的代价》(The Cost of Living,2004)多以激进反常的姿态与冒险精神,呈现对两性关系、暴力、生存、死亡等问题争论。再如比利时温·凡德吉帕斯《非关欲望》(In Spite of Wishing and Wanting,2002)、《骚红》(Blush,2005)中对人类原始直觉、本能冲动、欲望冲突的癫狂表达,个人身份与动物行为表相隐秘关系的探讨;安娜·特丽莎系列舞蹈影像中的女性意识觉醒,都以突破常规的个性选材、独立的价值批判,先锋的艺术行为与实验品格表明对当代诸多社会问题的干预与回应。

在 2010 年詹尼尔·波特为费城当代艺术机构策划的《舞与影》展览中,"娜塔莉·布克钦(Natalie Bookchin)则借用了德国评论家齐格弗里德·克拉考尔的'大众装饰'(Mass Ornament)的概念,从网络上收集大量个人在卧室或客厅舞蹈自拍的影像素材,将这些私密记录里不同地区、不同人们类似的生活场景和肢体表达并置,直接暴露美国文化对全球范围大众行为心理机制的渗透。"②2017 年上海明当代美术馆"就地起舞:日常空间中的舞与影"国际舞蹈影像展中,瑞妮·维里贝尔(René Vilbre)与海伦娜·琼斯多蒂尔(Helena Jonsdottir)的舞蹈影像作品《另一》(Another)通过对爱沙尼亚塔图尔监狱中真实杀人犯、小偷、强奸犯、无期徒刑囚犯黑白肖像的冷酷呈现,隐喻"对自由与责任之间界限的困惑"③;安托万·马克(Antoine Marc)的《倾溯》(Descent)讲述了身体弥留之际剧烈震颤中"几近消散的灵魂的愿望与回忆"④,"窥探了那些垂死的梦想"⑤;奥奈·卡尼(Oonagh Kearney)的爱尔兰短片电影《醒》(The Wake)与德玛克·卡拉苏(Irmak Karasu)的土耳其舞蹈电影《大厦》(Edifice)均以强烈的女性视角与身体仪式,展现当代女性群体在困

---

① Porter J,*Dance with Camera*,Philadelphia:Johannan Burton published,2010.
② Porter J,*Dance with Camera*,Philadelphia:Johannan Burton published,2010.
③ [德]默勒:《就地起舞:日常空间中的舞与影》,蔡昀庭译,明当代美术馆内部资料,2017 年。
④ [德]默勒:《就地起舞:日常空间中的舞与影》,蔡昀庭译,明当代美术馆内部资料,2017 年。
⑤ [德]默勒:《就地起舞:日常空间中的舞与影》,蔡昀庭译,明当代美术馆内部资料,2017 年。

境中的压抑、挣扎与情感选择;尤其是鲍里斯·帕沃尔·科南(Boris Paval Conen)导演与吉里·季利安(Jiri Kylian)合作的《出入之间》(Between Entrance and Exit)在创作构思上深受捷克出生的弗兰兹·卡夫卡、西格蒙德·弗洛伊德、古斯塔夫·马勒三位大师的人生启发,"他们的作品都致力于探讨人类存在的极端可能性,其中包含着人性中的矛盾情感以及无法表述的欲望。"舞者的"鲁莽、脆弱与性欲,优越感与不安全感、暴力与屈服,形成了这部影片的主要架构。"①2017 年布加勒斯特国际舞蹈电影节(Bucharest International Dance Film Festival)更是以"陌生的时代"为节庆主题,意在通过反省当今世界危机矛盾四起、脆弱、和令人不安的轨迹下所面临的日常真实生活。以艺术揭露生活,探讨地域政治事件引起的社会失衡。

西方实验性舞蹈影像的创作者们或以激烈尖锐的质问反思社会生活,或以隐秘晦涩的语汇揭露人性的复杂,或以极端写实的身体展现生命的原色,或以夸张幽默的方式嘲讽现实的粗俗可笑,在殖民主义、消费主义、女性主义等多元视角中,观照区域、种族、阶级、性别与身份,表达对社会、政治、文化的立场与态度。在深邃的人文关怀与理性诉求中,保持实验舞蹈影像艺术的独立、创造与文化批判性。

二、西方实验性舞蹈影像的语言形态

舞蹈影像是基于镜头或屏幕表达的视觉艺术形态。屏幕构成了舞蹈影像的创造性空间,"在这种新的屏幕生态中,电影和视频已经渗透到数字文化的材料中。在录像带、阴极射线管和广播电视的闭合回路中,我们发现了当代艺术的所有欲望和文化的流动性、可达性、跨学科景观,已充分呈现在屏幕舞蹈上。"②从某种意义而言,舞蹈影像的混杂与跨学科性决定了西方实验性舞蹈影像的语言形态既要符合身体语言的表达规则又要从属于影视语言的结构规律,依托屏幕化的媒介形态,在身体与镜头的双重书写中以真实与虚拟交互的媒体符号,物理与心理交叠的镜像隐喻,完成剧场化身体到影像、数字化身体的媒介转换。

(一)真实与虚拟交互的媒体符号

从动作捕捉、虚拟现实,到屏幕交互、计算机编舞,数字媒体技术已然介入到实验舞蹈影像创作的本体语言中,重组观众的艺术感知与审美经验。而舞者真实的

---

① [德]默勒:《就地起舞:日常空间中的舞与影》,蔡昀庭译,明当代美术馆内部资料,2017 年。
② Rosenberg D, Introduction, *The Oxford Handbook of Screendance Studies*, 2016, 1.

身体一旦进入影像场域中,即作为影像化、媒体化后的身体再现于虚拟世界中,这种"舞者/演员及其表演文本的抽象化及信息化",就是设法将活生生的人"数字化",亦即将"人在一定时间与空间之内进行的动作表演进行数字化处理。"①从而将"对自我真实的实时处理、建筑空间和虚构的特异景象同时呈现在屏幕空间。"②

如"《魂灵捕》(Ghostcatching,1999)中的比尔·T.琼斯,失去肉身的舞蹈在虚拟的影像空间中自由拼贴,组接成毫无温度的数字化线条。这些素描般的线条利用动作采集技术呈现于录像舞蹈当中,引发观众对身体表演空间的全新审视。……数字技术让舞蹈得以栖息于虚拟空间,数字化的虚拟空间则让舞蹈离开肉身寻到了新的灵魂。"③默斯·堪宁汉的《双足生物》(Biped,1999)以运动捕捉技术突破物理规则,展现肉体真实与虚拟空间交互的现实混合;《吻》(The Kiss)使用动态捕捉、离子系统以及实时随机技术,将真实身体描绘为虚拟分散的动态离子。舞蹈影像作为对身体运动与意识形态的扩展,"最为直接地体现了身体在虚拟化社会里的处境和角色。"④

西方实验性舞蹈影像正是通过复杂多变的剪辑行为与数字技术重塑动作景观,突破人类日常物理边界、自然与社会法则,以期实现人类审美理想中的场景调度与时空构建,使媒体化的身体在不断的拼贴、复制、延展中永生。而在对舞蹈影像时空节奏、速度、运动轨迹频繁切割、破解的背后更映射出新媒体科技高速发展之下对当代实验影像艺术时空观念、运动形式、身体表达的加速与影响。从舞台身体到屏幕身体的影像化、数字化语言转换,表明了影像数字技术对人类肉体局限、身体动作边界的超越。舞蹈影像中真实身体与虚拟影像交互的媒体符号作为视觉艺术表现的材料与心理情感投射,亦不断印证着马歇尔·麦克卢汉"媒介是人的延伸"的著名论断,凭借动作影像的意象表述,在隐秘的媒体符号语言编码与解码过程中传递数字文本信息,实现身体、影像、屏幕的媒介融合与意义传播。

(二)物理与心理交叠的镜像隐喻

法国学者克里斯蒂安·麦茨曾在第二电影符号学著作《想象的能指》中阐明电影的镜像性质、电影与梦的关联。美国著名艺术史学家罗莎琳德·克劳斯亦在

---

① 张朝霞:《新媒体舞蹈概论》,知识产权出版社 2012 年版。

② Rosenberg D, *Screendance : In Scribbling the Ephemeral Image*, New York : Oxford University Press, 2012.

③ 张曦丹:《录像舞蹈的历史源流及创作分析》,中国艺术研究院,2015 年。

④ 刘春:《舞蹈新视觉》,中国文联出版社 2010 年版。

《影像：自恋的美学》中认为影像的真正媒介是心理，是对艺术家自我的反射。在舞蹈影像中，屏幕/银幕以类似镜面的视觉媒介，"在电影语言学层面制造了一种'镜像关系'，亦即为'能指的想象'，依赖于梦的语言机制，囊括了镜中之像、幻象、假象、表象、主体意象等多重表象。"①不论是"为镜头而舞"拍摄中摄影机作为假体，对舞者身体细节的凝视、放大与延伸，剪辑后身体影像化的时空重构，抑或形式主义、表演破碎化所带来的视觉幻象，在身体物质性与影像虚拟性的构建背后，是影像镜像效应带来的对肢体、自我、精神的心理隐喻与梦境投射，以及对身体行为的解构、重构与完型。

屏幕/银幕不仅为舞者的身体表演提供了一个超现实的替代空间，更以媒介形态转换的方式在影像数字场域中呈现出一个崭新的超越时空与物理边界的媒体化、数字化身体。以物理身体和光学意义上的影像投射交叠着心理意义上的镜像隐喻，"贯通电影创造的真实界、想象界与象征界"②，在诗意幻象的潜意识造梦空间中拓展影像语言的表意功能与观众的心理认同。

三、西方实验性舞蹈影像的审美取向

西方实验性舞蹈影像作为身体影像化、媒体化、数字化的表征，必然深受现代主义与后现代主义艺术思潮，实验影像、录像艺术、观念艺术、多媒体表演艺术甚至是屏幕美学的影响。以诗性、幽默、抽象、表现主义、形式主义、超现实主义、极简主义等多元风格，或脱离主流叙事塑造人物动作，或颠覆常规进行观念行为的个性阐释，或专注于实验影像语言形式的本体探索，"挑战观众在社会生活、政治、极端情感中与众不同、奇怪、单一唯美的舞蹈审美。鼓励在动态和传统抑或实验的影像中所产生的不同观念和对话。"③如法国编导菲利普·德寇菲（Philippe Decouflé）擅长以荒诞造型、深焦镜头颠覆常规的身体景观与运动行为范式，以标示性的手指符号、光影变换、景框游戏传递法式幽默与童趣；比利时后现代编舞家安妮·特丽莎与导演蒂埃里·德·梅钟爱快速敏捷的清新舞风，在跳跃的镜头运动与非线性剪辑的诗意结构中，以招牌式"MTV"三联画影像重塑身体时空，实现动作转换与音乐节奏的关联对位，营造极简、形式主义的视觉审美；德国导演维姆·文德斯（Wim

---

① 段运冬：《电影隐喻：理论原点与逻辑延展》，《文艺研究》2008 年第 10 期。

② 潘源、潘秀通：《影视意象美学历史及理论》，中国电影出版社 2010 年版，第 115 页。

③ Open call BIDFF'17, 2017.5.30, http://www.bidff.ro/open-call-bidff-2017.

Wenders)带领其新公路电影制作公司(Production Company Neue Road Movies)出品的舞蹈电影《皮娜》(Pina,2011)更是通过多部数码摄影机的 3D 同步拍摄测试与实时记录,以超高清影像的动作捕捉,强化舞者身体的细节运动与微观表达。该作品杂糅了皮娜·包希的多重档案素材影像,在舞者采访、即兴作舞和《穆勒咖啡屋》《春之祭》《交际场》《月圆》等剧场名作的交叉演绎中,探索实验舞蹈影像的3D 技术革新与电影空间形式的视觉开拓,从而以崭新的表现媒介、个性化的视觉审美将乌帕塔尔工业景观与皮娜舞蹈剧场的精髓投射于银幕之上。这些都反映出实验舞蹈影像艺术形式的丰富面向与多样化的审美维度。

而对殖民主义、女性主义、身体转向等观念吸收,更使得实验舞蹈影像注重对地域、身份、性别、社会政治信息的建构,呈现出对抗主流审美范式的反传统、反常规视觉表达。如英国 DV8 肢体剧场将目光投向艾滋病、同性恋、残障人士等社会边缘群体,在性别与身份的激烈探讨中,不断挑战既定的社会价值体系与道德观念,彰显其敢于冒险的身体美学主张,在现代舞与影像艺术间建立起实验边缘的独特审美风格,成为英国前卫文化的指针。其编导洛伊·纽森以偏离主流意识形态的反叛创作,将现实生活的阴暗、残酷、丑陋、真实引入作品,以极端犀利的肢体语言与符号化的视像隐喻,挑战观众的审美认知。《怪鱼》(Strange Fish,1992)以奇异的身体质感、隐喻的动物符号与宗教肖像,在光怪陆离的视觉幻象中呈现两性群体的痛苦、孤独与暴力,从而超越传统舞蹈的审美界限;《走进阿基里斯》(Enter Achilles,1995),以充气娃娃的女性欲望象征,阴柔男子与阳刚硬汉间的暴力冲突讽刺男人的虚伪、矛盾,指涉社会性别规范下的霸权与对性别文化规训下正常、合法身体的反抗;《生存的代价》(The Cost of Living,2004),选用年迈、独臂、截肢、超重等 17 位体形各异的特殊舞者,以幽默讽刺的震撼表演与特立独行的审美,反思对"不完美"的身体定义,质疑社会公众如何审视个体存活的价值意义。尤其是"蒂埃里·德·梅、劳伦特·金德林(Laurent Gold-ring)、安东宁·德·贝米尔斯(Antonin De Bemels)、温·凡德吉帕斯、彼埃尔·伊夫·克劳因(Pierre Yves Clouin)的舞蹈影像展现了那些历经蜕变兽性的,超越性别(或不同性别)的,病态的,可怕的,无法辨认的非常规身体,从而抵制社会文化、经济和身体政治过程的标准化。"①以边缘异化的身体形态,先锋另类的

---

① Walon S,Corporeal Creations in Experimental Screendance:Resisting Sociopolitical Constructions of the Body,*The Oxford Handbook of Screendance Studies*,2016,1.

实践精神突破主流社会的审美认知,"规避秩序和权利的逻辑,并以此反抗官方和预期的身体表达。"①这些经镜头选择与重塑的离经叛道哲学意义上"陌生化""开放性""无等级"甚至是"无器官"的身体,在对"社会和政治正常化身体"②的颠覆中,瓦解封闭、和谐、稳定的传统哲学审美观,以"实验性的身体表现出对奇异和激进的开创性美学的迷恋"③。

实验性舞蹈影像的审美取向是由自身的实验品格属性决定的,与实验艺术本身观念、形式的开放、批判、前沿探索性密不可分。西方实验性舞蹈影像作为对抗主流审美形态的视觉实验革命,以小众、独立、创造的形式,先锋、激进、争议的姿态游走在当代舞蹈艺术与视觉影像艺术领域的边缘,承载着早期先锋电影、录像艺术、实验影像艺术的基因,"以最初的、小规模的和独立运作的模式,即一种非集权化的媒体参与到挑战主流文化的斗争中,并且至今为止不断的呈现出自身的能量和活力,发挥它无限的替代性潜能。"④在创意实验的多样化、个性化审美取向与反常规的身体社会政治诉求中实现对传统舞蹈思维范式、表演形式、身体美学的超越。

四、结语

今天,新媒体、互联网科技、人工智能等技术勃兴不仅带动了科技与艺术的形式变革与媒介融合,更对当代实验艺术的观念与行为产生重大影响。信息技术与数字时代造就的艺术突变与多元走向,使得"舞蹈家们不是自恋地把镜头推向舞者身体的局部,而是不约而同地争取一种以影像力量在艺术领域去掌握某种新的话语权。他们注意到当代媒体的力量,注意到身体的式微,才会有艺术家们自觉的和这个世界全新的视觉系统,价值观念去做一次反省,对话,融合。"⑤

今天,我们身处在混生的文化状态之下,装置、录像、行为艺术等形态开始不断

---

① Walon S, Corporeal Creations in Experimental Screendance: Resisting Sociopolitical Constructions of the Body, *The Oxford Handbook of Screendance Studies*, 2016, 1.

② Walon S, Corporeal Creations in Experimental Screendance: Resisting Sociopolitical Constructions of the Body, *The Oxford Handbook of Screendance Studies*, 2016, 1.

③ Walon S, Corporeal Creations in Experimental Screendance: Resisting Sociopolitical Constructions of the Body, *The Oxford Handbook of Screendance Studies*, 2016, 1.

④ [美]霍斯菲尔德:《砸碎显象管:有关录像艺术的简史》,马永峰译,2016年10月25日,见 http://info.trueart.com/info_40652_4.html。

⑤ 刘春:《舞蹈新视觉》,中国文联出版社2010年版。

融入实验舞蹈影像的创作中,以杂交的媒介形式与跨学科的协作模式,突破传统舞蹈艺术的定义与边界。通过对西方实验性舞蹈影像创作行为、语言形态、审美取向的考察,有助于我们深入理解实验舞蹈影像的混杂性、跨学科性与先锋探索性,在艺术的多向交叉中,在对身体认知与艺术边界的扩展突破中,进行舞蹈观念与视觉形式的创新,以反思传统与指向未来的先锋精神不断实践着新媒体舞蹈前沿领域的创意实验。

(原载于《北京舞蹈学院学报》2019 年第 1 期)

改革开放 40 年中国原创话剧的反思与展望[①]

顾春芳　北京大学艺术学院教授

步入新时代,中国话剧界关于原创问题的讨论不绝于耳。2015 年至 2018 年,中国国家话剧院连续举办四届"中国原创话剧邀请展",从国家剧院的层面,回应对中国话剧原创问题的追问。这充分说明这个问题已成为戏剧界乃至国家文化层面共同关注的迫切问题。中国话剧的原创问题,包含着戏剧观、戏剧史观、戏剧美学、剧场观念的诸多方面的问题,也暴露了历史眼光、精神追求、审美修养以及艺术创造力等诸多方面的局限。2016 年,我在《原创话剧之核——指向时代的经典》一文中探讨了中国当代话剧原创力匮乏的几个原因,本文将接着这个话题进一步比较和反思改革开放 40 年来中国原创话剧的若干问题。

一、从"新时期"到"新时代":全球语境和历史要求的转变

从新时期到新时代,中国话剧走过了 40 年的岁月,在这并不漫长的时间里,中国话剧所处的历史和时代语境却发生着前所未有的急遽变化。当代中国话剧一方面置身全球化时代,天然携带着汇入世界戏剧潮流的迫切愿望,有意识地发扬中国话剧的现实主义传统和美学品格,积极寻求和效仿西方经典剧本的叙事和舞台表达,另一方面它又不断被赋予新的意识形态的要求,同时被如火如荼的商业文化所绑架。在多元的价值取向和诉求中,中国话剧所面临的主要矛盾是话剧艺术自身发展的现代性需求,与主流意识形态要求其所履行的社会功能,以及它与商业化之

① 本文是 2015 年国家社科基金重大项目《人文学导论》(项目编号:15ZDB021)阶段性成果。

间的矛盾。

回顾新时期以来中国话剧的 40 年,是中国话剧慢慢消化西方从现代到后现代的思潮、观念、形式和方法的 40 年。在话剧危机和改革大潮的双重夹击和驱动中涌现的探索戏剧的浪潮,在反思戏剧本质的过程中出现的小剧场戏剧的变革,其革新的主要姿态是模仿、借鉴和学习西方现代戏剧。中国话剧用 30 年左右的时间重走了西方戏剧 300 多年走过的现代性道路,艺术上呈现"模仿者的姿态",理论上运用"他者的语言"。

在新时期话剧革新探索的热潮中,曾经涌现出一大批优秀的中青年剧作家、导演、舞台美术家和演员。徐晓钟、林兆华、胡伟民、王贵、徐企平、陈颙、张奇虹、王晓鹰等舞台艺术家为话剧革新起到了引领的作用。也就是在这一时期,中国话剧史上一批优秀的作品破土而出,《原子与爱情》《血,总是热的》《秦王李世民》《绝对信号》《车站》《十五桩离婚案的调查剖析》《小巷深深》《放鸽子的少女》《一个死者对生者的访问》《红房子、白房子、黑房子》《天边有群男子汉》《野人》《WM 我们》《魔方》《街上流行红裙子》等探索戏剧的出现,从戏剧观念上表现出前所未有的革新意识,演剧形式上大胆运用象征、隐喻、变形夸张的手法,内容上"人的意识觉醒"的时代精神得以张目。西方现代主义文学艺术诸流派得以广泛传播,西方现代主义的作品和理论译作层出不穷,由此引起了中国话剧文化观念和艺术观念的整体性剧变。

首先,新时期话剧在对人、人的价值和尊严的重新审视、发现和开掘上显现了强劲的反思精神。《假如我是真的》《狗儿爷涅槃》《桑树坪纪事》《洒满月光的荒原》等原创剧目,其所呈现出的鲜明的知识分子立场,对民族文化的反思和追问,对社会人生的主体意识和思想深度,让国人的生存遭遇、生命体验,以及文化心理结构得到了真实而又深广的挖掘与表达。这一时期的原创剧目从干预政治、历史扩展到了文化反思和人性拷问的层面,这些作品因其高度自由和独立的思辨意识构筑了新时期戏剧最坚实的精神基座。

其次,新时期话剧呈现出启蒙现代性思想的自觉意识。在"为文艺正名"的自我反省式的探索与实践中,新时期探索话剧显示了前所未有的批判理性,它深入反思了中国话剧一度在政治功利和观念束缚下出现的公式化、概念化、说教化、图解化的创作倾向。从 1983 年那场"戏剧观"的大讨论到"探索戏剧的争鸣",从狭隘戏剧观的突围到创作新观念的实践,围绕"现代化""民族化""海派""京派"问题的探讨,理论界出现了前所未有的戏剧观的讨论和探索意识的觉醒。自由意志和人文精神的张扬,价值取向和生活方式的颠覆性转变,无不激发着艺术家求新求变的渴望。戏剧所表现的时代内容也突破了原先的"一个问题、两个营垒、互相冲突、归于统一"的单一戏剧模式,并从庸俗的"人学"观念中解放了出来。戏剧主题的哲理化、多义性和诗化观念被开启,西方现代派戏剧和文学的各种观点、手法也成为广泛借鉴的对象。

如果说新时期探索戏剧以其启蒙现代性的思想内核,赋予了戏剧艺术参与历史和文化重建的神圣使命的话,90年代以来的中国话剧则逐渐受到政治和商业自上而下的规制和塑形。经济快速发展所带来的直接后果是价值观的分崩离析,世纪之交的文化政治的困惑和思索,时代的主题向着"经济建设和财富网罗"快速倾斜,衡量人的价值的根本理念发生了急速而又残酷的变化。中国话剧在主流意识形态、商业和审美现代性的多频震动中呈现为"主旋律""商业戏剧"或者"先锋实验"的多样化。在歌颂类题材大行其道,商业化戏剧莺歌燕舞的文化环境中,在商业社会对戏剧文化和戏剧文化人的严酷考验中,知识分子对于社会历史的沉思品格和批判理性逐渐消退。

最明显的表征就是先锋派的得势与失势,后现代解构的兴起,以及传统的舞台观念的日渐式微。一开始学界对于"先锋"作为一个具有超验性的普遍概念就存而不论,使用过程中也只对其外延上的"特征"加以描述和直接引用,而对作为精神基础和价值向度的"特性"语焉不详。而以"先锋"为名的作品却以"非主流""反叛""张扬个性"为标签并以颠覆传统话剧的舞台形式与叙事模式为乐事。"先锋派"作为审美现代性的一种集中表达,其诞生的根本要义在于"它提供了一种从日常生活的千篇一律中解脱出来的救赎,尤其是从理论的和实践的理性主义那不断增长的压力中解脱出来的救赎。"它必然承担了阿多诺所形容"救赎美学"的文化角色,并依靠其与生俱来的颠覆性和自律性站在社会对立面来批判社会。但其实在90年代的意识形态左右下,中国的"先锋派"体现出"反叛"与"妥协"的双重面相。在市场经济浪潮与消费主义文化的浸染下,从"导演中心"向"观众取向"的迅速转向中,暴露了艺术追求对商业价值的主动"合谋"与内在平衡——1999年《恋爱的犀牛》连演40场、每场120%的上座率及其40万元的票房纪录标志了"先锋话剧盈利的分水岭"。"先锋戏剧"不再等于曲高和寡,也由此引发了学界关于"先锋"与"伪先锋"的激烈论争。《90年代中国话剧研究(第四章)》一文对所谓的先锋派提出了相当犀利的批评,称其"停留在生活表面现象的呈示的层次上,停留在对意识形态的反叛与解构层面,缺乏一种创建与超越,而以对近乎'噱头'化了的形式的追求来寻求大众，又导致了所谓的'实验'、'先锋'向媚俗的转化"。

后现代戏剧强调戏剧的行动性、参与性和政治性，导演本来作为剧本艺术的阐释者和体现者的阐释权利被不断放大。《哈姆雷特》《原野》《等待戈多》《盗版浮士德》《玩偶之家》《放下你的鞭子/沃伊采克》等剧，对古今中外的经典剧作进行了不同程度的解构、重构、戏仿和拼贴，有些手法固然不乏新意，但是后现代张扬身份话语的意识和姿态超越了其在美学层面的见地和修养。《原野》的舞台上散落着线装书、银色座椅、冰箱以及破旧的自行车，用以营造破碎的现代都市景观；《等待戈多》富有形而上意味的"路"被具体的"酒吧"空间所替代；《盗版浮士德》中墨菲斯特变身为电视台导演……演出蜕变为另一种形式的"游戏"，有些演出不用剧本进行排练，甚至以即兴讲述代替了剧本，用牟森的话来说就是："没有剧本，没有故事情节，没有编造过的别一种生活。"由此导致了戏剧文学性、深刻性、思辨性、经典性的全面垮塌。后现代主义戏剧就是要把传统艺术中的美送上绞刑架，打破戏剧与其他艺术的界限，模糊生活和戏剧的界限，这一思潮甚至影响了国家舞台的创作理念，对原本举步维艰的中国话剧产生了严重干扰。话剧在与商品经济合流的过程中，理性和批判传统日渐式微，使得那种以"审美现代性"来批判工具理性、科学主义和极权主义的冲动日益耗尽。

今天，话剧艺术所面对的是一个"启蒙现代性"和"审美现代性"全部失效的全球化的"娱乐至死"的世界文化图景，启蒙理性的神圣性渐次消解，戏剧艺术面临着前所未有的意义层面和价值层面的挑战，由价值观分崩离析带来群体性的精神危机和社会隐忧。话剧在各种各样的探索中找不到行之有效的方法来干预或引导整个社会的价值取向和精神追求，中国话剧如何延续新时期戏剧的启蒙精神，坚守道德良知和人文品格？如何履行它的社会责任和文化使命？历史给当代中国话剧提出了较之新时期更具有挑战性的难题。

最近 5 年的中国话剧舞台叙事的基本类型直观地反映出中国话剧这种内在的矛盾结构和多元价值的诉求。第一类是宣扬爱国精神的重大历史题材的话剧，依然构成了话剧舞台艺术的主流，如《红岩魂》《幸存者》《兵者，国之大事》《中华士兵》《红缨》《从湘江到遵义》《热土》《共同家园》《图云关》《人民的名义》《天下粮田》《千字碑》等。第二类是历史剧或历史人物传奇改编的话剧，呈现出文化反思和人文内涵的追求，如《韩信》《公民》《司马迁》《庄先生》《韩文公》《画眉》《样式雷》《董必武》《孔子》《启功》《大先生》《杜甫》《兰陵王》《广陵散》等。第三类是文学作品改编的舞台剧，如《青蛇》《推拿》《东北往事》《鬼吹灯》《红楼梦》《北京法源寺》《老张的哲学》《长恨歌》《二马》《平凡的世界》等。第四类是关注社会现实问题的舞台剧,如《燃烧的梵高》《解药》《明枪暗箭》《镜中人》《从前有座山》《两只蚂蚁的地下室》《一诺千金》《长生》《北梁人家》《凤凰》《喊水村移民纪事》《家事》《家客》《去往何处》等。此外还有《语文课》《秘而不宣的日常生活》《罗刹国》等小剧场戏剧的创排。《大宅门》《隆福寺》《前门人家》《食堂》《戏台》《南锣鼓巷7号》《曲韵钟鼓楼》《将军里》《玩家》《银锭桥》《皇城根下》等则有意无意地延续着《茶馆》的话剧艺术传统,以具体的空间为载体呈现历史转型中人的蜕变和命运。另外,还有《六个寻找剧作家的剧中人》《中国的鬼魂》《原告证人》《无人生还》《枕头人》《离去》《红色》《罗密欧与朱丽叶》《万尼亚舅舅》《安提戈涅》等立足于改编或重构国外经典剧本的舞台叙事。另有一类是 IP 剧,诸如《盗墓笔记》《鬼吹灯之精绝古城》《仙剑奇侠传 1》等,以多媒体、全息投影营造出奇幻的舞台景观,并借助剧场内外的粉丝互动,实现营销和传播的双赢。

从"新时期"到"新时代",全球语境和历史要求发生了重大转变。21 世纪以来中国话剧所面临的历史和时代语境与新时期完全不同,一方面历史给我们遗留下许多悬而未决的问题,另一方面戏剧领域又生发出许多崭新的现象。21 世纪全球化时代的科技变革和媒介革命,再一次刷新了人类的价值观和艺术观,互联网深刻地影响着传统艺术门类的发展和创新方式,也带给世界戏剧前所未有的影响,这种影响已经波及了人类生活的各个层面。

互联网作为一个开放的结构,它提供了人类历史上一切优秀的文化共享的可能,并且将人类置于一种全新的文化生态中。首先,互联网更新了戏剧原有的传播方式,新的媒介方式创造了全新的认识世界戏剧的途径和方法。东西方戏剧壁垒分明的状态已经被打破,互联网加速了东西方戏剧形态和戏剧文化的相互影响与融合,这种前所未有的交互影响必将释放出更为强烈的引发东西方戏剧深层变化的引力波。其次,互联网拓展了剧场空间和审美边界。一种有形的、物理的、实体意义上的舞台空间的观念已经被打破,"身体的现场性"经由"媒介"的传播把在场呈现的演出同步扩展到更广阔的空间,并以高度现场感的复制延伸了原有的观演形式,"舞台—剧场—世界"所构成的环形扩展的审美空间使莎士比亚所说的"全世界是一个舞台"成为事实。可以预见,互联网时代戏剧的未来将会从单纯的技术实验走向艺术和审美的深层,催生全新的舞台叙事和审美呈现。与此同时,戏剧遭遇了前所未有的严峻挑战。对话剧艺术而言,原有的两座大山(电影、电视)变成了三座大山(电影、电视、网剧)。这种全新的文化生态对中国当代话剧提出了新的要求。一方面中国话剧有责任参与构建全人类普遍共识的价值体系,另一方面也应该呈现自身独特的文化属性和美学精神。

我们应该清晰地认识到,互联网已经从某种程度上将世界戏剧连接成为一个整体,而这个整体正处于一个转型的历史坡道,西方戏剧也在闹"剧本荒",也面临原创萎缩的问题。就 2015 年之后来华演出的剧目来看,大多是几十年前的旧作,其间充斥着大量经典改编和解构的作品。以 2018 年英国国家剧院来京演出的《深夜小狗离奇事件》为例,剧本所展现的是一个关于自闭症儿童的励志故事,并没有多少深刻的文学性,它的吸引力主要来自高科技与多媒体融合所造成的舞台叙事和舞台奇观。我们也应该清晰地意识到,中国话剧经历了 40 年对于现代和后现代艺术观念和舞台手段的消化之后,在高科技推动的舞台技术的认识和掌握方面,中国和世界并无太大的差距,有的是观念、思想和艺术修养上的差距。中国戏剧能否通过互联网这个开放的结构,确立美学的主体意识,产生更大的世界性影响力,这是新时代给我们提出的新的要求。

互联网和融媒体时代带给我们最大的难题是:如何从高科技推动的舞台奇观中彰显戏剧最根本的意义,把观众从表层的娱乐和感官诱惑导向真正的戏剧,导向真正的艺术,导向一个更为广阔的意义空间和精神空间? 需要强调的是,戏剧真正意义上的成熟永远不在于技术层面综合化的程度,而在于戏剧内在的艺术精神。这种艺术精神概括起来说就是戏剧艺术在价值层面和人文层面对全人类的影响和作用。而新时代的戏剧艺术如何在一个互联网时代,借助一切综合的手段在价值层面和人文层面对全球化的时代贡献中国力量和中国精神,这是时代赋予我们的使命。

二、影响中国话剧原创力的思想积弊

当奥斯特玛雅、陆帕、图米纳斯、列夫朵金、铃木忠志等世界级的导演携带其作品在国内各大戏剧邀请展上频频现身,当国内的观众满怀激情、心甘情愿地送上票房,对国外戏剧和戏剧家的赞叹和追捧映衬出中国话剧的落寞,映衬出中国戏剧人的尴尬。中国话剧是选择东施效颦还是走出自己的道路? 如果我们的编剧和导演还仅仅满足于在世界各大戏剧节上进行浅层次的"技术与形式的淘宝",既不珍惜当下也不立足未来,既缺乏文化的自信又没有艺术的真知,而仅仅满足于对西方戏剧演出形态的表面的模仿和复制,那么,再过一百年中国话剧也无法赢得世界的尊重。中国的戏剧舞台可以容纳世界的风景,但更应该构建并立足于自己那一片独特的风景。

中国话剧原创力的思想积弊在于文化自信的不足。原创精神首先在于文化自信,在于让自己的传统和文化焕发现代灵光的信心,在于让现代艺术承载优秀的文化传统和艺术精神的创新,在于努力寻找并确立自身的美学品格和美学体系。我认为中国传统美学中有许多值得借鉴和学习的思想,中国戏曲史也有从案头到场上的丰富的理论,学习研究中国传统的哲学美学,探索中国戏剧和中国文化的内在关系,吸收借鉴中国戏曲的美学思想,对于寻找中国话剧独特的戏剧叙事和时空观念有极为重要的意义。创造出具有中国作风、中国气派的原创话剧,这是时代赋予我们的使命。

中国话剧原创力的思想积弊还在于创作的急功近利。急功近利是原创的死敌!商业大潮的侵袭造成了中国话剧内部生态的隐患,名利的诉求推动了对奖项的追逐超越了对艺术本身的热爱,急功近利的创作心态毁了许多原本很好的题材。权力和金钱主导的社会轻而易举地篡改了艺术家的身份,有些所谓的艺术家变相地成为了老板、商人、官员和社会活动家。为鼓励原创所设立的各种艺术基金和项目,催生出一批速成的舞台剧;各类奖项不以艺术为旨归,而被官员的政绩需求所绑架;地方剧院缺乏长远的可持续发展和人才计划,不培养自己的编剧和导演,急就章似的到处邀请名编剧、名导演为自己的台柱子写戏排戏;各剧种之间的艺术风格也在被迅速拉平;命题作文限制了剧作家的自由选题,"后现代戏剧"氛围造成人们轻视甚至忽视戏剧文学性。虽然各类演出空前繁荣,可是中国话剧依然游走在世界戏剧的边缘,游离在世界各大戏剧节之外。

在急功近利的风气之下,精神层面、审美层面和价值层面的"原创"很容易被置换成文化产业层面的"创意"。文化产业视野下的市场意识,目的就是要做出迅速博人眼球的"创意写作",而真正的原创指向经典;前者只要博人眼球,后者追求深入人心。这是两种截然不同的艺术方向。刘勰的《文心雕龙》"情采"篇中指出"为情之文"和"为辞之文"的不同,他认为"为情"者要约而写真,"为辞"者淫丽而泛滥。二者的不同在于创作是否与作者的生命相关,是否有作者的真情投入。美国悲剧之父奥尼尔在写完《进入黑夜的漫长旅程》的那一天,他的妻子觉得他仿佛老了10岁;汤显祖写到"赏春香还是旧罗裙"这一句的时候,家人寻他不见,原来他因思念早夭的女儿而独自饮泣于后花园;巴金写《家》的时候,仿佛在跟笔下的人物一同受苦,一同在魔爪下挣扎;福楼拜写《包法利夫人》的时候,嘴巴里竟然好像有砒霜的味道;拜伦《与你再见》的原稿上留有诗人的泪迹;曹雪芹感叹《红楼梦》"满纸荒唐言,一把辛酸泪,都云作者痴,谁解其中味"。"为情而造文"是原创的起点、原点和终点。戏剧作为诗的艺术,需要艺术家忘我地沉浸于神圣的时刻。不同的两种诉求自然催生不同的创作,创意写作更多地考虑市场,它是应景的,是短暂的;生命写作更多地面对永恒,原创的根本意义在于缔造具有历史穿透力的永恒的经典。不是自己生命所在的地方就没有真正的艺术,也不可能产生真正的艺术。

中国话剧原创力的思想积弊的第三个问题在于人文精神的迷失。原创的根本在于彰显一个民族的人文力量。一个时代出不了伟大的作品,说明人文的精神和力量没有得到充分的焕发。我们是一个多灾多难的民族,但是那种凝聚民族精神的人文力量始终没有能够在这个多灾多难的背景上被充分激发。今天,戏剧界重视思想和理论的传统失落了,戏剧人很少思考戏剧以外的事物。思想对于艺术家有根本意义,伟大的戏剧家具备自我反思的精神,易卜生说:

> "我写的每一首诗、每一个剧本,都旨在实现我自己的精神解放与心灵净化——因为没有一个人可以逃脱他所属的社会的责任与罪过。因此,我曾在我的一本书上题写了以下诗句作为我的座右铭:生活就是与心中魔鬼搏斗;写作就是对自我进行审判。"

戏剧不是要去表现一个具有社会普遍意义的道德命题,它要表现的是人在各种不同社会环境下的真实的精神世界。好的戏剧可以撬动重大的社会问题,伟大的戏剧无法离开人生最重大的哲理命题,这是经典叙事的基本要求。契诃夫的戏剧以历史中的卑微和堕落作为鉴戒,告诉世人不能向神圣的灵魂撒谎,作为社会的良知,19 世纪俄罗斯文学的"高贵气质"主要表现为面对大地和人民,背对权力和金钱。就描写真实的人和人性而言,中国话剧的叙事艺术需要培植"人学之根",北京人艺的《食堂》《理发馆》都没有能够超越《茶馆》,最根本的原因是没有塑造出生动传神的艺术形象。现实主义的灵魂就是不能写概念化、抽象化的"假面人"。人和人性的思考是一切现实主义叙事艺术的灵魂,原创首先要艺术家站在哲学和美学的制高点上,敏锐地把握住 21 世纪人们普遍的生存境遇,表现这个时代人们真实的命运,探索人的精神世界和隐秘的心灵。

此外,中国话剧编剧的创作相较而言过于封闭。这种局限性和原创力无法持久大有关系。戏剧编导如果根本不从事其他文学活动,就很难从其他文学中汲取灵光。19世纪俄罗斯文学家几乎都不是以戏剧为生,戏剧只是创作的一个领域,果戈理、莱蒙托夫、托尔斯泰、契诃夫、高尔基、马雅可夫斯基无不如此。贝克特是荒诞派戏剧家,可是在他的《等待戈多》背后是他的8部长篇小说。回顾中国话剧史,我们不难发现从曹禺、老舍到焦菊隐、黄佐临,到20世纪80年代的导演群体,无不呈现出一种注重思想、重视研究、注重深厚的人文修养的风气。从焦菊隐开始,中国话剧有了一类被誉为学者型导演的舞台艺术家,他们身兼导演、教授、翻译家等几种角色,学术、理论、翻译、排戏无一不通。今天我们有这样的戏剧家吗?

中国话剧原创力的思想积弊的第四个问题在于对现实主义理解的狭窄。无论是现实主义还是现代主义,无论是写实还是写意,无论是再现还是表现,无论是具象还是抽象,他们提炼生活的原则可能不一样,艺术观念与美学原则可能不一样,但是在密切艺术与现实的联系方面是一致的。原创问题如果缺乏现实的反思能力,艺术家触摸问题和解决问题的办法只能是虚假的、幻想的、无力的。如果中国当代话剧脱离问题意识和反思精神,脱离了生活而寻找所谓的创作灵感,如果对我们身处的这个世界所面临的问题和危机视而不见,如果我们的剧场停止了思想,那么,我们既不能寻找到原创之根,也会迷失真正的戏剧精神,我们只会给未来留下一大堆赝品。

从舞台观念而言,现实主义的演剧传统倘若要发展,那种将现实主义与写实风格混同起来的观念早已被扬弃,现实主义不是也不应该是僵化的模式,它必须随着时代的发展不断地更新和充实自身的表现形式和创作手法,人类的审美意识具有时代性,美学的发展也应当与人类的现实生活面貌相一致地发展。正如徐晓钟所言:

> "戏剧的现实主义应该是一个广阔的概念。……戏剧的现实主义将更深地植根于千姿百态的生活,它仍将保持它崇尚理性的基本特征,遵循生活的逻辑,尊重人物心理动机、思维和意志的逻辑,它的主导方面可能仍是采用陈述事物的手法(尽管时序和空间会出现多种活泼的结构形式)……写实的因素、浪漫主义的因素会多样地结合,散文、诗的因素会和戏剧的因素更加多样地综合,写实的描写会和象征、隐喻,甚至与怪诞、'变形'加以糅合,表演上的体验派艺术和表现派艺术将会在实践中相互融合。"

80 年代的戏剧观正是在对现实主义这一命题的争论中终于渐渐清晰起来的，导演群体正是在这样的戏剧观的引领下有了戏剧审美的整体性提升。20 世纪已经过去，在对历史经验的回顾和反思中，在对世界现代戏剧的多种流派广为吸收的过程中，社会的审美观念和欣赏趣味发生了重大变化，如何继承现实主义戏剧美学传统，在更高的层次上学习和继承现代话剧艺术的美学原则，批判性地吸收世界戏剧史一切有价值成果，辩证地兼容并蓄，洞悉艺术与科技融合创新的奥秘，是中国话剧在理论和实践层面面临的问题。

三、从"民族化"到"中国美学精神"：中国话剧的美学追求

新时期话剧，在对易卜生式的社会问题剧和斯坦尼斯拉夫斯基体系影响下制造生活幻觉的写实主义戏剧的反思与争鸣中，引发了美学观念、导演思维、舞台美术等各个层面的变革。黄佐临的"写意戏剧观"被重提，舞台形式上由"再现"向"表现"转化，美学观念上由"写实"向"写意"拓展，中国美学精神的自觉意识和探索，呈现出中国戏剧美学强烈的主体意识。

早在 50 年代，毛泽东和周恩来对艺术"民族化"的指示，直接引发了学界关于文艺创作"民族形式"的讨论，"民族化"问题一度成为繁荣社会主义文艺的指导方针。在艺术"民族化"方针的推动下，1957 年 1 月，由焦菊隐导演、北京人民艺术剧院演出的《虎符》，尝试运用戏曲的台步、身段、水袖、手势、眼神等富有表现力的程式、动作来"表现"人物的思想、感情、性格；化用戏曲的韵白、京白、锣鼓点用以表现人物的思想感情和内心节奏，创造出了与写实主义舞台艺术不同的演出样式，突破了舞台空间的局限，创造出了诗意的舞台意境。在《虎符》座谈会上，田汉有感而发，提出了话剧艺术应该突破固有的话剧形式，创造出话剧的民族形式。他说：

> "作为现代形式的话剧不可否认地受了外来的影响，它较为接近生活真实，有时片面追求生活真实流入自然主义，没有找到高度的艺术形式。这是不是就是话剧的固定风格呢？不一定。我们的话剧表现形式不能以现在的为满足，必须进一步提高，摸索到更高度的、更富有民族风格的艺术形式。"

话剧"民族化"的实质就是中国话剧如何体现中国美学精神的问题，这个问题是中国话剧寻找美学主体性的根本问题，围绕着这个根本的美学问题形成了前后

相续的舞台理论和舞台实践。焦菊隐先生提出的"心象说";黄佐临提出"写意的戏剧观";徐晓钟提出的"形象种子";林兆华的"心灵自由"以及王晓鹰的"诗化意象"无不是围绕这个美学问题所展开的理论思考和实践探索。

原创应该承载中国文化传统和艺术精神,努力寻找和确立自身的美学话语。十九大报告把文化强国放在和中华民族伟大复兴休戚相关的重要位置,是因为文化是一个国家、一个民族的灵魂和气象的显现。没有高度的文化自信,没有文化的繁荣兴盛,就谈不上中华民族的伟大复兴。今天,中国话剧正在突破单一的戏剧观和美学追求,在这个过程中寻找并奠定中国话剧的美学精神是新的时代赋予话剧人的使命。继承和发扬中华文化传统和中国艺术精神,对于寻找中国话剧独特的戏剧叙事和时空观念有极为重要的意义。那么中国艺术精神中哪些是特别值得我们重视的呢?

在中国古典美学中,"意象"是关于"美"的核心概念,历代美学家、艺术家对这个问题都进行过深入的研究,逐渐形成了中国传统美学的"意象说"。对于戏剧而言,审美意象是在传统和当代两个维度上都具备深刻意义的美学范畴。从中国戏剧史来看,戏曲艺术所包含的中国美学精神是显而易见的,而中国现代话剧观念中,无论是黄佐临的"写意戏剧观",焦菊隐的"心象说",都自觉或不自觉地从中国美学的"意象"理论中撷取养分,强调舞台艺术审美创造过程中对审美意象直觉把握的重要性。中国美学在艺术的观念和实践中不仅赋予戏剧以独特的美学品格,并且从文化属性上而言,也呈现出现当代艺术思想对于中国美学精神的自觉延续。近年来,越来越多的艺术家和学者逐渐关注"审美意象"这一美学命题。然而对于"意象"究竟是什么,"意象"作为美的本体在艺术中如何彰显,"意象"对于中国美学和当代艺术有何意义,认识往往并不统一,急待戏剧界进一步加以厘清和阐释。

对"意象"的研究有助于澄清许多悬而未决的理论上的纠葛,对于"意象"的体悟有助于艺术观念的澄澈和提升。就舞台意象而言,它并非一般意义上的可见的舞台造型和形式,不是一种外在于人的实体性的"存在",也不是通常意义上的舞台场面、舞台形象和视觉图像。照宗白华先生的说法,中国艺术的意象世界是物我交融、生生不息、循环往复、节奏化、音乐化了的时空合为一体。一切外在的表现形式或手段,是以最终表达和呈现舞台意象世界的那个"最高的真实和最本质的意义"为目的的。舞台意象呈现一个美感的世界和意义的世界,同时也在戏剧演出中敞开和呈现一个有别于生活本身的更加真实的世界和本真的世界。真正的艺术之所以不同于匠艺,艺术家不同于匠人,舞台艺术之所以不再沦为表象真实的摹本,不再成为展示技巧和堆砌符号的场所,其内在奥秘皆源于此。意象世界的把握和创造体现了艺术家对于社会历史和宇宙人生的整体性、本真性的把握,它呈现了一个美感和有意义的世界,同时也敞开一个比生活表象更加深刻和本真的世界。

舞台意象的体悟和把握是区分"艺匠"和"艺术家"的标尺。由意象所聚积而达到浑然的舞台形式就不会是一个个孤立的形象和画面的凑合,也不是场面与场面的随意组接,更不是舞台手段的复杂堆砌,而是演出意象在诗性直觉中的本然呈现。目前,有些舞台作品采用的形式也很新颖,但是不能打动人心,原因就在于只拿捏了"技",而未曾触及"道",是招数的展览和堆砌,触摸不到真正的审美意象。艺术符号不等于艺术,未经审美意象所滤析和聚积的符号堆砌得越多,就越流于粗浅和平庸。作为实现"道"的"意象世界"指向无限的想象,指向本真的人生,是有限与无限,虚与实,无和有的高度统一,并最终实现演出艺术的完整性。我们在世界范围的舞台艺术中发现,一些伟大的作品,其真正的魅力和引力都与把握了深刻的本真性的"审美意象"有关,比如德国邵宾纳剧院的《哈姆雷特》以及俄罗斯的《兄弟姐妹》《白卫军》等剧。虽然西方美学并没有"意象"这个美学概念,但在某些西方艺术中"意象"的存在和呈现让感性的艺术空间成为"灵的空间",成为艺术充满魅力的"在场呈现"的审美空间。而这一点也是 21 世纪中西方戏剧美学相通相融的关键所在,值得我们重视。

中国话剧的原创,迫切需要有一种文化的自觉,在关注当代中国戏剧的未来走向的时候,需要关注中国传统文化和中国传统美学的当代呈现,有意识地把中国美学精神和中国人的美感追求融入戏剧艺术。2016 年,95 岁高龄的刘厚生先生在接受中国文化报采访时说了这样一番话:

> "中国戏曲博大精深,是与中国文化紧密相连的,但我个人因为古典文学的底子太薄,对戏曲的研究并不深入。我很遗憾! 那个时候没有在古典文学及理论上下功夫。现在要谈,来不及了! ……特别是戏曲,没有中国文学基础,很难搞得好。我说实话,《文心雕龙》我到现在看不懂! 看了解释,明白一点,但直接看,看不太懂,没有基础。现在后悔也来不及,没法后悔。所以对戏曲来说,古典的基础没有,肯定搞不好。我后来补着看了一点,像昆剧、传奇剧本,但是中国文化的基础太差。所以我写的东西,都是谈工作多。"

中国话剧是中国文化的一个组成部分,它无法摆脱中国人的思维方法、人生经验、哲理思考,它总是要受到民族文化和传统美学的深刻影响。中国话剧比任何时候都应该坚守中国的文化和美学坐标。中国话剧的根本气质不只是使用中文对白的舞台剧,而是指不管在何种历史情境和时代土壤中,它自身都能够体现一种稳定的中国美学的精神坐标。中国话剧要在全球确立其应有的地位和价值,呈现其特有的气格和精神,也必须在美学层面重塑和实现自己的品格。一个国家的科技发明不能全部指向日用,更要指向高度、指向未来,正像一个国家的艺术不能全部指向世俗娱乐,更要指向人类更高的审美追求。从某种意义上说,确立中国话剧的美学品格和精神气质就是中国话剧未来的方向。

四、"后戏剧剧场"的辨识和"独立导演"的崛起

目前,中国话剧的原创力要得到持续性的提升,亟待解决两个层面的问题。第一个问题就是重视剧作,第二个层面就是人才培养。后现代戏剧潮流对中国当代话剧造成最大的冲击和影响就是改变了对"剧本中心"的共识,后现代戏剧倡导"舞台写作",即承认舞台演出和文学文本可以分裂,这个分裂的意识在雷曼《后戏剧剧场》这本书的推波助澜之下,产生了巨大的影响力。那么,中国话剧的未来究竟如何正视"戏剧剧场"和"后戏剧剧场"之间的裂痕,我们应该如何辨析剧本去中心化的问题?

雷曼在《后戏剧剧场》一书中对20世纪70年代以来西方新剧场的观念和审美进行了尝试性的理论构建。在雷曼看来,后戏剧剧场最重要的特征表现在消解了"传统文本"在剧场的中心地位以及对"身体"的重新发现;剧场演出以音乐性的表达代替了对话、冲突、情节为基础的线性结构;语言文本(linguistic text)从属于整体性的"演出文本"(performance text);艺术实践上体现了对"再现"(represent)传统的拒绝和对"呈现"(present)形式的重视。"呈现"事实上是整个后现代理论所围绕的重要问题。据此,雷曼认为表演最能呈现后戏剧剧场的本质,身体作为表演最重要的材料,最能体现此时此地的当下性。他认为后戏剧剧场试图改变传统戏剧坚不可摧的统一性和综合性的根本要求,将剧场的其他因素诸如视觉、材料、身体、舞蹈、音响等放置在一个与文本平等的位置,从而使后戏剧剧场的舞台艺术变成一种新的实践。雷曼认为后戏剧剧场背弃了传统的精神、思维(概念)结构,并不断努力去彰显强烈的身体性。"它的性质是片断性、部分性的。它拒绝长期以来不容置疑的一致性和标准性,把自身抛掷于冲击力、片断性和文本微观结构的机

会与危险面前,旨在形成一种新的实践样式。"雷曼想借由这种思考,从戏剧史的回顾和形态归纳的角度对戏剧提出开放性的建议,并寄希望于发展出新的戏剧美学。

早在 20 世纪初,艾略特就曾反对诗歌与剧本相分离的观点,他预言现实主义把剧本和诗歌相分离的观点并不能充分抒发戏剧的情感,同时还使得戏剧落入了依赖演员而非剧本的窠臼。从"后戏剧剧场"和法国后现代哲学之间的联系来看,西方现代戏剧具有一个隐秘的精神核心,即意识形态批判与超越。后戏剧剧场的理念正是 20 世纪剧场与后现代哲学之间建立起的一种自觉的理论关联,雷曼发现了后戏剧剧场艺术试图解散话语统领者、颠覆剧场传统的自觉意识和艺术革新。然而,与其说后戏剧剧场在分析并探索一种颠覆传统戏剧的新型戏剧,不如说是探索戏剧阐释和确证自身意义及特性的一种实验。后戏剧剧场所找到的答案就是消解文学文本在传统戏剧中的中心地位,把戏剧从制造情节的舞台幻觉中解放出来。后戏剧剧场理论最重要的贡献在于发现和归纳了西方 70 年代以来新的戏剧观念反抗艺术内在等级化的要求。然而,它的这种观察和归纳是有限和狭窄的,它所分析的对象局限在一个很小的范围内,其所营造的舞台景观也未必不是幻觉,连雷曼自己也说:"后戏剧剧场显然包含着这样一种要求:必须摒弃那种统一的、封闭性的接受形式,代之以一种开放性的、碎片式的感知。一方面,共识性符号的丰富性表现为加倍的真实。而这似乎戏仿着日常现实经验的混乱。"这个理论也并没有指出如果传统戏剧的意义世界一旦垮塌之后,多元的无政府主义戏剧观会带来什么样的危害和灾难,幸而这不是世界戏剧的全部真相。

作为综合性的艺术,戏剧这一概念天然地指向文学层面和演出层面这两种文本的合一,这种合一我们可称之为"总体文本"。文本主要的功能是叙事,文学剧本是由剧作家完成的,然而导演和演员也客观地介入了叙事,只不过其介入和表达的方式和编剧不同而已。由表演所完成的舞台叙事和剧作家所完成的文学叙事最终构成了戏剧的总体叙事文本,这是戏剧艺术最特殊的艺术特性。即便没有文学文本,舞台作为时空艺术依然要进行叙事,即便没有语言,场与场之间的组合依然构成叙事,只要叙事存在,实质上的文本就存在。在戏剧艺术尚未成熟的时代,演员中心制的时代,无论是"演出大纲"还是"幕表"都是一种实体意义上的"剧本",它和现代意义上的剧本的区别只是成熟度、深刻性、完整性的不同。后戏剧剧场想刻意摆脱的文本如同幽灵一样挥之不去。哑剧和舞剧虽然没有台词,但不能说哑剧和舞剧就没有文本叙事。但是,我们不能因为导演和演员可以参与叙事,甚至独立叙事,就认为表演可以脱离或取代文学文本,实际上他只是兼行了文学文本和演出文本的双重职能。后戏剧剧场中对剧本中心地位的消解,作为人为"分裂"的阐释,其逻辑本身就是存在问题的。而摆脱语言意味着戏剧有可能面临着摆脱深度的危险,戏剧美学需要戏剧建立其与伦理、道德、政治、心理、文化以及自我反思的关系,而这仅仅依靠身体和造型的展示是不够的。戏剧史上编剧、演员和导演的中心制曾经交替存在,但是戏剧进化的实质并不体现为三者谁代替谁,谁成为中心,而在于其综合化的程度能否达到真正意义上的成熟,或者说达到理性和审美在最高意义上的完满。

雷曼发现并指出了后戏剧剧场消解文本中心的特点,但他却没有发现这种消解的极端其实就是表演的中心化,这种中心化同样造成了戏剧内部新的等级差异。而事实上他列举的作品大多是"导演剧场"的创作,他所提出的"消除等级化差异"的理想在后戏剧剧场中就变成了一种自相矛盾和自欺欺人,结果只能是以一个中心替代另一个中心,以一种统治反抗另一种统治,其等级差异的实质没有改变,甚至从根本上说和过去历史上的"编剧中心制"或"演员中心制"的实质是一样的,其结果不利于艺术在最高审美要求层面的完整性和综合性。雷曼的问题还在于他没有意识到后戏剧剧场观念的背后是西方哲学主客二分的思想,这种思想认为一切艺术是对理念世界的呈现,而忽略了人本身就在世界之中,人的在场就是一种理念言说的事实。不是人在言说理念和语言,而是人就在理念和语言之中,演员的在场本身就开启了一种叙事,因此文学叙事和舞台叙事在戏剧中无法截然分开。

雷曼对后戏剧剧场偏重赞扬而缺乏批判性反思,也由此导致不少人忽略了该理论最重要的现象分析价值,而将他的观点误读为"后戏剧剧场摒弃文学剧本",造成了该问题和含混和争议。笔者认为剧本对于未来的戏剧艺术而言依然重要,如果把雷曼的理论和戏剧史真正的发展历程,和戏剧史上其他的思想理论割裂开来,单独奉为圭臬就会容易造成误读,造成戏剧观念的单一和偏狭。由于误读在某种程度上过分夸大了后现代以来的戏剧在戏剧史上的作用和意义,对当前的戏剧实践造成了一定的影响,再加之误读或者没有真正理解作者的阐释框架所要解决的问题,而把它等同丁方法论意义上的指导性理论所带来的问题可能就会更加严重。对此,我认为对于新的前沿理论我们要准确地、批判性地加以接受和吸收,不能没有反思地奉为行动指南,唯有在理论上具备清晰的判断力才能在实践中不走弯路或少走弯路。

"后戏剧剧场"理论是进入新世纪之后对中国话剧影响最深广的西方戏剧理

论,这个理论自然也影响了当代中国话剧的青年导演。在展望中国话剧原创的希望和未来时,我们发现近五年中国话剧有一个突出的现象——"独立导演群"的崛起。据不完全统计,2013—2017 年在北京地区首轮上演的具有一定影响力的独立导演作品有 160 部之多,其中 2016 年和 2017 年有 50 余部新创排的话剧受到市场关注。有些青年导演已经步入观众的视野,形成了可观的粉丝群体。比如文慧的"生活舞蹈工作室"、田戈兵的"纸老虎"、赵川的"草台班"、李建军的"新青年"、李凝的"凌云焰"等。这一崛起的"新时代独立导演群"带给中国话剧崭新的气象,在他们身上呈现出可贵的创造潜质。

首先,这群青年导演中有不少人全面而又深入地接受了西方戏剧观念和作品的影响,艺术修养比较全面,具备相当的创新意识和独立思考的能力。他们大多是国内外的戏剧专业高校培养出来的较为优秀的毕业生。王翀是夏威夷大学戏剧硕士、加州大学尔湾分校戏剧学博士,导演作品有《雷雨 2.0》《群鬼 2.0》《茶馆 2.0》等;王子川毕业于上海戏剧学院表演系,他导演了《非常悬疑》《四情旅店》《雅各比和雷弹头》;中央戏剧学院舞台美术系毕业的李建军导演的《飞向天空的人》《狂人日记》《25.3km 童话》《美好的一天》收获了业内外的一致好评。他们和新时期崛起的导演群最大的不同是他们摆脱了历史、时代和思想的禁忌,直接面向世界最前沿的戏剧,并且天然地具备对话世界的愿望、激情和才能。

其次,这群年轻而有活力的导演长期和成熟的艺术家和剧团合作,有相当一部分具有院团的背景,有的已经积累了相当丰富的舞台经验。其中较为典型的是来自孟京辉戏剧工作室几位"演而优则导"的青年话剧导演。丁一滕近年来导演了《拥抱麦克白》《窦娥》《醉梦诗仙》等剧,其中《窦娥》在 2017 年第四届乌镇戏剧节上还发生了开票短时间售罄、现场排长队领票的热烈场面;导演《爱在歇斯底里时》《年轻的野兽》的刘畅;导演《局外人》《开膛手杰克》的杨婷;导演《丁西林民国喜剧三则》《一些契诃夫的小戏》的班赞,作为《战马》中方导演的刘丹,其《搁浅》《爆米花》也展现出了一定的艺术潜力。这一独立导演群是全球化时代成长起来的一代人,拥有丰富的戏剧资源以及前人所没有的自由创造的土壤,他们创作的起点从一开始就基于专业化、市场化的合作机制,因此他们的未来必将呈现更为灿烂的风景。

再次,独立导演的作品已经呈现出相当的人文情怀和思考能力。作为新世纪戏剧新浪潮的新锐导演,李伯男的"经典爱情三部曲"以及《建家小业》等作品赢得了业内外的高度认可。李凝的代表作《灵魂词典》《方寸》《奥赛罗凌云十八式》

等,还有朱宜编剧、张慧导演的话剧《我是月亮》以五个彼此看似独立的故事,思考了现代社会孤独的主题,关注了人的内心最隐秘的部分,体现出了当代戏剧的人文情怀。从他们的身上,我们可以感受到智识、才能、社会责任以及思想深度,也可以感受到世界眼光和自由精神。

目前,独立导演的崛起在实践上比较突出,在思想的建树上还比较有限,他们还没有从"模仿创新"进入到"自主原创"。对个体而言,实践与理论发展的不平衡,是很多艺术家不能走得更远的根本原因。对整体而言,实践与理论发展的不平衡也是近年来中国话剧的突出问题,是戏剧理论无法直接有效地引领思想潮流的原因所在,这也是导致中国话剧缺乏原创力和人文深度的原因之一。如果20世纪那一场轰轰烈烈的"戏剧观大讨论",没有黄佐临这样深谙舞台艺术,又有理论高度的戏剧导演的引领,很难想象中国话剧如何走出它的历史困境。戏剧的繁荣,不可缺少理论自觉和理论建设,也不可缺少具有卓越的人文思想和理论修养的实践家。伴随着不断完善的内在学养和智识的不断提升,独立导演或许可以改造和优化目前的戏剧生态,逐步缩小中国戏剧在审美层面和思想层面与世界戏剧的差距,同时彰显中国戏剧的主体意识和美学精神。原创之根在于大戏剧家的出现,80年代有胡伟民、林兆华等一大批风神卓特的人物,提到西欧各国的戏剧,大家耳熟能详的就是个大剧院的著名编剧和导演。希望当代中国话剧的独立导演群可以走出具有世界影响力的戏剧大家。我们有理由相信中国当代迅速崛起的独立导演群可以对中国话剧的未来产生积极的意义。对于那些把艺术看成自己生命所在的"真正的艺术家"而不是"伪艺术家",这个时代应该创造一切条件给予尊重,让他们起飞。

今天,中国话剧身处"媒介狂欢下的百年孤独"的一个历史阶段,如何发挥国家院团、地方剧院以及独立导演的智慧和力量,提升我们这个时代的原创力,为他们创造更好的平台和条件以展示他们的才华,从而提升中国话剧21世纪的世界影响,孕育并催生属于我们这个时代的最有力量的经典之作,我以为这是中国原创话剧的希望所在。戏剧艺术的发展有其自身的规律,也许中国话剧正是在今天的彷徨和痛苦中积蓄她的力量。

(原载于《文学评论》2018年第6期)

《阐释音乐的姿态、主题和比喻：莫扎特、贝多芬、舒伯特》书评

高拂晓　中央音乐学院研究生部副主任、研究员

美国音乐理论家罗伯特·哈腾（Robert Hatten）①的著作《阐释音乐的姿态、主题和比喻：莫扎特、贝多芬、舒伯特》（下文简称《阐释音乐》）以探索音乐的表现意义为目的，把音乐姿态分析作为分析的核心，开辟了"音乐表现意义阐释"的新思路。他的研究具有自己的特色，既区别于传统的形式与风格分析，又不同于20世纪末期以来影响深远的新音乐学的研究路数，可以说是在传统与现代之间寻找着音乐的意义。他的分析思路不仅对音乐理论研究、对分析实践具有一定的启发，而且有助于对音乐表演和音乐欣赏的审美问题的理解。

哈腾理论的学术背景

哈腾的研究处于世纪之交。2004年出版的《阐释音乐》延续了他1994年出版的《贝多芬音乐的意义：标记性、关联和阐释》②（下文简称《音乐意义》）中的解释学的方法，并在此基础上进行了拓展，提出了"音乐姿态"的理论。哈腾的理论有三个学术背景。第一个是对音乐意义的研究。哈腾寻求音乐表现意义的理论背景

---

① 罗伯特·哈腾博士是2011年加入美国德州大学奥斯汀分校布特勒音乐学院的音乐理论教授，之前曾任教于印第安纳大学。他曾担任过美国音乐理论学会副会长（2005—2007），美国符号学会会长（2007—2008）。研究兴趣包括音乐意义的符号理论、表演与分析、音乐与诗歌文本，以及20世纪歌剧。参考德州大学官网：https://music.utexas.edu/about/people/hatten-robert。

② Robert S.Hatten, *Musical Meaning in Beethoven：Markedness，Correlation，and Interpretation*，Bloomington：Indiana University Press，1994.

可能要追溯到 20 世纪中期。伦纳德·迈尔(Leonard Meyer)《音乐的情感与意义》(1956)①在西方音乐理论界产生了较大的影响,迈尔从心理学的方法入手,通过探索音乐如何引起人的情感反应来阐释音乐的意义问题;之后的《解释音乐:论文与探索》(1973)②在"情感与意义"的理论框架下具体分析了"空隙——填充"和"暗示——实现"的调性音乐模式;而《风格与音乐:理论、历史与意识形态》(1989)③则从文化意识形态的角度解读了风格的制约因素。迈尔这一跨度几十年的研究同时也伴随并影响了美国音乐分析理论在 20 世纪的重要发展。迈尔分析理论的心理学阐释倾向一方面受他本人的跨学科背景的影响,另一方面是他独树一帜地在当时具有广泛影响的申克分析方法基础上另辟蹊径的创造性发挥。迈尔及他的学生尤金·纳莫(Eugene Narmour)④把申克(Heinrich Schenker)基于调性的"背景"分析,拉到"前景"和"中景"分析,形成了一种"后申克分析学派"⑤。大量的学者在承认调性音乐的广泛影响的基础上,都不满足于申克的调性框架,不断探索新的分析角度。无论是从风格结构方面,还是从文化意识形态角度,都是西方音乐理论界追求音乐意义问题的具体实践,哈腾正是处于这样的实践中的一个有代表性的学者。哈腾多次在自己的研究中指出,他的"姿态分析"要突破传统的调性框架结构,寻找一种新的综合的方法。这种方法要从形式结构分析走向意义阐释。哈腾说:"我这本书的三个部分的有机统一的更大的目标,是寻求一种被忽视的音乐分析的综合方法……阐释正是要把有综合性的姿态理论与主题、比喻等整合在一起。"(p.3)

哈腾理论的第二个背景是由主张"主题"分析的学术倾向形成的。查尔斯·罗森(Charlse Rosen)70 年代的《古典风格:海顿、莫扎特和贝多芬》(1972)⑥是调性音乐风格理论中形式主义分析的代表。罗森从"主题"的角度阐述了古典风格,在调性框架下对许多细节的古典音乐模式(比如三度关系)进行了剖析。罗森虽然挑起了"主题"模式在风格分析中的意义,但却并未能突破形式主义的局限而走得更远。而 20 世纪 80 年代之后,英美音乐理论界在形式主义的分析模式之上,更

---

① Leonard B.Meyer, *Emotion and Meaning in Music*, Chicago:The University of Chicago Press,1956.

② Leonard B. Meyer, *Explaining Music:Essays and Exploration*, Chicago:The University of Chicago Press,1973.

③ Leonard B.Meyer, *Style and Music:Theory, History and Ideology*, Philadelphia:University of Pennsylvania,1989.

④ Eugene Narmour, *Beyond Schenkerism:The Need for Alternatives in Music Analysis*, Chicago:University of Chicago Press,1977.

⑤ 参见高拂晓:《期待与风格——迈尔音乐美学思想研究》,中央音乐学院出版社 2010 年版。

⑥ Charlse Rosen, *The Classical Style:Haydn, Mozart, Beethoven*, New York:W.W.Norton,1972.

关注的问题在于,到底是音乐的形式结构本身就构成了"意义",还是通过形式结构传达了结构之外的意义? 换句话说,音乐作为一种表达符号,它的意义是指向自身,还是符号所代表的外部世界? 于是,"主题"阐释的思想作为一个契机,为音乐的符号学分析打开了一扇窗户。伦纳德·拉特纳(Leonard Ratner)的《古典音乐:表现、形式与风格》①即是这样的代表,他较早地开启了"主题"分析的方法,分析了大量18世纪的作曲家、表演者和听众共同理解的音乐语言,提出了"参照性主题"(referential topics)的概念,并进行了许多与历史情景相关的文本解读(比如古钢琴演奏中许多句法的变化是为了弥补乐器声音表现力的不足,以适应剧院、教堂和室内环境),试图拉开"主题"分析与形式主义的风格分析之间的距离,阐释形式特征背后的意义。他的学生科菲·阿伽伍(Kofi Agawu)的《符号游戏:古典音乐的符号学阐释》②进一步把音乐的主题与相联系的题材匹配,给每一种主题安置了一种意义,比如阐释各种舞曲(小步舞曲、萨拉班德、西西里舞曲等)的音乐类型和各种音乐风格(打猎的、号角的、庆典的等)所代表的意义。但他的这种解释学分析仍然是对风格和音乐句法的综合解释,未能从根本上跳出形式主义的局限。哈腾认为,阿伽伍只是对各种主题进行了鉴定(identification),并没有对主题进行真正的表现性阐释(expressive interpretation)③。而哈腾寻求的表现性阐释,是要从"姿态"的综合性出发,融合主题、比喻等多种因素的方法。他说:"我的方法并非哲学的美学的方法,而是要通过科学的研究为姿态的角色打下基础,使它具有全新的能力,去解释在时间中所塑造的有意义的形态。"(p.1)

哈腾理论的第三个背景是新音乐学的多元发展潮流。哈腾的理论建树处于新音乐学或者说后现代音乐学阐释音乐意义的多种可能性的强劲发展势头中。哈腾认为这种势头在方法论上表现出两个特征:一个是批评的方法,另一个是意识形态的方法(p.4)。批评的方法代表是约瑟夫·科尔曼(Joseph Kerman),科尔曼在《沉思音乐——挑战音乐学》④中批判了音乐学研究的不足,一方面主张用批判、鉴

---

① Leonard G.Ratner, *Classic Music: Expression, Form and Style*, New York: Schirmer Books, 1980.

② V.Kofi Agawu, *Playing with Signs: A Semiotic Interpretation of Classical Music*, Princeton: Princeton University Press, 1991.

③ Robert S.Hatten, Review of Playing with Signs: A Semiotic Interpretation of Classic Music by V.Kofi Agawu; Music and Discourse: Towards a Semiology of Music by Jean-Jacques Nattiez, *Music Theory Spectrum*, 1992, 14/1, pp.88-98.

④ Joseph kerman, *Contemplating Music: Challenges to Musicology*, Cambridge, Mass: Harvard University Press, 1985.

别的方法处理历史资料;另一方面认为分析应该具有批评的态度,并结合审美体验和文化考察①。意识形态的方法集中体现在较具有争议的苏珊·麦克拉瑞(Susan McClary)的女性主义研究视角②,以及劳伦斯·克拉默(Lawrence Kramer)从性别、体制和文化实践的角度阐释音乐文本的解构主义方法③。克拉默在更宽泛的文化批判中对作曲家的意图进行了意识形态的解读。哈腾虽然承认这些批判的和意识形态的方法触及了音乐意义的问题,弥补了形式主义的风格分析之不足,但他认为,这类解读带有较强的偏见和主观性,容易产生误导,并不是阐释音乐意义的客观的科学的方法。因此,在这些潮流中,他坚定地选择了相对保守的传统思路,赞同达尔豪斯式的美学和史学相结合的德国音乐学风格,强调音乐风格变化的内在连续性,以及与之相关的内外因素交互形成的主体间性(intersubjectivity)。同时借鉴了来自生物反应和文化心理的跨学科思想,比如姿态的具身性(embodiment)和类比性(analogy),最终发展出了一种综合的姿态理论。

音乐姿态理论与分析

哈腾在一个强烈的美学思考中开启他的理论。这个思考是,如何处理"结构"与"表现"之间的关系。他试图调和"结构"与"表现"之间的对立,他说:"我追求的是在前景与背景、旋律与伴奏、渴望与满足之间表现出来的结构与表现的适当平衡。"(p.10)他既反对二元对立的主题阐释,又反对把意识形态强加于风格变化本身的逻辑,因此,在该书的第一部分,他主要用了三个分析来铺垫姿态的理论。一个是对于贝多芬的《魔鬼三重奏》(Op.70,No.1)第一乐章开始部分的对比主题分析,焦点集中在第7小节的一个四六和弦。作为古典传统终止式中的不稳定四六合弦,却在主题的对比中成为一个解决性的四六和弦(解决了第5、6小节的增六度,开启了新的主题)。哈腾认为,贝多芬对于和声的这种诗化的处理是音乐风格

① 参见高拂晓:《批评的观念作为音乐学研究的方法论导向——〈沉思音乐——挑战音乐学〉读后》,《音乐研究》2010 年第 4 期。

② Susan McClary, *Feminine Endings: Music, Gender, and Sexuality*. Minneapolis: University of Minnesota Press, 1991.

③ Lawrence Kramer, *Music as Culture Practice*, 1800–1900, Berkeley: University of California Press, 1990; Lawrence Kramer, *Classical Music and Postmodern Knowledge*, Berkeley: University of California Press, 1995; Lawrence Kramer, *Musical Meaning: Toward a Critical History*, Berkeley: University of California Press, 2002.

变化在修辞上的反映，作曲家在这种技法上的处理，给了音乐意义更多阐释的空间。比如第一个句子因为鲜明的性格特征而像一个主题性的陈述，但又因为节拍重音的位移及和声进行的不稳定性而像一个引子；两个句子之间既有引子和主题的关系，又共同具有一种音高模式特征，发生着内在的关联。哈腾试图从风格变化的角度阐释风格的内在联系的意义①，并重建风格的力量（stylistic competency）（p. 33），而不是从新音乐学家们信仰的"他异性"（alterity）角度解构风格模式，提供音乐之外的意识形态解读，正是在这个意义上，他划清了与新音乐学方法的界限。第二个分析是对于贝多芬《降 B 大调弦乐四重奏》（Op.130）第三乐章的双重表现性分析，焦点集中在对"丰富性"的阐释。哈腾所认为的贝多芬音乐的丰富性并不是仅限于情感状态的丰富，而是体现在声部层次关系上的对声音材料运用的织体的丰富。进一步，这种丰富性可以被理解为"最终所达到的织体的饱和与充盈，是在声音过程中对目标渴望的到达"（p.43）。因此，"丰富性"对贝多芬来讲是一种精神洞察（spiritual insight）的表现；第二重表现在于，在奏鸣曲式结构的戏剧性框架下，行板与急板隐喻了第一乐章中叹息和喧闹的对立主题，这种对立的主题在音乐的丰富发展中进行着持续性和非持续性的调和。第三个分析是对舒伯特《G 大调钢琴奏鸣曲》（D.894）的主题分析，焦点集中在对"田园性"的解读。他认为舒伯特音乐的田园性是一种作曲组织原则，不仅是舒伯特对抗奏鸣曲式戏剧性的一种"幻想式"发展，更是他在精神上从"悲剧走向胜利"，或从"悲剧走向超越"的手段（比如大小调的并置），这一点也类似于贝多芬。

由此可以看到，无论是对立主题的走向，还是织体的丰富性，都是风格发展的表现。但哈腾指出，风格揭示不了音乐与人的关系，而他从一开始就摒弃了新音乐学批判的和意识形态的方法，于是他的姿态理论便从音乐与人的关系中思考而来。同时，另一个值得注意的方面是，哈腾的姿态理论与表演处理有密切的联系，他曾经在欣赏自己老师演奏舒伯特的钢琴作品时，被老师的演奏处理所感染，从中促发了他思考作曲家的创作如何通过表演得到传达。在该书第二部分，即全书的核心部分，哈腾提出了音乐姿态的理论，并详细解释了音乐姿态的特征。他认为，"音乐姿态"这个概念，比"音乐风格"具有更多的包容性，不仅可以连接"结构"与"表现"之间的关系，还可以实现从"作曲"到"表演"的转变，并实现对音乐与人的关系

---

① 哈腾对音乐风格变化的认识和理解，非常类似于迈尔曾经论述过的风格的稳定性和变化性，是在历史条件下，作曲家作曲策略的选择和风格的规范中的对立与平衡。参见高拂晓：《迈尔的音乐风格理论》，《星海音乐学院学报》2009 年第 3 期。

的理解。哈腾多次指出姿态是"在时间中塑造的有意义的动力形态"。(p.100)这个"动力形态"是被人的听觉所感知到的。来自于认知心理学的具身认知和模式匹配原则(不同形态的相互关联及同构)①,为人对姿态的理解提供了依据。因此哈腾的姿态理论具有较强的跨学科理论基础,是建立在人类对于运动的感知能力基础上的,也是重视音乐听觉体验的。他认为,人在感知音乐的运用中会将自身的身体体验、行为模式与音乐运动相关联。哈腾的"音乐姿态"有 12 个要点,可以概括为:

1. 音乐姿态根植于人类情感和交流,不仅是包含在乐谱和声音过程中的物理行为,也是赋予那些声音表现意义的特征化的形态。

2. 音乐姿态既是复杂的,又是直接的,通常由一些人类有表现力的运动激发起来,具有生物学和社会学上的意义。

3. 根据相关的音乐风格和文化,姿态可以从音乐的记谱中推断出来。

4. 姿态可以从音乐表演中推断出来,即使我们没有看见表演者的动作。

5. 姿态可以由任何音乐要素构成,比如某种特殊的音色、动力、速度、演奏法等,在感知上又是一种合成的格式塔。

6. 典型的音乐姿态在感知上是一个统一体,包括从开始到结束的完整过程。

7. 当音乐姿态包含不止一个音乐事件(比如一个音、一个和弦或一个休止符)时,它可以把各种音乐事件连在一起或分离开,体现出有区别的持续性。

8. 姿态是一种具有等级结构性的组织,比如一个大姿态包含若干小姿态。

9. 某些动机长度的姿态可以作为乐章的主题出现,像主题一样发展变化。

10. 姿态可以包含并有助于修辞,比如打破音乐的进行,形成戏剧性的对抗或转折。

11. 表演者不仅可以把音乐姿态联系起来表现一部作品,而且可以通过表演姿态在更高的层面引导听众对于结构形式和表现风格的关注。

---

① 20 世纪 80 年代之后西方心理学领域进入了一个新的时期,即认知心理学。而自身认知成为当代认知心理学的重要概念和话题,因为它把传统哲学关于身心对立的二元论基础用了一种新的整合的方式来看待,强调认知对身体的依赖性。主要含义包括身体的结构对认知的塑造作用,身体的感觉——运动系统经验及心理模拟在认知加工中扮演着关键角色,除了身体本身,身体与世界的互动也塑造着认知的种类和方式。参见叶浩生:《具身认知、镜像神经元与身心关系》,《广州大学学报》(哲学社会科学版)2012 年第 3 期。此外,镜像神经元的发现作为具身认知心理学的重大发现,使得个体把观察到行为与自己的运动图式进行匹配,这种匹配性质促进了个体对其他个体的行为的理解,在动作这和观察者之间架起了一座沟通的桥梁。参见叶浩生:《镜像神经元:认知具身性的神经生物学证据》,《心理学探新》2012 年第 1 期。

12. 姿态反映了音乐真实的一个层面，是一种很难伪装的表达意图、情感和行为的形态。

在确立了音乐姿态的特征和意义之后，他划分了音乐姿态的两大类型及功能：风格化的姿态和作曲策略上的姿态。风格化的姿态包括：1. 以调性和节拍为前提的整个古典音乐背景；2. 出现在仪式性的体裁中的主题，比如舞曲或进行曲；3. 表演中体现的阐释手段，比如演奏法、重音、力度和速度；4. 对风格类型的进一步变化，比如带连线的两个音。作曲策略上的姿态包括：1. 自发的作曲家原创的可能演化为主题的动机式的姿态；2. 作为主体陈述的可以在之后发展变化的乐章主题化姿态；3. 两个角色的对话性的姿态；4. 具有戏剧性效果的修辞性的姿态，比如突然的转折；5. 当两个分离的姿态混合成一个时发生的姿态的转义。

根据音乐姿态的类型和特征，哈腾主要在莫扎特、贝多芬和舒伯特的音乐中对姿态进行了详细分析（全书的第二部分和第三部分）。他的分析体现了这样几个特点：

第一，他注重音乐姿态在调性音乐范围内的整体的多等级层次性，而不是简化还原姿态为一种单一的模式，强调了姿态在表现上的复杂性。比如，在莫扎特的《D 大调钢琴奏鸣曲》(K.311)第二乐章的开始主题分析中，他指出，伴随丰富的连线，主题有许多内在的音调变化；在第 8—11 小节，每四个十六分音符有一个连线，但由于每四个十六分音符的第一个音同时标记为四分音符，具有保持音的意味，因此在整个乐句中，四音音符的左手持续音前后连接成一个新的连线（G-C-D-G-E-C-D）。虽然莫扎特没有标记跨小节的连线，但实际上这个与音乐的时值发生关系的姿态产生了一种跨小节连线的效果，使音乐呈现出流动的歌唱性低音旋律。

第二，他把姿态放在音乐风格的历史与演进过程中进行阐释，重视风格传统，采用了风格比较的方法。比如他在对古典音乐的华丽风格（galant style）的一种典型的阶梯式下行连音（stepwise slur）姿态的分析中，把姿态作为一种风格演化的表现形式，指出了不同作曲家运用这种姿态的异同。具体说，这种姿态通常出现于乐句的终止式，多为两音连接，从古典到浪漫时期，有许多音乐家对这种姿态有所运用。但是莫扎特与贝多芬的运用不同。莫扎特的音乐句法短小，常常用精简的方式在旋律的结尾对连音进行切割；而贝多芬的音乐姿态与音乐的节拍和旋律形态会发生更复杂的对位和重叠，比莫扎特更拓宽了连奏（legato）的范围，形成新的律动关系。比如，在贝多芬的《悲怆奏鸣曲》如歌的行板中，由于两音连接的音调模式被更大范围的连线所主导,因此,在第 2 小节的强拍被弱化,而从属于两个小节带连线的句法,以此类推,第 5、7 小节的强拍都不应该被强调,而第 1、3、4、6 小节的强拍应该稍显突出。舒伯特则进一步继承了莫扎特和贝多芬的遗产,用持续性的姿态的内在关联发展音乐,句法更加舒展,也更具有即兴性质,拓宽了姿态的表现范围。

第三,他从姿态性动机的发展变奏①和主题性姿态的贯穿发展中阐释音乐姿态所蕴藏的深层表现力,最终实现了对音乐作品呈现出的整体美学意向的解读。比如,他认为舒伯特的《A 小调钢琴奏鸣曲》(D.784)中,悲剧性的姿态穿越了三个乐章。这种姿态特征从第一乐章开始的固定音型就表现出来,随即进入葬礼进行曲式的主题,左手用低八度突出悲伤的沉重,由于这种悲伤太过于沉重,只能用叹息来缓解,沉重的语气与生硬的和弦进行,构建了主题姿态的特征,表现着一种压抑的英雄性。虽然第二个主题,结合了田园性和赞美诗的特征,出现在 E 大调上,试图调和生硬的进行和悲剧的内涵,仿佛一种埋藏很深的希望。然而,在旋律的音程形态上仍然未能逃脱对开始两个小节动机的一种缩写,在强弱拍的语气上也与开始的姿态一致。第二乐章虽然开始于吉祥的 F 大调(第一乐章发展中也暗示过多次),但是音乐织体与和声的解决明显受到第一乐章主题的悲剧性姿态的影响,不稳定的和声解决,伴随着一个仿佛来自另一个世界的形态蜿蜒的插入语部分(ppp 的力度标记),暗示了表面的优美下潜藏的悲哀的内心。末乐章的第二主题融合了前面两个乐章主题的多种特征,不仅与第一乐章的第二主题的长短节拍模式和三度下行的姿态一致,也与第二乐章的 F 大调的旋律伸展方式一致。正是音乐姿态的深层的影响力,使三个乐章成为一个整体,反映了舒伯特音乐的晚期风格中所表现的难以调和的宿命般的悲剧性。

第四,他运用比喻,通过解读姿态与人的行为模式之间的关系来阐释姿态的表现意义。比如他认为,下降的两音连接姿态,虽然具有叹息的表情意义,但在小调中不一定要阐释为"悲哀的叹息",它可以理解为对一些仪式化的社会姿态的反映(类比),比如鞠躬、点头、手和手腕的弯曲,以及一些其他的贵族社交仪态,可以说是 18

---

① 发展变奏(developing variation)原则是阿诺德·勋伯格(Arnold Schoenberg)1947 年在分析勃拉姆斯作品的主题发展过程中提出来的观点,参见 Arnold Schoenberg,"Brahms the Progress",in *Style and Idea*,trans.Leo Black,Berkley:University of California Press,1975。哈腾借鉴了勋伯格的这个观点,指出勋伯格是在音高组织关系中讨论发展变奏,因此发展出自己的原型、倒影、逆行、逆行倒影等无调性音乐实践;而他试图从更广泛的音乐要素,并且包含演奏法特征的"姿态性的动机"(gestural motivation)来阐释音乐的表现。

世纪所有优雅的社交仪态的典型特征（包括男性和女性）。他说："两音连接的姿态结合了优雅与叹息，比喻了两种姿态上的意义，所产生的效果既不像传统的和蔼形象那样肤浅，也不像情感语境中那般悲痛。浪漫主义音乐，在吸取古典主义风格类型的基础上，带着深切的渴望，广泛而精致地对这种姿态进行了创造性的发挥，值得进一步阐释。"（p.142）他在对舒伯特的《A 小调钢琴奏鸣曲》（D.784）主题性姿态的贯穿发展的分析中也采用了比喻性的阐释，比如他认为第二乐章主题的插入语部分，风格上虽然带有巴洛克时期情感风格的引子，但表现上暗示着一种很反常的人的行为，又好像来自另一个世界的不祥预兆，是深沉的不安稳的内心状态的自我反映。

　　第五，他从角色代理（agency）的角度阐释音乐姿态的表现意义，不仅阐释了作曲家的姿态运用，还强调了表演者在传达姿态的表现意义时的重要性。他说："音乐姿态是能够以符号来阐释的一种运动，无论是不是有意图的，那么，音乐姿态就会与角色（或姿态的扮演者）（gesturer）交流信息。当音乐事件被聆听为姿态时，就不可避免地暗示了角色的代理。"（p.224）他认为有四种角色：1. 主角，音乐的主体，可以是表演者或听众；2. 外在角色，是与主角相对的对手角色，也可以是外部力量；3. 叙述角色，创作者或故事的讲述者，比如作曲家处理音乐关系时体现出来的态度；4. 表演者角色，表演者既是主体，也是音乐故事的讲述者，表演者的态度和意图也会影响音乐的表现，并对听众产生引导。在很多举例的分析中，他都阐释了对立的主题姿态就像对立的角色一样，是音乐的戏剧性和故事性的表现，而人在这个表现过程中，会对此作出情感反应。表演者作为实施音乐姿态的一个重要角色，他们的表演方式与音乐结构有着密切的联系。比如在舒伯特《A 小调钢琴奏鸣曲》的第一乐章的第二个主题表现上，演奏法上没有采用完全的连奏（legato），而是用了断连音（portato），断连音融合了田园性和赞美诗的特征，但同时又暗含着希望的脆弱，不堪一击，暗示了更深层的生硬的进行，并通过第 79 小节和 83 小节处令人恐怖的强奏（fortissimo）和弦得到证实，并在结束部用三连音式的四分音符断连音进一步强化了难以和解的宿命般的姿态特征。那么，表演者如何看待自己的角色，把这些断连奏所具有的表现意义完全地表达出来，则会对听众的审美感觉产生直接的影响，他还提出了自己的处理方式。

对《阐释音乐》的评价

　　哈腾这部出版于 21 世纪初的著作是在 20 世纪下半叶西方音乐学术发展的大

环境下催生的一部具有个性的音乐理论专著。它既有个人特色,又与时代发展的研究思路有着千丝万缕的联系。把它放在更大的学术发展潮流中谈论它的成败得失,可能对读者了解这本书的学术思想,理解现今音乐理论与分析的前沿走向具有更重要的意义。

第一,他借鉴了诸多理论和分析方法的精髓,形成了自己的阐释角度,这使他的音乐姿态理论呈现出综合性,综合了音乐的调性结构特征、风格类型特征,文化心理特征以及演奏法上的特征等诸多方面。音乐姿态的包容性使他更容易摆脱传统的形式主义分析的局限,走向意义阐释。这一点正是很多其他的分析理论所缺乏的。

第二,他采用了跨学科的研究方法,从认知心理学的角度,把音乐姿态作为"声音中塑造的形态",需要被感知的"有表现力的形态",通过音乐姿态与人的行为之间的类比关系,阐释姿态的心理倾向,这使他的意义阐释保持在认知基础上,避免了生硬的意识形态的捆绑,容易得到学术界更多的赞同。

第三,他有效地用"姿态"的概念调和了音乐"结构"和"表现"之间的二元对立,辩证地看待它们之间的关系。"结构"是具有表现力的结构,"表现"是对结构的表现,而"姿态"是综合着结构特征与表现特征的实体形态。这样的思想贯穿着他的分析,使他的阐释较好地处理了"结构"和"表现"这对美学难题。

第四,他透过"结构"与"表现"这对关系,把创作与表演有机地联系起来,作曲家的意图和表演者的表现通过"音乐姿态"来连接,"音乐姿态"成为了转换创作与表演关系的纽带,从而更好地实现了从乐谱解读向意义阐释的转变。同时,他对表演者的表现意图给予了强调,使他的阐释从静态的乐谱向动态的音乐实践转移。

第五,他用"角色代理"的比喻阐释音乐主题姿态的意义,这种拟人化的方法,使音乐与人之间发生了更多的联系,在音乐意义的解读中凸显了更多可能的表现维度。同时,这种方法也是从听众对音乐的接受和理解的角度出发,从本质上拓宽了音乐的表现意义,增强了人们对音乐的理解。

第六,他的分析创造性地运用比喻性的描述,文学性的表达,诗化地解读了音乐形态的表现内涵,具有美学的深度。比如他认为贝多芬晚期风格是"从悲剧走向超越"的"精神的祝福"(p.52);舒伯特用姿态的主题贯穿发展手法所体现出来的晚期风格,表现了调和希望与悲伤的内在矛盾,走向"无时间性"的精神境界。

第七,他的阐释既继承传统的主题与风格分析,又融合现代批评和意义解读,开启了之后更前沿的表演理论的研究。虽然哈腾的阐释主要还是基于作品的音乐分析,但由于姿态的概念所具有的跨学科性,以及伸向表演的极大的"中介性",开启了之后英美音乐学许多新的研究方向,比如表演姿态的研究。①

由此可见,哈腾的《阐释音乐》无论从音乐理论,还是分析实践,以及意义解读方面,都称得上是一部具有代表性的著作。要理解他的理论建树的前因后果、来龙去脉相对比较复杂,因此有几点值得特别注意:

首先,由于哈腾的姿态理论太过于"综合",涉及的方面较多,他很难清晰地对音乐的姿态进行分类,并系统化地论述。因此,在姿态的阐释和分析过程中显得杂乱,不容易理出头绪。其中,最核心的分析集中在对"风格化的姿态"和"主题性的姿态"的分析中,但这种分类又是交叉重合的,由于他坚定地抓住"主题""结构"和"风格"这样的形式不放,并在其中纠缠不清,因而限制了他形成更系统的"音乐姿态"理论,并对姿态问题进行更开放的分类扩展,只是用"音乐姿态"的概念替代了传统的"音乐结构""音乐形态",或"音乐风格"这样的概念,并将这一概念弥漫到书中的每一个章节。但"音乐姿态"这个概念确实表达了比传统的那些纯音乐形式的概念更多的层次和内涵,因此成为了他书中的一个核心概念。但具体到分析时,又是散落在各个章节中的。

其次,"音乐姿态"的概念在第二部分才提出来,而第一部分的几个章节的分析他自认为是延续了他1994年的《音乐意义》一书的符号解释学思路,是作为并不熟悉他的《音乐意义》一书的作者理解"音乐姿态"理论的一种准备。但第一部分的几个分析实际上已经大量涉及"姿态""主题"和"比喻"这样的内容,从全书来看,这种安排打乱了音乐姿态理论的建立、分类、分析和阐释的更清楚的理论逻辑,使整个写作风格显得有失严谨,像是由单篇论文为了全书的主题不得已而组合成的论文集。由于"音乐姿态"与"主题""比喻"这些概念其实是融合在一起的,笔者倒是建议应该先讲"姿态理论",再讲分析阐释,调换第一部分和第二部分的顺序。建议读者阅读理解时也可以先从第二部分开始,再读第一部分的分析,再到

① 笔者认为,姿态问题的研究可以说是20世纪下半叶认知科学发展的必然结果,是人们在认识身体和心灵二元论关系问题上的新的研究潮流。有关音乐姿态的概念,主要包含两个方面:一个是音乐形态方面,另一个是表演姿态方面。美国音乐理论家兹比科斯基(Lawrence Zbikowski)指出,哈腾的姿态理论和分析方法应该被称作"作为姿态的音乐"(music as gesture),即音乐的形态方面;而戈多伊(Godoy)和莱曼(Leman)2010年的研究则被称为"音乐与姿态"(music and gesture),即音乐表演姿态研究。参见 Rolf Inge Godoy and Marc Leman(edited),*Musical Gesture:Sound,Movement and Meaning*.Routledge Taylor & Francis Group,2010。兹比科斯基本人也对音乐的姿态问题进行了研究,他用自己的分析实践阐述了音乐形态方面的姿态与表演姿态两个方面的联系及区别。参见 Lawrence M.Zbikowski,*Foundations of Musical Grammar*,New York:Oxford University Press,2017。

第三部分。第三部分是对姿态的持续性和非持续性的分析,相当于是对姿态的复杂性的一种补充说明。

最后,在一些创造性的阐释中,哈腾的分析曲目已远不止于该书标题中所呈现的莫扎特、贝多芬和舒伯特三位作曲家,而是涉及更宽泛的音乐风格。比如在姿态的比喻性分析中,涉及勃拉姆斯、德彪西、斯特拉文斯基等作曲家。这说明姿态理论并不局限在古典风格或浪漫风格范畴,它具有较强的开放性和包容性,只是基于他自己的学术兴趣是从贝多芬而来的原因,选择了分析曲目的主要范围。但是,在重视把风格的演变与音乐姿态的发展融合在一起的同时,也使得他的分析游走于各个作曲家之间,在对一些重要理论进行阐述时,缺乏连续性的深入,这样也容易使他的姿态理论缺乏系统性阐述。比如姿态的"角色代理"是一个很有意思的分析点,他却主要用了阿尔坎(Alkan)的一部钢琴主题与变奏作品《伊索的盛宴》(Aesop's Banquet)来举例,而没有在贝多芬或舒伯特的作品中仔细分析"角色代理"的四种类型,使阅读者会感觉比较遗憾。而在其他的一些分析中,他又多多少少提到过不同主题的"角色"比喻的思想。笔者认为,要是他能在贝多芬或舒伯特的某一部作品中,对姿态的四种"角色代理"进行详细阐释,而不要频繁地转换文本,可能更有利于读者对复杂而综合的音乐姿态表现的全面而系统的理解,也会使他的姿态阐释更有穿透力。

总之,瑕不掩瑜,哈腾的《阐释音乐》以"音乐姿态"连接了"结构"与"表现","创作"与"表演","主观"与"客观"的理论鸿沟,用具有创造性的分析实践阐述了音乐的意义,给人留下深刻印象。透过哈腾的理论,我们对20世纪下半叶西方音乐理论发展的潮流和前沿成果也能窥见一二。更重要的是,他的理论可以带给我们许多启发和思考,也使我们更容易理解当今西方音乐理论在经历了形式主义、后现代批评、新音乐学等学术发展倾向之后所呈现出来的"万花筒般"的研究现状的多元性。

(原载于《中央音乐学院学报》2018 年 11 月)

新时代中国新诗再出发[①]

郭勇　江南大学人文学院教授

在 21 世纪的年轮即将转过 20 年的轨迹之时,中国新诗也已走过了它的百年历程。百年辉煌同时伴随着百年争议,百年之后再出发,中国新诗成绩如何、路在何方?这恐怕是诗人们和一切爱诗之人共同关心的问题。直面这些问题,努力寻求解答,是我们应当担负的责任。对于 21 世纪以来的新诗,一个普遍的看法是,它是在 20 世纪 80 年代、90 年代新诗的轨迹上前行,个人化写作仍在继续,"盘峰论争"引发的知识分子写作与口语写作之争、《星星》诗刊《下世纪学生读什么诗? ——关于诗歌教材的讨论》引起的反响,都延续到了 21 世纪。如今回顾 21 世纪以来的新诗,它给我们交出了一份怎样的答卷呢? 对此,谢冕的评价令人深思:一方面,他认为"诗歌没有陷落",诗人们仍直面时代,但另一方面却是"奇迹没有发生":"中国新诗诞生于 20 世纪,它给那个世纪留下了可贵的诗歌遗产,那也是一个长长的名单。20 世纪的终结,21 世纪的开端,人们总有殷切的期待,期待着如同 20 世纪初期那样,从世界的各个方向,也从中国的各个方向,诗人们赶赴一个更为盛大的春天的约会。而奇迹没有发生"。[②] 奇迹之所以没有发生,应该与新诗发展中的种种问题相关。

新诗合法性焦虑与"世界中"的新诗

胡适认为文学革命最难攻破的堡垒就是诗歌,但到了 1922 年,胡适在《五十年

---

① 本文是国家社科基金项目:百年新诗选本与中国现代新诗的经典化研究(16BZW141)阶段性成果。

② 谢冕:《中国新诗史略》,北京大学出版社 2018 年版,第 431—436 页。

来中国之文学》中宣布:"我可以大胆说,文学革命已过了讨论的时期,反对党已破产了。从此以后,完全是新文学的创造时期。"①从实际情况特别是新诗发展来看,胡适未免过于乐观了。事实上,直到新诗百年之际,关于新诗的论争都完全没有平息,论争的问题涉及方方面面,而首当其冲的,就是新诗的合法性问题。

中国新诗作为一个自"五四"以来正式登台亮相的新生事物,总是被拿来与有着几千年辉煌历程的中国古典诗词作对比,也不必说新诗在思想内容、艺术成就等方面饱受争议,甚至连"新诗"这一名称,都受到了质疑。耐人寻味的是,这种质疑恰恰是"新诗人"提出来的:在 2013 年 12 月杭州"新诗百年:精神与建设的向度"主题论坛上,徐敬亚提出,"五四"时期诞生的白话诗称为"新诗",契合了时代氛围,如今"新诗"这个词应该成为一个历史性的概念,在现在时的意义上停止使用。流沙河则认为新诗是一场失败的实验,这一论断引发了巨大的争议。② 另一方面,围绕新诗而召开的诗歌会、诗歌节、论坛、评奖,特别是新诗编选,却又屡屡成为诗歌界、学界、出版界的热门话题。在世纪历程中,各种新诗选本层出不穷,也曾掀起过几次高潮,特别是 21 世纪以来,总结新诗百年的大型选本也开始推出,这对于新诗经典化而言自然是很大的促进。但在新诗编选越来越热闹的时候,对于新诗选本本身的"冷思考"却显得薄弱,关于新诗和新诗选本的争议也一直未曾停息,洪子诚认为:"对新诗史,特别是在处理当前的诗歌现象上,最紧要的倒不是急迫的'经典化',而是尽可能地呈现杂多的情景,发现新诗创造的更多的可能性;拿一句诗人最近常说的话是,一切尚在路上。"③

吴思敬也认为世纪之交的中国诗坛,似乎感染了经典焦虑症。他借用了西方学者"恒态经典"(Static Canon)与"动态经典"(Dynamic Canon)的区分:前者指经过时间的淘洗,已经获得永恒性的文本;后者则是指尚未经过较长时间的考验,不稳定的、有可能被颠覆的文本。中国古典诗歌中的杰作属于恒态经典,而绝大部分以"经典"名之的新诗名篇,只能属于动态经典。因此,就新诗而言,与其说已诞生了可垂范百世的经典,不如说新诗的经典还在生成之中。④ 的确,自 20 世纪 90 年代末以来,关于新诗经典的选本就层出不穷,这里透露出的,恐怕不是对新诗经典

① 胡适:《胡适学术文集:新文学运动》,中华书局 1993 年版,第 158 页。
② 韩庆成:《年度诗歌观察:站在新诗百年的门槛上》,见 http://culture.ifeng.com/insight/special/2013shige/。
③ 洪子诚:《文学与历史叙述》,河南大学出版社 2005 年版,第 306 页。
④ 吴思敬:《一切尚在路上——新诗经典化刍议》,《江汉论坛》2006 年第 9 期。

的自信,而是对新诗经典化的焦虑,说到底,仍是对新诗的合法性缺乏自信。"新诗三百首""新诗十九首""现代诗经"等提法,能让人感受到以古代经典选本之名来为新诗张目的意图,但这种古为今用,彰显的是自身的底气不足。这也就可以解释郑敏在 1993 年发表的《世纪末的回顾:汉诗语言变革及中国新诗创作》以及 2013 年流沙河宣称新诗是一场失败的实验,会激起诗界如此强烈的争论。

因此,在这种或隐或显的合法性焦虑之下,诗界对于新诗也处于不断的探索中,既有创作方面,也有理论分析;既关乎诗歌体式,也涉及写作姿态。这里对于"新诗"的命名,也是极其关键的一个枢纽。对"新诗"之名的争论,包含着对新诗根本特质的思考,它不仅仅影响到新诗创作、接受与研究,也同样深深影响了新诗选本的编纂。但是,新诗/白话诗的提法,存有两个弊端:一是关注得更多的是"白话"而非"诗",二是建立起了二元对立模式:古典/现代、文言/白话、旧/新、保守/进步等,并且后一项对于前一项是带有压制意味的。到了 90 年代,不断有海内外学者对此加以反思,奚密(Michelle Yeh)与王光明提出的"现代汉诗"概念即是此种实践之一。1991 年奚密的英文著作《现代汉诗:一九一七年以来的理论与实践》在美国出版,她提到此书目标有二:一是"企图揭示中国诗在学界受到不公平的忽视的一部分:1917 年左右至今的现代诗";二是"了解现代汉诗独特的革命性本质,探讨它在若干关键层面——从理论的建构到实际的表现——如何有别于古典规范"。①

国内学者以王光明对现代汉诗的倡导和研究最为显著。1997 年召开的首届现代汉诗学术研讨会上,王光明提出将 20 世纪中国诗歌划分为"白话诗""新诗"和"现代汉诗"三个阶段,他认为现代汉诗"作为一种诗歌形态的命名,意味着正视中国人现代经验与现代汉语互相吸收、互相纠缠、互相生成的诗歌语境,同时隐含着偏正'新诗'沉积的愿望"。王光明以此强调新诗是以现代汉语铸就的现代诗歌,回归新诗本体。②

"汉语新诗"也是近年来学界提出的一个新概念。2004 年朱寿桐正式提出"汉语文学",他也是从语言入手,强调语言的相通对于文化认同的意义,破除文学中的国族界限、地域分割及自我中心主义,他认为"汉语文学"概念"更少国族意识,

---

① 奚密:《现代汉诗:1917 年以来的理论与实践》,上海三联书店 2008 年版,第 2 页。

② 现代汉诗百年演变课题组:《1997 年武夷山现代汉诗研讨会论文汇编》,作家出版社 1998 年版,第 36 页。

更少'中心'色彩,更具有一般科学概念的写实性和中性色质"。① 此后,他进一步提出"汉语新文学""汉语新诗"等概念。

就各家表述而言,"现代汉诗"与"汉语新诗"的提法,其实没有实质性差异,它们都是以语言为突破口,将自己的研究限定于汉语文学,同时也是以汉语为文化认同的纽带,将不同地域、国内外的汉语新诗作品贯通起来加以考察,既考察不同地区新诗的发展,也探讨相互之间的交流与影响。而无论是以"现代"还是"新"来命名,其实都表明了他们对"五四"以来现代文学文化传统的认同("现代汉诗"的"现代",更主要是指明现代性,不仅仅是一个时间概念)。因此,这样的思路,实现了对"世界中"的新诗的观照,以一种世界眼光把握新诗,探讨中国新诗在世界文学格局中的地位、发展情况与特点,改变新诗研究与编选中的本位主义、条块分割,也进一步从外部深入新诗本体。这种"世界中"的文学观念,在姜耕玉主编的《20世纪汉语诗选》"追寻新诗的汉语言艺术的本性"②中也可以看得很清楚。

"世界中"的新诗还可以表现为另一个维度:面向世界的传播。1936年哈罗德·阿克顿(Harold Acton)与陈世骧合译的《中国现代诗选》在伦敦出版,是中国新诗最早的英译本。而自1963年许芥昱编译《二十世纪中国诗选》以来,汉诗英译逐渐改变了重古诗、轻新诗的局面。90年代以来国内学者有更为自觉的意识,同时也加强了与海外汉学界的合作,如张智编的《百年诗经——中国新诗300首》、奚密编译的《中国现代诗选》等。但是,这种观念落实起来仍有难度:首先,要实现不同地域新诗的融会贯通并不容易。很多诗歌选本做了这方面的努力,但效果不理想,这些选本或者是将各地新诗分类编排(多数分为大陆、台港澳、海外),这就变成了各地新诗的叠加、罗列,条块分割的缺陷没有改变;或者是将各地新诗整合起来,按诗作时间线索来编排。但这就又变成了一个大杂烩,既没有展现各地新诗的发展历程与特点,也没有揭示相互之间的交流与影响。编选者的本位主义也很难完全被打破,大陆编选者以大陆的新诗为中心,中国台湾学者又偏向于台湾诗作。可见,"世界中"的新诗编选,仍然是一个有待努力实现的目标。

从新诗命名的争论中,我们可以看到,百年来的中国新诗仍或隐或显地挣扎在合法性的焦虑中。但是,新诗的生命力是顽强的。学界的共识是,中国新诗就是用现代的中文来表达现代中国人的思想、感情、体验的结晶。诗人们当以此自勉。

---

① 朱寿桐:《另起新概念:试说"汉语文学"》,《东南学术》2004年第2期。
② 姜耕玉:《20世纪汉语诗选》(第1卷),上海教育出版社1999年版,第2页。

新媒体时代的多元化样态

21 世纪的一大特点就是新媒体的迅速崛起与普及,网络技术带来了资讯、信息的空前膨胀,世界被收入到全新的虚拟空间中。在新媒体时代,文学创作是零门槛,借助网站、微博、微信等平台,网络文学出现空前繁荣的景象。2005 年 3 月,国内第一部短信诗集《我只在我眼睛里》出版,首印 3 万册,开创了近些年来诗集出版首版印数的最高纪录。特别是 2015 年的余秀华事件,使得一直处于边缘地位的诗歌,再次得到全社会的关注,草根诗人也成为热门的研究对象。但是,公众所关心的,更多的是诗歌事件而非诗歌本身。诗歌大众化潮流在相当程度上是猎奇心理、商业运作在起作用。这是需要警惕的。

对于网络时代的诗歌创作,李少君提出了"草根性"的概念,他认为"20 世纪只是提出了一个'新诗'的概念,并且这个概念和现代进步、民族复兴、精神启蒙、思想解放等宏大叙事捆绑在了一起;那么,21 世纪才真正出现了新诗本身的兴盛,新诗回到了诗歌的本体,回到了作为个人抒发情感、呈现日常生活、升华自我精神和个体灵魂安慰的自由自然自发状态","草根诗人"多来自民间,如杨键、雷平阳、江非、江一郎、郑小琼、谢湘南、余秀华、郭金牛、许立志等。李少君指出,"草根性"还有一个意义:"那就是在中国现代化加速以后,在已经向外(西方)学习之后,需要再向下(本土)、向内(传统)寻找资源和动力,从而最终向上建立中国人的现代意义世界,包括生活的、美学的世界。"①

新媒体时代的诗歌创作与编选、传播是相辅相成的,诗歌创作空前繁荣,诗歌的编选与传播也呈现出多方面的特点:一是编选创意处于越来越重要的地位。市场上选本众多,往往出现重复编选的同质化倾向,千人一面、千篇一律,这对于新诗的传播十分不利,品味新诗佳作、了解新诗发展历程、探索新诗创作艺术等,就都成了一句空话,这样的选本也无法在竞争激烈的图书市场上成为赢家。因此,无论是从社会效益还是经济效益的角度考虑,新诗编选者都注重指出自己在编选上的新意:例如,注重当下社会现象、热点,强调时效性,如微博诗选、微信诗选、打工诗选、北漂诗选、草根诗选、新世纪诗选、21 世纪中国文学大系、年度诗选等。运载平台也多种多样,如"读首诗再睡觉""为你读诗""诗歌是一束光""第一朗读者"等一

① 李少君:《一个世纪后,新诗终于回归了"草根"》,《文汇报》2015 年 3 月 13 日。

批诗歌微信公众号的走红,《诗刊》《星星》诗刊等纸媒刊物的网上运作,都是非常成功的例子。

在这种多元便利的条件下,21世纪以来的诗歌编选方式已经发生了变化,为诗人们提供了新的便利:传统的编选,通常是诗人、专家个人或集体商议,对诗歌文本进行挑选、评点,形成选本,进而出版。这是一个较为封闭、平面化的活动,而21世纪以来的编选,往往是走出书斋、通盘策划、多方合力的运作,编选与诗歌评奖、诗歌节、诗歌论坛、见面会等结合在一起,面向社会和公众,诗歌编选成为立体的、开放的、动态的文化事件。2013年,号称是"中国第一本微博诗选刊"的《中国微博诗选刊》创刊,而此前主编高世现就在腾讯微博策划了"首届微博中国诗歌节",发起"微诗体",多家门户网站对此进行了报道。"微诗体"所辖的微博专题、微诗接力成为网络诗歌重要的发布平台。2017年4月,中国第一部《北漂诗篇》由中国言实出版社推出,通过网络公开征集而诞生,被誉为诗歌版的"北京志"。这不是一个孤立的、静态的事件。5月,中国言实出版社、《北京文学》月刊社联合主办了"《北漂诗篇》暨新诗百年诗歌朗诵会"。中国言实出版社社长王昕朋在讲话中表示,正逢新诗百年之际,中国言实出版社关注到"北漂诗人"这一群体的特殊性,试图为"北漂诗人"搭建一个更加广阔的、展示自我的平台。新诗选本的编选活动,同样也能演化为一个个鲜活的文化事件而非闭门选诗。2009年5月,第二届中国诗歌节在西安举行,为此次诗歌节专门编选的《诗韵华魂》丛书出版,王泽龙主编其中的《现当代诗歌精选》,这套选本成为诗歌节活动的一个重要组成部分。2012年,中国新诗论坛在沙溪举行,新诗经典化成为论坛讨论的焦点。这次论坛的一个重要议程就是评选新诗19首。而从2011年6月开始,《扬子江诗刊》就开始邀请专家学者进行推荐。评选结果揭晓后,《新诗十九首——中国新诗沙溪论坛推介作品赏析》于2013年出版。

在这个过程中,新诗选本还能借助诵读活动、扫码技术,与照片影像的联合,可读、可看、可听、可感,引导读者进入文字、声音、图片、影像等共同构筑起来的新诗世界。当然,新诗诵读要走进公众生活,还必须得到公众的认可。新诗编选要打温情牌、青春牌,能起到以情动人的效果。果麦《伯爵了读诗》、北岛《给孩子的诗》、杨克《给孩子的100首新诗》带来的是温情风。而邱华栋主编、周瑟瑟编选的《那些年我们读过的诗》,是一部"致青春"的作品,以回忆、温情打动读者,向新诗百年致敬。人民日报出版社还携手中央人民广播电台中国高速公路交通广播、青年文学联盟共同主办的《那些年我们读过的诗》新书发布暨"致敬诗人"诗歌朗诵会在北大举行。中国诗歌网是这本书全部朗诵音频的大陆授权发布平台。中国诗歌网总编辑金石开认为这是传统出版与移动互联网的一次完美的诗意结合。

不过,对于读者大众而言,新诗选本的种种变革、包装,仍然还是外在的因素。看上去热闹、花哨、炫目,但是精品意识与深度阅读还显得不够。要使读者能够领略新诗艺术,还是需要在作品赏析上下功夫,编选者尤其要以自己的编选眼光和精辟阐释,充当读者的引路人。因此,新诗选本的另一条路数就是,深入新诗文本,通过细读、品鉴,展现出编选者对诗人诗作的理解,引导读者进入诗歌的内在世界。因此,新诗选本的编选、解读必然打上选家的印记,越是有自身个性、艺术眼光的选家,选本的特色越是鲜明。

担当、情感、语言与传统

21 世纪以来的中国诗人,面对新的时代环境,首先需要有的是直面时代的担当意识,敢于为大众代言、为时代立言。正如沈浩波所说,"作为这个时代的诗人,我们不能集体对这个民族正在发生的一切视而不见"。① 幸运的是,不是所有的诗人都会缩进一隅天地,他们在这方面的表现还是令人鼓舞的。"9·11"事件发生后,胡丘陵的《2001 年,9 月 11 日》对此予以了强烈谴责,展现的是对公义的坚守。2008 年汶川大地震,王平久的《生死不离》、苏善生的《孩子,快抓紧妈妈的手》在网上迅速流传,引发多少人的同声一哭。2017 年由《星星》诗刊编辑出版了《不忘初心——喜迎党的十九大胜利召开全国诗歌征文作品选》,2018 年汶川地震 10 周年之际,由《星星》诗刊杂志社龚学敏主编、成都时代出版社推出的《十年——汶川地震十周年诗歌作品集》,说明在新时代,诗歌从未缺席。

但是,更为常态化的情况是,"绝大多数诗人都开始了书写一种短暂的感受、一种自我的情绪——像一个小小的容器,像整日生活在高层楼房中足不出户、对很多事情都提不起兴趣的一群人,没有热情、激动与感动,这种写作似乎注定无法进行大面积的铺陈,因为思想、意识以及情绪仅仅是轻微的浮动,所以,诗歌本身也只能做到戛然而止。在这种流行的创作形式中,不能说没有生活,只能说写作者本人

---

① 沈浩波:《诗人能否直面时代》,转引自杨克主编:《2006 中国新诗年鉴》,花城出版社 2007 年版,第 285 页。

将生活本身进行了窄化的理解。小格局、小规模,进而在模式化的叙述中千篇一律,'小情绪'的简约与泛化堪称当前诗歌基本面貌。"①

有论者对此表达了深深的焦虑。这种焦虑当然有其合理性。不过,面对大时代,诗人们仍然需要通过自我的感受来抒怀,也完全可以书写一己之思,二者并非水火不容。只要直面人生、正视自我,抒发出自内心深处的真情实感,自我与时代就是相互融通的。针对网络时代的诗歌创作,刘波认为,诗歌"有感而发"的抒情本质不变:"'诗人的诗'与'大众的诗'的契合点还是'为人生的写作',只有生命的情感互通,才能实现诗人与大众的心灵交汇,才能引发创作和阅读的共鸣。在这个意义上说,通过微信等自媒体平台来传播诗歌,不仅仅是提高诗歌对大众的影响力的问题,更重要的是,借此传递一种精神能量,让我们的灵魂不至于太庸俗,让我们的生活不至于太功利,唤醒每个人精神深处的诗意","有艺术追求的诗人仍需保持从容的格调和写作的尊严,沉下来写入心之诗,写人生之诗"。②

此外,语言问题也成为新诗遭受争议的焦点。自新诗诞生后就出现的自由体、格律体、半格律体等体式之争,贯穿了新诗百年。近年来的口语化写作出现了散漫无边的倾向,引起了极大的争议。语词的表现力、意象的凝聚力显然十分欠缺,因此,坚持民间立场的杨克在《中国新诗年鉴》出版 10 年之际,对这些问题作了较为全面的反思,他认为"灵动鲜活的口语绝不等于'口水化'和市井俚语,而是要探索将新的日常语言转化为新的诗歌语言的可能性",他由此解释"民间"概念的包容性:它"当然属于那个为这一观念的创立而'付出'过的诗人群体,但同时也属于'知识分子'写作或别的'旗号'的写作,更属于广大的'无名'的写作者",因此"民间"是"一种艺术心态与艺术生存状态,其实它只是返归从《诗经》开始的千百年来中国诗歌的自然生态和伟大传统。它呈现的是个人的真正独特的经验,在这个敞开的、吸纳的、充满可能性的领域,没有人能独占它的含义,也没有人能够说出它的全部真理"。③

回望百年,新诗的路途上辉煌与灰暗并存,荣耀与争议同在。在未来,新诗的

---

① 张立群:《"小情绪"的简约、泛化及其他——当前新诗发展的困境与难题》,《长江文艺评论》2017 年第 2 期。

② 刘波:《"有感而发"的抒情本质不变》,《人民日报》2014 年 11 月 25 日。

③ 杨克:《中国诗歌现场》,转引自《〈中国新诗年鉴〉十年精选》,中国青年出版社 2010 年版,第 3—4 页。

路还很长,如何走出属于中国新诗自己的坦途,展现自己的风采,是中国诗人们都需要认真对待的问题。

(原载于《星星·诗歌理论》2019 年第 5 期)

当下杂技艺术值得关注的几个问题

郭云鹏　中国杂技家协会理论研究处处长

当今世界飞速发展,变化之快、变化之多令人惊诧,甚至是无法想象。杂技艺术随着时代的发展,取得了巨大的进步和令人瞩目的成绩。可以说,杂技艺术近几十年的变化,要大于以往几百年甚至上千年的变化。但是,当我们为杂技艺术的成就自豪的时候,也应该正确审视其面临的问题,我认为以下几个问题值得关注:

一、技巧难度降低,辅助手段过度使用

杂技是一门借助舞台道具来完成一系列高难动作技巧的舞台艺术。挑战身体极限、完成高难技巧是杂技的根本特征和美学意义所在,也是区别于其他艺术门类的本质所在。中国杂技之所以延绵3000多年而依然充满生命力,并区别于舞蹈、体操、技巧等,成为一门独立的艺术门类,正是由于"技"的强有力支撑,"技"是杂技艺术的本体,是杂技的生存之本。中国杂技之所以能够赢得世界各重大赛场的所有奖项,得到国际同行的美誉和认可,其中最重要的因素就是扎实的基本功、高难度的技巧。尽管长期以来,杂技业内一直有杂技"技"与"艺"孰重孰轻的争辩,但是发展技巧难度仍是杂技创作不懈努力的方向,尤其在国际重大杂技赛场特别强调杂技节目的唯一性和原创性的今天,这一点显得尤为突出。

当前,一些低成本、低品位、速成的"快餐式杂技"的出现,造成了杂技好似十分容易习得的假象。"快餐式杂技"把杂技创作当成了一种手段,艺术质量被人为忽视,创造力和创新精神被扼杀,杂技失去了其艺术内涵,从而沦落为纯粹的娱乐和消遣工具。很多观众只是看看热闹而已,对杂技艺术本身并没有多少深刻的印

象。难怪一些慕名前来观看中国杂技的外国游客看后发出感慨:中国杂技就这样么?

试问:缺少技巧难度的杂技何以生存? 观众为什么要来看杂技? 那种降低杂技技巧,追求"美化"杂技的论调,势必是舍本逐末,最终将杂技带入歧途。在功夫不到家、技不如人的情况下,说"技"并不那么重要,可能是一种涉嫌讨巧的回避,这也暴露出"快餐式杂技"的短板和杂技编创人员的浮躁情绪和投机心理。

当然,随着时代的发展,以往一味单纯的高难技巧展示显然无法满足人们日益提升的审美需求。吸收音乐、舞蹈、戏剧等姊妹艺术的优长,结合现代舞台美术,声光电等高科技手段的应用,将杂技推向了综合艺术发展的道路。但是,这里需要表明的是:无论怎样发展,杂技的"技"是根本,其他任何艺术手段只能是辅助,我们不能一味搞形式革新而忽视了杂技的本源!

在中国吴桥国际杂技艺术节期间举办的国际马戏论坛上,俄罗斯马戏艺术研究院院长谢尔盖·马卡洛夫就曾尖锐地指出:"有的马戏团排演的某些杂技节目和剧目,过于利用戏剧等辅助的手法,杂技技巧被弱化,违背了杂技的本质,从而损害了杂技的表现力!"而世界马戏联合会主席、蒙特卡洛国际马戏节副主席乌斯·皮尔茨在接受记者采访也提出:"现在一些马戏学校在教学和表演方面存在一个现象,就是其表演形式已经远远超出了传统的东西,在形式上过度注重编导和编排而忽略了杂技技巧的表现,形式大于内容,这与蒙特卡洛国际马戏节的艺术方向不同,也不是我们所期待的!"

随着国际交往的不断加强和深入,越来越多的新杂技创作理念被引入中国。新杂技倡导从"唯技巧"到"重创意"转变,以往技巧至上的创新模式被改变,对人文的关怀、对自然的关注,对社会问题的忧虑,都可能成为编导的创意,为作品提升品位,拓展内涵推波助力。新杂技体现了对杂技艺术本质、理解和表达的探索,是对表达方式、审美趣味的突破与构建,是艺术的多元表达体现。但是对新马戏我们应该辩证地看待。其一,要谨防打着实验旗号的另类杂技。新杂技在中国目前尚属实验阶段,但是不能因为其实验性,而成为进行另类题材创作的代名词。实验和探索应有一个限度,而不是任意融合,抽象晦涩,不知所云的作品。其二,要避免技巧与创意缺失的讨巧之嫌。新杂技在动作技巧难度降低的同时,要增加创意的含金量。新杂技是艺术的创新,而不应成为投机取巧的捷径。功夫不够,其他凑数,新杂技如果创新不成,反倒会变成花枝招展的"四不像"。

二、传统节目流失,赛场同质化严重

传统杂技注重高难技巧的展示,表演常常被认为在"炫技",而人体极限的限制,让技巧难度的提升举步维艰。梳理近年来杂技发展的脉络,我们不难看出,除去那些损伤人身体、吃功却不讨好(没有好的表演效果)的杂技节目被自然淘汰外,一些具有很高观赏价值,但需要多年研习才能练就的杂技节目,如《扛杆》《大球高车踢碗》《空中飞人》《高台定车》等正逐渐淡出人们的视野,有的节目已经多年没有出现在表演舞台上。市场的激烈竞争、从业者的急功近利和浮躁,使得一批高难度技巧、长训练周期、高成本付出的传统杂技项目后继乏人,举步维艰,落入濒临灭绝的窘境。

杂技的"杂",指的就是其项目的丰富多彩,传统节目的流失导致杂技艺术多样性变差。其实,传统杂技仍是当今被普遍认可的主流艺术式样,它继承了优秀的艺术传统,适应大众的审美风格,集中体现着该门类的艺术规律,历经传承而保留下来的都具有顽强的生命力,不应被鄙弃。杂技是一门面向大众的艺术,杂技鼓励创新,但是创新的成果终究要走向广阔的演艺市场,出品通俗易懂、老少咸宜的节目应该成为创作导向,那些观众不容易理解、接受程度不高的作品,迟早要遭到市场的淘汰。

中国于2006年公布了首批国家级非物质文化遗产名录,随后全国省市县不同级别的非物质文化遗产保护都有跟进。2011年,我国又出台了《中华人民共和国非物质文化遗产法》,其中明确指出:"国家对非物质文化遗产采取认定、记录、建档等措施予以保存,对体现中华民族优秀传统文化,具有历史、文学、艺术、科学价值的非物质文化遗产采取传承、传播等措施予以保护。"建湖杂技、聊城杂技等多项传统中国杂技被列入国家级和省级非遗保护名录。

我们应该借鉴国外,在城市的公园、广场、营地等公共场所划出专门的区域,提供水、电、气保障,对杂技艺术进行传播和展示,在一定程度上给民间杂技艺术家以生存的空间,而不一味地依靠政府资助,仅仅凭借几场展览、展示来延续其艺术生命,这样传统杂技才能真正地"活起来"。这与国家倡导的恢复传统艺术自身的"造血"功能,将非遗项目进行活态传承是相统一的。

此外,当下世界各地举办杂技艺术节有不断增多的趋势,这对杂技艺术的传播、推广与弘扬的意义不言而喻。但是审视这些杂技节,我们就会发现,各个杂技节的水平参差不齐,民族化、地域化特征被削弱,杂技节同质化情况严重。创新节目被诸多赛场邀约,节庆内容相似、参赛节目缺少特色,看过的节目似曾相识,却很难记得在哪个赛场出现过的尴尬情形并不鲜见。一些杂技节很难给人留下深刻印象,对观众的吸引力正在降低。打造自己的办节特色是杂技节生命延续和繁荣发展的根本,应当引起足够重视。

三、表现形式分化,节目水准差距拉大

根据表演动作技巧的内容、对道具的掌控以及呈现美学意义造型等方面的需要,杂技的表现形式通常可分为单人节目、小型节目、集体节目等。放眼纵观当今杂技节上演的杂技节目,其表现形式的分化已日趋明显。中国、俄罗斯、朝鲜、蒙古等有杂技传统的国家,杂技的品种多、水平高,再加上有依托杂技专业学校的社会化人才培养体系,可以批量化地、源源不断地为杂技院团提供演员,所以就越来越重视发展大型集体节目。这类节目动作技巧花样繁多,艺术魅力淋漓尽致,表演起来气势恢宏,现场氛围喜庆热烈,深受大型节庆活动和国际演出市场的青睐,而单人的、小型节目则由于重视程度低,逐渐衰退,越来越少地出现在舞台上了。

在欧美国家,情形则恰恰相反。由于传统的家族式的从业模式随着社会发展逐渐分解,家族中从业人员呈现减少趋势,大型节目的表演变得愈发困难,只好转向发展单人节目、小型节目。此外,由于欧美演员非常便捷地在欧洲各地参加演出,参演人员少的节目也更适合这种流动性强的商业演出。单人节目、小型节目灵巧、多变,可以较为容易地体现全新的创作理念,编排创意独树一帜,往往会有出其不意的演出效果。

当下,这种由于各国杂技运行体制的不同而造成杂技表现形式分化的趋势,正逐步蔓延。各取所需、各得其所,这一现象将会长期存在和不断深化,并将影响到杂技业态的变化与发展。相比起来,在各类国际杂技赛场上,集体节目的优势正日益凸显。我们可以很明显地看到,当前各大国际赛场摘金夺银的热门往往是集体节目,而单人节目、小型节目在赛场取得优异成绩则越来越不容易。国际赛场的评比结果其实已经成为杂技艺术创作的风向标,影响着其未来发展走向。与此同时,杂技节目水准的差距随着赛场与市场的洗礼,也正在逐渐被拉大,发展的两极分化将最终导致世界杂坛格局的改变。

世界杂坛的变化引发我们思考:什么样的杂技才是精品杂技? 依笔者看来,

"技"与"艺"的完美融合,将是未来世界杂技的发展趋势。纵览当前国际赛场涌现出的优秀杂技节目,无一不是高难动作技巧与极高艺术表现力完美结合的艺术精品。"技"与"艺"无论缺失哪一下,其作品都不可能站上世界杂坛的最高领奖台。既能抓住眼球,又能震撼心灵的杂技才是精品杂技,才能留得住、叫得响!

（原载于《杂技与魔术》2018 年第 6 期）

"润腔"研究四十年[①]

郭克俭　浙江师范大学音乐学院院长、教授

在我国传统音乐表演艺术实践中,"依心抒怀"的即兴创作现象由来已久,古代曲家不乏精辟论述。明人王骥德在"论腔调"中便开宗明义地道出堂奥:"乐之筐格在曲,而色泽在唱。"[②]曲有格范而唱可生变,显然在王氏看来,中国戏曲音乐是由"基本曲调"和"歌唱把握"两部分构成,那丰富多彩的地方戏曲唱腔种类以及异彩纷呈的歌唱风格流派,便是由演唱者的方音、曲调、歌节的"润色"变化生发形成的,故有"世之腔调,每三十年一变,由元迄今,不知经几变更矣。大都创始之音,初变腔调,定自浑朴,渐变而之婉媚,而今之婉媚极矣"[③]之慨叹!

将"腔"辅以"润"字修饰而拟构为一个音乐专用术语[④],道出我国传统民族民间音乐创作与表演中最惯常使用的一种音乐艺术实践规范,是上海音乐学院民族音乐理论教师于会泳在吸收前人成果基础上的重要总结提炼[⑤]。此概念创设不仅是对中国民族民间音乐创作与演唱现象的创造性总结,而且对中国传统音乐理论话语体系建设作出了重大贡献。可以毫不夸张地说,"润腔"概念析出是对中国传统音乐创作与表演中腔词关系处理经验的创造性传承和创新性发展,具有重要理

---

① 本文是国家社科基金艺术学重大项目《中国传统音乐表演体系研究》(项目编号:16ZD005)阶段性成果。

② (明)王骥德:《方诸馆曲律》,转引自傅惜华编:《古典戏曲声乐论著丛编》,人民音乐出版社1957年版,第44页。

③ (明)王骥德:《方诸馆曲律》,转引自傅惜华编:《古典戏曲声乐论著丛编》,人民音乐出版社1957年版,第46页。

④ 参见《对声乐民族化、群众化的一些看法——从马国光同志的演唱谈起》,《文汇报》1963年6月10日。

⑤ 关于"润腔"概念命义由来考证,笔者拟专文详述,此不赘言。

论价值和实践意义。如此重要的学术命题并没有得到中国音乐理论界的足够重视,令人遗憾地戛然而止。

1978年12月,中国共产党十一届三中全会胜利召开,中国文学艺术事业发展的春天来到了,中国音乐艺术发展迎来了新的生机活力,"润腔"问题迅即引来音乐人的高度重视,成果丰硕,成绩斐然,本文拟从新时期理论接续、"国音"学者理论自觉和新世纪有效拓展三个方面,就改革开放40年"润腔"的学术之旅给予历史追溯与理路思考。

一、新时期理论接续

改革开放、思想解放的新时期伊始,上海音乐学院青年民族音乐学者连波和沈阳音乐学院青年民族声乐家丁雅贤不约而同地将目光投向"润腔"。连波率先在其专著《弹词音乐初探》中专设一章讨论唱法润腔问题,作者认为影响演员唱腔韵味的决定因素,是演唱者对所唱的内容理解不深,以及唱法上的润腔加工不够。"务须根据各自的理解,在平面的曲谱上予以细致的艺术加工,使它成为活生生的、立体化的音乐形象。"①作者通过大量的曲谱实例,从吐字归韵、收放摧撤、颤音唱法、装饰音作用(强音式、弱音式、韵味式、整字式)等四个方面详细论述弹词演唱润腔的技巧。毫无疑问,连著在运用"润腔"基本理论对具体曲种——"苏州评弹"的个案研究上是具有精当的理论把握和深入细致的形态分析的,不仅鲜明地体现了理论与实践上的学术承继性,而作者对江南语音谙熟所凸显出语言上的优势,成为该著学术超越,最为突出的亮点。或许是所谈对象影响力以及著作出版发行数量等所限,该著以及"润腔"成果在学界并没有产生应有的影响,以至于连著成果在其后的相关文论中鲜有提及。

在1979年10月辽宁省音协举办的新中国成立30周年大型学术报告会上,丁雅贤作了长达三个多小时题为《民族唱法浅论》的发言,在其中的第八个论题"润腔行腔法"中,从装饰音润腔法、音色变化润腔法、力度变化法和速度变化法四个方面,重点剖析民族声乐演唱中的润腔方法。丁雅贤严乐学术报告得到现场专家的高度认可和充分肯定,引起中国音协辽宁分会领导的重视,遂指派专人协助丁雅贤整理该学术报告文稿,经过近两个月的努力,《民族唱法浅论》于12

① 连波:《弹词音乐初探》,上海文艺出版社1979年版,第135页。

月 12 日定稿①;并先后以《对民族唱法的认识与体会》②和《谈民族声乐演员基本功与训练》③发表,作者在后文"润色唱腔的基本功"部分,又将润腔方法进一步细化为:"装饰音润色唱腔法、旋律进行的连、断润腔法、音色变化润腔法、力度变化润腔法、声音造型润腔法、用节拍和速度的变化来润色和处理唱腔"六种润腔方法。④

为了使民族声乐润腔演唱更加规范、直观,丁雅贤按连腔、断腔、装饰音、音色的变化、力度的变化、速度的变化和音高的微变七大类 61 个子类,对相关润腔法给予符号编码设计,同时就各自的动作要领、艺术效果、符号和简短谱例等进行概要说明,此学术成果在中国音乐学院于 1986 年 6 月 23—29 日举办为期一周的"全国部分高等艺术院校民族声乐教学教材会议"上,以题为《编定民族声乐润腔技法符号的意见》⑤作大会发言,引起与会专家同行良好反响。吉林艺术学院民族声乐教师张淑霞在演唱教学实践中同样对民歌"润腔"中亦感同身受,是次会议上作题为《"润腔"技巧在民族唱法中的意义》发言,她把"润腔"作为永葆民族声乐教学特色的首要条件和装饰旋律的方法,认为它是"我国传统歌唱技艺中一个重要组成部分,它具有丰富的艺术表现力和感染力,是最能体现民族风格特点的一种表现手段。"⑥作者将"润腔"艺术表现分为与"字调"相关的、风格色彩性的和与表情达意相联系的三种,并结合北方民歌实例分析,探讨民族声乐演唱中的"润腔"问题;认为对于"润腔"能力的培养,既是技巧训练也是乐感的训练,而首先是乐感的训练。

应该说,作为从事民族声乐教师的丁雅贤、张淑霞能够有如此超前的理论自觉非常难能可贵的,其深入研究的学术成果对民族声乐演唱、教学和理论探索无一不具有重要学术价值和实践意义。特别是丁雅贤的研究在音乐理论界产生了广泛的赞誉,是故,1989 年出版的《中国大百科全书·音乐舞蹈卷》,其中"润腔"条目便由丁雅贤撰写。显然,丁雅贤关于润腔概念的阐释,比 1984 年出版《中国音乐词

---

① 丁雅贤:《民族唱法浅论——学术报告提纲(1979 年 12 月 12 日)》,载《心灵的歌唱》,沈阳出版社 2011 年版,第 50—51 页。

② 中国音协辽宁分会《会刊》1980 年第 2、3 期连载。

③ 《第三届沈阳音乐周理论、学术报告选编·论乐篇》,1980 年编印。

④ 丁雅贤:《谈民族声乐演员基本功与训练》,转引自第三届沈阳音乐周办公室 1980 年编:《第三届沈阳音乐周理论、学术报告选编·论乐篇》,第 269—280 页。

⑤ 该文发表于《乐府新声》1989 年第 2 期。

⑥ 张淑霞:《"润腔"技巧在民族声乐中的意义及分类》,《艺圃》(吉林艺术学院学报)1987 年第 1 期。

典》中将"润腔"和"加花"等同①的做法,认知相对要更加深入、精准、细致和具体,也更为学术化。

继上述三人分别从曲艺(苏州评弹)、民歌(民族声乐)等视角研究"润腔"问题之后,河南戏曲学校陈小香在对其母著名豫剧表演艺术家常香玉舞台演唱艺术进行研究时,便专题论述常派演唱艺术的润腔方法,明确指出"润腔既是一种创作手段,又是一种演唱技巧。润腔是指润饰唱腔的韵味而言,同一曲调,同一唱腔,如果采用不同的润腔方法,就会产生不同的艺术效果"②。因为她自幼耳濡目染,随母学习豫剧声腔演唱,得天独厚的学习条件积累了丰富的感性体验;而后又到河南大学跟随声乐教育家武秀之教授学习民族声乐演唱艺术,系统地学习了中外音乐(声乐)理论知识,开阔了艺术眼界,为系统研究豫剧"常派"演唱艺术打下坚实的理论基础,因此,陈小香关于润腔的学术成果在地方戏曲演唱流派研究中是具有开拓意义的。

二、"国音"学人理论自觉

以建立中国音乐理论体系为己任的中国音乐学院复校后,音乐理论家薛良及其指导的国音器乐学生席强,从"吟唱"视角切入"润腔"的学术探索,成果颇为丰富,其间还合作一篇长文,从中西管弦乐队发展的历史回顾入手,运用比较音乐学研究的方法,思考中国民族管弦乐队的乐队编制组合、民族乐器改革、民族管弦乐曲创作等问题,最后提出弘扬中华音乐文化,继承和发扬民族器乐传统,团结起来,同心协力、排除阻碍,为振兴民族器乐艺术事业而共同奋斗的宏大命题③,在通俗音乐潮涌、电声乐器风行的市场经济大环境下,思考上述问题充分体现了老少两代学者对传统音乐文化自信和使命担当。题外之言,此不赘述。

薛良先生从民歌演唱中窥视出"依字润腔"现象,通过运用"倚音、滑音、颤音、直音、连音、断音、摇音、擞音等等"等手法润色曲调,达到润腔艺术效果:"歌唱者意识地或下意识地按着字音的调值,用其惯用的美化手法去'润色'基本曲调,并在歌唱实践中逐渐形成了品种、地区、个人的特有风格与韵味。"④。10年之后,薛

---

① 参见《中国音乐词典》,人民音乐出版社 1985 年版,第 326 页。
② 陈小香:《常香玉演唱艺术研究》,人民音乐出版社 1989 年版,第 187 页。
③ 薛良、席强:《从中西比较看民族管弦乐队》,《中国音乐》1994 年第 3 期。
④ 薛良:《吟唱与咏唱》,《中国音乐》1982 年第 2 期。

良依然从"吟唱"音乐理论体系视角观照"润腔",呈现最新研究成果:"我们东方音乐特别是中国音乐,是以吟为基础的音乐体系。即传统上所说的:'框①格在曲、色泽在唱'。也就是说,乐谱只写出曲调的框架,唱奏者在唱奏时,要对骨干音调进行润色,名之为'润腔'。"②连续 10 年持续关注"润腔"问题,体现一位资深音乐学者的学术坚毅,为后学树立楷模。

应该是在薛良先生的悉心指导下,青年学子席强对"润腔"学理有过一段时间的持续研习,在两年内连续发表 4 篇关于"润腔"的较有个人见地的文论③。他同样以声乐中的"吟唱"入手,类比至器乐上的"吟奏",认为"润腔"是"吟唱"的必然结果,是中国音乐歌唱传统中的一个基本规律,而"吟唱"方法运用的层级水准是关系到我国音乐风格把握准确与否的根本。作者两次对"润腔"概念给予定义,开始直言润腔"就是在'吟唱'的基础上对某个基本曲调进行装饰性的华彩演唱。中国音乐的曲调(主要指汉族音乐)在歌唱时往往因歌词、乐种、歌者、时间、地点等因素的不同,可以对它即兴地加以变化、装饰和发展,使之产生丰富多彩的音乐效果。即'乐之筐格在曲,而色泽在唱'。润腔的形式多种多样,它主要是运用上、下倚音、复倚音、颤音、滑音、顿音、连音、擞音等方法,在歌唱中,使曲调的音高与字音的声调保持相应的一致性,从而,增加其鲜明的艺术风格。"④由此引申,认为"润腔就是以曲调的核心音或音调(骨干音)为主,辅之以不同形式的装饰音(如颤、滑、连、顿、擞、假声等)来构成一个完整的音调结构。在这种过程中,其音高、时值、力度、音色可以有各种各样的变化。"⑤作者从润腔概念界定延伸到润腔与曲调结构、润腔与记谱、曲谱与调式,学术关涉阈限颇为开阔,展露了良好的学术潜力和发展前景;但"中国音乐的曲调(主要指汉族音乐)在歌唱时……,可以对它即兴地加以变化、装饰和发展,使之产生丰富多彩的音乐效果""'吟唱'是我国音乐中所特有的"等类似绝对化而并不十分严谨的语言表达,是年轻学者大多难以避免的学术瑕疵,而或许是工作性质的缘故,作者没有就此课题继续深入下去更是大憾。

中国传统音乐理论家董维松先生一直致力于中国传统音乐形态学研究,是当

---

① 应是"筐",可能是校对有误。

② 薛良:《论"框格在曲,色泽在唱"》,《中国音乐》1992 年第 3 期。

③、席强见刊四篇"润腔"文论分别是:《"润腔"初探》,《中国音乐》1991 年第 4 期;《民族曲调中的"润腔"结构》,《中国音乐》1992 年第 1 期;《润腔与记谱的关系》,《中国音乐》1992 年第 2 期;《调式与润腔》,《中国音乐》1992 年第 4 期。

④ 席强:《"润腔"初探》,《中国音乐》1991 年第 4 期。

⑤ 席强:《润腔与记谱的关系》,《中国音乐》1992 年第 2 期。

之无愧的中国传统音乐学学科建设与发展的见证人和参与者;在中国传统音乐分类学、民族音乐结构、民族音乐形态、戏曲声腔分析等方面都有独到创见。21世纪又推出鸿篇大札《论润腔》①,成为作者最具代表性学术篇什之一。董文开宗明义地对"润腔"给予定义:"润腔,是民族音乐(包括传统音乐)表演艺术家们,在他们演唱或演奏具有中国民族风格和特色的乐曲(唱腔)时,对它进行各种可能的润色和装饰,使之成为具有立体感强、色彩丰满、风格独特、韵味浓郁的完美的艺术作品。"②正文首先从字、情、韵三方面总结润腔的功能,进而从音高式、阻音、节奏性润腔、力度性润腔、音色性润腔和其他润腔手法六个方面重点论述润腔的类型及其技法。

作者以演唱(奏)表演为出发点,在借鉴并吸收前人及同辈成果的基础上,以严谨认真的学术态度、缜密条理的篇章结构、平易准确的语言阐释、丰富多样的乐谱实例,撰写了一篇高质量、高水准的传统音乐学术专论,凸显出深厚的艺术功底和非凡的学术表达,不仅在我国传统音乐学界产生广泛而深刻的影响,而且作为教师通过课堂上的言传身教,哺育了一批批"国音"学子。如2004年秋季于该校声歌系进修的湖北民族学院声乐教师梁佶中,便将理论学习心得整理成篇刊载③,40多个引用率足以表明该文业已成为新世纪颇有学术含量和影响力的润腔篇什。

毋庸置疑,洋洋万余言《论润腔》是自"润腔"概念提出之后长达40年间最为集大成的力作,是一位资深的学者长期孜孜以求关注和思考的学术成果。董文见刊十多年来已被国内作者转引高达193次、篇目下载1494次之多④,更有学者专文对《论润腔》给予赞誉性评介⑤。可以毫不夸张地说,正是此文开启了新世纪"润腔"学术研究的崭新篇章。

三、新世纪有效拓展

长期从事声乐艺术工作与歌唱理论探索、在歌唱与语言研究方面建树颇丰的原北京军区战友歌舞团声乐家许讲贞,其主持申报艺术科研项目《原生态民歌演

① 董维松:《论润腔》,《中国音乐》2004年第4期,第62页。
② 董维松:《论润腔》,《中国音乐》2004年第4期,第62页。
③ 梁佶中:《民族声乐的润腔艺术》,《民族艺术研究》2004年第5期。
④ 参阅中国知网检索数据(截至2018年12月15日)。
⑤ 冯光钰:《润腔研究的新角度——写在董维松教授80大寿之际》,《中国音乐》2011年第1期。

唱的润腔特色研究》,成功获得全国艺术科学"十五"规划2005年度课题立项①;经过近四年的辛勤耕耘,集中于汉族民歌润腔问题的结题成果由人民音乐出版社出版发行②。作为国内唯一国家级艺术科学"润腔"研究项目成果出版的第一本关于"润腔"的学术专著,内容由理论、特色、案例上中下三篇共19章组成,作者广泛吸收和借鉴既往理论研究成果,运用文字阐述、谱例说明和音响佐证相结合的方法,广延系统、言之有物、形象具体、有声有色,洋洋洒洒近40多万言,及时地填补声乐理论领域关于"润腔"研究专著的空白。关于"润腔"的概念,作者开宗明义地提出:"润腔是在'吟唱'的基础上,对某些基本字调进行装饰性的华彩唱奏,其基本字调是框架式的、相对固定的,对于唱奏者来说带有很大程度的灵活性、即兴性和随意性。在大多说情况下,唱奏者可根据基本字调,因时、因地、因人、因曲唱奏出种种不同的花样,以形成多变的色彩和风格。"③不难发现,这个定义是对前述薛良、席强关于"润腔"观点的吸收、借用和引申,作者对"润腔"作用和意义的总结,可以看作是其对"润腔"概念多视角、多维度、多层面的立体表达和认知升华:"润腔是唱奏者将'死音'变为'活曲'的再创作过程,是唱奏中行腔的主要艺术特色,也是标新立异、平中出奇、鲜活靓彩、丰富多彩艺术风格的内核,是构成韵味、风格、流派的决定因素,是我国民族声乐中最有审美价值、最为独特、历史悠久的优良传统。"④这,成为《汉族民歌润腔概论》写作重要的内在动力和展开的逻辑出发点。

受董维松先生的影响和启发,戏曲音乐家汪人元以京剧为对象考索"润腔"论题;尽管作者依然围绕音色、旋律、节奏、力度、字音等五个方面展开,但文字论述细致深入、逻辑谨严,曲谱例证精准确凿,两万余言的长大篇幅,体现了作者深厚的京剧音乐功力。汪文将"润腔"视为中国民族声乐表演技术技巧的专属:"润腔,是中国民族声乐艺术中一种对唱腔进行润饰以获得美化、韵味、以及特殊表现力的独特技巧与现象。"同时将"润腔"提升到中国传统艺术精神的高度认识:"润腔作为中国民族声乐艺术中将死谱变为活唱最为重要的基本手段,决不只是一个浅层次的技术技巧,而有一个从外到内、从形到神的技术体系,从而体现了中国民族音乐独特的风格、意境和精神。"⑤并不无感慨地说:"润腔是与中国民族音乐自身的传统

① 立项批准号:05BD027。
② 参见许讲真:《汉族民歌润腔概论》,人民音乐出版社2009年版。
③ 许讲真:《汉族民歌润腔概论》,人民音乐出版社2009年版,第3页。
④ 许讲真:《汉族民歌润腔概论》,人民音乐出版社2009年版,第5页。
⑤ 汪人元:《京剧润腔研究》,《戏曲艺术》2011年第3期。

与精魂及其观念紧密联系在一起的。"①汪文对润腔的意义所作的是为了"达意"、是服务"表情"、是获得"美听"、是形成"风格"和是追求"韵味"等五方面②的阐发，成为承上启下而最为全面的概括。

21 世纪第二个 10 年，假借《腔词关系研究》著作公开出版发行③的学力助推，"润腔"研究的学术魅力愈益彰显，越来越引起学者们的高度重视和重点关注，特别是吸引了众多青年学子求索的目光，昭示着"润腔"研究在新时代的光明未来前景和良好发展态势，研究的兴趣点从概念释义转向演唱实践的求索，出现了一批很有质量的篇什④，令人欣慰的是，器乐表演艺术润腔技巧研究方面同样有一定的突破和进展⑤，凡此种种，无一不为"润腔"学术研究提供诸多颇有价值、可资借鉴的学术案例。

四、结语：更待未来

自 1963 年"润腔"概念首创的半个多世纪以来，经过前述众多专家特别是以

---

① 汪人元：《京剧润腔研究》，《戏曲艺术》2011 年第 3 期，第 2 页。
② 汪人元：《京剧润腔研究》，《戏曲艺术》2011 年第 3 期，第 9—11 页。
③ 中央音乐学院出版社 2008 年版。
④ 卓松年、杨珍：《京剧旦角润腔规律初探》，《戏曲研究》2010 年第 1 期；张盈：《论"歇气"润腔法——福建南音泉州派和厦门派的唱腔差异》，《乐府新声》2010 年第 4 期；沈德鹏：《浅谈中国声乐作品中的腔》，《乐府新声》2011 年第 2 期；阳梅：《程砚秋京剧润腔分析——以〈荒山泪〉〈锁麟囊〉为例》，《齐鲁艺苑》2011 年第 3 期；张莺燕：《宋代唱论中的润腔探析》，《星海音乐学院学报》2012 年第 3 期；何益民、欧阳觉文：《湖南花鼓戏润腔二十一法初探》，《音乐创作》2013 年第 8 期；令狐青：《中国民族声乐理论研究刍议——以汉族民歌"润腔"理论研究为例》，《文艺研究》2014 年第 3 期；樊凤龙：《润腔及其在晋剧唱腔中的运用》，《中国音乐学》2016 年第 1 期；郭茹心：《润腔语词辨》，《内蒙古大学艺术学院学报》2016 年第 1 期；《润腔辨析——以上党梆子〈窗前梅树是我友〉为例》，《中国音乐》2016 年第 2 期；胡晓东：《佛乐唱导韵腔技术分析——以重庆罗汉寺瑜伽焰口唱腔为例》，《云南艺术学院》2016 年第 2 期；陈燕婷：《南音润腔之美》，《音乐与表演》2016 年第 3 期；韩蔌筠：《梅派京剧"咬字吐字"和"润腔"技巧在京歌中的运用——以京歌〈梅兰芳〉的演唱为例》，《人民音乐》2016 年第 7 期；王亮：《中国民族旋律润腔读谱方法研究》，北岳文艺出版社 2017 年版；石尉：《从"润腔"看霍俊萍五音戏演唱特色》，《戏曲研究》2017 年第 4 期；邢晓萌、徐敦广：《汉族民歌合唱润腔的韵味及其表现》，《文艺争鸣》2018 年第 5 期；孙晓洁：《润腔技巧在唱腔中的应用》，《中国京剧》2018 年第 10 期。
⑤ 包爱玲：《浅论蒙古高音四胡演奏技巧的"润腔"手法》，《内蒙古大学艺术学院学报》2012 年第 4 期；赵琦：《王建中钢琴作品的润腔特色》，《大舞台》2014 年第 2 期；张丽：《精湛作品的隐秘结构研究——"微"视角下闵惠芬二胡润腔艺术力度形态解析》，《人民音乐》2015 年第 11 期；戴维娜、王佳怡：《江南丝竹琵琶昆曲化之润腔演奏初探》，《艺术研究》2016 年第 3 期；唐荣：《论杨立青的〈荒漠暮色〉与中国传统音乐的润腔》，《音乐艺术》2017 年第 4 期；郑怀佐：《闵惠芬二胡"声腔化"演奏技法探究》，《音乐与表演》2018 年第 3 期。

建立中国音乐理论体系为己任的"国音"学者群体吸纳、认同、领悟和探索,"润腔"概念命义内涵已基本明晰。由此我们可以说,所谓"润腔",就是指中华民族传统音乐艺术表演(唱奏)过程中,根据作品特定的思想内容、感情内涵、风格流派的要求,充分调动并合理运用音色、旋律、力度、顿挫、节奏、语音等技艺手段,遵循艺术内在的规律对唱腔曲调进行各种有效的润泽、修饰、着色和美化,使之成为人物生动、形象逼真、感情饱满、意境深远、风味醇正、气韵超拔、美善统一的艺术珍品。"润腔"是中华民族传统音乐所特有的艺术表现手段、艺术审美理想和艺术风格特色,是唱奏者将"死音"变为"活曲"、化"僵谱"为"妙乐"的创造性转化的再创作升华的过程,具有鲜明的民族性、艺术性、地域性和时代性。

中国传统音乐学大师杨荫浏先生曾语重心长地指出:"对(中国音乐)风格、传统都要扎扎实实地去研究,不要老讲空话,追求表面的东西,以个人的好恶代替科学的研究工作。自己不下功夫,企图简单的一两句话就想概括了,那是懒汉思想。"①作为中国传统音乐表演重要理论话语,虽然"润腔"40年研究取得了丰硕的学术成果,但距其深刻的文化内涵、广博的音声外延、丰厚的学术底蕴和强大的理论张力,却还是远远不够,特别对我国各民族音乐风格品类的整体把握和全面探究更是不足。就让我们牢记杨先生的教诲,不做懒汉,争当一个中国音乐学术的勤快人,期待有志于传统音乐研究的八方学人联合攻关,呼唤共建"中国润腔学"宏伟工程!

(原载于《音乐研究》2019 年第 1 期)

---

① 杨荫浏述,李妲娜整理:《谈中国音乐的特点问题》,《中国音乐》1982 年第 1 期。

"美术片""美影厂"与"中国学派"

盘剑　浙江大学影视与动漫游戏研究中心主任、中国电影评论学会副会长,教授

很长一段时间,动画片在中国叫"美术片",因此当时的主要——甚至差不多是唯一——的动画制作机构也叫"美术电影制片厂",而这种"美术片"和这个"美术电影制片厂"又创造了从内容到形式都具有鲜明民族风格的动画"中国学派",独步世界。但时至今日,虽然中国动漫产业正风生水起,而昔日的"中国学派"却辉煌不再,"美影厂"也举步维艰,"美术片"更似明日黄花,这其中究竟出了什么问题? 是美术片、美影厂和中国学派的问题呢,还是今天的动漫产业的问题? 需要深入分析、讨论。

一

"美术片是中国的名词,在世界上统称 animation,是动画片(应为"卡通片"——引者注)、木偶片、剪纸片的总称。美术片主要运用绘画或其他造型艺术的形象(人、动物或其他物体)来表现艺术家的创作意图,是一门综合艺术。"①"百度百科"既把"美术片"等同于 animation,又认为 animation 就是动画,即"逐格拍摄平面图画或立体物体,使它产生运动幻觉的一种电影。卡通片是最常见的一种动画,还包括木偶动画、剪影动画、实体动画等。拍摄时,一个动作往往被分解成数十幅图画,然后再以每格 1/24 秒的速度逐一拍摄"②。因此"美术片"就是"动画

---

① 参见 https://baike.baidu.com/item/%E7%BE%8E%E6%9C%AF%E7%89%87/3455296? fr = aladdin。

② 参见 https://baike.baidu.com/item/ANIMATION。

片",是动画片在中国的独特称谓。那么,既然内涵、外延完全相同,却又为什么要用"美术片"来代替"动画片"呢?

据史料记载,"美术片"这一概念最早为时任新中国第一个具有较完备设备的电影制作基地——东北电影制片厂(简称"东影")厂长袁牧之于1947年初提出:"所谓七片就是艺术片、新闻纪录片、科教片、美术片、翻译片、幻灯片和新闻照片。"①这时候,东影制作美术片的部门还叫"卡通组",1948年6月扩大成立"卡通股",1949年7月才在"卡通股"的基础上成立了"美术片组",1950年3月东影的"美术片组"20多人整体调入新成立的上海电影制片厂,1957年4月上海电影制片厂美术片组改组扩建为上海美术电影制片厂(简称"美影厂"),成为中国最重要的美术电影生产基地。由此可见,在袁牧之于1947年初提出的"七片生产"的口号之前,早在1920年代就已诞生的国产动画还没有"美术片"这一说,因此"美术片"这一概念的提出和运用显然是与新中国的电影创作/生产联系在一起的,也可以说是新中国对动画电影创作/生产模式、内容形式、风格样式的特定选择。虽然在从"卡通"股、"卡通"组向"美术"组、"美术"电影制片厂转换过程中没有人对此提出过疑问或做过解释,甚至直到今天似乎也没有人对此进行过任何探究,但实际上,这样的选择是意味深长、影响深远的。

作为新中国的动画电影,"美术片"的创作/生产无疑与新中国的意识形态、经济体制保持着高度的一致,这种"一致性"至少表现在两个方面:一是艺术创作上的反美、仿苏、民族化;二是运营模式上的计划经济或反商业化。

我们知道,中国动画从诞生之初就深受迪士尼的影响,不仅作为中国第一部动画片的《大闹画室》受到迪士尼动画《从墨水瓶跳出来》的启发,作为中国第一部动画长片的《铁扇公主》"从制作到风格乃至人物造型,都较明显地受到美国迪士尼动画的影响。"②而美国电影(包括动画)不论意识形态还是经营模式都是与新中国有冲突的,至少是不相适应的。事实上,新中国成立之初,中国的主流意识形态具有明显的反对美国电影、推崇苏联电影倾向:美国电影被认为"不外是宣扬帝国主义的'文明',白种人的优越与万能,殖民地'土人'的愚昧与驯服,'美国武士'的'英勇高贵',色情与淫荡,离奇古怪的杀人犯罪和灰色颓废的宿命思想。这些影片在观众中所起的作用是:去崇拜帝国主义的'物质文明',迷醉于影片所教导

---

① 颜慧、索亚斌:《中国动画电影史》,中国电影出版社2005年版,第29—30页。
② 颜慧、索亚斌:《中国动画电影史》,中国电影出版社2005年版,第11、22页。

的堕落的犯罪的生活,有些蒙着'文艺巨片'的糖衣的影片,粗粗看来似乎没有什么露骨的反动思想,但它的唯一作用,也只是叫人忘记现实,不看现实的丑恶,麻痹了斗争的意志。"①苏联电影则被认为"以它的布尔什维克党性,以它的社会主义现实主义,正确地处理了人民的形象,正确地表现了苏联人民的生活与劳动,斗争与希望。""也以它无可争辩的真实性,无情地揭露了资本主义国家对社会主义的苏联所作的无耻的造谣和污蔑,同时也使以美帝国主义为首的那些虚伪无耻和包含毒素的电影制作,在人民的面前受到了最严重的打击。"②正因为这样,所以新中国成立后,连由左翼作家参与发起并一直在党的领导下进行创作的左翼电影模式由于借鉴了美国商业电影的运作机制都被终结了③,更不用说深受迪士尼影响的动画片了。但动画艺术本身是不可能被终结的,于是只能建立一套新的模式——美术片模式。尽管还没有人明确指出过这套模式是直接针对美国动画的,但中国的"美术片"却确实与美国的"动画片"有着明显的区别。这种区别先是表现在其对苏联动画的模仿上。中国动画史上有一个著名的"公案":1956 年上海电影制片厂出品的动画片《乌鸦为什么是黑的》荣获意大利第七届威尼斯国际儿童电影展览会儿童文艺影片一等奖,但却被评委误认为是苏联动画。一种观点认为,这次误会激发了中国动画人的民族自尊心,从而开始了"中国学派"即民族动画的探索;④而很多人(包括"中国学派"动画创作的亲历者)则不同意这种说法,因为作为"中国学派"开山之作的《骄傲的将军》虽然是在 1956 年出品的,但早在 1955 年春即在《乌鸦为什么是黑的》获奖之前就成立剧组开始创作了,也因此中国动画走民族化的道路与《乌鸦为什么是黑的》获奖被误会事件并没有直接的因果关系。其实,《乌鸦为什么是黑的》是否是"燃爆"中国民族动画的"导火索"并不重要,重要的是它确实像苏联动画——国际专家认定,国内业界人士包括创作者也不否定——

---

① 吴倩:《谈谈美帝电影的"艺术性"——上海通讯》,《文艺报》1950 年第 3 卷第 3 期,转引自吴迪(啓之)编:《中国电影研究资料 1949—1979》(上卷),文化艺术出版社 2006 年版,第 73 页。

② 蔡楚生:《苏联电影对中国电影事业的影响和帮助——庆祝"苏联影片展览"开幕》,《人民日报》1951 年 11 月 7 日,转引自吴迪(啓之)编:《中国电影研究资料 1949—1979》(上卷),文化艺术出版社 2006 年版,第 228 页。

③ 新中国第一任电影局局长袁牧之曾根据他的左翼电影经验规划过新中国电影的发展蓝图,并取得了明显的成效,但却被认为同国家当时的政治、经济体制不相吻合,他为此受到了批评,并很快被调离了电影界的领导岗位。参见钟大丰:《新中国电影事业的初创设想与实施》,转引自郦苏元、胡克、杨远婴主编:《新中国电影 50 年》,北京广播学院出版社 2000 年版。

④ 参见张松林:《寻觅美术电影民族化的足迹》,转引自《中国电影年鉴 1985》,中国电影出版社 1987 年版,第 70—71 页。

而这种与苏联动画相像或对苏联动画的模仿正是中国美术片创作对新中国成立初期意识形态导向的直接呼应，也是"美术片"在与美国"动画片"脱离关系后所获得的第一个特征。当然，"苏联化"绝不是"美术片"的最终特征，"美术片"的最终特征是"民族化"，而且这种"民族化"也不仅仅是艺术家们的自觉、自由追求（当然更不是源于一次获奖被误解的刺激），还有甚至更重要的是来自高层领导的指示推动。1955年12月9日，时任文化部电影局局长的陈荒煤到上海电影制片厂美术片组调研时指出："美术片要在民族文化中汲取养料，要从民间故事、童话、神话、寓言中挖掘源泉。"①这不仅是对美术片民族化方向的指示，甚至是对后来整个"中国学派"创作的题材、风格的确定，纵观50—80年代上海美术电影制片厂的所有美术片创作，几乎都是对这一指示的反复演绎。当然，陈荒煤的指示也不是其个人的，其后还有更大的背景，因为这个时间前后，毛泽东、周恩来都发表过强调艺术创作"民族化"的重要讲话，②显然此时的"民族化"俨然成为了新的共和国确立自己独特文化地位的"国家战略"。

由上可知，"美术片"的名称与中国动画的"民族化"以及后来的"中国学派"是相互匹配的，其中包含着中国动画在经历了"去美国化"和"仿苏联化"之后根据当时的政治、经济体制和国家意识形态对其特定艺术形态的选择、定位与塑造。毫无疑问，尽管在提出之初不一定有非常明确的与众不同的含义，但在通过一系列的作品创作而被公认为中国动画的代名词之后，"美术片"便具有了其独特的动画形态和功能。

美术片主要包括卡通片、剪纸片、木偶片、折纸片四个种类，其中的卡通片又以水墨动画为主，而剪纸片、折纸片、水墨动画都完全是借鉴中国民间工艺和国画艺术创立的中国独有的动画样式，用以表现中国传统的民间故事、童话、神话、寓言，再加上人物造型上京剧脸谱的运用（《骄傲的将军》），戏曲舞台表演化的动作设计（《大闹天宫》），锣鼓或古琴、笛子等的配乐或作为道具（《骄傲的将军》《山水情》《牧笛》）等，内容与形式完美匹配，达到了非常纯粹的民族化或中国化，所以在国际上被冠以"中国学派"虽然无据可查却也实至名归。

―――――――――――――

① 转引自李毅：《动画〈大闹天宫〉角色表演与造型中的"民族化"构成》，博士学位论文，中国美术学院2015年，第12页。

② 参见毛泽东：《同音乐工作者的谈话》（1956年8月24日），《毛泽东选集》（第七卷），人民出版社1999年版；周恩来：《〈十五贯〉有丰富的人民性和高度的艺术性》（1956年4月19日）、《〈十五贯〉是改编古典剧本的成功典型》（1956年5月17日），《周恩来文化文选》，中央文献出版社1998年版。

二

毫无疑问,走民族化道路、创建"中国学派"对于中国动画不仅是需要的,而且是必需的——美国、日本之所以能够成为世界动画强国,正是因为"美国动画""日本动画"各自都具有鲜明的国家或民族"标签"(当然这种"标签"不是简单地贴上去的,而是由内而外自然呈现的,是一个国家和民族的精神或思想、文化、审美在动画艺术上打下的独特而深刻的烙印),不会让人混淆;目前中国动漫产业发展虽然风生水起,但只是做得很"大"却还远远谈不上"强",根本原因也在于大多数国产动画作品不是"哈日"就是"哈美"甚至"哈韩",真正的中国民族动画的美学风格和艺术体系还没有建立起来。

说到这里,我们便发现一个非常奇怪的情况:正如前文所述,早在20世纪五六十年代,中国动画就已先后摆脱了美国、苏联动画(当时日本动画还没有发展起来,韩国动画更不知道在哪里)的影响,以"美术片"创建了独特的中国动画的概念,并通过上海美术电影制片厂的一系列水墨动画、剪纸片、折纸片的创作全面走上民族化道路,以"中国学派"赢得了世界性声誉,却为什么今天的中国动漫产业发展又重新面临着我们原本已经解决了的问题?更令人不解的是,当今天我们需要摆脱美国、日本的影响重建中国民族动画的时候,过去的"美术片""美影厂"和"中国学派"的经验竟不管用了——如果管用,显然就不会出现本文开头所提到的现实状况:昔日的"中国学派"辉煌不再,"美影厂"举步维艰,"美术片"则似明日黄花!这到底是为什么?

如前所述,不论以"美术片"取代"动画片",还是走民族化道路,都是对新中国的主流意识形态和当时的政治、经济体制的呼应,这本身应该是没有问题的,因为任何艺术的发展都不可能不受到特定政治、经济的影响,而且对于作为舶来品的动画来说,本土化或民族化也是其在一个国家或地区植根发展的必由之路。问题可能是,"美术片"或"中国学派"动画以及"上海美术电影制片厂"的创作/生产模式/机制中存在与今天动漫产业发展(包括作品艺术创作和观众审美需求)不相适应的东西;当然,今天的动漫产业发展可能也同样存在某些问题,从而导致了中国动画民族化传统的断裂,和已经消失了的模仿外国动画创作现象的重现。

首先应该是体制问题。我们知道,"美术片"是为适应新中国的体制而创造的,而新中国体制既包括政治体制也包括经济体制,后者在当时为社会主义公有制和计划经济,这样的经济体制不仅决定了"美术片"的创作机制、艺术特征,也规定了"上海美术电影制片厂"的运营模式——二者都是"非商业化"或"非市场化"的。这种"非商业/市场化"的创作、生产和运营,使得上海美术电影制片厂的美术片有创作/生产重教育而轻娱乐、强调作者的艺术表达而忽视观众的消费需求、追求作品的社会效应而不顾产品的市场规律。这样的情况不仅表现在作品题材、内容、风格的选择上,也表现在创作中对民族艺术的借鉴和民族文化元素的运用方面,形成了美术片艺术创作的特点和商业运作的弱点。以水墨动画为例,由于国画的写意性,它长于抒情、意境创造,却弱于叙事、动作表现,因此数十年间水墨动画只有几个篇幅不长、意境深远却故事简单的短片;又如剪纸片和折纸片,虽然形式独特,但在动作、表情的表现方面却存在很大局限。显然,不具备足够的影像叙事、动作表现功能,就难以创造具有跌宕起伏的情节和令人震撼的视听效果的商业娱乐大片;而不能创造充分满足观众娱乐消费需求的商业大片,国产动画电影的市场就难以形成,中国动漫产业也无从谈起。当然,在以公有制为主的计划经济时代,动画片既不需要寻找投资,也不需要开拓市场,一切都由政府计划安排,而政府对于动画片只有政治宣传和文化建设方面的要求,而基本上没有经济效益方面的考量,所以在计划经济的美术片时期,尽管大多数都是30分钟以内的动画短片,而且这些短片只能作为"加映片"在正片之前附加放映,"国产动画"却似乎从来未曾出现过"生存危机";不仅如此,像《牧笛》《山水情》等用中国传统的国画技法创作的水墨动画,虽然只能讲简单的故事,也侧重于抒发创作者的个人情感、表现并非大众化的审美趣味,却因文化的传承和艺术的独创而成为"中国学派"的经典之作享誉世界!还有,在美术片的数十年间,虽然主要只有一个美术电影制片厂每年出品几部动画短片,几年才出一部动画长片,但总体上由于供需都是计划安排没有自由选择,大家也从没感觉到国产动画片数量不够、效益不好、影响不大,相反,"美术片"不仅在国际上成就了"中国学派",在一代中国人的记忆里也留下了深刻的印象,"孙悟空""葫芦娃""黑猫警长"这些动画形象对60后、70后、80后的影响一点也不亚于今天日、美动漫形象对90后、00后的影响。怎么突然一下,一切都改变了——"中国学派"辉煌不再了、"美影厂"举步维艰了、"美术片"也如明日黄花了?根本的原因就是经济体制改变了:市场经济取代了计划经济!经济体制的改变一方面使得美术电影制片厂必须为其美术片创作自筹资金、为其美术片作品自谋出路,而这些原本都是不需要美影厂考虑因而也是其完全不擅长的。另一方面经济体制的改变也改变了动画片观众的社会心理、审美需求和消费选择:以往人们看动画片可能主要是为了接受教育和艺术审美(不一定是观众自我确定的观影目的),而美术片就能充分满足这些要求,另外当时也只有这些美术片可看,除此没有更多的选择;而进入市场经济时代以后,看动画片就不仅仅是为了受教育和欣赏艺术了,还增加了娱乐的目的,并整体上成为了一种消费行为,这就超出了原来美术片的定位与功能;更糟糕的是,市场经济具有竞争机制,不仅有国内竞争还有国际竞争,这就意味着美影厂和美术片必须接受来自国内外动画企业和动画作品/产品的挑战,而要想在这样的挑战中取胜,毫无疑问,按照计划经济创立、创建的美影厂、美术片必须根据市场经济的要求进行相应的转型,遗憾的是我们没有看到这样的转型,或者说转型没有取得决定性的成果。当动画已成为产业、审美已作为消费、产品/作品也无限丰富(美、日动画片大量进入,抢占市场)时,美影厂、美术片却依然是过去的"中国学派",甚至由于老的老、走的走,专业人才大量流失,原来"中国学派"本已不多的作品数量都不能保证,其独特而高雅的风格和品位更无法保持,在这种情况下,怎么还能继续风光? 怎么能不举步维艰? 怎能不成明日黄花?

当然,美影厂、美术片和"中国学派"的沦落绝不仅仅是其自身的问题,也跟当下中国动漫产业发展存在的问题、缺陷密切相关。

有史料为证,中国动漫产业发展是从 2004 年开始起步的,①这个时间既晚于90 年代的中国文化体制和电影体制改革,更晚于 80 年代的中国经济体制改革。这样的时间差不仅使得国产动画大规模产业化发展远远落后于中国经济发展,也落后于整个文化和电影的发展(此时中国电影已经过艰难的调整从低谷乃至谷底开始回升);而且,更重要的是,这一时间差使得中国动漫失去了抢占市场的先机:在中国改革开放以后,日本、美国的动漫作品大量进入中国,既挣够了中国市场的票房、版税,更培养起了中国观众(尤其是 90 后、00 后)对日、美动漫的偏爱或相应的审美趣味和习惯——在国务院和国家广电总局出台推动国产(民族)动画快速发展的文件之前,文化部曾经做过一次全国范围的调查,结果显示,从幼儿园小朋友到初中、高中生,平时看的动画片、漫画书 90% 及以上都是日本和美国的,对国

---

① 2004 年 2 月《中共中央、国务院关于进一步加强和改进未成年人思想道德建设的若干意见》发布,明确提出"积极扶持国产动画片的创作、拍摄、制作和播出,逐步形成具有民族特色、适合未成年人特点、展示中华民族优良传统的动画片系列",拉开了中国动漫产业发展的"序幕";2004 年 4 月国家广播电影电视总局出台《关于发展我国影视动画产业的若干意见》,明确了动漫的产业性质和特点,推动中国动漫正式踏上了产业发展的征程。

产动画基本不看也知之甚少。这当然于国家意识形态和民族文化传播极为不利（所以才有国务院发文从政府的角度扶持民族动画创作、发展），同时也使得国产动画创作和中国动漫产业发展非常被动：美影厂多年来创作的美术片或"中国学派"动画可能就是在这个"时间差"中被自己本国的观众抛弃的；更糟糕的是，由于观众趣味、习惯已经形成，要想赢得这些观众的喜爱，还必须首先迎合他们的趣味、顺应他们的习惯，这也是中国动漫产业迄今虽已发展多年，动画获得全民关注，但美影厂仍然举步维艰、美术片还是没有起色、"中国学派"依旧不受待见的原因——大多数国产动画企业出于商业、市场的考虑只能选择模仿"日漫"或"美漫"，甚至为了抢市场，连近年来美影厂的作品中也经常可见"日漫"或"美漫"的影子。

直接影响到美影厂、美术片和"中国学派"的命运和中国动漫产业目前发展现状的还有一个问题。我们知道，在计划经济时代，动画既不需要谋生计也没有行业竞争，因此不需要很多动画制作机构也不需要有很多动画作品；然而如果要做市场、做产业，那就必须要有一定规模。也就是说，过去全国只要有一两家美术电影制片厂再加一两家儿童电影制片厂和科教电影制片厂就足够每年计划安排的动画片——美术片创作/生产需要了；但今天发展动漫产业，则需要成百上千家企业才能形成规模效应，产生行业影响。事实是，新中国动画尽管有着几十年的发展历程，但到 2004 年动漫产业兴起的时候，真正的原创动漫企业却只有四五家（其中专门做动画的实际上只有上海美术电影制片厂和长春电影制片厂美术片厂两家，后者出品也很少），远远不能满足动漫产业的发展需求；而动漫产业兴起后，"据国家工商总局对 27 个省区市的不完全统计，截止到 2006 年 10 月，全国动漫企业达5473 家"[1]，动漫企业数量之所以能够得到如此快速的增长，其实是因为在 1980 至2004 年之间珠三角和长三角一带曾经出现过一大批动画代加工企业，如翡翠动画设计制作（深圳）公司、广州时代动画公司、太平洋动画（深圳）有限公司、上海朝阳动画公司、上海亿利美动画有限公司、杭州飞龙动画材料有限公司等，专门承接美国、日本的动画制作加工，形成了一个具有相当规模的动画代加工产业。正是这批动画代加工企业为现在的中国动漫产业提供了大量的专业动画骨干人才，支撑起众多的动漫原创企业，弥补了原来只有几家美术电影制片厂的不足。但依托为美、

---

① 赵实：《在纪念中国动画 80 周年大会上的讲话》，转引自《中国动画年鉴（2006）》，中国广播电视出版社 2007 年版，第 12 页。

日动画做代工的加工企业组建起来的原创动漫产业先天就具有美、日动画的基因，对于这些企业或相关动漫创作者来说"哈日""哈美"甚至不是有意模仿，而是一种本能，这就使得中国动漫产业不论做得再大都无法创建真正的中国民族动画。

三

从上面的分析我们不难看到，由于体制的不同所导致的创作、运营模式及作品性质、功能错位，美术片、美影厂及其建构的"中国学派"在今天都遭遇了发展瓶颈乃至生存困境，而正在蓬勃发展的中国动漫产业虽然顺应了时代的需求，但却也存在着一个致命的缺陷：由于有意（市场需求）和无意（长期代工）模仿美、日动漫，使得真正的中国动漫艺术的本质特征难以形成，中国动画民族化、本土化这一在60年前就已解决了的问题今天又再次成为了问题，中国动漫产业也因此难以真正做大做强。当然，在民族化、本土化被重新提出来的时候，美术片、美影厂和"中国学派"也不能不重新进入我们的视野。实际上，如果能够根据今天的时代特点、市场规律和产业需求，对传统的美术片和"中国学派"进行一系列新的改造，创建一种"新的美术片"和一个"新的中国学派"，倒未尝不是一条切实可行的出路，因为毕竟美术片和"中国学派"都是真正的中国民族动画，并曾经有过辉煌的历史！只要改造得当、得力，美术片再受瞩目、"中国学派"重现辉煌，也并非不可能的事情；甚至，美影厂或许也能借此走出困境，再次成为中国动画创作/生产的核心力量——当然，到那时，"美影厂"可能就不是单指"上海美术电影制片厂"了。

那么，"美术片"和"中国学派"应该如何改造才能变旧为新、重获新生呢？当然首先是要改变创作机制。前面说到，"美术片"及其"中国学派"都是计划经济的产物，中国动漫产业兴起以后，尽管体制改了，市场化了，甚至美影厂的机构属性和运营模式都相应地改革了，但如果美术片的创作机制没有改变也白搭。这里的"创作机制"涉及美术片艺术本体特征、创作目的及与观众的关系。就艺术本体特征来说，正如前文所述，美术片的主要片种水墨动画、剪纸片、折纸片虽然非常独特，但其叙事能力却不强，尤其是水墨动画，由于侧重写意而非写实，所以在场景描写、细节刻画、角色表情和动作表现方面都存在明显的短板；剪纸片和折纸片同样也在叙事和表演上受到其工艺的较大局限。正是这些短板和局限使得水墨动画、剪纸片和折纸片无法承担90分钟及以上时长影院大片较为丰富、复杂的叙事和表达，这也是美术片历经数十年发展却从来没出过一部影院标准时长水墨、剪纸、折纸动画影片的重要原因。因此,美术片的改变、创新首先是增强其水墨、剪纸、折纸片的叙事和表达能力,解决方案则是数字化或软件化,即通过开发水墨、剪纸和折纸动画的制作软件,一方面保留水墨、剪纸、折纸动画的基本元素和神韵,另一方面融入现代科技所能创造的新的表达方式和手段,形成一种具有复杂叙事功能和丰富表现力的3D水墨、剪纸、折纸动画。

原来的美术片创作目的除了"为政治服务",就是教育儿童和满足人们的艺术审美需求。"教育儿童"和"满足人们的艺术审美需求"作为艺术创作目的原则上也没有问题,关键是在计划经济背景之下,尤其是还要完成"为政治服务"的任务,美术片"教育儿童"和"满足人们的艺术审美需求"便显得居高临下、过于严肃,并表现出了"自我表达"或"提高观众"的倾向,缺乏"大众娱乐"精神,也没有"娱乐大众"的特点,而这恰恰是市场化条件下或大众文化语境中商业动画必不可少的精神和特点——这也正是美术片在两个时代两种体制下具有两种不同命运的根本原因。所以,"新美术片"创作需要重新审视和调整与观众的关系,变以表达为导向的"作者性文本"创作为以接受为主导的"读者性文本"生产,并且从"教育儿童""自我表达"和"提高观众"走向满足消费、服务大众,在艺术审美中加强文化娱乐元素,增强文化娱乐功能——当然,强调娱乐并不意味着拒绝思想和深刻,实际上,"新美术片"的文化娱乐不仅需要有艺术的高度而且应该有思想的深度,这是作为文化产品的重要价值所在。

美术片的改造或"新美术片"的建构还需要与今天的"动漫"完成无缝对接。"动漫"一词现最早可考出处为1993年创办的中华动漫出版同业协进会及其于1998年11月创刊的动漫资讯类月刊《动漫时代》,它将"动漫"一词以公开机构名称和出版物的形式确立并推广开来,成为今天普遍的说法。"动漫"一般被解释为"动画+漫画",是二者的合称,最初可能确实就是这一含义,就像"动漫产业"原来就是"动画产业+漫画产业",但后来慢慢演变了:首先"动漫产业"增加了"电子游戏产业"(如今每年动漫产业产值的统计中,实际上大半都是电子游戏产业的产值,真正动画、漫画的产值应该三分之一占比都不到)。随着电子游戏的加入,很快形成了"ACG共同体","A"即Animation(动画),"C"即Comic(漫画),"G"即Game(电子游戏),并发展成为"ACG文化"——现代大众文化的一种"亚文化"形态,深受年轻人的喜爱和追捧。由此,便产生了一个很有意思的问题:为什么"动画"和"漫画"还有"电子游戏"能够结成"共同体"甚至形成特定的"亚文化"?通过考证,我们发现这三者之间存在着非常密切的联系,尤其是动画和漫画关系更加紧密。据统计,日本大多数(90%以上)的动画片都是改编自漫画作品,其中大多数动画导演都是漫画师、插画师出身,甚至"动画电影"在日语中就叫"漫画映画"。美国虽然动画改编漫画不像日本那么普遍,但早期的动画师也有许多来自漫画、插画领域,其动画片从角色造型到动作、表情设计都具有典型的漫画特点和风格。漫画与动画的这种关系,不仅使得动画创作/生产可以通过漫画发行获得经过市场检验、拥有大量粉丝的题材、故事、角色,而且使得动画艺术形成了特定的漫画特征和风格;也使得"动漫"一词不仅指"动画+漫画",也指"与漫画关系密切、运用漫画IP 创作、具有漫画风格和特征的动画";同时,这种风格、形式的动画也更容易跨界进入(电子)游戏领域,改编成相关游戏并为游戏玩家所接受,从而形成 ACG 之间IP 共用、受众共享、语境共创、影响共生、产业共进的文化生态。因此"动漫"这一概念实际上既代表了今天更容易获得年轻观众喜爱的一种动画艺术形式,也包含着能够更有效地跨界运作、利用 ACG 共同体或亚文化形成巨大产业、超长生态链的商业模式,无疑只有运用这样的艺术形式和商业模式,动漫产业才能真正做大做强。

而考察原有"中国学派"动画片,我们却发现,这些"美术片"的"美术"元素仅限于"国画"(水墨)、"民间工艺"(剪纸、折纸),而有意无意地避开了"漫画",不仅没有漫画形态的动画作品,而且,即使是 1958 年根据张乐平漫画拍摄的《三毛流浪记》也采用的是木偶片形式。不管其中的原委如何,但从上文的分析可以看出,"美术片"的"非漫"形态或特征显然是与今天的动漫产业发展不相适应的——中国动漫产业兴起以后美术片的迅速衰落或许与此相关。还有一个现象也须引起注意:"中国动漫产业"虽然也用"动漫"概念,但迄今为止基本上还是"动画产业+漫画产业"的意思,动画与漫画的结合程度还很低,不仅少有借鉴漫画艺术形成"动漫思维"和"动漫语言体系"进行创作的动画片,连将漫画改编成动画的成功之作都罕见——尽管中国动画片中存在大量模仿美、日动画之作,却唯独没有学习、借鉴其真正的"动漫"创作模式,这不仅使得中国动漫产业无法借助 ACG 文化而做大产值和影响,同时也使得国内已有的大量优质漫画资源不被利用,漫画和动画都没有获得应有的发展,甚至动画作为一门独立艺术的独特魅力也没有得到很好的开发。因此"新美术片"需要增加漫画元素,并将漫画技法与各动画片种如水墨动画、剪纸动画、折纸动画的创作手段、方法相结合,形成独特的"中国动漫语言体系"及其相应的国产动漫创作/生产机制,这不仅是"中国学派"美术片在动漫产业背景下创新复出、东山再起的必由之路,也可推动中国民族动画艺术、产业真正与时代接轨、与国际接轨——这是"新美术片"的新特点,也是"新美术片"的新功能和新的生命力所在。

"新美术片"创建中需要变旧为新的还有作品的题材、内容,这实际上是最重要的。原来的美术片或"中国学派"动画因为强调民族化,而这个"民族化"又主要被理解为"传统文化",所以大多数作品都是以神话、传说、寓言、民间故事为题材,且少有创新表达,甚至还存在一些比较陈旧的思想、观念。而"新美术片"虽然同样需要民族化、本土化,甚至也同样需要汲取中国传统文化的营养,充分利用神话、传说、寓言、民间故事等资源——这些确实是能充分体现"中国"学派特征的东西,"新中国学派"毕竟还是中国的学派——"新美术片"之"新"在于将传统与现代结合、古旧与时尚结合、神话/传说/寓言与现实生活结合,就像《西游记之大圣归来》(该片具有"新美术片"的雏形),讲述的仍然是西游记和孙悟空的故事,但表现的却是现实中人们生活、工作、事业受挫后如何调整情绪、东山再起、重振雄风的心路历程!只有这样,"新美术片"才能古为今用、旧为新用,用历史的故事引发当下的共鸣,以虚幻的情节带动真实的体验——这应该是"新美术片"或"新中国学派"动画必须具备的生存与发展之道。

时代在发展,一切都要跟着变化,所以"美术片"或"中国学派"也得变:不变就将成为明日黄花,变才能获得新生。

"美术片"或"中国学派"正在涅槃,但愿能以"新美术片"或"新中国学派"而重生。

(原载于《当代动画》2018 年第 2 期)

艺术的终结与禅

彭锋　北京大学艺术学院院长、教授

　　艺术终结论是 20 世纪 80 年代以来一种影响广泛的艺术理论,其始作俑者丹托经常用"终结论"来标签他的艺术哲学。在理论极其贫乏的时代,丹托及其同道倡导的艺术终结论,极大地提振了艺术界的理论兴趣。不可否认,对于丹托的艺术终结论存在不同的解读,他本人的思想随着时间的推移也发生了变化,对此我们需要更加深入的辨析。不过,我更关心的是:丹托为什么会提出艺术终结论? 提出艺术终结论的为什么是丹托而不是其他哲学家?

　　从西方学者的角度来看,包括丹托自己在内,直接启发艺术终结论的是黑格尔。黑格尔在他的《美学讲演》中曾经宣告过艺术终结,而且与丹托一样,都宣称艺术将终结到哲学之中。如果有人将丹托的艺术终结论视为黑格尔的翻版,估计丹托也不会辩解。然而,丹托公然凸显黑格尔的影响,难道他不担心人们会认为他在炒黑格尔的剩饭? 在我看来,丹托对他的艺术终结论中的黑格尔因素的强调,实际上是后来附加上去的。在 1981 年出版的《寻常物的嬗变》(*The Transfiguration of the Commonplace*)一书中,丹托已经奠定了他的艺术哲学的基调,但是全书只提到一次黑格尔,而且是在一般性地回顾艺术哲学的历史时提到的①。到了 1986 年出版的《哲学对艺术的剥夺》(*The Philosophical Disenfranchisement of Art*)一书中,黑格尔就成了被提及次数最多的哲学家。丹托还明确指出,艺术的终结"确实是黑格尔的主题,这篇文章受到黑格尔的某些观点的启发,因为黑格尔非常明确地说过,

---

　　①　Arthur Danto,*The Transfiguration of the Commonplace*:*A Philosophy of Art*,Cambridge and London:Harvard University Press,1981,p.56.

就其本身而言,或者至少就其最高的使命而言,艺术真的已经完成了它的历史任务"①。考虑到丹托的艺术理论的核心思想早在 1964 年发表的《艺术界》(The Art-world)一文中已经有了雏形,80 年代中期才进入丹托视野的黑格尔,对于丹托艺术哲学的原创构想实际上并没有发生多大的影响。启发丹托提出艺术终结论的,更可能是 60 年代纽约的艺术实践和禅宗,而不是黑格尔。丹托只是后来在做进一步理论化的工作时,才将自己与黑格尔联系起来,将自己的思想置入西方美学的背景之中。

正因为是受到 60 年代纽约当代艺术的启发,受到禅宗的启发,丹托的艺术终结论才独树一帜。正因为其学术生涯的黄金时间是在 20 世纪中期的纽约曼哈顿上城度过,丹托才能够提出他的艺术终结论。丹托的艺术终结论不是从黑格尔美学中推导出来的,正因为如此,提出艺术终结论的是丹托,而不是其他研究黑格尔美学的专家。

一

丹托不止一次讲道,当他 1964 年在位于曼哈顿上城的斯特布尔画廊(Stable Gallery)看到安迪·沃霍尔的《布里洛盒子》(Brillo Box)时,就意识到艺术终结了。沃霍尔的《布里洛盒子》与超市里的布里洛盒子一模一样,但前者是艺术品,后者是包装箱。丹托由此发展出了著名的"不可识别性"(indiscernibility)理论和方法论,以此为基础建立起他的艺术理论大厦。艺术终结论也是在不可识别论基础上建立起来的。而且,如果我们从更大的范围来看,"不可识别性"在丹托的整个哲学系统中都扮演了重要的角色,甚至可以说是丹托对当代哲学的最大贡献。正如卡罗尔指出:"对于丹托来说,不可识别性这种方法,不只是哲学美学的一种技法。丹托在元哲学上确信,一般而言,哲学是由感知的不可识别性问题引发的。这就是为什么丹托要坚持主张哲学问题不能由经验观察来处理。"②丹托自己也总结说:"运用假想的例子,将一对不可识别的东西并置起来,它们属于不同的范畴,在表达它们的句子中没有任何东西能够标志这种区别,却以此区分真假,这种做法是哲

———————————

① Arthur Danto, *The Philosophical Disenfranchisement of Art*, New York: Columbia University Press, 1986, p.83.

② Noël Carroll, "Essence, Expression, and History: Arthur Danto's Philosophy of Art," in Mark Rollins(ed.), *Danto and His Critics*, second edition, p.120.

学的特有属性。"①指出这一点很有必要,因为于国内读者多半将丹托视为美学家和艺术批评家,而忽略了他还研究形上学、知识论、伦理学、历史哲学、科学哲学、哲学史,只是在 1981 年之后才集中到美学和艺术批评上来。由此可见,丹托的美学和艺术批评,并非心血来潮或者哗众取宠,而是建立在他深厚的哲学研究的基础之上。

所谓"不可识别性"指的是:两个看上去一模一样的东西,其中一个是艺术品,另一个不是,人们凭借感官无法将它们区分开来。但是,这并不等于说它们之间完全没有区别。如果它们之间完全没有区分,艺术与非艺术之间的边界就彻底消失了。但是,艺术与非艺术之间的边界依然存在,沃霍尔的《布里洛盒子》被当作艺术品,超市里跟它们一模一样的布里洛盒子被当作寻常物。作为艺术品的《布里洛盒子》在 1964 年就可以卖出六百美元一只,作为寻常物的布里洛盒子则一钱不值。丹托的艺术理论的主要目的,就是要解释为什么沃霍尔的《布里洛盒子》是艺术品,而超市里跟它们一模一样的布里洛盒子则不是。根据丹托的理论,沃霍尔的《布里洛盒子》之所以是艺术品,是因为它有一种由艺术史、艺术理论和艺术批评构成的"理论氛围"(atmosphere of theory),能够置身于"艺术界"(artworld)之中。超市里跟它们一模一样的布里洛盒子则没有理论氛围,没有艺术界,因此只是寻常物。丹托进一步指出,这种理论氛围或艺术界,是"非外显的"(non-manifest),是不能由感官识别的。因此,决定某物是否是艺术品的关键,不在该物可以被感官识别的特征,而在该物是否拥有理论氛围或艺术界。丹托明确说:"将某物视为艺术,要求某种眼睛不能识别的东西——一种艺术理论的氛围,一种艺术史的知识:一种艺术界。"②理论氛围或艺术界是只可思考而不可感知的,是哲学思考的对象而不是审美欣赏的对象。因此,丹托得出结论说:艺术终结到哲学之中去了。在艺术终结之后,决定艺术的身份的不再是审美感知,而是哲学解释。总之,丹托坚持艺术与非艺术之间存在不同,但是这种不同是非外显的,不可感知的。这是丹托的艺术理论的核心,他的艺术终结理论、不可识别理论、艺术界理论等,都是从这个核心发展起来的。

显然,丹托与黑格尔的艺术终结论全然不同。在黑格尔那里,艺术之所以要让位给哲学,原因是理念发展到新阶段之后,不能被感性地表现,只能被理性地思考,

---

① Arthur Danto, "Replies to Essays", in *Danto and His Critics*, p.288.

② Arthur Danto, "The Artworld", *The Journal of Philosophy*, Vol.61, No.19(1964):580.

从而超出了艺术的表现范围,进入了哲学思辨的领域。与黑格尔不同,丹托对艺术的认识,来源于他的实际观察,而不是哲学假定。喜欢参加各种展览开幕式的丹托,将他看到的在画廊和美术馆中展出的东西都称为艺术品,不管它们是否符合某种预先的艺术定义。因此,丹托的艺术终结论,是在对 60 年代纽约艺术的观察的基础上总结出来的,而不是从任何已有的艺术理论中推导出来的,包括黑格尔的理论在内。丹托对于已有的美学理论非常熟悉,他于 40 年代末进入哥伦比亚大学哲学系学习美学,1949 年获得哲学硕士学位,1949—1950 年作为富布莱特学者赴巴黎访学一年,1952 年获得哲学博士学位。然而,对于在哥伦比亚大学学习的美学,丹托没有什么好感,因为它们与当时纽约轰轰烈烈的艺术实践完全脱节。丹托回忆说:

我郁闷地跟着欧文·埃德曼(Irwin Edman)研究美学,跟苏珊·朗格(Suzanne K.Langer)研究的美学更有哲学意味。但是,我从来没有能够将他们教给我的美学与 20 世纪 50 年代创造的艺术联系起来,我也从来没有发现任何对艺术感兴趣的人原本应该对美学有所了解。只有当我遇到沃霍尔的《布里洛盒子》时,我才刹那间心领神会,明白如何用艺术来研究哲学。[1]

由此可见,启发丹托的艺术理论的,是安迪·沃霍尔的艺术,而不是当时纽约流行的欧文·埃德曼和苏珊·朗格的美学,也不可能是 19 世纪上半叶在海德堡和柏林流行的黑格尔美学。在黑格尔讲授美学的时代,沃霍尔的艺术还是不可设想的。丹托不无自豪地谈到,对于研究艺术理论来说,身居 20 世纪中后期的纽约有多么重要:

我认为生活在 20 世纪中后期的纽约就是生活在哲学家的乐园,因为当时的艺术界一个接一个地抛出最令人惊讶的概念类型的范例。如果某人这些年在哲学上对艺术有兴趣,却生活在世界上的其他地方,这对他来说就太不幸了。我对自己那个时候生活在纽约总是心存感激。我觉得只有在那个时期的纽约才有可能做艺术哲学,这种可能性在历史上任何其他地方都没有出现……[2]

丹托在总结自己的艺术终结理论时提到了三篇文章:1984 年发表的《艺术的终结》(The End of Art),1985 年以讲演的形式发表、1987 年收入文集的《走向艺术

---

① Arthur Danto,"The End of Art:A Philosophical Defense",*History and Theory*,Vol.37,No.4(Dec.,1988):134.

② Arthur Danto,"Replies to Essays",in Mark Rollins(ed.),*Danto and His Critics*,Malden,MA:Wiley-Blackwell,2012,p.290.

的终结》(*Approaching the End of Art*),以及先以讲演发表、1989 年正式发表于《格兰街》(*GrandStreet*)、1991 年收入文集的《艺术终结的叙事》(*Narratives of the End of Art*)①。尽管在这三篇文章中,丹托都提到了黑格尔,但是如果我们再往前追溯,特别是追溯到 60 年代丹托艺术哲学开始形成的时候,就会发现黑格尔并不在场;相反,对丹托影响最大的,除了当时的艺术实践之外,是分析哲学和禅宗。

二

就像丹托认识到的那样,艺术只是提出问题,解决问题还得依靠哲学。当然,无论是以黑格尔为代表的德国古典美学,还是以朗格为代表的现代符号学美学,都无法回答沃霍尔等人的艺术提出的问题。要回答纽约艺术家提出的新问题,需要新哲学。丹托心目中的新哲学就是分析哲学和禅宗思想。尽管禅宗在中国已经有上千年的历史,但是对于当时的纽约思想界来说,至少对于丹托本人来说,却是新生事物。丹托甚至发现禅与分析之间具有某种相似性:

我认为分析哲学的经典著述……像禅师的哲学散文一样。我无法描述在哲学思想中发现"道"时的喜悦。我可以毫不犹豫地说,这就像顿悟一样,不过这指的是对混乱的解除。……我认为,我的佛教阶段已经接近它的目标。不过,通过哲学分析来澄清思想的目标,我一直保持至今。②

由此可见,丹托有段时间研究过禅宗。他发现禅宗与分析哲学一样,追求清晰与简洁,没有传统形而上学的云山雾绕。丹托后来没有继续研究禅宗,因为他认为他研究禅宗的目的已经达到,但他并没有放弃分析的态度和方法。丹托始终在追求通过哲学分析来澄清思想,让自己的思想变得更加明晰和简洁。或许我们可以说,丹托所接受的禅宗思想,后来融入了他的分析哲学之中。不过,我更感兴趣的是,丹托学习禅宗的目的是什么? 他为什么说他的目的已经达到了呢?

1964 年丹托发表了奠定其艺术理论基础的《艺术界》一文,这是他第一次尝试从哲学上来回答沃霍尔的艺术提出的问题。在这篇有些刻意追求分析的清晰性的文章中,丹托出人意料地全文引用了青原惟信的这段语录:

---

① Arthur Danto, *After the End of Art*, p.17.奇怪的是,丹托没有提到奠定他整个艺术哲学基础的《艺术界》一文。

② Arthur Danto, "Upper West Side Buddhism", in Jacquelynn Baas and Mary Jane Jacob(eds.), *Buddha Mind in Contemporary Art*, Berkeley and London: University of California Press, 2004, p.52.

老僧三十年前未参禅时,见山是山,见水是水。及至后来,亲见知识,有个入处,见山不是山,见水不是水。而今得个休歇处,依前见山只是山,见水只是水。①

对于这段引文,丹托没有做什么解释,只是提示可以用青原惟信的这段语录所包含的理论模型来解答所谓的不可识别性难题。在丹托看来,新的艺术抛弃了"艺术身份证明"(artistic identifications),将艺术放回到"真实世界"(the real world)。于是,作为真实世界的一部分的艺术,与真实世界中的事物,也就是所谓的"纯粹真实事物"(the mere real thing)之间的区别,就像"见山是山"与"见山只是山"之间的区别②。尽管丹托用青原惟信的语录中的理论模型来解释他在艺术中遇见的不可识别性问题非常贴切,但是,如果不插入这段语录,该文的论证丝毫不会减弱。所以,虽然是恰到好处的神来之笔,但在《艺术界》一文中,青原惟信的语言更像是天外来客,完全脱离了语境。如果不是读到了丹托的带有传记色彩的《上西区的佛教》(Upper West Side Buddhism)一文,如果不了解丹托对于禅宗乃至整个东方思想的深入理解,读者多半不会严肃对待他引用的这段语录。

在《上西区的佛教》一文中,丹托详细讲述了铃木大拙在哥伦比亚大学哲学系讲授禅宗的情形,特别是禅宗对于他的艺术哲学乃至纽约艺术界的深刻影响。除了聆听铃木大拙的讲课和阅读他的书籍之外,丹托还在哥伦比亚大学讲授过"东方人文学科"(Oriental Humanities)的课程,并且发表了一些研究成果,如1969年出版《神秘主义与道德:东方思想与道德哲学》(Mysticism and Morality: Oriental Thought and Moral Philosophy)一书,1973年发表《语言与道:对不可言说的反思》(Language and the Tao: Some Reflections on Ineffability)一文。由此可见,丹托对东方思想,特别是佛教和道家,有相当深入的研究。

丹托最初在50年代的抽象表现主义绘画中发现东方思想的影响,特别是抽象表现主义对于自动绘画、即兴表演、无意识释放的追求,会让人很容易想起道家推崇的解衣盘礴和禅宗推崇的不修之修。但是,丹托很快就意识到,与其说禅宗是一种表演行为,不如说是一种生活态度。因此,丹托认为,真正受到禅宗影响的艺术,是60年代兴起的波普艺术,而非50年代的抽象表现主义。丹托说:

让我作为哲学家介入其中的,是波普艺术,尤其是通过沃霍尔的作品。……沃霍尔的布里洛盒子例示了某些物体是艺术,它们与日常经验中方便运输的普通包

---

① Arthur Danto,"The Artworld",*The Journal of Philosophy*,Vol.61,No.19(1964):579.
② Arthur Danto,"The Artworld",*The Journal of Philosophy*,Vol.61,No.19(1964):579-580.

装箱实际上毫无区别。艺术与生活从外观上来看完全一样,哲学的任务就是去解释为什么它们之间是不同的,它们以何种方式是不同的。正是在这里,我对佛教的研究,尽管没什么了不起,尤其是铃木博士的著述,开始给我提供帮助。①

现在回过头来看,丹托在1964年的《艺术界》一文中引用青原惟信的语录不是偶然的。如果说丹托的全部艺术理论要解决的问题是识别不可识别,也就是说,要将作为艺术作品的《布里洛盒子》与跟它一模一样的、作为寻常物的布里洛盒子区别开来,那么,禅宗的思想资源在这方面的确可以有所贡献。在有关禅师修行的记录中,将表面上不可区分的事物区分开来的案例非常丰富。除了青原惟信借助山水所说的不同境界之外,还有大家耳熟能详的"俱胝一指"的故事,说的是同样的道理。总之,丹托从非外显特征去找艺术与非艺术的区别,明显受到禅宗的启发。外显特征是传统美学中所说的审美特征,观众从艺术作品中获得的审美享受多半来自外显的审美特征。非外显特征是丹托所强调的有关艺术作品的哲学解释,它们不是审美欣赏的对象,而是哲学思考的对象。

我们可以进一步追问:为什么禅宗能够启发丹托回答60年代纽约波普艺术提出的问题?给丹托提供启发的为什么不是黑格尔美学?甚至不是丹托所钟爱的分析哲学?其中的一个重要原因是:这种艺术本身就是在禅宗的影响下发展起来的。正因为如此,丹托用基于禅宗的理论模型来回答波普艺术提出的问题就显得特别得心应手。丹托说:

直到60年代,我从铃木博士那里学到的东西——如果不是通过他的讲演,就是通过他的书籍——才找到了进入我的哲学的途径。在50年代的范例中,我没能够看到这种影响。艺术史自身的方向以一种我认为是激进的方式转变了。铃木博士是有助于引起这种转变,还是只不过对它有所贡献而已,这是任何人都无法肯定地说清楚的。不过,做出这种改变的人,他们自己都以或这或那的方式是铃木的学生。无论如何,当我开始放大这种转变时,禅的意义出现了。②

根据丹托对纽约艺术的观察,60年代的波普艺术彻底改变了艺术史的发展方向,任何东西都可以是艺术,只要能够给这个东西以合理的哲学解释,只要能够给这个东西制造一种理论氛围,只要能够将这个东西置身于艺术界之中。艺术与非艺术之间的边界,就能够为我们的感觉识别而言,彻底消失了。在丹托看来,艺术

---

① Arthur Danto, "Upper West Side Buddhism", p.57.

② Arthur Danto, "Upper West Side Buddhism", pp.55-56.

史的这种转变是由禅宗引起的,具体说来就是由铃木大拙在哥伦比亚大学讲授禅宗这个事件引起的。禅宗不仅影响到了丹托的艺术理论,而且影响到了丹托的理论所解释的那种艺术运动。禅师们识别是否得道的方式,启发了丹托区分艺术品与寻常物。对于丹托来说,只要禅宗启发他回答不可识别性的难题,它的使命就完成了。剩下来的工作,就是用分析哲学的态度和方法,建立起一套哲学理论,来解决不可识别的识别问题。正是在这个意义上,丹托说他研究佛教的目的实现了。实际上也是如此,丹托后来并没有对禅宗作进一步的研究。

三

然而,丹托在禅宗与波普艺术之间做的类比是合理的吗?从直观上来看,波普艺术对时尚、商业、流行文化的迷恋,与禅宗修行在气质上似乎相隔有距。当然,如果我们将 60 年代开始盛行的流行文化视为后工业社会的"担水砍柴",波普艺术与禅宗修行之间的差距也并非完全无法弥补。但是,丹托的艺术理论与禅宗思想之间仍然存在着关键区别,让我们作进一步的辨析和揭示。

丹托非常看重青原惟信的那段语录,除了 1964 年在《艺术界》一文中引用之外,在 1981 年出版的《寻常物的嬗变》一书、1995 年发表的《日本前卫艺术》、2004年发表的《上西区的佛教》和 2013 年出版的在世哲学家丛书《丹托哲学》中回应苏珊·费金的文章时,也做了全文引用。如果我们仔细分析丹托着墨不多的解释,会发现他的理解是有所变化的。青原惟信的语录涉及禅宗修行的三个阶段或境界,丹托对于艺术史或者艺术自身的看法也可以区分三个阶段或类型,既然丹托认为二者在理论模型上类似,我们可以通过它们之间的相互匹配来澄清它们之间的关系。

在青原惟信的语录中,禅宗修行的三个阶段或境界可以简称为:见山是山;见山不是山;见山只是山。在丹托的艺术理论中,艺术也可以区分为三个阶段或类型:一是纯粹的寻常物;二是艺术史之中的艺术;三是艺术史之后的艺术。我们也可以将纯粹的寻常物视为艺术史之前的艺术。鉴于在艺术史之前无所谓艺术,艺术史之前的艺术其实就是寻常物。有了艺术史之后,艺术与寻常物之间有了区分,这种区分是可以用感官识别出来的,艺术品具有的审美特征成为维持艺术身份的重要标志。这种艺术就是艺术史之中的艺术。丹托所说的在 60 年代纽约发生的波普艺术,彻底改变了艺术史的发展方向,将艺术史推向了终点,因此是艺术史之后的艺术,丹托本人喜欢称之为"后历史艺术"(post-historical art)。

现在我们来看看禅宗的三境界与艺术的三阶段是如何匹配的。在《艺术界》一文中,尽管没有明言,但是丹托的匹配是非常明确的:"见山是山"匹配寻常物,"见山不是山"匹配艺术史中的艺术,"见山只是山"匹配后历史艺术。寻常物与艺术史中的艺术之间的区别是感官可以识别的,艺术史中的艺术之所以成为艺术,就在于它们能够提供一系列的感觉特征,让我们从中获得审美享受。后历史艺术放弃了艺术史中的艺术对感觉特征的追求,我们从感觉上无法将后历史艺术与寻常物区别开来,但是它们之间并非没有区别,它们之间的区别类似于"见山是山"与"见山只是山"的区别,这种区别可以思考,但无从感知。在《寻常物的嬗变》中,丹托维持了这种匹配,同时做了这样的解释:

他将山[只]看作山,不过这并不是说他像从前那样将山看作山,因为他是经过一系列复杂的精神修炼以及不同寻常的形上学和认识论之后,回到见山是山。当青原说山[只]是山的时候,他在做一种宗教陈述:通过将山变成宗教对象,山与宗教对象之间的对比消失了。①

我在翻译这段文字时强调了原文中两处本来不存在的"只",目的是让读者意识到丹托谈论的是第三个阶段,而不是第一个阶段。在丹托看来,第一个阶段的"见山是山"是一个日常陈述,第三个阶段的"见山只是山"是一个宗教陈述。尽管从感觉上来看,"见山是山"与"见山只是山"并没有区别,但是它们其实是两种完全不同的陈述,讲的是两种完全不同的事情。以此类推,尽管从感觉上来看,后历史艺术与寻常物并没有区别,但是后历史艺术是艺术,寻常物不是艺术。

1995年1月,丹托在《国家》(The Nation)杂志发表评论文章《日本前卫艺术》。他明确将抽象表现主义视为符合青原惟信第二境界的艺术,将波普艺术视为符合第三境界的艺术②。在丹托的文本中,抽象表现主义意味着艺术史中的艺术的高峰,波普艺术则意味着后历史艺术的开始。因此,在丹托的文本中,我们在禅宗的三境界与艺术史的三阶段之间所做的匹配是合理的。

丹托在禅宗的三境界与艺术史的三阶段之间所做的匹配或者类比,的确是富有启发性的。但是,丹托忽视了它们之间的重要区别。这种区别主要体现在中间阶段,即禅宗的"见山不是山"与艺术史中的艺术,它们之间的匹配是有疑问的。

---

① Arthur Danto, *The Transfiguration of the Commonplace*, p.134.

② ArthurDanto, "Japanese Avant-garde Art", *Madonna of the Future: Essays in a Pluralistic Art World*, Berkeley: University of California Press, 2001, p.106.

艺术史中的艺术与寻常物不同。比如说,艺术史中的艺术是寻常物的再现,而不是寻常物。这种本体论上的差异,在古德曼(Nelson Goodman,1906—1998)的《艺术的语言》(*Languages of Art*)中得到了明确解释。在古德曼看来,"一幅康思特布尔的马尔伯勒城堡的绘画,与其说像那座城堡,不如说像任何另外一幅绘画"[1]。城堡是建筑,绘画不是。人们可以生活在城堡里,但不能生活在绘画里。但是,在"见山是山"与"见山不是山"这两个阶段或境界中,山并没有什么不同。艺术史中的艺术家改变了寻常物,但是禅宗修行并没有改变山。正因为如此,丹托不加辨析地将它们匹配起来是有疑问的。

在《上西区的佛教》一文中,丹托对青原惟信的语录的解释似乎有了变化:

任何一个学习东方形上学的学生对于青原的精神旅程都能感同身受。像我们大家一样,他从常识中的世界开始。然后他经历一个世界全是幻觉的阶段,就像在吠檀多(Vedanta)中那样。不过,他最终明白幻觉只是幻觉——常识世界就是形而上和宗教上的终极。轮回就是涅槃。没有什么将幻觉与实在区别开来,不需要任何东西来区别艺术品与纯粹真实物。这不是说它们之间没有区别,而是说它们之间的区别无须看见。这一点在美学文献中还没有成为一个问题,美学总是理所当然地认为,艺术品作为艺术品,总有一个牢固的先行的同一性。[2]

从这段文字中可以看到,丹托将第二阶段视为幻觉,将第三阶段视为实在,好像认为第二阶段与第三阶段的关系是表面上看起来相似而实质上不同。同时,丹托似乎弱化了第一阶段与第三阶段的区别,强调了它们的相同。如此一来,表面相似而实质不同这种关系就存在于第一阶段与第二阶段之间,或者存在于第二阶段与第三阶段之间。鉴于丹托强调后历史艺术拥有理论氛围,而理论正是禅宗修行的第二阶段的幻觉之源,因此,后历史艺术与寻常物之间的区别,似乎更加类似于"见山不是山"与"见山是山"的区别。按照这种解释,三个阶段的"山"就都没有改变,改变的只是修行者对于"山"的感知或解释。

或许,丹托本人并不会同意我这里的推测,但是,将理论解释导致的寻常物的嬗变视为后历史艺术,无论在理论上还是实际上都更加合理。就丹托特别推崇理论解释来说,后历史艺术只达到禅宗修行的第二个阶段,似乎还没有到达"见山只是山"的境界。

---

① Nelson Goodman, *Languages of Art: An Approach to a Theory of Symbols* (Indianapolis: The Bobbs-Merrill, 1968), p.5.

② Arthur Danto, "Upper West Side Buddhism", p.58.

四

遗憾的是,禅宗对于丹托的影响,在西方学术界不是被完全无视,就是被轻描淡写地对待。在卡罗尔最近研究丹托的专著《丹托的艺术哲学》一书中,禅宗的影响完全没有被提及。在大多数分析美学家看来,丹托回顾禅宗对他的影响,只是为了让自己的学术生涯显得更加有趣,禅宗对于丹托的哲学并没有实质性的影响,丹托的哲学,尤其是他的"不可识别性"方法论完全是丹托自己的发明。我认为这里存在文化偏见。如果考虑到"不可识别性"方法论是禅宗的特色,它在任何哲学中都没有在禅宗那里表现得那么突出和重要,没有禅宗的启发,丹托不太可能自觉地将"不可识别性"作为自己哲学方法论。令人欣慰的是,禅宗对丹托的影响,除了得到他自己的认可之外,也引起了少数哲学家的关注,期待有更多的中国学者能够加入这方面的研究。

罗伯特·所罗门(Robert Solomon)和凯斯琳·希金斯(Kathleen Higgins)注意到丹托引用青原惟信的语录。他们认为,丹托借助禅宗来表达由意识引发的转变,这种转变就像黑格尔的"扬弃"那样,同时包含了否定和超越。正是通过禅宗的觉解,日常生活的寻常物被赋予意义,进而变容为艺术品。所罗门和希金斯认为,丹托借助禅宗表达的,除了由意识引发的转变之外,还有"一切众生,皆有佛性"。正因为如此,丹托极力主张艺术跟美无关。意识觉醒可以让所有事物变容,尤其是能够让那些平庸的、陈腐的、令人不快的乃至肮脏污秽的东西变容。丹托对于当代艺术引起的恶心的肯定,是众生皆有佛性的影响的结果①。

加里·夏皮罗(Gary Shapiro)对丹托艺术哲学中的禅宗影响的关注,源于福柯对沃霍尔作品的解读。同丹托一样,福柯也将沃霍尔视为革命性的艺术家,但是他们对于沃霍尔的解读完全不同。丹托侧重的是沃霍尔的《布里洛盒子》与超市里的布里洛包装箱之间在感官上的不可识别性,福柯感兴趣的是沃霍尔的《布里洛盒子》总是成批出现。换句话说,丹托只关注一个《布里洛盒子》,福柯研究的是由众多《布里洛盒子》组成的装置。夏皮罗敏锐地指出:

福柯看到了沃霍尔的批量生产在同一个形象的重复、倍增和滋生方面的意义:

---

① Robert Solomon and Kathleen Higgins, "On the Use and Disadvantage of Hegel for Art", in Randalle Auxier and Lewis Hahn(eds.), *The Philosophy of Arthur Danto*, Chicago: Open Court, 2013, pp.659-660.

坎贝尔汤罐头、布里洛盒子、玛丽莲·梦露和杰姬·肯尼迪的脸,都以成排、网格或者矩阵的形式摆放,差不多可以无限地增加。相反,丹托只对这一点着迷:无法从视觉上将单个沃霍尔的《布里洛盒子》与超市货架上的布里洛盒子区别开来。①

正是通过重复,夏皮罗发现了沃霍尔作品与禅宗之间的关联。夏皮罗对禅宗的阶段理解与丹托不同。在丹托眼里,禅宗最重要的启示是"觉解",通过觉解引发世界的意义的变化,借用丹托自己的术语来说,这种变化就是带有宗教意味的"变容"或者"嬗变"(transfiguration)。沃霍尔的《布里洛盒子》就是借助艺术理论、艺术史和艺术批评等意识活动,将超市货架上的布里洛盒子"变容"为艺术品。沃霍尔的《布里洛盒子》与超市货架上的布里洛盒子之间的物理区别,被完全忽略不计了。在夏皮罗看来,禅宗对沃霍尔的启发不是觉解而是"空",通过不断重复而形成的空。这正是福柯从沃霍尔作品中所看到的关键之处。夏皮罗指出:

与丹托用他的洞见也就是寻常图像被变容为艺术来回应沃霍尔的作品不同,福柯看到的是寻常意义被抽空了而不是被变容了。丹托在沃霍尔那里看到了饱满和充盈的意义,日常生活被变形和提升到一种新的(黑格尔式的)自我意识水平;福柯看到的是不断重复的图像在倒空和分解过程中造成的感觉衰减和闪烁。尽管福柯在他的著述中几乎没有说到佛教或者其他东方冥想实践,但是他对沃霍尔的形象描绘可以被视为一种佛教文本。它说的是一种这样的领会:由闪闪烁烁的重复(轻微的变化强化了这种闪烁效果)所显示的"中心即无"和"永恒幻象"。福柯好像发现了重复诵念咒语或者重复凝视图像的实践的等价物,在其中词语或者外观不再指向(refer)而是显示(reveal)"事件被剥去的形式"或者"永恒幻象"。②

同样发现了沃霍尔与禅宗的关联,但是丹托看到的是"悟",夏皮罗和福柯看到的是"空"。如果侧重于"空"的话,就有可能将艺术的焦点从对象即艺术品转向主体即艺术家。遗憾的是,夏皮罗并没有沿着禅宗的路向继续探索。

舒斯特曼也注意到了丹托思想与禅宗的关系,而且看到了禅宗在将艺术作为生活方式来实践方面所具有的潜力,在某种意义上完成了由艺术品向艺术家的转向。不过,舒斯特曼似乎对禅宗做了过于简单化的理解,没有看到丹托所重视的"不可识别性"所具有的重要价值。舒斯特曼在报告自己的坐禅经验时,强调禅悟不仅能够将眼前的事物由丑陋的寻常物转变为激动人心的美,而且能够将修行者

①　Gary Shapiro,"Art and Its Doubles:Danto,Foucault,and Their Simulacra",in *Danto and His Critics*,p.200.

②　Gary Shapiro,"Art and Its Doubles:Danto,Foucault,and Their Simulacra",p.213.

自己由寻常人转变成为艺术品①。如果真像舒斯特曼所说的那样,美学又回到了传统的轨道上去了,即通过外显特征来识别审美主体和审美对象,而经过 20 世纪分析美学的洗礼,传统美学通过外显特征来识别审美对象和审美主体的做法已经被证明困难重重。

在《语言与艺术》一文中,苏珊·费金(Susan Feagin)对丹托与禅宗的关系做了较深入的分析。在费金看来,丹托借助青原惟信的语录来阐明"不可识别性"是非常成功的,但是,费金认为,禅宗并不支持丹托的艺术哲学,因为丹托艺术哲学的核心是理论解释,也就是说理论解释而非审美特征是决定某物是否是艺术品的关键,而禅宗在根本上是反理论、反解释甚至反语言的②。费金的批评相当中肯,禅宗并非能点石成金,凭借觉解将寻常物变为艺术品。

五

丹托引入禅宗来解读艺术,当代艺术家受到禅宗的影响创造艺术,打破了艺术与非艺术的边界,让艺术抵达它的终点。这是艺术史上的一场巨变。丹托最早意识到这场巨变,并且对它作出了精彩的理论阐释。但是,丹托理论的局限也是非常明显的,他并没有走出决定性的一步,他最终还是没能从以艺术品为中心的旧艺术体制之中脱身,没有揭开以艺术家为中心的艺术新时代的序幕。

众所周知,在禅宗的修行中,山始终没有变化,变化的只是人。如果丹托以为"见山不是山"是对山的改变,那么他对禅宗的理解就有相当大的偏差。无论如何,丹托执著于将沃霍尔的《布里洛盒子》解释为艺术品是有问题的。如果丹托认识到禅宗修行改变的不是对象,那么他就不应该执著于将《布里洛盒子》解释为艺术品。事实上,丹托的解释并不成功。如果沃霍尔的《布里洛盒子》与超市里的布里洛盒子真的毫无区别,那么丹托的理论就不仅能够将沃霍尔的《布里洛盒子》嬗变为艺术,而且能够将超市里的布里洛盒子嬗变为艺术。换句话说,自沃霍尔和丹托之后,所有布里洛盒子都变成了艺术品。如果真是这样的话,就无论如何也不能将沃霍尔的《布里洛盒子》与超市里的布里洛盒子区别开来,不能将艺术品与非艺

① Richard Shusterman,"Art as Religion:Transfigurations of Danto's Dao",in *Danto and His Critics*,pp.251-266.

② Susan Feagin,"Language and Art",in Randalle Auxier and Lewis Hahn(eds.),*The Philosophy of Arthur Danto*,pp.583-594.

术品区别开来。丹托之所以还热衷区分，除了对禅宗的理解有所偏差之外，资本主义对艺术品的拜物教也是一个不可忽略的原因。

沃霍尔和丹托本来可以彻底破除人们对艺术品的崇拜，让艺术走向终结。但是，就像丹托本人反复申明的那样，艺术的终结并非指艺术的死亡，而是指有关艺术的故事的讲述告一段落，就像中国章回小说那样，到了"欲知后事如何，且听下回分解"的时候。丹托不仅没有宣判艺术的死刑，甚至没有阻止人们继续讲艺术的故事。他只不过是宣告西方艺术界几种主要的讲述方式都将艺术的故事讲完了，或者说有关艺术史的宏大叙事终结了。如果还要继续讲艺术的故事，就得重起炉灶，讲述接下来要发生的事情。但是，丹托坦承，他只是知道该讲的故事讲完了，不知道将要发生的事情，不知道接下来的故事该如何讲。

事实上丹托所谓的艺术的故事讲完了，只是围绕艺术品讲的故事。如果他认真对待禅宗的启示，就有可能将关注的重心从艺术品转向艺术家。也就是说，接下来讲述的艺术的故事将围绕艺术家展开。我想这种可能性是存在的。如果我们回顾艺术发展的历史，就会发现对艺术品的崇拜也是特定历史阶段的产物。在历史上很长一段时间里，艺术家比艺术品更重要。正如贡布里希所言："真的没有艺术那种东西。有的只是艺术家。"[1]

（原载于《文艺研究》2019 年 3 月第三期）

---

[1] Ernst Gombrich, *The Story of Art*, London：Phaidon Press，1995，p.15.

评弹创作当有"时代之思"

潘讯　中共苏州市委研究室处长

风起于青蘋之末,作为流行四百余年的江南民间艺术,苏州评弹虽被视为"小道",却关乎风教、文脉、时代。深具历史视野的清代思想家龚自珍说:"俗士耳食,徒见明中叶气运不振,以为衰世无足留意,其实尔时优伶之见闻、商贾之气习,有后世士大夫所必不能攀跻者。"从长时段来看,"优伶之见闻"当然也包括评弹说书人的艺术活动。

说书人出身社会底层,流动于江南的城市乡野,所谓"一部南词半生衣食,三条弦线羁客四方",他们的演出活动广泛而紧密地联系着社会的末梢神经,从细微处见证了江南社会的转型与变迁。口舌之间、弦索之上寄托了评弹人的"时代之思",这是基层社会对历史的独特观察与感受。在传统书目中,一部书能否成为经典? 考量的往往是它叩击时代命题的深远回响,深藏着创作者的"孤愤"——"孤愤"是对现实的敏感,是对压抑的反抗。凝结在艺术创作中,便带来了讽刺与批判。这一点恰恰叩击到说唱艺术的本质,强化了评弹"兴观群怨"的艺术功能。看评弹史上那些流传久长的作品,儿女情长、市井烟火的故事之下,哪一部书不埋藏着下层士子、无名文人、江湖艺人的"孤愤"?《玉蜻蜓》是一幅斑斓多彩的苏州市井风俗画,流淌着商品经济渐趋繁盛之后苏州人的生活情趣,在离奇曲折的故事之下又分明蕴含着新兴的市民阶层对封建婚姻制度、宗法制度的大胆质疑。《白蛇传》所敷衍的人妖相恋故事早已融化在说书人所营造的市井烟火中,许仙与白娘子的形象趋向市民化,故事原型所具有的宗教和悲剧色彩逐渐冲淡,这一演进折射出明清以来江南文化中宗教世俗化、艺术生活化的双重变迁,中国南北文化的分野也与此密切相关。

1949 年后,评弹界创作了一系列堪称红色经典的新书目,《一定要把淮河修好》《白毛女》《苦菜花》《江南红》等作品紧扣时代主题,讲述革命故事,塑造英雄群像,为江南曲艺注入了一股阳刚坚劲之气。新时期以来,苏州评弹创作佳作如林,徐檬丹(1936—)创作的系列中篇作品紧随时代风习变迁、取材现代生活,立意新颖,影响深远。中篇弹词《真情假意》是对转型期人性的拷问,曾被改编为话剧、歌剧、广播剧等在各地演出,红遍全国。《一往情深》是对上述题材的深度开掘,作品塑造的罗明华、林娟等人物形象富有时代气息,深得陈云同志推崇。邱肖鹏(1926—2001)创作的中篇《白衣血冤》被誉为评弹中的"伤痕文学",实导曲艺界新时期思想解放之先声。《老子折子孝子》对人情冷暖、人性扭曲的刻画,既有传统评弹道德批判的余韵,更是对一段特殊历史的辛辣讽刺。《九龙口》敏感捕捉到改革开放国门初开对传统社会、人际关系的急骤冲击,虽未见得深刻,也不免概念化的痕迹,却保持了清醒的批判精神。长篇武侠书《明珠案》分明有着与现实争胜的气魄,作者不满于低劣的港台武侠书充斥书坛,他要继承传统武侠书目的风骨,创作一部既符合江南审美心理又具有长远艺术魅力的新书。他的创作选材和艺术风格,体现出他对评弹传统深深的理解,他的书中埋藏着传统的种子,他抓住了传承发扬评弹艺术的命门。这位一辈子埋首写书的沉默寡言者,恰恰是站在时代前沿的鞭挞者、批判者。进入新世纪以后,中篇弹词《雷雨》以传统曲艺致敬话剧经典,将评弹美学推向新层次。近年来,吴新伯、胡磊蕾、言禹墨等江南写作者不懈耕耘,创作的《野狼谷》《战马赤兔》《绣神》《江南第一燕》等新中篇,体现出对历史和人性更为纵深的思索。

今天的评弹创作应具有更加开放多元的文化心态。从诞生至今,数百年间评弹艺术始终处于流变与创造之中,评弹的艺术传统、艺术精神也在坚守与更新中汩汩向前。近百年来尤其是 20 世纪中叶以来,江南社会的转型发展使评弹置身于全新的社会生态系统,其艺术生产机制发生诸多深刻变化——艺人由个体转向集体,演出市场由自由流动转向计划安排,书目创作由艺人自编自演转向职业编剧的深度介入,艺术形式则由长篇一统天下转向短中长篇各展所长。评弹在旧传统之中又衍生出新的创作范式,形成了新的美学风貌,主要体现为现实主义色彩更加强烈,具有现代气息的说表语言和叙事方式,幽默讽刺中承载的政治宣教功能,融合江南地域之外新的文化因素等。特别是中华人民共和国成立后出现的中短篇形式,已经成为苏州评弹新传统的重要载体。它脱胎于长篇表演艺术,又经历近 70年的探索积淀,已自成格局。《青春之歌》《芦苇青青》《真情假意》《老子折子孝子》等取材现实生活,人物性格鲜明、语言清新流畅、核心唱段精致锤炼,都体现出不同于传统评弹的美学风貌。即使是那些从传统书中挖掘整理出来的作品,如《三约牡丹亭》《老地保》《厅堂夺子》《林冲》等中篇,更重视戏剧冲突和气氛烘托,演员表演更富个性化,与"母本"的美学风格也不尽相同。评弹数百年积淀的旧传统与 70 年来所形成的新传统之间既有差异与演变,又有延续与传承,他们已经共同构成了我们时代的创作语境。面对今天的艺术市场和评弹观众,创作者所要致力的就是如何衔接新旧两个传统,进而丰富两种格局,通过优秀作品来延续苏州评弹文脉。

评弹创作者应是时代文化的弄潮儿与探索者。苏州评弹向来不回避"俗",评弹的本领在于化俗为雅、雅中显俗,以雅俗共赏来俘获大众热情。从艺术史看,评弹艺人始终保持着对通俗文学的吐故纳新,与流行文化的交融互动,这已经成为苏州评弹的生命密码。只要我们对评弹传统书目做一番溯源,就会发现《三国》《水浒》《岳传》《七侠五义》《珍珠塔》《文武香球》《双珠凤》《麒麟带》等,都与明清以来坊间盛行的通俗小说(话本体、弹词体)有着难解难分的血脉姻缘,这正是那个时代的流行文化。"鸳鸯蝴蝶派"小说是 20 世纪初流行文化的重要色调,与"鸳蝴派"文人合作,及时改编《啼笑因缘》《秋海棠》等新书目,催生了评弹艺术的近代化转型。今天市民大众文学的链条并没有中断,"冯梦龙们"与"鸳鸯蝴蝶派"的后身正是当下呈现"裂变式"增长的网络文学、网络类型小说。"鸳蝴派"所开创的社会、言情、武侠、侦探、科幻、悬疑、神魔、宫闱、倡门等小说类型都为网络小说所继承,自然还有更加广阔的发展。正如著名通俗文学史家范伯群先生所指出的,"冯梦龙们"——"鸳鸯蝴蝶派"——网络类型小说,构成了一条绵延四百余年的市民大众文学链。据《2017 年中国网络文学发展报告》统计,截至 2017 年底,各类网络文学作品高达 6942 部,改编电影累计 1195 部。改编电视剧 1232 部,改编游戏 605部,改编动漫 712 部。2017 年网络文学驻站创造者数量已达 1400 万,签约量达 68万,其中 47%为全职写作。而 2018 年全国的网络文学读者规模已经突破 4 亿。2015 年初热播的电视剧《何以笙箫默》改编自顾漫同名网络小说,在江苏卫视、东方卫视首播后,各人视频网站也同步跟播,网络播放量连续 7 天单日破 3 亿,32 集总播放量突破 78 亿,创造了现代剧之冠。去年在几大卫视热映的《扶摇》《知否知否应是绿肥红瘦》《庆余年》《斗破苍穹》等电视剧均改编自网络小说。特别是《扶摇》,播出三天后腾讯视频播放量就突破 10 亿。

评弹创作与网络文学,一个从历史深处走来,满面风尘,一个则是拨弄风潮的时代宠儿,方兴未艾,二者看似相隔云壤,其实却有血缘联系。网络文学在线写作、在线更新、即时互动、持续连载的传播方式与曲艺表演如出一辙,而其所具有的以"草根文化"为核心的大众化审美范式,更是与评弹天然契合,尤其在艺术走向市场之后,它们与流行文化保持着紧密联系,它们常常在嬉笑怒骂中传递着时代气息,更从"草根"视角出发,对社会现象给予讽刺与批判。

评弹人不应该漠视网络文学的云蒸霞蔚,不应该漠视迅捷而敏感地反映时代精神的流行文学、流行文化,借鉴网络文学及其运作机制,在始终坚守评弹艺术本体的基础上,尝试重构当代评弹生产、消费机制乃至审美范式,这对于苏州评弹等说书艺术而言,也许是一个可以期待的发展前景。

(原载于《曲艺》2019 年第 5 期)

第四届"啄木鸟杯"中国文艺评论年度优秀作品名单

（按作者姓氏笔画排序）

著作类 7 部：

王贵禄：《高地情韵与绝域之音：中国当代西部散文论》

叶立文：《史铁生评传》

邹元江：《梅兰芳表演美学体系研究》

陈继春：《郑锦艺术研究》

高建平：《中国艺术：从古代走向现代》

黄世权：《〈资本论〉的诗性话语》

崔晓娜：《河北十番乐音乐研究》

文章类 31 篇：

丁亚平：《从五四运动的精神传统看新中国 70 年电影的发展——纪念五四运动 100 周年》

王文静：《网络剧创作传播中对现实的虚化与聚焦》

邓启耀：《归来不知我是谁——还乡影像的身份错位与记忆失焦》

冉令江：《空间与机制：论当代书法场域中书法家身份的建构》

仝　妍：《舞蹈批评与当代舞蹈发展的历史书写》

庄会茹：《娱乐功能视阈下网络文艺网感与美感的现实融合》

刘礼宾（原名刘立彬）：《中国当代雕塑创作四十年管窥》

许伟东：《从赵壹到郑振铎——关于书法取消主义的梳理与批判》

苏　勇：《诗性现代戏的中国表达——张曼君现代戏创作探要》

李　彬:《现代性的两面——影片〈冈仁波齐〉与〈塔洛〉中的"西藏"意象与文化书写》

李松睿:《走出人文主义的执念——谈中国当代科幻文学》

李啸洋:《风景与叹逝:诗电影的古典兴象与抒情现代性》

杨　庆:《当代跨学科书法理论研究的尝试及其尴尬与反思》

杨　肖:《"职贡图"的现代回响——论 20 世纪 40 年代庞薰琹的"贵州山民图"创作》

汪涌豪:《及物批评亟待重返现场》

张士闪、王加华、李海云:《礼俗传统与中国艺术研究——中国艺术人类学前沿话题三人谈之十四》

张之薇:《我眼中的改革开放 40 年——中国戏曲批评篇》

张素琴:《泛化与集中:舞蹈学概念与属性的学理辨析》

张新英:《乡土中国的镜像呈现:改革开放 40 年来农村题材电视剧创作流变》

陈　鹏:《创意发展:少数民族音乐传承发展之道》

林东涵:《呼唤文学批评的创造性——关于当下文学批评的一些思考》

孟繁华:《周立波:"伟大的艺术家是时代的触须"》

袁　艺:《西方实验性舞蹈影像的艺术行为与审美探究》

顾春芳:《改革开放 40 年中国原创话剧的反思与展望》

高拂晓:《〈阐释音乐的姿态、主题和比喻:莫扎特、贝多芬、舒伯特〉书评》

郭　勇:《新时代中国新诗再出发》

郭云鹏:《当下杂技艺术值得关注的几个问题》

郭克俭:《"润腔"研究四十年》

盘　剑:《"美术片""美影厂"与"中国学派"》

彭　锋:《艺术的终结与禅》

潘　讯:《评弹创作当有"时代之思"》

责任编辑:陈佳冉
封面设计:林芝玉

图书在版编目(CIP)数据

啄木声声:第四届"啄木鸟杯"中国文艺评论年度优秀论文集/中国文艺评论家协会,
　　中国文联文艺评论中心 编. —北京:人民出版社,2020.8
ISBN 978－7－01－022072－7

Ⅰ.①啄…　Ⅱ.①中…②中…　Ⅲ.①文艺评论-中国-当代-文集
　　Ⅳ.①I206.7-53

中国版本图书馆 CIP 数据核字(2020)第 067682 号

啄木声声
ZHUOMU SHENGSHENG
——第四届"啄木鸟杯"中国文艺评论年度优秀论文集
中国文艺评论家协会　中国文联文艺评论中心　编

人民出版社 出版发行
(100706　北京市东城区隆福寺街 99 号)

北京中科印刷有限公司印刷　新华书店经销

2020 年 8 月第 1 版　2020 年 8 月北京第 1 次印刷
开本:787 毫米×1092 毫米 1/16　印张:22
字数:396 千字

ISBN 978－7－01－022072－7　定价:88.00 元

邮购地址 100706　北京市东城区隆福寺街 99 号
人民东方图书销售中心　电话 (010)65250042　65289539